Knaur

Im Knaur Taschenbuch Verlag erschienen bereits die ersten beiden Romane von Catherine O'Donells Trilogie der Streitenden Reiche:

Der verbotene See
Das Land der zwei Könige

Eine Kurzgeschichte von Catherine O'Donell ist erschienen in der Anthologie

Feueratem – Das große Drachen-Lesebuch
(herausgegeben von Michael Nagula)

Über die Autorin:

Catherine O'Donell, geboren 1964 in Irland, begann bereits in ihrer Jugend Kurzgeschichten zu schreiben. Sie lebt heute in einem kleinen Cottage, umgeben von ihrem Mann Brian, ihren beiden Töchtern und mehreren Katzen und Hunden.

Catherine O'Donell

DER STEIN DER GNADE

Die Trilogie der Streitenden Reiche 3

Aus dem Englischen
von Michaela Link

Knaur

Besuchen Sie uns im Internet:
www.knaur-fantasy.de

Sagen Sie uns Ihre Meinung zu diesem Buch:
fantasy@droemer-knaur.de

Originalausgabe 2004

Redaktion: Ralf Reiter
Umschlaggestaltung: ZERO Werbeagentur, München
Umschlagabbildung: Bridgeman Art Library
Satz: Ventura Publisher im Verlag
Druck und Bindung: Nørhaven Paperback A/S
Printed in Denmark
ISBN 3-426-70252-5

2 4 5 3 1

Die Götter wollen nicht verehrt,
sie wollen geliebt werden.

KARTE

ORK NUADO

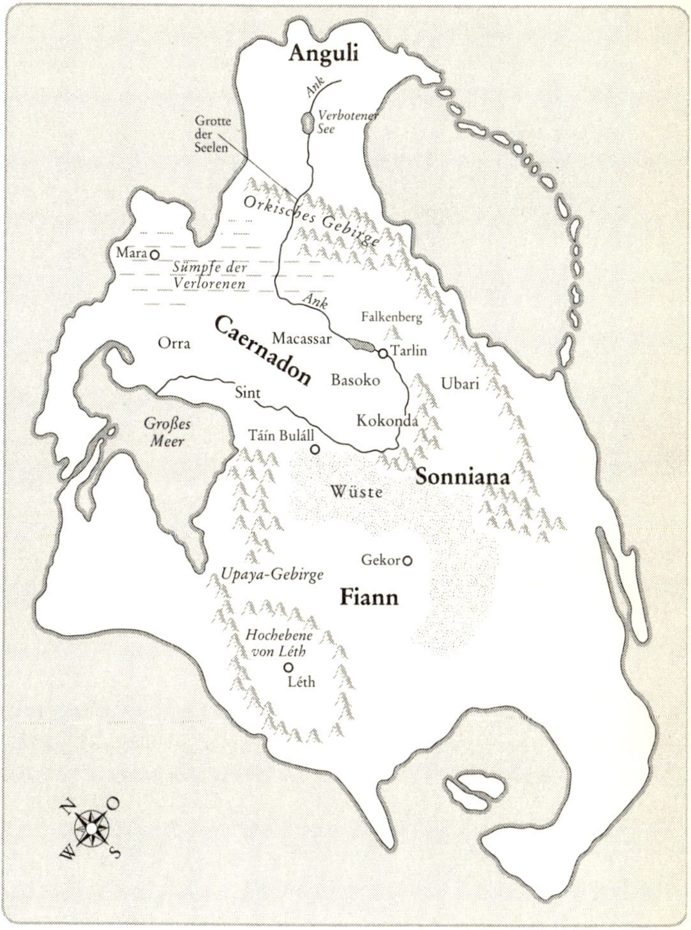
Anguli
Ank
Verbotener See
Grotte der Seelen
Orkisches Gebirge
Mara
Sümpfe der Verlorenen
Ank
Falkenberg
Caernadon
Orra
Macassar
Tarlin
Basoko
Ubari
Sint
Kokonda
Großes Meer
Táín Bulall
Sonniana
Wüste
Gekor
Upaya-Gebirge
Fiann
Hochebene von Léth
Léth
N
O
W
S

WAS BISHER GESCHAH

Gwenlian, Prinzessin des Reiches Fiann, hat König Uisnach geheiratet, den Herrscher des rivalisierenden Landes Caernadon. Die Verbindung, die beiden Ländern Frieden bringen soll, erweist sich für Gwenlian als Fehler, denn Uisnach wendet sich mehr und mehr von ihr ab und zeugt gar mit einer Magd jenen Thronerben, den Gwenlian ihm nicht geben kann. Für Gwenlian, die magiekundige Priesterin der Göttin, ist das Leben in Caernadon wenig erfreulich. Die Kirche des Gottes Fál duldet keine Magie, und der Rat der Hexer wacht über die Einhaltung dieses Gebotes. Nichtsdestotrotz beginnt sich Magie zu regen im Reich Caernadon – und es ist eine üble Form ohne Gestalt und Namen, die lediglich feinfühlige und eingeweihte Menschen wie Gwenlian wahrnehmen können.

Eines Tages bringt die junge Bäuerin Marte ein Findelkind zu Gwenlian, das diese als Tochter annimmt und dem sie den Namen Eirion gibt. Damit Eirion akzeptiert wird, muss Gwenlian gar einen Bund mit den einflussreichen Hohepriester Marban eingehen. Marban sieht in Eirion Kräfte am Werk, die er beizeiten für sich selbst nutzen könnte. In der Tat ist Eirion kein gewöhnliches Mädchen: Sie heißt in Wirklichkeit Anu und ist die Tochter des Schwanenkönigspaares Nuria und Olfros, der Herrscher von Anguli, des letzten der Sieben Reiche der Unschuld, das bis zum heutigen Tag überlebt hat. Und sie ist dazu ausersehen, der Ausbreitung des Bösen in der Welt der Dinge, in den Reichen Caernadon und Fiann, entgegenzutreten.

Verbindungen zwischen dem Reich der Dinge und dem Verbotenen See des Schwanenreiches sind untersagt, dennoch gibt es für Königin Nuria keine andere Möglichkeit, als ihre Tochter in die Menschenwelt zu entlassen, denn das Böse, das sich dort unmerklich ausbreitet, bedroht auch das letzte intakte Reich der Sieben, das sich vor undenkbar langer Zeit den Plänen des bösen Gottes Sanor entziehen konnte. Sanor hat durch seine Intrigen vor Äonen bereits die sechs anderen Reiche der Unschuld zerstört, das der Feen, der Bergelfen, der Sumpfleute, der Schattentrolle und der Niav, sogar das seinen eigenen Volks, der Faune, bevor er selbst gebannt werden konnte.

Der Schwanenmensch Lado hat nun bereits die Grenze Angulis übertreten und mit einer Menschenfrau ein Kind gezeugt, den Knaben Arild – eine Affäre, die ihn die Zugehörigkeit zum Schwanenvolk kostet: Er wird verstoßen.

Gwenlian, deren Magie nach Jahren der Unterdrückung wieder erwacht, bildet insgeheim Frauen zu Priesterinnen der Göttin aus, denn sie weiß, dass nur diese in der Lage sein werden, dem aus dem Norden heraufziehenden Bösen etwas entgegenzusetzen. Auch Eirion erfährt eine solche Ausbildung, ebenso wie Martes Kinder Diann und Tarannis. Diann wurde gezeugt, als Marte eine Nacht mit dem mysteriösen, zauberischen Selall verbracht hat, und das störrische Mädchen macht Marte bald Sorgen.

Während der pestilenzartige Gestank aus den nördlichen Sümpfen immer stärker nach Caernadon hineinweht und unnatürliche Stürme das Land beuteln, stirbt im Reich Fiann die Königin, und Gwenlians Schwester Brenna reißt den Thron an sich. Sie hält nichts von Frieden und will zudem eine persönliche Schmach bereinigen: Gwenlian hat ihr damals Uisnach als Ehemann weggenommen. Es kommt zum Krieg zwischen Fiann und Caernadon, in dem Fiann wegen seiner Magie überlegen ist. Bald marschiert Brennas Armee auf Caernadon, der

Rat der Hexer ist machtlos, und es sind nun Gwenlian und ihre Priesterinnen, die das Land retten müssen. In einem magischen Duell tötet Gwenlian Brenna, wird dabei aber selbst tödlich verletzt. Bei einem Anschlag auf Eirion, Gwenlians wichtigste Helferin, stirbt Martes Sohn Tarannis. König Uisnach wird von einem fanatischen Fál-Priester ermordet, der nicht dulden kann, dass der Herrscher Hilfe von Priesterinnen annimmt.

Die Ausbreitung des Bösen vergiftet die Herzen der Menschen, und die magischen Kinder, jene Wesen zwischen Menschen- und Schwanenwelt, müssen in Sicherheit gebracht werden, denn auf ihnen lastet die Verantwortung, die Harmonie einst wiederherzustellen: Arild und Lado übertreten die Grenze zum Verbotenen See, und auch Eirion begibt sich mit ihrem Falken Barko auf die Reise in jenes Land, aus dem sie selbst stammt.

Unterdessen lässt Priester Marban sich zum König ausrufen, nachdem er alle Konkurrenten aus dem Feld geschlagen hat. Er zehrt heimlich vom Purpurnen Feuer, einer Magie, durch die der verbannte Gott Sanor zu ihm spricht und ihm die Jugend bewahrt. Die Hexe Rikka, eine mit Marban verbündete abtrünnige Fianna, hemmt Eirions Reise nach Anguli mit bösem Zauber, jedoch wird das Mädchen gerettet von der Kätnerin Salba aus Lemmas, die sie aufnimmt. Aber die Sitten in Lemmas sind rau. Marban hat mit der Verbreitung der Droge Santax weite Teile der Bevölkerung unter Kontrolle gebracht. Während des Lemmas-Marktes wird Eirion von pöbelnden Wächtern angegriffen. Ihr Falke Barko kann sie vor dem Schlimmsten bewahren, jedoch wird Eirion nun der Hexerei verdächtigt. Mit Hilfe von Salba und weiterer Frauen kann sie die Vorwürfe vorerst abstreifen, und Salba bringt sie in Kontakt zu Zigeunern, die gerade in der Stadt lagern. Hier lebt die mysteriöse alte Radscha, eine Magierin unbekannter Herkunft, die in Eirion die geweissagte Tochter der drei Welten erkennt, jenes Wesen, welches das erneute Vordringen des Gottes Sanor, des Einen und Ersten, verhindern kann. Tatsächlich ist Eirion mit drei Welten verbunden: der Angulis, wo sie geboren wurde, der Caernadons und der Fianns, woher ihre Ziehmutter Gwenlian kam. Radscha stellt Eirion Tork zur Seite, einen jungen Einsiedler, in den Eirion sich verliebt. Tork ist der letzte Hüter des Steins der Gnade, eines magischen Artefakts aus uralter Vergangenheit, das Eirion die Macht verleihen soll, ihrer Bestimmung gerecht zu werden. Tork bringt Eirion rechtzeitig aus Lemmas fort, ehe die Jünger des Gottes Fál sie doch noch als Hexe aburteilen können. Einer weiteren Attacke Rikkas können sie ebenso entgehen, bevor Tork Eirion auf einem Handelsschiff den Fluss Ank hinauf bis nach Anguli bringt, wohin Eirion jedoch nur allein gehen kann. In Luba jedoch startet Rikka eine neue, raffinierte Attacke. Martes Tochter Diann, eine aggressive, scharfzüngige junge Frau, gezeugt von dem ominösen Selall, hat sich von ihrer Mutter losgesagt und ist in die Dienste Rikkas getreten. Diese benutzt sie nun, um auf magischem Weg über die Linien der Macht nach Luba zu reisen, Eirion den Stein der Gnade zu stehlen und ihn gegen eine Attrappe auszutauschen. Rikka benutzt nun den Stein, um den verbannten Gott Sanor aus seinem Gefängnis zu befreien, dem Za'mar-a, einer zu einem steinernen Baum erstarrten Quelle der Magie, deren Macht allein in der Lage war, das Böse jahrtausendelang gefangen zu halten. Drei dieser Quellen gibt es in der Welt, und nur eine ist noch nicht unter Sanors Kontrolle. Sie liegt in der Wüstenoase Bulall, und von ihr zehren die Priesterinnen der Fianna.

Marban muss nun feststellen, dass das Purpurne Feuer erloschen ist und nicht mehr mit ihm spricht. Er entwickelt des Weiteren ein starkes Interesse für Ila, eine neue Sklavin Rikkas, die von geheimnisvoller Abstammung ist. Den Zudringlichkeiten Marbans erwehrt sich Ila noch durch ein Schlafmittel, das Marban aufhält, aber die Vorräte gehen zur Neige.

Eirion trifft auf Lados Sohn Arild, der sie nach Anguli führt. Als sie in den Grotten der Seelen, dem Zugang zu Anguli, die Kraft des Steins der Gnade ausprobieren will, rührt dieser sich nicht. Eirion verbringt eine Liebesnacht mit Tork, ehe die beiden sich trennen müssen.

Aber auch in Anguli haben sich die Dinge verändert. Missgunst und Fehlverhalten haben dazu geführt, dass die Autorität von Schwanenkönig Olfros und seiner Gattin Nuria geschwächt wurde. Die beiden Wortführer der Opposition, Bibiana und Nimu, wollen König und Königin absetzen, aber es hat sich etwas ereignet, das aller Aufmerksamkeit bedarf: Eine Gruppe junger Unzufriedener hat sich aus Anguli fortgestohlen, um in der Welt der Dinge ihr Glück zu versuchen. Die Gefahr ist groß, dass sie durch ihr Auftreten in der Menschenwelt auf die Existenz Angulis aufmerksam machen und es so der endgültigen Zerstörung anheim geben.

Derweil ist der zornige Sanor erwacht und schart ein Heer aus Geistern und alten Vertrauten, den Faunen, um sich. Seine wichtigsten Ziele sind die Eroberung der Quelle von Bulall und die Ausschaltung Eirions.

Im Jahr 2089 nach Fál, dem Jahr 816
nach der Neugründung des Alten Reiches unter Eirion,
Einerin der Reiche und Bewahrerin des Friedens,
Hohepriesterin und Königin in der Nachfolge
des Kasseidengeschlechts, Statthalterin der Neuen Göttin,
deren Kommen dem Ork Nuado verheißen ist.

Eirion spricht:

Die Wüste. Sanfte Dünenriesen, so weit der Blick reicht. Gleißendes Licht, so viel das Auge ertragen kann. Und Weite – so viel Weite, wie die menschliche Seele zu erfassen es wagt. Sandzikaden zirpen ihren unirdischen Gesang, Wüstenuhus gleiten mit lautlosem Flügelschlag über das Land, flüchtige kleine Schatten in dieser golden schimmernden Welt. Hier und da ertönt der dünne, heisere Ruf eines hungrigen Schakals, eindringliche Mahnung, dass auch hier noch das Gesetz des Stärkeren gilt, dass der Friede der Wüste ein trügerischer ist. Nirgendwo liegen Tod und Leben so dicht beieinander wie hier.

Und hierhin habe ich mich zurückgezogen, um meine Chronik zu vollenden. Nur hier, wo die Stimmen von Wind und Sand, von Meer und Ewigkeit zu mir sprechen, ist mein Geist so frei und klar, dass ich von den furchtbaren und von den schönen Dingen jener Zeit erzählen kann, ohne befürchten zu müssen, dass mein eigener Kummer und mein eigenes Urteil mich blind machen gegen die vielen Gesichter der Wahrheit.

Die Amtsgeschäfte in Neu-Léth habe ich für die Dauer meiner Abwesenheit in die Hände der erfahrenen, verlässlichen Priesterinnen des Hohen Rats gelegt, die mein volles Vertrauen genießen. Offiziell bin ich hier, um den Bau des Neuen Tempels für die Göttin zu überwachen und ihn in allen Phasen seiner Fertigstellung mit meiner Magie zu begleiten, damit die Göttin eines Tages darin Wohnung nehmen möge.

Der Neue Tempel ... Ein trauriges Lächeln legt sich über meine Züge, ein Lächeln, das in den Augen schmerzt. Denn ich weiß, wie nutzlos dieser Tempel sein wird. So nutzlos, wie alle Tempel es sind. Aber die Menschen wollen solche Bauten, weil sie glauben, ihren Göttern dort näher zu sein.

O ihr Narren! Als brauchten die Götter Steine und Mörtel, um gegenwärtig zu sein! Strahlend und weiß erheben sich die Mauern des Neuen Tempels in den Himmel, als wollten sie den Mond und die Sterne umarmen. Doch sie werden niemals zu ihnen hinaufreichen, so wenig wie die Pracht ihrer Altäre in den Seelen der Menschen jenen wunderbaren Widerhall wecken wird, den die Schönheit eines einzelnen Blattes, das aus einer Knospe bricht, zu erzeugen vermag.

Aber die Menschen werden noch lange Tempel und Kirchen bauen und Gott in der Dunkelheit suchen, weil sie ihn im hellen Licht der Sonne und den silbernen Strahlen des Mondes nicht erkennen.

Und ich gebe ihnen, was sie wollen, wider besseres Wissen und obwohl ich lange dagegen gekämpft habe. Selbst in den Reihen der Priesterinnen ernte ich nur Unverständnis, wenn ich sage, dass das Göttliche – welchen Namen sie ihm auch geben – nicht mit steinernen Kirchen verehrt werden will, sondern mit dem Leben und dem Alltag eines jeden Einzelnen von uns. Jedes frohe Lied ist Gebet, jedes freundliche Wort, das der Wind von einem Menschen zum anderen trägt, ist Huldigung. Jedes Brot, das mit Liebe gebacken wird, ist Opfergabe. Und überall dort, wo ein Mensch schweigend und ehrfürchtig zu den Sternen aufblickt, ist Gott Gegenwart.

Aber die Menschen sind noch nicht reif für dieses größte und letzte Mysterium des Lebens, und so werde ich ihnen also einen weiteren Tempel geben. Vielleicht können die meisten von ihnen die Nähe des Göttlichen auch nur in der gezähmten, sicheren Umfriedung hoher Mauern ertragen, weil es in seiner gewaltigen, ungezähmten Wildheit das Fassungsvermögen ihrer Seelen übersteigt.

Eines Tages ... vielleicht eines Tages.

Der Neue Tempel wird an dem Ort gebaut, an dem drei Gebiete der Wüste zusammenstoßen, die ich besonders liebe: das Meer der Tausend Stimmen, das Blaue Labyrinth und der Garten der Götter. Es war eine egoistische Entscheidung, denn ich werde oft hier sein.

Die Sonne, ein glühender, roter Ball, steht jetzt dicht über dem Horizont, und mit dem Abend werden immer neue Stimmen laut. Die Arbeiter, die in den heißen Mittagsstunden geruht haben, nehmen ihr Werk mit neuem Elan wieder auf. Es sind starke, gesunde Männer, die einen guten Lohn für ihre Mühe erhalten; Sklaven gibt es schon lange nicht mehr, weder in Fiann noch andernorts auf dem Ork Nuado.

Ich sitze mit untergeschlagenen Beinen im Sand, und immer wieder streifen mich besorgte Blicke der jungen Priesterschülerinnen, die das Missgeschick haben, mich in diesen Wochen bedienen zu müssen. Ich nenne es ein Missgeschick, weil sie selbst es so empfinden. Sosehr ich die Wüste liebe, so wenig ist es mir bisher gelungen, diese Begeisterung auch in anderen zu entfachen. Die jungen Frauen, die alle in der Sicherheit ihrer Städte fernab des Wüstensandes aufgewachsen sind, fürchten indes weniger um sich selbst als um mich, weil ich alle Vorsichtsmaßnahmen außer Acht lasse, die sie für lebenswichtig halten. So benutze ich keins der großen, steifen Sitzkissen aus den Schneiderwerkstätten Neu-Léths. Sie werden aus einem speziellen, undurchlässigen Material genäht, das weder die

Giftzähne der zahlreichen Schlangenarten der Wüste durchdringen noch der Stachel eines Skorpions. Aber ich liebe das Gefühl des weichen, atmenden Sandes unter mir – und ich weiß, dass kein Tier der Wüste mir jemals ein Leid antun würde. Denn hier, im ganzen Gebiet zwischen dem Großen Schweigen im Norden und dem Land des Durstes im äußersten Südwesten, ist noch die alte Magie wirksam, und die Tiere, die hier ihren Ursprung haben, erkennen mich als Teil dieser Magie und achten mein Leben so wie das ihre. Einzig von den wenigen überlebenden Suscha-Tigern, die vor allem nachts hungrig das Land durchstreifen, droht mir Gefahr, denn sie entspringen nicht der Wüste und befolgen kein Gesetz als das ihre. Es sind wunderschöne Geschöpfe, die Suscha-Tiger, seltsam und sehr alt – so alt wie die Zeit selbst vielleicht. Wer weiß? Ich habe sie nur einmal aus der Nähe gesehen, und es war ein wahrhaft Ehrfurcht gebietender Anblick, den sie boten. Eine schweigende, wachsame Phalanx von Kriegern, fast mannshoch, mit bronzefarbenem Fell und einem dolchscharfen Horn auf der Stirn. Und sie hatten sich der Führung eines Mannes unterstellt, den ich nur allzu gut kannte ...

Aber das gehört nicht hierher, und diese Abschweifung mahnt mich, den Faden meiner Geschichte wieder aufzunehmen und mit meiner Chronik fortzufahren. Denn ich spüre, dass nicht mehr viel Zeit bleibt, bevor ein neuer Kampf beginnen wird – und es wird ein furchtbarer Kampf werden, auch das sagt mir mein Gefühl.

Nun denn.

Die Sonne ist jetzt nur noch ein schmaler, goldener Streifen, der am Horizont mit dem unendlichen Sandmeer der Wüste verschmilzt. Aus ihren letzten Strahlen webe ich ein Netz aus Licht und werfe es über die Tempelstätte, damit die Arbeiter in den kühlen Stunden des Abends ihr Werk fortsetzen können.

Sie werden in dem weißen, körperlosen Licht, dessen Magie mich meine wunderbare Freundin Radscha gelehrt hat, bis zum Sonnenaufgang arbeiten und sich dann niederlegen, um zu ruhen, während ihre Kameraden ihr Werk fortsetzen. Die Männer arbeiten in zwei Schichten, denn es soll eine ganze Tempelstadt hier in der Wüste entstehen, und sie soll bis zum Fest der Regenbogengöttin in sechs Monaten fertig gestellt sein.

Vom Lagerplatz der Handwerker trägt der Abendwind vertraute Gesänge zu mir herüber; einige junge Zigeuner haben sich den Arbeitern angeschlossen, und ihre leisen, sehnsüchtigen Lieder berühren meine Seele stets auf eine besondere Art. Ich glaube nicht, dass sie bis zur Fertigstellung des Tempels bleiben werden; es hält sie niemals lange an einem Ort, und ich weiß, ich werde es bedauern, wenn sie weiterziehen, denn so wie die Wüste bedeuten auch die Zigeuner ein Stück Heimat für mich. Wie die Wüste scheinen sie dem Leben selbst näher zu sein, jener Urkraft des Lebens, die Wahrhaftigkeit und Wahrheit bedeutet und die es mir auf seltsame Weise erleichtert, ruhigen Sinnes meine Geschichte zu erzählen.

Von einem ihrer Lagerfeuer stieben jetzt Funken in den dunklen Himmel auf; der Ruf des Schakals weht körperlos und geisterhaft über die Wüste, die Zimmerleute der Nachtschicht hämmern ein Holzgerüst für den nördlichen Glockenturm des Tempels ... Und meine Gedanken lösen sich vom Hier und Heute und treten einmal mehr die Reise durch Raum und Zeit an, um den geheimen Ort der Vergangenheit zu besuchen.

KAPITEL 1

Im Jahr 1002, in Tarlin

Marban, der sich jetzt König der Vereinten Reiche von Caernadon und Sonniana nannte, atmete tief den kühlen Morgenwind ein, der über die Zinnen von Burg Tarlin wehte. Doch wie erwartet brachte ihm das keine Erleichterung. Der Gestank des Bitterklees klebte in seinen Lungen und floss mit seinem Blut durch seinen Körper. Vier Mal in den letzten Monaten hatte der Gestank Tarlin heimgesucht, jedes Mal spät am Abend, um sich dann mit den ersten Sonnenstrahlen des neuen Tages wieder zu zerstreuen. Und er schien in der Burg selbst seinen Ursprung zu haben, denn nirgendwo war der Geruch so durchdringend wie dort. Als der Ekel erregende Pesthauch sich zum zweiten Mal über die Stadt legte, hatte Marban von seinen Soldaten jeden Winkel der Burg durchsuchen lassen. Doch die Männer hatten nichts gefunden – auch nicht beim dritten Mal und auch nicht in der vergangenen Nacht ...

Marban schlug mit der Faust auf das Geländer der Brustwehr und zuckte zusammen. Ein stechender Schmerz, von dem er wusste, dass er den Namen »Gicht« trug, fuhr ihm bis in die Schulter hinauf. Übelkeit wollte in ihm aufsteigen, die Übelkeit ohnmächtiger Angst, doch er kämpfte diese Regung mit unbarmherziger Disziplin nieder. Seit das Purpurne Feuer vor etwa vier Monaten erloschen war, holten die Jahre, die er anderen gestohlen hatte, ihn mit Macht ein. Und obwohl er in jeder freien Minute mit der kleinen schwarzen Öllampe experimentiert und jede ihm verfügbare Magie zu Hilfe genommen hatte, blieb das Purpurne Feuer stumm. Nur ein einziges Mal hatte er geglaubt, eine Reaktion bei der Öllampe zu spüren, einen Funken Leben, der sich in dem bauchigen kleinen Gefäß regte. Es mochte reiner Zufall gewesen sein, dass jene seltsame weiße Seide bei diesem Experiment auf seinem Pult gelegen hatte. Und vielleicht war es auch tatsächlich nicht mehr als ein Zufall, denn es geschah kein zweites Mal. Schließlich hatte er in seiner Verzweiflung sogar versucht, das Purpurne Feuer wie eine ganz gewöhnliche Öllampe zu benutzen – er hatte die kostbarsten Öle, die auf Burg Tarlin zu finden waren, in den kleinen Behälter gefüllt und geduldig einen brennenden Holzspan an den Docht gehalten –, aber die Öllampe verweigerte ihm selbst diesen alltäglichen Dienst. Dieses letzte Experiment hatte dem König von Caernadon und Sonniana jedoch keineswegs den Mut genommen – vielmehr war seine Hoffnung gewachsen, als der ölgetränkte Docht sich stets aufs Neue der Flamme widersetzte. Das Purpurne Feuer hatte seine Magie also nicht gänzlich verloren; aus irgendeinem Grund verwehrte es ihm nur plötzlich den Gehorsam. Und es gab für ihn keinen Zweifel daran, welchen Namen dieser Grund trug.

Marban wandte den Blick nach Norden, wo jenseits der Provinz Orra die Sümpfe der Verlorenen begannen. Und im Herzen dieser Sümpfe lag Mara, ein Ort, den er nie mit eigenen Augen gesehen hatte und der doch seit vielen Jahren sein Denken beherrschte. Was war geschehen in Mara? Wo, wenn nicht dort, war Sanor, der jetzt seit Monaten mit ihm spielte wie eine fette, satte Katze mit einer Maus, die sie nur zum Vergnügen quälte?

Wieder schlug Marban auf das Geländer, und diesmal trieb ihm der Schmerz die Tränen in die Augen und raubte ihm den Atem. Beim allmächtigen Fál! Seine Knochen waren so trocken und brüchig wie die eines Greises. Stöhnend rieb er sich die dünn gewordenen Finger – und fuhr jäh herum.

Ein Laut, der beinahe wie ein Kichern klang, bösartig und vertraut, hatte ihn aufgeschreckt.

»Fühlt Ihr Euch heute Morgen nicht wohl, König von Caernadon und Sonniana?«

Ein hoch gewachsener Fremder stand vor ihm, so nah, dass er nur die Hand hätte auszustrecken brauchen, um ihn zu berühren. Der Mann überragte ihn um Haupteslänge. Er trug ein enges, grünes Wams, das sich über seinem ungewöhnlich muskulösen Körper spannte, als werde es bei der ersten unbedachten Bewegung bersten. Auch seine Beinkleider waren geradezu obszön eng geschnitten und zeichneten sein übergroßes Geschlecht nach.

»Wie kannst du es wagen«, fuhr Marban auf, »dich deinem König zu nähern, ohne ...«

Das Wort erstarb ihm in der Kehle. Eine widerliche, stinkende Wolke flog auf ihn zu und hüllte ihn ein wie ein erstickendes Tuch. Entsetzt sprang er zurück und prallte schmerzhaft gegen das eiserne Geländer der Brustwehr.

Und dann begriff er.

»Du!«, stieß er hervor, einen Moment lang außer Stande, seine Gedanken zu sammeln.

Das vertraute Lachen antwortete ihm, ein Lachen wie das Zischen einer Schlange. Das Bild des Fremden schimmerte kurz, die wilden schwarzen Haare, die ihm bis auf die Schultern reichten, schienen sich zusammenzuziehen und gleichzeitig wie geschmolzenes Harz seinen ganzen Körper hinunterzufließen, bis ein dunkles, bläuliches Fell seine Arme überzog, sein Wams verdrängte und schließlich bis zu den Füßen hinunterwogte. Bis zu den Füßen ...

Mit weit aufgerissenen Augen sah Marban zu, wie das Fell über die Knöchel des Mannes kroch und seine Füße sich unerträglich krümmten, unmöglich, un*menschlich* ...

Wie unter Zwang ließ Marban den Blick von den drei gebogenen Krallen, die an die Stelle der Zehen getreten waren, wieder nach oben wandern. Schwarze, feucht glänzende Schwingen hingen von den ausgestreckten Armen des Fremden herab, flatterten wie große, lederne Tücher im Morgenwind. Die Ohren der Kreatur schienen mit dem Kopf verschmolzen zu sein; dafür wuchsen über seinen Schläfen jetzt spitze, in sich gedrehte Hörner aus dem Schädel. Ohne es zu wollen, flog Marbans Blick noch einmal am Körper des anderen herunter und verharrte auf dem gewaltigen, erigierten Etwas, das aus seinen Lenden ragte.

Wieder erklang das unangenehme Lachen des Mannes, der sich der Eine und Erste nannte, dann schimmerte seine Gestalt aufs Neue, und so schnell, als wäre sein Anblick nur ein Trugbild der Sonne gewesen, hatte er wieder seine menschliche Gestalt übergestreift.

»Hast du genug gesehen, König von Caernadon und Sonniana«, erkundigte er sich mit katzenhafter Freundlichkeit, »oder möchtest du dich noch ein Weilchen länger an meinen besonderen Vorzügen ergötzen?«

Marban atmete vorsichtig ein und stellte zu seiner Erleichterung fest, dass der überwältigende Gestank des Bitterklees sich zerstreut hatte. Er füllte seine Lungen mit frischer Morgenluft, dann zog er, so arrogant er es vermochte, die Augenbrauen in die Höhe. Aber noch ehe er Sanors dreiste Unterstellung entrüstet zurückweisen konnte, legte der Eine und Erste den Kopf in den Nacken und ließ sein Gelächter über den Wehrgang schallen, dass Marban befürchtete, es müsse bis hinunter nach Tarlin-Stadt zu hören sein.

»Erspar mir deine Empörung, *König*«, erklärte Sanor höhnisch. »Glaubst du, es sei mir in all den Jahren unserer geschätzten Freundschaft entgangen, dass ein gut gebauter Knabe dich mindestens so sehr beflügelt wie eine Frau mit breiten Hüften und vollen Brüsten?« Sanor hob die Hand, um jeden Protest von Seiten Marbans im Keim zu ersticken, und Marban begriff, dass er nicht noch einmal den Fehler machen durfte, den Einen und Ersten zu unterschätzen. Mochte Sanor ruhig wissen, dass er ab und zu nichts gegen einen schönen jungen Mann einzuwenden hatte – was schadete es? Es gab weitaus wichtigere Angelegenheiten zu besprechen.

Marban zuckte geringschätzig mit den Schultern. »Ich nehme an, du bist nicht den weiten Weg von Mara nach Tarlin gekommen, um dich mit mir über meine Neigungen zu unterhalten?«

Das spöttische Grinsen verschwand aus Sanors Zügen, und Marban richtete sich ein wenig höher auf.

Vorsicht!, ermahnte er sich. Es würde seiner Sache nicht dienen, den Einen und Ersten zu erzürnen; andererseits durfte er keine Schwäche zeigen, denn diese Eigenschaft schätzte Sanor bei seinen Verbündeten nicht; so viel hatte *er* in den langen Jahren ihrer »geschätzten Freundschaft« begriffen.

Einen Herzschlag lang maßen sich die beiden Männer mit Blicken. Aus den Augenwinkeln sah Marban zwei Diener mit Kehrbesen und Schaufel um die Ecke des Wehrgangs kommen, um ihren allmorgendlichen Rundgang dort zu machen. Mit einer schroffen Handbewegung schickte er die beiden weg. Im gleichen Augenblick trug der Wind aus der anderen Richtung Bruchstücke eines Gesprächs zu ihnen herüber – es musste inzwischen die Zeit des Wachwechsels sein, und in Kürze würde es auf dem Wehrgang von Soldaten nur so wimmeln.

Marban sah ihn abwartend an. »Nun, König von Caernadon und Sonniana, willst du dir nicht anhören, was ich zu sagen habe?«

Heiseres Gelächter wurde laut, raue Männerstimmen kamen näher.

Marban biss die Zähne zusammen und zeigte mit dem Kopf auf den dunklen Treppenaufgang, der in die Burg hinunterführte. »Was immer es ist«, erwiderte er knapp, »es wird warten müssen, bis wir in meiner Amtsstube sind.«

Im gleichen Augenblick, als er seine Amtsstube betrat, wusste Marban, dass es ein Fehler gewesen war, hierher zu kommen. Auf seinem Pult stand noch immer das Purpurne Feuer, mit dem er auch am vergangenen Abend wieder experimentiert hatte. Daneben lagen schwarze Kerzen, Spiegel und andere Artefakte, denen frühere Magier Zauberkräfte zugeschrieben hatten, die ihm, Marban, jedoch nicht viel nutzten, da sein Zugriff auf ihre Magie trotz all seiner Bemühungen immer noch viel zu gering war.

Vor allem aber lag dieses kleine Häufchen weißen Stoffs auf seinem Pult, auf das er in den letzten Wochen so viel Hoffnung gesetzt hatte ...

Es war unmöglich, irgendetwas von alledem vor Sanor zu verbergen, der unmittelbar nach ihm eintrat, und Marban unterdrückte jede Regung, es auch nur zu versuchen. Stattdessen ging er mit langen, entschlossenen Schritten um den Tisch herum zu dem Lehnstuhl, auf dem schon Uisnach gesessen hatte und vor ihm dessen Vater und Großvater. Auch wenn Marban es vorgezogen hätte, Sanor nichts von seinen verzweifelten Experimenten mit dem Purpurnen Feuer sehen zu lassen, so gab ihm dieser Raum, den schon der große Ahud benutzt hatte, ein wenig von seiner Zuversicht zurück. Er war kein Niemand, der um ein Almosen bettelte! Er war Marban, Priester des All-Einen Gottes und König der Vereinten Reiche von Caernadon und Sonniana – und er besaß noch immer einen Trumpf, von dem diese ... diese Kreatur nichts ahnte.

»Nimm Platz«, sagte er herablassend an Sanor gewandt, während er sich auf dem beinernen Stuhl der Ahuden niederließ.

Doch Sanor machte keine Anstalten, dieser Aufforderung Folge zu leisten. Stattdessen griff er versonnen nach der kleinen Öllampe in der Mitte des Pults und drehte sie zwischen den Fingern. Dann ließ er den Blick langsam über das Sammelsurium magischer Artefakte wandern, die um das Purpurne Feuer versammelt waren. »Schwarze Kerzen, doppelte Spiegel, ein Kelch ...« Er sah auf. »Was sagen denn deine Hexer zu so viel Magie?«, fragte er. Und fügte hinzu: »Falls du mit diesen Dingen umzugehen weißt?« Dann stockte er plötzlich, und Marban folgte seinem Blick.

Mit angewiderter Miene hob der Eine und Erste das unscheinbare Häufchen Stoff auf. Meter um Meter floss die hauchdünne weiße Seide von seinen Fingern zu Boden. »Woher hast du *das?«*, fragte er scharf.

Marban blinzelte mit gespieltem Erstaunen. »Einer meiner Kapitäne hat es aus dem Norden mitgebracht«, erwiderte er beiläufig. »Es ist im Augenblick sehr beliebt bei den vornehmen Damen in Caernadon. Aber ich nehme nicht an, dass du dich für die neueste Mode hierzulande interessierst, mein Freund und Gefährte?«

Zum ersten Mal spürte Marban so etwas wie Unsicherheit bei dem Einen und Ersten. Vielleicht war es doch nicht so verkehrt gewesen, ihn diese Dinge sehen zu lassen? Mit schmalen Augen beobachtete Marban, wie Sanor die seltsame weiße Seide zu Boden fallen ließ.

»Einer deiner Kapitäne hat den Stoff mitgebracht, sagst du?«, wiederholte Sanor. »Ich würde den Mann gern sprechen.«

Sanor ließ sich auf den Stuhl auf der anderen Seite des Pults sinken und streckte lässig seine langen Beine aus.

»Das wird leider nicht so bald möglich sein«, erwiderte Marban. »Er ist vor einigen Tagen mit einem neuen Auftrag wieder aufgebrochen.«

»In welche Richtung?« Sanor ahmte den gleichgültigen Tonfall gekonnt nach, aber Marban ließ sich nicht so leicht täuschen.

»Nach Süden«, log er – und hatte das unangenehme Gefühl, dass Sanor Kapitän Mo überall suchen würde, nur nicht im Süden. »Aber noch einmal, mein geschätzter Freund«, sprach er – eine Spur zu hastig – weiter. »Interessierst du dich wirklich so sehr für modischen Tand?«

»Nicht mehr als du, König von Caernadon.« Sanor zeigte mit dem Kinn auf das Purpurne Feuer. »Bereitet mein kleines Geschenk dir etwa Kopfzerbrechen?«, setzte er unvermittelt hinzu.

»Dein Geschenk!«, fuhr Marban auf.

»Du bezweifelst es?« Sanor lachte leise. Dann beugte er sich vor, streckte die Hand aus und hielt sie einen Moment lang über die kleine Öllampe.

Marban sog scharf die Luft ein.

Eine purpurne Flamme züngelte unter Sanors Fingern in die Höhe.

Marban musste sich beherrschen, um nicht gierig und verzweifelt nach dem magischen Artefakt zu greifen, das für ihn den Unterschied zwischen Leben und Tod bedeutete. Schnell senkte er die Lider.

»Zweifelst du noch immer, mein ... Freund?«

Plötzlich durchfuhr ein heißer Strom Marbans Körper, ein Strom, von dem er wusste, dass er das Leben selbst war. Seine Lenden pulsierten, und das Bild der schönen, unnahbaren Sklavin, die Rikka als Zofe diente, stieg in ihm auf.

Nach jenem verheerenden ersten Beisammensein gleich nach Ilas Ankunft in Tarlin hatte Markan sich ihr nur noch ein einziges Mal genähert, mit demselben niederschmetternden Ergebnis: Er war eingeschlafen, bevor die Lakaien den letzten Gang abgetragen hatten. Danach hatte er es nicht mehr gewagt, sie in seine Gemächer zu rufen, aus Angst, seine Männlichkeit könne ihn ein drittes Mal im Stich lassen.

Und jetzt, mit dem Wiedererwachen des Purpurnen Feuers, kehrte das Verlangen nach ihr mit solcher Heftigkeit zurück, dass er beinahe bereit war, alles andere darüber zu vergessen. So übermächtig war seine Erregung, dass er das plötzliche Aufflackern des Erstaunens in Sanors Augen nicht einmal bemerkte. Marban krampfte die Finger um die Armlehnen seines Stuhls, damit der scharfe Schmerz der Gicht jenes andere, unerträglichere Brennen für einen Augenblick beiseite schöbe.

Doch der erwartete Schmerz blieb aus. Stattdessen spürte er, dass das kostbare, mit Elfenbein ausgelegte Holz der Armlehnen unter der Kraft seiner Finger zu brechen drohte.

»Ja, König von Caernadon und Sonniana«, erklang wie aus weiter Ferne die kalte, leblose Stimme des Einen und Ersten. »So *könnte* es sein. So könnte es *wieder* für dich sein. Eine Kleinigkeit für mich, ein Atemzug, oder noch nicht einmal das.«

Sanor lehnte sich auf seinem Stuhl zurück, und das Purpurne Feuer erlosch. Doch noch bevor Marban das Ersterben der Flamme sah, spürte er, wie die pulsierende Kraft zuerst aus seinen Lenden abfloss, dann aus seinem ganzen Körper. Machtvoller, als alle Worte es vermocht hätten, hatte ihm diese kleine Demonstration gezeigt, wie viel für ihn auf dem Spiel stand.

Vorsichtig atmete er durch die Nase aus. Sein Mund war plötzlich zu trocken, um zu sprechen, und entsetzliche Sekunden verstrichen, während er um Fassung rang. Die Hitze seines

Verlangens hatte sich wie ein mit winzigen, scharfen Widerhaken bewehrter Dorn in seinen Körper und seinen Geist gebohrt, und auch wenn seine Lenden ihre Kraft bereits wieder verloren hatten, würde die Erinnerung ihn weiter quälen, weiter ... und weiter ...

Endlich hatte er sich hinreichend gefasst, um sprechen zu können, auch wenn er wusste, dass seine Stimme bei den ersten Worten zittern würde.

»Nein, ich zweifle nicht mehr«, sagte er leise. »Was verlangst du von mir, damit ich dein ... Geschenk zurückbekomme?«

»Ah ja.« Sanor lehnte sich noch weiter auf seinem Stuhl zurück. »Immerhin stellst du endlich die richtigen Fragen. Was ich verlange ...« Der Eine und Erste sah Marban abschätzend an, und dieser verächtliche Blick genügte dem Priester, um sich vollends wieder zu fangen. Wer Schwäche zeigte, wurde gnadenlos ausgebeutet, das wusste niemand besser als er.

»Ich denke nicht, dass du hierher gekommen wärst, mein geschätzter *Freund«*, sagte er und verspürte eine leise Genugtuung darüber, dass seine Stimme jetzt wieder vollkommen ruhig klang, »wenn es da nicht auch etwas gäbe, das *du* von *mir* willst.«

KAPITEL 2

Sanftes Morgenlicht vermischte sich mit dem Schein der Kerzen, die das königliche Boudoir erhellten. Rikka lehnte sich mit einem leisen Seufzer auf ihrem hohen Frisierstuhl zurück und ließ ihren Blick müßig durch den Raum schweifen. Diese Gemächer hatten früher einmal Gwenlian gehört, der sie selbst in den letzten Monaten vor ihrem Tod im »Kampf der Königinnen« als Zofe gedient hatte. Jetzt erinnerte nichts mehr in diesen Räumen an deren ehemalige Bewohnerin. Kräftige Farben und scharfe Kontraste hatten die weichen Pastelltöne Gwenlians verdrängt, und an die Stelle der bequemen weichen Sessel, die Besucher zum Verweilen eingeladen hatten, waren steife, leichte Sofas mit geraden Rückenlehnen getreten. Gwenlian hatte immer ein offenes Ohr und ein mitfühlendes Herz für die Kümmernisse der einfachen Leute gehabt – und tatsächlich waren in den ersten Wochen, nachdem sie Gwenlians Platz so demonstrativ für sich beansprucht hatte, nicht wenige dieser Menschen auch zu ihr gekommen. Mit einem grimmigen kleinen Lächeln dachte Rikka an die kurzen Begegnungen zurück. Sie hatte keine Mühe gehabt, dem jungen Stallburschen klar zu machen, dass sie nicht die Absicht hatte, die Eltern seiner Liebsten, einer Krämerstochter aus Tarlin-Stadt, aufzusuchen, um ihnen zu erklären, dass der junge Mann zwar unter ihrem Stand sei, aber anstellig und klug – und dass es ihrer Tochter das Herz brechen würde, wenn sie einen anderen als ihn zum Manne nehmen müsse. Gleichermaßen kurz war ihr Gespräch mit einer Weberin ausgefallen, die ihr achtes Kind erwartete, ein letztes Geschenk ihres Gatten, bevor dieser im Krieg gefallen war. Es gab Hunderte von

Witwen allein in Tarlin, die mit ihren Kindern verhungerten. Aber wie immer in Zeiten großer Not würden nur die Stärksten überleben – und die neue Generation würde ein guter Nährboden für die Zukunft sein. Welchen Sinn hatte es, den Verlierern und den ewig Scheiternden die Hand zu reichen, damit sie ihre Schwäche an ihre Kinder weitergeben konnten und auch diese wieder nur zu Ballast für die neue Zeit wurden? Die zaghaften Vorstöße der Verzweifelten waren immer seltener geworden, und nach wenigen Wochen war der Besucherstrom fast vollends verebbt. Und das war gut so, denn es gab weitaus wichtigere Dinge, die ihre Aufmerksamkeit verlangten.

Auch jetzt verweilte Rikka nicht lange bei diesen Erinnerungen. Sie fühlte sich angenehm belebt nach der Nacht, die hinter ihr lag, auch wenn Sanor ihr kaum Zeit zum Schlafen gelassen hatte. Erst kurz vor Sonnenaufgang war seine schier unersättliche Gier gestillt gewesen, und er hatte sie wie immer ohne viele Worte verlassen, was sie bei seinen früheren Besuchen stets verärgert hatte. An diesem Morgen jedoch war sie es durchaus zufrieden gewesen, ihn ziehen zu lassen, denn er hatte ihr endlich die Nachricht gebracht, auf die sie so lange – viel zu lange – gewartet hatte. Es hatte begonnen ...

Während Ila mit gleichmäßigen, fließenden Bewegungen die Bürste Strähne für Strähne durch ihr Haar zog – eine Berührung, die sich unter den langen, makellosen Fingern ihrer Zofe wie ein Streicheln anfühlte –, überkam Rikka eine süße Schläfrigkeit, und ohne dass es ihr selbst bewusst war, glitt sie in einen Traum hinüber, von dem sie in dem Augenblick zwischen Schlafen und Wachen instinktiv erfasste, dass es nicht *ihr* Traum war.

Sie befand sich an einem Ort, den sie noch nie gesehen hatte, den sie aber bis in seine kleinste Einzelheit überdeutlich wahrnahm. Es war Nacht, und kühle blaue Steinriesen ragten um sie herum auf. Jeder dieser Felsen unterschied sich in tausendfacher Weise von allen anderen – und doch waren sie alle gleich. Es gab ungezählte Wege in diesem seltsamen Gebirge, die alle in verschiedene Richtungen führten und am Ende doch alle dasselbe Ziel hatten – alle bis auf einen. Sie wusste, dass sie eigentlich Furcht hätte empfinden müssen, aber sie fühlte sich vollkommen sicher an diesem Ort. Hier war ihre Heimat, hier der einzige Friede, den sie jemals finden würde. Ein Gefühl des Glücks, so tief und rein, wie sie es nie gekannt hatte, erfüllte ihr ganzes Sein. Sie war endlich angekommen, nach all dieser Zeit endlich am Ziel.

Mit stiller Gewissheit machte sie den ersten Schritt auf einem der hundert Wege um sie herum, dem einzigen Weg, der nicht in die Irre führte ...

Ein scharfes, disharmonisches Geräusch zerriss das dünne Gewebe ihres gestohlenen Traums, und Rikka fuhr erschrocken aus dem Schlaf auf.

Einen Augenblick lang glaubte sie, in einen neuen, nicht minder bizarren Traum hineingeraten zu sein, denn was sie sah, war unmöglich, vollkommen unmöglich.

»Was hast du getan?« Dianns Stimme war ein heiseres Zischen und die Worte kaum verständlich.

Rikka sah die junge Frau, unter deren Augen dunkle Ringe der Erschöpfung lagen, ungläubig an. Sie spürte, dass selbst Ila, die normalerweise durch nichts aus der Ruhe zu bringen war, erschrocken zurückwich. Dianns Kleider waren verdreckt und zerrissen, und in ihren Augen stand blanker Hass. Rikka zögerte nur kurz, dann gewann sie zumindest äußerlich ihre Fassung wieder. Sie sprang auf und ging mit ausgestreckten Armen auf das Mädchen zu.

»Diann!«, rief sie aus. »Bei der Göttin, du bist zurückgekommen! Ich fürchtete schon, ich hätte dich für immer verloren.«

Sie wollte die junge Frau in ihre Arme ziehen, doch Diann schüttelte sie ab. »Was hast du getan?«, wiederholte Diann mit einer Stimme, die Rikka kaum erkannte.

Sie hob beschwichtigend die Hände, versuchte aber nicht noch einmal, das Mädchen zu berühren. Dianns bäurisches, kantiges Gesicht war geisterhaft blass, ihr schwarzes Haar hing ihr wirr und verfilzt über die Schultern, und ihr Kleid bestand tatsächlich nur noch aus Lumpen, die sie nur mehr notdürftig bedeckten. Sie sah aus, als sei sie durch die Hölle gegangen – und das war sie wohl auch.

»Du musst Schreckliches durchgemacht haben«, sagte Rikka mitleidig. »Mein armes Kind!« Dann fügte sie, ohne sich umzudrehen, an Ila gewandt hinzu: »Lass uns allein. Du kannst mich später frisieren.« Während Ila auf ihre Kammer zuging, rückte Rikka mit einer einzigen geschickten Bewegung eins der eleganten, unbequemen Sofas näher an den Kamin heran, in dem das Feuer der Nacht nur noch schwach brannte. »Komm her und setz dich erst einmal«, sagte sie einladend. »Du siehst furchtbar aus!«

Kaum hatte sie diese letzten Worte ausgesprochen, bereute sie sie auch schon.

Dianns Augen blitzten trotz ihrer Erschöpfung zornig auf. »Ist das der Grund, warum du mich loswerden wolltest?«, stieß sie hervor. »Du erträgst nichts Hässliches und Unvollkommenes in deiner Nähe, nicht wahr? Das ist der Grund!« Diann machte keine Anstalten, sich zu setzen, sondern trat drohend einen Schritt auf Rikka zu.

Eine Woge sauren Schweißes schlug Rikka entgegen, doch sie zwang sich, ihren Abscheu zu unterdrücken. Genauso wenig gestattete sie sich, bei der äußeren Erscheinung des Mädchens zu verweilen, das sich in diesem bis ins kleinste Detail auf gefällige Schönheit bedachten Raum in der Tat wie ein plumper, widerwärtiger Käfer auf einer frischen Rosenblüte ausnahm. Doch Dianns wenig einnehmendes Äußeres war keineswegs der Grund gewesen, warum sie versucht hatte, das Mädchen auf den Linien der Macht zu »verlieren«.

Aber Diann war zurückgekommen – etwas, das absolut unmöglich war. Die einzige Magie, über die sie gebot, war die der Ganafrauen, nicht mehr als eine Spielerei und gerade genug, um einfache Krankheiten zu heilen oder die Gedankenrede zu praktizieren. Es war unmöglich – undenkbar –, dass eine dieser einfältigen Frauen mit der komplexen, dunklen Magie fertig wurde, die auf den Linien der Macht herrschte. Diann hätte niemals zurückkehren dürfen!

Aber das war nicht der richtige Zeitpunkt, um eine Erklärung für dieses unwahrscheinliche Geschehen zu suchen. »Was für ein Unsinn«, sagte Rikka mit ruhiger Autorität und ohne einen Anflug von Vorwurf oder Tadel in der Stimme. »Du bist überreizt und offensichtlich am Ende deiner Kräfte.« Während sie sprach, überschlugen sich ihre Gedanken, und um Zeit zu gewinnen, griff sie nach dem Schürhaken, um das Feuer im Kamin neu zu entfachen. Als die Flammen nicht sofort auf ihre Bemühungen reagierten, formte sie mit den Lippen einen einfachen kleinen Zauber, der augenblicklich die gewünschte Wirkung zeigte. Im Nu loderte ein helles Feuer auf, dem sie mit einigen gut getrockneten Holzscheiten zusätzliche Nahrung gab. Als sie sich Diann wieder zuwandte, wusste sie, was sie zu tun hatte.

Diann stand immer noch steif mitten im Raum, und Rikka sah, dass sie heftig zitterte und ihre Lippen eine ungesunde, bläuliche Farbe hatten.

»Du hast furchtbar gefroren auf den Linien der Macht, nicht wahr?«, fragte Rikka besorgt, und die ungewohnte Mütterlichkeit in ihrer Stimme erschütterte Dianns feindselige Haltung zumindest ein wenig. Die ersten Tränen bildeten sich in ihren Augen, wie Rikka befriedigt feststellte. Doch noch war ihr Widerstand nicht vollends gebrochen, der Zweifel nicht endgültig zerstreut, auch das spürte Rikka.

»Ich hole dir eine Decke«, sagte sie leise. Dann ging sie in den großen Nebenraum, in dem früher Gwenlian geschlafen hatte, wählte eine warme, aber schlichte Decke aus, die sie selbst niemals benutzte, und kehrte in das Boudoir zurück. Wie zufällig streifte sie dabei die halb geöffneten Vorhänge vor dem Südfenster – dem einzigen Fenster, durch das helles Tageslicht in den Raum gedrungen war – und zog sie zu. Mit einem unhörbaren Seufzer der Erleichterung trat sie vor Diann hin, und diesmal wehrte die junge Frau sie nicht ab, als Rikka sie am Arm nahm, mit sanfter Gewalt zu dem Sofa am Kamin zog und fürsorglich in die wollene Decke hüllte. Auf den Linien der Macht herrschte eine unerbittliche Kälte, und wenn man zu lange dort verweilte, gefror das Blut selbst zu Eis. Und Diann hatte nur ein leichtes, ärmelloses Sommerkleid getragen …

»Ich weiß, was du durchgemacht hast«, flüsterte sie, nachdem sie sich vor Diann hingekniet hatte. Dann begann sie, langsam und methodisch die klammen Hände des Mädchens zu massieren, damit das Blut dort wieder zirkulierete. »Ich weiß es«, sprach sie sanft weiter, »weil ich es selbst erlebt habe.«

Diann hob den Kopf, eine winzige Bewegung, die ihr jedoch unendlich schwer zu fallen schien. Mit einer Mischung aus Trotz und Verzweiflung sah sie Rikka an.

»O ja«, erwiderte diese. »Ich habe dich gesucht, nächtelang …« Sie schauderte und schloss einen Moment lang die Augen, als überwältige sie die Erinnerung an schreckliche Stunden. »Du dummes Kind«, sagte sie schließlich. »Glaubst du wirklich, ich hätte dich jemals mit Absicht dort zurückgelassen? Ich weiß nicht, wie das passieren konnte – du warst plötzlich nicht mehr an meiner Seite. Es war ein Albtraum ...« Wieder ließ Rikka ein Beben über ihren Körper laufen.

Die Tränen, die Diann bisher mühsam zurückgehalten hatte, brachen sich endlich Bahn. Rikka entspannte sich. Jetzt, nachdem nur noch das warme Licht von Feuer und Kerzen den Raum erhellte und sie damit Zugriff auf ihre ganz besondere Magie erhielt, würde es ihr ein Leichtes sein, Diann von ihrer Unschuld zu überzeugen. Sie erhob sich anmutig aus ihrer knienden Position, dann ließ sie sich neben Diann auf dem Sofa nieder und zog die weinende junge Frau in ihre Arme.

Während sie sie sanft hin- und herwiegte, ihr abwechselnd übers Haar strich oder liebevoll die Tränen vom Gesicht wischte, dachte sie fieberhaft nach.

Diann war in den Monaten seit Ilas Erscheinen nicht nur überflüssig für sie geworden, sondern auch unerträglich lästig. Mit ihrer kindischen Eifersucht auf Ila und ihrem ständigen Genörgel hatte sie sie Tag für Tag in Rage gebracht. Ihr Versuch, das dumme Geschöpf zu seiner Mutter, Marte, zurückzuschicken, war auf hartnäckigen Widerstand gestoßen. Sie hatte Diann jedoch auch nicht direkt befehlen können, die Burg zu verlassen: Das Mädchen wusste zu viel.

Natürlich hätte sich jederzeit ein Unfall arrangieren lassen oder sogar eine tödliche Krankheit, aber Diann war Martes Tochter, und Marte würde ihren Tod nicht hinnehmen, ohne Fragen zu stellen. Marte war jetzt die Anführerin der Ganafrauen, und Rikka machte nicht den Fehler, ihren Einfluss in Tarlin zu unterschätzen.

Nein, es war in jeder Hinsicht das Einfachste gewesen – und das Einfachste war oft auch das Sicherste –, das Mädchen spurlos verschwinden zu lassen. Marte hätte den Rest ihres Lebens damit verbringen können, nach ihrer Tochter zu suchen, ohne sie zu finden, und Fragen zu stellen, ohne auch nur einen winzigen Fingerzeig auf ihren Verbleib zu bekommen. Und wo könnte ein gewöhnliches sterbliches Wesen gründlicher verloren gehen als auf den Linien der Macht?

Nur dass Diann eben nicht verloren gegangen *war* ... Und das machte Rikka Sorgen; es musste eine Erklärung dafür geben, doch von den Möglichkeiten, die Rikka in den Sinn kamen, gefiel ihr eine noch weniger als die andere. Außer den Eingeweihten, die in jahrelanger, mühsamer Arbeit diese Kunst erlernt hatten und selbst dann nur um den Preis hoher Opfer sich ihrer bedienen konnten – außer ihnen gab es nur noch eine kleine Gruppe von Menschen, die ohne Preis oder Opfer, ohne die Zucht langer Jahre des Lernens diese Magie für sich nutzen konnten – aber das war in Dianns Fall unmöglich. Rikka lachte laut auf und kaschierte die Regung mit einem Husten. Was für eine lächerliche Idee, dieser rohe Bauerntrampel könne ... Rikkas Gedanken brachen ab. Es musste noch eine dritte Erklärung geben, die sie bisher nur übersehen hatte. Sie warf den Kopf in den Nacken und lachte. Diann, die Tochter einer Ziegenmagd und eines Herumtreibers – eine Unsterbliche! Was für ein köstlicher Witz. Das – und dieser seltsame Ausdruck in Dianns Augen, der ihr sagte, dass sie entgegen ihren Erwartungen die Zweifel des Mädchens keineswegs endgültig zerstreut hatte.

KAPITEL 3

Es schienen mehrere Minuten vergangen zu sein, während deren Sanor nur schweigend dagesessen und ihn angestarrt hatte. Marban hielt seinem Blick stand, ohne zu blinzeln. Doch es war nicht der Eine und Erste, den er sah. Vor seinem inneren Auge war ein Bild emporgewachsen, das ihm neue Kraft verlieh. Er hielt sich zäh an diesem Bild fest, denn es war der einzige wirkliche Trumpf, der noch in seinem Spiel verblieben war. Und es war ein Trumpf, der stechen würde. Wenn er nur diesen einen Gedanken im Sinn behalten konnte, konnte er das Spiel immer noch gewinnen. Äußerlich vollkommen gefasst, sah er Sanor weiter unverwandt an.

Plötzlich warf der Eine und Erste den Kopf in den Nacken und stieß ein kurzes, hartes Lachen aus. Nur das Zucken eines Muskels in Marbans Gesicht verriet sein Erschrecken über diesen unerwarteten Laut, dann hatte er sich wieder in der Gewalt.

»Na schön, König von Caernadon«, sagte Sanor belustigt. »Der Wolf hat seine Zähne also doch noch nicht ganz verloren. Das gefällt mir.«

Marban versagte sich jeden Kommentar zu diesem zweifelhaften Kompliment. Er zwang sich, in flachen, tiefen Zügen ein- und auszuatmen, zwang sich, das Bild festzuhalten, das seine einzige Rettung bedeutete. Zwang sich, nicht an das Pulsieren seiner Lenden zu denken, das das kurze Aufflackern des Purpurnen Feuers mit sich gebracht hatte. Denn Gier, wenn sie nicht von Vernunft beherrscht und gemäßigt wurde, bedeutete Schwäche, und Schwäche, selbst die kleinste Schwäche, bedeutete in seinem Fall den Untergang.

Als Marban weiter hartnäckig schwieg, zuckte Sanor die Achseln. »Wie du willst, König«, sagte er. »Lassen wir also die Spielchen und Spiegelfechtereien. Es soll mir recht sein. Meine Zeit ist kostbar – gerade jetzt.« Er zeigte mit dem Kopf auf das Purpurne Feuer, das nun wieder kalt und leblos zwischen ihnen auf dem Pult stand. »Du begehrst die Kraft dieser kleinen Öllampe.« Es war eine Feststellung, keine Frage, und Marban machte sich nicht die Mühe, darauf zu antworten. »Nun, du kannst sie haben«, fuhr Sanor fort. Dann hielt er abermals inne, um Marbans Reaktion zu beobachten.

Marban schluckte. Sein Mund war plötzlich trocken geworden, und seine Atmung drohte außer Kontrolle zu geraten. Mit einem Mal schien es unerträglich schwül im Raum zu sein. Marban widerstand der Versuchung, sein Halstuch zu lockern. Wieder über die Kraft der Jugend zu gebieten, morgens aufzustehen, ohne dass die vom langen Liegen steif gewordenen Glieder schmerzten ... Und Ila! Er spürte, wie ihm der Schweiß aus allen Poren drang.

Diesmal jedoch entging ihm Sanors Tun nicht. Das Eindringen des Einen und Ersten in seine Gedanken wirkte wie ein Eimer kalten Wassers auf seine erhitzte Fantasie.

Sanor hob die Hände und zog sich aus dem Bewusstsein des Priesters zurück. »Es interessiert mich nicht, was du mit der Kraft anfängst, die das Purpurne Feuer dir geben wird«, erklärte er beiläufig. »Mich interessiert nur, dass du deinen Teil unseres Handels einhalten wirst.«

Marban verschränkte die Hände ineinander und drängte jeden Gedanken an den kostbaren Trumpf, der ihn im Spiel halten sollte, beiseite. Er wollte nicht, dass Sanor dieses Bild in ihm fand und so von seinem Geheimnis erfuhr – noch nicht.

»Was ist das für ein Handel, den du mir vorschlagen willst?«, fragte er barsch. »Welchen Preis verlangst du? Die Kathedrale – und die Macht, die sie verbirgt?«

»Die Kathedrale könnte ich mir auch ohne deine Hilfe nehmen, wie du dir sicher denken kannst«, erwiderte der Eine und Erste mit einem unverhohlen drohenden Unterton in der Stimme. »Nein, was ich will, ist etwas anderes. Ich will deine Armee – so viele Männer, wie du zusammenbekommen kannst.«

Marban zog überrascht die Augenbrauen hoch. »Ich dachte, du verfügst selbst über eine Armee von beträchtlicher Streitkraft?«

»Meine Armee ...« Sanor lachte leise. »In der Tat, ich *habe* eine Armee, und sie kann mehr ausrichten, als hundert Armeen aus Fleisch und Blut es sich jemals erhoffen könnten.« Er stieß ein leises, unangenehmes Lachen aus. »Gestern hat sie ihre Schlagkraft zum ersten Mal unter Beweis gestellt – und meine kühnsten Erwartungen übertroffen.«

Marban schluckte trocken. Die Erwähnung einer Armee, die »nicht aus Fleisch und Blut« war, entsetzte ihn. Trotz all seiner eigenen Experimente mit der Magie war ein Teil von ihm immer noch tief im Denken der Fálianer verhaftet, die die magischen Künste aus ganzem Herzen fürchteten und verabscheuten. »Wenn das so ist, wozu brauchst du dann noch meine Soldaten?«, sagte er langsam.

Sanor kicherte leise, ein kaltes, freudloses Geräusch. »Ich brauche deine Männer nicht als Soldaten«, erklärte er mit unerträglicher Arroganz. »Es gibt nichts, was sie im Kampf ausrichten könnten, das meine ... Männer nicht hundert Mal besser erledigen würden.«

Marban hatte das kurze Zögern Sanors vor dem Wort »Männer« wahrgenommen, und seine Beklommenheit wuchs. »Wenn du keine Soldaten brauchst, was willst du dann mit meiner Armee?«

»Ich brauche deine Leute nicht für den Kampf, sondern ...« Sanor erwiderte Marbans Blick mit unverhohlener Belustigung. »Ich brauche sie als Träger.«

Das Gefühl zu ersticken war jetzt so überwältigend, dass Marban sich nicht länger darum scherte, was Sanor von ihm denken mochte. Er *musste* dieses Halstuch einfach lockern. Und er musste seine nächste Frage stellen, auch wenn er sich sicher war, dass er die Antwort darauf lieber nicht hören wollte. Er griff sich an den Hals und zerrte an dem Knoten im Nacken, der unter seinen nervösen Fingern noch strammer wurde. »Als Träger?«, wiederholte er mit geheucheltem Erstaunen. »Und was, bitte, sollen sie tragen?«

Sanor beobachtete Marbans fruchtlose Bemühungen kurz, dann erklärte er, als erstaune ihn die Unwissenheit des Priesters: »Wasser natürlich.«

»Wasser?« Marban traute seinen Ohren nicht.

»Wasser«, bekräftigte Sanor. »Das Einzige, was meine ... Männer benötigen, um zu – hm, sagen wir, um zu existieren.«

Die Hitze im Raum war unerträglich. Marban stand auf, um das Fenster zu öffnen und Zeit zu gewinnen. Bevor er sich wieder auf seinen Platz setzte, hatte er den Entschluss getroffen, vorerst keine Fragen nach der Natur dieser seltsamen Armee zu stellen, die keinen anderen Proviant zu benötigen schien als Wasser.

Nachdem er das Fenster geöffnet hatte, setzte Marban sich wieder auf seinen Platz, rückte seinen Stuhl ein wenig zurück und schlug die Beine übereinander. Jetzt, da ein schwacher Luftzug durch den Raum ging und nachdem es ihm endlich gelungen war, dieses verdammte Halstuch loszuwerden, fühlte er sich der Situation deutlich besser gewachsen.

»Ich verstehe«, sagte er, auch wenn das von der Wahrheit weit entfernt war. »Ich überlasse dir meine Armee – wozu auch immer –, und im Gegenzug dazu gibst du mir das Purpurne Feuer zurück. Habe ich das richtig verstanden?«

Sanor nickte, und Marban sprach unverzüglich weiter. »Das genügt mir nicht. Ich will mehr. Ich will deine Zusage, dass ich König von Caernadon bleibe – bis an mein Lebensende, was, mit dem Purpurnen Feuer in meinem Besitz, in einiger Entfernung liegen dürfte.«

Diesmal klang Sanors Lachen ehrlich erheitert. »Ich glaube nicht, dass du in der Position bist, mit mir zu feilschen, Priester.«

Doch Marban ließ ihn nicht aussprechen, sondern fuhr unbeirrt fort. »Ich werde König von Caernadon bleiben, und wenn du Fiann erobert hast, was zweifellos deine Absicht ist, will ich auch die Krone des Alten Reiches.« Marban ignorierte den ungläubigen Ausruf des Einen und Ersten. »Ich weiß, dass es dir nicht um die Art Macht geht, nach der es mich verlangt, daher denke ich, dass es uns gelingen wird, uns zur beiderseitigen Zufriedenheit … zu arrangieren.«

Marban hatte gesagt, was er zu sagen hatte, und sah den Einen und Ersten jetzt herausfordernd an.

»Lächerlich!«, rief Sanor aus, und Marban stellte befriedigt fest, dass es ihm gelungen war, seinen Gast aus der Fassung zu bringen.

»Lächerlich«, wiederholte Sanor. »Ich sage es noch einmal, Priester, du bist nicht in der Position, Forderungen zu stellen. Ich hätte gute Lust …«

»Nein«, fiel Marban ihm ins Wort. »Lass das lieber sein. Es wäre immerhin möglich, dass du es irgendwann bereuen könntest, mir gedroht zu haben. Um unserer künftigen Zusammenarbeit willen, mein Freund, lass dir einen Rat geben.«

Sanor sog scharf die Luft ein, und Marban befürchtete

einen Augenblick lang, sein Spiel überreizt zu haben. Aber dann sah er *sie* wieder vor sich und lehnte sich entspannt zurück.

»In der Tat«, begann er erneut zu sprechen, »ich denke, es ist ein kluger Rat, den ich dir geben will. Ziehe niemals voreilige Schlüsse, bevor du dich vergewissert hast, dass dein ... Gegner ... nicht einen Trumpf in seinem Blatt hält, mit dem er dir eine unangenehme Überraschung bereiten könnte.«

Sanor schnaubte verächtlich. »Du bist ein Nichts, Priester«, zischte er, »ein Wurm. Und ich habe noch nie einen Wurm gesehen, der einen Trumpf besessen hätte, mit dem er mir drohen könnte.«

»Was nur beweist, dass ich *kein* Wurm sein kann, nicht wahr, mein Freund und Gefährte?«, entgegnete Marban liebenswürdig. »Aber wie du selbst vorhin so trefflich bemerkt hast, lassen wir die Spielchen und Spiegelfechtereien. Denn auch *meine* Zeit ist kostbar.« Marban beugte sich vor und stützte die Ellbogen auf das Pult vor sich. »Ich besitze eine Waffe – eine mächtige Waffe –, die selbst für dich und deinesgleichen eine Gefahr darstellt – oder einen ungeheuren Vorteil, je nachdem, ob diese Waffe gegen dich gerichtet oder von *dir* benutzt werden wird.«

Marban meinte, einen flüchtigen Ausdruck der Erleichterung in Sanors Zügen zu entdecken, und die Haltung seines Gegenübers entspannte sich merklich. »Wenn du von dem Stein der Gnade sprichst, Priester, muss ich dich enttäuschen. Ich weiß zufällig, dass *diese* Waffe sich gewiss nicht in deinem Besitz befindet.«

Marban biss die Zähne zusammen. Also doch! Er hatte geahnt, dass Rikka ihn betrog. Aber dies war nicht der richtige Zeitpunkt, um darüber nachzudenken. »Nein, ich spreche *zufällig* nicht vom Stein der Gnade«, stieß er heiser hervor. »Was ich meine, ist allerdings vielleicht ebenso alt wie der Stein – und ebenso gefährlich.«

Diesmal machte sich Sanor nicht einmal die Mühe, die Behauptung des Priesters mit einem Lachen zu beantworten. »Es gibt nichts«, sagte er mit abgrundtiefer Verachtung, »nichts, das so alt oder so gefährlich – oder so mächtig – wäre wie der Stein der Gnade.«

Marban spitzte die Lippen. »Mir scheint, mein Freund und Gefährte, dass du der Welt tatsächlich zu lange fern warst. Du musst viel vergessen haben, wenn du dich nicht einmal mehr an *sie* erinnerst …«

»An *sie«,* wiederholte Sanor verständnislos.

»Denk zurück, mein Freund – mein Partner«, erwiderte Marban. »Denk weit, weit zurück. Eine Kreatur … Die einzige Kreatur auf dem Ork Nuado, die ihr Unsterblichen fürchten musstet.«

Ein Dämmern des Begreifens flackerte auf Sanors Zügen auf, seine Augen weiteten sich, und Marban glaubte zu sehen, dass sein Gesicht unter seiner kräftigen Bräune blass wurde.

»Die Tiger«, stieß der Eine und Erste heiser hervor. »Was weißt du über die Tiger?«

Bevor Marban jedoch antworten konnte, erklang ein leises Klopfen an der Tür. Der Eine und Erste bedeutete Marban mit einem kurzen Kopfschütteln, dass er jetzt keine Störung ihres Gesprächs wünsche, aber Marban ignorierte diese Geste ebenso wie die Übelkeit, die in ihm aufgekeimt war.

»Herein!«, rief er mit mühsam beherrschter Stimme.

Ein Lakai trat durch die schwere Eichentür und verbeugte sich unbeholfen. Er war kleinwüchsig und von grotesker Hässlichkeit, und seine linke Schulter war zu einem Buckel verwachsen, der ihm bis ans Ohr hinaufreichte. »Mein König«, begann der Mann, an dem die elegante schwarze Livree geradezu lächerlich wirkte, zu sprechen, bevor er sich vollends wieder erhoben hatte. Er war erst seit kurzem auf der Burg in Dienst und noch unsicher, was die Etikette seines neuen, nie erwarteten Standes in solchen Situationen verlangte. Marban seufzte leise. Die hohen Verluste durch den Krieg und die Notwendigkeit, alle einigermaßen kräftigen Männer in die Armee zu pressen, ließen ihm nicht mehr viel Auswahl, was die Dienerschaft betraf.

»Was gibt es?«, fuhr er den Unglücklichen barsch an. »Steh er nicht einfach so da, um zu gaffen!«

Der Bucklige riss sich zusammen. »Mein König«, wiederholte er, »Ihr habt befohlen, dass man Euch sofort Meldung machen solle, wenn Kapitän Mos Schiff im Hafen einläuft ...«

Weiter kam er nicht. »Schon gut«, unterbrach Marban ihn heftig. »Das ist jetzt nicht wichtig.« Und als der Mann keine Anstalten machte, sich zurückzuziehen, was er ohne ein weiteres Wort seines Herrn eigentlich hätte tun müssen, fügte Marban scharf hinzu: »Er kann jetzt gehen!«

Der bucklige Diener versuchte erschrocken, sich gleichzeitig zu verbeugen und rückwärts zur Tür zu bewegen. In seiner Nervosität und vielleicht auch, weil die hochhackigen, engen Schuhe, die zu seiner Livree gehörten, noch ungewohnt für ihn waren, stolperte er über seine eigenen Füße und fiel der Länge nach zu Boden. Zwei Soldaten, die wie immer vor dem königlichen Empfangsraum Wache gestanden hatten, kamen bei dem Lärm mit gezückten Schwertern und ohne vorher anzuklopfen hereingestürzt.

Marban sog scharf die Luft ein. Er spürte Sanors Spott so deutlich, wie er den Geruch des Bitterklees wahrnehmen konnte, wann immer es dem Einen und Ersten gefiel, diesen zu verströmen. Was für ein König war das, der von buckligen Tölpeln bedient wurde? Nicht genug, dass der Mann von Kapitän Mos

Rückkehr geplappert hatte – etwas, das Sanor nicht zu erfahren brauchte –, er hatte ihn auch noch vor den Augen des anderen herabgesetzt.

»Schafft ihn weg«, zischte er den Soldaten zu, die dem Buckligen inzwischen wieder auf die Beine geholfen hatten. »Bringt ihn in den Burghof. Dreißig Peitschenhiebe für seine Unverschämtheit.«

Ein Wimmern, das eher zu einem Tier als zu einem Menschen zu gehören schien, erregte von neuem Marbans Zorn. Er hob den Kopf, und sein Blick kreuzte den Sanors. Was er in den Augen des anderen sah, überraschte ihn – und weckte gleichzeitig seinen Abscheu. »Wartet«, befahl er den Soldaten, die bereits Anstalten machten, den greinenden Buckligen mit vereinten Kräften aus dem Raum zu schleifen. »Ich denke, wir ... *ich* will mir das Spektakel nicht entgehen lassen. Kettet ihn an den Pranger, wo alle ihn sehen können. Seine Strafe kann bis zum Abend warten.«

Der Bucklige stöhnte auf und hätte sich vor Marban auf die Knie geworfen, hätten die Soldaten ihn nicht mit unerbittlichem Griff aufrecht gehalten.

»Mein König!«, stieß er mit sich überschlagender Stimme hervor. »Habt Erbarmen! Ich bin ein kranker Mann. Dreißig Hiebe würden mich umbringen ...« Tränen liefen jetzt über das hässliche Gesicht des kleinen Mannes, und ein krampfhaftes Schluchzen schüttelte seinen entstellten Körper.

Marban sah aus den Augenwinkeln zu Sanor hinüber, und diesmal war er es, der in den Gedanken des anderen lesen konnte wie in einem aufgeschlagenen Buch. Nun den Gefallen konnte er ihm tun.

»Dreißig Hiebe würden dich töten, meinst du?«, fragte er den Buckligen mit einem Tonfall, der nichts von seinen Absichten verriet.

Der Mann nickte heftig. Hoffnung glomm in seinen Augen auf, und die Tränen versiegten.

Marban spitzte die Lippen, dann nickte er den beiden Soldaten zu, die ihren Griff bereits gelockert hatten. »Bringt ihn auf den Hof hinaus und bindet ihn«, erklärte er leidenschaftslos. »Er hat meine Neugier geweckt, und ich will ein kleines Experiment mit ihm machen.« Er musterte den Buckligen mit sachlichem Interesse, dann fügte er hinzu: »Wir wollen heute Abend einmal genau ermitteln, wie vieler Peitschenhiebe es bedarf, um eine solche ... Kreatur ... zu töten.«

Das Schreien des Buckligen war noch zu hören, lange nachdem die Türen sich hinter ihm geschlossen hatten.

Eirion spricht:

Ich reiste allein, nur mit meinem Falken hoch über mir am Himmel, als ich das erste Mal in die Wüste kam, und so schmerzlich ich den Mann vermisste, dem ich meine Liebe geschenkt hatte, begriff ich doch, dass ich an diesem Tag nicht einmal ihn an meiner Seite hätte haben wollen.

Ich fürchtete die Wüste nicht – nicht nur, weil ich von meinem Vater, Olfros, wusste, dass ich dort wie alle Unsterblichen mit der Magie des Herzschlags in kurzer Zeit selbst größte Strecken zurücklegen konnte, sondern weil meine Ziehmutter, Gwenlian, so oft und mit so viel Sehnsucht davon erzählt hatte.

Ich kam am Morgen in Táin Buláll an, der großen Wüstenstadt, in der ich jedoch nur mehr einen schwachen Abglanz ihrer früheren Pracht vorfand. Táin Bulál, das einst ein blühendes, reich bevölkertes Handelszentrum gewesen war, hatte von allen Städten des caernadonischen Reichs wohl am furchtbarsten unter dem Krieg und seinen Folgen gelitten. Ich hatte eigentlich nicht lange dort verweilen wollen, denn mich lockte die Wüste, die gleich hinter den gewaltigen Mauern im Südwesten der Stadt begann. Doch eine seltsame Faszination zwang mich, Stunde um Stunde durch die verlassenen Prachtstraßen im inneren Ring der Stadt zu wandern, breite Alleen, gesäumt von hohen, aus einem gelben, marmorierten Stein gebauten Häusern. Ich hatte in ganz Caernadon niemals etwas Vergleichbares gesehen. Auf breiten Säulen ruhten gewaltige Vordächer auf Säulen, die zwei ausgewachsene Männer kaum mit den Armen hätten umspannen können. Alles hier zeugte von Wohlstand und Geschmack – alles bis auf den Schmutz, die Verwahrlosung und den Sand, der mir an manchen Stellen bis zu den Knien reichte. Nicht einmal in den besten Zeiten vermochten die Mauern, die die Stadt im Süden und Westen gegen die Wüste beschirmten, ein Vordringen des Sandes ganz zu verhindern – und es sah so aus, als sei es lange her, seit die Bewohner Táin Bulálls ihren Kampf gegen diese Geißel der Wüste aufgegeben hatten.

Die Stadt war in halbkreisförmigen Ringen angelegt, und je weiter ich mich von ihrem Zentrum entfernte, umso bescheidener wurden die sichtbaren Zeichen des Wohlstands. Und erst dort, in den Armenvierteln, traf ich auf Menschen, auch wenn keiner von ihnen geneigt war, sich auf ein Gespräch mit mir einzulassen. Wie Geister bewegten sie sich durch die Straßen und verschwanden im nächsten Hauseingang, sobald sie mich kommen sahen. Selbst aus der Ferne spürte ich die Not und Verzweiflung derer, die zu alt, zu schwach oder zu eigensinnig waren, um ihre Heimat zu verlassen.

Die Mittagshitze legte sich schwer und lähmend über die Stadt, doch ich verspürte weder Durst noch Erschöpfung. Angst und Elend vergifteten die Luft, die ich atmete, und dennoch fühlte ich mich, seit ich nach Táin Bulâll gekommen war, so lebendig wie nie zuvor.

Olfros hatte mir gesagt, dass es so sein würde, aber dass diese nie gekannte Lebendigkeit, die wie Wein in meinem Blut floss, bereits in Táin Bulâll beginnen würde, damit hatte ich nicht gerechnet. Denn die eigentliche Wüste, jenes wahrscheinlich letzte Gebiet auf dem Ork Nuado, in dem noch die alte Magie wirksam war, begann ja erst hinter der Stadt. Dennoch spürte ich, dass eine seltsame Macht von diesem Ort ausging. Hatte Olfros sich geirrt? Oder hatte sich die Wüste im Laufe von Jahrtausenden immer mehr Raum gegriffen? Fragen, auf die ich keine Antwort hatte, die jedoch nur einen kleinen Teil meiner Aufmerksamkeit beanspruchten.

In den späten Nachmittagsstunden forderten Anstrengung und Müdigkeit schließlich doch ihren Tribut, und im äußersten

Ring der Stadt, in unmittelbarer Nähe der dicken Mauern zur Wüste hin, suchte ich mir im verlassenen Innenhof eines einstöckigen Hauses einen schattigen Platz zum Schlafen. Dies musste ehemals eine Taverne gewesen sein, die den Ärmsten der Reisenden Obdach geboten hatte, Abenteurern und Hasardeuren vielleicht, die in Gebieten ihr Glück suchten, die von vernünftigeren Menschen gemieden wurden.

Das verrostete Schild der Taverne klapperte leise in den kraftlosen Böen des Nachmittagswindes; Barko, mein treuer Wächter, zog über mir schweigend seine Kreise, und ich träumte von der Wüste, die an diesem Abend auf mich wartete ...

Wie kann ich sie mit Worten beschreiben, diese tiefe Ruhe, die mich in der Wüste überkam? Vielleicht am ehesten noch, wenn ich sage, dass aller Zorn aus meiner Seele floss, alle Angst um mich selbst, um die, die ich liebte, und auch um meine Welt, die sich in solcher Gefahr befand. Im großen Schweigen der Wüste treten alle Dinge weit zurück hinter das, was wirklich und was wesentlich ist. Doch das ist das letzte und größte Mysterium, das sich einem Menschen erschließen kann, und es wäre verfrüht, wollte ich an dieser Stelle versuchen, ihm Worte zu geben. Später vielleicht, wenn ich mit meiner Chronik zum Ende komme, werde ich es tun – aber noch während ich dies schreibe, frage ich mich, ob es dann noch notwendig sein wird? Ich glaube nicht. Ich denke vielmehr, dass jene, die diese Seiten mit wachem Herzen lesen, dann keiner Worte mehr bedürfen werden. Und die anderen – nun, denen würden auch Worte nicht helfen, das Geheimnis des Lebens zu ergründen, denn nur die wahrhaft Suchenden können diesen Weg bis zum Ende gehen. Nein, nach näherem Überlegen denke ich, dass ich wohl nicht versuchen werde, das letzte Mysterium des Lebens in die Sprache der Menschen zu bannen.

Aber genug davon. Ich habe eine Geschichte zu erzählen ...

In Anguli, wo ich meine wahre Mutter fand, Nuria, und Olfros, meinen Vater, hatte ich nur wenige Monate verbringen können, nicht einmal drei volle Zyklen des Mondes. In diesen Wochen drang ich tiefer ins Herz der Magie vor, als ich es je für möglich gehalten hätte. Eine ganz neue Art der Magie erschloss sich mir, und ich lernte schnell, denn ich fand in Nuria wiederum eine wunderbare Lehrmeisterin, wie schon zuvor in meiner Ziehmutter Gwenlian.

Nuria führte mich also in die Magie der unsterblichen Schwäne ein, und ich glaubte, es könne nichts Großartigeres geben als die Dinge, die sie mich lehrte – bis wenige Tage vor meinem Aufbruch aus Anguli mein Vater an mich herantrat. Olfros hatte sich zu meinem Kummer bisher von mir fern gehalten. Das mochte jedoch an den Ereignissen in Anguli zu jener Zeit gelegen haben, von denen ich an anderer Stelle noch berichten werde.

Es war mein letzter Tag in Anguli, und man konnte bereits den feinen, süßen Nebel riechen, den die Nacht über den Verbotenen See warf, als Olfros in die kleine Bucht im Osten des Sees kam, in die Nuria und ich uns wie jeden Tag zurückgezogen hatten.

Wir saßen am Ufer des Sees, und Nuria brach mitten im Wort ab, als sie Olfros erblickte. So versunken waren wir in unser Gespräch gewesen, dass wir ihn erst bemerkten, als er die Bucht schon fast erreicht hatte. Ich beobachtete, wie mein Vater seine letzten Schwimmzüge machte. Dann tauchte er aus den seichten Wellen empor und wechselte seine Gestalt, ein Anblick, der mich immer noch faszinierte, obwohl ich diese Prozedur zu jener Zeit bereits selbst mühelos beherrschte. Ich vermochte sogar zu erkennen, dass Olfros erregt war, denn er vollzog den Gestaltwechsel nicht mit der Anmut und Ruhe, die ich bei den Schwanenmenschen so sehr bewunderte.

»Guten Abend, Anu«, sagte er steif. Dann neigte er kurz den Kopf in Nurias Richtung, auch wenn er für sie kein Wort des Grußes hatte. Wie alle Schwäne nannte er mich bei dem Namen, den ich gleich nach meiner Geburt in Anguli erhalten hatte, etwas, das für mich immer noch ungewohnt war.

Ich blickte zu ihm auf, und mein Herz wurde eng, wie es jedes Mal in diesen Wochen geschehen war, wenn ich ihn ansah. Die untergehende Sonne umgab seine hohe, kräftige Gestalt mit einem sanften Leuchten, dem jedoch die Leblosigkeit seiner Züge Hohn sprach. Selbst in der kurzen Zeit, die ich in Anguli verbracht hatte, schienen sich die Furchen in seinem Gesicht noch vertieft zu haben. Sein Haar, das einmal blond gewesen sein musste, war jetzt schneeweiß und fast so dünn und greisenhaft wie das Nimus. In diesem Augenblick hasste ich Nimu aus ganzer Seele, denn ihm und seinen abscheulichen Intrigen gab ich die Schuld am Verfall und an den Irrtümern meines Vaters, auch wenn ich heute weiß, dass das nicht die ganze Wahrheit war.

Um mein Gefühl zu verbergen, erhob ich mich rasch. »Guten Abend ... Vater«, sagte ich stockend und strich mir den Sand von dem feinen, immer noch unvertrauten Gewebe meines Kleides.

Auch Nuria stand auf. »Olfros ...«

In dem einen Wort lagen gleichzeitig Frage und Bitte, und ich spürte, dass meine Mutter gern die Hand nach ihm ausgestreckt und ihn berührt hätte. Doch Olfros' ganze Haltung machte eine solche Geste unmöglich, und an die Stelle des Schmerzes, den ich noch kurz zuvor für ihn empfunden hatte, trat Zorn. Ich hatte ihn einmal mit Bibiana zusammen beobachtet, der Frau, die meine Mutter von seiner Seite und aus seinem Leben zu drängen versuchte, und ich verachtete meinen Vater für die Zärtlichkeit, die ich in seinem Blick gesehen zu haben glaubte, als er Bibiana ansah.

»Wenn du nichts dagegen hast«, sagte Olfros jetzt zu Nuria, »würde ich gern mit Anu eine kurze Zeit allein sein.«

Die kühle Höflichkeit, mit der er sein Anliegen vorbrachte, tat mir weh und weckte gleichzeitig meinen Widerspruchsgeist. Doch ehe ich protestieren konnte, antwortete Nuria.

»Aber natürlich«, sagte sie mit ihrer weichen, klaren Stimme, die ich noch heute so oft in meinen Träumen hören kann. »Wie könnte ich etwas dagegen haben? Sie ist deine Tochter so gut wie meine ...«

Kurz darauf schwammen mein Vater und ich über den See, nachdem ich zuvor verbissen versucht hatte, den Gestaltwechsel so elegant und selbstverständlich zu vollziehen, wie es mir möglich gewesen wäre, hätte Olfros mich nicht gleich nach meiner Geburt aus Anguli verbannt.

Mein Vater steuerte die Heilige Insel im Herzen des Sees an, und ich unterdrückte das Unbehagen, das mich überkam, als ich seine Absicht erkannte. Ich war nur ein einziges Mal dort gewesen – einige Tage nach meiner Ankunft am Verbotenen See –, um das Ritual zu vollziehen, das mich zu einem vollwertigen Mitglied der Gemeinschaft von Anguli machte. Danach hatte ich die Insel gemieden, vielleicht weil sie der Ort war, an dem mein Vater sich mit Bibiana zu treffen pflegte, wie ich wusste.

Und nun brachte er auch mich dorthin! Als wir das Ufer erreichten, glättete ich mit zusammengebissenen Zähnen das Seidengewand, das meinen Körper jetzt in meiner menschlichen Gestalt umhüllte. Dann sah ich meinen Vater herausfordernd an. Doch der müde Blick, mit dem Olfros mir antwortete, ließ mich verstummen, noch ehe ich den Mund öffnen konnte, um meinem Ärger Ausdruck zu verleihen.

Wortlos führte Olfros mich zu der Quelle im Herzen der Insel, dem heiligsten und ältesten Ort Angulis, und während wir dort hingingen, hindurch zwischen den hohen, würdevollen Eichen, die auf ganz eigentümliche Weise zu atmen schienen, fiel mein Widerwille gegen diesen Ort langsam von mir ab. Was immer Olfros mir zu sagen hatte, ich spürte, dass es wichtig sein musste, und ohne es zu wollen oder es begründen zu können, begriff ich, dass mein Vater wusste, was er tat, wenn er mich ausgerechnet hierher brachte.

Das leise Plätschern der Quelle drang schon von weitem wie das Raunen einer menschlichen Stimme an mein Ohr. Immer noch schweigend legten Olfros und ich das letzte Wegstück zurück.

»Der Stein der Gnade«, begann er ohne Umschweife zu sprechen, nachdem wir uns auf dem weichen, duftenden Waldboden vor der Quelle niedergelassen hatten. »Darf ich ihn einmal sehen?«

Ein wenig verwundert über diese Bitte zog ich den kleinen Lederbeutel, den Tork mir gegeben hatte, unter meinem Gewand hervor und reichte meinem Vater den unscheinbaren, von den Jahrtausenden zu einem glatten Oval geschliffenen Stein, der über solche Macht gebot – auch wenn er mich in den Grotten von Anguli im Stich gelassen hatte. Aber vielleicht war der Stein klüger als seine Trägerin, denn immerhin waren mir durch sein Versagen diese letzten Stunden mit meinem Geliebten geschenkt worden.

»Seltsam«, murmelte Olfros, und ich schreckte aus meinen sehnsüchtigen Erinnerungen auf. »Ich hätte gedacht«, fuhr er fort, »dass ich etwas von seiner Macht spüren würde, irgendetwas ...« Er sah mich an. »Bist du dir sicher, dass dies wirklich der Stein der Gnade ist?« Wie um einer ärgerlichen Erwiderung meinerseits zuvorzukommen, sprach er dann hastig weiter:

»Aber ich bin nicht der, dem der Stein verheißen ist. Vielleicht ist es ganz natürlich, dass er nicht zu mir spricht.«

Ich erwartete, dass Olfros mir den Stein jetzt zurückgeben würde, aber stattdessen schloss er die Finger um das Vermächtnis der alten Götter und sah mich beinahe bittend an.

Es wurde eine lange Nacht, die mein Vater und ich auf der Heiligen Insel verbrachten. Ich erzählte ihm, wie der Stein der Gnade Barko, Tork und mich in den Sümpfen der Verlorenen gerettet hatte, aber auch von seinem Versagen in den Grotten. Olfros unterbrach mich kein einziges Mal und drängte mich auch nicht zum Weitersprechen, wenn mein Redefluss abbrach, was oft geschah, weil die Erinnerung an jene Geschehnisse so eng mit Tork verbunden war.

Tork ...

Ich weiß nicht, woran es lag, ob an der Stille jenes heiligen Ortes, an der Sehnsucht, die mich in dieser Nacht mit solch unerwarteter Heftigkeit von neuem überwältigte, oder vielleicht doch an der Nähe zu meinem Vater, zu dem mein Herz sich trotz des Widerstands meiner Vernunft so sehr hingezogen fühlte?

Jedenfalls erzählte ich Olfros in diesen Stunden mehr, als ich Nuria in all den Tagen und Nächten zuvor offenbart hatte. Im Grunde erzählte ich ihm – alles. Nur die letzte Nacht, die Tork und ich an der Grenze zu Anguli verbracht hatten, ließ ich aus. Doch ich denke heute, dass mein Vater, auch ohne dass ich davon sprechen musste, sehr wohl wusste, was in diesen Stunden geschehen war.

Als ich erschöpft und seltsam erleichtert mit meinem Bericht zum Ende kam, schwieg Olfros lange. Schließlich nahm er behutsam meine Hand und legte den Stein der Gnade hinein. Er gab mir Zeit, mich zu fassen, dann begann er selbst zu sprechen. Doch obwohl sein Bericht eine Stunde oder länger dauerte, erfuhr ich nichts von dem, was er fühlte oder dachte. Und ich fragte auch nicht danach, sei es aus Feigheit, sei es, weil ich das Gefühl hatte, dass es in diesem Augenblick nicht wichtig war, ich weiß es nicht. Statt von sich selbst sprach Olfros von den alten Göttern und den Legenden, die sich um den Stein der Gnade rankten – soweit sie ihm selbst bekannt waren.

Während er erzählte, schienen die Linien, die die Sorgen der letzten Jahre in sein Gesicht gemeißelt hatten, allmählich weicher zu werden. Die alten Eichen wuchsen an dieser Stelle dicht an dicht, und da sie auch im Winter ihr Blätterkleid nicht abwarfen, drangen Mond und Sterne kaum durch das Laub hindurch. Die alte heilige Quelle vervielfachte jedoch das Strahlen der Gestirne und gab ihm gleichzeitig ein starkes, silbernes Leuchten, das mir in der Nacht des Rituals nicht bewusst geworden war, das aber eine ganz eigene, seltsame Art der Helligkeit erzeugte. Es war so hell wie Tageslicht und dabei von einer Weichheit, wie die Sonne sie niemals erreichen konnte. Und es zeigte mir in diesen tiefsten Stunden der Nacht den Mann, der mein Vater hätte sein können, wäre das Leben freundlicher mit ihm umgegangen.

Nun, wie dem auch sei. Ich erfuhr vor dem Morgen von Olfros viele wichtige Dinge, die bald darauf von unschätzbarem Wert für mich sein sollten. Olfros war der Einzige zu jener Zeit, der nähere Kenntnisse von der Magie des Steins der Gnade besaß; nicht einmal die Hüter des Steins oder Nuria waren eingeweiht in diese letzten Geheimnisse der alten Götter.

Ihr, die ihr diese Chronik lest, mögt es mir verzeihen oder nicht, aber auch ich darf von diesen heiligen Dingen nicht weiter sprechen. Nur so viel sei gesagt: Dank Olfros' Erklärungen war es mir möglich, später mit Hilfe der Magie des Steins auf den Linien der Macht den Kontinent zu durchreisen und sehr schnell auch größere Entfernungen zurückzulegen, was mich mehr als einmal in Schwierigkeiten brachte, denn viele Menschen glaubten, ich bediente mich der schwarzen Magie und ihrer verabscheuenswerten Kraftquelle, der Blutopfer. Ihr könnt nur mein Wort dafür nehmen, dass ich es nicht tat und auch niemals, unter keinen denkbaren oder undenkbaren Umständen getan hätte. Denn schon die Magie meiner Ziehmutter Gwenlian hatte mich eine heilige Ehrfurcht vor der Frage gelehrt, ob das Leben vieler über das Leben eines Einzelnen gestellt werden dürfe.

Ich bemerkte kaum, wie die Stunden dahinflogen, während Olfros sprach und schließlich, als nichts mehr zu sagen war, ein langes Schweigen uns einhüllte.

Als wir uns im ersten Morgenlicht trennten, war ein Band zwischen mir und meinem Vater gewachsen, das nie mehr reißen würde, auch wenn wir bis zum Ende die größte Nähe zueinander im Schweigen fanden.

KAPITEL 4

Der Sommer war in diesem Jahr früher als sonst und mit ungewöhnlicher Wärme nach Anguli gekommen; obwohl der Tag sich bereits neigte, lag noch immer schwüle Hitze über dem See, und Olfros hoffte beinahe, dass ein Gewitter Linderung bringen würde. Er konnte sich nicht erinnern, dass zu seinen Lebzeiten die Elemente über dem Reich am Verbotenen See jemals mit Blitz und Donner gewütet hätten – derart gewaltsame Ausbrüche gehörten in die Welt der Dinge, nicht nach Anguli, wo selbst das Wetter sanft und maßvoll war.

Hätte Olfros seine menschliche Gestalt getragen, hätte er ein bitteres Lachen ausgestoßen. Sanft und maßvoll! Wie wenig diese Worte noch auf sein Land passten. Verrat und Selbstsucht hatten in Anguli Einzug gehalten; niemand wagte es mehr, sich dem anderen rückhaltlos anzuvertrauen, zu groß war die Gefahr, selbst von Freunden missverstanden zu werden. Die Zerrissenheit im Land machte nicht einmal vor den Familien Halt: Kinder verbargen ihre Gedanken vor den Eltern, Seelengefährten brachen ihren heiligen Bund und gingen getrennte Wege – wie Vilja und Lamar es taten und wie es in Kürze wohl auch noch andere Paare tun würden.

Zögerlicher als gewöhnlich setzte Olfros seinen Weg über den See fort. Er schwamm zur Heiligen Insel hinüber, denn auch er war zum Verräter geworden, auch er hatte seinen Bund mit Nuria gebrochen.

Nachdem Anu, die in der Welt der Dinge Eirion genannt wurde, Anguli verlassen hatte, war ihm die Leere in seinem Herzen unerträglich geworden. Auch wenn er kaum Zeit mit Anu verbracht hatte – weil er zu schwer an seiner Schuld trug –, war allein ihre Anwesenheit am Verbotenen See unendlich tröstlich gewesen. Die Stunden in der Nacht vor dem Aufbruch seiner Tochter gehörten zu seinen kostbarsten Erinnerungen, und vielleicht war das der Grund, warum er doppelt schwer an seinem Verrat an Nuria trug.

Dunkel ragten jetzt die Umrisse der Heiligen Insel vor ihm auf. Ein schwerer, feuchter Nebel war über dem Boden aufgestiegen und umschlang die Insel wie ein zu eng gewordener Gürtel. Es sah so aus, als wüchsen die hohen Kronen der Eichen wie aus dem Nichts daraus empor. Obwohl kein Windhauch sich regte, konnte Olfros selbst aus dieser Entfernung den Wald riechen, der seinen Duft mit derselben Großzügigkeit verströmte wie eh und je. Einen Augenblick lang tröstete ihn die Unerschütterlichkeit dieser uralten Bäume, die so viele Jahrhunderte hatten kommen und gehen sehen – dann trennten ihn nur noch wenige Schwimmzüge vom Ufer der Insel, und das flüchtige Gefühl des Friedens löste sich in dem Nebel überm Ufer auf.

Mit einem Herzen voller Kummer erhob sich Olfros aus den sanften Wellen. Sein Körper vollzog mechanisch die Verwandlung, und als er die feinen, spitzen Kiesel unter seinen Füßen spürte, entdeckte er aus den Augenwinkeln eine Frauengestalt, die wartend zwischen den Eichen gestanden hatte. Jetzt löste sie sich aus dem Schatten der Bäume und trat anmutig auf ihn zu – und Olfros' Herz setzte einen Schlag aus.

Das Haar, das die schlanke Gestalt bis zu den Hüften umspielte, war nicht glatt und dunkel, sondern sanft gewellt und blond. Blond bis auf die eine kupferfarbene Strähne, die ihr ins Gesicht fiel.

Nicht Bibiana hatte ihn auf der Heiligen Insel erwartet, sondern – Nuria.

Nuria! Gedanken, Gefühle und Bilder durchzuckten Olfros,

doch er konnte nichts von alledem festhalten, nichts in Worte fassen. Er konnte Nuria nur schweigend entgegensehen, während sie näher kam.

»Ich weiß, du hast eine andere erwartet«, begann Nuria mit ruhigem Ernst zu sprechen. Bevor Olfros etwas erwidern konnte, hob sie jedoch die Hand. »Das ist jetzt nicht wichtig«, fuhr sie fort. Dann sah sie suchend auf den See hinaus, und Olfros wusste, dass sie Ausschau nach Bibiana hielt, die auf dem Weg zur Insel sein musste. Olfros folgte ihrem Blick; das Wasser war spiegelglatt. Bibiana hatte sich verspätet.

»Ich bin gekommen, weil etwas geschehen ist, von dem du erfahren musst«, sagte sie nach einem kurzen Schweigen. »Ich möchte dich bitten, mich zu den Grotten zu begleiten.«

Olfros zog überrascht die Augenbrauen hoch. »Zu den Grotten?«, wiederholte er ungläubig. »Soll das heißen, dass wieder jemand ...«

Nuria ließ ihn seinen Satz nicht beenden. »Nein, das ist es nicht. Es ist viel schlimmer. Aber ich möchte, dass du es von Lado selbst hörst.«

»Lado!« Olfros' Stimme klang wie der Donnerschlag, auf den er noch vor wenigen Minuten gehofft hatte. Einige Wasservögel, die im Schilf am Ufer nisteten, fuhren erschrocken von ihrem Nachtlager auf. Die hohen Gräser wisperten und raschelten, als fürchteten auch sie den Zorn ihres Königs. »Bei allen Göttern!«, zischte Olfros, und all die aufgestauten Gefühle entluden sich in einem wütenden Wortschwall. »Jetzt weiß ich, dass es ein Fehler war, dich nicht aus Anguli zu verbannen. Wirst du denn niemals dazulernen? Was muss noch alles geschehen, damit du begreifst, wie ernst deine Situation ist?«

Ein Igel, ein seltener Bewohner des Reichs am See, lugte kurz aus dem Unterholz hervor und trippelte dann hastig zu einem umgestürzten, morschen Baumstamm, wie um dahinter Schutz zu suchen. Doch die Furcht der Tiere, die dergleichen Ausbrüche nicht gewohnt waren, scherte Olfros in diesem Moment wenig. »Wie oft, glaubst du, werde ich dich noch vor dem Urteil des Rats schützen können?«, wütete er weiter. »Und Lado! Wahrhaftig! Er zumindest sollte die Klugheit besitzen, sich von Anguli fern zu halten. Sein Sohn war es, der unsere jungen Männer zu diesem Wahnsinn angestachelt hat. Trotz aller Bedenken und Vorbehalte haben wir Arild in unsere Gemeinschaft aufgenommen – und wie hat er es uns gedankt? Und jetzt hat sein Vater die Unverschämtheit, noch einmal zurückzukehren. Hat er denn noch nicht genug angerichtet? Hast *du* noch nicht genug angerichtet?«

Olfros war noch lange nicht fertig mit dem, was er zu sagen hatte, aber jetzt musste er kurz mit dem Sprechen innehalten, um Atem zu schöpfen.

»Was *haben* wir denn angerichtet?«, fragte Nuria leise, und ihre ruhige Sachlichkeit war wie Öl auf den Flammen seines Zorns – doch nur einen Herzschlag lang. Dann sah er in Nurias Augen, und sein Zorn war plötzlich nur noch kalte, bittere Asche. Fröstelnd trotz der immer noch herrschenden Wärme schlang er sich die Arme um den Leib. Die müde Traurigkeit in Nurias Blick schmerzte ihn mehr, als alle Vorwürfe es vermocht hätten. Nicht Nuria war diejenige, die sich weigerte dazuzulernen.

Anguli ist bereits tot ...

Er hatte diese Worte selbst ausgesprochen, an jenem Abend vor wenigen Wochen bei der Zusammenkunft des Rates, aber er hatte nichts begriffen, gar nichts. Wie ein Narr hatte er sich stattdessen blind und taub gestellt gegen die Zeichen, die doch so überdeutlich zu erkennen waren. Er hatte gewusst, dass Sanor aus seinem Gefängnis in Mara entkommen war. Ihm,

Olfros, hatten die Götter als Einzigem das schreckliche Geschehen offenbart, und selbst da hatte er noch nicht begriffen ...

Anguli ist tot.

Olfros schloss die Augen, außer Stande, Nurias Blick länger zu ertragen. Das dumpfe Grollen, das vom See hinter ihm zu kommen schien, erreichte ihn kaum. Erst als seine Wangen feucht wurden, schreckte er aus seiner Versunkenheit auf, weil er glaubte, es seien Tränen – Tränen, die kein Unsterblicher je vergossen hatte, keiner außer Nuria, deren Liebe so ungeheuer groß war, dass sie selbst den Gesetzen der Natur trotzte. Aber was seine Wangen benetzte, waren keine Tränen, sondern Regen, der jetzt in schweren, kalten Tropfen vom Himmel fiel.

»Was hat Lado zu sagen?«, fragte er schließlich so leise, dass die Worte in dem Raunen der Elemente kaum zu hören waren.

Aber Nuria hatte ihn dennoch verstanden. »Er wird es dir selbst erzählen«, sagte sie. Es regnete jetzt heftiger, und Nurias weiches, schimmerndes Haar wurde bereits dunkler von der Feuchtigkeit. »Er wartet bei den Grotten, und wir sollten uns beeilen, denn es ist gefährlich für ihn.«

Olfros wusste, was sie meinte. Sobald es dunkel wurde – und die Dunkelheit würde an diesem Tag früher kommen als sonst –, fanden sich jeden Abend einige Männer vor den Grotten ein, um den Eingang zu bewachen und zu verhindern, dass weitere Schwanenmenschen versuchten, in die Welt der Dinge zu fliehen. Olfros wusste, dass Nimu dahinter steckte, der damit dem Urteil des Rats zuwiderhandelte, eine Ungeheuerlichkeit, gegen die Olfros nichts unternehmen konnte. Es war nicht verboten, sich in diesem Teil des Reichs aufzuhalten, und die Männer, die dort allabendlich Wache hielten – allesamt getreue Anhänger Nimus –, bestritten stets, dass sie im Auftrag des alten Mannes dort seien. Olfros blieb nichts anderes übrig, als ohnmächtig zuzusehen, wie zum ersten Mal in der langen

Geschichte Angulis Mitglieder der Gemeinschaft offen gegen den Willen des Rats – und den Willen ihres Königs – verstießen.

Anguli ist tot.

Wieder grollte Donner über die Insel, und Olfros riss sich zusammen. Nuria hatte Recht; sie durften Lado nicht unnötig warten lassen. Ohne ein weiteres Wort wandte er sich um und ging zum Ufer hinunter.

Der Anblick, der sich ihm dort bot, ließ ihn jedoch noch einmal innehalten. Nie zuvor hatte er den See so gesehen. Das Wasser, das noch vor wenigen Minuten so ruhig und friedlich gewesen war, war jetzt grau und wild bewegt. Hohe Wellen schlugen ans Ufer und wirbelten Sand und Kies auf, so dass an eine Verwandlung im Wasser nicht zu denken war. So musste das Meer sein, durchzuckte es Olfros, das Meer, das er selbst nie gesehen hatte und nur aus den Erzählungen der Alten kannte – und der Niav, die vor langer Zeit zum Sterben nach Anguli gekommen waren ...

Schaudernd drängte Olfros die Erinnerung zurück. Zu nahe war die Gefahr gerückt, dass es jetzt die Schwäne sein würden, die ihren letzten Kampf verloren geben mussten.

Nuria, die ihm gefolgt war, war nicht minder entsetzt als er selbst. Und als er sie ansah, entdeckte er in ihren Augen die gleichen Bilder, vor denen er selbst zu fliehen versuchte. Ein Windstoß peitschte ihr eine nasse Haarsträhne ins Gesicht, aber sie machte sich nicht die Mühe, sie fortzustreichen.

»Wir dürfen nicht länger zögern«, flüsterte sie, und Olfros nickte nur. Seite an Seite vollzogen sie, wie sie es so oft getan hatten, den Gestaltwechsel. Das Tosen des Sturms trat sekundenlang in den Hintergrund, und in dem magischen Augenblick der Verwandlung fand Olfros, so unerwartet wie ein Geschenk der Götter selbst, seine Liebe wieder.

Sie brauchten lange, um den Eingang der Grotten zu erreichen. Blitze schlugen, kaum dass sie am Himmel aufzuckten, links und rechts von ihnen auf dem Wasser ein, und mitten im See türmten sich unberechenbare Wellenberge, die ihnen wieder und wieder die Orientierung raubten. Das Wasser riss sie bald in diese, bald in jene Richtung, so wie es den toten Blättern geschah, wenn der Wind sie im Herbst auf den See hinaustrug. Der Himmel war fast schwarz, und dort, wo die Blitze ihn erhellten, von einem bedrohlichen, fahlen Gelb. Olfros sah sich immer wieder nach Nuria um, voller Angst, sie könne diesem zermürbenden Kampf nicht gewachsen sein. Doch sie hielt sich mit einer Zähigkeit an seiner Seite, die ihm ehrliche Bewunderung abnötigte. Er hatte vergessen, wie viel Kraft und Disziplin sie besaß, aber andererseits hatte er viele Dinge vergessen, was sie betraf.

Endlich erreichten sie den Seemund, doch Olfros' Hoffnung, dass sie auf dem Fluss leichter vorwärts kommen würden, zerschlug sich schnell. Die Blitze schienen ihnen zu folgen, und das Grollen der Donnerschläge klang wie die Stimmen von Dämonen, die sie in ihrer Schwäche verhöhnten. Immerhin war es auf dem Fluss einfacher, die Orientierung zu behalten, und die Strömung, die stärker wurde, je näher sie den Grotten kamen, erwies sich schließlich als ihr Verbündeter. Gerade als Olfros glaubte, am Ende seiner Kraft zu sein, erhoben sich vor ihm die schroffen Felsen des Gebirgsmassivs, das ihr Ziel war. Mit der neuen Energie, die dieser Anblick ihm schenkte, legte Olfros das letzte Stück Wegs zurück.

Dann war es endlich geschafft. Zu erschöpft, um sofort den Gestaltwechsel zu vollziehen, kauerte Olfros sich zitternd an die dunkle Felswand gleich hinter dem Eingang der Grotten. Das Tosen des Sturms war hier, inmitten des gewaltigen Berges, kaum mehr als ein dumpfes, fernes Raunen, und langsam beruhigte sich Olfros' Herzschlag ein wenig. Seine Flügel hingen wie Blei an seinem Körper, und er vermochte kaum noch, seinen langen Hals aus eigener Kraft zu tragen. Wie herrlich es sein musste, die Schwere dieser Existenz abzulegen, in das schimmernde grüne Licht einzutauchen, das in der ersten Grotte der Seelen auf jene der Schwanenmenschen wartete, die, ihrer Existenz müde geworden, endgültig eins werden wollten mit dem Atem der Ewigkeit. Warum hatte er nicht schon vor langer Zeit an diese Möglichkeit gedacht, die alle Last von ihm nehmen würde? Es waren nur wenige Schritte, die ihn von dem grünen Licht trennten, ein lächerlich kurzer Weg gegen den, den er soeben hinter sich gebracht hatte.

Eine sanfte Berührung an seinem Gefieder schreckte ihn auf, und er öffnete die Augen, die ihm, ohne dass er es bemerkt hatte, zugefallen waren. Nuria stand vor ihm – nicht in ihrer Schwanengestalt, sondern als Frau, und sie erschien ihm so schön wie nie zuvor. Ihr Haar war jetzt wieder vollkommen trocken, nachdem sie den Gestaltwechsel vollzogen hatte, und hüllte sie bis über die Taille in einen warmen Mantel.

»Nein, mein Freund«, sagte sie, nur für ihn hörbar. »Noch nicht.«

Olfros sah sie sekundenlang verwundert an; dann begriff er. Es war so lange her, dass sie einander nahe genug gewesen waren, um die Gedanken des anderen lesen zu können, dass er es beinahe vergessen hatte.

Langsam, aber mit großer Entschlossenheit, erhob sich Olfros, und im Augenblick des Gestaltwechsels fiel mit der Kälte und der Müdigkeit auch die Versuchung von ihm ab, sich feige aus der Verantwortung zu stehlen.

Noch nicht, hatte Nuria gesagt; und wie so oft hatte sie vor ihm gewusst, wo der schmale Grat zwischen Recht und Unrecht verlief.

Erst als er wieder seine menschliche Gestalt trug, sah er, dass er nicht allein mit Nuria war. Lado ließ ihm noch einen Augenblick Zeit, sich zu fassen, dann begann er zu sprechen.

KAPITEL 5

Ich weiß, dass Sanor zurückgekehrt ist«, sagte Olfros, nachdem Lado ohne Umschweife zur Sache gekommen war. Sie saßen jetzt zu dritt in dem flackernden, rötlichen Zwielicht, das auch bei Nacht diese erste Grotte des Höhlenlabyrinths durchflutete, das den Ork Nuado durchzog. »Auch wenn ich nicht begreife, wie das geschehen konnte«, setzte Olfros hinzu und tauschte einen besorgten Blick mit Nuria.

»Der Stein der Gnade besäße die Macht, ihn aus dem Za'mar-a zu befreien«, sagte Nuria langsam. »Aber den hat Anu ...«

Lado unterbrach sie. »Eirion ... Anu ist im Besitz des Steins?«

Nuria nickte. »Ja, sie hat ihn nach Anguli mitgebracht. Sie hat ihn mir gezeigt.«

Aber Lado sah nicht sie an, sondern Olfros, der einen Moment lang die Augen geschlossen hatte. Obwohl auch er jetzt wieder trockene Kleider trug, fror er noch immer, ein Frieren, das nichts mit Kälte zu tun hatte. Langsam öffnete er die Augen wieder und richtete den Blick auf Lado.

»Ich bin mir nicht sicher ...«, erklärte er zögernd, und Nuria, die neben ihm saß, zog scharf die Luft ein.

Lado erstickte ihren Protest jedoch, noch ehe sie den Mund öffnen konnte. »Lass Olfros sprechen, Nuria.«

Und Olfros berichtete, was er wusste: Er erzählte vom Versagen des Steins in den Grotten, und er sprach auch von der seltsamen Leere, die er verspürt hatte, als er den Stein der Gnade zur Heiligen Quelle gebracht hatte. »Ich hätte erwartet, dass ich zumindest an diesem Ort, der selbst Magie ist, etwas von der Kraft des Steins wahrgenommen hätte«, beendete er seinen Bericht, »aber da war nichts, gar nichts.«

Die drei Menschen in der Grotte schwiegen lange. Die Geräusche des Sturms, der draußen immer noch wütete, drangen nur gedämpft zu ihnen vor, und ab und zu hörten sie das leise Scharren kleiner Pfoten; sie waren nicht die Einzigen, die am Eingang des Höhlenlabyrinths Zuflucht gesucht hatten.

»Eines verstehe ich nicht.« Lado war der Erste, der das Schweigen brach. »Wenn es nicht der Stein war, der Eirion – Anu – nach Anguli geführt hat, wie konnte sie dann den Weg durch die Grotten überhaupt finden?«

Mit fragend hochgezogenen Augenbrauen sah er vom einen zum anderen, und Olfros senkte den Blick. Er wusste, dass es feige war, Nuria die Antwort zu überlassen, aber er war zu erschöpft, um gegen die Feigheit anzukämpfen. Auch Nuria zögerte, bevor sie sprach. »Arild«, sagte sie schließlich leise. »Es war Arild, der sie nach Anguli geführt hat.«

Lado erwiderte nichts, doch die Verzweiflung, die er angesichts von Arilds späterem Verrat an der Gemeinschaft empfand, war fast mit Händen zu greifen.

»Arild«, flüsterte er, und einen Augenblick lang fühlte Olfros sich Lado näher als je zuvor. Auch er war Vater eines Kindes, und er brauchte nicht viel Fantasie, um sich vorzustellen, was er empfinden würde, wäre Anu zur Verräterin an der Gemeinschaft vom See geworden.

Lado räusperte sich. »Nun, es spielt im Grunde keine Rolle mehr, was Arild tut und warum er es tut. Ebenso wenig wie uns jetzt die Frage beschäftigen muss, wie genau es Sanor gelingen konnte, dem Za'mar-a zu entkommen. Wichtig ist nur, *dass* er entkommen ist. Ich kenne den genauen Zeitpunkt nicht, zu dem er sich befreien konnte, aber es müssen seither schon einige Wochen vergangen sein.«

Olfros hob jäh den Kopf, und Lado verstummte.

Nur einen kurzen Moment lang zögerte Olfros, sein Wissen mit Lado und Nuria zu teilen.

Anguli ist tot. Denn die Unschuld selbst ist tot ...

Es wurde Zeit, dass er sich auf all die Dinge besann, an die er seit Jahrhunderten geglaubt hatte. Und das Wichtigste dieser Dinge war Vertrauen, Vertrauen in seine Freunde und Gefährten. Wenn sie – gegen jede Wahrscheinlichkeit – diesen furchtbaren Kampf doch noch gewinnen wollten, dann durfte es keine Geheimnisse mehr zwischen ihnen geben, kein Zurückhalten unbequemer Wahrheiten.

»Ich weiß, wann Sanor sich befreit hat«, erklärte er mit fester Stimme. Der Puls des in allen Rottönen flackernden Lichts der Grotte schien sich zu beschleunigen – aber vielleicht war es auch nur sein eigenes Herz, das das Blut jetzt schneller durch seine Adern trieb. »Es war in derselben Nacht, in der Anu nach Anguli gekommen ist«, fuhr er fort, obwohl seine Kehle sich bei diesen Worten zusammenkrampfte. »Wenige Stunden später haben die Götter es mir offenbart.«

Forschend und beinahe herausfordernd sah er in Lados Augen; er erwartete beinahe, dort Zweifel und Misstrauen zu finden. Wenn Sanor durch den Stein der Gnade befreit worden war, wenn Anu ausgerechnet in der Nacht seiner Befreiung das Land am Verbotenen See erreicht hatte – welche Schlüsse konnte man daraus ziehen? Was lag näher als der Verdacht, seine Tochter könne einen Verrat begangen haben, der um ein Vielfaches schlimmer war als alles, was Arild jemals tun konnte?

Ein Kind harrt im Nebel der Zeiten der Stunde, da die Welt seiner am dringendsten bedarf. Alle Gaben und alle Irrtümer der Menschen schlummern in diesem Kind, das Dunkle wie das Helle, die Kraft zur Liebe wie zum Hass ... Die Worte jener uralten Prophezeiung der Götter gingen ihm durch den Sinn, doch er zweifelte keinen Augenblick lang an seinem Kind, das ihn in jenen letzten Stunden auf der Heiligen Insel in seine Seele hatte blicken lassen. Mochte Anu auch die Dunkelheit in sich tragen, er glaubte fest daran, dass sie am Ende immer dem Licht folgen würde.

Als Lado nur schweigend seinen Blick erwiderte, fragte Olfros schließlich: »Was denkst du?«

»Ich denke«, sagte Lado mit einem endgültigen Tonfall, »dass es ein perfider Zufall war. Aber vor allem finde ich es seltsam, denn es bedeutet, dass Sanor schon seit vier Monaten wieder frei sein muss. Vier Monate«, wiederholte er nachdenklich. »Warum hat er so viel Zeit verstreichen lassen, bevor er seinen Rachezug begann?«

Olfros ließ den Kopf an die kühle Felswand hinter sich sinken. Das Warum interessierte ihn in diesem Moment wenig. In den letzten Monaten, in denen das Orakel der alten Götter stumm geblieben war, hatte er sich immer wieder einzureden versucht, dass Sanor sich vielleicht mit der Freiheit begnügen würde, die ihm nach jahrtausendelanger Gefangenschaft unendlich teuer sein musste. Je mehr Zeit verstrichen war, ohne dass in der Welt draußen etwas geschah, das die Götter ihn wissen lassen wollten, umso verzweifelter hatte Olfros sich an diesen dünnen Faden der Hoffnung geklammert. Und nun hatte Lado diesen Faden mit wenigen Worten zerschnitten.

Mühsam richtete Olfros sich wieder auf. »Dann hat es also begonnen?«, fragte er, so leise, dass selbst das Rascheln der kleinen Nagetiere am Höhleneingang seine Worte zu übertönen drohte.

Lado nickte. »Ja. Es hat begonnen.«

Sanor stand, eingehüllt in die weite schwarze Kutte eines »Hexers«, neben Marban auf der königlichen Balustrade und verfolgte das Schauspiel, das sich ihnen im Burghof darbot. Trotz der Wärme des Abends hatte er sich die Kapuze tief ins Gesicht gezogen, denn es wäre seinen Plänen nicht dienlich gewesen, hätte man ihn mit Marban zusammen gesehen.

Ein neuerlicher, lang gezogener Schrei gellte über den Burghof, und Sanor sog gierig die Luft ein, als wolle er die Qual des Buckligen trinken. Er hatte Marban einen Wink gegeben, dass der Folterknecht – ein wahrer Meister seines Faches, wie er jetzt feststellte – die Prozedur in die Länge ziehen möge. Und Marban hatte seiner Bitte offensichtlich entsprochen, trotz des Abscheus, den Sanor in den Zügen des Priesters gelesen hatte. Fasziniert beobachtete er jetzt, wie der Folterknecht, ein stämmiger Mann von unbestimmbarer Herkunft, den ledernen Griff der Peitsche zierlich liebkoste, bevor er erneut zum Schlag ausholte. Der Schlag war wohlberechnet, gerade genug, um dem Opfer Schmerz zu bereiten, aber weit davon entfernt, ihm ernsthaften Schaden zuzufügen. In der Tat, der Mann beherrschte sein Handwerk. Angst und Schmerz schwängerten die Luft, und Sanor blähte die Nasenflügel. Er konnte den metallischen Geruch von Blut und das saure Aroma von Urin riechen. Ah! Wenn er jetzt doch seine wahre Gestalt tragen könnte, in der sich alle Sinne um ein Hundertfaches schärften – um wie viel größer wäre sein Genuss gewesen!

Ärgerlicherweise lenkte ihn dieser Gedanke von dem Geschehen im Burghof ab, und er runzelte unwillig die Stirn. Es half nichts, er konnte es zu diesem Zeitpunkt nicht riskieren, sich all diesen Menschen als das zu offenbaren, was er in Wahrheit war. So musste er sich eben mit dem begnügen, was er bekommen konnte. Er atmete tief ein und konzentrierte sich wieder auf das Geschehen unter ihm, auch wenn am Rande seines Bewusstseins ein lästiger Gedanke nagte. Es war seltsam ... Seit er aus seinem Gefängnis entkommen war, wurde er von einem quälenden Hunger getrieben, der sich durch nichts stillen ließ – oder durch fast nichts. Dieser Hunger war der Grund, warum vier Monate verstrichen waren, bevor er endlich mit seinem Werk der Zerstörung begonnen hatte. Es war beinahe, als hätte der Za'mar-a, der verfluchte Dämon, dessen Gefangener er jahrtausendelang gewesen war, einen Teil seiner Seele aus ihm herausgesaugt. Zorn wallte in ihm auf, ein so unbändiger Zorn, dass ihm selbst die gesteigerte Qual des Buckligen einen Augenblick lang kein Vergnügen mehr bereiten konnte. Erst jetzt, da er seine Freiheit wiedererlangt hatte, wusste er, welches die furchtbarste Strafe gewesen war, mit der die anderen Unsterblichen – seine Brüder und Schwestern, wahrhaftig! – ihn geschlagen hatten: die Unfähigkeit, zu *fühlen.*

Jahrtausendelang diese Sehnsucht in sich zu tragen, die Leere von unzählbaren schwarzen, stumpfen Nächten, kein Laut, der an sein Ohr drang, kein Lichtstrahl, der die Dunkelheit durchbrach. Und nichts, nichts, das seine Seele berührte.

Dann war er endlich frei gewesen, nur um bald darauf feststellen zu müssen, dass die grausamste Geißel dieser endlosen Gefangenschaft ihm folgte, wohin er auch ging.

Manchmal schien es ihm, als könne er hinter sich das Hohnlachen all derer hören, denen er Leben und Zukunft gestohlen hatte und die ihn jetzt, aus dem Schutz der Ewigkeit heraus, wieder beobachteten, die sich an seinen verzweifelten Versuchen weideten, etwas zu finden, das selbst einer so niedrigen Kreatur wie diesem Buckligen in reichem Übermaß zur Verfügung stand.

Fühlen. Er konnte nichts *fühlen.* In den ersten Stunden nach seiner Befreiung aus dem Za'mar-a hatte er geglaubt, es zu tun, doch nachdem sich der erste Rausch gelegt hatte, nachdem er ein erstes Mal das wunderbare Geschehen der Verwandlung durchlaufen hatte, war alles Fühlen aus seiner Seele geflossen wie Wasser aus einem großen Zuber mit einem Loch darin, das niemand entdecken oder gar flicken konnte.

Er war im Land umhergeirrt und hatte rastlos gesucht, ohne wirklich zu wissen, wonach. Die kurzen Stunden der körperlichen Liebe mit Rikka – zuerst in den Sümpfen von Mara und später in Tarlin – verschafften ihm eine flüchtige Befriedigung, doch die Leere, die anschließend seine Seele überschwemmte, war so qualvoll, dass er nur selten zu diesem letzten, verzweifelten Mittel gegriffen hatte. Natürlich hatte er auch Befriedigung bei anderen Frauen gesucht, bei gewöhnlicheren Frauen, als Rikka es war. Und bei einer dieser Gelegenheiten hatte er dann eine erstaunliche Entdeckung gemacht. Im Allgemeinen bereitete es ihm keine Mühe, willige Partnerinnen für sein Lager zu finden; er war groß und gut gebaut, und die sterblichen Frauen schienen seine Gesichtszüge anziehender zu finden, als es ihre unsterblichen Geschlechtsgenossinnen getan hatten. An bewusstem Nachmittag hatte ihn das Verlangen jedoch so plötzlich überwältigt, dass er sich nicht die Zeit genommen hatte, eine Magd oder eine unbedarfte Bauerntochter zu umgarnen, bis sie sich freiwillig zu ihm legte. Er hatte sich in einer einsamen Gegend befunden, nahe den Sümpfen, aber noch weit entfernt von den größeren Marktflecken Lubas. Nur Schafe lebten dort, eine zähe, kleinwüchsige Rasse, die sich mit der kargen Kost der Moorgräser begnügte. Schafe – und ihre Hirten. In diesem Fall war es ein junges Mädchen gewesen, an der Schwelle zum Frausein, aber im Grunde noch ein Kind. Sie war eines dieser silberhaarigen Geschöpfe mit überlangen, schlanken Gliedern gewesen, wie er sie später so oft in Luba gesehen hatte, und sie hatte sich mit der Verzweiflung einer jungen Wölfin gegen ihn zur Wehr gesetzt. Und an diesem Nachmittag hatte er herausgefunden, dass er seine Fähigkeit zu fühlen doch nicht zur Gänze verloren hatte. Mehr als körperliche Lust, das hatte er in diesen Stunden erfahren, erregte ihn körperlicher Schmerz - Schmerz, den andere erlitten.

Die Erinnerung an diesen Nachmittag in den Mooren vor Luba holte Sanor jäh in die Gegenwart zurück.

Die Schreie des Buckligen waren verstummt, und einen Augenblick lang rang Sanor abermals mit der Versuchung, seine Faunsgestalt überzustreifen, in der es ihm möglich gewesen wäre, das Stöhnen zu hören, das der Sterbende unter den letzten Hieben des Folterknechts gewiss von sich gab. Doch das Risiko war zu groß. Er konnte keine Panik in der Hauptstadt gebrauchen, nicht jetzt.

Aber seine Sinne waren noch in seiner menschlichen Gestalt scharf genug, um den Todeskampf des Buckligen in sich aufzunehmen. Seine Haut brannte, die Muskeln in seinem Gesicht zuckten, Speichel füllte seinen Mund. Unwillkürlich spreizte er die Beine - wie er es als Faun getan hätte - und bog die Finger durch, bis die Sehnen sich beinahe unerträglich spannten.

Der Folterknecht holte zu seinem nächsten Schlag aus. Sanor hatte in den vergangenen Wochen und Monaten ein so feines Gespür für Angst und Schmerz entwickelt, dass er die Grenze zwischen Leben und Tod selbst aus dieser Entfernung klar erkennen konnte. Dies würde das letzte Mal sein, dass die Peitsche durch die Luft sirrte, bevor der Bucklige starb.

Und tatsächlich. Ein markerschütternder Schrei schwoll an und brach mit der Plötzlichkeit einer vom Wind zugeschlagenen Tür ab.

Der Bucklige war tot.

Und Sanor lachte, ein wildes, unmenschliches Lachen, das von den Mauern der Burg zurückgeworfen wurde, und die Menschen, die es hörten, mehr entsetzte als selbst das blutige Schauspiel, das mit anzusehen man sie gezwungen hatte.

KAPITEL 6

Eirion legte den Kopf in den Nacken und blickte von der hohen Düne, die sie soeben mit einiger Mühe erklommen hatte, nach Norden, in die Richtung, aus der sie gekommen war. Im Halbdunkel der Wüstennacht schien sich die fremdartige Landschaft aus Sand und Himmel bis in die Unendlichkeit zu erstrecken. Eirion ließ den leichten Wind über ihr Gesicht streichen und atmete tief den Duft der Wüste ein, der sich jetzt, da der Morgen nahte, auf kaum merkliche Weise veränderte. Die Nacht hier besaß ihre eigene Süße, obwohl Eirion mit einiger Verwunderung festgestellt hatte, dass es zu keiner Zeit wirklich dunkel geworden war. Aber vielleicht war auch das eine Eigenheit der Wüste, in der andere Gesetze galten als in der Welt, die sie kannte?

Aus der Vielzahl der Geräusche, die sie umgaben, hob sich für einen Augenblick eines besonders heraus, das leise, zutiefst vertraute Flügelschlagen ihres Falken. Eirion lächelte. Barko war in den letzten sechs Monaten die einzige Konstante in ihrem Leben gewesen, das Einzige, das immer gleich blieb, verlässlich, treu, beständig. Auch jetzt war er da; irgendwo über ihr, obwohl sie ihn seit ihrem Aufbruch aus Táin Buláll am vergangenen Abend mehr spürte, als dass sie ihn sah. Eine Weile verharrte Eirion reglos auf dem Gipfel der Düne und ließ ihren Geist treiben, ohne ihn in das Korsett von Worten zu zwängen. Plötzlich runzelte sie jedoch die Stirn. Ein Gedanke, den sie nicht recht greifen konnte, nahm in ihr Gestalt an. Irgendetwas war da, das sie nicht verstand, eine Frage, die Antwort verlangte. Irritiert überlegte sie, woran sie gedacht hatte, als dieses seltsame Gefühl in ihr aufgestiegen war. Es betraf die hinter ihr liegende Nacht ... Oder war es etwas, das in Táin Bulál passiert war? Ein Rätsel hatte sich ihr präsentiert, nur schemenhaft zwar, aber doch dringend. Sie wollte die Lösung dafür finden, irgendetwas in ihrem Unterbewusstsein verlangte es. Schritt für Schritt ging sie die vergangenen Stunden noch einmal durch.

Sie hatte Táin Bulál zusammen mit Barko am frühen Abend verlassen und war einige Stunden durch das Große Schweigen gewandert, bevor sie zum ersten Mal in ihrem Leben jene seltsame Magie benutzte, die ihr Vater sie in ihrer letzten Nacht in Anguli gelehrt hatte – obwohl es da im Grunde nichts zu lernen gebe, hatte Olfros ihr damals erklärt. Eirion hatte an die ungezählten Stunden in Tarlin gedacht, in denen ihre Ziehmutter und Marte sie mit unerschöpflicher Geduld in ihr Geheimnis verbotenen Wissens eingeweiht hatten. Sie hatte Jahre gebraucht, bis sie so einfache Dinge wie das Öffnen der Sinne wirklich beherrschte, und ihre Fähigkeit, sich mit der Gedankenrede zu verständigen, war bis zu Gwenlians Tod mangelhaft geblieben. Und doch hatte Olfros ihr versichert, dass sie dieses ungeheure Mysterium, das er die Magie des Herzschlags nannte, ohne jede Einweisung würde benutzen können. War es das, was sie jetzt irritierte? Lag dort das Rätsel, das sie nicht in Worte fassen konnte? Noch einmal beschwor sie Olfros' Worte in sich herauf. *Wenn du in der Wüste bist, wirst du spüren, dass sich etwas verändert – du selbst veränderst dich. Das liegt daran, dass dort noch die alte Magie wirksam ist, auf die nur wir als Unsterbliche Zugriff haben.* Dann hatte er zögernd hinzugesetzt: *Früher einmal, vor einer sehr langen Zeit, an der keiner der Heutigen Anteil hatte, herrschte diese Magie überall auf dem Ork Nuado* ... Olfros war an dieser Stelle in Schweigen verfallen, und Eirion hatte seinen Kummer um diesen Verlust deutlich spüren können. Eirion versuchte, sich darauf zu besinnen, was Olfros sonst noch gesagt hatte. *In der Wüste wirst du dich verändern. Es wird dir dort leichter fallen, auf dein Herz zu hören. Lausche seinem Schlag und gib dich ihm hin. Gib dich mit allen Fasern deines Seins deinem Herzen hin – und du wirst ein großes, wunderbares Mysterium erleben ...*

Mehr hatte Olfros ihr nicht sagen können, doch inzwischen war ihr Vertrauen zu ihrem Vater so groß, dass sie in die Wüste aufgebrochen war, ohne mehr Vorräte bei sich zu tragen, als sie für eine Nacht und einen Tag benötigte.

Und nun stand sie auf einer hohen Sanddüne im südlichsten Teil des Meeres der Tausend Stimmen und wusste, dass sie irgendetwas von dem, was Olfros ihr in diesen Stunden erzählt hatte, nicht verstand.

Langsam drehte sie sich um, nach Süden, wo gleich hinter dem Meer der Tausend Stimmen Fiann begann, das Ziel ihrer Reise. Sie wollte diesen letzten Teil der Wüste zu Fuß durchqueren, wie Olfros es ihr geraten hatte. Wieder ließ sie Olfros' Stimme in sich erwachen. *Auch wenn die Fianna selbst über eine alte Magie verfügen, so darfst du doch nie vergessen, dass sie Sterbliche sind. Selbst die Weisesten und Ältesten unter ihnen sind niemals mit einer Magie in Berührung gekommen, wie sie dir zu Gebote steht. Es ist gut möglich, dass sie dir mit Misstrauen oder gar mit Furcht begegnen werden ...*

Ein Lächeln glitt über Eirions Züge, als sie an den besorgten Gesichtsausdruck ihres Vaters dachte. Er war niemals einer Magierin aus Fiann begegnet, und seine Voreingenommenheit war daher verständlich. Sie aber hatte Gwenlian gekannt und setzte daher mehr Vertrauen in die Weisheit und Weitsicht dieser Frauen. Nein, auch das war es nicht, was sie plötzlich beunruhigte.

Am Horizont zeichnete sich jetzt ein ferner, rötlicher Lichtstreifen ab, und Eirion wurde mit einem Mal bewusst, dass die Geräusche, die sie noch kurz zuvor umbrandet hatten, sich langsam zurückzogen. Das feine, hohe Zirpen, das die ganze Nacht lang in der Luft gelegen hatte und dem sie keinen Namen zu geben wusste, brach so plötzlich ab, dass Eirion beinahe erschrak.

Ihre Unruhe wuchs; es war an der Zeit, diesen Ort zu verlassen. Sie wandte sich um, nach Südosten, wo sie nur noch ein Tagesmarsch vom Alten Reich trennte, und ihre Augen weiteten sich.

Direkt vor ihr, in einer Senke zwischen den Dünen, stieg eine dünne Rauchfahne gen Himmel. Instinktiv trat Eirion einen Schritt zurück. Sie wusste von Gwenlian, dass sich ab und an kleine Handelskarawanen in die Wüste wagten, auch wenn nur wenige von ihnen jemals ihr Ziel erreichten.

Diejenigen, die es trotz aller Gefahren mit der Tahor, der Großen Wüste, aufnehmen, sind Abenteurer und Verzweifelte, verwegene Naturen, die vor nichts zurückschrecken, hörte sie in Gedanken wieder die Stimme ihrer Ziehmutter. Mit langsamen Bewegungen drehte sie sich um und tat vorsichtig die ersten Schritte in dem rutschenden Sand, um in die Richtung zurückzugehen, aus der sie gekommen war. Vielleicht wäre es doch klüger, auch den Rest des Weges mit der Magie des Herzschlags zurückzulegen?

Bevor sie jedoch zu einer Entscheidung kommen konnte, ließ ein hoher, lang gezogener Ruf direkt über ihr sie zusammenzucken. Einen Augenblick lang vergaß sie, dass sie keinen festen Boden unter sich hatte, sondern die in ständiger Bewegung befindliche, trügerische Masse des feinen Sandes, der die Wüste hier überzog. Sie machte einen größeren Schritt, als sie es hätte wagen dürfen, und verlor um ein Haar das Gleichgewicht. Mit beiden Armen rudernd rang sie um Halt, fasste

Tritt – und verlor ihn wieder. Denn abermals erklang der Ruf, der sie erschreckt hatte – ein vertrauter Laut, wie ihr jetzt bewusst wurde. Barko! Warum hatte ihr Falke sie nicht vor den Fremden gewarnt? Er musste das Lager lange vor ihr entdeckt haben. Und warum wollte er sie jetzt verraten?

Plötzlich gab die Sanddecke der Düne unter ihr nach, und ihr nächster Schritt ging ins Leere.

Barko!, schoss es ihr durch den Kopf, als sie endgültig den Halt verlor. Was war mit Barko? Irgendetwas stimmte nicht mit ihrem Falken ... Die ganze Düne schien sich plötzlich unter ihr zu bewegen. Während sie fieberhaft versuchte, einen Sturz zu verhindern, blitzten Wortfetzen in ihrem Kopf auf. Olfros – etwas, das Olfros gesagt hatte. *Dein Geburtsrecht als Unsterbliche ... In der Wüste wirst du dich verändern ... Dort herrscht noch die alte Magie ...* Doch dann konnte sie keinen klaren Gedanken mehr fassen, denn ein Meer aus Sand hatte sie verschlungen. Sie rutschte, flog, überschlug sich und war sekundenlang verloren zwischen Himmel und Erde, ohne zu wissen, wo das eine begann und das andere endete. Sie öffnete den Mund, um Atem zu schöpfen – und glaubte zu ersticken, zu ertrinken. Nur noch Bilder existierten in ihrem Bewusstsein, wie schon einmal, im Stevensmoor, als sie dem Tod so nahe gewesen war. Gwenlian ... Olfros ... Tork ... Tork.

Und dann war es plötzlich vorbei. Die Welt um sie herum war zum Stillstand gekommen. Einen Augenblick lang hörte Eirion nur das wilde Schlagen ihres eigenen Herzens. Sand brannte in ihren Lungen, in ihren Augen, und sie konnte nichts sehen. Die einzige Orientierung bot ihr Gehörsinn, doch auch der schien nicht recht verlässlich zu sein, denn das Geräusch, das sie hörte, konnte unmöglich da sein, nicht hier, nicht mitten in der trockenen, unfruchtbaren Wüste.

Benommen schüttelte Eirion den Kopf – doch das Geräusch

ließ sich nicht vertreiben, es war beharrlich, leise – und vertraut. *Birken!,* dachte sie verwundert. *Birken im Herbst, kurz bevor sie ihre Blätter verlieren.* Die Stimme des Waldes sprach zu ihr! Eirion blinzelte, doch auch in ihren Wimpern hatten sich die feinen Sandkörner verfangen, und sie konnte noch immer nichts sehen.

Aber aus dem Raunen alter Bäume formten sich langsam Worte.

»... wollte dich nicht erschrecken ... Kind ... habe auf dich gewartet ...«

Unscharf und wie durch einen dichten Schleier zeichneten sich im rötlichen Morgenlicht die Umrisse einer Gestalt vor ihr ab.

»Barko«, stieß Eirion mit rauer Stimme hervor. Schreck, Angst und Verwirrung hatten das Rätsel gelöst, das alle Konzentration nicht hatte zu Tage fördern können. Immer noch heftig blinzelnd und mit brennenden Augen richtete Eirion sich hoch auf. »Barko ist mir gefolgt!« Ihr Mund war von Sand verklebt, so dass ihre Worte kaum verständlich waren. »Barko ist mir gefolgt, auch wenn ich mit der Magie des Herzschlags gereist bin.«

Ein Laut wie das Knacken brüchiger Zweige sagte ihr, dass das, was sie vor sich sah, tatsächlich keine der Luftspiegelungen war, von denen Gwenlian ihr erzählt hatte, keines der Trugbilder der Wüste, die den verwirrten, durstigen Reisenden um den Verstand bringen konnten.

»Dann hast du es also endlich bemerkt«, erklärte Radscha trocken und reichte Eirion die Hand, um sie auf die Füße zu ziehen. »Du hast ja lange genug dazu gebraucht.«

Eirion stellte die Holzschale mit dem starken, süßen Wurzeltee vor sich auf den Tisch und sah Radscha erwartungsvoll an. Die alte Frau, die sie vor vielleicht einer Stunde mit erstaunlicher Behändigkeit in ihr Lager geführt hatte, hatte sich geweigert, auf ihre sich überschlagenden Fragen zu antworten, bevor sie gefrühstückt und sich halbwegs wieder gefasst hatte. Jetzt saß sie in Radschas Wagen und zerbröckelte den letzten Rest eines äußerst unansehnlichen, aber überraschend schmackhaften Gebäcks, das überwiegend aus getrockneten Früchten zu bestehen schien. Zwei Ellen hoch über dem Tisch schwebte der weiße, magische Lichtkegel, der ihr schon bei ihrem ersten Besuch in Radschas Heim Helligkeit gespendet hatte, und die Luft, die sie atmete, war genauso rein und frisch wie damals. Wenn sie es nicht besser gewusst hätte, hätte sie geglaubt, auf wundersame Weise wieder nach Lemmas zurückgekehrt zu sein.

Endlich schob Radscha ihren Teller beiseite, und Eirion steckte hastig den letzten, nicht vollkommen zerkrümelten Brocken ihres Gebäcks in den Mund.

»Also«, begann Radscha zu sprechen. Das Lächeln, das über ihre Züge glitt, ließ tausend neue Runzeln in ihrem Gesicht entstehen, das jetzt mehr denn je der Borke eines uralten Baums ähnelte. »Welche deiner vielen Fragen soll ich nun zuerst beantworten?«

Eirion atmete tief durch und ließ sich an die Rückenlehne ihrer Bank sinken. Sie war überraschend weich, obwohl Eirion geschworen hätte, dass sie wie fast alle Dinge in Radschas Wagen aus Holz war. Aber nichts in Radschas kleinem Reich war das, was es zu sein schien, angefangen von Radscha selbst, wie Eirion schon bei ihrem ersten Zusammentreffen mit der alten Frau begriffen hatte.

»Barko«, erklärte sie entschlossen. »Du hast gesagt, ich hätte lange genug gebraucht, um es zu begreifen – aber wenn ich ehrlich bin, habe ich es immer noch nicht verstanden.«

Radscha kicherte leise, und Eirion runzelte die Stirn. Sofort wurde die alte Frau wieder ernst. »Wer hat dir den Weg zur Magie des Herzschlags gewiesen?«, antwortete sie mit einer Gegenfrage.

»Olfros«, erwiderte Eirion. »Mein Vater.« Dann setzte sie, um weiteren Fragen Radschas zuvorzukommen, hinzu: »In Anguli. Und er hat mir auch gesagt, dass diese Art der Magie nur in der Wüste existiert – und dass nur die Unsterblichen sie nutzen können ...« Eirions Stimme verlor sich, und sie sah Radscha ungläubig an.

Radscha nickte. »Du siehst also, dass du es doch begriffen hast – du wusstest es bisher nur nicht.«

»Barko ist ...?«

»Ein Unsterblicher, ja.«

»Aber wie ist das möglich? Ich meine, er hat nie eine menschliche Gestalt angenommen. Und als ich ihn bekam, war er wild, ein Jungvogel. Er ist nicht sehr alt ...«

Wieder erfüllte das leise Knacken morscher Zweige den Wagen. »Oh, er *ist* alt«, sagte Radscha mit dem ihr eigenen, seltsamen Lachen. »Sehr, sehr alt, auch wenn er in der Gestalt, die er heute trägt, noch jung sein mag.«

»Aber die Unsterblichen werden nicht wiedergeboren«, protestierte Eirion. »Mein Vater hat gesagt ...«

»Es gibt Dinge, die selbst dein Vater nicht weiß, mein Kind.« Radscha hob die Hand, um Eirion an ihrer nächsten Frage zu hindern. »Aber es steht mir nicht zu, dir Barkos Geheimnisse preiszugeben. Für den Augenblick muss es dir genügen, dass er ...« Ein winziges Zögern hatte Radschas Satz unterbrochen. »Dass Barko Anteil an der Alten Magie hat und dir folgen kann – und wird –, wo immer du hingehst.«

Eirion sog scharf die Luft ein. Ein irrwitziger, vollkommen unmöglicher Gedanke schoss ihr durch den Kopf. »Ist

Barko ... *der* Barko? Der Bote der Regenbogengöttin?«, flüsterte sie.

Radschas Miene verschloss sich jäh, und Eirion biss frustriert die Zähne zusammen. Aber sie wusste, wann sie geschlagen war.

»Also gut«, sagte sie schließlich. »Lassen wir Barko für den Moment. Aber vielleicht kannst du mir zumindest erklären, wie es kommt, dass *du* hier bist. Und nicht nur du, sondern der ganze Stamm, bei dem du lebst.« Erst jetzt, da sie diese Frage ausgesprochen hatte, ging ihr die Ungeheuerlichkeit dieser Tatsache auf. »Ihr habt die ganze Wüste durchquert – Männer, Frauen, Kinder, Vieh!«

»Nein, die Kinder durften wir den Strapazen einer Wüstendurchquerung nicht aussetzen«, erwiderte Radscha. »Der Stamm hat sich geteilt ...« Die Stimme der alten Frau verlor sich.

Jetzt erst wurde Eirion bewusst, dass die Geräusche, die von dem erwachenden Lager in Radschas Wagen drangen, anders waren als in Lemmas. Die hellen Kinderstimmen fehlten, das Gebell der Hunde, das Blöken der Milchschafe. Der Stamm habe sich geteilt, hatte Radscha gesagt, aber Eirion hatte inzwischen genug über die Zigeuner gehört, um zu wissen, dass die Sippen sich niemals trennten – und wenn sie es doch taten, musste es einen sehr guten Grund dafür geben. Und noch immer spürte sie, dass Radscha ihr etwas Wichtiges vorenthielt. Genau wie Tork es getan hatte ...

Plötzlich schien die Wirklichkeit sich vor ihren Augen aufzulösen, die gedämpften Laute aus dem Lager traten weit in den Hintergrund, und nur noch das Tosen eines Meeres, das in ihr selbst zu sein schien, erfüllte Eirions Gedanken. Sie konnte ihre Hände nicht mehr spüren, konnte keinen Muskel ihres Körpers bewegen, und ein roter, blutiger Schleier legte sich über ihre Augen und machte sie blind. Dann hörte sie eine Stimme, die sie nicht kannte, eine Stimme, die sie bis in die Seele erschreckte, wild, böse und entsetzlich wie ein Sturm, der das Meer in ihr aufpeitschte, der eine Schneise der Zerstörung mitten durch ihr Herz schnitt, ein Sturm, der nur noch vernichten wollte, zerstören, was immer sich ihm in den Weg stellte.

Ich will die Wahrheit! Ich habe genug von euren Lügen, eurem Zögern, eurer Vorsicht ... eurer Feigheit! Ich habe ein Recht auf die Wahrheit ... ICH ... BIN ... KEIN ... KIND!

Ebenso plötzlich wie der Sturm aufgekommen war, verebbte er wieder, und eine tiefe Erschöpfung bemächtigte sich Eirions. Die Farben, die das grimmige Rot vor ihren Augen verschlungen hatte, kehrten langsam zurück, ihre Glieder zuckten unkontrolliert, als das Leben wieder in sie hineinflutete. Ihre Kehle war wund und ihr Mund so trocken wie der Sand der Wüste draußen.

Benommen sah sie sich in Radschas Wagen um, um die Quelle dieser fürchterlichen Stimme zu finden, dann erreichte ihr Blick Radscha, in deren weit aufgerissenen Augen Entsetzen und Ehrfurcht standen.

»Was ist geschehen«, flüsterte Eirion heiser, obwohl das Gesicht der alten Frau ihre Frage beantwortet hatte, noch ehe sie sie stellen konnte.

Radscha griff nach Eirions Hand, die eiskalt war, und öffnete den Mund, um zu sprechen. Doch bevor sie etwas sagen konnte, wurde die Tür ihres Wagens aufgerissen.

»Nicht jetzt«, sagte Radscha leise zu dem Schatten, der die Türöffnung ausfüllte. »Es ist alles in Ordnung. Lasst uns allein.«

Die Tür wurde wieder geschlossen. Absolute Stille erfüllte den kleinen Wagen. Eirion starrte in das weiße Licht des magischen Kegels, der vor ihr über dem Tisch schwebte, als sei nichts geschehen.

»Ja, ich sehe«, flüsterte Radscha kaum hörbar und mehr, als spreche sie zu sich selbst. »Ich hatte tatsächlich Zweifel an der Prophezeiung. Du warst so jung, so zart, so hell ...«

Wieder verlor sich Radschas Stimme in Schweigen, doch diesmal verübelte Eirion es der alten Frau nicht. Sie brauchte Zeit, um sich zu fassen, und den Blick immer noch starr auf den weißen Lichtkegel vor ihr geheftet, gingen ihr, ohne dass sie es wollte, die Worte der Prophezeiung durch den Kopf, die sie auswendig gelernt, aber niemals wirklich verstanden hatte: *Ein Kind harrt im Nebel der Zeiten der Stunde, da die Welt seiner am dringendsten bedarf. Alle Gaben und alle Irrtümer der Menschen schlummern in diesem Kind, das Dunkle wie das Helle, die Kraft zur Liebe wie zum Hass ... Viele werden es hassen ... Die meisten aber werden es fürchten ...*

Ein Schaudern durchlief Eirion, und sie sah in das Gesicht der alten Frau, darauf gefasst, Angst oder sogar Hass in ihren Augen zu lesen. Doch Radschas Blick war undeutbar.

Lange Minuten verstrichen, bevor Radscha tief durchatmete und endlich zu sprechen begann. »Ich werde dir Antworten geben, Tochter der Drei Welten, aber erlaubst du mir, dir zuvor noch eine letzte Frage zu stellen?«

Eirion nickte wortlos.

Radscha verschränkte die Hände ineinander. »Du hast gesagt: Ich habe genug von *euren* Lügen, von *eurem* Zögern. Wen – außer mir – meintest du damit? Wer hat dich belogen?«, fügte Radscha eindringlich hinzu, und als Eirion nicht sofort antwortete, wiederholte sie: »*Wer* hat dich belogen?«

Eirion fuhr mit der Zunge über ihre trockenen Lippen, die sich nicht bewegen wollten, als weigerten sie sich, den Namen zu formen, den sie aussprechen mussten. Aber es half nichts. Die Dinge wurden nicht besser dadurch, dass man die Augen vor ihnen verschloss. »Tork«, flüsterte Eirion rau. »Ich glaube, dass Tork mir nicht die Wahrheit gesagt hat – nicht die ganze Wahrheit.«

Als Eirion diesmal forschend in Radschas Gesicht sah, las sie tatsächlich Angst und Entsetzen in den Augen der alten Frau.

KAPITEL 7

»Tork war es, der euch hierher geschickt hat – in die Wüste?«, wiederholte Eirion verständnislos. »Aber warum?«

Radscha schüttelte langsam den Kopf. »Er hat uns nirgendwohin *geschickt,* dazu hätte er nicht die Macht. Die Zigeuner lassen sich von niemandem befehlen.« Ein Lächeln glitt über ihr runzliges Gesicht und verschwand wieder. »Ich will dir der Reihe nach erzählen, was geschehen ist. Gleich nach dem Lemmasmarkt ist der Stamm weitergezogen, früher als sonst. Es wäre zu gefährlich für uns gewesen, zu bleiben, denn nach deiner Flucht hatte es Verletzte gegeben, und noch bevor der Morgen graute, wurde überall im Dorf und auf dem Markt von Magie gemunkelt und von bösen Dämonen. Es wäre nur eine Frage der Zeit gewesen, bis irgendjemand mit dem Finger auf die Zigeuner gewiesen hätte; so war es immer ...« Radscha hatte ohne jede Bitterkeit gesprochen, mit der resignierten Nüchternheit eines Menschen, der schon lange aufgehört hatte, gegen etwas zu kämpfen, das sich nicht ändern ließ. »Nun, wie dem auch sei«, fuhr sie fort. »Wir haben das Lager abgebrochen und sind nach Osten gezogen.«

»Nach Osten?«, wiederholte Eirion. »Aber dort liegen ...«

»Die Sümpfe der Verlorenen, ja.« Radscha zögerte kurz, dann sah sie Eirion an, und Eirion wusste, dass die alte Frau ihr jetzt die Wahrheit sagen würde, auch wenn diese Wahrheit ihr wehtun würde.

»Es blieb uns nichts anderes übrig«, sagte Radscha. »Wir wussten, dass du mit Tork fliehen würdest, und wir waren darauf gefasst, abreisen zu müssen. Wir hatten allerdings nicht erwartet, dass die Leute aus dem Dorf so schnell reagieren würden.« Radscha lachte leise auf. »Wenn uns nicht jemand gewarnt hätte ... und wenn nicht ein anderer mit Klugheit und Umsicht falsche Spuren gelegt hätte ...« Radscha atmete tief durch die Nase ein, und Eirion beobachtete mit losgelöster Faszination, wie ihre Nasenflügel sich blähten – wie die Kiemen eines Fischs, denn Radschas Gesicht war kein gewöhnliches Gesicht, und ihre Nase war sehr breit und vollkommen flach, mit zwei dunklen Öffnungen wie Astlöcher in einem alten Baum.

»Nun«, sprach Radscha weiter, »die Sippe wäre wahrscheinlich vollkommen ausgelöscht worden, denn auch wenn unsere Männer stark und mutig sind, so sind sie doch keine Krieger und hätten wohl kaum eine Chance gehabt gegen diesen blutgierigen Mob.«

Jetzt war es an Eirion, die Stirn zu runzeln. »Aber euer Stamm ist sehr groß, und so viele Männer hatte der Dorfvorsteher doch gar nicht.«

»Du vergisst die Bruderschaft der Wächter«, erwiderte Radscha. »Zwei der ihren sind gestorben. Ja«, fügte Radscha hinzu, als sie Eirions fragenden Blick sah. »Am Abend vor deiner Flucht aus Luba ist auch Preta gestorben. Die Verletzung war zu tief, und er hat zu viel Blut verloren.«

Eirion dachte mit einem Schaudern an den Abend des Fálstages zurück, als sie allein über den schmutzstarrenden Markt gewandert war, während sich die Händler, die Pilger und natürlich auch die Einheimischen in der Mitjas-Kathedrale zum Gebet versammelt hatten. Plötzlich war sie brutal von hinten gepackt worden, von einem der käuflichen Wächter, die als Einzige dem Gottesdienst fernbleiben durften, um gegen gutes Entgelt die Marktstände zu bewachen. Dieser Mann – Nonno – und seine Kameraden hätten sie vergewaltigt und wahrscheinlich auch getötet, wäre Barko nicht wie ein Fleisch gewordener Dämon auf sie herabgestürzt.

»Die Bruderschaft ist sehr mächtig«, fuhr Radscha fort, »und größer, als die meisten Menschen es wissen. Jedenfalls sah sich der Dorfvorsteher, nachdem seine Schwester seine beträchtlichen Wunden versorgt hatte ...« An dieser Stelle ließ Radscha ein leises, schadenfrohes Kichern hören. »... an der Spitze einer beachtlichen Streitmacht. Wir hätten keine Chance gegen diese Männer gehabt«, wiederholte Radscha. »Aber wir wurden gewarnt.«

»Wer hat euch gewarnt?«, fragte Eirion, doch Radscha schüttelte nur den Kopf.

»Das ist eine Überraschung, die ich mir für später aufheben will«, sagte sie lächelnd und wurde dann sofort wieder ernst. »Im Augenblick gibt es wichtigere Dinge, über die wir sprechen müssen, nicht wahr?«

Tork! Eirion begriff mit einem Mal, dass sie sich nur deshalb so sehr für die Einzelheiten über die Flucht der Zigeuner interessiert hatte, um nicht an Tork denken zu müssen. Sie versuchte zu schlucken, doch ihr Mund war so trocken, dass sich ihre Kehle nur schmerzhaft zusammenzog. Mit zitternden Fingern griff sie nach der Holzschale auf dem Tisch vor sich und nahm einen Schluck von dem Wurzeltee, der inzwischen kalt geworden war und so bitter, dass man ihn kaum noch trinken konnte. Aber zumindest befeuchtete er ihre Lippen und vertrieb die schmerzhafte Trockenheit aus ihrem Mund und ihrem Hals. Draußen vor dem Lager hatten die Zigeuner ihre Tätigkeit wieder aufgenommen, und ein metallisches Klirren war zu hören; jemand spannte einen Ochsen in sein Zuggeschirr. Die Sonne musste inzwischen vollends aufgegangen sein, denn langsam wurde es wärmer in Radschas Wagen.

»Ihr seid also nach Osten gezogen«, stieß Eirion heiser hervor. »In die Sümpfe der Verlorenen. Und dort habt ihr Tork getroffen?«

»Wir sind nicht bis in die Sümpfe gezogen, nein«, erwiderte Radscha. »Wir wollten am äußeren Rand der Sümpfe entlang zum Ank ziehen und von dort aus das Land durchqueren, nach Sint. Und das haben wir dann auch getan, allerdings nicht um in Sint zu bleiben, wie wir es ursprünglich vorgehabt hatten.« Radschas Gesicht schien noch grauer zu werden, so dass sie jetzt einem Baum im Winter ähnelte, einem Baum, der wusste, dass er diese neue Kälte nicht mehr überleben würde. »Noch bevor wir jedoch den Ank erreichten, kam eines Nachts Tork in meinen Wagen.«

Eirions Puls beschleunigte sich, bis sie glaubte, es nicht länger ertragen zu können. »Was hat Tork getan?«, flüsterte sie tonlos.

Radscha schüttelte den Kopf. »Er hat nichts getan, nein. Er ... hat mich gewarnt.«

Eirion atmete kaum hörbar auf. Vielleicht würde sich doch noch alles als ein törichter Irrtum entpuppen, vielleicht hatte sie sich getäuscht, an Bord der *Silbermöwe* und bei anderen Gelegenheiten, bei denen sie geglaubt hatte, dass Tork ihr etwas verschwieg. Schon damals hatte ihr Herz sich geweigert, zu akzeptieren, was ihre Vernunft ihr zu leugnen nicht gestattete. Und auch jetzt *wollte* sie nicht glauben, dass Tork ein anderer war als der, den sie in ihm gesehen hatte.

Radscha sprach weiter. »Tork kam in dieser Nacht, um mir zu sagen, dass ich mit meinem Stamm nach Léth ziehen müsse. Dass wir nur dort in Sicherheit wären.«

»Nach Léth?«, wiederholte Eirion verständnislos. »Die alte Hauptstadt von Fiann. Gwenlian hat mir erzählt, dass sie vor Tausenden von Jahren aufgegeben wurde, weil Vulkane die Hochebene unbewohnbar gemacht hatten.«

»Die Vulkane schweigen schon seit langem«, erwiderte Radscha, und Eirion hätte gern gefragt, woher sie das wusste, und

Radscha musste ihre Neugier gespürt haben, denn sie fuhr fort: »Aber darum geht es nicht. Das ist eine Geschichte, die ich dir ein andermal erzählen werde. Verstehst du«, setzte sie eindringlich hinzu, »Tork *wusste*, dass uns eine weitaus furchtbarere Gefahr drohte als die Streitmacht des Dorfvorstehers, ein lächerliches Nichts gegen das, was vor einigen Monaten auf dem Ork Nuado entfesselt wurde.«

»Sanor?«, flüsterte Eirion mit weit aufgerissenen Augen.

Radscha nickte. »Tork hat mir in dieser Nacht gesagt, dass wir nach Léth ziehen sollen, weil wir nur dort vor dem Einen und Ersten in Sicherheit wären. Die Hochebene von Léth«, setzte Radscha geistesabwesend hinzu, »ist von einem gewaltigen Vulkangebirge umschlossen. Doch es sind keine gewöhnlichen Vulkane.« Radscha presste einen Augenblick lang die Lippen aufeinander, als versuche sie, zu einer Entscheidung zu gelangen. Dann sah sie Eirion mit entwaffnender Offenheit an. »Verzeih mir, wenn ich dir heute nicht alles erzähle, was ich weiß. Gib mir Zeit ... Es ist so lange her ... Es steht so viel auf dem Spiel ...«

»Sag mir nur, was du über Tork weißt«, erwiderte Eirion leise und verzweifelt.

»Er bedeutet dir viel, nicht wahr?«, fragte Radscha ebenso leise zurück.

Eirion nickte nur, mehr war nicht nötig, und zu mehr wäre sie in diesem Augenblick auch nicht in der Lage gewesen.

»Verstehst du«, flüsterte Radscha, »Tork *wusste*, dass Sanor sich aus dem Za'mar-a befreit hatte. Er wusste, dass der Eine und Erste den Ork Nuado mit seiner Rache überziehen würde – aber er wusste auch, dass uns noch Zeit genug blieb, um aus Caernadon zu fliehen und uns in Léth in Sicherheit zu bringen. All diese Dinge kann nur jemand gewusst haben, der ...«

Radscha verstummte, und Eirion zwang sich, ihren Satz zu

Ende zu bringen, auch wenn sich jeder Muskel in ihrem Kiefer dagegen wehrte und jede Silbe, die über ihre Lippen kam, eine Schneise des Schmerzes in ihren Körper schlug. »... mit Sanor im Bund stand«, vollendete sie den Satz, den die alte Frau nicht hatte aussprechen können.

Eine abgrundtiefe Stille machte sich in Radschas Wagen breit, und am Rande ihres Bewusstseins registrierte Eirion, dass auch die Geräusche aus dem Lager verstummt waren. Sie versuchte, durch den Nebel von widersprüchlichen Gefühlen einen klaren Gedanken zu fassen, doch es war sinnlos. Ihr ganzes Sein war ausgefüllt von Bildern: Tork, wie sie ihn zum ersten Mal in ebendiesem Wagen gesehen hatte, das Gesicht halb verborgen unter einer weißen Kapuze, der kurze Bart, durch den sonnengebräunte Haut schimmerte, der seltsame Halsschmuck ... Torks Skepsis, als Radscha ihm sagte, sie, Eirion, sei die Tochter der Drei Welten; seine Arroganz, als sie sich in Salbas Hütte Zeit nahm, sich von ihrer Freundin zu verabschieden, obwohl sie sich in tödlicher Gefahr befanden. *Du benimmst dich wie das Kind, das du bist,* hatte er gesagt. Ein anderes Bild schob sich über diese Szene; Tork, den Wind in den Haaren, an die Reling der *Silbermöwe* gelehnt, die Augen so blau und strahlend wie das Meer hinter ihm. Damals hatte er ihr erzählt, dass er nicht wisse, wer seine Eltern waren, und ein alter Mann ihn großgezogen habe, der ihn mit drei oder vier Jahren im äußersten Süden von Kokonda gefunden hatte. Eirion erinnerte sich deutlich des Unbehagens, das sie in diesen Minuten empfunden hatte, sie erinnerte sich an das Gefühl, dass er ihr nicht die Wahrheit sagte, als er schließlich erklärte: *Das ist meine ganze Geschichte, mehr gibt es nicht zu wissen über mich.*

Und schließlich erzwang sich ein Bild sein Recht, das Eirion mehr schmerzte als alle anderen: Torks Gesicht im Mondlicht, an der letzten Grenze zwischen der Welt der Dinge und Anguli. Die kleinen, bernsteinfarbenen Flecken, die in seiner linken Iris deutlicher hervortraten als in der rechten, tanzten in seinen Augen.

Eine mahnende Stimme in ihrem Innern hatte sie davor gewarnt, sich ihm zu überlassen, aber sie hatte die einsame alte Frau, die sie in sich spürte, und die sie eines Tages sein würde, zurückgewiesen und war ihrem Herzen gefolgt ...

... zu einem Mann, der ein Verräter war? Der sie nur benutzt hatte, um sein Ziel zu erreichen, was immer es sein mochte?

Der Gedanke war zu furchtbar, um bei ihm zu verweilen, und ein scharfer Schmerz riss Eirion aus ihrer Versunkenheit. Verwundert blickte sie auf ihre rechte Hand. Vier blutige Kerben zogen sich über die Innenfläche, wo ihre Fingernägel die weiche Haut durchschnitten hatten.

Dann riss sie ein kurzes, eindringliches Geräusch vollends aus ihrer Gedankenschwere. Jemand hatte an die Tür geklopft und war eingetreten, noch ehe Radscha ihn dazu auffordern konnte. Eirion blinzelte. Im hellen Morgenlicht, das durch die Türöffnung fiel, sah sie eine vertraute, rundliche Gestalt, und eine Frau stürzte halb lachend, halb weinend auf sie zu.

»Salba«, flüsterte Eirion und wurde im nächsten Augenblick von ihrer Bank gezogen. Der Geruch von frischem Hefebrot und getrockneten Kräutern hüllte sie ein wie eine warme, freundliche Wolke, noch bevor die alte Kätnerin, die ihr in Lemmas Zuflucht gewährt hatte, sie so fest an sich drückte, als wolle sie sie nie wieder loslassen.

Der kleine Planwagen der Zigeuner schaukelte in einem gleichmäßigen, langsamen Rhythmus über den weichen Boden der Wüste, gezogen von zwei starken Ochsen, die so gut aufeinander eingespielt waren, dass sie sich wie ein einziges Tier bewegten. Ein feiner Staub lag in der Luft, der selbst den dünnen weißen Schal durchdrang, den Tschalek ihr gegeben hatte, um ihn sich um Mund und Nase zu wickeln. Eirion, die jede Art von Kopfbedeckung verabscheute, beschloss, die Warnung des Zigeuners in den Wind zu schlagen und den Schal abzunehmen. Sofort stellte sie fest, dass Tschalek Recht gehabt hatte. Auch wenn der gazeartige Stoff den Sandstaub nicht ganz fern halten konnte, so erfüllte er doch eindeutig einen gewissen Zweck. Trotzdem empfand sie es als Erleichterung, wieder freier atmen zu können.

Salba, die neben ihr in dem notdürftigen Schatten hockte, den die Plane des Wagens ihnen spendete, tat es ihr mit einem Seufzer nach. »So ist es besser«, sagte sie und legte ihren Schal ordentlich zusammen, während Eirion das feine Tuch einfach achtlos beiseite geworfen hatte. »Zumindest, wenn man reden will«, fügte Salba hinzu und sah Eirion mit hochgezogenen Augenbrauen an. »Willst du reden?«

Eirion drückte sich beide Hände auf ihre heißen Wangen und dachte über Salbas Frage nach. Wollte sie reden?

Seit ihrem eiligen Aufbruch vor einigen Stunden hatten sie und Salba nur schweigend hinten in Tschaleks Wagen gesessen, und Eirion war dankbar für Salbas Taktgefühl gewesen, sie nicht mit Fragen zu bestürmen oder selbst zu erzählen, was ihr widerfahren war. Die Zeit der Ruhe hatte ihr gut getan, und an die Stelle des Schmerzes war jetzt eine seltsame Leere getreten, wenn ihre Erinnerung Torks Bild in ihr heraufbeschwor.

Der Wagen neigte sich plötzlich zur Seite, und Eirion griff nach dem hölzernen Bogen hinter ihr, über den die Plane gespannt war, um nicht das Gleichgewicht zu verlieren. Eines der Wagenräder war in eine kleine Senke geraten, und Eirion konnte förmlich spüren, wie die beiden Ochsen sich mit ihrer ganzen ungeheuren Kraft ins Geschirr legten. Es war nicht das erste Mal, dass so etwas passierte, seit sie am Morgen aufgebrochen waren, und Eirion hielt sich an dem warmen, staubigen Holz fest, bis ein Ruck durch den Wagen lief und die Fahrt weiterging.

Inzwischen hatte Eirion ihren Entschluss gefasst. Es gab so viele Dinge zu erzählen, so viele Fragen, die gestellt sein wollten, und allein die Göttin wusste, was geschehen würde, wenn sie Fiann erst erreicht hatten. »Ich nehme an«, begann sie leise zu sprechen, »dass du diejenige warst, die die Zigeuner gewarnt hat?«

Salba nickte, und Eirion sah, dass die alte Frau die Hände ineinander verkrampfte. Unbewusst rieb sie ihre rechte Hand, die wund war von dem Schmerz, den sie selbst sich zugefügt hatte. Sie war nicht die Einzige, die litt, und sie nahm sich vor, das nicht so bald wieder zu vergessen.

»Cynnik«, flüsterte Salba, so leise, dass es im Ächzen des Wagens beinahe unterging.

Eirion verstand. Cynnik, Salbas Mann, war einer derjenigen gewesen, die ihren Zorn an den Zigeunern hatten auslassen wollen. Und Salba hatte seine Pläne an die Zigeuner verraten und ihn verlassen. Mitleidig strich sie der alten Frau über den Arm. »Radscha hat gesagt, dass jemand aus dem Dorf eine falsche Fährte gelegt hat, um die Männer in die Irre zu führen«, sagte sie, um Salba die Qual zu ersparen, von ihrem Verrat an dem Mann sprechen zu müssen, mit dem sie ein ganzes Leben geteilt hatte.

»Das war Konja«, erwiderte sie, und ein Lächeln glitt über ihre Züge. »Du erinnerst dich an Konja?«, fügte sie hinzu.

Eirion lachte. »Als könnte ich Konja jemals vergessen!« Die Schwester des Dorfvorstehers, eine vierschrötige, derbe Frau, die das Herz jedoch eindeutig auf dem rechten Fleck hatte, hatte sich in Lemmas mutig dem wütenden Mob entgegengestellt, der Eirion auf einem Scheiterhaufen hatte brennen sehen wollen.

»Konja hat Bardel nach Süden geschickt. Nicht, dass er es gemerkt hätte; er war fest davon überzeugt, dass er selbst auf die Idee gekommen war, die Zigeuner würden gewiss nach Sint weiterziehen, wo sie für gewöhnlich das Frühjahr verbringen.«

»Aber ihr seid nach Osten gegangen, entlang der Sümpfe der Verlorenen«, stellte Eirion fest. So viel hatte Radscha ihr bereits erzählt. Bevor sie jedoch weiterfragen konnte, fuhr der Wagen durch eine kleine Senke, und sie beugte sich ein wenig vor, um die Bewegung auszugleichen. Das gleißende Mittagslicht der Wüste blendete sie, als sie unter der Plane hervorspähte, und unwillkürlich hielt sie Ausschau nach Barko. Sie brauchte nicht lange zu suchen. Unmittelbar über dem kleinen Zug der Zigeuner zog ihr Falke seine Kreise, und ein warmes Gefühl der Dankbarkeit durchflutete Eirion. Einen Freund zumindest hatte sie, der sie niemals verraten würde. Mit einem Mal widerstrebte es ihr, Barko aus den Augen zu lassen, und sie beugte sich noch ein wenig weiter vor, so dass ihr, als der Wagen ein wenig ins Schlingern geriet, der von den Rädern aufgewirbelte Sandstaub direkt ins Gesicht wehte.

Sie bereute ihre Unbedachtsamkeit sofort. Heftig hustend richtete sie sich wieder auf, doch die feinen Sandkörner hatten sich in ihren Lungen festgesetzt und ihr den Mund verklebt, so dass sie kaum noch Luft bekam.

Im nächsten Augenblick spürte sie etwas Glattes, Feuchtes in ihrer Hand. »Komm, trink erst einmal etwas.«

Dankbar nahm Eirion Salba den Wasserschlauch ab und hob das Mundstück an die Lippen. Langsam verebbte der Husten, das Brennen in ihren Lungen ließ nach, und ihre Atmung beruhigte sich.

Erst als Salba den Wasserschlauch sorgfältig wieder verkorkt hatte, begriff Eirion, was soeben geschehen war. Sie hatte Radscha am Morgen gefragt, wie es möglich war, dass die Zigeuner die ganze Wüste durchquert hatten, eine große Gruppe von Männern und Frauen und sogar Tieren. Mit weit aufgerissenen Augen sah sie Salba an.

»Das Wasser«, stieß sie ungläubig hervor und ließ ihren Blick über die säuberlich gestapelten – und offensichtlich wohlgefüllten – Schläuche in Tschaleks Wagen gleiten, die ihr bisher nicht aufgefallen waren, weil sie sich einfach nicht richtig umgesehen hatte. »Das Wasser war frisch und klar«, flüsterte sie, »selbst wenn ihr gewaltige Vorräte an Wasser mitgenommen hättet, was nicht möglich ist, müsste das Wasser abgestanden und schal schmecken. Woher kommt dieses Wasser?«

Salbas Züge verdunkelten sich, und ein Ausdruck von tiefem Misstrauen, wie es so gar nicht zu ihr passen wollte, trat in ihre Augen.

Das Zuggeschirr der Ochsen knarrte laut, und Eirion hatte den Eindruck, dass der Wagen plötzlich langsamer fuhr.

»Woher kommt dieses Wasser, Salba?«, wiederholte sie.

Die Kiefermuskeln der alten Kätnerin spannten sich, dann stieß sie mit zusammengebissenen Zähnen ein einziges Wort hervor, und der Klang ihrer Stimme ließ Eirion schaudern.

»Radscha.«

Der Wagen rollte aus und blieb stehen.

KAPITEL 7

Das Wasser des Sees schimmerte im Sonnenlicht wie ein mit tausend Diamanten besetztes Seidentuch, und bei jedem noch so geringen Windhauch schienen diese winzigen, blinkenden Juwelen auf den Wellen auf und ab zu tanzen. Die Luft roch klar und würzig nach dem Unwetter, und nichts an dem tiefblauen, wolkenlosen Himmel erinnerte noch an den furchtbaren Sturm, der in der vergangenen Nacht über Anguli getobt hatte.

Die zarten gelben Schmetterlinge, die man nur diesseits des orkischen Gebirges fand und deren Flügel von feinen purpurnen Linien durchzogen waren, hatten sich wieder aus ihren Verstecken hervorgewagt. Nuria beobachtete, wie sich zwei von ihnen in unmittelbarer Nähe auf einer weit geöffneten Päonienblüte niederließen, um dort Nektar zu schlürfen, wie sie es tausend Sommer lang getan hatten. Hoch über ihnen jagten sich spielerisch zwei Schwalben, doch ihr perlendes Gezwitscher, das unter anderen Umständen wie eine heitere Melodie das Aquarell des Sommertages begleitet hätte, ging im Lärmen einer zornigen Stimme unter. Nuria hatte nach Savas ersten Worten nicht länger zugehört, denn sie wusste sehr genau, was er sagen würde.

Während sie jetzt den Blick über die vertrauten, heute so erregten Gesichter ihrer Gefährten wandern ließ, kehrte ihre Erinnerung in jene Nacht vor so langer Zeit zurück, als der Mann, den sie liebte, ihr Kind den Wellen des Ank preisgegeben hatte. Damals hatte ein voller Mond vom Himmel auf Anguli herabgeleuchtet, und Olfros hatte nackt in seinem silbernen Licht gestanden. Das weiche Haar, das ihm auf die

Schultern gefallen war, war noch nicht weiß gewesen wie heute, sondern von einem warmen, strahlenden Sonnenton. »Tochter von Nuria und Olfros«, so hatte er damals die Ansprache an sein schlafendes Kind begonnen. »Hiermit weihe ich dich den Göttern des Schicksals. Du wirst den anderen Weg gehen, den Weg, den schon so lange keiner der unseren mehr gegangen ist, dass wir dir nicht einmal einen Rat mitgeben können – nur unsere Achtung und unseren tiefen Respekt, die dich begleiten werden, solange du lebst.« Wieder hörte sie im Geiste Olfros' Worte, doch diesmal nahm sie neben ihrem eigenen Schmerz auch die Trauer ihres Geliebten wahr, dessen Stimme brach, bevor er weitergesprochen, bevor er Anu fortgegeben hatte. Wie blind sie gewesen war, dass sie Olfros' hilflosen, verzweifelten Blick damals nicht gesehen hatte, seine Liebe zu seiner Tochter nicht gespürt hatte, als er die Hand in das heilige Wasser von Anguli tauchte, als letzten Segen und Abschied von seinem Kind. »Und so geh«, waren seine letzten Worte zu Anu gewesen, »geh im Namen der Götter!«

»Im Namen der Götter!« Eine andere Stimme brandete wie eine zornige Welle über das alte Bild hinweg und hatte es binnen eines Augenblicks wieder in die Vergangenheit verbannt. Nuria kehrte jäh in die Gegenwart zurück.

»Im Namen der Götter!«, schrie Nimu, und Wut verzerrte sein Gesicht zu einer Maske von solcher Hässlichkeit, dass Nuria instinktiv einen Schritt zurückwich. »Seht ihr jetzt endlich, wohin eure Narrheit euch gebracht hat, *ihm* zu vertrauen?« Der alte Mann riss mit einer dramatischen Gebärde die Hand hoch und deutete mit einem stockdürren Finger auf Olfros, eine unnötige Geste, denn es wusste ohnehin jeder, von wem er sprach. Neben Nimu stand Savas, der Nuria, Olfros und Lado in der vergangenen Nacht bei den Grotten belauscht hatte. Jetzt war er mit seinem Bericht darüber offensichtlich zum

Ende gekommen, denn Nuria hörte von allen Seiten des Versammlungsplatzes entsetzte und ängstliche Stimmen und immer wieder denselben Namen – Sanor.

Unterdessen versuchte Nimu, sich Gehör zu verschaffen, was nicht einfach war, da die Schwanenmenschen in ihrem Schrecken alle durcheinander sprachen.

»Er hat euch alle belogen«, rief er mit sich überschlagender Stimme, während er immer noch mit dem Finger auf Olfros zeigte. »Er wusste seit Monaten, dass der Eine und Erste aus seinem Gefängnis entkommen ist.«

Ein nervöses Raunen lief durch die Reihen der Schwäne.

»Jahrhundertelang haben wir den Tag gefürchtet, da dies geschehen könnte; unsere Brüder und Schwestern, die Elfen und Feen, die Sumpfleute und Schattentrolle haben ihr Leben gegeben im Kampf gegen ihn, und ...« Nimu machte eine dramatische Pause, und Nuria spürte, wie Olfros neben ihr kurz die Augen schloss. Und sie wusste, was er dachte, las es in seiner Seele, wie sie es jahrhundertelang getan hatte. Trotz des Schrecklichen, das um sie herum geschah, blühte ein tiefes Glücksgefühl in ihr auf, zart und leuchtend wie eine taubenetzte Rose, die sich einem Morgen öffnete, an den zu glauben sie schon vor langer Zeit aufgehört hatte. Ohne es zu wissen, griff sie nach Olfros' Hand, und als seine Finger die ihren umschlossen, wusste sie, dass auch der Kreis ihres Lebens sich geschlossen hatte – anders gewiss, als sie es in jungen Jahren erwartet hatte, aber in diesem Augenblick zählte nichts anderes für sie als der Mann an ihrer Seite, dem ihre Seele gehörte.

»... und am Ende«, fuhr Nimu mit bebender Stimme fort, »am Ende haben sich auch unsere geliebten Freunde, die Niav, geopfert. Sie haben sich geopfert, damit Anguli überleben konnte!«

Alle im großen Rund des Versammlungsplatzes wussten,

was kommen würde, und doch hingen sie wie gebannt an Nimus Lippen.

Nein, nicht alle. Aus den Augenwinkeln sah Nuria, dass Savas und einige der jungen Männer und Frauen vom See die Köpfe zusammensteckten und sich leise berieten. Überhaupt schienen viele der Schwanenmenschen heute an einem anderen Platz zu sitzen, als sie es für gewöhnlich taten. Noch bevor Nuria jedoch darüber nachdenken konnte, was das bedeuten mochte, sprach Nimu weiter.

»Soll dieses Opfer nun vergeudet werden?«, rief Nimu. »Soll all das Sterben und Leiden umsonst gewesen sein, nur weil einer in der langen Reihe von Königen, die über Anguli gewacht haben, zu schwach und zu feige ist, um das letzte Reich der Unschuld so zu regieren, wie es Not tut?« Ein leiser Windhauch bauschte Nimus Gewand auf, zeichnete seinen skelettdünnen Körper darunter nach und wehte ihm durch das durchsichtige Haar auf dem wie notdürftig mit Haut bespannten, totengleichen Schädel.

Einen Augenblick lang hatte Nuria beinahe Mitleid mit ihm, wie er da stand: mehr Skelett als Mann, eine traurige, groteske Gestalt, die einen bereits verlorenen Kampf kämpfte. Aber seine nächsten Worte zerstreuten diese Regung im Nu.

»Ich habe es in der Vergangenheit gesagt, und ich sage es heute noch einmal: Verbannt Olfros aus Anguli und wählt euch einen neuen König! Das Land braucht in diesen Zeiten Männer, auf die Verlass ist, Männer, die bereit sind, Verantwortung für das Ganze zu übernehmen. Anguli braucht Männer, die zum Wohle der Gemeinschaft auch Entscheidungen treffen können, vor denen schwächere Naturen zurückschrecken würden.«

Die letzten Worte hatten einen seltsam unechten Klang, fand Nuria, als hätte ein anderer sie dem alten Mann in den

Mund gelegt. Eine leichte Bewegung neben ihm lenkte Nuria von Nimu ab. Bibiana hatte sich durch die Reihen der Schwanenmenschen gedrängt und war neben Nimu getreten. Einen Moment lang kreuzten sich die Blicke der beiden Frauen, und plötzlich begriff Nuria: Ihr Instinkt hatte sie nicht getrogen; dies alles war ursprünglich keineswegs Nimus Idee gewesen. Bibiana hatte die Fäden gesponnen, aus denen dieses Netz von Intrigen gewachsen war. Und nun hatte sie sich in ihrem eigenen Netz gefangen, denn wenn Olfros aus Anguli verbannt wurde, würde sie mit leeren Händen zurückbleiben. Und wenn das Wunder geschah und sie und Olfros noch einen neuen Morgen über Anguli würden heraufdämmern sehen, dann ...

Aber an dieser Stelle brachen Nurias Gedanken ab, nicht nur weil Bibiana zu sprechen begonnen hatte, sondern weil ein solches Wunder niemals Wahrheit werden konnte.

»Männer und Frauen von Anguli!«, erklärte Bibiana mit weit tragender Stimme, und selbst Savas, der Nimus Ansprache wenig Beachtung geschenkt hatte, wandte sich von seinen Freunden, zu denen sich inzwischen etliche weitere, zumeist jüngere Schwanenmenschen gesellt hatten, ab. »Ich habe Olfros noch bei unserer letzten Zusammenkunft hier verteidigt, wie ihr wisst«, fuhr Bibiana fort. »Ich habe an seine Weisheit geglaubt, an seine Weitsicht – und vor allem habe ich daran geglaubt, dass einzig das Wohl Angulis all seine Entscheidungen bestimmt. Kita, Alania, Senna ...« Bibiana sah sich auf dem Versammlungsplatz um und blickte dorthin, wo die meisten der Frauen standen, auch Preta und Kisila, die dem Siebenerrat angehörten. Das Sonnenlicht schien jetzt wie ein zweites Gewand über Bibianas Gestalt zu fließen, und mit ihrer zierlichen Figur und dem zu einem züchtigen Zopf geflochtenen Haar wirkte sie jung und unschuldig; anders als die meisten Menschen vom See hatte Bibiana niemals zugelassen, dass die Zeit ihre

Spuren auf ihrem Gesicht hinterließ, so dass sie, wenngleich älter als Nuria, noch immer eine mädchenhafte Schönheit besaß. Doch Nuria wusste, dass Bibianas äußere Erscheinung trog. Der Hass in ihrer Stimme war so scharf wie im Feuer gehärteter Stahl.

»Als eure Söhne in die Welt der Dinge flohen«, fuhr Bibiana schließlich fort, »habe ich euch geraten, euch an Olfros zu halten, weil ich glaubte, er sei ein gütiger, kluger Herrscher, der kein Kind Angulis zurückweisen würde, wenn es seinen Irrtum erkennt und wieder um Aufnahme in die Gemeinschaft bittet ...«

Ein leises Aufschluchzen unterbrach Bibiana, und Nurias Herz flog der Frau zu, die um ihr Kind geweint hätte, hätte sie die Gabe der Tränen besessen.

Bibiana sprach weiter. »Ja, ihr alle wisst und könnt es bezeugen, dass ich Olfros wieder und wieder verteidigt habe, unseren *König.*« Bibiana musterte Olfros mit kalter Verachtung. »Aber dies hier ist mit nichts zu entschuldigen. Sechs der sieben Reiche der Unschuld sind untergegangen im Kampf gegen den, der sich der Eine und Erste nennt. Anguli hat als einziges überlebt.«

Nurias Blick schweifte ab. Zwei weitere leuchtend gelbe Schmetterlinge hatten sich auf der Päonie niedergelassen, deren schwerer Blütenkelch sich weit nach unten neigte. Die beiden Schwalben hatten ihr werbendes Spiel offensichtlich an einen anderen Ort verlegt, denn als Nuria den Kopf hob, sah sie nichts als die endlose blaue Weite des Himmels.

»Ich denke«, unterbrach eine andere, ruhigere Stimme Bibianas leidenschaftliche Ausführungen, »das wissen wir alles, Bibiana.« Preta trat aus dem Kreis heraus, Kisila an ihrer Seite. »Und wir wissen nun auch, dass Olfros vier Monate lang geschwiegen hat, nachdem die Götter ihm die Rückkehr Sanors offenbart haben – auch dem Siebenerrat gegenüber. Aber bevor wir ihn dafür verurteilen, möchte ich zuerst seine Beweggründe hören.«

Beifälliges Gemurmel wurde laut, nur wenige der Schwanenmenschen schüttelten immer noch missbilligend den Kopf.

»Ja«, rief eine andere Frau aus dem Kreis, »der König soll sprechen!« Weitere Frauen und Männer schlossen sich ihrem Begehren an, und Nuria spürte, dass Olfros, der immer noch ihre Hand festhielt, sich straffte.

»Männer und Frauen von Anguli«, begann er zu sprechen, doch weiter kam er nicht. Er wurde von Bibiana niedergeschrien, der Hass und Enttäuschung ungeheure Kraft verliehen. Einige Strähnen hatten sich in ihrer Erregung aus ihrem Zopf gelöst, und alles mädchenhaft Zarte war aus ihren Zügen gewichen, als sie jetzt Preta und Kisila beiseite stieß und dicht vor Olfros hintrat.

Nuria prallte erschrocken zurück. Winzige Speicheltropfen trafen sie ins Gesicht, als Bibiana vor Olfros ausspuckte.

»Verräter!«, zischte sie, dann fuhr sie herum, so dass sie mit dem Rücken zu Olfros und Nuria stand. »Ich sage, er ist mit Sanor im Bunde!«, schrie sie, und Nuria nahm überdeutlich wahr, wie die Szene um sie herum gefror. Selbst die sonnnenhellen Schmetterlinge, die noch immer die einzelne Päonie umtanzten, schienen in der Luft zu erstarren. Aber Bibiana war noch nicht fertig.

»Glaubt ihr denn, es sei Zufall, dass Sanor sich in ebenjener Nacht befreite, als *seine* Tochter nach Anguli zurückkehrte?«, schrie sie weiter. »Seine Tochter – und *ihre!*« Bibiana wirbelte wieder herum und deutete mit dem Finger auf Nuria. »*Sie* vor allem trifft die Schuld daran, dass das Grauen, das unter solch ungeheuren Opfern vor Jahrtausenden gebannt wurde, wieder entfesselt werden konnte!«

»Das ist doch lächerlich«, fiel Olfros ihr mit ruhiger Autorität ins Wort, aber Bibiana ließ sich nicht aufhalten, auch nicht von Kisila und Preta, die abermals versuchten, ihrem König Gehör zu verschaffen.

»Lächerlich?«, stieß Bibiana heiser hervor. »Du nennst die Prophezeiungen der Götter *lächerlich?«* Sie stand jetzt so dicht vor Olfros, dass Nuria ihren Atem auf der Haut spüren konnte. Einen Augenblick lang glaubte sie, Bibiana würde Olfros schlagen, doch sie besaß weitaus wirksamere Waffen als ihre Hände.

»Ihr habt es alle gehört!«, rief sie den entsetzten Schwanenmenschen zu, nachdem sie sich wieder umgewandt hatte. »Für unseren *König* sind die Prophezeiungen der alten Götter lächerlich! Vielleicht hält er die Götter selbst gar für lächerlich? Vielleicht möchte *er* ja ein Gott sein – Seite an Seite mit Sanor und Nuria?«

»Das reicht jetzt!«, unterbrach Preta, deren altes Gesicht eine fleckige Röte überzogen hatte, Bibianas höhnische Worte. »Seit wann darf im Reich am See irgendjemand dem König das Wort entziehen?« Beschwörend blickte sie die Schwanenmenschen, die ihr am nächsten standen, an. »Lasst um der Götter willen endlich Olfros sprechen!«

»Ich sage euch, seit wann es uns, die wir das Wohl Angulis im Herzen tragen, gestattet ist, dem König das Wort zu entziehen!«, herrschte Bibiana die ältere Frau an. »Seit dem Tag, an dem er und seine ...« Einen Moment lang schien Bibiana um Worte zu ringen. »... seine kostbare, unfehlbare Königin unser Land um ihrer eigenen Machtgier willen an unseren schlimmsten Feind verraten haben! Ja, habt ihr denn alle vergessen, wie die Prophezeiung lautet, von der hier die ganze Zeit die Rede ist?«

Plötzlich trat Nimu vor. Er war sehr blass geworden und wirkte jetzt mehr denn je wie ein Geist. Mit blutleeren Lippen sprach er die Worte, die zu hören Nuria seit mehr als siebzehn Jahren fürchtete.

»Ein Kind harrt im Nebel der Zeiten der Stunde, da die Welt seiner am dringendsten bedarf. Alle Gaben und alle Irrtümer der Menschen schlummern in diesem Kind, das Dunkle wie das Helle, die Kraft zur Liebe wie zum Hass.« Nimus Stimme sank zu einem rauen Flüstern herab, das dennoch weithin zu hören war. *»Doch wehe!«*, sprach er weiter, und Nuria glaubte, eine eisige Hand lege sich um ihr Herz, um alles Leben herauszupressen. *»Wer es wagt, das Kind seiner Bestimmung zu entfremden, aus Torheit oder aus Liebe, der wird den Untergang alles Lebenden herbeiführen!«*

»Und genau das hat *sie* getan«, schrie Bibiana mit schriller Stimme. »Sie hat Anu einen Zauber gegeben, der die Prophezeiung gebrochen hat! *Sie* ist unser aller Untergang, die alten Götter haben zu uns gesprochen, als seien sie jetzt und hier mitten unter uns anwesend. *Sie* hat uns und alles, was uns jemals etwas bedeutete, unserem schlimmsten Feind ausgeliefert! Tötet sie! Tötet die Königin, denn nur so könnt ihr euch retten! Nur so könnt ihr die Götter wieder versöhnen! Und tötet auch den König, denn er ist ebenso schuldig wie sie! Tötet sie beide!«

Nuria schloss die Augen. Mehr als ihre eigene Angst schmerzte sie der Gedanke, Olfros gerade jetzt zu verlieren, nachdem sie ihn erst vor wenigen Stunden wiedergefunden hatte. Es war ihnen nicht einmal eine letzte Liebesnacht vergönnt gewesen.

Hände streckten sich nach ihr aus, seltsam kalte Hände für einen so warmen Sommertag. Dann zerschnitt ein Schrei, in dem aller Schmerz zu liegen schien, die Luft um sie herum, und erst jetzt erkannte Nuria das Gesicht des Mannes, der sie ergriffen und von Olfros fortgerissen hatte.

Es war Lamar, Viljas Seelengefährte. Lamar, der so viele Jahre lang ihr Freund gewesen war.

Anguli ist tot, dachte sie, und die Welt versank in Dunkelheit.

KAPITEL 8

Rikka stand im Thronsaal von Burg Tarlin und versuchte, ihren Zorn im Zaum zu halten. Selten war sie so nahe daran gewesen, jede Selbstbeherrschung zu verlieren.

»Wir reden heute Abend weiter«, stieß sie hervor und nickte dem hoch gewachsenen Mann, der vor ihr stand, kühl zu. »Du kannst jetzt gehen«, erklärte sie, als er keine Anstalten machte, sofort den Raum zu verlassen.

Kaylas, General der Neuen Caernadonischen Armee, zuckte die Achseln. »Wie du meinst«, sagte er ruhig. »Auch wenn ich nicht glaube, dass sich bis dahin etwas an der Situation geändert hat. Marban ist der König, dem ich meinen Eid geleistet habe, und Marban ist der Einzige, von dem ich meine Befehle bekomme.«

Bevor Rikka etwas erwidern konnte, hatte Kaylas sich umgedreht, und im nächsten Augenblick fiel die schwere, doppelte Eichentür leise hinter ihm zu.

Rikka atmete langsam durch die Nase ein. *Das werden wir noch sehen,* dachte sie, obwohl sie sich keineswegs so sicher war, wie sie es sich gewünscht hätte. Kaylas hatte ihrem Willen widerstanden – heute Abend, wenn das Licht von Feuer und Kerzen ihr den Zugriff auf ihre ureigenste Magie gab, würde sich erweisen, ob er auch dem Zauber ihres Körpers widerstehen konnte.

Aber bis dahin musste sie sich besser im Griff haben, als es im Moment der Fall war, so viel stand fest. Sie zwang sich, ihre zu Fäusten geballten Hände zu öffnen, und begann in dem großen leeren Raum, in dem der Thron der Ahuden wieder einmal verwaist war, auf und ab zu gehen.

Bevor sie sich abermals zu einer Kopflosigkeit wie diesem Gespräch mit Kaylas hinreißen ließ, brauchte sie einen Plan. Und um einen Plan zu schmieden, der ihren Zwecken diente, musste sie verstehen, wie die Dinge zusammenhingen. Sie zwang ihren Geist, der Disziplin zu folgen, die man sie an der Akademie der Magierinnen gelehrt hatte.

Sie blickte aus einem der hohen Bogenfenster und ließ gedankenverloren die Hände über den sonnengewärmten Marmor des Simses gleiten. Draußen überquerte gerade eine Magd den Burghof und blieb vor dem gemauerten Brunnen in der Mitte stehen. Rikka beobachtete, ohne es wirklich wahrzunehmen, wie die Dienerin einen hölzernen Eimer an dem Seil herabließ. Irgendwo im Innern der Burg ertönte der dumpfe Gong, der die Mittagsstunde ankündigte. Die Magd drehte jetzt an der Kurbel, um das schwere, bis zum Rand gefüllte Gefäß wieder hochzuziehen; ihre Bewegungen waren gleichmäßig und rhythmisch. Marban war irgendwann in der vergangenen Nacht verschwunden, nachdem er Kaylas, seinem General und Vertrauten, denkbar dürftige Anweisungen gegeben hatte, so viel wusste sie inzwischen. Marban war verschwunden ...

Und Ila war verschwunden. Die Kammer der Zofe, die sie selbst zu Gwenlians Zeiten bewohnt hatte, war verlassen gewesen, als sie am Morgen aus ihrem Schlafgemach gekommen war. Sie hatte wenig Ruhe gefunden in der vergangenen Nacht, weil Sanor gegen seine frühere Gewohnheit eine zweite Nacht bei ihr verbracht hatte, und sie hatte Ila sagen wollen, dass sie ihr ein Bad einlassen solle. Ila war jedoch nicht in ihrer Kammer gewesen, und Rikka hatte ein halbes Dutzend Dienerinnen ausgesandt, um die Burg nach ihrer Zofe zu durchsuchen. Stunden später waren die Frauen ratlos zurückgekehrt. Sie hatten Ila nicht gefunden, und niemand hatte das Mädchen die Burg verlassen sehen.

Draußen ließ die Magd jetzt einen zweiten Eimer in den Brunnen hinab. Rikka glaubte beinahe, den Schweiß der stämmigen Frau riechen zu können, als sie den Eimer wieder hochzog, deutlich langsamer diesmal.

Marbans Wagen war das einzige Gefährt, das in der Nacht die Tore der Burg passiert hatte. Diese beiden Vorfälle *mussten* einfach zusammenhängen. Marbans Verlangen nach der schönen Sklavin, die ihr diente, war Rikka keineswegs verborgen geblieben, genauso wenig wie das stetige Nachlassen seiner Kräfte. Es hatte sie erheitert, ihn zu beobachten, einen geifernden Greis, dem das Leben durch die Finger rann, der jedoch weder die Würde noch den Anstand besaß, sich aus dem Spiel zurückzuziehen.

Denk nach!, befahl Rikka sich. *Alle Dinge folgen einem Muster; nichts unter dem Himmel geschieht ohne Plan und Absicht.* Xeira war die Lehrerin gewesen, die diese Worte an der Akademie der Magierinnen in Neu-Léth zu ihren Schülerinnen gesprochen hatte. Wenn ihr das Muster offen legt, habt ihr die Antwort auf eure Fragen.

Das Muster. Sie musste nur das Muster erkennen, dann würde alles andere sich von selbst ergeben.

Die Magd auf dem Burghof befestigte die beiden Wassereimer an einer dicken, hölzernen Tragestange und setzte sie sich auf die Schultern.

Marban ... Ila ...

Die beiden Wassereimer schwangen sachte hin und her, wie ein Doppelpendel. Einen Augenblick lang schien es, als schwebten sie in der Luft, gehalten von einer unsichtbaren Hand. Eine Illusion, an die der Beobachter nur dann glauben konnte, wenn er die Tragestange übersah, das Bindeglied zwischen den beiden.

Das Bindeglied.

Rikkas Augen verengten sich, während sie, vollkommen konzentriert jetzt, die Magd bei ihrem Gang über den Hof beobachtete.

Zwei voneinander getrennte Dinge, die nur innerhalb des Musters einen Sinn ergaben. Ohne die Tragestange, die sie verband, könnten die Eimer nicht dort sein, wo sie waren.

Marban ... Ila ...

Langsam zog Rikka die Luft ein, und ihre Nasenflügel blähten sich. Die Anspannung in ihren Schultern löste sich, allerdings nur für einen kurzen Moment.

Sie hatte das Muster entdeckt – aber es ergab keinen Sinn.

Welches Interesse konnte Sanor daran haben, Marban und Ila aus Burg Tarlin fortzuschaffen?

Die Magd war mit ihrer Last aus Rikkas Blickfeld verschwunden, aber sie hatte ihren Zweck erfüllt.

Ila wehrte sich mit aller Kraft gegen das Erwachen, das sie einmal mehr aus dieser Welt herausreißen würde, in der alle Dinge so waren, wie sie sein sollten, in der sie selbst das sein durfte, was sie war. Blaues, pulsierendes Licht erfüllte diese Welt der tausend Wege und Felsen, der tausend Irrtümer, die den Unkundigen mit Trugbildern und falschen Hoffnungen narrten, bis er den Verstand verlor. Es war eine grausame und feindselige Welt für den, der sie ungebeten betrat, doch ein Ort des Friedens für jene, die dort ihre Heimat hatten.

Ein letztes Mal noch bäumte Ila sich gegen die Macht auf, die das blaue Licht verblassen und die Konturen der vielgestaltigen Felsen verschwimmen ließ, dann musste sie den Kampf verloren geben. Langsam und widerstrebend kehrte sie in die Wirklichkeit zurück.

Das Erste, was sie wahrnahm, war ein abscheulicher, fauliger Geschmack in ihrem Mund. Sie versuchte zu schlucken, doch stattdessen zog sich ihre Kehle schmerzhaft zusammen, und ein Krampf durchlief ihren Körper, der sie nach Luft ringen ließ. Instinktiv richtete sie sich auf, bevor sie sich in eine Schale erbrach, die plötzlich wie aus dem Nichts vor ihr erschienen war.

»Ich muss mich wohl für die Wahl der Mittel entschuldigen«, erklang eine vertraute Stimme unmittelbar neben ihr, »aber sie haben ihren Zweck trefflich erfüllt, und die Wirkung hält nicht lange an, wie man mir versichert hat.«

Mit zitternden Fingern strich Ila sich das Haar aus dem Gesicht. Die Woge der Übelkeit war so plötzlich verebbt, wie sie gekommen war, und einen Augenblick lang verspürte Ila nur Erleichterung.

»Ich hoffe«, fuhr der Mann neben ihr fort, »das mein ... Berater Recht hat, denn du hast heute noch eine weite Reise vor dir.«

Langsam hob Ila den Blick, und ihre Augen weiteten sich. Marban sah sie abschätzend an, doch das war es nicht, was Ila erschreckte. Etwas an ihm war anders ...

Marban, der auf einem einfachen Holzstuhl an ihrem Bett saß, lehnte sich lächelnd zurück und verschränkte die Hände auf dem Schoß.

»Hat dir schon einmal jemand gesagt, wie schön du bist, wenn du schläfst?«, bemerkte er mit dem beiläufigen Interesse eines Menschen, der im Grunde keine Antwort auf seine Frage erwartete.

Mit einem Mal begriff Ila, was sie in ihrer Benommenheit zuerst nicht hatte benennen können. Ohne nachzudenken, schob sie eine Hand unter die für die Jahreszeit viel zu schwere, nach süßem Lavendel duftende Decke – und atmete auf.

Sie war voll bekleidet. Ihr Geheimnis, dessen Preisgabe sie um Leib und Leben bringen würde, war gewahrt.

Noch.

Die kleine Phiole mit dem Schlafmittel, die sie in ihrem Gewand versteckt hielt, war fast leer. Und der Ausdruck auf Marbans Zügen ließ keinen Zweifel daran, dass sie den Rest des Fläschchens sehr bald benötigen würde.

Hastig sah Ila sich in dem schmucklosen, fremden Raum um, der jedoch nichts verriet, was ihr hätte von Nutzen sein können.

Um Zeit zu gewinnen, fragte sie: »Wo sind wir hier? Und was ist passiert?« Dann fiel ihr wieder ein, was Marban kurz zuvor gesagt hatte, und sie fügte hinzu: »Und was ist das für eine Reise, von der Ihr sprecht?«

Marban lachte – und Ila begriff plötzlich, *was* sich an ihm verändert hatte. Mit einer Mischung aus Faszination und Ungläubigkeit beobachtete sie, wie er sich über die Wange strich. Glatte Haut spannte sich über festes Fleisch, kräftige Muskeln bewegten seinen Kiefer, und seine Lippen waren voll und rot.

»Nun, deine erste Frage ist leicht beantwortet«, sagte der Mann, den sie als Greis kennen gelernt hatte und der jetzt keinen Tag älter als vierzig Jahre zu sein schien. »Wir sind hier in meinem privaten Domizil, einen knappen Tagesritt von Tarlin entfernt. Und was passiert ist?« Marban stieß ein unangenehmes Lachen aus, und Ila konnte ein Schaudern nicht unterdrücken. »Während deine Herrin – nun, sagen wir – abgelenkt war«, fuhr er fort, »habe ich mir die Freiheit genommen, zwei verlässliche Diener mit der Aufgabe zu betrauen, dich ihrem Einfluss zu entziehen.«

Ila fuhr sich mit der Zunge über die Lippen, während sie fieberhaft nachdachte. Würde sie eine Möglichkeit finden, Marban den Schlaftrunk zu verabreichen, bevor er wahr machen konnte, was sie so deutlich in seinen Augen las? Und vor allem – was sollte sie tun, wenn der kostbare Inhalt ihrer Phiole aufgebraucht war?

»Kommen wir also zu deiner dritten – und hoffentlich letzten – Frage«, sprach Marban weiter und beugte sich auf seinem Stuhl zur Seite. Ila folgte mit ihrem Blick seiner Bewegung. Er griff nach einer kleinen Kupferglocke, und ein helles, aber durchdringendes Läuten erklang. »Die Reise, von der ich sprach, wird sehr anstrengend werden, und sobald du dich gestärkt und ein wenig ausgeruht hast, müssen wir aufbrechen, denn die Nacht ist die beste Zeit für dergleichen Unternehmungen.«

Mit diesen Worten erhob sich Marban, und im gleichen Moment trat, nach einem kaum hörbaren Klopfen, ein Diener mit einem Tablett ein.

Wenige Augenblicke später war Ila allein in dem fremden, fensterlosen Raum, vor sich eine Karaffe mit süßem, lauwarmem Wein und einen Teller mit fadem Brot, dick geschnittenem Fleisch und einem Käse, der einen wenig appetitlichen Geruch verströmte. Obwohl nichts von alledem besonders verlockend wirkte, begann Ila geistesabwesend zu essen.

Marban hatte Recht. Sie würde ihre Kraft brauchen.

Weit fort von Tarlin, im östlichsten Teil des Caernadonischen Reichs und noch jenseits der Sümpfe der Verlorenen, leuchtete die Sonne gleichgültig und golden auf ein Land hinab, in dem kein Leben mehr war. Zahlreiche Boote tanzten auf den Wellen des Ank, gehalten von starken Tauen, die niemand wieder lösen würde. Hier und da blähte sich ein weißes Segel im Wind, die Masten knarrten leise, wie sie es jahrhundertelang getan hatten, und das rhythmische Klatschen der Wellen gegen die schweren Bootsrümpfe drang bis weit über die Ufer des Flusses hinaus zu den bunt bemalten Steinhäusern in verwinkelten kleinen Gassen, die sich durch den Ort zogen, als hätte ein launisches Weberschiffchen dem Meister ein Schnippchen geschlagen und sein sorgfältig geplantes Muster mit vielfarbigen Wollfäden durchwirkt.

Doch die Webstühle von Luba waren verwaist, und auf den Podesten der Schausteller zeigte heute kein Akrobat seine Kunst, kein Tänzer raubte mit seiner schwerelosen Grazie einem staunenden Publikum den Atem.

Denn es gab nichts mehr hier, das lebte. Binnen weniger Stunden hatte ein schrecklicher Tod alles an sich gerissen, das atmendes Fleisch und warmes Blut besaß. Nicht einmal Leichen und Kadaver waren zurückgeblieben.

Die Armee der Schrecken hatte eine Schneise des Grauens in das Land geschlagen.

Ein seltsamer Zug bewegte sich durch die Sümpfe der Verlorenen, schweigend und sehr langsam. Der Boden war hart und trocken und federte nicht unter den Schritten, so dass das Gehen schnell ermüdete. Es waren vielleicht drei Dutzend Menschen, die sich auf den weiten Weg durch die Sümpfe gemacht hatten, silberhaarige Geschöpfe mit zarten Gliedmaßen und schmalen Gesichtern. Sie gingen zu zweit oder zu dritt durch das ihnen fremde, unfruchtbare Land, und die meisten von ihnen hielten sich an den Händen, weil sie keinen anderen Halt mehr hatten. Das Auffälligste an der kleinen Gruppe war jedoch die Tatsache, dass es Kinder waren, die dort durch den stillen Sommertag wanderten, und keines von ihnen war älter als drei Jahre.

An der Spitze dieses Zuges verstörter Menschen ging ein hoch gewachsener Mann, der einen schwachen Duft von Torf verströmte. Sein fein geschnittenes Gesicht zeigte einen harten, entschlossenen Ausdruck. Ein Sonnenstrahl brach sich auf dem goldenen Amulett, das er um den Hals trug, und er blickte auf. Seine Augen waren blau, beinahe violett, mit winzigen bernsteinfarbenen Flecken darin.

KAPITEL 9

Ihr werdet uns alle töten müssen, bevor wir das Zentrum der Macht preisgeben!«

Die Stimme der alten Priesterin wehte körperlos und zornig durch das seltsame unterirdische Gebäude, in das man sie, Radscha und Arild gleich nach ihrer Ankunft in Neu-Léth gebracht hatte. Sie waren gleich hinter der magischen Wüste, dort wo das Reich der Fianna begann, plötzlich aufgehalten worden, und als Eirion den Schutz des kleinen Zigeunerwagens verlassen hatte, um der Sache auf den Grund zu gehen, hatte sie eine gewaltige Phalanx von berittenen Kriegerinnen vorgefunden. Sie hatte diese Armee schon einmal gesehen, an dem Tag, an dem ihre Ziehmutter Gwenlian gestorben war: Uniformen und Zaumzeug aus weißem Léthsilber blitzten im Licht der Wüstensonne, doch Hunderte kalter Augenpaare schienen dieser Sonne jede Wärme zu rauben.

»Im Namen der Königin und des Volkes von Fiann«, erklang eine durch Magie verstärkte Stimme, »ihr steht unter Arrest. Ihr werdet uns ohne Widerstand begleiten oder gegen uns alle kämpfen müssen.«

Eirion hatte Radschas Blick gesucht, die ihr nur wortlos zunickte. Und dann war aus dem Wagen der alten Frau zu Eirions maßloser Verwunderung Arild gestiegen, doch Eirion hatte keine Zeit gehabt, über sein unerwartetes Erscheinen an diesem Ort nachzudenken, denn Radscha war vorgetreten und hatte zu sprechen begonnen. Selbst die Pferde der Fianna waren beim Klang ihrer Stimme unruhig geworden, und einige Kriegerinnen hatten Mühe gehabt, ihre Reittiere unter Kontrolle zu halten.

»Welches Vergehen werft ihr uns vor, dass ihr es für nötig haltet, eine solche Armee gegen uns aufzubieten? Hier sind nicht mehr als vierzig Männer und Frauen, von denen euch keine Gefahr droht!«

Radschas Stimme wehte wie ein Frühlingswind über die Wüste; selbst die Luft schien mit einem Mal anders zu schmecken – Eirion musste an die Wälder von Tarlin denken, wenn im März die Bäume ihre ersten grünen Knospen zeigten, und sie lächelte unwillkürlich.

Doch auf die Fianna hatten Radschas Worte keineswegs die gleiche Wirkung.

»Was wir euch vorwerfen?«, rief die Kriegerin, die schon vorher zu ihnen gesprochen hatte. Sie hatte ihr Pferd besser im Griff als viele ihrer Gefährtinnen, doch in ihrer Stimme schwang jetzt unüberhörbares Entsetzen mit. »Ihr bringt eine fremde, gefährliche Magie in unser Land«, fuhr die Fianna fort. Eirion spürte, dass Salba, die neben ihr stand, sich versteifte. »Eine Magie, die, wie unsere Seherinnen uns berichtet haben, sogar in der Wüste wirksam ist! Aber es ist nicht meine Aufgabe, euch die Anklage zu übermitteln, die gegen euch erhoben wird«, erklärte sie weiter und drängte ihr Pferd einige Schritte näher an Radscha heran. »Ich habe nur den Befehl, euch nach Neu-Léth zu eskortieren. Werdet ihr uns freiwillig begleiten, oder wollt ihr kämpfen?«

Und so hatte eine riesige Armee, von der Eirion vermutete, dass sie den größten Teil des Kasseidenheeres darstellte, sie nach Neu-Léth gebracht und direkt in die Halle des Hohen Rats geführt.

Eirion sah sich staunend und ehrfürchtig in dem Gebäude um, das Gwenlian ihr so oft beschrieben hatte. Ihre Situation war eigentlich zu ernst, als dass sie sich ein Abschweifen ihrer Gedanken hätte leisten können, aber die Halle des Hohen Rats, wie dieser Ort genannt wurde, fesselte sie wie kein anderer je zuvor. Das Gebäude war vor Jahrtausenden tief in den Felsen unterhalb der Hauptstadt des Alten Reichs hineingeschlagen worden, und von Gwenlian wusste Eirion, dass der Rundbau aus dreiunddreißig Stockwerken bestand, in denen jeweils dreiunddreißig Sitznischen lagen. Eintausendneunundachtzig Priesterinnen konnten hier Platz finden, eine Zahl, die in all dieser Zeit jedoch nie erreicht worden war. Über jeder Sitznische, die im Augenblick von einer Priesterin besetzt war, brannte eine weiße Lichtkugel. Noch mehr als das Gebäude selbst faszinierte Eirion in diesem Augenblick allerdings das in Ringen angelegte Bodenmosaik, von dem Gwenlian ihr erzählt hatte, dass es die gesamte Geschichte des Alten Reichs bis zur Konvention von Táin Bullál im Jahre 54 alter Zeitrechnung darstellte. Beim Betreten der Halle hatte Eirion in den von der Zeit blass gewordenen äußeren Ringen Bilder von fremdartigen Wesen gesehen, die ihr Herz hatten schneller schlagen lassen: elegante Schwäne mit mächtigen, schneeweißen Schwingen, die über die stille Wasserfläche eines Sees glitten, über ihnen dunkle, geflügelte Gestalten mit gehörnten Köpfen und Klauenfüßen, und aus den Augenwinkeln hatte sie gesehen, dass noch andere Wesen dort abgebildet waren, Wesen, von denen die Fianna glaubten, sie seien nichts als Legenden. Aber Eirion wusste es inzwischen besser, und alles in ihr sehnte sich danach, diese Bilder näher zu betrachten. Die Geschöpfe darauf mussten die Bewohner der sechs anderen Reiche der Unschuld darstellen – ihre Brüder und Schwestern, die vor so langer Zeit untergegangen waren.

»Wir wollen niemanden töten«, erwiderte jetzt Radscha, die zwischen Eirion und Arild stand; nur sie drei waren in die Halle des Hohen Rats geführt worden, während man Salba und die Zigeuner draußen hatte warten lassen. Bei den Worten der alten Frau hatte Eirion sich sofort vom Anblick des Mosaiks losgerissen. Radschas Stimme klang wie das Rascheln von vielen tausend Blättern, und ihre Wirkung war umso gewaltiger, als sie von den runden Wänden der Halle zurückgeworfen zu werden schien und sich auf diese Weise beinahe zu einem Sturm steigerte. Ein erschrockenes Aufkeuchen ging durch die Reihen der Priesterinnen, und Eirion warf Radscha einen warnenden Blick zu. Radscha zuckte jedoch nur die Achseln. »Ich kann es nicht ändern«, flüsterte sie ihr zu, so leise, dass nur sie es hören konnte. »Es liegt an der Magie, mit der sie diesen Ort getränkt haben.« Lauter fügte sie hinzu: »Ich versichere euch, dass wir in friedlicher Absicht gekommen sind.«

Doch sie hätte sich die Mühe sparen können. Die alte Priesterin, die sich nur sehr kurz mit dem Namen Muriana vorgestellt hatte, ließ sie nicht weitersprechen. »Ich wiederhole: Ihr werdet uns alle töten müssen«, erklärte sie erregt, »jede einzelne von uns sechshundertdreiundsechzig Priesterinnen, die wir derzeit im Amt sind, bevor ihr das Zentrum der Macht mit eurer verderbten Magie besudeln könnt. Und wenn keine von uns mehr übrig ist, werden sich euch einhundertsiebenundfünfzig Priesterschülerinnen entgegenstellen, und danach Zehntausende von Gannafrauen.«

Muriana machte eine kurze Pause, als wolle sie ihnen Gelegenheit geben, darüber nachzudenken, ob sie es mit einer solchen Vielzahl an Gegnern würde aufnehmen können. Eirion versuchte, die Frauen zu erkennen, die in der größeren, tiefer in den Felsen eingelassenen Nische saßen. Von Gwenlian wusste sie, dass dies die Empore der Königin war, wo neben den acht Priesterinnen des Hohen Rats auch die Königin selbst ihren Platz hatte. Da eine der Priesterinnen des Rats auf der Empore des Rechts stand, um die Anklage gegen sie, Radscha, und Arild vorzutragen, hätten acht Frauen in der Nische der

Königin sitzen müssen, aber Eirion konnte im Schimmer der weißen Lichtkugel nur sieben Gestalten ausmachen und zählte jetzt noch einmal nach – es waren jedoch tatsächlich nur sieben Frauen, die dort saßen.

»Und wenn ihr alle Frauen besiegt habt«, fuhr Muriana fort, »die in die Großen Mysterien eingeführt sind, und alle, die der Kleinen Mysterien teilhaftig wurden, so werden noch einmal Zehntausende von Magierinnen gegen euch stehen, die das Zentrum der Macht mit ihrem Leben zu verteidigen bereit sind. Seid ihr willens, diesen Kampf bis zum Ende auszukämpfen, bis ...«

»Das ist doch lächerlich!«, rief Arild, dessen wachsende Ungeduld Eirion die ganze Zeit über deutlich wahrgenommen hatte. »Wir sind hier, um euch zu helfen! Wir sind gekommen, um unsere Magie mit eurer zu verbinden! Und euch fällt nichts Besseres ein, als uns an der Grenze eures Landes unter Arrest zu stellen und wie schäbige Diebe in diesen Kerker hier zu führen.« Muriana erwiderte etwas, doch Arild konnte sie mit seiner jungen, kräftigen Stimme mühelos übertönen. »Wir sind Kinder der Göttin, genau wie ihr.«

»Blasphemie!«

Diesmal konnte Arild Muriana nicht niederschreien, denn das Wort kam von allen Seiten und aus allen Stockwerken der Sitznischen. Etliche der Priesterinnen waren aufgesprungen und dicht vor die Balustraden ihrer Plätze hingetreten. Sie schienen die Disziplin ihrer langjährigen Ausbildung, von der Gwenlian Eirion so oft erzählt hatte, vergessen zu haben, denn mit einem Mal brach in der Halle ein Tumult aus.

Eirion drehte sich zu Arild um. »Was bei allen Göttern tust du eigentlich hier?«, zischte sie ihm zu, während um sie herum wilder Aufruhr herrschte.

Flüssiges Quecksilber schoss ihr aus seinen Augen entgegen – sie hatte dieses seltsame Phänomen schon in Tarlin bei ihm beobachtet, wenn ihn etwas in Wut brachte oder sehr erregte, aber etwas an ihm schien sich verändert zu haben.

»Ich denke«, sagte er, so laut, dass seine Stimme sich deutlich hörbar in die Rufe der aufgebrachten Priesterinnen mischte. »Ich denke«, wiederholte er leiser, »ich bin aus dem gleichen Grund hier wie du.«

»Sperrt sie in das Verlies unter der Halle!«, gellte eine wütende Stimme über sie hinweg, und Eirion blickte unwillkürlich auf, konnte die Worte aber keiner der Frauen über ihr zuordnen. »Wollen wir doch erst einmal sehen, ob sie wirklich so gefährlich sind. Sollen sie beweisen ...«

Andere Priesterinnen übertönten jetzt die, die diese Worte gesprochen hatte, manche zustimmend, andere mit deutlich spürbarem Erschrecken, und zum ersten Mal, seit sie diese wunderbare, magische Halle betreten hatte, stieg in Eirion Furcht auf. Sie wollte nicht darüber nachdenken, welcher Art das Verlies sein mochte, von dem hier die Rede war.

Sie wandte sich wieder Arild zu, dem Jungen mit den quecksilbernen Augen, gegen den sie in Tarlin solche Abneigung empfunden hatte, und mit einem Mal war sie dankbar für seine Anwesenheit hier. Dankbar, weil Wut ihr im Moment erträglicher zu sein schien als diese namenlose Angst. »Das ist ja hochinteressant«, fuhr sie Arild an. »Du weißt also so genau, warum ich hier bin, ja? Nun, dann kannst du mir das alles hier sicher erklären!«

Grüne Blitze trafen auf Seen aus aufgewühltem Quecksilber, zwei Substanzen, die sich gegenseitig zu entzünden schienen, Feuer und Wind, Funke und Flamme, Strudel, die immer tiefere Schneisen in das Gewebe des Lebens brannten; grüne Flüsse in silbernen Wogen, die sich verströmten, ohne zu zerfließen, die miteinander verschmolzen, ohne sich selbst zu verlieren ...

Das Lärmen um sie herum trat immer weiter in den Hintergrund, löste sich auf und hörte schließlich auf zu existieren. Die Welt hatte in ihrem Lauf innegehalten, hatte ein neues Zentrum, eine neue Schwerkraft gefunden.

Atemlos standen Eirion und Arild voreinander, ohne sich zu berühren, ohne ein Wort miteinander zu tauschen. Das aufgepeitschte Wasser des silbernen Sees lag jetzt ruhig und friedlich da, durchzogen von heiteren grünen Bächen.

»Eirion!«

Jemand schüttelte sie, und die seltsame Verbindung zwischen ihr und Arild riss ab, obwohl Eirion instinktiv wusste, dass sie niemals mehr ganz verloren gehen würde, dass da etwas war, das sie nicht verstand, das zu leugnen jedoch sinnlos gewesen wäre.

Sie würde später darüber nachdenken, was in diesem kurzen, schwebenden Augenblick zwischen ihr und Arild geschehen war, aber zunächst einmal musste sie sich auf die Ereignisse um sie herum konzentrieren.

»Schweigt!«

Der scharfe Befehl durchschnitt das Stimmengewirr wie eine Klinge, und sofort breitete sich Stille in der Halle aus. Eirion löste ihren Blick von dem Arilds.

Muriana blickte drohend auf sie herab. »Unsere Seherinnen«, sagte sie, »haben uns berichtet, dass fünf unter euch über eine Magie gebieten, die der unseren überlegen ist. Wir konnten indes nur drei dieser Personen entdecken. Nennt uns, als Zeichen eures guten Willens und eurer friedlichen Absichten, die beiden anderen.«

»Fünf?«, sagte Eirion leise an Radscha gewandt. »Ich nehme an, sie haben Barko nicht erkannt, weil er ein Tier ist.« Sie verbesserte sich rasch. »Weil er die Gestalt eines Tieres trägt.«

Radscha neigte bestätigend den Kopf.

Muriana vermutete wahrscheinlich, dass sie sich über die Preisgabe ihres Geheimnisses berieten, und ließ ihnen Zeit.

»Aber wer ist der fünfte?«, fragte Eirion mit gerunzelter Stirn. Dann hellte ihre Miene sich auf. »Tschalek!«, flüsterte sie.

Radscha lächelte – es war ein beinahe schelmisches Lächeln, das auf seltsame Weise Jugend in ihre Greisinnenzüge zauberte. »Tschalek ist ein guter Mann«, sagte sie, »aber ich glaube, du überschätzt ihn.« An Muriana gewandt erklärte sie dann mit fester Stimme: »Die Magie der beiden anderen ist genau wie unsere sehr alt und sehr weise. Euch droht keine Gefahr von ihnen, und ich habe gute – und ehrenhafte – Gründe dafür, das Geheimnis unserer beiden Gefährten zu wahren.«

Abermals brach Tumult in der Halle aus, und Eirion hörte von neuem die Worte, die sie schon zuvor so sehr erschreckt hatten.

»... das Verlies der Dunklen Kraft ...«

»Sperrt sie in den Kerker ...«

Dann veränderte sich mit einem Mal die Atmosphäre in der Halle, und Eirion erkannte schnell den Grund dafür.

»Du, Mädchen!« Auf der Empore der Königin hatte sich eine Frau erhoben, die während des ganzen Aufruhrs zuvor sitzen geblieben war. Sie war deutlich jünger als die sechs Frauen, die ihre Loge teilten.

Das musste Damona sein, durchzuckte es Eirion, die Frau, die ihre Cousine war, sofern sie sie als Tochter Gwenlians, ihrer Tante, anerkannte.

»Du hast bisher noch nichts gesagt«, fuhr Damona mit bemühter Autorität fort. »Wenn du zu uns sprechen willst, dann tu es jetzt oder schweige!«

Eirion trat einen Schritt vor und ließ ihren Blick über die Reihen der Sitznischen gleiten, die von weißen Lichtkugeln erhellt wurden. Sie konnte das Misstrauen der Frauen, die sie beobachteten, spüren wie eine Berührung auf der Haut.

Entschlossen drückte sie die Schultern durch. »Mein Name ist Eirion«, erklärte sie mit fester Stimme. Sie wusste plötzlich, was sie zu tun hatte, wusste es so deutlich, als stünde die Frau, die sie großgezogen hatte, an ihrer Seite. »Und mein voller Name, auf den ich ein Anrecht zu haben glaube, lautet Eirion 'ahrd Gwenlian 'ahrd Oda.«

Ungläubiges Schweigen schlug ihr entgegen. Sie richtete den Blick direkt auf die Empore der Königin. »Und ich würde gern mit der Priesterin und Ratsältesten Xeira sprechen, falls sie noch lebt.«

Wieder sprangen etliche der Priesterinnen, die sich auf Murianas Befehl niedergesetzt hatten, auf, doch bevor abermals die Disziplin in der Halle gebrochen werden konnte, ergriff Muriana von der Empore des Rechts aus das Wort.

»Xeira ist sehr alt«, erklärte sie barsch und offenkundig verärgert. »Sie steht an der Schwelle zu einer anderen Welt, und bis zu ihrem Tod und zur Wahl einer neuen Ratsältesten erfülle ich ihre Aufgaben.« Muriana legte beide Hände auf das Geländer ihrer Sitznische, und Eirion staunte einmal mehr über die seltsame Magie dieses Ortes. Wann immer eine der Priesterinnen das Wort ergriff, hatte man den Eindruck, als stünde sie in unmittelbarer Nähe; fasziniert beobachtete Eirion jetzt, wie der Muskel unter Murianas linkem Auge hektisch zu zucken begann.

»Und wenn du glaubst, dass eine von uns hier ...« Muriana deutete mit dem Kinn auf die anderen Priesterinnen, »...dass eine von uns hier Xeiras törichte Vernarrtheit in Gwenlian teilt, dann irrst du dich. Prinzessin Gwenlian hat ihr Geschlecht, ihr Volk und ihre Göttin verraten.« Kleinliche Verachtung für eine Frau, die sie kaum gekannt hatte, verzerrte ihr ohnehin wenig reizvolles Gesicht. »Niemand hier wird es als Empfehlung ansehen, dass du behauptest, ihre Tochter zu sein. Wenn überhaupt, so gibt es uns einen Grund mehr, deine Anwesenheit im Alten Reich als ein verabscheuungswürdiges Vergehen gegen die Göttin anzusehen.« Sie streifte Eirion mit einem geringschätzigen Blick, dann fuhr sie an die Frauen in der Halle gewandt fort: »Im Namen des Hohen Rats und der Priesterinnen von Fiann erkläre ich hiermit die Befragung der Angeklagten für beendet. Man wird sie in das Verlies der Dunklen Kraft führen, während der Rat sich zurückzieht, um das Urteil zu fällen.«

Eine Bewegung auf der Empore der Königin lenkte Eirions Aufmerksamkeit von Muriana ab. Damona hatte sich abermals erhoben; sie war sehr blass, und ihre großen, mandelförmigen Augen glänzten fiebrig. Ein Stich der Sehnsucht durchzuckte Eirion, als sie einen Herzschlag lang Gwenlians Gesicht in Damonas Zügen zu erkennen glaubte. Doch die Ähnlichkeit zwischen den beiden Frauen, Tante und Nichte, war rein äußerlicher Art: der Schnitt von Augen und Mund, die Form des Gesichts, die gerade, kleine Nase. Aber während Gwenlian eine reife, lebensvolle und von Schmerz geprägte Sinnlichkeit verströmt hatte, wirkte Damonas Schönheit kühl und jungfräulich, als hätte das Leben sie noch niemals wirklich berührt.

»Nicht so schnell, Muriana«, widersprach Damona mit einem leisen Zittern in der Stimme, und Eirion begriff instinktiv, dass die junge Königin etwas Derartiges noch nie gewagt hatte. »Ich bin der Meinung, dass eine wichtige Frage noch nicht zu meiner Zufriedenheit geklärt ist.« Sie sah Eirion jetzt direkt an. »Wir haben noch immer nicht gehört, *warum* ihr nach Fiann gekommen seid, du und deine Freunde.«

Eirion atmete auf. Sie erwiderte Damonas Blick mit der gleichen Offenheit, mit der ihre Cousine auch sie betrachtete – und plötzlich musste sie an eine der Rosen im Garten von Burg Tarlin denken, die Königsrose, eine Züchtung, an der zwei Generationen von Gärtnern gearbeitet hatten. Ihre Blütenblätter, die von einem glutfarbenen Rot waren, schmiegten sich steif und elegant umeinander, der hohe, gerade Stiel wurde von Dornen geschützt, die wie Sicheln geformt und ebenso scharf waren. Niemand wagte sich an diese Rose heran – aus Ehrfurcht vor ihrer abweisenden Schönheit ebenso wie wegen der gefährlichen Waffen, mit denen sie die Welt von sich fern hielt. Den ganzen Sommer lang schmückten Blumen aus den königlichen Gärten die Räume der Burg – nur diese Rosen wurden niemals geschnitten. Und während die anderen Rosen, jede zu ihrer Zeit, den Menschen in der Burg ihr Parfüm schenkten, besaß gerade diese herrliche Blume keinen eigenen Duft. Als Kind hatten Eirion diese stolzen, traurigen Blumen immer Leid getan, und einen Sommer lang – sie musste fünf oder sechs Jahre alt gewesen sein – war sie jeden Tag in den Garten hinausgegangen, um an ihnen zu riechen, weil sie nicht glauben konnte, dass etwas so Schönes nur um seiner selbst willen existieren konnte.

Am Ende des Sommers starben die Rosen, das hatte Eirion, die Tochter einer Priesterin, schon früh zu begreifen und als natürlichen Teil des Lebens zu akzeptieren gelernt. Aber die Königsrose war innerhalb einer Nacht in der Knospe verwelkt, ohne je wirklich geblüht zu haben. Eirion erinnerte sich noch gut des Kindes, das heiße Tränen über den toten Rosen vergossen hatte.

Danach war sie nie mehr in diesen Teil des Burggartens gegangen, in dem Blumen wuchsen, die vom Leben um das Leben betrogen worden waren.

Eine spürbare Ungeduld in der Halle zwang Eirion, sich zusammenzureißen, und ohne den Blick von Damona abzuwenden, begann sie wieder zu sprechen. »Es ist eine sehr alte, böse Magie auf dem Ork Nuado entfesselt worden, und wir sind hier, um das Zentrum der Macht ...«

Doch weiter kam sie nicht. »*Ihr* seid es, die eine böse, fremde Magie nach Fiann gebracht habt, und ihr wollt das Zentrum der Macht unter eure Kontrolle bringen, um den letzten Widerstand zu brechen, der sich euch in den Weg stellen könnte.«

»Ich sagte, lass sie sprechen, Muriana!« Kaum hatte Damona diesen Satz hervorgestoßen, zuckte sie zusammen, als hätte sie sich vor sich selbst erschreckt.

Der hasserfüllte Blick, den die alte Priesterin ihrer Königin zuwarf, bestürzte Eirion, denn sie hatte nicht erwartet, etwas Derartiges unter den Frauen zu erleben, von denen Gwenlian so oft und mit so viel Wärme und Respekt gesprochen hatte.

Eirion sah wieder zur Empore der Königin hinauf, wo Damona unter dem Blick der alten Priesterin wie ein gescholtenes Kind in sich zusammengesunken war.

Eine Rose, deren scharfe Dornen sie zwar vor dem Leben abschirmten, aber nicht wirklich schützten.

Von Damona hatte sie keine Hilfe mehr zu erwarten, das wusste Eirion. Dennoch richtete sie ihre nächsten Worte direkt an die Frau, die ihre Cousine und ihre Freundin sein konnte, falls sie es zuließ.

»Ja, es ist wahr«, erklärte sie mit fester, weit tragender Stimme. »Wir verfügen tatsächlich über eine Magie, die euch fremd ist.«

Ein wütendes Zischen fuhr von der Empore des Rechts auf sie herab, doch Eirion ließ sich nicht beirren. »Unsere Magie ist anders als eure und sehr viel älter. Aber ihr alle, die ihr in die Großen Mysterien des Lebens eingeweiht seid, solltet eigentlich wissen, dass es jenseits eurer Kenntnisse durchaus noch andere Dinge geben kann.«

»Worte«, stieß Muriana hervor. »Nichts als Worte hast du uns anzubieten, Worte, die uns Sand in die Augen streuen sollen!« Sie sah von ihrem erhöhten Platz auf der Empore des Rechts zu den Frauen neben Damona hinunter, die zusammen den Hohen Rat der Priesterinnen von Fiann bildeten. »Aber wenn eure Magie tatsächlich so anders ist als unsere, dann wird es euch gewiss nichts ausmachen, die Nacht im Verlies zu verbringen.«

Eine Welle des Unbehagens verbreitete sich in dem unterirdischen Gebäude. Eirions Blick kreuzte den Damonas, und das Entsetzen, das sie in den Augen der anderen Frau sah, trug keineswegs zu ihrer Beruhigung bei. Hitze stieg in ihr auf, doch dann glitt ein jäher, kühler Wind wie ein Streicheln über ihre Haut.

Radscha legte ihr eine Hand auf den Arm, und das vertraute Raunen von trockenen Birkenblättern erhob sich, noch bevor sie zu sprechen begann.

»Vielleicht werdet ihr den Unterschied zwischen uns und euch nie verstehen«, sagte Radscha leise, »aber ich will ihn euch dennoch nennen.«

Eirion achtete nicht länger auf die Priesterinnen in der Halle oder auf Damona. Einen Moment lang gab es nur noch sie und Radscha an diesem unterirdischen, fremden Ort – und Arild, den Jungen aus Tarlin, der sie so oft auf unerklärliche Weise in Wut gebracht hatte und dessen Seele ihr kurz zuvor so nahe gewesen war.

Radscha nahm sich die Zeit, ihren Blick über die Reihen der Frauen wandern zu lassen, als wolle sie jede einzelne von ihnen prüfen. Dann schüttelte sie sachte den Kopf und fuhr mit einer Mischung aus heiterer Gelassenheit und Resignation fort: »Nein, ihr werdet es wohl nie wirklich verstehen. Denn *ihr* benutzt die Magie ... Wir ... *sind* Magie.«

KAPITEL 10

Radscha kicherte leise – ein Eirion mittlerweile zutiefst vertrautes Geräusch –, als die schweren Türen des Kerkers hinter ihnen zufielen. Um sie herum herrschte undurchdringliche Finsternis, jedoch nur für einen kurzen Augenblick. Dann flammte der weiße Lichtkegel auf, den Eirion schon zuvor im Wagen der alten Frau gesehen hatte, und tauchte den Raum in Helligkeit. Eirion wartete beinahe auf ein Zeichen des Erschreckens bei den anderen Frauen, die man mit ihnen in den Kerker geführt hatte, doch keine der Zigeunerinnen zeigte sich auch nur überrascht. Einzig bei Salba nahm Eirion eine gewisse Abwehr wahr, wie sie sie schon zuvor in Radschas Wagen gespürt hatte.

»Habt keine Furcht«, sagte Radscha nun sehr ruhig. »Unsere Magie ist tatsächlich eine andere als ihre.«

Das Kichern der alten Frau gab dem ansonsten erschreckend abweisenden Raum, in dem man sie eingesperrt hatte, für einen Moment beinahe so etwas wie Wärme und Heiterkeit. Dieser Eindruck verflog jedoch sehr schnell, als Eirion sich ihr Gefängnis im Licht von Radschas magischem Kegel näher ansah.

Die Wände, der Fußboden und die Decke bestanden aus einem hellen, nahtlos zusammengefügten Metall, das Eirion bekannt vorkam. Selbst die schmalen, unbequem aussehenden Pritschen, die die runde Wand des Kerkers säumten, waren aus diesem Material, und vor jedem der Betten stand auf dem Boden silbernes Essgeschirr, zu dem auch ein schmaler, hoher Krug gehörte.

Während die Zigeunerinnen und Salba schweigend und

ängstlich Trost in der Nähe zueinander suchten, löste Eirion sich aus der kleinen Gruppe, durchquerte den runden Raum – der von einer Seite zur anderen gut dreißig Schritte maß – und legte eine Hand auf das Metall. Es war sehr kalt, und es wurde durch ihre Berührung nicht wärmer. Ein Frösteln durchlief Eirion, und eine dunkle, eisige Welle floss von ihren Fingern aus durch ihren ganzen Körper, eine Welle, die alles mit sich fortzuschwemmen schien, das Eirions Wesen ausmachte, ihre Erinnerung, ihre Träume, ihre Magie ... Es war, als lebe sie ihr Leben noch einmal, und jedes Gefühl, das sie je gekannt hatte, jede kleine Begebenheit, wurde in einen Strudel aus kalter Finsternis gezogen, um für immer zu Nichts zu werden. Gwenlian, die ihr als Kind die verhasste Näharbeit aus den Händen nahm und sie tröstete, statt sie zu schelten, weil das weiße Leinentuch wieder einmal grau und die Naht wieder einmal schief und ungleichmäßig geworden war ... Der lange vergessene Nachmittag in den Bergen, als sie mit Tarannis, ihrem Milchbruder und Kinderfreund, entwischt war. Sie waren immer höher in die Berge hinaufgeklettert, den Wolken und der Sonne entgegen, und hatten sich schließlich verirrt. Die Nacht war über sie hereingebrochen, ihr war übel vor Angst gewesen, und sie hatte in ihrem dünnen Sommerkleid furchtbar gefroren. Aber Tarannis war bei ihr gewesen, er hatte sie fest gehalten und seine eigene Furcht bezwungen, um sie zu trösten. »Sie werden uns finden«, hatte er in ihr Haar geflüstert. »Sicher suchen sie schon lange nach uns.« Und Tarannis' magerer kleiner Körper hatte ihr so viel Wärme und Geborgenheit gegeben, dass sie bald darauf eingeschlafen war, in dem sicheren Bewusstsein, dass ihr nichts und niemand ein Leid antun konnte, solange Tarannis über sie wachte, nicht die eisige Bergnacht und auch keiner der Wölfe, die dort umherstrichen.

Und jetzt wollte diese namenlose Schwärze, die sich ihrer

bemächtigte, ihr diese kostbare Erinnerung nehmen, wollte Tarannis' ganze Existenz aus ihrem Herzen auslöschen, unwiederbringlicher, als selbst sein Tod es hatte tun können.

Doch es war noch nicht vorbei.

Ein sanfter Wind wehte dem Mann, der vor ihr stand, das Haar aus dem Gesicht. Er trug einen sehr kurzen Bart, unter dem gebräunte Haut durchschimmerte, und seine Augen waren von einem dunklen Blau, so dunkel, dass sie beinahe violett wirkten. In der Iris tanzten bernsteinfarbene Funken, und aus der Nähe sah man, dass sie im linken Auge stärker ausgeprägt waren als im rechten. Kurz bevor auch dieses Bild in dem gierigen Schlund verschwand, der ihr Innerstes nach außen kehrte, erkannte Eirion, dass die goldfarbenen Funken unter der Pupille des Mannes ein Muster ergaben. Das Muster kam ihr bekannt vor, es brachte eine Saite in ihr zum Schwingen.

Im nächsten Moment liebkoste eine schmetterlingszarte Berührung auf ihrer Wange ihren ganzen Körper – und binnen eines Herzschlags begriff Eirion, dass dies die kostbarste Erinnerung war, die sie besaß. Verzweifelt setzte sie sich gegen die alles verschlingende Dunkelheit zur Wehr, die ihr Feind war.

»Was siehst du, wenn du mich ansiehst?«, hörte sie wieder ihre eigene Stimme fragen.

»Ich sehe, was du bist und warst und sein wirst. Ich sehe – dich«, antwortete der Mann, dem ihre Liebe gehörte.

Dann legte sich trotz des strahlenden Sonnenscheins, der ihn umgab, Nacht über seine Züge, eine Nacht, die ihn vollends in das Reich des Nicht-Seienden ziehen wollte.

»Tork!«

Eirion wusste nicht, ob sie laut geschrien hatte oder ob der Schrei in ihrem Körper gefangen war, wie all die anderen Dinge, die sie ausmachten.

Und plötzlich war es vorbei. Zitternd und benommen von

Übelkeit und Erschöpfung ließ sich Eirion in eine Umarmung sinken, von der eine unerschöpfliche Kraft auszugehen schien.

»Das darfst du nicht«, sagte Radscha dicht an ihrem Ohr. »Du bist ihrer Magie zu nahe. Deine Ziehmutter hat dich viele Dinge gelehrt, die sich an diesem Ort gegen dich wenden.«

Lange Minuten verstrichen, bevor Eirion das Gefühl hatte, wieder aus eigener Kraft stehen zu können. Schließlich jedoch löste sie sich von Radscha.

Die alte Frau sah sie mitfühlend an. »Jede Magie hat eine dunkle Seite«, sagte sie dann leise. »Ich denke, deine Ziehmutter hat dich gelehrt, dass alle Dinge in Wahrheit immer *zwei* Dinge sind, nicht wahr?«

Eirion nickte langsam. Gwenlians Worte, vor so langer Zeit in ihrem Kinderzimmer auf Burg Tarlin gesprochen, hatten sich für alle Zeit in ihrem Gedächtnis eingegraben – und genau das hatte dieser erschreckende Ort ihr soeben zu nehmen versucht. Plötzlich hatte sie das Bedürfnis, sich davon zu überzeugen, dass sie wirklich nichts von dem, was ihr so kostbar war, verloren hatte.

»Vor langer Zeit, zu Beginn des Ersten Zeitalters, waren alle Dinge eins«, begann sie zu wiederholen, was Gwenlian an dem Abend zu ihr gesagt hatte, als Uisnach mit neuen Sklaven von seinem Feldzug nach Sonniana zurückgekehrt war. Schon bei den ersten Worten entspannte Eirion sich. Nein, sie hatte tatsächlich nichts vergessen. Im Gegenteil – es war beinahe so, als hätte sie eine neue Klarheit gewonnen.

»Es gab weder Licht noch Dunkel«, fuhr sie fort, »weder Sonne noch Mond, weder Gut noch Böse. Das Einzige, was war und was sein wird, selbst wenn alle Dinge vergangen sind, ist die Große Mutter, die wir die Göttin nennen. Aus ihr wurde das Leben. Sie gebar den Tag und gebar die Nacht. Sie gebar das Schöne und das Gute, und weil das Schöne allein nicht wahrhaft schön sein kann und das Gute nicht gut, weil alle Dinge immer *zwei* Dinge sind, gebar die Göttin auch das Hässliche und das Böse.«

Die Zigeunerinnen und Salba, die sich bei Eirions Zusammenbruch erschrocken zurückgezogen hatten, waren langsam näher gekommen und lauschten wie gebannt ihren Worten. Eirion sah Radscha unsicher an; sie wusste nicht, ob sie ein Geheimnis preisgab, das nicht ihr gehörte.

Die alte Frau lächelte. »Sprich weiter«, forderte sie sie auf. »Die Priesterinnen des Alten Reichs wachen mit großer Eifersucht über ihre Schätze.« Mit ernstem Gesicht deutete Radscha auf die Frauen, die sie erwartungsvoll beobachteten. »Aber ich denke, dass die Wahrheit kein Besitz ist, auf den man Anspruch erheben darf wie ein Kind auf einen bunten Ball. Die Großen Mysterien, wie diese Frauen ihre Wahrheit nennen, sollten kein Besitz einiger weniger sein.«

Es schien ein wenig heller und wärmer in dem seltsamen Raum zu werden, der sie gefangen hielt. Eirion sprach mit neu gewonnener Sicherheit weiter.

»Der Tag wäre bald schon stumpf und schal, gäbe es die Nacht nicht. Das Schöne ohne seine dunkle Schwester Hässlichkeit wäre ein Gut, dessen wir schnell überdrüssig würden. So entstand also die Welt der Dinge, in der es jedes Ding zweimal gab, in seiner hellen und seiner dunklen Seite.«

Eirion lächelte bei der Erinnerung an jenen Abend in ihrem Kinderzimmer auf Burg Tarlin. Gwenlians Gesicht, das so ernst geblickt hatte in diesen Minuten, trat ihr deutlich vor Augen, und sie wusste, dass sie nichts vergessen hatte, nicht die kleinste Einzelheit.

Immer noch lächelnd sprach sie weiter. »Ich fragte meine Mutter damals, woher man wisse, welches Ding auf die eine und welches auf die andere Seite gehört«, sagte sie. »Meine

Mutter antwortete, ich müsse zunächst begreifen, dass es nicht so einfach sei, Dinge zu unterscheiden. Der Tag, fuhr sie fort, sei zum Beispiel hell – aber sei er deswegen auch gut? Oder nur gut? Und sei die Nacht schlecht? Nur schlecht?« Und dann wusste sie plötzlich wieder, wie dieses Gespräch zwischen ihr und Gwenlian zu Ende gegangen war, etwas, woran sie all die Jahre nicht mehr gedacht hatte. Es war, als hätte dieser unheimliche Raum, der kurz zuvor versucht hatte, ihr ihre Vergangenheit zu stehlen, durch Radschas Eingreifen irgendwie das genaue Gegenteil erreicht. Er hatte ihre Erinnerungen geschärft wie ein Schleifstein eine stumpf gewordene Klinge.

Was ist mit Marban, hatte sie ihre Mutter damals gefragt. *Ist er in die Mysterien eingeweiht?*

Gwenlian hatte die Stirn gerunzelt und mit einer Antwort gezögert.

Eirion erinnerte sich mit überwältigender Klarheit an das Gefühl des Triumphs, das sie als kleines Mädchen in diesem Moment verspürt hatte. Gwenlian wusste die Antwort nicht, aber *sie* wusste es. *Er ist auch ein Eingeweihter,* hatte sie gesagt. *Ich habe es gesehen.*

Verwirrt und erschöpft sah sie zu Radscha hinüber, und die alte Frau verstand sofort.

»Das ist erst einmal genug«, sagte sie, und fügte dann an die Zigeunerinnen und Salba gewandt hinzu: »Ihr könnt euch jetzt setzen und von den Speisen essen, die unsere ... Gastgeber ... freundlicherweise bereitgestellt haben.«

Eine der Frauen schüttelte entsetzt den Kopf, und Radscha beruhigte sie schnell. »Von dem Essen und dem Wasser hier droht euch keine Gefahr. Aber achtet darauf, weder die Wände noch den Boden oder die Bettstellen mit der offenen Hand zu berühren. Dort laufen die Lebensbahnen zusammen, und je näher ihr der Magie des Alten Reichs steht, umso empfindlicher kann diese Waffe euch treffen, denn eine Waffe ist es, mit der wir es hier zu tun haben.«

Die Angst der Frauen war jedoch noch immer deutlich zu spüren. Die metallenen Wände des Kerkers glänzten kalt im Licht des magischen Kegels, und das Essgeschirr, das aus dem gleichen Material gefertigt war, wirkte auch auf Eirion wenig einladend. Die Zigeunerinnen rückten noch näher zusammen.

»Ich werde euch erzählen, was ich über diesen Ort weiß«, fuhr Radscha schließlich fort. »Einer Gefahr, die man versteht, lässt sich leichter begegnen. Der Raum hier ist zur Gänze mit reinem Léthsilber ausgekleidet.« Sie machte eine winzige Bewegung mit beiden Händen, und der Lichtkegel schien mit einem Mal noch heller zu leuchten. Die Frauen sahen sich verstohlen um.

»Léthsilber«, sprach Radscha weiter, »ist eine sehr seltene, kostbare Substanz, die man einzig in den Vulkanbergen um die Hochebene von Léth herum findet. Der Abbau des Silbers ist ungeheuer schwierig und kräftezehrend, da die Vulkane ihre Schätze nur widerstrebend hergeben. Das Silber ist härter als Stein, bevor man es dem Berg abgerungen hat, aber danach ist es wunderbar biegsam und erlaubt selbst feinste Arbeiten. Vor allem jedoch ist es eine Substanz, die man mit Magie tränken kann wie einen Schwamm mit Wasser.« Radscha gab Eirion und den anderen Frauen Zeit, ihre Worte aufzunehmen. »Die Halle des Hohen Rats«, sprach sie schließlich weiter, »wurde vor mehr als zweitausend Jahren in den Felsen von Neu-Léth hineingeschlagen. Die Priesterinnen jener Generation haben sie mit den mächtigsten Zaubern versehen, die ihnen zu Gebote standen, und seither haben alle großen Magierinnen des Alten Reichs dasselbe getan. Dieser Kerker wurde in der Absicht gebaut, jene mit ihren eigenen Waffen zu schlagen, die die Magie – die Magie Fianns – missbrauchen. Dann richtet sich an diesem Ort ihre Magie gegen sie selbst. Das Léthsilber wirkt wie ein einziger gewaltiger Dolch, der sich in ihren Geist bohrt. Meine und Eirions Magie speist sich jedoch aus anderen Quellen, und deshalb kann uns das Léthsilber nichts anhaben.«

»Aber ...« Eine der alten Zigeunerinnen schien mit Radschas Erklärung nicht einverstanden zu sein. »Was ist denn gerade eben mit ihr passiert?« Sie zeigte mit dem Kopf auf Eirion, eine Geste, in der Eirion Misstrauen und Furcht wahrnahm.

»Eirion ist von ihrer Ziehmutter in der Magie des Alten Reichs unterwiesen worden und hat ihre eigene Magie noch gar nicht richtig kennen gelernt«, antwortete Radscha.

»Bist du dir ganz sicher, dass uns an diesem Ort keine Gefahr droht?«, fragte eine andere Zigeunerin.

»Und was geschieht mit unseren Männern?«, meldete sich eine dritte Frau zu Wort. »Warum hat man sie in einen anderen Kerker geführt?«

Ein Lächeln strich über Radschas Züge. »Die Priesterinnen des Alten Reiches sind sehr klug. Sie wissen um die große Kraft, die zwischen den Geschlechtern herrscht. Zwischen Mann und Frau gibt es eine Magie, die sich jeder Kontrolle entzieht, und gemeinsam können sie bisweilen Dinge wahr werden lassen, die ein Mensch allein niemals fertig brächte.« Einen Moment lang trat ein Ausdruck von solch überwältigender Zärtlichkeit in die Augen der alten Frau, dass Eirion sich unwillkürlich fragte, wessen Bild bei Radschas Worten in ihr lebendig geworden sein mochte. Dann sprach Radscha entschlossen und ernst weiter: »Aber genug davon. Eure Männer sind in Sicherheit, ebenso wie ihr es seid. Unsere Zeit ist jedoch sehr knapp, denn die Fianna sind im Begriff, einen großen Fehler zu machen, der unbedingt verhindert werden muss. Setzt euch nieder, esst und trinkt und schlaft, wenn ihr könnt. Ich möchte jetzt zunächst einmal mit Eirion allein sprechen.«

Kurz darauf saßen Eirion und Radscha auf einem der mit Silber beschlagenen Betten in dem runden Raum, und Eirion staunte, wie weich und angenehm es sich anfühlte. Sie hütete sich jedoch, noch einmal irgendetwas mit der flachen Hand zu berühren. Die anderen Frauen hatten sich auf die gegenüberliegende Seite des großen Verlieses zurückgezogen, so dass Eirion und Radscha ungestört miteinander reden konnten.

Radscha kam sofort zur Sache. »Wer ist diese Priesterin, von der du vor dem Hohen Rat gesprochen hast? Xeira?«, fragte sie.

Eirion sah sie erstaunt an. Was immer sie erwartet hatte, das war es nicht. Dennoch antwortete sie der alten Frau, so gut sie es vermochte. »Xeira war die Lehrerin meiner Mutter«, erklärte sie. »Gwenlian hat oft von ihr erzählt. Sie hat sie sehr verehrt, auch wenn sie fand, dass Xeira in manchen Dingen ein wenig ... wunderlich war.«

Radscha zog die Augenbrauen hoch. »Wunderlich?«

Eirion nickte konzentriert. Dann sah sie Radscha direkt an. »Ich erinnere mich ...«, sagte sie stockend. »Ich erinnere mich mit einer Klarheit, die mir selbst Angst macht.«

Radscha musterte sie eindringlich, dann nickte sie langsam. »Ja, ich verstehe ...«, sagte sie. »Das heißt, eigentlich kann ich es nur ahnen – und vielleicht nicht einmal das«, fügte sie nachdenklich hinzu. Dann griff sie sanft nach Eirions Hand. »Du gebietest über die Magie dreier Welten, das tue ich nicht. Mag sein, dass die Dinge deshalb eine andere Wirkung auf dich haben als auf mich.«

Eirion sah sie fragend an. »Die Magie *dreier* Welten?«, sagte sie. »Ich bin durch meine Ziehmutter mit der Magie des Alten Reichs in Berührung gekommen, und ich trage die Magie Angulis in mir – aber welches ist die Magie der dritten Welt?«

Radscha lächelte. »Du vergisst den Stein der Gnade, für den du vor unvorstellbar langer Zeit auserwählt wurdest.« Sie stockte plötzlich, und ihr seltsames, von ungezählten Furchen durchzogenes Gesicht, das manchmal so unerwartet jung erscheinen konnte, wurde wieder ernst. »Aber das ist im Moment nicht wichtig. Erzähl mir von dieser Priesterin, Xeira. Könnte sie eine Verbündete für uns sein?«

Eirion zögerte nicht lange. »Wenn wir hier überhaupt eine Verbündete finden können, dann Xeira«, antwortete sie. »Aber Muriana hat gesagt, dass Xeira sehr krank sei – todkrank. Sie wird uns nicht helfen können, selbst wenn sie es wollte.«

»Das lass ruhig meine Sorge sein«, entgegnete Radscha. »Erzähl du mir nur, was du über sie weißt.«

Eirion dachte nach; Gwenlian hatte oft von Xeira gesprochen. Welche dieser Dinge waren für Radscha die wichtigsten? An manche Unterhaltungen mit ihrer Ziehmutter erinnerte sie sich wortwörtlich – als wäre es erst gestern gewesen, dass sie mit Gwenlian in deren Boudoir oder im Gartenpavillon von Burg Tarlin gesessen hatte. *Die Disziplin des Geistes ist das wichtigste Werkzeug für eine Priesterin – und für jede Magierin, die diesen Namen zu Recht trägt,* hatte Gwenlian einmal gesagt. Es musste im Herbst gewesen sein, denn der schwere, süße Geruch der Herbstlilie verband sich in Eirions Erinnerung mit diesen Worten. *Die Disziplin des Geistes* ... Eirion richtete den Blick tief in ihr Inneres, dann begann sie mit einer Stimme zu sprechen, die nicht ihre war. »Xeira ist wahrscheinlich die größte Magierin ihrer Generation«, sagte sie und erschrak, als sie plötzlich Gwenlian in diesem Verlies hörte. *Disziplin!,* ermahnte sie sich und fuhr fort: »Umso weniger konnte ich verstehen, dass gerade sie so viel auf die Geschichten der einfachen Leute und der Sklaven gab, die von den Mysterien und der Magie nichts wissen konnten.«

Radscha sah sie aufmerksam an, unterbrach sie jedoch nicht. Aus den Augenwinkeln und ohne es wirklich wahrzunehmen, bemerkte Eirion, dass die Zigeunerinnen und Salba inzwischen ihre Scheu überwunden hatten und sich an den bereitgestellten Speisen stärkten. Radschas magischer Lichtkegel nahm dem großen Raum etwas von seiner abweisenden Kälte, und Eirion entspannte sich ein wenig. Dann sprach sie – immer noch mit Gwenlians Stimme – weiter:

»Xeira machte manches Mal Bemerkungen, die den Lehren des Alten Reiches zuwiderliefen. Bisweilen schien es, als glaube sie tatsächlich an die Existenz von Dingen, die die Geschichte in das Reich der Legende verbannt hat. Sie sagte auch, es gebe mehr als eine Art der Magie. Die Menschen hätten nur das Bewusstsein dafür verloren. Die Wüste berge Geheimnisse, die uns Antwort auf viele Fragen geben könnten ...«

Plötzlich versagte Eirion die Stimme, und der Raum um sie herum wurde dunkel. Tiefer, Übelkeit erregender Schwindel überkam sie, wie sie ihn auf Burg Tarlin erlebt hatte, wenn sie unerwartet in einen Spiegel blickte. Diesmal jedoch spürte sie deutlicher als damals, was mit ihr geschah. Es war, als teile sich ihr inneres Sein in immer kleinere Einheiten auf, Erinnerungen überfluteten sie, die nicht ihr gehörten, Bilder stiegen in ihr auf, die sie nie gesehen hatte. Ein bunter, wild bewegter Strudel riss sie mit sich fort.

Und wieder war es Radscha, die sie daraus befreite.

»Das genügt, Eirion«, sagte die alte Frau besorgt und schüttelte sie sanft. »Komm zurück! Du bist noch nicht so weit. Komm zurück!«

Der Strom der Erinnerungen und Bilder wurde zu einem dünnen Rinnsal und versiegte schließlich ganz.

Eirion, die am ganzen Körper zitterte, schluckte und sah zu Radscha auf. Radscha hatte sich erhoben.

»Iss und trink etwas«, sagte die alte Frau sanft. »Aber leg

dich nicht nieder, wie müde du auch bist, bevor ich zurück bin.«

»Zurück?«, wiederholte Eirion verständnislos. »Wohin willst du denn gehen, und wie ...?«

»Das ist meine Sache.« Radscha lächelte und hob die Hände zu einer Geste, die Eirion nicht zu deuten vermochte. Der magische Lichtkegel flackerte kurz, dann wurde der Teil des Kerkers, in dem sich Salba und die Zigeunerinnen befanden, merklich heller, während das Licht um die alte Frau selbst zu schwinden schien. Im nächsten Augenblick war Radscha fort.

KAPITEL 11

Nuria sah sich verwirrt um. Olfros hatte sie während ihrer kurzen Ohnmacht in den Armen gehalten, und die Szene um sie herum hatte sich auf geradezu bizarre Weise verändert.

Savas und seine Freunde – oder waren es eher seine Anhänger? – hatten einen Kreis um sie und Olfros gebildet, und ihre Haltung hatte nichts Bedrohliches. So unverständlich es war, es sah so aus, als wollten sie sie schützen.

Nuria blinzelte. Sie fühlte sich wieder kräftig genug, um ohne Olfros' Hilfe zu stehen, aber seine Nähe tat ihr gut, und so machte sie keine Anstalten, sich aus seinen Armen zu lösen.

»Niemand wird Olfros oder Nuria töten«, erklang jetzt Savas' Stimme, und Nuria tauschte einen Blick mit Olfros, der ihr mit einem Kopfschütteln zu verstehen gab, dass er sich diese Entwicklung der Dinge ebenso wenig erklären konnte wie sie.

»Es ist unverzeihlich, was sie getan haben ...« Bibianas Stimme überschlug sich vor Zorn, doch bevor sie weitersprechen konnte, gab Savas den beiden Schwanenmenschen neben sich ein Zeichen.

Lelas und Wara lösten sich aus dem Kreis, packten Bibiana an den Oberarmen und zogen sie fort, bis sie außer Hörweite war.

Savas begann wieder zu sprechen. »Ja, König von Anguli«, sagte er kalt, »dein Reich gehört der Vergangenheit an. Du bist ab heute ein König ohne Land und Volk.« Die anderen Schwanenmenschen in seinem Gefolge nickten zustimmend, und als Nuria sie einen nach dem anderen ansah – Delat und Parta, Rima, Ekas und Fahia und viele außer ihnen –, las sie keine Freundlichkeit in ihren Augen, sondern Zorn und Verachtung.

Sie verstand immer weniger, was das Ganze zu bedeuten hatte. Savas hatte sie verraten; er hatte Nimu von ihrem Treffen mit Lado Bericht erstattet, und erst durch ihn war es überhaupt zu dieser Versammlung gekommen, die um ein Haar mit ihrem Tod geendet hätte. Dann hatte Savas sie vor Nimus Handlangern gerettet - aber offensichtlich war auch er nicht ihr Freund.

»Was willst du, Savas?«, fasste Olfros jetzt in Worte, was Nuria durch den Sinn gegangen war. Nun löste sie sich doch von ihm, denn sie spürte, dass er seinen letzten und vielleicht schwersten Kampf für das Land, das er so sehr liebte, auszufechten hatte, und dazu brauchte er seine ganze Kraft und seine volle Konzentration. Olfros gab sie frei, jedoch nicht ohne sie zuvor noch einmal kurz an sich zu ziehen. *Ich liebe dich, meine Gefährtin,* sagte diese Geste, und Nuria verlor auch noch den letzten Rest der Furcht, die sie gequält hatte. Die Sonne war ein klein wenig weiter am Himmel hinabgewandert, und es war, als wolle Anguli sich an seinem letzten Tag, bevor es endgültig untergehen sollte, noch einmal in seiner ganzen facettenreichen Schönheit zeigen. Der Verbotene See schimmerte beinahe violett in dem strahlenden Sonnenlicht, und der Himmel war so blau, wie sie ihn in all den Jahren ihrer Existenz nur wenige Male gesehen hatte. Die Silberlibellen, zarte, beinahe durchsichtige Geschöpfe, die sich für gewöhnlich nur in den Abendstunden aus ihren Verstecken wagten, schwebten dicht an ihnen vorbei, so dicht, wie sie es sonst nie taten. Spürten auch sie, dass dies ein besonderer und ein sehr trauriger Tag war für Anguli, das Land, das auch sie als ihre Heimat ansahen?

Das feine Sirren der zerbrechlichen Flügel umwehte Nuria, ein letzter, sanfter Gruß dieser Geschöpfe, die ihr damit vielleicht von ihrer unverbrüchlichen Freundschaft künden wollten.

Obwohl der Wind seit den frühen Morgenstunden schwieg, vermeinte Nuria, ein leises Blätterrauschen in den Eichen auf der Heiligen Insel zu hören. Auch die Bäume dort blieben ihre Verbündeten, sie trauerten mit ihnen um den Tod von etwas, das edel und rein und voller Schönheit gewesen war – und das nun unwiederbringlich verloren sein würde.

Der Schmerz um den Verlust Angulis und all dessen, was es bedeutete, durchzog Nurias ganze Seele, doch jetzt mischte sich in ihre Trauer plötzlich eine unerwartete, kostbare Süße. Den Kampf um Anguli hatten sie verloren, das wusste Nuria, aber es war keine Niederlage, die nur Leere und Verzweiflung und sonst nichts hinterlassen würde.

Die Päonien hatten ihre Blütenkelche so weit geöffnet, als wollten sie ihre Schätze alle auf einmal preisgeben, großzügig und ohne jeden Rückhalt. Immer mehr Schmetterlinge waren herbeigekommen, um sich an diesem üppigen Festmahl gütlich zu tun.

Olfros legte einen Arm um Nuria, und sie wusste, dass er dasselbe dachte wie sie. Auch wenn sie im nächsten Frühling nicht mehr hier sein würden, die Schmetterlinge würden wie in jedem Jahr ihre Eier ablegen. Es würden kleine Raupen daraus zum Vorschein kommen, die sich von den saftigen Gräsern am Ufer ihre Kraft holten, um den Kreislauf des Lebens aufrechtzuerhalten.

Und im nächsten Jahr, wenn die Sonne Wärme und Glanz zurückgewann, würde eine neue Generation gelbbunter Schmetterlinge das Land wieder in Besitz nehmen. Vielleicht war Anguli gar nicht tot, sondern schlief nur, schlief einen langen, tiefen Zauberschlaf, aus dem es eines Tages in ferner Zukunft ein Erwachen geben würde.

Unendlich getröstet griff Nuria nach Olfros' Hand, und er erwiderte den warmen Druck ihrer Finger.

Doch es war noch ein weiter Weg bis zu diesem Tag, und auch wenn sie selbst diesen Tag nicht mehr erleben würden, wollten sie doch alles in ihrer Kraft Stehende tun, um ihn zu ermöglichen.

Erregtes Stimmengewirr um sie herum holte Nuria aus ihrem Traum von Zukunft zurück.

Olfros straffte sich, und Nuria sah ihn voller Stolz und Liebe an. Ja, dies war der Mann, den die Götter ihr zum Gefährten bestimmt hatten, der Mann, mit dem sie jahrhundertelang die Geschicke Angulis gelenkt hatte, so gut und so klug sie es vermochte. Olfros würde sie an diesem Tag nicht enttäuschen, ebenso wenig, wie er sich am Ende ihrer würde schämen müssen.

Doch die erste Schlacht gehörte ihm allein, darauf hatte er sich ein Recht erworben. Schweigend trat Nuria einen Schritt zurück und überließ ihm das Wort.

Olfros hatte ihre Geste verstanden, noch bevor Nuria ihren Gedanken in die Tat umgesetzt hatte.

»Meine Freunde«, begann er mit sicherer, kraftvoller Stimme zu sprechen, und wenn einer der Schwanenmenschen gegen diese vertrauliche Anrede hätte protestieren wollen, so versagte er sich jetzt jede Entgegnung.

Schweigen hatte sich über die Reihen der Wartenden gelegt; nicht einmal Nimu wagte Widerspruch. Delat und Ekas, zwei von Savas Anhängern, hatten sich links und rechts von ihm aufgestellt, und ihre Absicht war unverkennbar. Sollte Nimu den Fortgang dieser Versammlung stören, würde es ihm genauso ergehen wie Bibiana – und das wollte der alte Mann um jeden Preis vermeiden.

»Männer und Frauen von Anguli«, hob Olfros von neuem an, »meine Freunde ...« Er betonte diese beiden Worte auf eine ganz besondere Weise. »... denn Freunde heiße ich euch, auch wenn ihr selbst mir eure Freundschaft schon lange entzogen habt.« Er blickte in die Runde und nahm sich die Zeit, bei einigen Gesichtern länger zu verweilen. Dann fuhr er fort: »Ja, ihr habt Recht, Freunde, ich mag ein König ohne Land und Volk sein, und das ist eine lächerliche Figur ...«

Leises, hämisches Gelächter beantwortete seine Rede, doch er ließ sich nicht beirren. »Aber das bin ich erst ab *morgen*, wenn ich dieses Land verlassen haben werde, um nie mehr zurückzukehren.« Er machte eine kurze Pause, sah sich noch einmal um und ließ seinen Blick auf Savas ruhen. »Heute jedoch«, sagte er, »heute bin ich noch euer König, und ich bin es, der die Entscheidungen in Anguli trifft.« Hörbarer Unmut kam auf, und Olfros hob gebieterisch die Hand.

»Entscheidungen nicht mehr zum Wohle Angulis, sondern zum Wohle derer, die dieses Land so lange Jahrhunderte Heimat nennen durften. Und deshalb«, fügte er hinzu und richtete seine Worte nun direkt an Savas, »deshalb frage ich dich noch einmal: Was wollt ihr?«

Abermals wurde ein Chor von Stimmen laut, und diesmal war es an Savas, für Ruhe zu sorgen.

Stille kehrte ein, nur das Raunen von Blättern war zu hören und das leise Plätschern der Wellen, die sanft und beinahe zärtlich über den Sand am Seeufer glitten.

»Wir wollen den Geheimen Weg, der uns aus Anguli fortbringt.«

Diesmal brach der Tumult nicht in den Reihen der Anhänger Savas' aus, sondern außerhalb des ersten Kreises, der sich um Nuria und Olfros geschlossen hatte.

»Verrat!«, kreischte Nimu. »Niemand darf diesen Weg kennen, niemand außer dem König von Anguli. Nur ich habe ein Recht darauf, ihn zu erfahren.«

Savas drehte sich halb zu Nimu um. »Noch sehe ich nicht,

dass du zum König von Anguli gewählt worden wärst. *Noch* ist Olfros unser König, und er allein entscheidet, wie er soeben erklärt hat, wem er seine Geheimnisse anvertrauen will.«

»Ihr vergeht euch gegen den heiligen Willen der Götter! Sie haben verfügt, dass ...«

»Deine Götter interessieren mich nicht – mich nicht und auch sonst niemanden hier«, fuhr er den alten Mann barsch an. »Die Götter sind tot! Hörst du?«, rief er erregt. »DIE GÖTTER SIND TOT!«

Ein Schaudern durchlief Nuria, nicht weil diese Gotteslästerung so unerträglich war, sondern weil Savas Recht hatte und sie selbst es schon lange wusste, auch wenn sie das niemals, nicht einmal vor sich selbst, eingestanden hätte. *Anguli ist tot. Die Götter sind tot ...*

»Wir werden nicht wie eine Maus auf die Schlange hier auf Sanor warten, wo er uns gewiss zuerst suchen wird«, rief jetzt Tamena, eine junge Frau, die kurz vor der Schließung des Seelenbundes mit Melat stand. Die beiden hielten sich an den Händen und strahlten Trotz und Entschlossenheit aus. Nurias Herz zog sich vor Mitleid zusammen. Auch Tamena und Melat hatten einen Traum von Zukunft, doch im Gegensatz zu ihr und Olfros hatten sie bisher noch nicht einmal eine Vergangenheit, auf die sie zurückblicken konnten. Sie sah Olfros an und frohlockte innerlich. Das Gefühl der Verbundenheit mit Olfros, das ihr so viele Jahre lang verloren gewesen war, hatte sich wieder eingestellt; sie wusste so sicher, als hätte er es ihr gesagt, dass er in diesem Moment dasselbe dachte wie sie.

»Ich werde euch den Geheimen Weg, der in die Welt der Dinge führt, zeigen«, erklärte Olfros nun. »Doch ich muss euch warnen – wenn ihr euch von den Quellen Angulis entfernt, werdet ihr damit eure Unsterblichkeit verlieren. Seid ihr bereit, diesen Preis zu zahlen?« Wieder ließ er seinen Blick über die zumeist jungen Gesichter derer wandern, die die Gemeinschaft vom See verlassen wollten.

Savas antwortete ihm, und Nuria war klar, dass er für sie alle sprach. »Lieber sterblich«, sagte er, »als auf ewig ein Sklave der Angst zu sein!«

»Jawohl«, rief Melat, der noch immer Tamenas Hand hielt. »Lieber im Flug brennen und sterben, als im Staub kriechend zu leben!« Tamena schüttelte seine Hand ab und trat vor. »Was mich betrifft, ich möchte lieber fliegend *leben*«, erklärte sie entschieden. »Ich weiß – auch wenn hier in der Vergangenheit nur selten darüber gesprochen wurde –, dass es noch andere heilige Quellen auf dem Ork Nuado gibt, und ich verlange, darüber Aufklärung zu bekommen.«

Viele der älteren Schwanenmenschen, die zumeist etwas abseits standen, schüttelten die Köpfe, und jemand schnalzte deutlich hörbar und missbilligend mit der Zunge.

Tamena ließ sich dadurch jedoch nicht beirren. »Was ist zum Beispiel mit der Quelle von Mara?«, fragte sie herausfordernd. »Von der weiß sogar ich, dass sie noch existieren muss.«

Das Entsetzen der älteren Schwanenmenschen war jetzt beinahe mit Händen zu greifen, und eine der Frauen – Nuria vermutete, dass es Kisila war – stieß einen erstickten Schrei aus. Olfros blieb jedoch vollkommen ruhig.

»Ich würde niemandem raten, vom Versteinerten Wasser zu trinken, dass der Za'mar-a ist«, erwiderte er. »Das war Teil des Preises, den unsere Brüder, die Schattentrolle, vor Jahrtausenden gezahlt haben, um Sanor in den Dämon zu bannen: Wer von diesem Wasser trinkt, bindet seine Seele auf ewig an die Dunkelheit.«

»Was ist mit den Trollen geschehen?«, fragte Tamena, und Nuria spürte, dass alle Schwanenmenschen dem Wortwechsel zwischen ihr und Olfros aufmerksam folgten, selbst diejenigen, die sich zu Nimus Anhängern zählten. Einzig Nimu selbst war sichtlich unzufrieden mit der Entwicklung, die die Dinge nahmen.

»Nur dem König steht es zu, von diesen Dingen zu wissen!«, wagte Nimu noch einmal einen Protest, doch eine knappe Geste von Delat, der neben ihm stand, brachte ihn schnell zum Schweigen.

»Wir wissen von den Bruderkriegen, die die anderen Reiche der Unschuld zerstört haben«, fuhr Tamena fort. »Das Reich der Feen war das erste der sieben, das starb, nachdem die Bergelfen, von Sanor dazu angestachelt, sie aus ihren Wäldern vertrieben hatten. Die Elfen bevölkerten nun die Wälder, doch schon bald verloren die Täler und Haine ihren Reiz, und die Elfen schielten nach den Sümpfen und Mooren, denn das Gift des Einen und Ersten wirkte in ihren Seelen weiter. Die Sumpfleute hatten voller Angst mit angesehen, was ihren Brüdern und Schwestern, den Feen, widerfahren war, und sie kämpften um das, was ihnen gehörte.«

Nuria legte den Kopf in den Nacken und blickte zu dem wolkenlos blauen Himmel hinauf. Eine leichte Brise war aufgekommen und strich wohltuend über ihr erhitztes Gesicht. Es war ein seltsam unwirkliches Gefühl, auf dem Versammlungsplatz zu stehen und die vertraute Geschichte aus dem Mund dieser jungen Frau zu hören, die mit so viel Mut und Entschlossenheit um ihr Schicksal kämpfte. Aber obwohl Nuria wie alle anderen Schwanenmenschen um die Dinge wusste, von denen Tamena sprach, vermochte sie sich nicht dem Bann der Erzählung zu entziehen. Langsam senkte sie den Blick wieder und sah erneut zu Tamena hinüber.

»Bergelfen und Sumpfleute«, fuhr die junge Schwanenfrau fort, »vernichteten sich in einem jahrhundertelangen Krieg gegenseitig, bis drei der sieben Reiche zerstört waren. Angst und

Misstrauen überzogen die Welt, in der früher Friede und Liebe geherrscht hatten. Dunkle Jahrhunderte verstrichen, und alle harrten voller Furcht in ihrem Element aus, die Niav in den Meeren, die Trolle in den Schatten, die Schwäne auf den Seen und Flüssen und die geflügelten Faune in Bergen, Sümpfen und Wäldern.«

Nuria schloss für einen Moment die Augen. Sie konnte die Not und das Elend jener finsteren Tage so deutlich spüren, als hätte sie sie selbst erlebt. Mit wie viel Verzweiflung mussten ihre nie gekannten Schwestern in dieser Zeit ihre Kinder geboren haben. Welche Trauer hatte ihnen die Kehle zugeschnürt, wenn sie ihre Söhne und Töchter bei ihren unschuldigen Spielen beobachteten, während eine Macht, über die sie keine Kontrolle hatten, ihren Kindern ihre Zukunft zu stehlen drohte.

»Schließlich«, sprach Tamena leise weiter, »wurde der Eine und Erste ungeduldig, denn die Meere quälten ihn mit ihrem Strahlen, wann immer er auf sie hinabblickte.«

Nuria riss sich von den Bildern einer fernen Vergangenheit los, die nun wieder Gegenwart geworden war. Denn was in jener Zeit den Trollen widerfahren war, würde jetzt auch Anguli treffen. Tamenas Geschichte war noch lange nicht zu Ende.

»So ging Sanor zu den Trollen«, sagte Tamena, »den Bewohnern der Schatten. ›Brüder‹, raunte er. ›Ich leide für euch!‹, und weinte bittere Tränen. Und die Trolle rüsteten zum Krieg gegen die Niav.«

Die Silberlibellen sirrten zwischen den Schwanenmenschen umher, und ein ums andere Mal glaubte Nuria, die sanfte Berührung ihrer Flügel auf den Wangen zu spüren. Der Wind war ein wenig kräftiger geworden, und der Gesang der Wellen klang jetzt nachdrücklicher als zuvor, beinahe mahnend.

»Die Niav waren sanft und riesig«, griff Tamena den Faden der alten Geschichte wieder auf. »Sie trugen in ihrem Wesen die Tiefe und Weite der Meere, sie besaßen Reinheit und Klarheit und waren munter und heiter wie die Wellen, die im Sonnenlicht die Felsen neckten und foppten – doch jetzt zeigten sie auch das andere Gesicht dieses gewaltigen Elements: seine Wildheit, seine Unberechenbarkeit, das grausame Sichaufbäumen turmhoher Wasserberge, die mit brodelnder Gischt verschlangen, verzehrten, vernichteten. Die Schattentrolle waren das vierte Reich der sieben, das starb.«

Betroffene Stille herrschte auf dem Versammlungsplatz, denn die Schwanenmenschen wussten sehr genau, was als Nächstes geschehen war. Dieser Teil von Tamenas Geschichte war für sie alle der schmerzlichste, hatten ihnen die Niav doch von all ihren unsterblichen Geschwistern am nächsten gestanden.

Tamenas Stimme klang heiser, als sie sich räusperte und weitersprach. »Von den sieben Reichen der Unschuld waren nur noch drei geblieben: die Geflügelten, die in den tiefsten Meerestiefen lebenden Niav – und die Schwäne in ihrem abgeschiedenen Reich im Nordosten des Ork Nuado, in Anguli, wo hinter den Sümpfen, hinter dem orkischen Gebirge und hinter den Grotten der Seelen der Verbotene See liegt.«

Nuria staunte, mit welcher Genauigkeit Tamena die Geschichte wiedergab, die in Anguli seit Jahrtausenden von den Alten an die Jungen weitergereicht wurde, eine Geschichte, die Nurias Wissen nach jedoch niemals aufgeschrieben worden war. Tamena musste über ein bemerkenswertes Gedächtnis verfügen, dass sie sie jetzt Wort für Wort erzählen konnte.

»Sanor, der Eine und Erste, wandte nun seinen gierigen Blick auf dieses Reich, das auf Grund seiner Abgeschiedenheit noch kaum betroffen war von den schrecklichen Veränderungen in der Welt. Aber weder Sümpfe noch Gebirge stellten für ihn, den Geflügelten, ein Hindernis dar, und als er die letzten

Schatten mit seinen Untertanen bevölkert hatte, da erhob er sich in die Lüfte und flog nach Anguli.«

Selbst die Päonien schienen die Trauer zu spüren, die in der Luft lag, denn sie hatten ihre Blütenkelche, allen Gesetzen der Natur zum Trotz, bereits halb geschlossen, obwohl noch heller Nachmittag war. Die Schmetterlinge unternahmen keinen Versuch, den Blumen weiter ihren Nektar abzuringen, sondern ließen sich jetzt sachte auf ihren Blättern nieder, als wollten auch sie den freundlichen Bewohnern der Meere, die doch auch zu solcher Grausamkeit fähig gewesen waren, schweigend ihre Ehrfurcht bezeugen.

»Nun hatte sich der Herrscher der Geflügelten im Laufe vieler Jahrhunderte das Beste und Schönste eines jeden der vernichteten Völker zu Eigen gemacht, und er beherrschte die verderbteste aller magischen Künste: Er vermochte, sich ein Gewand von unvorstellbarer Herrlichkeit überzustreifen. Wer klein war, dem zeigte er sich groß, wer furchtsam, dem erschien er als Inbegriff von Stärke und Mut. Und wer selbst stark war und groß, dem begegnete in ihm ein Wesen von unendlicher Tiefe und Weisheit. Und so zeigte er einem jeden Geschöpf das, wonach es sich aus tiefster Seele sehnte – und ebendiesen Preis versprach er jedem, der ihm Gefolgschaft schwor. Die Schwäne – die vielleicht wunderbarsten aller Zauberwesen, denn sie regierten als einzige unter ihnen alle drei Elemente: Wasser, Luft und Land – vertrauten diesem Trugbild. Und sie waren die Einzigen, die selbst die Gebieter über die Wildheit der Meere bezwingen konnten.«

Tamenas Stimme brach, und Nurias Herz flog der jungen Frau zu.

Schließlich sprach Tamena weiter, so leise, dass ihre Worte sich mit dem klagenden Raunen der Eichen von der Heiligen Insel vermischten: »Die Wolken weinten, als die Niav starben, und eine Sintflut von grausamer Gewalt brach über den Ork Nuado herein. Und wieder vergingen Jahrhunderte in Düsternis.«

Es blieb lange still auf dem Versammlungsplatz, und Tamena kehrte, plötzlich scheu geworden, zu Melat zurück, der sofort schützend einen Arm um sie legte.

Savas trat an ihre Stelle. »So weit die Geschichte, wie wir sie kennen – wie wir sie bisher kennen durften«, erklärte er. »Jahrtausendelang sind die Geheimnisse Angulis, des letzten Reichs der Unschuld, von einem König an den nächsten weitergegeben worden, während die Gemeinschaft vom See im Dunkeln gehalten wurde. Jetzt fordern wir unser Recht auf Wissen – oder wir werden gegen jeden kämpfen, der sich uns in den Weg stellt.«

Wie aus dem Nichts erschienen plötzlich Waffen in den Reihen von Savas' Anhängern, grob geschmiedete Schwerter, deren Schneide zwar nicht so scharf war wie in den Ländern jenseits des orkischen Gebirges, aber dennoch tödlich. Nuria stockte bei ihrem Anblick der Atem, und sie tastete instinktiv nach Olfros' Hand.

»Legt eure Waffen nieder«, sagte Olfros ruhig, »ihr werdet sie nicht benötigen.« Und als die Schwanenmenschen keine Anstalten machten, seinem Befehl Folge zu leisten, fügte er hinzu: »Ich werde sprechen. Ich werde euch alle Antworten geben, die ich selbst kenne, aber niemals, unter keinen denkbaren oder undenkbaren Umständen, wird ein König Angulis sich einem Schwert beugen. Erhebt eure Waffen gegen mich, tötet mich, wenn das eure Absicht ist, aber wisst, dass ich meine Geheimnisse mit in den Tod nehmen werde, bevor ich mich euren Klingen unterwerfe.«

Die jungen Männer, die ihre Waffen mit ungeübtem Griff umklammerten, sahen unsicher zu Savas hinüber. Sekundenlang maßen die beiden Männer, Savas und Olfros, einander mit Blicken, dann gab Savas seinen Gefolgsleuten ein Zeichen, und sie ließen ihre Schwerter sinken.

Olfros rührte sich jedoch nicht, sondern sah nur weiterhin mit hoch erhobenem Kopf Savas an.

»Was willst du denn noch?«, fragte dieser schließlich.

Olfros deutete schweigend auf den Boden zu seinen Füßen.

Und als auch das letzte der primitiven Schwerter vor ihm lag, begann er endlich zu sprechen.

Die Geheime Chronik vom Niedergang der Sieben Reiche der Unschuld nach der mündlichen Überlieferung der Könige von Anguli

Es kam ein Tag, da die Welt, wie wir sie kannten, sich in ein Gewand aus Tränen hüllte, geweint von Göttern, die lange vor uns waren und die noch sein werden, wenn wir selbst nicht einmal mehr Erinnerung sind. Dunkelheit lastete auf Bergen und Tälern, Furcht herrschte in Wäldern und Hainen, Misstrauen entfremdete den Bruder der Schwester, die Frau dem Mann, das Kind seiner Mutter. Ein großes Sterben wälzte sich wie eine schwarze Flutwelle über den Kontinent, und die hellsten und reinsten Seelen waren die ersten, die in dieser Flut ertranken.

Die Feen, deren Wesen Melodie war und deren Sprache Gesang, starben: Männer, Frauen und Kinder, keines überlebte. Sie starben, weil ihre Herzen kein Falsch kannten, weil keinem das eigene Leben mehr galt als das seines Nachbarn, weil das eigene Glück stets auch das Glück des anderen war, weil das Leid des anderen die eigene Last war. Die Feen starben, weil weder Mann noch Frau noch Kind sich retten wollte, wenn ein anderer dafür sein Leben lassen musste. Das Reich der Feen verblühte, lautlos und ohne Aufhebens, wie eine Blume im Herbst. Und die Welt, die die Feen zurückließen, war unendlich ärmer geworden.

Die Elfen jedoch, die die Feen vernichtet hatten, fanden keinen Frieden mehr, denn ihre Seelen waren vergiftet. Sie hatten sich von ihren Wurzeln getrennt und ihre Heimat, die hohen Berge, verlassen. So sehr hatten sie ihr eigenes Sein verloren, dass sie der Sehnsucht, die sie quälte, nicht einmal einen Namen geben konnten, obwohl die Berge mit ihrer Wildheit und ihrer erhabenen, trotzigen Schönheit sie vielleicht noch hätten heilen können. Aber sie hatten sich selbst verloren, und so war es Sanor, der sich der Eine und Erste nannte, ein Leichtes, sie abermals zur Untreue gegen ihre eigenen Seelen anzustiften.

Die Sumpfleute, gegen die sie sich nun wandten, waren nicht wie die Feen, die lieber mit ihren Freunden starben, als das eigene Leben um jeden Preis zu erhalten. Die Sumpfleute kämpften um ihre Zukunft, und wenn das Haus ihres Nachbarn in Flammen aufging, dann packten sie ihre Habe und ihre Kinder und zogen immer tiefer in die Sümpfe hinein. Anders als bei den Feen gab es unter ihnen einige, die sich retten konnten, als ihr Reich endgültig zerstört wurde.

Und auch von den Elfen, die sich in dem jahrhundertelangen Bruderkrieg gegen die Sumpfleute aufgerieben hatten, überlebten einzelne und zogen sich in die unwirtlichsten Berge zurück, die auf dem Ork Nuado gen Himmel ragten.

Sanor jedoch triumphierte. Es war ihm bereits zweimal gelungen, Brudervölker gegeneinander zu hetzen, ohne selbst den Preis für diese blutigen Siege zahlen zu müssen. Und so geschah es ein drittes Mal: Er trieb die Trolle, die Bewohner der Schatten, gegen die Niav, wohl wissend, dass die Trolle im Kampf gegen die mächtigen Riesen der Meere keine Chance haben würden.

Das Reich der Trolle starb wie das der Feen, Elfen und Sumpfleute vor ihnen, doch die Trolle geboten über ihre sehr eigene, wunderbare Magie: Sie konnten mit den Schatten reisen, an Orte, an die ihnen kein anderes Wesen zu folgen vermochte. Viele von ihnen überlebten und suchten Zuflucht in bisher unbesiedelten, entlegenen Gebieten auf dem Ork Nuado, auch wenn sie fortan die Finsternis ihre Heimat nennen mussten.

Von den sieben Reichen der Unschuld waren nur noch drei geblieben, die geflügelten Faune, das Volk des Einen und Ersten, das nach Sanors Willen fortan als einziges von Nord nach Süd und von West nach Ost den Ork Nuado beherrschen sollte, die Niav in ihren Meeren und die Schwäne, die sich bisher in ihrem fernab der übrigen Welt gelegenen Reich jenseits des Orkischen Gebirges aus allen Kämpfen herausgehalten hatten.

Und wieder wob Sanor sein böses Netz aus Lügen und Verrat. Er blendete die Schwäne mit einem edlen und reinen Trugbild seiner selbst, das er eigens für sie erschaffen hatte. Die Schwäne vertrauten diesem Trugbild und glaubten, dass es die Niav gewesen seien, die ihre Brudervölker vernichtet hatten.

Die Schwäne waren die einzigen Wesen unter den unsterblichen Geschwistern, die alle drei Elemente regierten, Wasser, Luft und Land, und Tausende von Niav ließen ihr Leben in dem wohl grausamsten Kampf, den der Ork Nuado je gesehen hatte. Auch die Gemeinschaft vom See zahlte einen bitteren Preis, doch es sah so aus, als würde sie am Ende den Sieg davontragen.

Bis der Tag heraufdämmerte, an dem die Götter das Land mit Tränen fluteten. Der Himmel selbst schien zu weinen, und die Gestirne hüllten sich in Wolken und Finsternis. Gräser, Blumen und Bäume ertranken, ganze Gebirge versanken in den Wassermassen. Ein Regen, der Tag und Nacht umspannte, wendete das Blatt für die Niav, denn anders als die Schwäne lebten sie nicht *auf* dem Wasser, sondern darunter, und die Meere, die ihre Heimat waren, dehnten sich zu Ozeanen aus und gebaren immer neue Meere, die sich in das lebendige Fleisch des Ork Nuado fraßen und auch Anguli jenseits des Gebirges nicht verschonten.

Sanor und seine geflügelten Brüder hatten sich auf den höchsten Gipfeln des Gebirges in Sicherheit gebracht, und halb bangend, halb frohlockend harrten sie dort des Tages, da die

Götter alle Tränen geweint haben würden, die sie in sich hatten.

Zum ersten Mal jedoch drohte ein Plan des Einen und Ersten nicht aufzugehen, denn während die Schwäne immer schwächer wurden, gewannen die Niav immer mehr an Lebensraum und Kraft.

Sanor beobachtete mit Sorge das Geschehen in der Welt, denn Niav und Schwäne waren es, die er von all seinen Geschwistern am meisten fürchtete – und das mit gutem Grund, denn beide regierten ein Element, zu dem die Götter ihm, dem Erstgeborenen der Sieben, den Zutritt verwehrt hatten: das Wasser. Mag sein, dass dies der Stachel war, der Gift in seine Seele getröpfelt hatte, seit ihm zum ersten Mal bewusst geworden war, dass die Götter ihn betrogen hatten. Mag sein, dass dies der Grund war, warum er die Schwäne mehr hasste als alle anderen seiner Brüder und Schwestern. Den Niav blieb zumindest das Element verschlossen, das er selbst mit solcher Vollendung beherrschte: die Luft. Aber selbst dort waren er und seine geflügelten Faune nicht die unbestrittenen Könige, denn die Schwäne, die ja schon das Wasser besaßen, machten sich dort ebenfalls breit.

Immer größer und quälender wurde seine Verbitterung, während er wie ein Gefangener auf seinem luftigen Kerker thronte. In seinem Zorn, der jede Vernunft überstieg, bot er den Göttern einen Handel an: Wenn sie die Schwäne bis auf den letzten Mann, die letzte Frau und das letzte Kind in ihren Tränenfluten vernichteten, wollte er die Niav in ihren Meeren dulden, solange sie gelobten, niemals mehr festes Land zu betreten.

Doch die Götter lassen nicht mit sich streiten, und sie lassen auch nicht mit sich handeln. Kaum hatte Sanor auf dem Arrat-al-Fell seinen Schwur in den Himmel hinaufgeschrien, da brach nach vieljährigem Traumschlaf die Sonne aus den dichten Wolken hervor, und ihre Wärme vertrieb die weiten Wasserflächen vom Antlitz des Ork Nuado und gab seinen Bewohnern nach und nach ihr Land zurück.

Sanor musste von seinem hohen Gipfel ohnmächtig mit ansehen, wie günstige Winde, die nur der körperlose Atem der Götter sein konnten, zuerst den Nordosten des Kontinents freigaben, wo im Herzen Angulis der Verbotene See lag, und dann den Nordwesten, wohin sich, wie er argwöhnte, die letzten der Trolle geflüchtet hatten und wo ihre Schatten binnen kurzem unbewohnbar geworden wären, so dass auch sie endlich den Tod gefunden hätten, hätte der Regen noch länger angedauert.

Der Eine und Erste fragte sich mit bitterem Groll, ob vielleicht Trolle und Schwäne die Lieblinge der Götter waren, da die Götter nun ihre schützende Hand über sie hielten.

So machte er sich, hoch über den Wolken und unsichtbar für jeden, der unter den dichten weißen Schwaden lebte, auf den Weg nach Süden, wo er die letzte Enklave der Elfen wähnte.

Und tatsächlich, dort, wo noch wenige Tage zuvor ein schimmernder See die Blauen Berge überflutet hatte, ragten jetzt wieder schroffe, kahle Gipfel aus dem in der warmen Sonne leuchtenden Wasser hervor. Von den Elfen jedoch war nichts zu sehen, solange Sanor auch über ihrer neuen Heimat seine Kreise zog.

Auch von den Sumpfleuten hatten einige überlebt, das wusste Sanor, und er machte sich auf die Suche nach ihnen. Doch da er ihr Versteck nicht kannte, ja nicht einmal ahnte, brach er seine Suche schließlich ab. Zumindest die Sumpfleute waren der Sintflut zum Opfer gefallen, glaubte er, und dieses Wissen gab ihm Trost.

Neues Unbehagen befiel ihn jedoch, als auch seine Suche nach den Niav nicht den gewünschten Erfolg brachte. Die

Ozeane waren verwaist, und selbst das Große Meer, das sich mitten in den Kontinent hineingefressen und fruchtbare Wiesen und Weiden unter sich begraben hatte, schien unbewohnt.

Rastlos und mit noch größerer Sorge kehrte Sanor zum Arrat-al-Fell und zu seinen Kampfgefährten zurück, gerüstet, abermals einen Krieg zu entfesseln, wenn dies die einzige Möglichkeit war, sein Ziel am Ende doch noch zu erreichen. Aber als er auf dem Gipfel des Arrat seine mächtigen, ledernen Flügel zur Landung ausbreitete, waren es nicht seine gefiederten Freunde, die ihm dort das Willkommen bereiteten.

Alle hatten sie sich auf dem Gipfel des Arrat-al-Fell in der Nähe von Mara, dem Heiligtum der Faune, versammelt. Alle waren herbeigekommen, die die jahrhundertelangen Bruderkriege überlebt hatten – Elfen, Sumpfleute, Trolle, Niav und Schwäne. Nur die Feen fehlten.

Aber als Sanor erneut die Flügel ausbreitete, um sich vor der Übermacht der Feinde in Sicherheit zu bringen, umtönte ihn plötzlich eine so wilde Musik, ein Gesang, der so schrecklich und zugleich so schön war, dass eine Lähmung seinen ganzen Körper befiel. Und im nächsten Moment hatte sich eine Schar von hundert und aberhundert schneeweißen Schwänen um ihn herum ausgebreitet, die Flügel bereits gespannt, um sich jederzeit mit ihm in den Lüften zu messen.

In einem zweiten Kreis standen die Niav, die ihre menschliche Gestalt trugen, eine riesige Gestalt, denn waren die Niav schon in ihrer angestammten Heimat, den Meeren und Ozeanen, Ehrfurcht gebietend, so boten sie in ihrer menschlichen Gestalt ein Bild, das selbst die mutigste Seele in panischem Schrecken lähmen konnte. Die Luft, die ihre gewaltigen Körper umgab, schillerte in allen Farben des Regenbogens, und ihre Augen waren Seen aus purem Quecksilber. Unverrückbar wie aus der Erde gewachsene Felsen standen sie hinter den Schwanenmenschen, die sie gut und gerne um zweifache Hauptes-länge überragten.

Sanor, der in der Vergangenheit jedem seiner Brudervölker ein anderes Gesicht gezeigt hatte, hielt verzweifelt Ausschau nach seinen geflügelten Untertanen, doch sie waren nirgends zu sehen. Und die ganze Zeit über quälte ihn diese ungreifbare, schmerzlich schöne Musik, von der er wusste, dass sie den Feen gehörte.

Elfen, Sumpfleute, Trolle, Niav und Schwäne, die Nachfahren der Sieben Unsterblichen Geschwister, hatten einander beinahe zur Gänze ausgelöscht, doch jetzt standen die Letzten ihrer Völker in Freundschaft Seite an Seite, denn sie hatten Sanors böses Spiel endlich durchschaut.

Und ein jedes der Geschwister hatte seine kostbarsten Gaben beigesteuert, um das Wenige zu retten, das von ihrer Welt noch nicht zerstört war.

So wurde der Za'mar-a geschaffen, aus den Tränen der Schwäne, dem Gesang der Feen, dem Regenbogen der Niav, dem Tanz der Elfen, dem tiefen Schweigen der Sumpfleute und den Schatten der Trolle. Ein Dämon war geboren worden, dessen Fleisch versteinertes Wasser der Finsternis war. Und mit der Kraft ihrer vereinten Seelen gelang es den unsterblichen Geschwistern, den Einen und Ersten in dieses Gefängnis zu bannen, für den Rest der Ewigkeit, so hofften sie. Denn töten durften sie ihn nicht, denn die sieben Urgeschwister besaßen als Kinder eines Gottes die Fähigkeit, in einer neuen Gestalt ins Leben zurückzukehren, wenn sie nicht aus freien Stücken daraus geschieden waren.

So wurde Sanor an den Dämon Za'mar-a gekettet, und die fünf Familien, die von den sieben Völkern der Unschuld übrig geblieben waren, zerstreuten sich in alle Winde. Sie offenbarten einander nicht, wohin sie sich wenden würden, denn sie hatten ihre bittere Lektion gelernt: Das Böse kam niemals nur von außen, sondern wohnte auch in ihren eigenen Seelen. Wenn die Frau ihren Mann verriet, wenn ein Kind sich von der Mutter abwandte und ein Bruder eine Waffe gegen die Schwester erhob, dann war die Schuld nicht außerhalb des eigenen Herzens zu suchen, sondern darin.

Die Schwäne, deren Reich jenseits des orkischen Gebirges als einziges noch unversehrt war, kehrten nach Anguli zurück und legten mit ihrer Magie einen für ihre Geschwister undurchdringlichen Schleier über ihr Land.

Elfen und Sumpfleute, von deren einst so zahlreichen Völkern nur eine kleine Schar geblieben war, suchten sich eine neue Heimat und gelobten, nie mehr in die Welt zurückzukehren.

Von den Niav gingen viele in die Grotten der Seelen, um eins zu werden mit dem Atem der Ewigkeit; einige wenige schlossen sich den Schwänen an, weil sie Gefährten unter ihren Brüdern und Schwestern gefunden hatten. Der eine oder andere zeugte sogar Nachkommen mit einem Schwan, doch wahre Heimat fanden die Niav nicht in Anguli, und so streiften auch die letzten von ihnen im Laufe der Jahrhunderte in den Grotten der Seelen ihre irdische Existenz ab.

Die Schattentrolle waren es, die von allen Geschwistern den höchsten Preis zahlten. Die weisesten und edelsten unter ihnen erboten sich, dem Za'mar-a als Hüter zu dienen, und dafür opferten sie mehr als Schicksal, Zukunft und Leben: Sie boten den Göttern die Ewigkeit ihrer Seelen und verbündeten sich auf immer mit der Dunkelheit, damit ihre Geschwister im Licht leben konnten.

KAPITEL 12

Diann betrachtete Rikka, als hätte sie sie noch nie gesehen. Gewiss, sie war so schön wie eh und je, wie sie da im Licht von Kerzen und Fackeln in ihrem Boudoir stand, mit offenem Haar und nur bekleidet mit einem unter dem Busen geschnürten, luftigen Morgengewand. Draußen dämmerte es bereits, aber in diesem Raum drang kein noch so schwacher Strahl Sonnenlichts durch die zugezogenen Vorhänge. Diann beobachtete gleichgültig, wie tausend bunte Sterne Rikkas Kopf umtanzten, als sie jetzt mit einer anmutigen Bewegung ihr hüftlanges Haar ausschüttelte. Beinahe hätte Diann laut aufgelacht.

»Was starrst du mich so an?«, brauste Rikka auf. »Ich möchte ein Bad nehmen und mich dann ankleiden. Außerdem ist eine meiner Abendroben am Saum eingerissen, und ...«

Diann unterbrach den Strom kleiner Aufträge, die gewiss noch folgen sollten. »Ich glaube nicht, dass mir der Sinn danach steht, dir noch einmal zu dienen. Es ist gewiss ärgerlich für dich, dass dir dein Lieblingsspielzeug, diese alberne Sklavin, abhanden gekommen ist, aber du wirst dich wohl anderswo nach einem Ersatz für deine Zofe umschauen müssen.«

Rikka sah sie einen Moment lang fassungslos an, hatte sich aber schnell wieder in der Gewalt. Fasziniert beobachtete Diann, wie die andere Frau mit einer winzigen, unauffälligen Handbewegung das warme Strahlen der Kerzen und Fackeln auf sich zog. Sie hatte diese Geste wohl schon tausend Mal bei Rikka gesehen, sie aber für eine jener nutzlosen kleinen Angewohnheiten gehalten, wie sie sich alle Menschen im Laufe ihres Lebens zulegten. Jetzt jedoch begriff sie, dass weitaus mehr dahinter steckte. Es war, als würde sich etwas von der Essenz des Feuers quer durch den Raum auf Rikka zubewegen. Ungezählte feine Regenbögen spannten sich durch das Boudoir und schmiegten sich wie bunte, anmutige Schlangen um Rikkas Körper, um sie wie ein lebendiges, zweites Gewand zu umhüllen.

Doch es war seltsam; obwohl Diann *wusste,* dass sie eine atemberaubend schöne Frau vor sich sah, obwohl sie sich daran *erinnerte,* welche Leidenschaft Rikkas Anblick noch vor einer Woche in ihr geweckt hatte, *fühlte* sie nichts.

Etwas hatte sich verändert, das wurde ihr mit jäher Gewissheit klar. Und was immer es war, es lag in ihr selbst begründet. Mit distanziertem Interesse sah sie zu, wie Rikka immer neue Regenbögen aus dem Feuer der Fackeln zog, das selbst auf ungreifbare Weise an Kraft zu verlieren schien.

»Spar dir deine Mühe«, sagte sie schließlich, als das Schauspiel sie zu langweilen begann. »Deine kleinen Tricks haben keine Wirkung mehr auf mich.«

»Wie kannst du es wagen!« Rikkas Augen loderten auf, und im nächsten Moment schlug Diann eine Woge purer Gewalt entgegen. Sie hatte Rikkas Zorn schon mehr als einmal zu spüren bekommen; seit die Hexer ihre Macht über das Land verloren hatten, war Rikka nicht mehr davor zurückgeschreckt, ihre Magie gegen wehrlose Opfer zu richten.

Instinktiv riss Diann die Hände hoch, um sich zu schützen, obwohl sie wusste, dass es sinnlos war.

Doch statt des erwarteten Schmerzes verspürte sie nur eine jähe, überwältigende Befriedigung, die wie ein köstliches Feuer durch ihren ganzen Körper lief.

Ungläubig sah sie zu, wie Rikka rückwärts taumelte und dann gegen die steinerne Wand hinter ihr prallte, als hätte ihr jemand einen brutalen Stoß versetzt.

Furcht schimmerte in den Augen der anderen Frau auf, doch sie hatte sich schnell wieder unter Kontrolle.

»So ist das also«, sagte Rikka heiser und mit einer Stimme, als sei kein Tropfen Speichel mehr in ihrem Mund. »Dir steht der Sinn nicht danach, mir zu dienen.« Sie lachte höhnisch, doch der unsichere Tonfall ihrer Worte war Diann nicht entgangen. »Dann kannst du mir sicher auch verraten, wohin du gehen willst, wenn du die Burg verlässt. Denn wenn du nicht arbeiten willst«, fügte sie mit mühsam beherrschtem Zorn hinzu, »dann ist auf Burg Tarlin kein Platz mehr für dich.«

Diann beachtete sie kaum, sondern betrachtete konzentriert ihre Hände, die sie kurz zuvor erhoben hatte, um Rikkas Magie abzuwehren. Sie kamen ihr seltsam verändert vor, auch wenn sie nicht hätte sagen können, worin diese Veränderung bestand.

»Also«, fragte Rikka scharf. Dianns Schweigen hatte ihr neue Zuversicht gegeben. »Wohin willst du gehen?«

Widerstrebend löste sich Diann von dem Anblick ihrer Hände, die ihr in diesem Moment faszinierender erschienen als alles andere auf der Welt.

»Nun«, sagte sie geistesabwesend, »ich habe eine Mutter, nicht wahr?«

Marte stand am Fenster ihres geräumigen Hauses und blickte in den sommerlichen Garten hinaus, wie sie es in den letzten Jahren so oft getan hatte – stets erfüllt von der Sehnsucht nach ihrem kleinen Milchhof auf dem Falkenberg, den sie von ihrer Großmutter geerbt hatte und der ihr nun für immer verloren war. Marbans Kathedrale, wie die Bewohner Tarlins das gewaltige Bauwerk nannten, hatte den uralten Eichenhain und die heilige Quelle der Göttin verdrängt und den Frieden dieses Ortes zerstört.

Ratlos strich Marte über das blanke Holz des Fenstersimses. Sie hatte in den beiden letzten Nächten kaum geschlafen und wusste, dass es ihren Gefährtinnen, den Gannafrauen, nicht anders ergangen war. Sie alle spürten, dass neues Unglück über Caernadon heraufzog, doch ihre Magie war nicht stark genug, um ihnen Hinweise auf die Natur dieses Unglücks zu geben, und so blieb ihnen nichts anderes übrig, als zu warten und sich bereitzuhalten.

Gwenlian, schoss es Marte durch den Kopf, und Tränen traten in ihre Augen. *Gwenlian hätte vielleicht gewusst, womit wir es zu tun haben.* Und Gwenlian, würde sie noch leben, hätte die Gannafrauen in diesen Kampf geführt, statt die Führung ihr, Marte, zu überlassen, die kaum mehr auszurichten vermochte als die übrigen Frauen und Mädchen, die so viel unberechtigtes Vertrauen in sie setzten.

Marte drückte die Stirn an die kühle Fensterscheibe und versuchte nicht länger, den Tränen Einhalt zu gebieten. Sie fühlte sich alt und müde und hilflos.

Sie wusste nicht, wie lange sie so dagestanden hatte, als sie plötzlich ein leises Geräusch hinter sich wahrnahm, das Knarren der Dielenbretter unter einem leichten Schritt.

Langsam und ohne Angst drehte sie sich um, denn es kam oft vor, dass eine der Frauen aus der Umgebung sie aufsuchte, um Rat oder Hilfe zu erbitten. Doch heute war es keine dieser Frauen, die den Weg zu ihr gefunden hatte.

»Diann!«, stieß sie hervor und trat einen Schritt auf ihre Tochter zu. Seit ihrem letzten und schlimmsten Streit vor vier Monaten hatte sie sie nicht mehr gesehen, und sie hätte sie gern in die Arme geschlossen. Doch ein Blick auf Dianns

Gesicht machte ihr klar, dass eine solche Vertraulichkeit unmöglich geworden war.

Vor ihr stand eine Fremde, eine junge Frau, die sie nicht kannte und niemals kennen würde, ein Mensch, der um seine Jugend betrogen worden sein musste, denn die Augen, die ihr entgegensahen, waren unvorstellbar alt.

»Diann«, flüsterte sie noch einmal, und ihr Herz schnürte sich zusammen vor Mitleid mit dem Kind, das sie geboren hatte. »Was ist dir geschehen?«

Diann antwortete nicht auf ihre Frage. »Ich würde gern wieder hier wohnen, wenn es dir recht ist«, sagte sie stattdessen.

»Natürlich ist es mir recht«, erwiderte Marte. »Du bist meine Tochter ...« Ihre Stimme verlor sich bei diesen Worten, denn zum ersten Mal in ihrem Leben durchzuckte sie der Gedanke, dass das vielleicht ein Irrtum war. Gewiss, sie hatte Diann geboren, ihr ihren Namen gegeben und sie großgezogen – aber machten diese Dinge allein sie wirklich zur Mutter, und machten sie die fremde junge Frau, die so stolz und gleichzeitig so einsam vor ihr stand, zu ihrem Kind?

»Du bist meine Tochter«, wiederholte sie und bemühte sich, ihrer Stimme Festigkeit und Überzeugung zu geben, obwohl die Erinnerung an Dianns hasserfüllte Worte vor vier Monaten so deutlich fühlbar wie eine Mauer zwischen ihnen standen. *Dir ging es immer nur um Eirion, nicht wahr ... Ich verdanke Eirion nicht nur meinen Namen ... Ich denke, dass ich ihretwegen überhaupt existiere, dass du mich einzig und allein geboren und empfangen hast, um deiner geliebten Eirion eine Dienerin zu geben ...*

Schuldbewusstsein stieg in Marte auf. Sie hatte Dianns Anklagen seinerzeit entrüstet zurückgewiesen – aber lag ihre Tochter wirklich so falsch, wenn sie ihr vorwarf, dass sie Eirion mehr liebte als ihr eigenes Kind?

»Ich werde ein Bad nehmen«, sagte Diann jetzt, und ein seltsames Flackern trat in ihre dunklen Augen. Ein ungutes Gefühl beschlich Marte, und noch bevor Diann weitersprach, wusste sie, was kommen würde.

»Aber vorher möchte ich, dass du mir von meinem Vater erzählst«, erklärte Diann, die noch nie zuvor Interesse an dem Mann bekundet hatte, aus dessen Samen sie hervorgegangen war.

»Ich möchte alles hören, was du von ihm weißt«, fuhr sie fort, »jede Einzelheit, mag sie dir auch noch so unbedeutend erscheinen.«

Marte sah ihre Tochter an, in deren Augen noch immer dieses seltsame Flackern stand, und fragte sich, wie es ihr in all den Jahren hatte entgehen können, dass Diann die Züge ihres Vaters trug. Oder hatte sie die Ähnlichkeit gar nicht übersehen? War ihre Tochter jetzt erst geworden, was sie ihrem tiefsten Wesen nach war?

Aber was *war* sie? Und was wusste sie, Marte, eigentlich über den Mann, der ihr Kind gezeugt hatte?

Langsam begann sie zu sprechen. »Er hieß Selall«, sagte sie, »und er war ein Kaufmann aus Georna, oben in Sint, wo der Fluss ins Meer mündet ...«

In Tarlin-Stadt herrschte trotz der frühen Morgenstunde bereits reges Treiben, denn der Tag versprach wiederum heiß zu werden, und noch vor dem Mittag würde jede schwere Arbeit eine Qual sein.

Kaylas, der oberste General der Neuen Caernadonischen Armee, wischte sich die ersten Schweißtropfen von der Stirn. Die Glut des Schmiedefeuers war kaum zu ertragen, doch der

Schmied und seine fünf hünenhaften Gesellen schienen sie kaum wahrzunehmen.

»Hast du verstanden, wie die Achsen für die königlichen Wagen beschaffen sein müssen?«, fragte er, ärgerlich, weil der Schmied sich nicht einmal die Zeit nahm, von seiner Arbeit aufzusehen, während er ihm seine Anweisungen gab.

Mehrere Lehrjungen, die bei dem bedeutendsten Schmied von Tarlin ihre Lehrzeit absolvierten, hämmerten emsig kleine Rohlinge zu runden Blechen aus.

Der Schmied nickte wortlos, dann hob er abermals den schweren Hammer, und das rote Licht des Feuers spielte auf den Muskeln seiner mächtigen Oberarme.

Kaylas atmete durch die Nase ein, als fürchte er, die glutheiße Luft, die von der Esse aufstieg, könnte ihm die Lunge versengen.

»Ich warte immer noch auf deine Antwort, Schmied«, stieß er mit kaum mehr verhohlenem Ärger hervor.

Der Schmied wandte den Blick noch immer nicht von der Wagenachse ab, die er jetzt mit einer riesigen Zange in die Glut der Esse hielt. »Wenn Ihr glaubt, dass die Achsen, die Ihr bei mir in Auftrag gegeben habt, vom Reden fertig werden«, sagte er, während er unbeirrt mit seiner Arbeit fortfuhr, »dann danke ich den Göttern, dass sie mir nie einen Lehrjungen wie Euch beschert haben, *General.*«

Das letzte Wort klang aus dem Mund des stämmigen Mannes wie eine Beleidigung, und Kaylas' Hand fuhr unwillkürlich zu seinem Schwert.

»Und aus Raufereien ist noch nie eine so feine Klinge hervorgegangen, wie Ihr sie da am Gürtel tragt«, setzte der Schmied hinzu, obwohl es Kaylas ein Rätsel war, wie er diese schwache Bewegung hatte wahrnehmen können, wo er doch die Esse keinen Moment lang aus den Augen ließ.

Kaylas biss die Zähne zusammen und schluckte seinen Groll herunter. Aber diesmal galt sein Unmut sich selbst, denn der Schmied hatte Recht: Aus Reden und Raufen war noch nie etwas entstanden, das der Mühe wert gewesen wäre, das war ihm nur allzu schmerzlich bewusst.

Mit einem knappen Gruß, der keine Erwiderung fand, verließ er die Schmiede, und obwohl kein Laut außer dem Zischen des Eisens im Feuer und dem Klirren der Werkzeuge zu hören war, wusste er doch, dass die Männer des Schmieds hinter ihm herlachten.

Erst als er wieder draußen auf der Straße stand, wurde ihm klar, dass der Schmied mit seiner schroffen Zurechtweisung mehr getan hatte, als nur einen königlichen General zu beleidigen.

... dann danke ich den Göttern, dass sie mir nie einen Lehrjungen wie Euch beschert haben ...

Noch vor wenigen Monaten hätte kein Mann in Caernadon es gewagt, einem Fremden gegenüber von *den Göttern* zu sprechen, denn in diesem Land durfte es nur *einen* Gott geben – Fál –, und jeder, der gegen dieses oberstes Gesetz des Neuen Reichs verstieß, musste damit rechnen, vor die Hohe Feme gezerrt zu werden, ein Gericht, dem nur die Wenigsten lebend entkamen.

Es hatte sich in der Tat viel verändert in Caernadon, Kaylas wusste nur nicht recht zu sagen, ob dies Veränderungen zum Guten oder zum Schlechten waren.

Nachdenklich machte er sich auf den Weg zu seinem nächsten Ziel, dem Schlauchmacher von Tarlin. Auch dies war ein Botengang, den er auf Befehl seines Königs unternahm, und auch dies war ein Auftrag, den er nicht verstand. Wozu brauchte Marban dreihundert Wasserschläuche, die größer waren als alles, was der Schlauchmacher jemals hergestellt hatte?

Aber er war Soldat, und er war es gewohnt, Befehle auszuführen, ohne nach dem Sinn zu fragen.

Dennoch konnte Kaylas an diesem strahlenden Sommermorgen nicht umhin, genau das zu tun. Das Leben gab ihm in diesen Tagen zu viele Rätsel auf, die nach einer Lösung verlangten, und er, der von Jugend an die klare, unmissverständliche Sprache von Dolch und Schwert gewohnt war, hasste Rätsel.

Im Hafen von Tarlin, wo der Ank eine natürliche Bucht bildete, herrschte das übliche, lärmige Getriebe: Mehrere kleine Handelsschiffe, die am vergangenen Abend zu später Stunde dort vor Anker gegangen waren, wurden entladen, ein Frachter, dessen Kapitän ungeduldig darauf wartete, endlich auslaufen zu können, musste mit Proviant für eine dreitägige Flussreise versorgt werden, und die ersten Fischkutter liefen bereits ein, um ihre Netze zu leeren.

Niemand achtete auf die beiden ungleichen Männer, die ein wenig abseits auf der Hafenmole in ein ernstes Gespräch versunken waren. Der eine von ihnen war klein und untersetzt, und unter seiner blauen Seemannsmütze spross schon lange kein Haar mehr. Sein Gesprächspartner überragte ihn um mindestens sieben Handspannen; das grüne Wams, das viel zu warm für den heißen Sommertag schien, spannte sich über einer muskulösen Brust, und jede keusche Jungfer wäre beim Anblick dessen, was darunter war, tief errötet.

Immer wieder nickte der kleinere Mann eifrig, offensichtlich darauf erpicht, dem anderen zu gefallen. Eine knappe Frage wurde gestellt und mit einem Wortschwall beantwortet. Dies wiederholte sich mehrere Male, bis der hoch gewachsene

Fremde der Redelust des Seemanns schließlich mit einer ungeduldigen Geste ein Ende bereitete. Es schien, als hätte er genug gehört und wollte keine Minute länger auf diese Unterredung vergeuden. Ein prall gefüllter schwarzer Beutel wechselte den Besitzer, und der Seemann, dessen ganze Erscheinung ihn als Macassaner auswies, ließ den Beutel mit gierig blitzenden Augen in seiner Gürteltasche verschwinden. Es sah so aus, als wollte er noch etwas sagen, doch da hatte sich sein Handelspartner bereits abgewandt und ging mit langen, kräftigen Schritten und ohne sich noch einmal umzuwenden die Mole hinunter zurück zum Kai.

Sanor war höchst zufrieden mit dem Verlauf, den sein Gespräch mit Kapitän Mo genommen hatte. Ein zynisches kleines Lächeln umspielte seine Lippen. Er hatte den Mann vollkommen richtig eingeschätzt; für eine Hand voll Gold würde er seine Mutter verkaufen und seinen Erstgeborenen als Dreingabe.

Noch vor dem Mittag würde die *Windsbraut* auslaufen, ein Schiff, das viel kleiner war als die *Seemöwe,* die der Kapitän für diese Mission bevorzugt hätte. Aber die *Windsbraut* war wendiger und schneller und für die Fracht, die sie transportieren sollte, allemal groß genug.

Auf der Kaimauer drehte Sanor sich noch einmal um. Eine leichte, warme Brise, die die Verheißung des fernen Meeres in sich trug, strich ihm übers Gesicht. Die hohen Masten der *Windsbraut* schwankten leicht, und mit ihnen die der anderen Schiffe im Hafen. Es war ein friedliches Bild, das sich dem Betrachter darbot, das Bild einer Welt, die zwar sehr wohl Leid und Not kannte, in der es sich im Großen und Ganzen jedoch durchaus zu leben lohnte.

Sanor beobachtete die Hafenarbeiter, die wortkarg und

pflichttreu ihre schwere Arbeit versahen – und nicht ahnten, dass sie schon bald nur mehr Schatten sein würden, Futter für die gewaltige, leblose Maschine, die ihn, Sanor, den Einen und Ersten, endlich zum Gott machen würde.

Gleichgültig sah er den Arbeitern noch ein Weilchen zu, wie sie stumpf und gehorsam die Lasten trugen, die zu tragen ihnen vom Schicksal bestimmt war. Dann wandte er sich zum Gehen.

Der Hafen von Tarlin interessierte ihn nicht länger. Er hatte erreicht, weswegen er gekommen war. Nun warteten wichtigere Dinge auf ihn.

KAPITEL 13

Eine sanfte Berührung auf ihrem Haar weckte Eirion, die irgendwann in einen Schlaf tiefer Erschöpfung gesunken war, den Kopf auf Salbas Schoß gebettet. Die alte Kätnerin hatte über sie gewacht und selbst auf Schlaf verzichtet, um darauf zu achten, dass Eirions Hände nicht wieder mit dem von Magie getränkten Silber in Berührung kamen, mit dem der ganze Kerker ausgekleidet war.

Jetzt richtete Eirion sich auf und rieb sich die Augen. Radschas Lichtkegel schimmerte nur schwach; er spendete gerade so viel Helligkeit, dass keine der Frauen sich ängstigen musste, wenn sie aus dem Schlaf erwachte. Suchend sah Eirion sich in dem hohen, unterirdischen Gewölbe um. Ein wenig abseits der Pritsche, die Salba für sie beide ausgewählt hatte, lagen die Zigeunerinnen, die sich dieses Gefängnis mit ihnen teilten. Ab und an hörte man ein leises Schnarchen, und eine der jüngeren Frauen murmelte im Schlaf vor sich hin. Sie sorgte sich um ihr Kind, von dem sie sich nördlich der Stadt Táin Bulåll hatte trennen müssen. Tschaleks ältester Sohn, so viel wusste Eirion inzwischen, hatte es übernommen, die Kinder, die Kranken und die Alten an einen Ort westlich der Wüste Tahor zu führen, wo sie in Sicherheit waren.

Doch keine der Mütter wusste Genaueres über diesen Ort. Sie wussten nicht, ob ihren Kinder dort wirklich keine Gefahr drohte, ja, sie wussten nicht einmal, ob sie diesen geheimen Ort überhaupt erreicht hatten. Und die schlimmste Frage, die die Mütter quälte, war die, ob sie ihre Kinder jemals wieder sehen würden.

»Was ist eigentlich in Táin Bulåll passiert?«, fragte sie Salba leise. »Normalerweise könnte nichts einen Stamm dazu bringen, sich zu teilen, noch dazu in einer so ungewissen Situation. Warum hat Tschalek dieses höchste Gesetz der Sippe gebrochen?«

Salba sah sich hastig in dem runden Raum um. Die Zigeunerinnen schienen alle noch zu schlafen, selbst die junge Frau, die im Traum um ihre Tochter weinte. Als Salba sich davon überzeugt hatte, dass keine der Frauen ihr Gespräch belauschte, atmete sie tief ein.

»Es war nicht Tschalek, der es so verfügt hat«, sagte sie sehr leise.

»Nicht Tschalek!«, rief Eirion, und Salba legte ihr mahnend einen Finger auf die Lippen. »Es ist besser, wenn sie nicht alles wissen, was wir wissen, sie würden nur in Panik geraten, und eine Panik ist das Letzte, was wir jetzt gebrauchen können.« Salba senkte die Stimme zu einem Flüsterton, so dass selbst Eirion, die dicht neben ihr saß, sie nur mit Mühe verstehen konnte.

»Als wir Táin Buláll erreichten«, hob Salba wieder zu sprechen an, »hat Radscha ...«

»Radscha!«, sagte Eirion und presste, gleich nachdem der Laut ihr entfahren war, beide Hände auf den Mund. Dann gab sie Salba mit einem stummen Nicken das Versprechen, dass so etwas nicht noch einmal passieren würde.

»Radscha«, griff sie ihren Satz wieder auf, »hat verfügt, dass diejenigen des Zigeunervolks, die eines besonderen Schutzes bedürfen, an einen anderen Ort gebracht werden sollten, statt mit uns übrigen durch die Wüste zu reisen«, erklärte sie, immer noch flüsternd. Dann seufzte sie leise und setzte hinzu: »Es wird wohl das Beste sein, wenn ich dir die Geschichte von Anfang an erzähle – jedenfalls soweit ich sie selbst kenne.«

Eirion schwang die Beine von der Pritsche und streckte sich.

Ihr Mund war wie ausgetrocknet, und sie warf einen zweifelnden Blick auf den randvollen Wasserkrug, der vor ihr auf dem Boden stand.

Salba war ihrem Blick gefolgt. »Trink nur«, sagte sie, »es wird dir nicht schaden.«

Eirion bückte sich nach dem Krug und füllte vorsichtig einen der daneben stehenden Becher.

»Nachdem du aus Lemmas geflohen warst«, sprach Salba mit bemüht sachlichem Tonfall weiter, »erwies es sich schnell, dass ich ebenfalls nicht länger dort bleiben konnte.«

Eirion wusste, dass sich hinter diesen schlichten Worten eine Tragödie verbarg, deren ganzes Ausmaß sie niemals würde ermessen können. Cynnik, Salbas Mann, war schon bei ihrer Ankunft in Lemmas dem Santas verfallen gewesen, und selbst in der kurzen Zeit, die sie in seiner Kate gelebt hatte, hatte sie mit ansehen können, wie es mit ihm stetig bergab gegangen war. Sie vergaß ihren Durst und strich mit ihrer freien Hand über Salbas runzlige, von harter Arbeit rissig gewordene Finger.

»Doch bei allem Unglück«, fuhr die alte Kätnerin fort, »hat die Göttin es wohl doch gut mit mir gemeint. Die Zigeuner hatten zwar ihr Lager in Lemmas abgebrochen, waren aber noch nicht so weit gereist, dass ich sie nicht mehr erreichen konnte.«

Eirion trank nun doch etwas von dem Wasser und stellte überrascht fest, dass es kühl und frisch war, obwohl es schon viele Stunden dort gestanden hatte.

Salba strich sich eine graue Haarsträhne aus dem Gesicht und atmete tief durch. »Tschalek nahm mich, ohne Fragen zu stellen, in seine Sippe auf«, sagte sie. »Der Stamm reiste nach Osten, wo die Sümpfe der Verlorenen liegen, weil die Männer, die die Zigeuner verfolgten, sie dort am wenigsten suchen würden.« Als sie Eirions fragenden Blick bemerkte, erklärte sie:

»Konja, die Schwester des Dorfvorstehers, die dich am Fálstag vor dem Mob gerettet hat, versteht sich gut darauf, Dinge und Menschen nach ihrem Willen zu lenken.« Salba lachte trocken auf. »Sie hat ihren Bruder und die Narren, die sich ihm angeschlossen hatten, nach Sint geschickt.«

Eine der Zigeunerinnen bewegte sich im Schlaf, und Salba senkte sofort die Stimme. »Nun, wie dem auch sei«, fuhr sie ernst fort, »wir waren schon eine Weile unterwegs und hatten die Sümpfe fast erreicht, als eines Abends ein einzelner Reiter zu uns stieß.« Sie sah Eirion prüfend an. »Du kennst ihn – es war der Mann, mit dem du aus Lemmas geflohen bist.«

»Tork«, flüsterte Eirion.

Salba nickte. »Der Einsiedler, ja«, bekräftigte sie. »Er ging in Radschas Wagen und blieb sehr lange dort. Am nächsten Morgen änderte der Stamm die Richtung, in die er reiste. Wir zogen, so schnell die Wagen fahren konnten, quer durch das Land nach Süden – nach Táin Bulàll.«

Obwohl sie gerade erst getrunken hatte, war Eirions Mund plötzlich wieder so trocken, als hätte sie einen ganzen Tag lang ohne Wasser die Wüste durchwandert. Ihre Hände dagegen fühlten sich mit einem Mal feucht und klebrig an.

»Was hat Tork berichtet?«, fragte sie ängstlich.

»Ich weiß es nicht genau«, erwiderte Salba. »Ich weiß nur, dass Radscha sich nach seinem nächtlichen Besuch noch mehr zurückzog, als sie es ohnehin schon immer getan hatte. Tschalek war der Einzige, mit dem sie sprach, und wann immer er aus ihrem Wagen kam, wirkte er bedrückt und müde. Tschalek wiederum vertraute sich nur seinem ältesten Sohn an, Balak. Die Sippe ist es gewohnt, ihrem Oberhaupt ohne Wenn und Aber zu folgen, doch als Tschalek in Táin Bulàll verlangte, dass der Stamm sich teilen solle, wäre es um ein Haar zum Aufruhr gekommen.«

Die alte Kätnerin krampfte die Hände auf dem Schoß zusammen, und Eirion spürte, dass ihre Freundin es kaum ertragen konnte, still sitzen zu bleiben. Trotz ihrer eigenen Verwirrung legte sie ihr beruhigend einen Arm um die Schultern. »Was ist dann passiert?«

»Die Ältesten einer jeden Familie kamen zusammen und verlangten von Tschalek, dass er ihnen Rede und Antwort stehe«, berichtete Salba. »Wir waren bereits in Táin Buláll und wollten am nächsten Tag weiterziehen ...«

Salba schauderte, und Eirion wusste, welche Bilder die empfindsame alte Frau vor sich sah. »Ich verstehe«, sagte sie. »Ich bin dort gewesen.«

»Die Ältesten erklärten, dass sie nicht weiterreisen würden, wenn Tschalek ihnen keinen guten Grund dafür nennen könne«, erklärte Salba. »Sie sprachen sogar davon, ihn aus der Sippe zu verstoßen und sich ein neues Oberhaupt zu wählen.«

Eine plötzliche Veränderung in der Atmosphäre des Raums lenkte Eirions Aufmerksamkeit einen Moment lang ab. Der magische Lichtkegel, der den Kerker in ein fahles Dämmerlicht tauchte, schien zu flackern, und Eirion sah sich suchend um. Doch bevor sie die Ursache für diese unmerkliche Veränderung entdecken konnte, sprach Salba weiter.

»Tschalek beriet sich mit Radscha«, sagte sie, »und die beiden beriefen noch für den gleichen Abend eine Versammlung der Ältesten ein. Die Ältesten sind natürlich durchweg Männer«, setzte sie mit einem Anflug von Erbitterung hinzu, »auch wenn ich selbst in den wenigen Monaten, seit ich mit der Sippe reise, mehr als einmal gedacht habe, dass diese Ordnung der Dinge nicht immer zum Besten des Stammes ist.«

Eirion glaubte, ein schwaches Rascheln neben sich wahrzunehmen, doch als sie in die Richtung blickte, aus der das Geräusch gekommen war, sah sie nichts als Dunkelheit. Dennoch war sie davon überzeugt, dass dort irgendetwas war. Daher hörte sie nur mit halbem Ohr zu, als Salba ihre Erzählung fortführte.

»Wie dem auch sei«, sagte die alte Kätnerin. »Da ich keiner Familie angehöre und daher auch keinen männlichen *Fürsprecher* habe«, sie betonte das Wort mit mehr als einer Prise Ironie, »durfte ich an der Versammlung teilnehmen. Radscha berichtete uns, was sie von Tork, dem Einsiedler, wusste, obwohl ich das Gefühl hatte, dass sie uns keineswegs alles sagte.« Salba räusperte sich, und Eirion reichte ihr den silbernen Becher, damit sie sich die Lippen befeuchten konnte.

»Wir erfuhren an jenem Abend, dass der Welt eine schreckliche Gefahr drohe, da das magische Gleichgewicht, das über viele Jahrtausende hinweg gehalten hatte, aus den Fugen geraten war«, sagte Salba, nachdem sie etwas Wasser getrunken hatte. »Aber diese Dinge weißt du gewiss schon.«

Eirion nickte geistesabwesend. All ihre Sinne waren noch immer auf den Raum um sie herum gerichtet, und sie versuchte, dem seltsamen Gefühl, das sie vor einigen Minuten beschlichen hatte, einen Namen zu geben. Es war, als sei der Raum mit einem Mal ... vollständiger geworden. Eine Ruhe, die nicht aus ihrem Innern kam, sondern aus dem Ort selbst zu fließen schien, erfüllte sie, ein Friede, der ihre Seele wärmte. Salbas Stimme trat immer weiter in den Hintergrund, während Eirion sich in dieser unerwarteten Stille verlor.

»... und so kam man überein, dass Balak mit den schwächeren Mitgliedern der Sippe an einen uns unbekannten Ort irgendwo im Westen, fernab der Wüste, ziehen sollte, während Tschalek mit dem restlichen Stamm Radscha nach Neu-Léth begleiten würde«, beendete Salba ihren Bericht, und Eirion biss sich auf die Lippen.

»Dann haben die Ältesten sich also am Ende doch Tschalek

gefügt?«, fragte sie, und Salba sah sie erstaunt an. Offenbar hatte sie gerade genau das gesagt. »Ich meine, es bestand keine Uneinigkeit mehr, nachdem Radscha mit ihnen gesprochen hatte?«, setzte sie hinzu.

»Die Ältesten haben die Notwendigkeit dieses ungewöhnlichen Schrittes eingesehen«, antwortete Salba, immer noch ein wenig erstaunt angesichts Eirions scheinbarer Begriffsstutzigkeit.

»Und dann seid ihr also wie geplant am nächsten Morgen in die Wüste aufgebrochen?«, fragte Eirion weiter. »Aber wie konntet ihr einen ausreichenden Wasservorrat für so viele Menschen und Tiere transportieren?«

Salbas Miene verschloss sich plötzlich, und wenn Eirion es nicht besser gewusst hätte, hätte sie geglaubt, dass die alte Frau ihr plötzlich misstraute. Zögerlich antwortete sie: »Wir hatten überhaupt kein Wasser bei uns – oder jedenfalls nur sehr wenig, einen einzigen Wagen mit mehreren Wasserschläuchen.«

Eirion zog ungläubig die Augenbrauen in die Höhe.

»Aber dennoch waren die Wasserschläuche jeden Morgen, wenn wir unser Nachtlager verließen, wohlgefüllt.« Die Kätnerin hielt, während sie sprach, den Blick fest auf ihre Hände gerichtet und weigerte sich, Eirion anzusehen.

Eirion war ratlos, nicht nur wegen der unerklärlichen Versorgung des Stammes mit Wasser, sondern vor allem wegen Salbas merkwürdigem Verhalten ihr gegenüber. Das Misstrauen, das sie bei der alten Kätnerin wahrgenommen hatte, war keine Einbildung, so viel stand fest. Aber *warum* misstraute sie ihr mit einem Mal? Sie hatten in Lemmas eine Freundschaft geschlossen, wie sie nur unter Frauen möglich war, und eine solche Freundschaft schloss jedes Misstrauen aus.

Behutsam versuchte Eirion, sich an dieses Rätsel heranzutasten. Das Wasser, das auf unerklärliche Weise stets dagewesen war, wenn es benötigt wurde, schien ihr der Schlüssel dazu zu sein.

»Die Schläuche im Wasserwagen waren also jeden Morgen gefüllt«, wiederholte sie, um sicherzugehen, dass sie auf der richtigen Spur war, »obwohl ihr sie am Abend geleert hattet?«

Salba nickte wortlos, und wieder spürte Eirion die Anspannung im Körper ihrer Freundin. Eirion dachte nach. Es gab nur eine Erklärung für das, was Salba ihr soeben erzählt hatte. »Magie«, sagte sie leise. Und es gab bei den Zigeunern nur eine Person, die zu etwas so Ungeheuerlichem fähig sein konnte. »Radscha.«

Wieder nickte die alte Kätnerin.

»Aber wie hat sie das gemacht?«, fragte Eirion, obwohl sie keine Antwort von Salba erwartete. Sie hatte ebenfalls keine Erklärung für dieses Phänomen. Olfros hatte ihr erzählt, dass die Wüste Tahor der einzige Ort auf dem Ork Nuado war, an dem noch die Alte Magie herrschte, aber soweit sie wusste, bedeutete das nur, dass die Unsterblichen sich dort mit der Magie des Herzschlags sehr schnell von einem Ort zum anderen bewegen konnten. Und von Gwenlian hatte sie gelernt, dass eine Manipulation der Elemente, und dazu gehörte das Wasser – nur mit Hilfe der dunklen Magie möglich war. Ein Schaudern überlief sie, und sie verstand plötzlich, warum Salba Radscha mit solchem Argwohn begegnete. Was sie nicht verstand, war, warum sich dieser Argwohn jetzt auch auf sie, Eirion, erstreckte.

Die Lösung *dieses* Rätsels beschäftigte sie jedoch nicht allzu lange. *Meine und Eirions Magie ist von anderer Art,* hatte Radscha am vergangenen Abend gesagt!

»Salba!«, stieß Eirion hervor, um jeden Verdacht, sie könne mit diesem finsteren Zweig der Magie zu tun haben, von sich zu weisen. Doch das, was dann geschah, machte es ihr unmöglich, ihren Satz zu beenden.

Die Dunkelheit vor ihr schien sich plötzlich zu teilen, als hätte der Schatten sich seinen eigenen Zwilling geboren. Als Radscha im nächsten Augenblick vor sie hintrat, glaubte Eirion, zumindest eins der vielen Rätsel gelöst zu haben, die sie in der letzten Zeit umtrieben.

KAPITEL 14

»Du bist ein Troll, nicht wahr?«, flüsterte Eirion Radscha zu, während sie durch einen langen, unterirdischen Korridor gingen.

Unmittelbar nach Radschas plötzlichem Erscheinen hatte sich die Tür ihres Kerkers geöffnet, und eine Priesterin hatte ihnen erklärt, dass der Hohe Rat erneut zusammengekommen sei, um das Urteil zu verkünden. Jetzt begleiteten zwei Dutzend schwer bewaffnete Kriegerinnen sie, Radscha und Arild, zur Halle des Rats hinauf.

Radscha gab ihr jedoch keine Antwort, sondern schüttelte nur warnend den Kopf. Eirion verstand. Obwohl sie darauf brannte, Radschas Geheimnis zu ergründen, war ihr klar, dass die fremden Kriegerinnen zu nah waren, um über derartige Dinge sprechen zu können. Sie warf Radscha einen verstohlenen Blick zu. Die alte Frau sah müde und grausam erschöpft aus. Wo immer sie in der vergangenen Nacht gewesen war, sie hatte dort gewiss keinen Schlaf gefunden.

Schweigend legten sie den Rest des Weges zurück, und Eirion sah sich neugierig um. Als sie nach der Verhandlung vor dem Hohen Rat in den Kerker geführt worden waren, war sie zu verängstigt gewesen, um viel von ihrer Umgebung wahrzunehmen. Das holte sie jetzt ausgiebig nach.

Sie begriff schnell, dass das unterirdische Gebäude in der Art eines Labyrinths angelegt war, denn sosehr sie sich bemühte, vermochte sie doch nicht, die Orientierung zu behalten. Immer wieder zweigten neue Gänge von den Korridoren ab, und sie wechselten ständig die Richtung. Auch fiel ihr auf, dass es keine Treppen zu geben schien; stattdessen hatte sie den Eindruck, dass der Weg sehr langsam, aber stetig nach oben führte. Ein kühles, bläulich schimmerndes Licht begleitete sie, das stets wenige Schritte vor ihnen aufflammte, während es im gleichen Augenblick direkt hinter ihnen erlosch. Eirion versuchte, die Quelle dieses Lichts ausfindig zu machen, konnte sie jedoch nicht entdecken.

Als sie abermals durch einen der hohen, gemauerten Rundbögen traten, die einen Gang vom anderen trennte, drang gedämpftes Gelächter zu ihnen vor, und Eirion sah sich neugierig um. Kurz darauf kam ihnen eine Gruppe von vielleicht zehn oder zwölf jungen Mädchen entgegen, die bei ihrem Anblick sofort verstummten. Sie trugen fliederfarbene Gewänder, deren Röcke in der Mitte geteilt waren, um ihnen Bewegungsfreiheit zu verschaffen. Gwenlian hatte ihr von diesen Kleidern erzählt. Die Priesterschülerinnen bekamen sie, wenn sie das letzte Drittel ihrer Ausbildung erreicht hatten, denn dies war die Zeit, die dem Erlernen der Kampfkünste gewidmet war.

Und tatsächlich, all die jungen Frauen trugen am Gürtel einen goldenen Wurfstern. Der Stern war nicht mehr als handspannengroß, aber Eirion wusste, dass der Wurfstern die tödlichste magische Waffe war, über die die Priesterinnen des Alten Reichs geboten. Sie hatte seine ungeheure Macht einmal mit angesehen, beim Kampf der Königinnen auf Burg Tarlin, bei dem Gwenlian ihr Leben gelassen hatte. Einen Moment lang schnürte ihr die Sehnsucht nach ihrer Ziehmutter die Kehle zu, und sie senkte den Kopf.

Als sie wieder aufsah, kreuzte ihr Blick den der Priesterschülerin, die gerade an ihr vorbeikam, und Eirion stockte der Atem.

Die junge Frau war nicht viel älter als sie selbst und gut einen Kopf kleiner, und mandelförmige Augen beherrschten ihr fein geschnittenes Gesicht mit den hohen Wangenknochen ...

Ohne nachzudenken, blieb Eirion stehen und streckte die Hand nach dem jungen Mädchen aus, das ein Ebenbild ihrer Mutter war. Auch das andere Mädchen war stehen geblieben und sah sie neugierig und ohne Furcht an.

Eirion machte einen Schritt auf sie zu.

»Zelda!«, erklang die scharfe Stimme der Priesterin, die sie in die Halle des Rats führen sollte. Die junge Frau, deren Namen Eirion gewiss nicht wieder vergessen würde, zuckte schuldbewusst zusammen und eilte ihren Kameradinnen nach.

Widerstrebend ließ Eirion sich von Radscha weiterziehen. Als sie sich kurz darauf noch einmal umdrehte, waren Zelda und die anderen Priesterschülerinnen verschwunden.

Die Begegnung mit Zelda hatte Eirion so sehr aus der Fassung gebracht, dass sie ihren Vorsatz, sich die äußeren Reihen des Bodenmosaiks in der Halle des Rats diesmal genauer anzusehen, vollkommen vergessen hatte. Jetzt stand sie bereits zusammen mit Radscha und Arild in der Mitte des Raums, wo der innerste Kreis des Mosaiks nur ein schwer durchschaubares Muster aufwies. Fließende weiße Schwaden, die Wolken hätten sein können oder Schlangen, wanden sich ineinander, und Eirion konnte sich keinen Reim auf das Bild machen.

Als sie sich in der Halle umsah, stellte sie schnell fest, dass noch nicht alle Priesterinnen versammelt waren; es brannten deutlich weniger Lichtkugeln vor den einzelnen Sitznischen als am Vortag. Aber noch während sie hinaufschaute, sprangen nach und nach immer mehr dieser magischen Leuchtsterne an, die anzeigten, welche Nische von einer Priesterin besetzt war. Eirion ließ ihren Blick weiter durch die Halle wandern; Muriana stand bereits sehr steif und hoch aufgerichtet auf der Empore des Rechts, aber auf der Empore der Königin hatte sich noch keine der Frauen, die dort saßen, eingefunden.

Also blieben ihr noch ein paar Minuten bis zum Beginn der Verhandlung. Als sie sich zu Radscha umdrehte, sah sie, dass die alte Frau sie belustigt beobachtete.

»Du kannst dich wieder einmal nicht entscheiden, welche Fragen du zuerst stellen und welchen Rätseln du vor allen anderen auf die Spur kommen willst, nicht wahr?«, bemerkte sie trocken.

Eirion ließ sich von ihrem Spott nicht beeindrucken. »Du hast Recht«, sagte sie langsam. »Und ich finde, es wird Zeit für einige Antworten.« Sie sah Radscha direkt an. »Du hast gesagt, dass du über eine Magie verfügst, die anders ist als alles, was die Fianna von Magie wissen. Genau genommen hast du gesagt, dass *wir* über eine andere Art von Magie verfügen.«

Sie zögerte, bevor sie weitersprach, denn es fiel ihr noch immer schwer, an die Dinge zu glauben, die sie in Anguli erfahren hatte. »Ich bin eine Unsterbliche«, fügte sie beinahe schüchtern hinzu, »das heißt also, dass du auch eine von uns sein musst.«

Radscha nickte, erwiderte jedoch nichts. Ihr Gesicht war jetzt vollkommen ernst.

»Die Schattentrolle ...« Eirion lauschte nachdenklich dem Klang dieses Wortes. »Ich habe mich immer gefragt, warum sie eigentlich so heißen.«

»Und jetzt weißt du es?«, fragte Radscha.

»Als du vorhin plötzlich vor mir standest«, sagte Eirion, »hatte ich das Gefühl, als würden sich die Schatten vor mir teilen, als wüchsen sie vor meinen Augen.«

Wieder nickte Radscha. »Du bist eine gute Beobachterin«, antwortete sie. »Das ist eine sehr wichtige Voraussetzung für eine Magierin. Nur wer *sieht*, kann auch *verstehen* ... und ja, es ist wahr, ich bin ein Troll.«

Eine seltsame Würde lag in der Stimme der alten Frau, als sie diese Worte aussprach.

»Und die Schatten?«, fragte Eirion. Aus den Augenwinkeln nahm sie eine Bewegung auf der Empore der Königin wahr. Damona und die Mitglieder des Hohen Rats nahmen ihre Plätze ein. Es würde jetzt nicht mehr lange dauern, bis die Verhandlung gegen sie wieder aufgenommen wurde. Beklommen überlegte Eirion, was sie tun sollten, wenn der Rat seine Meinung nicht geändert hatte und man sie in Fiann weiterhin als Feinde betrachten würde.

»Die Schatten sind das Element, das wir regieren«, erwiderte Radscha auf ihre Frage. »Sie sind ein Teil der Magie, aus der wir geschaffen wurden – auch wenn sie nicht alles sind.«

Radschas Worte vom Vortag gingen Eirion durch den Sinn. *Ihr* benutzt *die Magie, wir* sind *Magie* ...

Sie hätte gern weitergefragt, doch in diesem Moment senkte sich jähe Stille über die Halle, und Eirion wusste, dass die Verhandlung begonnen hatte.

Arild, der sich während ihres Gesprächs mit Radscha ein wenig abseits gehalten hatte, trat neben sie.

»Im Namen der Königin und des Volkes von Fiann«, begann Muriana mit hoher, sicherer Stimme zu sprechen, »werde ich nun das Urteil über die Fremden verkünden, die die Grenzen des Alten Reichs missachtet und eine feindliche Magie in unser Land gebracht haben. Gemäß dem Gesetz von Fiann und nach dem Ratschluss der Priesterinnen, die die Hüterinnen und Bewahrerinnen von Recht und Frieden sind, ...«

Eirion hatte bei Murianas ersten Worten instinktiv Radschas Hand ergriffen. Ihre Haut fühlte sich trocken und sehr kalt an, wie die Rinde eines Baums an einem frostklaren Tag. Eirion spürte deutlich die Anspannung, die den Körper ihrer Gefährtin beherrschte – und die sich von einem Augenblick auf den anderen plötzlich wieder löste.

Unter der Empore der Königin hatte sich die breite, bronzebeschlagene Doppeltür geöffnet, die zum Platz der Angeklagten führte.

Einen Moment lang konnte Eirion nicht erkennen, was es für ein Bewenden damit hatte, dann sah sie eine alte, sehr magere Frau, die das fliederfarbene Gewand der geweihten Priesterinnen trug. Sie wurde von zwei Priesterschülerinnen gestützt, hielt sich aber, obwohl es sie sichtliche Anstrengung kostete, kerzengerade.

Ein Aufkeuchen ging durch die Halle, dem sofort ein aufgeregtes Murmeln folgte. Aber noch bevor die Silben eines ihr wohlvertrauten Namens zu ihr herunterwehten, wusste Eirion, wen sie vor sich hatte.

»Xeira!«, flüsterte sie.

Gwenlians Lehrerin kam langsam auf sie zu. Sie grüßte Radscha mit einer leichten Neigung des Kopfes und einem warmen, offenen Blick, wie man eine geliebte alte Freundin grüßt. Eirion sah sich nach Radscha um. Ein triumphierendes kleines Lächeln blitzte in ihren Augen auf, jenes Lächeln, das ihr Gesicht stets auf so unbegreifliche Weise jung erscheinen ließ.

Den Priesterinnen jedoch, die von oben auf sie herabschauten, blieb der kurze Blickwechsel der beiden alten Frauen verborgen, dafür waren ihre Gesten zu wohlbemessen gewesen.

Jetzt wandte Xeira sich der Empore der Königin zu. »Ich glaube nicht, dass dem Gesetz von Fiann Genüge getan wurde«, erklärte sie sanft, aber mit überwältigender Autorität, »wenn wir jemanden verurteilen, nur weil er über eine Magie gebietet, die wir nicht verstehen. Die Fremden haben nichts getan, was auf feindliche Absichten schließen ließe.«

»Sie weigern sich, uns die beiden anderen Magier zu nennen, die in ihrer Mitte reisen!«, rief Muriana von der Empore des Rechts aus. Xeiras Erscheinen hatte ihre Gelassenheit sichtlich erschüttert. Ihre Stimme klang beinahe schrill, und eine fahle Blässe war in ihr Gesicht getreten. »Wenn sie nichts zu verbergen haben«, setzte sie hinzu, »warum offenbaren sie dann nicht die Identität ihrer Gefährten?«

»Vielleicht schweigen sie, weil sie ihre Gefährten vor der Dummheit eines Volkes schützen wollen, das trotz jahrtausendelangem Umgang mit der Magie offensichtlich gar nichts begriffen hat«, parierte Xeira, dann schüttelte sie die beiden Priesterschülerinnen, die sie besorgt untergefasst hielten, wie lästige Fliegen ab und trat einen Schritt auf die Empore der Königin zu, wo auch die Mitglieder des Hohen Rats saßen. »Die meisten von euch waren vor Jahren meine Schülerinnen«, fuhr sie fort, »und ich habe den größten Teil meines Lebens darauf verwandt, euch Weisheit und Weitsicht zu lehren, aber heute, in meinem fünfundneunzigsten Jahr, sehe ich, dass ich anscheinend jämmerlich versagt habe.«

Die alte Frau hob den Kopf und schien jeder einzelnen der Priesterinnen, die in der Halle saßen, ins Gesicht zu blicken. Betroffenes Schweigen antwortete ihr, und Eirions Respekt vor der Frau, die ihre Mutter so sehr geliebt hatte, wuchs. Xeira wirkte so winzig und zerbrechlich, wie sie dort stand, doch nichts an ihrer Erscheinung ließ Schwäche ahnen; ihr Gewand wies nicht die kleinste Falte auf, ihr dünner, grauer Zopf, der ihr bis über die Hüften hing, war so tadellos geflochten, dass sich nicht ein einziges Haar daraus hätte befreien können – vor allem aber strahlte sie eine Würde aus, die man meinte, mit Händen greifen zu können.

»Ihr glaubt, die Große Göttin habe das Alte Reich aus dem Nichts geschaffen«, fuhr sie schließlich zu sprechen fort. »Ihr glaubt, nichts könne größer oder älter sein als die Magie, mit der ihr gesegnet wurdet. Kaum eine von euch habe ich jemals in unseren Archiven und Bibliotheken über einer der alten Schriftrollen sitzen sehen, die von einer Zeit künden, als das Reich Fiann noch ein ferner Traum von Zukunft war. Die Berichte, die ihr dort hättet finden können, belächelt ihr als Märchen, mit denen das einfache Volk seine Kinder in den Schlaf wiegt.«

Xeira breitete die Arme aus, und Eirion hielt den Atem an. Sie hatte Gwenlian vor dem Kampf der Königinnen auf Burg Tarlin gesehen, wie sie bei hellem Tageslicht den Mond und die Sterne herbeigerufen und sich in den Glanz der fernen Gestirne gehüllt hatte. An jenem Tag war sie davon überzeugt gewesen, dass es keine größere Magierin auf dem Ork Nuado geben könne als ihre Ziehmutter. Jetzt aber begriff sie, dass das ein Irrtum gewesen war. Xeira wuchs auf eine geradezu unirdische Weise – aber es war nicht, wie Eirion es bei Gwenlian gesehen hatte, ihr Körper, der wuchs, sondern ihr Geist. Ohne dass sie die Stimme erheben musste, trafen ihre Worte mitten ins Herz all derer, die in der Halle versammelt waren.

Das, schoss es Eirion durch den Kopf, musste die Gedankenrede in ihrer vollendetsten Form sein. Wie Wassertropfen fielen Xeiras Worte in ihren Sinn, wie eine sanfte körperliche Berührung.

Ihr glaubt, die Klügsten und Gebildetsten eures Volkes zu sein, strömte Xeiras klare, plötzlich junge Stimme in ihren Geist. *Doch wenn das tatsächlich so ist, dann weint mein Herz um dieses Volk, denn die es führen, sind mit nachtfinsterer Blindheit geschlagen. Ihr alle, die ihr hier sitzt und Stimme habt, seid durch die Kleinen und die Großen Mysterien gegangen, doch eure Seelen sind so jung wie ein Kind – aber ohne die Unschuld und Reinheit des Kindes zu besitzen. Ein Kind schaut zuerst auf die Dinge und bildet sich dann ein Urteil. Ihr jedoch bildet euch ein Urteil, ohne zu sehen, was doch so deutlich vor euren Augen liegt.*

Eirion spürte die Verwirrung der Frauen in der Halle, als die alte Priesterin jetzt auf den Boden zu ihren Füßen zeigte. Radscha, die noch immer Eirions Hand hielt, kicherte neben ihr leise auf, ansonsten herrschte vollkommene Stille in dem Raum.

Xeira neigte leicht den Kopf und trat dann zwischen Radscha und Arild. Sie hatte gesagt, was sie sagen wollte.

»Ich nehme an«, erklärte schließlich Muriana von der Empore des Rechts aus, »dass du jetzt den Platz wieder einnehmen willst, der dir zusteht, um diese Verhandlung weiterzuführen.«

Xeira blickte zu der anderen Frau auf. »Du irrst dich, Muriana«, sagte sie. »Ich werde heute keine Verhandlung führen, und ich werde kein Urteil fällen.«

Eirion sah besorgt zu Radscha hinüber, die ihr beruhigend zunickte.

»Was hat das zu bedeuten?«, fragte Muriana, deren mühsam wiedergewonnene Fassung abermals ins Wanken geriet. »Du bist die Älteste des Rats und daher die Anklägerin ...«

»Aber ich *klage* niemanden an«, unterbrach Xeira sie sanft. »Verstehst du immer noch nicht? Ich stehe auf dem Platz des Angeklagten, weil ich dort stehen *will*, weil ich heute dort *hingehöre.«* Sie wandte sich der Empore der Königin und den Mitgliedern des Hohen Rats zu. »Wenn ihr ein Urteil über die Fremden sprecht«, fuhr sie gelassen fort, »dann sprecht ihr auch über mich das Urteil. Über mich, über euer Volk, das euch vertraut – und über eure Zukunft.«

KAPITEL 15

Ila stand vor dem Spiegel des geräumigen Schlafgemachs, das man ihr zugewiesen hatte, die Schere noch in der Hand. Prüfend betrachtete sie sich in dem ovalen Glas und kam zu dem Schluss, dass ihr Werk noch nicht vollendet war. Also hob sie von neuem die Schere und schnitt auch noch die letzten Haarsträhnen ab, die ihre Ohren bedeckten. Ein weiterer Blick in den Spiegel sagte ihr, dass sie jetzt zufrieden sein konnte.

Ihr glänzendes schwarzes Haar, das sie zeitlebens nach der Mode Fianns zu einem langen Zopf geflochten getragen hatte, schmiegte sich nun wie eine enge Haube um ihren Kopf, die einzelnen Strähnen nicht länger als das Glied eines Fingers. Das Bild, das sich ihr im Spiegel darbot, war vollkommen fremd und erschien ihr doch gleichzeitig auf seltsame Weise passend. *Das bin ich,* dachte sie und tastete mit ihren langen schmalen Händen über ihr Gesicht. Ihre Augen über den hohen Wangenknochen wirkten jetzt viel größer als zuvor, und ihre ungewöhnlich geformten, nach oben hin beinahe spitz zulaufenden Ohren verliehen ihren Zügen etwas Kantiges, Eigenwilliges.

Das bin ich, dachte sie noch einmal, mit einem Gefühl, das an Ehrfurcht grenzte. Dann ließ sie den Blick an ihrem Körper hinabwandern und runzelte die Stirn.

Sie trug ein elegantes, elfenbeinfarbenes Gewand, das eine Frau aus dem Dorf wenige Stunden nach ihrer Ankunft in Ubari zusammen mit einer Reihe weiterer, nicht minder vornehmer Kleidungsstücke gebracht hatte – zweifellos allesamt Geschenke von Marban. Sie hatte den Mann, der sich anmaßend König der Vereinten Reiche von Caernadon und

Sonniana nannte, seit ihrer nächtlichen Reise nicht mehr gesehen – und bis zu diesem Augenblick auch kaum an ihn gedacht. Ihre Gleichgültigkeit setzte sie selbst in Erstaunen. Noch am vergangenen Tag hatte sie tödliche Angst ausgestanden beim Gedanken an das, was geschehen würde, wenn ihr Schlaftrunk aufgebraucht war. Nun aber ...

Ila warf noch einen Blick in den Spiegel. Die elfenbeinfarbene Seide ihres Gewands bildete einen reizvollen Kontrast zu ihrer um einige Töne dunkleren, schimmernden Haut, doch plötzlich erschien ihr das Kleid, das jeder vornehmen Caernadonierin zur Ehre gereicht hätte, geradezu lachhaft. Entschlossen wandte sie sich um und ging durch den von Sonnenlicht durchfluteten Raum in das daneben liegende Ankleidezimmer.

Abwägend sah sie dort die verschiedenen Kleidungsstücke durch, die die Ubari am Morgen gebracht hatte, und wählte schließlich einen blauen Reitrock und eine weiße Bluse mit an der Schulter gebauschten Ärmeln aus. Sie hätte ein dunkleres Blau bevorzugt, aber das Reitgewand würde für ihre Zwecke genügen. Entschlossen griff sie nach Schere und Zwirn, die im Ankleidezimmer bereitlagen, setzte sich an eins der hohen Bogenfenster ihres Schlafgemachs und machte sich ans Werk.

Die Stunden waren im Nu verflogen, während Ila, ohne aufzusehen, gearbeitet hatte, und nun dämmerte bereits der Abend über den Bergen von Ubari. Ila schnitt säuberlich den Faden der letzten Naht ab, die sie soeben fertig gestellt hatte, und begutachtete das Kleidungsstück. Es war zu ihrer Zufriedenheit ausgefallen; jetzt wurde es Zeit, ihr weiteres Vorgehen zu planen, denn obwohl ihr um die Mittagsstunde eine schweigsame Dienerin ein Tablett mit erlesenen Speisen und Wein gebracht hatte, rechnete sie nicht damit, dass sie auch ihr Nachtmahl allein würde einnehmen können. Sie legte das fertige Kleidungsstück neben die beiden ersten auf ein breites Sofa, und erhob sich, um vor das geöffnete Fenster zu treten.

Ein warmer, trockener Luftzug strich über ihr Gesicht, und sie öffnete unwillkürlich die Lippen, als wolle sie den Wind trinken. Über den Bergen färbte sich der Himmel bereits leicht rötlich, und die Gipfel der zweiten Bergkette schimmerten in einem seltsamen, schwer fassbaren Blauton. Diese Berge gehörten bereits zu Sonniana, das wusste Ila, aber was dahinter lag, konnte sie nur ahnen. Sie schloss einen Moment lang die Augen, weil die Sehnsucht, die sie plötzlich befiel, sie zu überwältigen drohte. Aber dies war eine andere Art von Sehnsucht als die, die sie zeitlebens gekannt hatte, denn heute mischte sich in dieses Gefühl ein tiefer Jubel, als hätte sie einen Weg zurückgelegt, dessen Ziel ihr bisher noch verborgen war – aber sie war diesem Ziel, was immer es sein mochte, schon sehr nah, sehr nah ...

Ila ließ den Blick über die hohen blauen Berge im Süden wandern, bizarre Felsformationen, die bis in den Himmel hinaufzureichen schienen. Vielleicht waren es ja die Berge, die diese Veränderung in ihr ausgelöst hatten, aber etwas sagte ihr, dass das als Erklärung nicht genügte. Was immer mit ihr geschehen war, es hatte seinen Anfang in der letzten Nacht genommen, auf jenen langen, dunklen Korridoren, die Marban die Linien der Macht nannte ...

Ein leises Klopfen an der Tür schreckte sie aus ihren Gedanken auf, und sie fuhr herum. Doch zu ihrer Erleichterung sah sie, dass nicht Marban ihr Besucher war, sondern die Dienerin, die ihr am Mittag ihr Essen gebracht hatte.

Die alte Frau knickste unbeholfen. Als sie sich wieder erhob und Ila ansah, weiteten sich ihre Augen vor Entsetzen beim Anblick ihres kurz geschorenen Haares. »Ich habe Euch ein Bad eingelassen, Herrin«, sagte sie stockend. »Und wenn Ihr fertig seid ...« Die Frau musterte sie fassungslos. »Wenn Ihr fertig seid, wünscht der König im Großen Saal mit Euch zu speisen.« Die Dienerin, die mit der höfischen Etikette offensichtlich nicht recht vertraut war, knickste abermals.

Ila dachte hastig nach. »Zunächst einmal«, erwiderte sie schließlich, »habe ich einen Namen, bei dem du mich nennen kannst. Ich heiße Ila, und ich bin keines Menschen Herrin, genauso wenig wie du. Und bevor wir weitere Dinge bereden, möchte ich auch deinen Namen wissen.«

Die andere Frau blinzelte verwirrt und strich sich über ihre saubere, aber einfache Schürze. »Ich heiße Sá-lim, Herrin.« Sie sah Ila ratlos an.

Ila lächelte und ging auf Sá-lim zu. »Nenn mich Ila«, sagte sie. »Ich bin nicht, was mein Gewand dir vorgaukelt. Der äußere Schein kann trügen, doch was unser Herz uns sagt, kann niemals ganz falsch sein, denn die Seele sieht weiter als das Auge.«

Sie gab Sá-lim Zeit, sich ein wenig zu fangen, dann fuhr sie fort: »Was das Bad betrifft, danke ich dir, denn eine Erfrischung wird mir gut tun. Aber ich brauche – und wünsche – niemanden, der mich bedient, während ich bade. Und was die Einladung des Königs betrifft ...« Sie sah Furcht in Sá-lims Augen aufblitzen und legte der älteren Frau begütigend eine Hand auf die Schultern. »Richte dem König aus, dass ich ihn hier empfangen werde – oder gar nicht.«

Marban war sehr zufrieden mit sich. Die Reise mit Ila über die Linien der Macht war müheloser verlaufen als erwartet, obwohl Sanor ihn davor gewarnt hatte, dass eine solche Reise mit einem der Magie unkundigen Menschen sehr schwierig und kräftezehrend sein würde. Aber er hatte sein Blutopfer offensichtlich klug ausgewählt, denn als sie in Ubari angekommen waren, hatte er keinerlei übermäßige Erschöpfung verspürt. Und auch jetzt war er nicht müde, obwohl er sich nur eine kurze Mittagsruhe gegönnt hatte.

Marban lehnte sich auf dem harten, hölzernen Stuhl, auf dem er saß, zurück. Wie herrlich es war, wieder die Kraft und das Feuer der Jugend zu spüren, und beides würde er in dieser Nacht zu nutzen wissen. Diesmal würde ihn nicht schon vor dem Ende des Essens lähmende Müdigkeit übermannen. Er lächelte in sich hinein. Mochte Ila, die Sklavin, vor deren Schönheit alle caernadonischen Frauen verblassten, nur versuchen, ihn mit ihren Spielchen zu übertölpeln, am Ende würde er der Sieger bleiben, ob nun in dem großen Prunksaal im unteren Stockwerk des Hauses oder in ihrem Boudoir, wie sie es wünschte. Sein Lächeln vertiefte sich.

Plötzlich blickte er auf. Ein leises, beharrliches Kratzen an der Tür lenkte ihn vorübergehend von seinen Fantasien für die vor ihm liegende Nacht ab.

»Herein!«, rief er und beugte sich erwartungsvoll über sein Schreibpult, das abgesehen von dem Purpurnen Feuer vollkommen leer war. Die Tür wurde lautlos geöffnet, und ebenso lautlos trat ein drahtiger, dunkelhäutiger Mann in den Raum. Marbans fast schwarze Augen blitzten auf.

»Was ist?«, fragte er ungeduldig. »Hast du sie gefunden?«

Der Mann nickte nur wortlos. Aber Marban erwartete auch nichts anderes. Das war eine der Eigenschaften, wegen deren er gerade diesen Diener ausgesucht hatte: Der Mann war stumm. Außerdem war er ein einzigartiger Fährtenleser und kannte die Berge zwischen Ubari und Sonniana wie sein eigenes Herz.

Jetzt verneigte der Stumme sich leicht, dann hob er ein

helles, sorgfältig gefaltetes Seidentuch aus der Tasche seines Umhangs und legte es ohne großes Aufhebens vor Marban hin.

Marban schluckte trocken. Wenn sie ihm nun nicht geantwortet hatten? Wenn sie ihm die Gefolgschaft verweigerten?

Mit zitternden Händen faltete er das Tuch, das sein Diener ihm aus den Bergen mitgebracht hatte, auseinander.

Auf der weißen Seide lagen drei lange, in sich geflochtene Haare, die reißfester waren als jede andere ihm bekannte Substanz.

Einen Moment lang schloss Marban die Augen und atmete durch die Nase tief ein und aus. Der Speichel floss in seinen Mund zurück, und die Übelkeit, die in ihm aufgekeimt war, verebbte.

Die Tiger hatten ihm geantwortet.

Der Abend hatte sich vollends über das Land gesenkt, als Ila wieder vor dem Spiegel in ihrem Schlafgemach stand. Durch die Fenster drang nur noch ein letzter Rest bläulichen Tageslichts, und die Luft schmeckte frischer und schärfer als zuvor. Sá-lim hatte trotz ihres Protests ein Feuer im Kamin entzündet, aber jetzt stellte Ila fest, dass es durchaus angenehm war. Sie hatte noch nie im Gebirge gelebt und sich nicht vorstellen können, dass auf einen so heißen Tag eine derart kühle Nacht folgen würde.

Außerdem war die Kleidung, die sie jetzt trug, keineswegs wärmend: Aus dem blauen Reitgewand war ein ärmelloses Wams geworden, das sich um ihre Taille schmiegte und dann locker über ihre Lenden fiel. Der weite Rock hatte ihr genug Stoff für eine eng anliegende Kniehose geliefert, und die weiße Seidenbluse, deren lächerlich gebauschte Ärmel sie aufgetrennt hatte, legte sich nun weich um ihre Oberarme und endete direkt über den Handgelenken. Mit dem kurzen Haar, das wie ein schimmernder Helm ihren Kopf umgab, hätte man wahrhaftig glauben können, einen Knaben vor sich zu haben.

Als sie hinter sich das leise Klirren von feinem Porzellan hörte, drehte sie sich um. Sá-lim hatte die Lakaien, die auf einem Rollwagen ein üppiges Mahl und mehrere Karaffen mit verschiedenen Weinen hereingeschoben hatten, sofort wieder ihrer Wege geschickt, um selbst alles Notwendige vorzubereiten.

Und wohl auch, um ein paar Minuten ungestört mit Ila reden zu können.

»Ich weiß nicht«, sagte sie jetzt, halb besorgt, halb bewundernd, »ob es richtig ist, was du da tust.«

Ila lächelte. Es hatte einiger Überredungskunst bedurft, um Sá-lim dazu zu bringen, ihr gegenüber die steife Förmlichkeit abzulegen, die einer Vertreterin ihres Standes von Kindesbeinen an eingebläut wurde. Aber Ilas beharrliche Bemühungen hatten sich ausgezahlt – Sá-lim scheute schon nicht mehr davor zurück, ihre »Herrin« zu kritisieren. Ilas Lächeln wurde noch breiter, als die alte Frau jetzt eine silberne Deckelschale von dem Rollwagen nahm und mit mehr Geräusch, als unbedingt notwendig gewesen wäre, in die Mitte des festlich gedeckten Tisches stellte.

»Der König«, fuhr die Dienerin fort, und Ila hätte nicht sagen können, ob die Missbilligung in ihrem Tonfall Marban galt oder ihr selbst, »der König hat sich bereitgefunden«, fuhr sie fort, »sein Nachtmahl in deinen Gemächern einzunehmen, obwohl das einfach ungeheuerlich ist. Nicht einmal die Königin darf dem König Befehle erteilen.« Sie stellte die Gläser vor die beiden Platzgedecke, ein sich nach oben öffnendes, niedriges Glas, das für den schweren Dessertwein gedacht war, dann ein mittelhohes, schmales, aus dem der trockene Wein zu den Fischgängen getrunken wurde – obwohl Ila sich fragte, woher die Ubari, die so weit entfernt von jedem Gewässer lebten, wohl etwas Derartiges bekommen konnten –, und zuletzt die hohen, langstieligen Kelche, in denen die erlesenen Rotweine erst ihr ganzes Aroma entfalteten.

Sá-lim ließ die Gläser leise aneinander klirren, und Ila wusste genau, dass sie das nur tat, um ihrer Missbilligung Ausdruck zu verleihen.

»Und deine Kleidung – und dein Haar!«, rief die alte Dienerin. »Wie konntest du das nur tun?« Als Ila immer noch nichts erwiderte, fügte sie hinzu: »Es ist noch nicht zu spät. In dem Kämmerchen dort drüben sind noch genug Kleider, die für den Anlass genügen würden. Nur ...« An dieser Stelle brach sie ab, und Ila wusste genau, was jetzt folgen würde.

»Nur mein Haar ist so, wie es ist«, beendete sie Sá-lims Satz. »Und das ist auch gut so. Was die feinen Gewänder nebenan betrifft, habe ich keinerlei Absicht, eines davon zu tragen, weder heute noch sonst irgendwann.«

Sá-lim sah sie entgeistert an. »Aber«, protestierte sie, »das ist doch Unsinn, das kannst du nicht tun. Der König ...!«

Ila lachte leise und ohne Häme auf. »Der *König*, wie du ihn nennst, wird mich so nehmen, wie ich bin – oder er wird in Zukunft auf meine Gesellschaft verzichten müssen, was ich durchaus verschmerzen könnte.« Sie zwinkerte Sá-lim verschwörerisch zu.

Die Augen der alten Frau weiteten sich. »Dann hast du das alles ...« Sie deutete auf Ilas Haar und die merkwürdige Kleidung, die sie trug, »nur getan, um den König ...«

»Nein«, unterbrach Ila die Dienerin. »Mit dem König hat das im Grunde gar nichts zu tun«, sagte sie langsam und als suche sie selbst noch nach einer Erklärung für ihr Verhalten. »Es geht um *mich«*, sprach sie weiter und senkte den Blick dann auf ihre Hände, die in jeder Hinsicht ungewöhnlich waren.

Die Hände waren zeitlebens ihr größtes Problem gewesen, denn sie ließen sich nicht verstecken. Ihre Mutter hatte sie früh gelehrt, den traditionellen Zopf so zu flechten, dass das Haar die Ohren bedeckte, die ebenfalls Aufmerksamkeit auf sich gezogen hätten. Mit Geschick und Findigkeit war es ihr über all die Jahre hinweg gelungen, die Nacktheit ihres Körpers, den größten Verräter überhaupt, vor anderen zu verbergen – aber bei den Händen ließ sich das nicht machen. Wie Ilas Arme und Beine waren sie auffallend lang und schlank; was dem Betrachter jedoch vor allem ins Auge stach, waren die hohen, weißen Halbmonde unter ihren Fingernägeln, die sich fast bis zur Mitte des Nagels hinaufwölbten.

Schließlich hob Ila, immer noch voller Staunen, den Blick und sah Sá-lim an. »Verstehst du?«, sagte sie. *»Das bin ich.* Alles andere, was ich bisher der Welt gezeigt habe, war eine Lüge, ein Bild von mir, das ich mit Hilfe meiner Mutter geschaffen hatte. Aber dieses Bild von mir entspricht mir nicht. Es ...« Sie suchte nach den richtigen Worten. »Es sperrt mich in einen Kerker, in dem ich nicht atmen kann ... nicht leben ... nicht frei sein. Verstehst du? Das hier, *das bin ich!«* Bittend und gleichzeitig ohne große Hoffnung blickte sie Sá-lim in die Augen.

Die ältere Frau schüttelte langsam den Kopf, während sie sie von den Haaren bis zu den Reitstiefeln, die sie in Ermangelung eines geeigneteren Schuhwerks trug, musterte. »Ich kenne niemanden sonst, der so ist wie du«, erwiderte sie unglücklich. »Keine Frau, die so aussieht wie du oder sich so kleiden würde wie du.« Die Dienerin zögerte kurz, einen der hohen Weinkelche noch in der Hand. »Alles an dir widerspricht der Sitte in diesem Land«, setzte sie schließlich hinzu. »Und es kann nur

Leid und Unglück bringen, wenn man sich gegen Traditionen und Gepflogenheiten stemmt.«

Sá-lim stellte den Weinkelch geistesabwesend zu den anderen Gläsern auf den nunmehr fertig gedeckten Tisch.

Ila wartete mit ihrer Antwort, bis die andere Frau wieder zu ihr hinübersah. »Dann glaubst du also, dass es glücklich macht, eine Lüge zu leben, nur um keinen Anstoß zu erregen?«, fragte sie. »Dass es frei macht, sich hinter einem Trugbild zu verstecken, das den anderen das zeigt, was sie sehen wollen? Das heißt, du glaubst, dass das Leben eine Illusion ist und auch gar nicht mehr sein soll?«

Sá-lim zuckte ratlos die Achseln, doch Ila sah auch die Sehnsucht, die irgendwo tief in ihrem Innern begraben lag, zu tief, um Mut zu machen, doch noch zu dicht an der Oberfläche, um jenen vagen Schmerz, der sie Tag und Nacht quälte, ganz zu überlagern. Sie lächelte traurig und ging auf Sá-lim zu, die ihr plötzlich unendlich Leid tat. Leben, Freiheit und Wahrheit – für Sá-lim und Tausende anderer Frauen überall auf dem Ork Nuado waren dies nur Worte und so unerreichbar wie die Sterne.

Aber sie, Ila, würde von jetzt an um ihr Schicksal, auf das sie von ihrer Geburt bis zu ihrem Tod ein Anrecht hatte, kämpfen.

Denn sie spürte, dass dieser Kampf nicht nur ein Recht war, das sie besaß, sondern auch eine Pflicht, der sie sich stellen musste.

Mit dem heutigen Tag hatte sie die Verantwortung für ihr eigenes Leben übernommen. Es war ein eigenartiges Gefühl – Erregung und Jubel mischten sich hinein, aber auch Furcht und Unsicherheit. Das Einzige, was sie nicht mehr in ihrem Herzen entdecken konnte, waren Zweifel und Unentschlossenheit. Sie drehte sich noch einmal nach dem Wandspiegel hinter sich um und nickte ihrem Bild grüßend zu. *Das bin ich,* dachte sie und wusste, dass sie den Weg, den sie eingeschlagen hatte, bis zum Ende gehen würde, wohin er auch führen, welchen Preis er ihr auch abverlangen mochte. Sie hatte die Kraft, den Mut und den Willen dazu.

Als die Tür zu ihrem Schlafgemach geöffnet wurde, blickte sie Marban ohne Angst entgegen.

KAPITEL 16

Das leichte Schaukeln der Kutsche, die von sechs Pferden gezogen wurde, hätte einschläfernd sein können, wären die Ereignisse der vergangenen Stunden – und die fremde Tempelstadt – nicht so überwältigend gewesen. Eirion war mit Radscha, Xeira und einer der Priesterschülerinnen, die Xeira zur Zeit bedienten, unterwegs zum inneren Tempelbezirk, wo sie im Haus der Priesterinnen ein Quartier bekommen sollten.

Sie näherten sich der Grenze zwischen dem Großen Außen und dem Großen Innen, wie die Fianna die beiden Tempelstädte im Herzen Neu-Léths nannten. Das Große Außen, der äußere Tempelbezirk, der den inneren ringförmig umschloss, diente vor allem der Versorgung des eigentlichen Tempelbezirks, so viel wusste Eirion von Gwenlian. Hier lebten die Frauen, die die niederen Priesterweihen empfangen hatten, hier wurden Märkte abgehalten und in hochspezialisierten Werkstätten alle Dinge hergestellt, die die Frauen im Großen Innen benötigten.

Jetzt wehte Eirion der Duft von Ambra und Jasmin entgegen, der sich wie ein feiner Schleier um die Kutsche legte. Eirion beugte sich vor, um eine Gruppe junger Mädchen in fast weißen, langen Gewändern zu beobachten, wie sie auf einer mit flachen Ziegeln umfriedeten Parzelle Pflanzen auf dem Boden ausbreiteten.

Xeira war ihrem Blick gefolgt. »Hier werden die Essenzen aus Blumen, Früchten und Pflanzen gezogen, die die Priesterinnen im Großen Innen weiterverarbeiten«, erklärte sie. »Und die Mädchen, die du dort siehst, sind Priesterschülerinnen in der ersten Stufe ihrer Ausbildung.«

Eirion zog fragend die Augenbrauen in die Höhe.

Xeira lächelte. »Man erkennt sie an der Farbe ihrer Gewänder. Vor der ersten Prüfung tragen die Novizinnen Kleider von einem so hellen Fliederton, dass man sie manchmal für weiß halten könnte. In der zweiten und dritten Phase ihrer Ausbildung werden die Gewänder jeweils um einen Ton dunkler.«

Eirion warf einen schnellen Blick auf die junge Frau, die neben Xeira saß und die die ganze Zeit über entschlossen ihre auf dem Schoß verschränkten Hände betrachtete. Nur bei ihrer kurzen Vorstellung – sie hieß Valinn – hatte sie Eirion überhaupt zur Kenntnis genommen. Eirion glaubte, in dem flüchtigen Blickwechsel mit Valinn eine deutliche Abneigung gespürt zu haben – aber vielleicht war das andere Mädchen einfach nur scheu und fühlte sich in Anwesenheit seiner Lehrerin obendrein gehemmt. Sie sah wieder zu Xeira hinüber.

»Dann ist das also das Gewand, das ich bekommen werde, wenn ich meine Ausbildung im Großen Innen beginne?«, fragte sie. »Und wann kann ich anfangen?«

Xeira lächelte über ihren Eifer. »Ich weiß, du würdest dich am liebsten gleich heute mitten hineinstürzen«, sagte sie. »Wie ähnlich du deiner Mutter bist! Gwenlian wollte auch immer hundert Dinge auf einmal wissen. Sie war eine der gelehrigsten und fleißigsten Schülerinnen, die ich je hatte, und ich hatte in meinem Leben wahrhaftig viele Schülerinnen.«

Obwohl Valinn bei Xeiras Worten mit keiner Wimper gezuckt hatte, spürte Eirion, wie ein jäh aufflammender Groll die Kutsche erfüllte. Xeira jedoch schien zu sehr mit ihrer Erinnerung beschäftigt zu sein, um die feindseligen Schwingungen, die von Valinn ausgingen, wahrzunehmen – oder sie ignorierte sie mit voller Absicht. »Nein«, fuhr sie langsam fort, »keine war ganz so wie Gwenlian. Keine hungerte so sehr nach Wissen – und nach Leben –, wie Gwenlian es tat. Mit Ausnahme von Zelda vielleicht, aber ...«

Beim Namen der jungen Frau, die ihr am Tag zuvor in den Gängen unter der Halle des Rats begegnet war, vergaß Eirion für einen Moment ihre gute Erziehung und fiel Xeira ins Wort. »Zelda!«, rief sie. »Sie sieht genauso aus, wie meine Mutter in ihrem Alter ausgesehen haben muss! Wer ist sie?«

Xeira, noch immer tief in einer früheren Zeit versunken, zuckte leicht zusammen und sah Eirion mit der Missbilligung einer Lehrerin an, die eine allzu ungeduldige Schülerin vor sich hatte. Doch ihre Züge wurden sofort wieder weicher, und sie betrachtete Eirion mit schräg gelegtem Kopf. »Ja, du bist deiner Mutter Gwenlian wirklich sehr ähnlich«, sagte sie. »Und du hast Recht – Zelda gleicht Gwenlian aufs Haar, was gar nicht so verwunderlich ist, wie du vielleicht denkst. Zelda und Gwenlian stammen vom selben Blut; Zelda ist ...« Xeira überlegte kurz. »Sie ist Gwenlians Nichte zweiten Grades. Gwenlians Großmutter, Königin Elian, hatte zwei Töchter. Die ältere war Oda, die später ebenfalls Königin wurde, die jüngere Sanara. Sanara gebar in dem Jahr, in dem auch Gwenlian zur Welt kam, eine Tochter, Wara, Gwenlians Cousine. Und Zelda wiederum ist Waras Tochter.« Sie näherten sich jetzt einem hohen Tor, das Eirion sehr seltsam erschien, da es sich frei über die Straße spannte, ohne Teil einer Mauer zu sein. Dann bremste die Kutsche leicht ab und rollte langsam durch den aus gelbem Sandstein gemauerten Bogen. Eirons Augen weiteten sich. Irgendetwas schien über ihre nackte Haut zu streichen, sanft, aber zielstrebig, beinahe suchend. Es war keine unangenehme Berührung, aber so unerwartet, dass sie scharf die Luft einsog. Irritiert sah sie zuerst Radscha, dann Xeira an. Xeira hatte die Augenbrauen erstaunt in die Höhe gezogen – sie spürte diese eigenartige Erscheinung also ebenfalls –, aber Xeira und Valinn saßen ungerührt da, als sei nichts Bemerkenswertes geschehen.

Dann hatten sie das Tor durchfahren, die Kutsche beschleunigte ihr Tempo, und das Gefühl verebbte so plötzlich, wie es gekommen war.

»Was war das?«, wandte sich Eirion verunsichert an Radscha. »Hatte es mit unserer Magie zu tun?«

Es war jedoch nicht Radscha, die ihr antwortete, sondern Xeira. »Ihr müsst mir verzeihen«, sagte sie schnell. »Ich habe vergessen, dass viele Dinge, die uns hier vertraut sind, euch fremd sein müssen.« Sie warf einen schnellen Seitenblick auf Valinn – deren Anwesenheit sie also doch nicht vergessen hatte – und fuhr fort: »Im Großen Innen dürfen sich nur Frauen aufhalten. Das Tor der Wahrheit dient dazu, jedes männliche Wesen zu entlarven, und sei seine äußere Tarnung noch so vollkommen. Kein Mann und kein männliches Tier hat den Inneren Tempelbezirk betreten, seit er vor mehr als tausend Jahren bei der Gründung der Neuen Hauptstadt erbaut wurde.«

»Die Pferde ...?«, fragte Eirion.

»... sind allesamt Stuten«, beendete Xeira ihren Satz. »Und unser Kutscher ist selbstverständlich eine Frau – und sie hat die Kleinen Mysterien durchlaufen, wie alle, die hier Dienst tun. Nur für die Priesterschülerinnen, die noch nicht die dritte Stufe ihrer Ausbildung erreicht haben, und einige seltene Gäste«, sie zeigte mit dem Kopf auf Eirion und Radscha, »wird eine Ausnahme von dieser Regel gemacht, wobei die Gäste natürlich ebenfalls weiblichen Geschlechts sein müssen, weshalb auch euer Begleiter, Arild, nicht im Großen Innen wohnen kann.«

»Kein männliches Tier ...«, wiederholte Eirion langsam. Furcht war bei Xeiras Worten in ihr aufgestiegen. Seit ihrem Geburtstag, der nun fast ein Jahr zurücklag, war sie niemals länger als ein paar Stunden von Barko getrennt gewesen. Er hatte über sie gewacht und war zur Stelle gewesen, wann immer sie ihn gebraucht hatte. Instinktiv beugte sie sich nun aus dem Kutschfenster und blickte hinauf. Einen Moment lang schien der tiefblaue Wüstenhimmel verwaist zu sein – dann ging ein Strahlen über Eirions Gesicht.

Doch bevor sie etwas sagen konnte, hatte Radscha ihre Hand ergriffen und drückte sie warnend. »Du hast von Gwenlians Familie gesprochen«, richtete Radscha dann mit untypischer Hast das Wort an Xeira. »Elian, Sanara, Wara ... Lebt eine dieser Frauen noch? Eirion hat mir erzählt, dass Oda vor einigen Jahren gestorben ist, aber die anderen Frauen würde sie gewiss gern kennen lernen, falls sie noch unter uns sind.«

Xeira hatte bei Radschas ersten Worten überrascht aufgemerkt. Die Nachdrücklichkeit von Radschas Frage schien sie zu verwundern, aber sie antwortete bereitwillig, obwohl sie plötzlich sehr müde wirkte. »Sanara ist noch unter uns, ja«, sagte sie langsam. »Sie ist natürlich schon alt.« Xeira lachte leise und fügte dann an Eirion gewandt hinzu: »Zumindest für ein halbes Kind wie dich. Aber sie ist fast fünfundzwanzig Jahre jünger als ich und erfreut sich bester Gesundheit, soweit ich weiß. Obwohl sie sich vom Tod ihrer Tochter vor fünf Jahren nie ganz erholt hat.« Xeiras Stimme verlor sich, und einen Moment lang waren nur das Knarren der Kutsche und die Geräusche der Stadt draußen zu hören. »Gwenlians Tante!« Eirion sah die alte Priesterin mit lebhaftem Interesse an. »Meine Mutter hat oft von ihr gesprochen. Sie ...«

Xeira hob abwehrend die Hand. »Nein, Kind«, sagte sie energisch. »Jetzt nicht. Ich bin zu müde zum Sprechen, und du solltest die Gelegenheit nutzen und die Neugier stillen, die dich gewiss verzehrt. Valinn«, sie deutete auf die Priesterschülerin, die noch immer den Blick entschlossen auf ihre auf dem Schoß gefalteten Hände gerichtet hielt, »wird dir alles erklären können, was du wissen willst.«

Zum ersten Mal während der ganzen Fahrt sah Valinn auf. Ihr Gesichtsausdruck war so abweisend, dass Eirion beschloss, auf weitere Fragen zu verzichten und sich stattdessen lieber schweigend den Inneren Tempelbezirk anzusehen und die Zeit zu nutzen, um über die Ereignisse des hinter ihr liegenden Tages nachzudenken.

Nachdem die Verhandlung am vergangenen Morgen durch Xeiras Erscheinung unterbrochen worden war, hatte Eirion erwartet, dass man sie wieder in den Kerker unter der Halle führen würde. Stattdessen hatten die Priesterinnen jedoch nach einer kurzen Beratung verfügt, dass man sie in ein Gästequartier im Äußeren Tempelbezirk bringen solle. Sie waren in kleinen, nur für eine Person vorgesehenen Sänften durch schier endlose unterirdische Gänge getragen und an ihrem Ziel sofort getrennt worden, so dass Eirion noch immer keine Gelegenheit zu einem ungestörten Gespräch mit Radscha gehabt hatte. Eirion hatte in der fensterlosen Kammer während der Nacht kaum Schlaf finden können, bevor die Sänftenträger sie am Morgen in die Halle des Rats zurückbrachten.

Dort hatte Muriana von der Empore des Rechts aus ohne weitere Verhandlung unverzüglich das Urteil der Priesterinnen verkündet. »Der Hohe Rat ist nach Anhörung aller Argumente zu der Meinung gelangt, dass den Fremden vorerst zu vertrauen sei.« Dass sie selbst diese Meinung nicht teilte, daran ließ ihr Tonfall keinen Zweifel. »Xeira 'ahrd Burana 'ahrd Belann, die Älteste des Hohen Rats und auf eigenen Wunsch nicht an Beratung und Urteilsfindung beteiligt, hat dem Rat in geheimer Unterredung die Beweggründe ihres Verhaltens dargelegt. Der Rat hält es daher zu diesem Zeitpunkt nicht für notwendig oder sinnvoll, der Großen Versammlung der Priesterinnen diese Gründe mitzuteilen.« Auch hier war Murianas Missbilligung unüberhörbar. »Es wurde beschlossen«, fuhr sie fort, »die Fremde, die sich Eirion 'ahrd Gwenlian 'ahrd Oda nennt, im Großen Innen in die Mysterien und die arkanen Geheimnisse der Priesterinnen einzuweihen.« Muriana gab den Frauen in der Halle des Rats Zeit, diese Eröffnung in sich aufzunehmen. Entrüstung und Ungläubigkeit schlugen Eirion entgegen. »Eirion 'ahrd Gwenlian 'ahrd Oda und die zweite Fremde, die sich Radscha nennt und deren voller Name Rajaga'ráh Ran'thanabu'ráh lautet, werden Räume im Priesterinnenquartier im Großen Innen bekommen; der Mann, der wie sie über eine uns fremde Magie verfügt, wird in einem der Gästequartiere im Großen Außen Aufnahme finden.« Muriana blickte voller Verachtung auf Arild hinab, der ihrer Ansicht nach schon auf Grund seines Geschlechts kein Anrecht auf eine derartige Vergünstigung hatte. »Ich möchte den versammelten Priesterinnen an dieser Stelle noch einmal in Erinnerung rufen, dass zwei weitere Magier, deren Identität dem Hohen Rat nicht bekannt ist, unter den Fremden sind. Daher bitte ich meine Schwestern, unter allen Umständen größte Wachsamkeit walten zu lassen und dem Rat unverzüglich jedwedes Ereignis mitzuteilen, das ihnen nicht erklärlich erscheint.«

In diesem Augenblick hatte Xeira, die abermals mit Eirion, Radscha und Arild auf dem Platz des Angeklagten stand, das Wort ergriffen. »Die verständliche Sorge unserer Schwester Muriana ist gewiss äußerst lobenswert«, erklärte sie, »aber ich möchte den versammelten Priesterinnen meinerseits in Erinnerung rufen, dass Demut vor der Großen Göttin, die durch den Mund der Frauen des Hohen Rats zu ihnen spricht, eine der größten Tugenden – und eine der größten Pflichten – ist, die eine Priesterin anerkennen muss. Das Urteil des Rats wurde verkündet, mehr gibt es nicht hinzuzufügen.«

Und mit einer kurzen, würdevollen Neigung ihres Kopfes hatte sie die Versammlung aufgehoben.

»Woher rührte vorhin in der Kutsche dein plötzliches Interesse an Gwenlians Familie?« Xeira hatte Valinn entlassen, sobald es möglich war, ohne die junge Frau zu verletzen, die ihr so wenig geeignet schien für den von ihr gewählten Beruf. Jetzt lehnte sie sich erschöpft auf ihrem Sessel zurück und sah Radscha fragend an.

Radscha kicherte leise – ein Geräusch, das Xeira schon nach der kurzen Zeit, die sie einander kannten, sehr mochte. Ihr Lachen klang nach Wald. In Neu-Léth gab es keine Wälder; nur ein einziges Mal in ihrem Leben war sie in einem Wald gewesen, als junge Priesterschülerin im Westen Fianns, und die Erinnerung an jene Tage zählte zu den kostbarsten ihres Lebens.

Als Xeira, die den Blick für ein paar Sekunden auf die Vergangenheit gerichtet hatte, Radscha wieder ansah, war die andere Frau sehr ernst geworden, und Xeira spürte, dass sie mit sich rang, ob sie eine ehrliche Antwort auf ihre Frage geben sollte.

»Ist es wichtig?«, hakte Xeira behutsam nach. »Ist es etwas, das ich – zu diesem Zeitpunkt – unbedingt wissen sollte?«

Radscha atmete sichtlich erleichtert auf. »Nein«, sagte sie langsam. »Nein, es spielt im Augenblick wohl keine Rolle, und da es nicht mein Geheimnis ist, nicht meine Geschichte, wäre ich dir sehr dankbar, wenn du nicht weiter in mich dringen würdest.«

Mit einer leichten Neigung ihres Kopfes akzeptierte Xeira Radschas Bitte. »Dann lass uns über die Dinge reden, die jetzt wichtig sind«, sagte sie. »Eirion wird es nicht leicht haben an der Akademie. Es wird viele Frauen dort geben, die so denken wie Muriana – und wie Valinn. Eirion ist nicht einmal eine gebürtige Fianna, und es ist in der ganzen Geschichte des Alten Reichs nicht ein einziges Mal vorgekommen, dass eine Akolutin die beiden ersten Stufen der Ausbildung überspringt und gleich in die Abschlussklasse aufgenommen wird.« Xeira seufzte. »Gerade die Mädchen, die viele Jahre gebraucht haben, um dorthin zu gelangen – wie Valinn –, werden Eirion mit Neid und Abneigung begegnen.«

»Dann gibt es also keine festgelegte Ausbildungszeit für die Priesterschülerinnen?«, fragte Radscha neugierig.

»O nein«, antwortete Xeira. »Der Rat der Akademie, dem ich trotz meiner langen Krankheit noch immer angehöre, entscheidet bei jedem Mädchen, wann es reif ist, sich dem Ritual zu unterziehen, das es in die nächste Stufe seiner Ausbildung führt.« Ein beinahe zärtlicher Ausdruck trat in Xeiras Augen. »Einige wenige Schülerinnen, deren Seelen der Magie sehr nah sind, durchlaufen die Akademie in nur sieben Jahren – so war es in Gwenlians Fall. Andere dagegen, bei denen die Magie nur schwach oder die Eitelkeit größer ist als ihr Eifer, brauchen doppelt so lange oder noch länger. Valinn zum Beispiel ... sie ist in ihrem fünfzehnten Jahr an der Akademie.«

»Ich verstehe.« Radscha nickte. »Von Mädchen wie Valinn wird Eirion kaum Unterstützung zu erwarten haben. Aber wird sie diese Unterstützung denn brauchen, um ihr Ziel zu erreichen?«

Xeira dachte einen Augenblick lang nach. »Natürlich wird sie vor allem andere Lehrerinnen brauchen, die ihr den Weg weisen.« Sie stockte kurz, dann sah sie Radscha direkt an. »Du hast mich vor zwei Tagen mit deiner Magie von der Schwelle des Todes zurückgeholt – aber ich spüre den Keim der

Krankheit noch immer in mir. Wird mir genug Zeit bleiben, um Eirion in die Großen Mysterien zu führen?«

»Das ist deine Entscheidung«, erwiderte Radscha.

Xeira zog erstaunt die Augenbrauen in die Höhe. »Aber jede Magie muss doch auch Grenzen kennen!«

Radscha lächelte. »Grenzen«, wiederholte sie. »Nun, sagen wir, es gibt gewisse Gesetze, die jede Magie beachten muss. Aber meine Magie ist so unerschöpflich wie das Leben selbst. Auch das Leben kennt weder Anfang noch Ende. Und um deine Frage zu beantworten: Ja, deine Zeit wird reichen, solange du selbst es so willst.«

»Meine Entscheidung steht fest«, erwiderte Xeira. »Wenn es zum Kampf mit Sanor und dieser Armee der Schatten kommt, von der du gesprochen hast, wird Eirion Zugriff auf die Magie in ihrer ganzen Fülle brauchen. Obwohl ich noch immer nicht verstehe, warum ihre angeborene Magie, die so viel größer ist als alles, was ich sie lehren könnte, nicht genügen soll.«

»Weil die Magie nicht teilbar ist, ebenso wenig wie das Leben«, sagte Radscha. »Die Magie dieser Welt, auf der wir leben, ist ein Ganzes, von dem Eirion auf Grund ihrer Erziehung bisher nur einen Teil kennt. Sie ist nicht in Anguli aufgewachsen, so hat es das Schicksal ihr bestimmt. Aber sie ist das Kind der Drei Welten, und diese Gabe der Götter wird für immer Fluch und Segen gleichzeitig für sie sein ...« Radscha unterbrach sich mit einem Kopfschütteln. »Wie dem auch sei«, fuhr sie schließlich fort, »sie muss, um den Kampf gegen das Böse führen zu können, über die Magie aller drei Welten gebieten, denen sie entspringt.«

Jetzt war es an Xeira, den Kopf zu schütteln. »Aber Caernadon verfügt über keine eigene Magie«, protestierte sie. »Das Neue Reich, wie es sich nennt, hat der Magie vor mehr als tausend Jahren abgeschworen.«

»Ich spreche auch nicht von Caernadon«, erwiderte Xeira, »obwohl ich denke, dass du dich irrst, wenn du sagst, Caernadon verfüge über keine eigene Magie. Es gibt keinen Ort im Kosmos, der nicht über Magie verfügt – nur die Menschen, die dort leben, können sich der Magie verweigern – zu einem sehr hohen Preis für sie selbst. Aber das gehört nicht hierher.«

Radscha sah Xeira prüfend an. Die andere Frau war im Laufe des Gesprächs immer blasser geworden – und sie hatte Recht, der Keim der Krankheit schlummerte noch immer in ihrem Körper.

Im nächsten Augenblick erlebte Xeira zum zweiten Mal, was sie in der Nacht, als Radscha wie aus dem Nichts in ihrem Schlafgemach erschienen war, noch erschreckt hatte. Jetzt beobachtete sie mit einem tiefen Gefühl des Friedens und der Dankbarkeit, wie die Unsterbliche sich vor ihren Augen langsam verwandelte. Ihr Gesicht, das sie an eine der Birken aus jenem Wäldchen im Westen Fianns erinnerte, verlor noch die letzte Ähnlichkeit mit einem menschlichen Antlitz. Ihre Augenbrauen, scharf hervortretende, ungleichmäßige Wölbungen, die scheinbar zufällig dicht über ihren Augen ihre Stirn durchzogen, dehnten sich bis zu den Ohren, die wie in sich gedrehte, knorrige Auswüchse an einem alten Baum aussahen. Die Konturen ihres Körpers lösten sich auf, bis weder Kopf noch Hals oder Rumpf voneinander zu unterscheiden waren. Zu guter Letzt verwandelte sich ihre seltsam geschuppte Haut in Borke, und ihre Arme und Finger verwandelten sich in blätterlose Zweige und Äste.

Eine sehr alte, mächtige Birke war in Xeiras Schlafgemach gewachsen, eine Birke, deren Wurzeln sich in eine unendliche Tiefe erstreckten.

Im nächsten Moment strömte eine Kraft, von der Xeira jetzt wusste, dass es die Schöpfungskraft der Erde selbst war, in ihre müden Glieder zurück, und die quälende Erschöpfung, die ihr seit Jahren zusetzte, verflog wie Rauch im Wind.

»Danke«, sagte sie leise, als Radscha ihre menschliche Gestalt wieder angenommen hatte. Xeira brauchte nicht lange, um sich darauf zu besinnen, an welcher Stelle das Gespräch abgebrochen war, denn ihr Kopf war vollkommen klar, herrlich klar. »Du hast von der Magie Caernadons gesprochen – obwohl diese Worte für mich bisher ein Widerspruch in sich selbst waren.«

Radscha nickte bedächtig. »Wie es um die Magie Caernadons bestellt ist, ist für deine Frage auch nicht weiter von Belang. Ich habe dir von der alten Prophezeiung erzählt: Eirion ist die Tochter der Drei Welten, die im Nebel der Zeiten der Stunde geharrt hat, da die Welt ihrer am dringendsten bedürfen würde. Eine dieser Welten ist Anguli, aus dem sie hervorgegangen ist, die zweite ist Fiann, dessen Magie sie durch ihre Ziehmutter Gwenlian geprägt hat. Die dritte Welt aber ...« Radscha schwieg kurz und sah Xeira prüfend an, als sei sie sich nicht ganz sicher, ob die andere Frau ihr würde folgen können. »Die dritte Welt«, fuhr sie schließlich fort, »ist nicht Caernadon, sondern eine sehr eigene Welt, in die keine von uns beiden Eirion folgen kann. Diese Welt ist der Stein der Gnade, das Vermächtnis der alten Götter. Der Stein der Gnade trägt, so klein und unauffällig er dem Auge erscheinen mag, den ganzen Kosmos in sich.«

Xeira blinzelte. Was Radscha da sagte, überstieg tatsächlich ihr Fassungsvermögen. Ein kleiner Stein, der den ganzen Kosmos umfasste?

»Der Stein der Gnade«, sprach Radscha weiter, »ist jedoch eine überaus gefährliche Gabe der Götter, denn er trägt nicht nur die Macht des Guten in sich, sondern auch die des Bösen. Wer seine Magie mit der des Steins verbindet, wird nie wieder das Licht sehen können, ohne auch um die Dunkelheit zu wissen – die Dunkelheit seiner eigenen Seele. Denn der Stein *ist* die Seele, die Essenz alles Beseelten im Kosmos. Und ein Teil des Kosmos ist immer auch die Nacht.« Radscha verschränkte die Hände auf dem Schoß und senkte den Blick. »Die Alten Götter haben das alles gewusst«, sprach sie weiter. »In der Prophezeiung um das Kind der Drei Welten heißt es: *Alle Gaben und alle Irrtümer der Menschen schlummern in diesem Kind, das Dunkle wie das Helle, die Kraft zur Liebe wie zum Hass. Es wird den Menschen geben, was sie wollen, und ihnen nehmen, was sie am wenigsten missen möchten. Es wird säen und ernten, und das oft in umgekehrter Reihenfolge. Viele werden es hassen, doch die es lieben, werden bereitwillig ihr Leben für das Kind geben. Die meisten aber werden es fürchten.«* Radscha sah immer noch auf ihre Hände hinab, als sie hinzusetzte: »Und sie haben Recht damit, es zu fürchten.«

»Dann hältst du es also für möglich«, sagte Xeira nach einem langen Schweigen, »dass Eirion den Versuchungen des Steins erliegen und die Dunkelheit zu ihrem Weg machen könnte?«

Radscha schüttelte langsam den Kopf. »Das ist noch nicht alles«, erwiderte sie und sah Xeira jetzt direkt an. »Es ist nur einer der Gründe, warum ich es für so wichtig halte, dass Eirion in der kurzen Zeit, die ihr noch bleibt, möglichst tief in das Gewebe der Magie eindringt. Es gibt da jedoch etwas, das mir noch größere Sorgen macht als der Stein der Gnade selbst.«

Xeira erwiderte Radschas Blick mit echter Furcht. Wenn der Stein wirklich so mächtig und so gefährlich war, wie Radscha sagte, was könnte es dann noch Schlimmeres geben? »Sprich weiter«, stieß sie hervor.

Radscha holte tief Luft. »Es ist etwas geschehen«, sagte sie, »das die alten Götter nicht vorhergesehen haben.«

Xeira strich sich mit den Handinnenflächen, die plötzlich

unangenehm feucht geworden waren, über den Rock ihres Gewands: »Was ist es, das die Götter nicht vorhergesehen haben?«, fragte sie.

»Eirion hat, lange bevor die Zeit für sie reif war, die Liebe gefunden«, antwortete Radscha tonlos.

Warme Erleichterung durchflutete Xeiras ganzen Körper, und sie entspannte sich. »Aber das ist doch kein Grund zur Sorge!«, rief sie lächelnd. »Die Liebe veredelt die Seele eines Menschen, sie macht sie rein und klar und empfänglich für die Schönheit und Wahrheit des Kosmos.«

Radscha schüttelte den Kopf. »Nicht wenn der Mann, dem Eirion ihre Liebe geschenkt hat, sich mit der Macht des Bösen verbündet hat. In dem Fall ...«

Xeiras Augen weiteten sich vor Entsetzen, als ihr die ganze Bedeutung dessen aufging, was Radscha ihr soeben anvertraut hatte.

Eirion spricht:

Das Große Innen ... Eine vollkommen fremde, atemberaubende Welt tat sich mir auf, nachdem ich zum ersten Mal in meinem Leben das Tor der Wahrheit passiert hatte, so wie ich es noch viele Jahrhunderte lang immer wieder tun sollte.

Hohe, aus großen weißen Steinquadern errichtete Gebäude erwarteten mich, verbunden durch luftige Wandelgänge, die ebenfalls makellos weiß im Licht des Wüstentages schimmerten. Selbst die Straßen und Wege waren weiß, schmale Gassen, die sich mit weiten Alleen abwechselten. Filigrane Trommeltürme ragten in den Himmel und wetteiferten in ihrer Pracht mit bizarren Felsformationen, auf denen kleine, offene Pagoden standen. Der Duft von getrockneten Jasminblüten durchzog die Luft, vermischt mit dem des allgegenwärtigen Honigs, der jeden Atemzug mit köstlicher, schwerer Süße schwängerte. Alles hier war zart und hell und anmutig, es gab weder Schmutz noch Armut. Es war eine schwebende, heitere Welt, in der nichts auf Bosheit oder Arglist hindeutete, und ich glaubte, für immer dort leben zu können, inmitten von Frauen, die einander im wahrsten Sinne Schwestern waren, wie die Göttin es ihnen bestimmt hatte.

Doch ich lernte bald, dass die strahlende Harmonie dieser Gemeinschaft nur ein schönes Trugbild war, unter dessen Oberfläche die gleichen Leidenschaften und Falschheiten schlummerten wie überall sonst auf der Welt. Kleinliche Machtkämpfe erfüllten die Tage vieler dieser Frauen, die nicht Schwestern waren, sondern Feindinnen, Rivalinnen im Kampf um die Gunst einer Göttin, die sich schon lange mutlos und voller Trauer von ihnen abgewandt hatte.

Ich bilde mir ein, dass die Dinge seit der Gründung von Neu-Léth ein wenig besser geworden sind im Großen Innen. Ich bin nun Königin und Hohepriesterin des Ork Nuado, und ich gebe den Frauen, die der Göttin dienen, mehr Freiheit und jeder einzelnen mehr Verantwortung für das Ganze – auch wenn zu meinem Kummer noch immer die wenigsten von ihnen ermessen können, was das ist, das Ganze.

Das Fest der Regenbogengöttin naht, und ich bin für einige Tage in die Hauptstadt zurückgekehrt, bevor ich mit einem großen Gefolge wieder in die Neue Tempelstadt in der Wüste reisen werde. Als ich von dort fortging, fanden sich bereits die ersten Nomadensippen in der Oase Bulàll ein, und es wird mir gut tun, wieder ihre Feuer brennen zu sehen, an denen sie sitzen und ihre Geschichten erzählen, die so alt sind wie die Zeit.

Immer häufiger denke ich heute, dass die Zigeuner die wahren Priester des Ork Nuado sind, Menschen, die weder ihrem Körper noch ihrem Geist eine Form aufzwingen, die ihnen nicht gemäß ist. Denn die übergestülpte Form ist stets ein Korsett, ist ein Feind des Lebens selbst.

Doch so wie die Menschen Tempel für ihren Dienst und ihre Teilhaberschaft am Göttlichen wollen, so verlangen sie auch nach der Form, die ihnen die letzte Verantwortung für ihr Tun und Denken abnimmt.

Noch immer weihen sich Frauen und Mädchen beim ersten vollen Herbstmond im Großen Innen einer keuschen Schwesternschaft vor der Göttin und sind stolz darauf, dem Größten zu entsagen, das ebenjene Göttin ihnen als Geschenk und Herausforderung in die Wiege gelegt hat – ihrem Frausein. Über ungezählte Generationen hinweg wurden die Priesterschülerinnen, von denen die meisten ihre Ausbildung noch heute im Alter von zehn Jahren beginnen, streng von der Welt getrennt und kamen mit Männern nur in Berührung, wenn sie ihren Dienst im Großen Außen versahen, und diese Männer waren in früheren Zeiten überwiegend Sklaven und alte Handwerks-

meister, die den Priesterschülerinnen mit Scheu und Ehrerbietigkeit begegneten. Wenn die jungen Frauen dann im Großen Innen ihre Gelübde ablegten, schlossen sich die Tore zur Welt endgültig hinter ihnen.

Ich habe lange und gegen erbitterten Widerstand darum gekämpft, dieser barbarischen Tradition ein Ende bereiten zu können. Heute müssen alle Priesterschülerinnen, wenn sie ihr siebzehntes Jahr erreichen, noch einmal für die Dauer von zwei Jahren in die Welt zurückkehren, und jede geweihte Priesterin, die fünf Jahre im Großen Innen gelebt hat, muss sich derselben Prüfung unterziehen.

Viele dieser Frauen kehren nicht mehr in die Tempelstadt zurück, und oft sind es gerade diejenigen, deren Seelen der Göttin besonders nahe stehen und die die weisesten und mutigsten Priesterinnen abgegeben hätten. Doch ich lasse sie ziehen, und wenn sie mit ihrer Entscheidung und ihrem Gewissen hadern, gebe ich ihnen stets dasselbe Wort mit auf den Weg: Man kann dem Göttlichen auf vielerlei Weise dienen, und der größte und aufrichtigste Dienst ist stets das eigene, erfüllte Leben. Ich weiß es nicht, ob die Frauen, die ihre Tage im Großen Innen beschließen, wahre Erfüllung finden.

Ich zweifle …

Denn ich selbst habe von der Liebe gekostet, habe den süßen und den bitteren Wein getrunken, mit dem sie unseren Becher füllt. Und ich weiß, wenn ich von allen Erinnerungen meines Gestern nur eine mit hinübernehmen dürfte in mein Morgen, so wäre es diese: das Gesicht des Mannes, den ich liebte, wie er auf der Silbermöwe *stand, den Wind in den Haaren und in den Augen ein Lächeln, das nur mir gehörte …*

Nein, ich bedaure nichts. Auch nicht den Schmerz und die Verzweiflung, die ich um seinetwillen erlitten habe. Sie gehören zu mir wie der Atem auf meinen Lippen.

Doch ich sehe, dass ich wieder einmal von der Geschichte, die ich erzählen will, abschweife.

Meine ersten Tage im Großen Innen vergingen wie ein Traum. Am Morgen nach meiner Ankunft bekam ich das fliederfarbene Gewand der Priesterschülerinnen in der letzten Stufe ihrer Ausbildung, was ich als eine große Auszeichnung und ein unverdientes Glück empfand. Noch am selben Tag begann Xeira mit ihren Unterweisungen, die all mein Denken und fast meine ganze Zeit in Anspruch nahmen. Doch ein wenig Zeit blieb mir noch übrig, um die vielleicht kostbarste Freundschaft meines Lebens zu schließen.

Zelda, die vom selben Blut stammte wie Gwenlian und die meiner Ziehmutter so ungeheuer ähnlich sah, wurde mir zur Gefährtin und Vertrauten und zu einer liebevollen, neidlosen Begleiterin auf den schwierigen Wegen, die ich in jener Zeit zu gehen hatte.

KAPITEL 17

Die Hitze lastete schwer auf dem Land, als Olfros und Nuria gegen Mittag in Tarlin-Stadt ankamen. Lado und Vilja waren bei ihnen, und zu ihrer Überraschung hatten sich auch Tamena und Melat ihnen angeschlossen, als sie sich hinter den Grotten der Seelen von den anderen Schwanenmenschen trennten, die Anguli mit ihnen verlassen hatten. Einige von ihnen – größtenteils Mütter, deren Söhne mit den »Unzufriedenen« aus Anguli geflohen waren –, wollten ihnen in einem etwas langsameren Tempo folgen.

Die Reise, die sie überwiegend in der Luft zurückgelegt hatten, war ungeheuer kräftezehrend gewesen. Gleich am ersten Tag nach ihrem Aufbruch hatte ein schwerer Gegenwind eingesetzt, unter dem besonders Vilja gelitten hatte. Und als der Wind vor drei Tagen gedreht hatte, war es beinahe ebenso schwierig für sie alle gewesen, sich in der Luft zu halten, so ungestüm wurden sie vorwärts getrieben.

Jetzt standen sie endlich auf einer Anhöhe am äußeren Rand Tarlins und blickten schweigend und ehrfürchtig zu der Burg hinüber, die sich jenseits des Ank in den Himmel erhob, golden glänzend im Sonnenlicht.

»Das ist sie«, sagte Lado leise, »die *Strahlende.*«

Olfros griff nach Nurias Hand und zog seine Gefährtin fest an sich. *Dort ist Anu aufgewachsen,* ging es ihm durch den Kopf, und er wusste, dass Nuria seinen Gedanken teilte. Und was wichtiger war, Nuria wusste jetzt auch um die Liebe und die Zärtlichkeit, die er für seine Tochter empfand. Der Schmerz um den Verlust ihres Kindes, den sie so viele Jahre jeder für sich allein getragen hatten, war am Ende die Brücke gewesen, über die sie einander wiedergefunden hatten. Dankbar erwiderte Olfros nun den Druck von Nurias Fingern.

»Sie ist wirklich schön«, sagte er jetzt, »die Heimat unserer Tochter.« Er deutete mit seiner freien Hand auf die Landschaft, die sie umgab.

Lado nickte. »Man nennt Burg Tarlin nicht umsonst die *Strahlende* – und die Gegend hier das Land der Tausend Seen.«

Einen Moment lang sog Olfros noch den Anblick der fremden Landschaft in sich auf, dann straffte er sich. Obwohl Lado sich nichts anmerken ließ, konnte er die Ungeduld des anderen Mannes doch deutlich spüren.

»Ist es noch weit?«, fragte er mit einem besorgten Seitenblick auf Vilja, die in den vergangenen Tagen, seit sie sich für immer von ihrem Seelengefährten getrennt hatte, um Jahre gealtert zu sein schien.

Lado war seinem Blick gefolgt und trat jetzt schützend auf Vilja zu. »Das Haus des Wildhüters liegt gleich auf dem nächsten Hügel«, antwortete er, mehr an Vilja gewandt als an Olfros. »Eine halbe Stunde Fußweg noch, dann können wir uns alle erst einmal ausruhen.«

Goda, Lados Gemahlin und die Tochter des Wildhüters Kahel, öffnete ihnen die Tür. Ihre Züge waren verhärmt, und ihre Augen wirkten geschwollen, als hätte sie in letzter Zeit viel geweint. Als sie jedoch sah, wer ihre Besucher waren, ging ein Leuchten über ihr Gesicht, und sie flog geradezu in Lados weit geöffnete Arme.

Nuria beobachtete einen Moment lang schweigend, wie die beiden Liebenden einander begrüßten, dann sah sie verstohlen zu Vilja hinüber, die versteinert einige Schritte abseits hinter ihr im Garten stand. Die ältere Frau machte ihr Sorgen; sie war seit ihrem Aufbruch aus Anguli vor zehn Tagen nicht mehr sie selbst gewesen. Instinktiv trat Nuria auf Vilja zu, hielt dann aber inne. Vilja rang mühsam um ihre Fassung, und Nuria wusste aus eigener Erfahrung, dass es Augenblicke gab, in denen eine einzige zärtliche Geste jede Selbstbeherrschung zunichte machen konnte.

Endlich lösten Lado und Goda sich voneinander, und Goda wandte sich mit strahlendem, tränenfeuchtem Gesicht ihren Besuchern zu. »Seid mir willkommen«, sagte sie scheu und brach dann plötzlich ab. Suchend blickte sie in den Garten hinaus und sah sich dann nach Lado um, aus dessen Augen das Lächeln sofort schwand. Nuria wusste, nach wem sie Ausschau hielt.

»Es ist kein freudiger Tag, der uns zusammenführt«, erklärte Lado mit rauer Stimme und ohne sie anzusehen, während er sprach. »Das letzte Reich der Unschuld ist gestorben, und viele der Unsrigen haben Anguli für immer verlassen, um ihr Glück an einem anderen Ort zu suchen.«

»Das tut mir Leid«, erwiderte Goda mechanisch und ohne wirklich aufzunehmen, was Lado gesagt hatte. »Aber wo ist Arild?«

Lado vermied es noch immer, seiner Gefährtin in die Augen zu sehen.

»Wo ist Arild?«, wiederholte Goda mit wachsender Panik. »Wo ist mein Sohn?«

»Ich weiß es nicht«, flüsterte Lado. »Er hat Anguli vor mir verlassen. Ich weiß nicht, wohin er gegangen ist. Ich hatte gehofft, er wäre hier, bei dir ...« Seine Stimme verlor sich. Nach einem kurzen Zögern machte er einen Schritt auf Goda zu, doch sie wich, starr von Kopf bis Fuß, vor ihm zurück.

In diesem Moment spürte Nuria eine leichte Bewegung

neben sich. Vilja trat über die Schwelle, ging zu Goda hinüber und schloss sie wortlos in die Arme.

»Auch ich habe einen Sohn«, sagte sie, so leise, dass Nuria sie kaum verstehen konnte, »er heißt Feke, und er hat Anguli zusammen mit Arild verlassen.« Dann richtete Vilja sich entschlossen auf und sah Goda fest an. »Wir werden unsere Kinder wiederfinden, das verspreche ich dir. Ich weiß, dass sie nicht verloren sind. Wir werden sie suchen – und wir werden sie finden.«

Eine tiefe Überzeugung gab Viljas Stimme Festigkeit, und Nuria spürte, wie ein wenig von Viljas wiedergewonnener Kraft auf Goda überging – und auf sie selbst. Sie ging auf die beiden Frauen zu, die einander noch immer festhielten, und legte ihnen beiden eine Hand auf den Arm. »Mein Name ist Nuria«, sagte sie behutsam, »ich bin die Mutter von Anu, die in der Welt der Dinge Eirion genannt wird.«

»Was ist in Tarlin geschehen, während ich fort war?«, fragte Lado, als sie eine Weile später an einer schattigen Stelle im Garten des Wildhüters bei einem einfachen Mahl saßen. Die hohen Bäume spendeten ein wenig Schutz von dem Wind, der immer noch unablässig in südliche Richtung wehte und den leisen Sommergesang der Vögel in den Hecken übertönte.

Goda legte das Stück Ziegenkäse, das sie gerade zum Mund führen wollte, wieder auf ihren Teller. »Marban hat sich zum König krönen lassen, aber das weißt du schon«, sagte sie. »Braan, den das Heer nach Uisnachs Tod zum Herrscher ausgerufen hatte, ist mit einer, wie man hört, sehr kleinen Schar getreuer Soldaten nach Kokonda geflohen. Seit einigen Tagen geht allerdings das Gerücht, dass auch Marban Tarlin verlassen habe. Überhaupt liegen in Tarlin Gerüchte in der Luft, die sich wie Krankheitskeime verbreiten. Vielleicht liegt es daran, dass aus allen Teilen des Landes Soldaten herbeiströmen und ihre Geschichten mitbringen. Man kann die Männer kaum zählen, die dieses Heer bilden, ein Heer, wie man es in der ganzen Geschichte des Neuen Reichs noch nicht gekannt hat – und es heißt, dieses Heer rüste sich für einen Feldzug in die Wüste. Aber wie viel davon wahr ist, kann ich euch nicht sagen.«

Eine plötzliche Windbö fegte durch den Garten und riss von der alten Eiche, unter der sie saßen, einen morschen Ast ab. Der Ast landete so dicht neben dem Tisch, dass Goda erschrocken zusammenzuckte.

»Vielleicht sollten wir ins Haus gehen«, sagte sie ängstlich. »Dieser Sturm ... er hat so plötzlich eingesetzt vor zehn Tagen – und dann hat er ebenso plötzlich gedreht. Es ist, als verberge sich eine geheime Absicht dahinter. Die Menschen hier haben Angst ...« Godas Worte verloren sich im Rascheln der Eichenblätter.

»Aber der seltsame Wind ist keineswegs das Einzige, was sie ängstigt«, nahm sie nach einem kurzen Schweigen ihren Bericht wieder auf. »Aus Orra und Macassar kommen furchtbare Nachrichten.« Sie blickte auf, und ihre Züge entspannten sich ein wenig. »Obwohl das gewiss nur Gerüchte sind, wie sie auf dem Nährboden der Furcht entstehen. Man erzählt sich, dass in den Provinzen im Norden und Westen binnen eines einzigen Atemzugs ganze Dörfer ausgelöscht würden, dass eine Art schwarzer Wolke eine Stadt nur zu berühren brauche, um allem Leben dort ein jähes Ende zu machen. Selbst das Vieh stürbe, und Spinnen und Würmer zerfielen zu Staub. Eine schwarze Wolke!« Sie lächelte, doch das Lächeln erstarb, noch bevor es sich von den Augen über ihr ganzes Gesicht ausbreiten konnte. Entsetzt schüttelte sie den Kopf. »Aber es kann nicht wahr sein«, flüsterte sie.

Lado, der dicht neben ihr saß, griff ernst nach ihrer Hand.

»Wir haben es gesehen, Goda«, sagte er tonlos. »Wir sind über den Ank in Richtung Tarlin geflogen, und wir haben die Dörfer gesehen, die Städte ... Es ist, als würde der Tod selbst breite Schneisen kreuz und quer durch das Land schlagen.«

»Wie ist so etwas möglich?«, rief Goda, doch dann weiteten sich ihre Augen, und ihre Kiefermuskeln spannten sich. »Magie!«, stieß sie heiser hervor. »Aber was für eine Magie ist das, die so etwas bewirken kann?«

Lado holte tief Luft, und Nuria fing einen ratlosen, bittenden Blick von ihm auf. Sie brauchte Olfros nicht anzusehen, um zu wissen, dass er mit ihrer Entscheidung, Goda gegenüber ganz offen zu sein, einverstanden sein würde.

»Es nahm vor vielen Jahren seinen Anfang«, begann sie zu sprechen, und der unerbittliche Wind begleitete ihre Worte wie eine düstere, Unheil verkündende Melodie, während sie von Sanor erzählte, der sich der Eine und Erste nannte, vom Sterben der Feen und vom Untergang der Elfen und Trolle, der Sumpfleute und der Niav.

Als sie mit ihrer Geschichte zum Ende kam, herrschte lange Schweigen im Garten des Wildhüters, bis Olfros sich schließlich räusperte.

»Du hast von Gerüchten gesprochen, die wie Krankheitskeime in der Luft lägen«, sagte er, »und nun weißt du, dass zumindest eines dieser Gerüchte die Wahrheit ist. Was kannst du uns noch erzählen, das vielleicht wichtig ist?«

Goda runzelte konzentriert die Stirn und nahm einen Schluck von ihrem mittlerweile kalt gewordenen Tee. »Da sind noch einige sehr merkwürdige Dinge«, antwortete sie zögernd, »die für mich keinen Sinn ergeben. Ich kann mir nicht vorstellen, dass sie wichtig sind ...«

Olfros nickte ihr ermutigend zu. »Erzähl sie uns trotzdem«, sagte er.

Goda nickte unsicher. »Man hört seit einigen Tagen immer wieder von einem Schiff«, erklärte sie. »*Das Schiff der Kinder* nennen die Leute es. Boten, die aus dem Norden kamen, haben angeblich davon berichtet. Ein Schiff, auf dem nur Kinder reisen – Dutzende von Kindern –, soll sich auf dem Ank Tarlin nähern. Die Leute sagen, die Kinder seien ganz allein unterwegs, ohne einen einzigen Erwachsenen, der sie begleitet. Und sie sollen jung sein, halbe Säuglinge noch.« Wieder lächelte sie zaghaft und beinahe entschuldigend, weil ihre Geschichte so unglaubhaft klang.

Olfros zuckte ratlos die Achseln. »Wir haben einige Schiffe gesehen, als wir den Ank überflogen«, erwiderte er. »Aber ich habe keine Kinder auf einem der Schiffe bemerkt.« Olfros blickte fragend in die Runde, doch seine Reisegefährten schüttelten nur den Kopf.

»Lassen wir dieses *Schiff der Kinder* für den Moment außer Acht«, fuhr er fort. »Was erzählt man sich sonst noch in Tarlin?«

Goda hob abwehrend die Hände. »Nur die üblichen Klatschgeschichten«, antwortete sie und lachte dann leise auf. »Die vornehmen Kaufmannsdamen sind ganz aus dem Häuschen, weil vor einigen Wochen ein neuer Stoff in der Stadt aufgetaucht ist. Er ist unbezahlbar teuer, da die Vorräte so rar sind, und jede reiche Frau, die in der Gesellschaft etwas gelten will, versucht, eine Hand voll davon zu bekommen.« Ein belustigtes Kichern begleitete ihre Worte, und Olfros wandte sich wieder dem duftenden Brot auf seinem Teller zu.

Nuria jedoch stutzte. »Eine Hand voll?«, hakte sie nach. »Das dürfte ihnen wenig nutzen.«

»Aber das ist es ja gerade!«, lachte Goda. »Eine Hand voll dieses Stoffs, der wie schneeweiße Seide leuchtet, genügt, um eine große Abendrobe daraus zu schneidern.«

Olfros legte die dicke Brotscheibe, die er in der Hand hielt, auf seinen Teller zurück. Jeder Appetit, den er kurz zuvor noch verspürt hatte, war ihm vergangen.

»Ein Gutes hat die Sache immerhin«, sagte Nuria zu Vilja, als sie die Taverne *Zum Leuchtenden Halbmond* betraten. Vilja war, seit Goda ihnen vom Auftauchen der Anguliseide in Tarlin erzählt hatte, wieder sehr still und mutlos geworden. Da ihr Sohn, Feke, einer der jungen Männer war, die vor einigen Wochen die Gemeinschaft vom See verlassen hatten, fühlte sie sich verantwortlich für deren Torheit, den verräterischen Stoff in die Welt der Dinge zu bringen.

»Ich kann beim besten Willen nichts Gutes daran entdecken«, sagte die andere Frau beinahe schroff. »Als stünde es nicht schon schlimm genug um Anguli! Müssen diese Narren auch noch unsere Geheimnisse in die Welt hinausposaunen! Da hätten sie die Leute ebenso gut gleich nach Anguli führen können«, räsonierte sie weiter.

Nuria legte ihr begütigend einen Arm um die Schultern. »Anguli ist gut geschützt. Kein Sterblicher kann es finden.«

Vilja schüttelte sie heftig ab. »Woher willst du das so genau wissen?«, fragte sie scharf. »Alles hat sich verändert. Wer sagt uns, dass die Magie vom See auch in Zukunft ausreichen wird, um habgierige Tagediebe von unserem Land fern zu halten?« Dann brach sie entsetzt ab und schien in sich zusammenzusinken. »Verzeih mir«, flüsterte sie. »Wie furchtbar, dass jetzt schon Streit unter uns beiden ausbricht! Ich hatte kein Recht ...«

Nuria zog die andere Frau an sich. »Es gibt nichts zu verzeihen, meine Freundin«, antwortete sie fest. »Deine Sorgen sind wohlbegründet, das weiß ich nur zu gut. Aber wir müssen eben das Beste aus der Situation machen«, fügte sie hinzu und deutete mit dem Kinn auf Marte, die im hinteren Teil der Gaststube mit dem Wirt sprach. »Immerhin führt uns die Seide, wenn wir Glück haben, zu deinem Sohn und seinen Freunden, die zu finden sonst vielleicht viel Zeit und Mühe gekostet hätte.«

Nuria beobachtete noch immer über Viljas Schulter hinweg Marte und den Tavernenwirt. Jetzt nickte der Mann eifrig und wandte sich dann ab, um durch eine Schwingtür zu treten, die, wie Nuria vermutete, in die Küche führte. Aus dieser Richtung kamen auch die wunderbaren Gerüche nach gesottenem Fleisch und frischen Kräutern. Doch der Hunger, den diese Düfte in ihr weckten, war im Augenblick nicht wichtig.

»Und?«, fragte sie, als Marte sich wieder zu ihr und den anderen Schwanenmenschen gesellte. »Was hat er gesagt?«

»Es hat tatsächlich eine Gruppe fremder junger Reisender vor einigen Wochen hier Quartier genommen«, erwiderte Marte. »Der Wirt konnte sie mir nicht genauer beschreiben, hat aber versprochen, eine Küchenmagd in ihre Kammer hinaufzuschicken, um festzustellen, ob sie heute Abend hier sind. Sie gehen oft aus und kommen erst spät in der Nacht wieder«, fügte sie hinzu. »Aber sie wohnen noch hier und werden, falls sie nicht da sind, in einigen Stunden zurückkehren.« Sie deutete auf einen freien Tisch in einer Ecke der Schankstube. »Wir können uns dort hinsetzen und etwas zu essen bestellen«, erklärte sie und ging den Schwanenmenschen voraus.

Nuria folgte ihr erleichtert. Bisher war ihr Besuch in der fremden Stadt bei allem Unglück durchaus erfolgreich gewesen. Goda hatte sie nach dem Erscheinen ihres Vaters, eines wortkargen, abweisenden Mannes, dem ihre Anwesenheit in seinem Haus sichtlich missfiel, zu Marte geführt. Anus ehemalige Amme hatte sie mit offenen Armen empfangen und in ihrem Haus aufgenommen.

Jetzt sah Nuria die andere Frau, die ihr gegenüber Platz nahm, voller Bewunderung und Dankbarkeit an. Marte, die im nächsten Sommer ihr fünfzigstes Jahr erreichte, war kräftig gebaut und wie die meisten Caernadonierinnen von hohem Wuchs. Ihr Gesicht wirkte auf den ersten Blick eher reizlos und bis auf das dunkle Muttermal auf ihrer Stirn wenig auffallend. Aber sie strahlte so viel Würde und echte Wärme aus, dass sie, wie Nuria fand, trotz ihres Alters und des Kummers, den das Leben ihr gebracht hatte, durchaus schön zu nennen war.

Marte, die ihren forschenden Blick gespürt hatte, sah auf, und Nuria errötete leicht. Doch Marte war durch ihre Musterung keineswegs gekränkt. »Ich bin es gewohnt, angestarrt zu werden«, sagte sie lächelnd. »Der Hexenkuss sticht einem einfach ins Auge.«

»Hexenkuss?«, wiederholte Nuria verwirrt.

»So nennen wir in Caernadon solche Muttermale«, erwiderte Marte und strich sich über die Stirn. »Und mein Hexenkuss ist nun einmal unübersehbar.«

Ein leises Räuspern unterbrach ihr Gespräch. Der Wirt war an ihren Tisch getreten. »Die jungen Herren sind leider außer Haus«, sagte er, und Vilja, die neben Nuria saß, sank in sich zusammen. Nuria wusste, dass die Ungewissheit ihr zusetzte. Sie hätte ihre alte Freundin gern getröstet, wagte es aber nicht, ihr Hoffnung zu machen, denn es war durchaus möglich, dass sich die Taverne *Zum Leuchtenden Halbmond* als falsche Spur erwies. Marte verfügte durch die Gannafrauen über ein erstaunliches Informationsnetz, das sich über die ganze Stadt spannte, und binnen weniger Stunden war es ihnen gelungen, genug über die Anguliseide in Erfahrung zu bringen, um auf dieses Gasthaus zu stoßen. Und dennoch ...

»Außerdem kann ich den gerösteten Kapaun empfehlen.«

Der Wirt hatte offenkundig begonnen, die Speisen aufzuzählen, die seine Küche bereithielt. »Er ist gerade lange genug abgehangen, um sein volles Aroma zu entfalten, ohne aber in der Sommerhitze zu verderben«, fügte er eifrig hinzu. »Wenn ihr jedoch eine fleischlose Kost bevorzugt, hat meine Frau heute einen wunderbaren Auflauf aus frischem Wurzelgemüse und Süßkartoffeln zubereitet.«

Muria hörte nur mit halbem Ohr zu, während der Mann noch weitere Köstlichkeiten anpries. Es war noch früh am Abend, aber es hatten sich bereits etliche Gäste in der Schankstube eingefunden. Die ganze Atmosphäre des Raums beschäftigte Nuria. Dies also war die Welt, in der ihre Tochter aufgewachsen war: stämmige, hoch gewachsene Menschen, von denen nur die wenigsten einen schwachen Zugriff auf die Magie hatten. Eine seltsame Leere ging von diesen Männern und Frauen aus, und Nurias Herz zog sich schmerzhaft zusammen bei dem Gedanken, dass ihre Tochter umgeben von so viel Leere großgeworden war.

Eine leichte Berührung auf ihrer Hand ließ sie auffahren. Marte hatte sich über den Tisch gebeugt und sah sie verständnisvoll an. »Was möchtest du essen?«, fragte sie leise und deutete auf den Wirt, der noch immer vor ihrem Tisch stand.

Nuria versuchte, sich darauf zu besinnen, welche Speisen der Mann soeben aufgezählt hatte. »Ich nehme den Kapaun«, sagte sie schließlich, weil sie sich an nichts weiter erinnerte. Dann wandte sie sich wieder Marte zu, die noch immer ihre Hand festhielt, und der Knoten des Kummers in ihrer Brust löste sich ein wenig. Nein, es war nicht nur Leere, die Anu umgeben hatte. Diese Frau, die ihr gegenübersaß, mochte nicht bis in die letzten Tiefen der Magie vorgedrungen sein, aber mit ihrer Wärme und ihrer aufrichtigen Herzlichkeit hatte sie

Anu auf ihrem Weg begleitet, als sie, Nuria, es nicht hatte tun können.

Lächelnd und voller Verstehen sahen die beiden ungleichen Frauen einander an.

Die Überreste ihres Mahls waren schon lange abgeräumt und der Krug mit dem gewässerten Wein, den sie bestellt hatten, ein drittes Mal gefüllt worden, als sich die Tür der Schankstube öffnete. Nuria war so tief in ihr Gespräch mit Marte versunken, dass erst Viljas unterdrückter Aufschrei sie auf die fünf jungen Männer aufmerksam machte, die gerade den Raum durchquerten und auf die Treppe zu den Gästequartieren im oberen Stockwerk zugingen.

»Feke!«

Mehrere Gäste wandten die Köpfe zu der rundlichen, älteren Frau um, die so ungestüm aufgesprungen war, dass ihr schwerer Stuhl polternd hinter ihr zu Boden fiel.

Der blonde junge Mann, den Nuria hatte aufwachsen sehen, blieb wie angewurzelt stehen, einen Fuß schon auf der untersten Stufe der Treppe. Dann drehte er sich langsam um, und Nuria beobachtete, wie die Ungläubigkeit in seinen Zügen sich von einem Augenblick auf den anderen in strahlende Freude verwandelte.

Mit drei langen Schritten durchmaß er den Raum und drückte Vilja, die er um gut einen Kopf überragte, so fest an sich, dass Nuria um die Rippen ihrer Freundin bangte.

Steban, Kola und Mino, die ebenfalls mit den »Unzufriedenen« Anguli verlassen hatten, folgten Feke ein wenig langsamer. Unsicher näherten sie sich ihrem Tisch. Bevor Nuria jedoch reagieren konnte, hatte Olfros sich bereits erhoben.

»Wie schön, dass wir euch gefunden haben«, sagte er warm und ohne jede Spur eines Vorwurfs. Als er Steban, der ihm am nächsten stand, die Hand hinhielt, ergriff der Junge sie ohne Zögern.

Nur Ergar, der Anführer der »Unzufriedenen«, blieb mit starrer Miene an der Treppe stehen. Dann wandte er sich um und ging ohne ein Wort des Grußes hinauf.

KAPITEL 18

Rikka, die zwischen Sanor und Kaylas auf der Brustwehr auf Burg Tarlin stand, ließ ihren Blick über die gewaltige Armee gleiten, die vor der Burg aufmarschiert war. In seiner ganzen Geschichte hatte das Caernadonische Königreich niemals eine Streitkraft von solcher Größe besessen, und Rikka musste sich widerstrebend eingestehen, dass Marban in der Tat Beachtliches geleistet hatte. Selbst aus den entlegensten Provinzen des Landes waren in den letzten Wochen Soldaten herbeigeströmt, sogar aus Luba, das wegen seiner Lage jenseits der Sümpfe der Verlorenen gar nicht mehr zum Herrschaftsbereich des Neuen Reichs gehörte. Neben diesen Männern mit ihren ungewöhnlich langen, schlanken Gliedmaßen und dem fast silbernen Haar standen die Tausendschaften aus Macassar, untersetzte Menschen mit groben Gesichtszügen; dann kamen die Truppen aus Orra, aus Kokonda und Sint, aus Basoko und Ubari. Siebenundzwanzig Tausendschaften waren es insgesamt, die an diesem strahlend schönen Sommermorgen nach Westen aufbrechen sollten, in die Wüste Tahor, wo sie einer noch mächtigeren Armee als Knechte dienen sollten – doch davon wussten die Männer nichts, die wie ein lebendiger schwarzer Teppich die Anhöhe rund um die Burg überzogen hatten.

Rikka legte die Stirn in Falten. Diese schwarzen Uniformen, die Marban für seine Soldaten hatte fertigen lassen, hatten irgendetwas an sich, das ihr Unbehagen bereitete. Sie warf einen verstohlenen Blick auf General Kaylas, der das Heer auf Marbans Geheiß hin führen sollte. Kaylas war, bis auf die Rangabzeichen an seinen Schultern, die ihn als hohen Offizier auswiesen, genauso gekleidet wie seine Männer: Sie alle trugen gut geschnittene Uniformen von einer Qualität, wie sie Uisnachs Soldaten nie besessen hatten. Der Stoff war in großen Mengen in Luba hergestellt worden, was bedeutete, dass Marban dieses Heer schon seit Jahren geplant haben musste, zu einer Zeit also, da König Uisnach sich noch bester Gesundheit erfreute. Die ungeheure Zielstrebigkeit, die sich in diesem Tun offenbarte, beunruhigte Rikka. Im Augenblick jedoch beschäftigte sie weniger das feine Gewebe des Uniformtuchs als der in leuchtendem Purpur aufgestickte Fálsstab auf der Brustseite der Uniformmäntel.

Sie durfte Marban auf keinen Fall unterschätzen, auch wenn seine Kräfte seit dem Verlust des Purpurnen Feuers abzunehmen schienen. Andererseits sprach sein plötzliches Verschwinden aus Burg Tarlin eine andere Sprache – eine Sprache, die Rikka nicht verstand, und sie hasste Rätsel ...

Um sich von dem unangenehmen Gefühl der Ungewissheit abzulenken, vertiefte Rikka sich wieder in die Stickerei auf Kaylas' Uniformrock. Am unteren Ende des Fálsstabes war ein bronzefarbenes, sprungbereites Tier eingearbeitet. Sie hatte ein solches Tier noch nie in ihrem Leben gesehen: Sein Kopf wirkte im Verhältnis zum übrigen Körper zu klein, und aus seiner Stirn wuchs ein bedrohliches, dolchspitzes Horn. Auf der Stickerei auf den Uniformmänteln sah es so aus, als balanciere das Tier den Fálsstab auf einer überlangen Zunge, was allein schon als Ketzerei hätte gelten können, in einem Land, in dem seit Jahrhunderten jede noch so kleine Schmähung des Steinernen Gottes mit dem Tod geahndet worden war.

Aber es hatte sich viel verändert in Caernadon, seit Marban König war. Die gefürchteten Hexer mussten ohnmächtig mit ansehen, wie die Magie im Land wieder aufblühte, die Hohe Feme war vor Wochen das letzte Mal zusammengetreten, und der zerstrittene Adel schien sich unter der Fahne des neuen Königs endlich geeinigt zu haben.

Ein Fanfarenstoß riss Rikka aus ihren Überlegungen. Kaylas, der die ganze Zeit über unbewegt neben ihr gestanden hatte, nahm stellvertretend für den abwesenden König den Salut des Heeres entgegen.

Jetzt lösten sich die Truppenführer von den einzelnen Tausendschaften und ritten auf ihren mit einer schwarzen Helmzier geschmückten Pferden auf das Hauptportal zu.

Kaylas drehte sich mit einer steifen Verneigung zu Rikka um. »Du verzeihst, wenn ich dich jetzt allein lasse«, erklärte er mit einem kurzen Blick in Sanors Richtung, den zur Kenntnis zu nehmen er sich bisher geweigert hatte. »Ich muss meinen Offizieren noch einige letzte Anweisungen geben«, setzte er hinzu. »Pünktlich zu Beginn der zweiten Sonnenstunde wird die Armee sich in Marsch setzen.«

Mit diesen Worten, die Rikka als klare Warnung verstand, dass er ohne sie aufbrechen würde, falls sie sich verspätete, wandte er sich zum Gehen. Wütend blickte Rikka ihm nach.

»Dein kleiner General sieht mehr, als dir lieb ist, wie?«, bemerkte Sanor neben ihr trocken, und Rikka fuhr zu ihm herum.

»Erstens«, erwiderte sie scharf, »ist Kaylas nicht *mein* kleiner General, und zweitens ...«

Sie stockte.

»Zweitens?«, wiederholte Sanor belustigt.

»Zweitens denke ich, dass du ihn überschätzt«, antwortete sie. »Er ist ein Narr, der blind Befehle empfängt und ausführt, eine Marionette, die an Marbans Fäden tanzt.«

»Dennoch würde ich es für klug halten, wenn du dafür sorgtest, dass er in Zukunft an *deinen* Fäden tanzt«, versetzte Sanor, immer noch mit aufreizender Erheiterung.

Rikka riss sich zusammen. »Ich denke«, sagte sie beherrscht,

»ich wäre durchaus im Stande, eine gut ausgerüstete Armee nach Fiann zu führen. Du vergisst, dass ich die Wüste weitaus besser kenne als dieser ... kleine General.«

Sanor spitzte die Lippen; alle Belustigung war jetzt aus seinen Zügen gewichen, und als er Rikkas Handgelenke ergriff, zuckte sie unter der Berührung seiner eisenharten Finger zusammen.

»Und du vergisst«, stieß er, ohne die Lippen zu bewegen, hervor, »dass ich jahrtausendelang auf diesen Tag gewartet habe. Und ich werde nicht zulassen, dass du mit deinem Hochmut meine Pläne gefährdest, Tochter der Schlange.«

Sekundenlang maßen sie einander mit Blicken, bis ein schmerzhaftes Brennen es Rikka unmöglich machte, die Lider länger offen zu halten. Sie blinzelte, während Sanor sie nur weiter ungerührt ansah.

In diesem Moment hasste sie Sanor mit einer Leidenschaft, wie sie sie noch nie zuvor empfunden hatte.

Mit dem nächsten Wimpernschlag hatte sie sich jedoch wieder in der Gewalt – obwohl sie die ungute Ahnung beschlich, dass Sanor sich ihres jäh aufflammenden Gefühls durchaus bewusst war. Sie nahm ihre ganze Konzentration zusammen, um ihre Gedanken gegen ihn abzuschirmen. Dann stieß sie ein unmelodisches Lachen aus. »Ich habe verstanden«, sagte sie und musste sich dazu zwingen, beim Sprechen nicht mit den Zähnen zu knirschen. »Und du hast sicher Recht. Ich mag die Wüste besser kennen als Kaylas, aber was die Führung von Soldaten betrifft, ist er mir überlegen, das gebe ich zu.«

Sanor musterte sie eindringlich. »Und dir ist klar – ohne den Schatten eines Zweifels –, wie wichtig es ist, dass das Caernadonische Heer in spätestens sechzig Tagen die Oase Bulåll erreicht? Es darf keine Verzögerungen geben, kein unnötiges

Verweilen der Armee, weil ihre Führung sie nicht unter Kontrolle hat!« Sanor griff ihr unters Kinn und hob es mit der Spitze seines Zeigefingers sanft an. Die Berührung sandte einen Schauer der Lust durch Rikkas ganzen Körper. Einen Moment lang befürchtete sie, dass ihre Knie unter ihr nachgeben würden. Seit jener Nacht vor zwölf Tagen, in der auch Marban und Ila verschwunden waren, erwies sich ihr Körper als schändlicher Verräter, der sie jederzeit im Stich lassen konnte.

Rikka schob den Gedanken an ihre letzte Begegnung mit Sanor mit aller Gewalt beiseite.

»Ich werde nichts tun, das deine Pläne gefährden könnte«, sagte sie heiser und wusste nicht, was sie mehr hasste, Sanor, der solche Macht über ihren Körper erlangt hatte, oder sich selbst, weil es ihr bisher noch nicht gelungen war, sich dagegen zur Wehr zu setzen. Oder hatte sie …? Bei diesem Gedanken, der sie wie ein Blitz durchzuckte, verzog sie angewidert von sich selbst das Gesicht – hatte sie es im Grunde gar nicht versucht, ihm zu widerstehen, weil sie es nicht wirklich wollte?

Sie biss die Zähne so fest zusammen, als wolle sie ihren eigenen Kiefer spalten. Dann zwang sie sich zu einem Lächeln, obwohl ihre Wangen dabei schmerzten.

»Seit einigen Tagen«, griff sie nach dem ersten Thema, das ihr in den Sinn kam, »macht ein Gerücht in Tarlin die Runde, das sich jetzt zu bewahrheiten scheint.«

Unten vor den Toren der Burg erklang ein weiterer Fanfarenstoß, das Signal, dass die einzelnen Truppenführer zu ihren Soldaten zurückkehrten. Der Abmarsch des Heeres stand unmittelbar bevor; Rikka blieb also nur noch wenig Zeit, um ihrer Unterredung mit Sanor vor dem Abschied eine leichtere, weniger gefährliche Note zu geben.

Sanor zog fragend die Augenbrauen hoch. »In Tarlin machen, soweit ich informiert bin, in diesen Tagen viele Gerüchte die Runde«, bemerkte er uninteressiert. »Welches von ihnen fasziniert dich denn so sehr, dass du es für erwähnenswert hältst?«

Rikka lächelte. Sie fühlte sich wieder etwas sicherer und nahm sich fest vor, den gewonnenen Boden nicht wieder preiszugeben. Während sie sprach, richtete sie den Blick wieder auf die Armee, die sich jetzt zu disziplinierten Marschkolonnen formierte. »Die Leute hier nennen es das ›Schiff der Kinder‹«, sagte sie. »Es klingt verrückt, aber sie erzählen sich, ein Handelsschiff, das den Namen *Windsbraut* trägt, sei auf dem Weg den Ank hinunter und nähere sich Tarlin in einem Tempo, als hätte es statt Segel Flügel. Und es heißt, nur Kinder seien an Bord der *Windsbraut,* kleine Kinder, halbe Säuglinge noch ...« Sie wandte sich wieder zu Sanor um und erstarrte.

Die Miene des Einen und Ersten hatte sich so sehr verhärtet, dass von seiner rauen Schönheit nichts mehr zu erkennen war. Drohend trat er auf sie zu, und Rikka wich instinktiv bis zum Geländer der Brustwehr zurück.

»Vergiss das ›Schiff der Kinder‹«, stieß Sanor heiser und so fassungslos, wie sie ihn noch nie gesehen hatte, hervor. »Das ist etwas, das dich nichts angeht – dich nicht und auch sonst niemanden, hast du mich verstanden?«

Rikka nickte verwirrt. »Selbstverständlich«, sagte sie langsam, während ihre Gedanken sich überschlugen. »Es ist schließlich nur ein Gerücht, und es kümmert mich wenig, was diese caernadonischen Narren sich in ihren Schankstuben am Feuer erzählen.« Sie ließ den Satz kurz nachschwingen, dann setzte sie heiter hinzu: »Jetzt muss ich mich aber sputen. Mein kleiner General würde es durchaus fertig bringen, seine Drohung wahr zu machen und ohne mich aufzubrechen.«

Sie verneigte sich knapp vor Sanor, vermied es jedoch sorgfältig, ihn noch einmal zu berühren. Dann ging sie würdevoll und ohne unziemliche Hast auf den Treppenaufgang zu, der sie in die Burg hinunterführte.

Als sie sicher war, dass Sanor sie nicht mehr hören konnte, lachte sie laut auf.

Was immer es mit diesem *Schiff der Kinder* auf sich haben mochte, wenn es wichtig genug war, um Sanor derart aus der Fassung zu bringen, würde sie diesem Geheimnis auf die Spur kommen.

Sie hatte nicht die Absicht, das *Schiff der Kinder* zu vergessen; vielmehr würde sie alles in ihrer Macht Stehende daransetzen, Näheres darüber in Erfahrung zu bringen.

Es war nur bedauerlich, dass sie ausgerechnet jetzt die Stadt verlassen musste. Aber für dieses Problem wusste sie Abhilfe. Es gab einen Menschen in Tarlin, der wie geschaffen dafür war, Licht in diese Angelegenheit zu bringen. Und sie wusste, wo sie diese Person finden konnte.

Hochzufrieden ließ Rikka sich von einem Knappen, der höchstens elf oder zwölf Jahre alt war, auf ihr gesatteltes Pferd helfen. Sie musterte den Jungen kurz und entschied, dass er für ihre Zwecke bestens geeignet war. Niemand würde ein bloßes Kind in dieser Vielzahl von Menschen besonders vermissen, und falls das Verschwinden doch jemandem auffallen würde, würde er kein großes Aufhebens darum machen. Sie schenkte dem Knappen ein warmes Lächeln, dann ließ sie sich auf ihr gesatteltes Pferd helfen und schloss zu Kaylas auf, um an der Spitze der Neuen Caernadonischen Armee durch die Straßen von Tarlin-Stadt zu reiten.

Obwohl die kriegsmüden Menschen – Frauen und Kinder zumeist – ihr nicht zujubelten wie einer Königin, obwohl keine Rosen vor ihr auf das unebene Pflaster geworfen und keine bunten Banner gehisst wurden, hatte sie dennoch das Gefühl, ihrem Ziel wieder einen Schritt näher gerückt zu sein.

Marte stand unentschlossen im Wohnzimmer ihres Hauses. Ihre neuen Freunde, unter ihnen auch die Eltern ihrer geliebten Eirion, waren am Morgen fortgegangen, um in der Taverne *Zum Leuchtenden Halbmond* noch einmal mit Feke und den anderen jungen Männern aus Anguli zu sprechen. Daher war sie jetzt allein im Haus, und sie hatte alle Fenster geschlossen und sogar die Läden verriegelt, aber das ferne Dröhnen der Armee, die durch Tarlin zog, war dennoch unüberhörbar. Siebenundzwanzig Tausendschaften – es war eine unvorstellbare Zahl von Männern, die in diesen Krieg zogen, und es gab nicht eine Frau in der Stadt, die nicht Vater, Ehemann, Sohn oder Bruder hatte hergeben müssen. Marte schauderte bei dem Gedanken daran, was aus Caernadon werden würde, wenn all diese Männer nicht mehr heimkehrten. Das Land blutete ohnehin schon, und auch wenn die Frauen und Mädchen tapfer die Last harter Arbeit auf sich nahmen, würden die Ernten in diesem Herbst wieder nur zu einem geringen Teil eingebracht werden können.

Unruhig durchquerte sie den dunklen Raum, um zum wiederholten Male an diesem Tag in den Keller hinunterzugehen und nach den Kerzen zu sehen. Die Hitze der letzten Wochen war unerbittlich bis in die Tiefen ihres Hauses hinabgekrochen, und sie befürchtete, dass das Wachs der weißen Kerzen, die sie und ihre Gefährtinnen für das Fest der Regenbogengöttin gezogen hatten, verderben würde, noch bevor der große Abend heraufdämmerte.

Als sie jedoch die schmale Holztür, die in den Keller führte, erreicht hatte, hielt sie, die Hand bereits auf der Klinke, noch einmal inne und stieß ein bitteres Lachen aus. Wie nutzlos dieser Dienst an der Göttin im Angesicht all der Not und des Leides war, die dem Land drohten! Welchen Sinn hatte es, heilige Rituale für eine Gottheit zu vollziehen, die ihre Söhne und Töchter so gleichgültig im Stich ließ?

Es fiel ihr in letzter Zeit immer schwerer, den Gannafrauen gegenüber, die sie als ihre Führerin ansahen, von Demut und Dankbarkeit zu sprechen, denn es gab wahrhaftig wenig in ihrem Leben, wofür sie der Großen Göttin hätten danken können. Und sollten sie in Demut zusehen, wie ihre Männer und Söhne in einen Krieg zogen, dessen Ziel und Gegner sie nicht einmal kannten? Sollten sie dankbar dafür sein, dass ihre Ziegen und Kühe im Winter, wenn das Gras nicht mehr wuchs, keine Milch mehr geben würden, die ihren Kindern den Magen hätte füllen können?

Diese Fragen strömten wie ein Gift in Martes Seele. Das Fest der Regenbogengöttin, wahrhaftig!

Die alte Gebetsformel, die sie als kleines Mädchen von ihrer Großmutter gelernt hatte, ging ihr durch den Sinn, doch jetzt erschienen die Worte ihr wie grausamer Hohn.

Die drei Gesichter, in denen sich die Göttin der Welt zeigt: Eirion, die Mondgeborene, und Diann, die Sonnengeborene, und zusammen mit Cyraneika, der Regenbogengöttin, aus der Flüsse und Meere sich speisen und der großen Göttin, die über allem ist, bilden sie das ewige Gestirn der Vier, die in Wahrheit eine ist ...

Marte verlor sich in ihrer Verzweiflung, und als sie wieder zu sich kam, spürte sie, dass ihre Wangen nass von Tränen waren. Selbst das dünne Mieder ihres Sommerkleids war feucht. Das dumpfe Donnern der vielen tausend Hufe der Streitrosse war verklungen – und auch der Hader in ihrem Herzen war erträglicher geworden, als hätten die Tränen zumindest einen Teil davon mit sich fortgespült. Entschieden wischte sie sich mit dem Handrücken über die Augen.

»Bist du endlich dahinter gekommen, dass deine hochgepriesene Göttin nur ein eitles Trugbild ist, mit dem Narren und alte Weiber sich betäuben, um nicht sehen zu müssen, was das Leben für sie wirklich ist?«

Langsam drehte Marte sich um. Dianns harte, junge Stimme hatte die Mutter in ihr getroffen wie ein Schlag. Doch sie war mehr als nur Mutter. In diesem Augenblick wusste sie – wusste es mit einer unbeschreiblichen Klarheit –, dass sie vor allem anderen Priesterin war, Priesterin einer Gottheit, deren Namen sie nicht einmal wirklich kannte und die vielleicht auch gar keinen von Menschen ersonnenen Namen brauchte. Einer Gottheit, die ihre Priester nicht durch die Weihe erwählte, sondern durch das Leben. Einer Gottheit, die alles durchdrang und alles umfasste, das unter der Sonne wurde und verging.

»Was«, fragte sie ihre Tochter, die ihr so fremd geworden war, »was ist das Leben denn *wirklich?«*

Einen Moment lang geriet Dianns Sicherheit ins Wanken. Dann trat jenes seltsame Flackern in ihre Augen, das Marte in den letzten Tagen so oft gesehen hatte, und das verletzbare junge Mädchen wich einer selbstbewussten, beinahe alterslosen Frau.

»Um zu wissen, was das Leben ist«, erklärte Diann herablassend, »müsstest du zuerst einmal wissen, was der Tod ist, nicht wahr, Marte? Denn aus dem Tod werden wir geboren, und dorthin kehren wir immer wieder zurück. Kennst du den Tod, Marte? Hast du ihm jemals ins Gesicht gesehen?«

Marte wich dem Blick ihrer Tochter nicht aus, obwohl es sie ungeheure Kraft kostete, diesen kalten, freudlosen Augen standzuhalten.

»Du irrst dich«, antwortete sie dann langsam. »Nicht aus dem Tod werden wir geboren, und es ist auch nicht der Tod, der uns immer wieder empfängt, wenn unsere Lebensflamme erlischt.« Eine tiefe Ruhe erfüllte Marte, und der Schmerz, der seit mehr Jahren, als sie zählen konnte, ihr steter Begleiter gewesen war, verlor seine Schärfe, verblasste zu Bedeutungslosigkeit im Angesicht einer großen Wahrheit. Sie wusste mit einem Mal, dass Gwenlian ganz in ihrer Nähe war, ebenso wie ihre Großmutter, die sie, so gut sie es vermocht hatte, in die Mysterien der Göttin geführt hatte. Und hinter Gwenlian und ihrer Großmutter stand die ganze Schwesternschaft der Frauen, die seit Anbeginn der Zeit ihr Leben der Suche nach dem Göttlichen geweiht hatten.

»Es ist wahr, Diann«, fuhr sie fort. »Es gibt etwas, aus dem wir geboren werden und in das wir zurückkehren. Aber es trägt einen anderen Namen als den, den du ihm gegeben hast. Es ist nicht der Tod, der uns hält und umfängt.«

»Oh, ich weiß«, fiel Diann ihr verächtlich ins Wort, »es ist deine *Große Göttin, die sich in drei Gestalten offenbart.«*

Marte schüttelte den Kopf. »Ich glaube nicht«, sagte sie, »dass das Göttliche sich in das Korsett menschlicher Vorstellungen zwängen lässt. Die Menschen versuchen, sich ein Bild von Gott zu machen, und irgendwann vergessen sie darüber, dass Gott nicht das Bild *ist.«* Plötzlich brach sie ab, und trotz der sommerlichen Hitze des Tages überfiel sie ein Frösteln.

Voller Entsetzen beobachtete sie, wie ihre Tochter sich vor ihren Augen veränderte. Dianns Silhouette schien mit einem Mal zu verschwimmen, ihre Gliedmaßen wurden länger, und es sah so aus, als würden ihre Hände sich verformen. Selbst ihre Haut nahm einen dunkleren Ton an. Und ihre Augen ... Diese Augen ...

Und plötzlich wusste Marte, warum ihr diese seltsam leblosen, flackernden Augen so vertraut erschienen waren.

Voller Furcht wich sie vor ihrer Tochter zurück, die niemals wirklich ihre Tochter gewesen war.

KAPITEL 19

Ein feines, sehr helles Geräusch, das wie die sanfte Melodie eines Windspiels klang, weckte Eirion, lange bevor das magische Signal durch die Korridore ging, mit dem das Ende der Nachtruhe verkündet wurde. Eirion setzte, sofort hellwach, die Füße auf den kühlen Steinboden und eilte ans Fenster. Eine purpurne Dämmerung kroch bereits den Himmel hinauf und zeichnete die Silhouetten der weit verzweigten Akademie und des Trommelturms nach, den sie von ihrer Kammer aus sehen konnte. Überglücklich stieß sie jetzt das Fenster auf, und kalte, frische Luft strömte ihr entgegen. Sie lebte nun seit gut einer Woche im Großen Innen und konnte immer weniger verstehen, warum so viele Priesterinnen unterirdische Wohnräume bevorzugten. Die Wüstenstadt war so vielfacettig und so reich an Wundern, dass sie selbst kein einziges dieser Bilder hätte missen mögen. Als Schülerin der Abschlussklasse stand auch ihr das Privileg zu, zwischen einem Quartier über der Erde und einem darunter zu wählen, aber als die Quartiermeisterin sie nach ihren Wünschen gefragt hatte, hatte sie keine Sekunde lang gezögert – und ihre Entscheidung auch nicht in der Hitze des Tages bereut, die jetzt, im Sommer, schon kurz nach Sonnenaufgang einsetzte und erst lange nach dem Aufsteigen der Abenddämmerung aufhörte.

Eirion beugte sich weit aus dem Fenster, um auch den Nördlichen Trommelturm sehen zu können, der zwischen der Akademie und dem Haus der Bücher lag, wie die Priesterinnen ihre Bibliothek nannten. Alles im Großen Innen folgte einer strengen Symmetrie: Um den Tempel der Göttin im Zentrum gruppierten sich vier Gebäudekomplexe, deren Räume teils über, teils unter der Erde lagen. Im nördlichen Bereich befanden sich die Akademie der Magierinnen und das Haus der Bücher, im südlichen lagen, der Akademie gegenüber, die Quartiere der Priesterinnen und Schülerinnen und auf der anderen Seite die Werkstätten, in denen die Dinge gefertigt wurden, die die Priesterinnen nicht den Handwerkern im Großen Außen überlassen mochten. Zwischen diesen Gebäuden erhoben sich die vier Trommeltürme, die jeweils einer Himmelsrichtung und einer der Manifestationen der Großen Göttin zugeordnet wurden. Lächelnd blickte Eirion zu »ihrem« Turm hinüber, dem Westlichen Trommelturm, mit dem die Mondgeborene, ihre Namenspatronin, geehrt wurde.

Plötzlich merkte sie auf. Da war es wieder, dieses leise, melodische Geräusch, das sie geweckt hatte. Und es erinnerte sie tatsächlich an die Windspiele, die ihr als Kind auf Burg Tarlin so viel Freude bereitet hatten. Dieses Geräusch hier musste jedoch von einem lebendigen Wesen kommen, das sagte ihr ihr Instinkt. Behutsam drehte sie den Kopf.

Zwei winzige, in allen erdenklichen Rottönen schillernde Vögel hockten auf ihrem Fenstersims. So klein waren die Tiere, dass Eirion sie ohne Mühe mit einer Hand hätte umschließen können. Als hätten die beiden Vögel ihren Blick gespürt, hoben sie erneut zu singen an. Eirion betrachtete ihre Besucher voller ehrfürchtigem Staunen. Sie waren so klein, und doch konnten sie mit ihrem sanften Gesang sogar geschlossene Fenster durchdringen.

Ein leises Lachen hinter ihr ließ sie herumfahren. »Du hast sie also auch gehört, die ›Stimme der Wüste‹.«

Zelda kam durch den halbdunklen Raum auf sie zu und trat neben sie ans Fenster.

»Die ›Stimme der Wüste‹?«, fragte Eirion. »Nennt man sie so?«

Zelda nickte, dann schlang sie fröstelnd die Arme um sich. »Eigentlich heißen sie Ajantas«, erklärte sie. »Aber die alten Dichterinnen Fianns nannten sie lieber die ›Stimme der Wüste‹.« Zelda beugte sich über das Sims und streckte die Hand nach einem der Winzlinge aus. Zu Eirions Erstaunen ließ der Vogel sich ohne Gegenwehr aufnehmen. »Sie sind schön, nicht wahr?«

Zelda hielt ihr das kleine Tier hin, und Eirion strich vorsichtig mit dem Zeigefinger über sein Gefieder.

»Solange sie rot sind«, sprach ihre Freundin weiter, »lassen sie sich ohne weiteres anfassen. Aber wehe dir, wenn du es in ein paar Wochen noch einmal versuchst, wenn ihr Kleid sich blau gefärbt hat.«

Eirion konnte den Blick kaum von dem Vogel abwenden, dessen Federn unter ihren Fingern nachgaben, als seien darunter weder Fleisch noch Knochen verborgen. »Was soll das heißen – ihr Kleid färbt sich blau? Verändern sie denn ihre Farbe? Und was würde passieren, wenn ich es doch täte?«

»Zunächst einmal hättest du deine liebe Not, überhaupt eine von ihnen zu fassen zu bekommen«, antwortete Zelda mit einem leisen Lachen. »Und wenn doch – nun, die ›Stimme der Wüste‹ benutzt ihren Schnabel nicht nur zum Singen.« Sie hob den kleinen Vogel noch ein wenig höher, und Eirion musterte ihn argwöhnisch.

»Ich kann nichts Ungewöhnliches an ihrem Schnabel entdecken«, sagte sie. »Ist er denn so scharf?«

»Das auch«, antwortete Zelda, und in diesem Augenblick begann das Tierchen wieder zu singen. »Aber das ist keineswegs alles«, fuhr sie fort. »Während der Brutzeit sondern sie aus einer winzigen Drüse unter dem Schnabel eine Flüssigkeit ab, die deine Haut übel verätzen kann.«

Eirion wich instinktiv einen Schritt zurück, und Zelda kicherte.

»Zur Zeit kann dir nichts passieren«, erklärte sie. »Hier, nimm es einmal selbst. Es ist ein komisches Gefühl, wenn sie in deiner Hand singen.«

Vorsichtig nahm Eirion das Ajantaweibchen entgegen. Zelda hatte Recht – der feine Gesang des Vogels sandte Vibrationen durch ihren ganzen Körper; es war wie ein leichtes Kitzeln und überaus angenehm.

»Wenn du alles, aber wirklich *alles* über Vögel wissen willst«, erklärte Zelda, nachdem sie Eirion einen Augenblick lang Zeit gegeben hatte, den Vibrationen in ihrem Körper nachzuspüren, »dann musst du Valinn fragen.«

Eirion zog, ohne den Blick von dem Ajantaweibchen abzuwenden, die Augenbrauen in die Höhe. »Valinn?«, fragte sie erstaunt.

Zelda nickte, dann stieß sie ein spöttisches Kichern aus, das jedoch vollkommen frei von Bosheit war. Wie so oft in den letzten Tagen glaubte Eirion einen Moment lang, Gwenlian vor sich zu haben.

»Valinn ist als Magierin zu nicht viel nutze«, erwiderte Zelda. »Deshalb ist sie auch immer noch keine Priesterin, obwohl sie schon so alt ist. Sie wird beim ersten Herbstmond fünfundzwanzig.« Zelda schüttelte fassungslos den Kopf, als stünde Valinn unmittelbar vor dem Eintritt ins Greisenalter. »Aber wie dem auch sei, von Vögeln versteht sie etwas – auch wenn ich nicht recht sehe, wozu das gut sein soll.«

Zelda brach ab, da in diesem Moment der leise, magische Ton erklang, der den Priesterinnen und den Priesterschülerinnen das Ende der Schlafenszeit verkündete. »Der Morgenruf«, seufzte sie. »Die Göttin erwartet ihre Dienerinnen zum Gebet.« Sie reckte sich schläfrig und sah Eirion mit schräg gelegtem Kopf an. »Manchmal denke ich, dass man es mit dem Beten auch übertreiben kann.«

Dann eilte sie davon, um sich in ihrer eigenen Kammer, die gleich neben Eirions lag, für den Tag anzukleiden. Eirion schaute der Freundin mit gerunzelter Stirn nach. Es war nicht das erste Mal, dass Zelda etwas Derartiges zu ihr gesagt hatte, doch bisher hatte sie den Worten des anderen Mädchens keine große Bedeutung beigemessen.

Versonnen strich sie dem kleinen Vogel, den sie noch immer in der Hand hielt, ein letztes Mal übers Gefieder, dann ließ sie ihn durch das geöffnete Fenster in den Morgen hinausfliegen.

Manchmal denke ich, dass man es mit dem Beten auch übertreiben kann.

Eine bedenkliche Einstellung für eine zukünftige Priesterin, fand Eirion. Und während sie das fliederfarbene Gewand der Akolutinnen überstreifte, befiel sie zum ersten Mal, seit sie im Inneren Tempelbezirk von Neu-Léth lebte, ein leises Unbehagen.

Als Eirion später am Vormittag mit Xeira in einem kleinen Innenhof in der Akademie der Magierinnen stand, war jedes Unbehagen, das sie am Morgen empfunden hatte, längst verflogen. Erwartungsvoll sah sie sich in dem Innenhof um, doch dort war nichts zu entdecken außer einem tischhohen Steinquader in der Mitte des Gevierts. Eine Hand voll dünner, trockener Zweige waren auf dem Quader übereinander geschichtet, und auf dem Boden daneben lagen weitere Zweige. Fragend wandte sie sich zu Xeira um. Die alte Priesterin hatte sich während der vergangenen Tage sichtbar erholt, auch wenn sie noch immer so zart und zerbrechlich wirkte wie die Ajantas und ihre Haut so durchscheinend war wie Seidenpapier. Dennoch ging eine kraftvolle Autorität von ihr aus, die keinen Widerspruch duldete.

»Eine gute Magierin«, sagte sie jetzt, »muss über mehr verfügen als Wissen, darüber sind sich alle Mädchen und Frauen im Klaren, die in diesem Land aufgewachsen sind.« Sie seufzte leise. »Leider führt das in vielen Fällen dazu, dass sie diesem Wissen nicht genug Bedeutung beimessen und zu schnell glauben, sie hätten genug gelernt, um das Amt der Priesterin ausüben zu können.«

Xeira schwieg kurz, und Eirion wusste, dass sie an Valinn dachte, die ihr große Sorgen bereitete. Valinn hatte am vergangenen Tag erfahren, dass sie auch in diesem Jahr wieder nur Zuschauerin sein würde, wenn weitaus jüngere Mädchen wie Zelda sich beim ersten vollen Herbstmond dem heiligen Ritual der Priesterinnenweihe unterziehen würden. Valinn hatte diese Nachricht zwar äußerlich vollkommen ruhig aufgenommen, der Groll jedoch, der seither von ihr ausging, war deutlich zu spüren. Xeira räusperte sich. »Mir bleibt leider nicht genug Zeit«, fuhr sie fort, »dir all die Dinge beizubringen, die unsere Schülerinnen in den ersten Jahren an der Akademie lernen. Aber Gwenlian hat sicher vieles von ihrem Wissen mit dir geteilt.« Wieder trat dieser zärtliche Ausdruck in Xeiras Züge, den Eirion schon oft bei der alten Frau beobachtet hatte, wenn sie von ihrer Ziehmutter sprach. Dann sah sie Eirion direkt an.

»Hat Gwenlian dir auch klar gemacht, welches die größte Tugend und der höchste Gewinn des Lernens sind?«, fragte sie.

Eirion lächelte bei der Erinnerung an lange Nachmittage, an denen sie ihre Ungeduld in Gwenlians Boudoir nur mühsam hatte im Zaum halten können. »Die Anstrengung des Lernens«, wiederholte sie dann Gwenlians Worte, »lehrt uns vor allem Demut. Es gibt so viel zu wissen über das Wesen der Dinge, mit denen wir Tag für Tag umgehen, und hinter jedem gelösten

Rätsel tun sich stets zehn neue Fragen auf, auf die wir die Antwort nicht kennen. Und erst wenn wir begreifen – wirklich begreifen –, dass wir bis zu unserem letzten Atemzug und noch darüber hinaus immer wieder an die Grenzen unseres Wissens stoßen werden, erst dann haben wir das Tor zu wahrer Erkenntnis aufgestoßen.«

Xeira sah sie augenzwinkernd an, und Eirion ahnte, welche Frage sie ihr als Nächstes stellen würde. »Nein«, sagte sie, ohne die Frage selbst abzuwarten, »ich glaube nicht, dass ich diesen Punkt bereits erreicht habe.«

Die alte Priesterin schien jedoch zufrieden mit ihrer Antwort zu sein. »Wenn dir das klar ist, meine Tochter«, erwiderte sie, »dann bist du auf deinem Weg schon weiter, als du denkst.« Sie griff nach Eirions Hand und trat auf den Steinquader in der Mitte des Innenhofs zu. »Aber alles Wissen«, fuhr sie zu sprechen fort, »bleibt leer und nichtig, wenn wir es nicht zu nutzen verstehen. Das Wissen um die Dinge ist lediglich die Grundlage, auf der wir uns weiterbewegen.«

Eirion nickte. »Das Wissen um die Dinge gibt uns Macht *über* die Dinge.« Zweifelnd blickte sie auf die lose übereinander geschichteten, trockenen Zweige vor sich.

Xeira ließ ihre Hand los und hob die Arme zum Himmel.

Plötzlich begriff Eirion, was die alte Priesterin zu tun beabsichtigte. Mit weit aufgerissenen Augen starrte sie auf das trockene Holz. Ein schwacher Luftzug war aufgekommen und bewegte sich jetzt kreisend durch das Geviert der Mauern. Ein Summen lag in der Luft, und der kleine Innenhof schien sich zu einem weiten, offenen Platz zu dehnen.

Eirion hätte nicht entscheiden können, was zuerst da war: das leise Knistern, mit dem das Feuer tief in den Reisigzweigen zum Leben erwachte, oder die rot glimmenden Funken, die das Holz umtanzten.

Minuten verstrichen, während Eirion kein anderes Geräusch wahrnahm als die Stimme des Feuers. Dann richtete Xeira sich noch ein wenig höher auf und senkte langsam und konzentriert die Hände über den Steinquader.

Eirion konnte förmlich sehen, wie die Luftströme im Hof sich zusammenzogen. Einen Moment lang beobachtete sie ratlos die brennenden Zweige, dann zogen sich die Flammenzungen immer tiefer in sich selbst zurück. Ohne dass das Feuer sich noch einmal gegen die Macht, die es erstickte, aufgebäumt hätte, erlosch es.

Jetzt erst bemerkte Eirion, dass ihre Augen brannten. Sie hatte die ganze Zeit über ohne einen Wimpernschlag auf den Steinquader gestarrt und konnte sich auch jetzt kaum davon lösen.

»Wie hast du das gemacht?«, flüsterte sie.

»Nicht ich habe es *gemacht«,* erwiderte Xeira. »So wie Wind, Wasser und Luft ist auch das Feuer immer gegenwärtig. Es ist ein Teil der Lebensenergie – und es ist auch ein Teil *deiner* Lebensenergie«, setzte sie hinzu.

Eirions Handflächen wurden feucht, und sie sah Xeira entsetzt an. Langsam schüttelte sie den Kopf. »Das kann ich nicht ...« Sie warf einen beklommenen Blick auf das kleine Bündel Reisigzweige neben dem Steinquader, dessen Bedeutung ihr schlagartig klar geworden war.

»›Das kann ich nicht‹ sind die Worte, die ich bei keiner meiner Schülerinnen jemals geduldet habe«, versetzte die alte Priesterin scharf. »Sie beleidigen die Göttin, sie beleidigen dich selbst – und vor allem beleidigen sie mich.« Xeiras Augen blitzten wütend, und jetzt war endgültig nichts Zerbrechliches mehr an ihr. »Du beleidigst mich mit deiner Torheit«, wiederholte sie. »Ich würde es nicht von dir verlangen, wenn ich nicht wüsste, dass du es kannst. Ich habe Generationen junger Frauen in die Großen Mysterien geführt, und ich habe nicht die Absicht, gerade heute und gerade bei dir zu versagen.« Sie hob eine Hand und ließ, ohne irgendetwas zu berühren, die halb verbrannten Zweige von dem steinernen Quader wehen. Die kurze Windbö, die sie heraufbeschworen hatte, trug die Asche bis in die hinterste Ecke des Innenhofs.

»Also, Eirion 'ahrd Gwenlian 'ahrd Oda«, befahl sie, »schichte den Reisig auf und ENTZÜNDE DIESES FEUER!«

Eirion versuchte krampfhaft zu schlucken, doch in ihrem Mund war kein einziger Tropfen Speichel mehr. Dann bückte sie sich nach den trockenen Zweigen und schichtete sie mit zitternden Fingern übereinander.

»Du kannst es«, sagte Xeira, als sie fertig war, und diesmal klangen ihre Worte warm und gütig. »Denk daran, was deine Mutter dich über das Feuer gelehrt hat und über das Holz. Besinne dich auf dein Wissen um die Kraft und die Würde der Natur. Übe die Demut, die aus der Erkenntnis entspringt, dass nichts geschieht ohne den Willen der Göttin.«

Während die alte Priesterin sprach, wurde Eirion langsam ruhiger. Xeiras Stimme war jetzt ein monotoner Singsang, der sie an das stetige Fließen von Wasser in einem seichten Flussbett erinnerte.

»Nicht dein Wille ist es«, fuhr Xeira fort, »der aus Wind und Holz Feuer wachsen lässt. Du bist nur das Instrument, durch das die Göttin auf die Elemente wirkt. Die Göttin führt deine Hand und lenkt deinen Atem. Unterwirf dich ihr, und du wirst eins sein mit ihr. Werde eins mit ihr, und *du* wirst die Göttin *sein*.«

Alle Furcht war plötzlich aus Eirion gewichen, und mit der Furcht zerstoben auch die Selbstzweifel. Sie stand jetzt fest und sicher auf dem gepflasterten Boden des Innenhofs, doch es war nicht Stein, was sie unter ihren Füßen spürte, es war die lebendige, warme Erde, aus der alles wuchs und wurde und in deren Schoß alles zurückkehrte, um ihr immer wieder neu zu entspringen. Es war ein ewiger, ununterbrochener Kreislauf, und sie selbst war ein Teil davon, hatte ihren festen Platz in diesem Gefüge von Werden und Vergehen. Ohne dass sie sich dessen bewusst war, hatte sie die Arme geöffnet und zum Himmel erhoben. Sie war nicht länger Eirion oder Anu, sie war ...

»Du *bist* die Göttin.«

Aus weiter Ferne drang Xeiras Stimme zu ihr vor.

»Du bist die Göttin, die den Wind lenkt, die das Wasser fließen macht, die aus der Erde Leben schafft.«

Eirion spürte ihren Körper nicht mehr; es gab diesen Körper nicht mehr. Ihr Atem wurde eins mit dem Atem der Erde, ihr Puls war das Fließen der Energie, die in unsichtbaren Bahnen den Kosmos durchströmte. Sie selbst war pure Energie, losgelöst von Geist und Materie.

»Du bist die Göttin, die Wind und Erde und Holz miteinander verwebt, bis sie selbst das Feuer gebären, das in ihnen schläft und immer in ihnen geschlafen hat und immer schlafen wird, wartend, dass es erwachen darf. Und wenn es erwacht, so tut es das aus eigener Kraft und eigenem Willen, dem Willen, der die Göttin ist.«

Die Luftströme, die zwischen den Mauern kreisten, zogen sich zwischen Eirions geöffneten Händen zusammen und formten sich zu etwas, das sehr warm und sehr lebendig war.

»Du bist die Göttin ... Du bist die Erde ... DU BIST DAS FEUER ...«

Unerträgliche Hitze umfing Eirion, und eine Flamme züngelte durch ihren Körper. *Ich brenne,* dachte sie seltsam unbeteiligt und verlor die Besinnung.

Als Eirion wieder zu sich kam, lag sie an einer angenehm schattigen Stelle des Innenhofs, den Kopf auf Xeiras Schoß gebettet. Die alte Frau sah sie besorgt an. Eirion blinzelte schwach, und Xeira schloss einen Moment lang erleichtert die Augen.

»Die Magie ist sehr stark in dir«, sagte Xeira leise, »das habe ich von unserer ersten Begegnung an gewusst. Aber jetzt«, sprach sie weiter, »jetzt weiß ich auch, was Radscha meinte, als sie sagte, wir in Fiann würden die Magie nur benutzen, während ihr Magie *seid.*« Sie strich Eirion eine verschwitzte Haarsträhne aus der Stirn, eine Geste, die tiefe Zärtlichkeit verriet.

»Was ist passiert?«, fragte Eirion. Sie erinnerte sich an das Gefühl zu brennen, nicht aber daran, was geschehen war, nachdem die Flammen von ihr Besitz ergriffen hatten.

»Du hast ein Feuer entzündet«, antwortete Xeira trocken und deutete mit dem Kopf auf den Steinquader.

Eirion folgte ihrem Blick.

Von dem Reisig, der auf dem Quader gelegen hatte, war nicht einmal mehr Asche übrig geblieben, und der Stein selbst sowie ein großer, mindestens vier Meter im Durchmesser breiter Kreis des Bodens um den Stein herum waren rußgeschwärzt.

Eirion schluckte. »Das ...«, flüsterte sie, »das war ich?«

Xeira wiegte nachdenklich den Kopf hin und her. »Wenn eine andere als du mir diese Frage gestellt hätte«, antwortete sie, »wäre ich jetzt sehr ungehalten, denn sie hätte offensichtlich nichts begriffen. Einer anderen Magierin als dir würde ich erklären, dass sie sich eine Größe anmaße, die ihr nicht zukomme, und ich würde die betreffende Schülerin noch lange nicht für reif halten, unterm ersten vollen Herbstmond das Heilige Ritual zu vollziehen.«

Xeira unterbrach sich und sah Eirion forschend an. »Einer anderen als dir würde ich sagen«, fuhr sie schließlich fort, »dass nicht sie die Macht über Wind und Feuer, über Wasser und Erde besitzt, sondern die Göttin allein, die durch sie spricht und durch sie wirkt.«

Eirion richtete sich schwerfällig auf. »Und was«, fragte sie ängstlich, »was antwortest du mir?«

Xeira erwiderte ihren Blick gelassen, doch unter der äußeren Ruhe glaubte Eirion, in den Augen der alten Priesterin so etwas wie Ehrfurcht zu lesen.

»Ich weiß es nicht«, sagte Xeira schließlich kopfschüttelnd. »Es übersteigt mein Vorstellungsvermögen.« Aber dann lachte sie plötzlich leise auf und setzte heiter hinzu: »Was mich an die klugen Worte erinnert, die du heute Morgen zu mir gesprochen hast.«

Als Eirion sie verständnislos ansah, wiederholte Xeira, was Gwenlian in Tarlin so oft zu Eirion gesagt hatte: »Erst wenn wir begreifen – wirklich begreifen –, dass wir bis zu unserem letzten Atemzug und noch darüber hinaus immer wieder an die Grenzen unseres Wissens stoßen, erst dann haben wir das Tor zu wahrer Erkenntnis aufgestoßen.«

Wieder lachte Xeira leise, dann stand sie mit steifen Gliedern vom Boden auf und reckte sich. »Ich war meinem letzten Atemzug schon so nahe, dass ich wohl geglaubt habe, ich hätte ihn bereits getan.« Sie reichte Eirion die Hand und zog sie, wie Radscha es in der Wüste getan hatte, mit kraftvollem Griff auf die Füße.

»Ich werde es nicht noch einmal vergessen, meine Tochter«, sagte sie dann, »und ich danke dir, dass du heute meine Lehrerin warst.«

Benommen folgte Eirion der alten Priesterin über den merkwürdig kühlen Innenhof in das Gebäude der Akademie hinein.

Jetzt erst wurde ihr bewusst, dass es kein Schatten war, in dem sie mit Xeira gesessen hatte.

Als sie die Akademie verließen, um sich von einer Kutsche in ihr Quartier bringen zu lassen, verdämmerte über der Wüste bereits der Abend.

KAPITEL 20

Im Hafen von Tarlin hatte sich eine große Menschenmenge versammelt. In den späten Stunden des vergangenen Abends war in der Stadt die Nachricht umgegangen, dass das *Schiff der Kinder* sich kurz vor Tarlin befinde und am Morgen einlaufen werde. Jetzt hatte sich eine Vielzahl Neugieriger eingefunden, um mit eigenen Augen zu sehen, wie viel von den Gerüchten um jenes Schiff der Wahrheit entsprach. Seltsamerweise war jedoch auch ein kleiner Soldatentrupp im Hafen erschienen, der in Tarlin zurückgeblieben war, nachdem das Heer sich in südlicher Richtung in Marsch gesetzt hatte.

Marte war eine der Ersten gewesen, die am Hafen angekommen waren, aber nicht Neugier trieb sie, sondern Sorge. Sie hatte in der Nacht kaum Schlaf gefunden, und auch viele der Gannafrauen, die am Abend mir ihr zusammen das Ritual für die Regenbogengöttin vollzogen hatten, hatten über eine unbestimmte Rastlosigkeit geklagt. Marte war jedoch die Einzige, die, ohne einen Grund dafür nennen zu können, das untrügliche Gefühl hatte, dass dieses *Schiff der Kinder* ein Schlüssel war zu den seltsamen und bedrohlichen Dingen, die in letzter Zeit in Caernadon geschahen.

Jetzt warf sie einen verstohlenen Blick auf ihre Tochter, die sich ihr zu ihrer Überraschung angeschlossen hatte.

Diann verriet mit keinem Wimpernschlag, dass sie die heimliche Musterung ihrer Mutter bemerkt hatte. Hoch aufgerichtet stand sie neben ihr, und ihr dunkles Haar, das sie seit ihrer Rückkehr in Martes Haus nicht mehr zu einem strengen Zopf geflochten, sondern offen trug, umwehte sie in dem kräftigen Wind, der von Süden wehte. Die junge Frau strahlte eine Würde aus, die sie in ihrem ganzen Leben nie besessen hatte, aber es war eine düstere Würde, die Marte Angst machte.

Nun drehte Diann sich langsam zu ihrer Mutter um und sah sie spöttisch an. Einen Moment lang befürchtete Marte, ihre Tochter würde hier, vor aller Augen, abermals jene kurze Verwandlung vollziehen, die sie am Abend zuvor so sehr entsetzt hatte. Aber es geschah nichts dergleichen.

»Ich frage mich«, sagte Diann, »was du tun wirst, wenn sich herausstellt, dass dieses Schiff wirklich voller armer, mutterloser Kinder ist. Wirst du sie alle adoptieren – wie Eirion damals?«

Marte fröstelte in dem warmen Sonnenlicht und widerstand dem Drang, die Arme um sich zu schlingen.

»Nicht ich habe Eirion adoptiert«, entgegnete sie und sah ihre Tochter dabei fest an, obwohl es ihr schwerfiel, den Blick dieser leblosen, flackernden Augen zu ertragen. »Und das weißt du auch. Ich habe ihr nur als Amme gedient ...«

»Und ihr gegeben, was eigentlich Tarannis zustand, deinem Sohn«, unterbrach Diann sie kalt.

»Ich hatte mehr Milch, als Tarannis trinken konnte«, verteidigte Marte sich. »Dein Bruder musste auf nichts verzichten, weil Eirion da war.«

Dianns Lippen zuckten, und Marte war beinahe froh, auf dem Gesicht ihrer Tochter irgendeine menschliche Regung zu finden – und sei es Hass.

»Nein, er musste auf nichts verzichten«, versetzte sie, »nur auf sein Leben, aber das war ja nicht so wichtig, nicht wahr? Jedenfalls nicht so wichtig wie Eirion.«

Marte schloss müde die Augen. Sie hatten dieses Gespräch Dutzende von Malen geführt, seit Tarannis beim Kampf der Königinnen gestorben war, um Eirion zu schützen.

»Wie dem auch sei«, fuhr Diann fort und zeigte mit dem

Kinn auf den Fluss, »wenn die Gerüchte der Wahrheit entsprechen, kannst du dir ja jetzt reichlich Ersatz für deinen Sohn ins Haus holen. Denn ein Kind ist ein Kind, nicht wahr? Für dich macht es keinen Unterschied, ob du es geboren hast oder eine andere Frau.«

Marte wandte sich ab, damit Diann die Tränen in ihren Augen nicht sah. Jetzt erst nahm sie das aufgeregte Summen um sie herum wahr, das in den letzten Sekunden angeschwollen war.

Und tatsächlich: Ein Schiff hatte die Flussbiegung passiert und näherte sich langsam der Mole. Weiße Segel blähten sich im Wind, und Marte konnte von ihrem Platz direkt vor dem Geländer auch den im Sonnenlicht glänzenden, schwarzen Rumpf sehen, auf dem in großen, roten Lettern der Name des Schiffes geschrieben stand: Es war die *Windsbraut.*

Der Wind, der in den vergangenen zwei Wochen mit Macht übers Land gestrichen war, zuerst in nördlicher, dann in südlicher Richtung, hatte sich so abrupt gelegt, wie er aufgekommen war, und die sommerliche Hitze war von einer Sekunde auf die andere unerträglich geworden. Marte sehnte sich nach einem Schluck kühlen Wassers, und ihre Kleidung erschien ihr plötzlich zu eng.

Die Seeleute, die auf der *Windsbraut* gesegelt waren, hatten das Schiff mit schweren Trossen am Kai festgemacht und eine Planke ausgelegt. Bevor die Schaulustigen sich jedoch allzu nah an die Planke herandrängen konnten, hatten die schwarz gewandeten Soldaten bereits links und rechts davon Aufstellung genommen und trieben die Menge zurück.

Kurz darauf erschien ein stämmiger Mann auf dem Deck der *Windsbraut* und schritt mit gewichtiger Miene das breite Brett hinunter. Marte achtete jedoch nicht weiter auf den Macassarner, der der Kapitän des Schiffes sein musste, und auch nicht auf den Mann mit den fein geschnittenen und doch merkwürdig harten Gesichtszügen, der hinter ihm von Bord ging. Ihre ganze Aufmerksamkeit galt den Passagieren, die den beiden Männern folgten.

Die Gerüchte, die in Tarlin die Runde gemacht hatten, entsprachen also tatsächlich der Wahrheit. In Reih und Glied gingen jetzt kleine Kinder über die Laufplanke, die mit übergroßen, ängstlichen Augen die Menschenmenge im Hafen betrachteten. Sie waren wirklich sehr jung; Marte schätzte, dass keines von ihnen älter als drei Jahre war, viele noch jünger. Und sie alle hatten das daunenweiche, silberne Haar und die langen, schlanken Gliedmaßen, die sie als Luber auswiesen. Trotz Dianns harten Worten kurz zuvor flog Martes Herz den eingeschüchterten Kindern zu. Was immer es mit ihnen auf sich hatte, in welcher Beziehung sie auch zu den furchtbaren Dingen standen, die in Caernadon geschahen, die kleinen Geschöpfe brauchten Hilfe, und sie, Marte, würde alles in ihrer Macht Stehende tun, um die Not, die sie so offenkundig litten, zu lindern.

Marte wartete nicht ab, bis die letzten Passagiere die *Windsbraut* verlassen hatten. Sie wandte sich ab und sah sich suchend um. Hinter der Anlegestelle standen mehrere große, geschlossene Kutschen bereit, die nur einem Zweck dienen konnten.

Ohne auf Diann zu achten, bahnte Marte sich entschlossen einen Weg durch das Gedränge und eilte auf die Kutschen zu. Den Mann, den sie auf dem Kutschbock des ersten Gefährts sah, kannte sie nicht, aber der Kutscher des zweiten Wagens war Konas, dessen Mutter zu den Gannafrauen gehörte. Marte ging an dem ersten Gespann vorbei – vier schlecht zusammenpassende Pferde, die eigentlich schon ihr Gnadenbrot verdient hätten –, beschirmte die Augen gegen die grelle Sonne und sah zu Konas auf.

»Guten Morgen«, begrüßte sie den Jungen, der mit seinen knapp vierzehn Jahren zu seinem großen Kummer gerade noch zu jung für eine Soldatenuniform war. »Du bringst die Kinder in ein Quartier in der Stadt?«, fragte sie.

Konas rutschte unbehaglich auf seinem Kutschbock hin und her. »Guten Morgen, Jungfer Marte«, antwortete er ihr mit der Höflichkeit, die seine Mutter ihm eingebläut hatte. »Ich weiß nichts von irgendwelchen Kindern«, setzte er dann ausweichend hinzu.

Marte wusste, das Konas sich schwer tat mit den verbotenen Umtrieben seiner Mutter und seiner beiden älteren Schwestern. Er eiferte dem Vorbild seines Vaters nach, eines streng gläubigen Fálianers, der gestern als Soldat mit der Armee Tarlin verlassen hatte. »Wohin sollst du die Passagiere des Schiffes, das soeben eingelaufen ist, bringen?«, fragte sie in einem Tonfall, der keinen Widerspruch zuließ.

Der Junge wand sich unter ihrem Blick, doch Marte wusste, dass er letzten Endes nachgeben würde. Mochte der Einfluss seines Vaters noch so groß sein – seine Mutter war eine energische, tatkräftige Frau, die bei keinem ihrer Kinder jemals Ungehorsam oder Respektlosigkeit geduldet hatte.

»Ich soll ...« Konas zögerte noch einen Augenblick, dann kapitulierte er vor Martes Autorität, wie sie es erwartet hatte. »Ich soll sie in die Taverne *Zum Leuchtenden Halbmond* bringen.«

Marte drehte sich gerade noch rechtzeitig wieder zur Mole um, um noch die schlanke Luberin zu sehen, die mit einem kleinen Mädchen an der Hand von Bord der *Windsbraut* ging.

Ohne zu zögern, machte Marte sich auf den Weg in die Stadt, in das Viertel, in dem die Taverne *Zum Leuchtenden Halbmond* lag.

»Aber *warum* hat er die Kinder nach Tarlin gebracht?«, fragte Marte einige Stunden später die verhärmte junge Luberin, von der sie bisher nur ihren Namen wusste – Elija.

Elija schüttelte müde den Kopf. »Ich weiß es nicht«, flüsterte sie.

Marte sah sie voller Mitleid an. Die junge Frau hätte ihre Tochter sein können – sie war sicher nur wenige Jahre älter als Eirion und Diann –, aber ihre Augen und ihre Haut waren so glanzlos wie die einer Greisin. Trotzdem ließ sich noch etwas von der Schönheit ahnen, die sie einmal besessen haben musste.

»Ich verstehe das alles nicht«, sprach Elija leise weiter und hob den Blick.

Marte beugte sich über den Tisch, der in der hintersten Ecke von Bardels Schankstube stand, und griff nach der Hand der jungen Frau.

Sie war fast zur gleichen Zeit an der Taverne angekommen wie die Kutschen, die die Passagiere der *Windsbraut* hergebracht hatten – ohne den Kapitän und den Mann, den Marte hinter ihm die Planke hatte hinunterkommen sehen. Sie hatte Elija ihre Hilfe angeboten; es waren insgesamt zweiunddreißig Kinder, die Elija allein zu versorgen hatte, und sie alle mussten nach der langen Flussfahrt erst einmal gebadet und mit einer warmen Mahlzeit versorgt werden. Die Luberin hatte zuerst gezögert, Martes Angebot anzunehmen, aber dann hatte ihre Erschöpfung gesiegt, und Marte hatte sich mit ihr zusammen um die Kinder gekümmert.

Jetzt, fast vier Stunden später, lagen sie alle satt und gebadet oben in ihren Betten und schliefen. Marte runzelte die Stirn, als sie daran dachte, wie fügsam die Kinder gewesen waren, beinahe willenlos. Nur ein kleines Mädchen – es waren überwiegend Mädchen, die in der Gruppe reisten – war ein wenig aufgeschlossener gewesen. Marte wusste inzwischen, dass sie Aischa hieß und Elijas Tochter war, weshalb sie vielleicht nicht ganz so verängstigt wirkte wie die anderen Kinder, deren Mütter in Luba zurückgeblieben sein mussten.

Die ganze Angelegenheit war Marte noch immer ein Rätsel, und Elija hatte sich bisher äußerst wortkarg gezeigt, wenn sie ihr Fragen stellte. Marte beschloss, der Sache endlich auf den Grund zu gehen. Sie ließ Elijas Hand los, stand von ihrem Stuhl auf und ging um den Tisch herum, um sich neben Elija auf die Eckbank zu setzen. Die wenigen Gäste, die die Taverne um die Mittagsstunde aufgesucht hatten, waren inzwischen wieder gegangen, und auch von den Schwanenmenschen, die in Martes Haus wohnten, und ihren Gefährten war nichts zu sehen. Sie waren allein in der Schankstube, und Marte hatte nicht die Absicht, diese Gelegenheit zu einem ungestörten Gespräch einfach verstreichen zu lassen.

»Was ist passiert, Elija?«, fragte sie, als sie neben der jungen Luberin Platz genommen hatte, in dem gleichen energischen Tonfall, den sie am Morgen Konas gegenüber angeschlagen hatte. »Warum bist du die einzige Frau, die diese Kinder begleitet«, hakte sie nach, als Elija weiter schwieg. »Wo sind die Mütter der anderen Kinder?«

Elijas müde Augen füllten sich mit Tränen, und Marte spürte, wie ihre mühsam aufrechterhaltene Selbstbeherrschung ins Wanken geriet. Aber sie zögerte noch immer, sich Marte anzuvertrauen.

»Ich habe keine Ahnung, was ihr durchgemacht habt, du und die Kinder«, sagte Marte schließlich. »Aber ich habe Augen im Kopf, und was ich sehe, tut mir bis ins Herz weh.«

Elija erwiderte nichts, während ihr Tränen über die Wangen rollten. Bardel, der Tavernenwirt, kam durch die Schwingtür aus der Küche und machte Anstalten, sich ihrem Tisch zu nähern, doch er verstand Martes kaum merkliches Kopfschütteln und zog sich wieder zurück. Draußen rollte eine Kutsche heran, bremste vor der Taverne kurz ab und fuhr dann weiter. Marte blickte zur Tür hinüber, in Erwartung neuer Gäste, die ihr Gespräch hätten stören können, doch die Tür blieb geschlossen.

»Ich weiß nicht, ob du wie ich dem Alten Glauben anhängst«, wagte sie einen neuerlichen Vorstoß, um vielleicht auf diese Weise das Vertrauen der Fremden zu gewinnen, »aber ich habe sagen hören, dass die Menschen in Luba, das weit genug entfernt ist vom caernadonischen Reich, noch zur Göttin beten. Falls das tatsächlich so ist«, fuhr sie fort, »falls auch du eine Tochter der Großen Göttin bist, dann sind wir Schwestern.«

»Es gibt keine Menschen mehr in Luba, die zur Göttin beten«, brach es endlich aus Elija heraus. Mit wilden, verzweifelten Augen sah sie Marte an. »Verstehst du? Es gibt überhaupt keine Menschen mehr dort! Es gibt nichts mehr in Luba, das lebt und atmet. Sie ... sind ... alle ... tot ...« Die letzten Worte gingen in dem furchtbaren Schluchzen unter, mit dem Elijas Schmerz sich nun mit Macht Bahn brach.

Marte schwieg erschüttert. »Was ist passiert?«, flüsterte sie, nachdem sie sich ein wenig gefasst hatte. Dann legte sie einen Arm um die Schultern der mageren jungen Frau und wiegte sie wie ein Kind sachte hin und her. Endlich ebbte Elijas Schluchzen so weit ab, dass sie wieder sprechen konnte. »Es war entsetzlich«, flüsterte sie mit rauer Stimme. »Es geschah vor zwei Wochen.« Ihre Augen blickten starr ins Leere, als sähe sie das Grauen jenes Tages noch einmal vor sich. »Der Morgen dämmerte herauf wie immer. Es war alles wie immer, nur ... Aischa hatte Geburtstag ... Mein Mann hatte ihr eine Puppe geschnitzt; er konnte sehr gut mit Holz umgehen. Die Puppe hatte bewegliche Arme und Beine und ihr Gesicht war wunderhübsch. Ich hatte Kleider für sie genäht, ein Kostüm, wie unsere Artisten es tragen, und ein langes, blaues Nachthemd aus dem gleichen Stoff, aus dem ich auch für Aischa eins gemacht hatte.«

Marte drängte Elija nicht, während sie sich weiter in Einzelheiten verlor, die für das eigentliche Geschehen ohne Belang waren. Sie ahnte, wie schwer es für die junge Frau sein musste, von diesen Dingen zu sprechen, welche Qual es bedeutete, diese Stunden noch einmal zu durchleben.

»Und dann ...«

Jetzt rückte Marte noch dichter an Elija heran, deren Stimme so heiser und leise geworden war, dass sie sie kaum noch verstehen konnte.

»Dann«, sprach Elija mühsam weiter, »kam plötzlich diese Wolke. Sie sah aus wie eine riesige Gewitterwolke, die den Himmel verdüsterte. Ich dachte mir zuerst nichts dabei, nur: Wie schade, dass es ausgerechnet an Aischas Geburtstag regnen muss.«

Elija stieß ein beinahe hysterisches Lachen aus. »Verstehst du?« Jetzt schrie sie beinahe. »Verstehst du? Ich dachte nur, wie traurig es für Aischa sei, ihren Geburtstag im Regen feiern zu müssen!« Elijas Stimme war immer schriller geworden und überschlug sich schließlich.

Marte legte der jungen Frau, die nun endgültig die Grenze zur Hysterie zu überschreiten drohte, die Hände auf die Schultern und schüttelte sie sanft. »Was ist passiert, nachdem die dunkle Wolke am Himmel aufgezogen war?«, fragte sie mit einem ruhigen, beherrschten Tonfall, der auf Elija wirkte wie Wasser auf ein schwelendes Feuer.

Die Luberin strich sich das wirre Haar aus der Stirn, dann schluckte sie krampfhaft und antwortete: »Es wurde plötzlich sehr dunkel, viel dunkler als selbst während der schlimmsten Gewitter in den Bergen. Aischa spielte mit drei Kindern aus dem Ort draußen im Garten mit ihrer neuen Puppe, sie hatten sich darum gestritten, wer sie halten durfte, aber dann hatten sie sich geeinigt, und ich hörte sie wieder lachen. Mein Mann und ich waren in der Küche hinter der Schankstube; Fin hackte gerade die Bergminze für das Manjoli, das für die Mittagsgäste vorbereitet werden musste. Ich stand nur wenige Schritte von ihm entfernt und wusch in der Spüle das Geschirr vom Frühstück. Fin hat es zuerst gespürt ...« Elijas Stimme war jetzt vollkommen tonlos, als erzähle sie von Dingen, die ihr Leben nicht berührten. »Er rief nach mir, und ich sah zu ihm hinüber. In seinen Augen stand Angst, schreckliche Angst. Durch das Fenster drang kaum noch Tageslicht in die Küche. Nur das Herdfeuer spendete ein wenig Helligkeit. Aber Fins Augen ... Seine Augen konnte ich sehen, die schreckliche Todesangst darin. Dann ... löste er sich plötzlich ... auf. Er ... er zerfloss. Er ist einfach zerflossen ... vor meinen Augen ...«

Elija brach ab, und Marte hörte nur noch das Rauschen ihres eigenen Blutes in den Ohren. Aus der Küche wehte der Geruch von überm Feuer gebratenem Fleisch in die Schankstube, und Marte musste gegen die Übelkeit ankämpfen, die die sonst so köstlichen Düfte aus Bardels Taverne in ihr auslösten.

Lange Minuten verstrichen, während deren beide Frauen schwiegen.

»Aber du hast überlebt«, sagte Marte schließlich leise. »Du und diese Kinder. Und außer euch ...?«

Elija schüttelte nur den Kopf. »Ich weiß es nicht«, erwiderte sie. »Ich muss das Bewusstsein verloren haben. Als ich wieder zu mir kam, lag ich in der Küche auf dem Boden, und Aischa hockte neben mir. Alle anderen ... Sie waren fort ... Selbst unser Vieh, die Hühner ... Alles weg. Wie vom Erdboden verschluckt.«

»Was ist dann geschehen?«, fragte Marte, obwohl sie ahnte, wie Elijas Geschichte weiterging.

»Ich war gerade erst zu mir gekommen«, antwortete die Luberin, »als dieser Mann in unserem Haus erschien.« Sie schauderte.

»Der Kapitän des Schiffes?«

»Nein«, entgegnete Elija, »der andere, der mit uns gereist ist. Er erklärte uns, dass wir ihm folgen sollten. Er sagte ... er sagte, mein Mann sei tot und alle anderen in der Stadt ebenfalls. Wir ... sollten nur das Nötigste für eine lange Reise einpacken und uns in einer Stunde bereithalten.« Sie sah Marte trostlos an, und ihre dunkelbraunen Augen, die so einen reizvollen Kontrast zu dem silbernen Haar hätten bilden können, füllten sich erneut mit Tränen. »Ich habe nichts eingepackt. Ich bin durch die Straßen gerannt, mit Aischa auf dem Arm. Ich habe alle Türen aufgerissen ... Meine Schwester wohnt ... wohnte ... nur ein paar Straßen weiter. Sie war Tänzerin. Ihr Haus war leer. Auf dem Tisch in ihrer Wohnstube lag die Näharbeit für ihr neues Kostüm. Der Stoff war vollkommen zerknüllt und hing halb auf den Boden herunter; die Nadel steckte noch darin. Meine Schwester hätte das kostbare Tuch niemals so achtlos hingeworfen, sie war sehr stolz auf ihre Kunst und hielt ihre Kostüme immer gut in Ordnung.«

Marte nickte. Sie verstand, was Elija ihr sagen wollte. »Und dann?«, hakte sie nach, »als du wusstest, dass der fremde Mann die Wahrheit gesprochen hatte?«

»Ich bin mit Aischa zurück nach Hause gegangen und habe gewartet.« Elija lehnte sich erschöpft zurück. »Der Fremde kam tatsächlich nach einer Stunde wieder, um uns zu holen. Als er sah, dass ich nichts eingepackt hatte, sagte er, dass ich für mich und meine Tochter Kleidung zum Wechseln brauchen würde, da wir eine weite Reise vor uns hätten. Er gab mir Zeit, noch ein paar Dinge zusammenzusuchen, dann sind wir zum Hafen von Luba hinuntergegangen.«

»Der Mann hatte die anderen Kinder bei sich?«

Elija nickte wortlos.

»Waren es alle Kinder, die in Luba lebten?« Die Frage schien ihr sehr wichtig zu sein, gab sie vielleicht doch Aufschluss über die Natur der Magie, die zweifellos dort am Werk gewesen war.

Die junge Frau sah sie erstaunt an, dann lachte sie freudlos. »Ich vergaß, wie wenig ihr hier auf der anderen Seite der Sümpfe von uns wisst«, antwortete sie. »Luba ist eine sehr große Stadt, wahrscheinlich fast so groß wie Tarlin. Es gibt – es gab – viele Kinder dort, es müssen Hunderte gewesen sein. Aber nur diese zweiunddreißig, darunter meine Tochter, haben überlebt.«

Marte schlang die Arme um sich, als fröre sie plötzlich. »Und dieser Mann«, fragte sie schließlich weiter, »der Mann, der euch zum Schiff gebracht und nach Tarlin begleitet hat – was weißt du über ihn?«

Wieder schüttelte Elija den Kopf. »Nichts«, antwortete sie. »Ich weiß nichts über ihn – außer seinem Namen.«

Marte zog die Augenbrauen hoch. »Und? Wie heißt er?«

»Sein Name ist Tork.«

KAPITEL 21

Der Tag schwankte bereits zwischen Licht und Dunkelheit, als Marte aus der Taverne *Zum Leuchtenden Halbmond* zurückkehrte. Sie hatte am Nachmittag zwei der Gannafrauen gebeten, ihre Ziegen zu versorgen, so dass sie nur noch kurz in den Stall gehen musste, um sich davon zu überzeugen, dass die Tiere alles hatten, was sie für die Nacht benötigten. Aber sie hätte sich die Mühe sparen können – auf Oghma und Lehu war Verlass. Mit einem dankbaren Lächeln öffnete Marte die Tür zu ihrem Wohnzimmer.

Ihr Lächeln verflog jedoch schnell, als sie die Unordnung dort sah. Diann hatte das Geschirr und die Essensreste von ihrem abendlichen Mahl auf dem Tisch stehen lassen und es versäumt, die Fenster zu schließen, bevor sie die Öllampen entzündete. Ein Schwarm dicker schwarzer Fliegen umschwirrte den Käse, dessen Schnittkanten sich braun und fettglänzend nach oben wölbten, Motten tanzten um die Schirme der Öllampen, und die Luft war erfüllt von dem hohen Sirren der Mücken, die in diesem heißen Sommer so zahlreich waren. Von Diann selbst war im Wohnzimmer keine Spur zu sehen; sie hatte sich wahrscheinlich schon längst in ihre Schlafkammer zurückgezogen, wie sie es nun jeden Abend tat.

Mit einem leisen Seufzer rieb Marte sich den juckenden Mückenstich an ihrem Hals, zu dem sich in dieser Nacht gewiss etliche weitere hinzugesellen würden, dann machte sie sich an die mühsame Arbeit, die vor ihr lag.

Die Fliegen waren so vollgefressen und träge, dass sie eine leichte Beute sein würden, aber die Mücken würden dem dünnen Drahtgitter, mit dem sie sich das Ungeziefer vom Hals zu schaffen pflegte, wieder geschickt ausweichen.

Als Erstes schloss sie die Fenster, dann wickelte sie das Brot und den Käse in dickes Pergamentpapier, um beides später in den Keller hinunterzutragen, wo es immer noch ein wenig kühler war als in den oberen Räumen. Trotz ihrer Müdigkeit stellte Marte fest, dass ihr die einfachen, vertrauten Handgriffe halfen, ihre durcheinander gewirbelten Gedanken zu ordnen.

Ihr Gespräch mit Elija, das so erschreckend gewesen war, hatte schließlich eine noch beunruhigendere Wendung genommen. Jetzt ging Marte diesen letzten Teil der merkwürdigen Unterredung vom Nachmittag im Geist noch einmal durch.

»Kannst du dir irgendwie erklären, warum gerade diese Kinder überlebt haben?«, hatte sie Elija gefragt, doch die Luberin hatte nur die Achseln gezuckt.

»Es ist im Grunde nicht wichtig, oder?«, hatte sie entgegnet, doch Marte war anderer Meinung gewesen.

»Es muss irgendein Plan dahinter stecken«, hatte sie nachgehakt, »irgendeine Absicht. Es muss einen Grund dafür geben, warum diese Kinder überlebt haben. Und wenn wir diesen Grund erkennen könnten, dann hätten wir vielleicht eine Chance, unser Wissen zu nutzen.«

»Wozu soll es uns nutzen?«, war Elija aufgebraust, müde und erschöpft von all dem Furchtbaren, das sie erlebt hatte, dass sie weder die Geduld noch den Lebenswillen besaß, einen Kampf aufzunehmen, der ihr vollkommen hoffnungslos erschien. »Die Kinder haben überlebt, aber was soll ihnen das helfen?«, fuhr sie verbittert fort. »Ich denke, es wäre barmherziger gewesen, wenn wir mit unseren Familien und Freunden hätten gehen können, wo immer sie jetzt auch sein mögen.

Vielleicht sind diese Kinder einfach nur deshalb nicht gestorben, weil ihre Lebenskraft zu stark war oder ...«

»Das ist nicht der Grund«, unterbrach sie eine helle Kinderstimme, und Marte drehte sich erschrocken um.

Aischa, Elijas Tochter, war unbemerkt in die Schankstube gekommen und hatte von der Tür aus ihr Gespräch mit angehört. Barfuß tapste sie jetzt über den blanken Holzboden, das feine silberne Haar fiel ihr wirr über die Schultern, und die Schleife ihres dünnen Nachthemds hatte sich am Hals gelöst, so dass darunter die nackte Haut sichtbar wurde.

»Geh sofort wieder ins Bett!«, fuhr Elija ihre Tochter an. »Ich habe dir verboten, aufzustehen, bevor ich euch holen komme.«

Marte unterbrach sie. »Nein«, sagte sie leise, aber entschieden und hob das zierliche kleine Mädchen auf ihren Schoß. »Lass sie reden, Elija.« Dann wandte sie sich an Aischa. Das Kind, das vor wenigen Tagen drei Jahre alt geworden war und sich so sehr über eine neue Puppe gefreut hatte, blickte sie mit ernsten, dunklen Augen an. Die Reife und die seltsame Würde, die Marte dort fand, taten ihr in der Seele weh. »Wenn das nicht der Grund ist, warum ihr überlebt habt – was ist es dann?«, fragte sie behutsam.

»Sie ist nur ein Kind«, fiel Elija ihr ungehalten ins Wort, »und sie hatte schon immer eine blühende Fantasie. Die Geschichten, die sie sich ausdenkt, sind ...«

»Bitte, Elija.« Marte legte der jungen Frau mahnend eine Hand auf den Arm. »Lass deine Tochter sprechen.« An Aischa gewandt fügte sie hinzu: »Was weißt du darüber? Kennst du den wirklichen Grund dafür, dass ihr – du und die anderen Kinder – überlebt habt?« Sie brauchte das kleine Mädchen, das so aufrecht und ruhig auf ihrem Schoß saß, nicht darauf hinzuweisen, dass es keine erfundenen Geschichten erzählen dürfe, dass dies hier wichtig war, sehr wichtig. Das wusste Aischa, auch ohne dass man es ihr sagte.

Der warme Kinderkörper war jetzt so straff gespannt wie ein Bogen, kurz bevor der Schütze den Pfeil auf ein wohlberechnetes Ziel abschoss. Marte konnte den Widerhall von Aischas Konzentration in ihrem eigenen Körper spüren.

»Da war ein Mann …«, sagte das kleine Mädchen mit gerunzelter Stirn.

»Natürlich war da ein Mann«, unterbrach ihre Mutter sie. »Er hat uns zum Hafen gebracht und nach Tarlin begleitet.«

Aischa sah ihre Mutter nachsichtig an. »Diesen Mann meine ich nicht. Da war noch ein anderer Mann, vorher. Bevor …« Aischas Stimme verlor sich, und Marte drückte sie fest an sich.

Doch das kleine Mädchen auf ihrem Schoß versteifte sich gegen ihre Berührung und sah sie mit kühlen, klaren Augen an.

Marte verstand. Aischa wollte kein Mitleid; sie war weit über das Stadium hinaus, in dem es Trost für sie geben konnte. Sie wollte kein Mitleid, sondern einen Menschen, der ihr sehr genau zuhörte und ihrem Bericht den Ernst entgegenbrachte, der ihr trotz ihrer Jugend zustand. Ihre Mutter mochte noch immer nur das dreijährige Kind in ihr sehen, das mit seiner blühenden Fantasie alle möglichen Geschichten erfand, aber Marte wusste es besser. Jetzt lockerte sie ihren Griff, mit dem sie Aischa festhielt, und nickte schweigend.

Aischa sprach weiter. »Weißt du«, sagte sie mit leicht schräg gelegtem Kopf und dem sachlichen Tonfall eines Forschers, der eine seltene Erscheinung der Natur beschreibt. »Tia und Culann sind einfach geschmolzen. Wie die Schneeleute, die wir im Winter bauen, wenn die Sonne sie küsst. Bloß …« Wieder musterte sie Marte prüfend, um festzustellen, ob die fremde

Frau ihrer Geschichte wirklich aufmerksam folgte. Das Ergebnis ihrer Prüfung war offensichtlich zu ihrer Zufriedenheit ausgefallen, denn sie fuhr mit einem Nicken fort. »Bloß dass es schwarzer Schnee war, zu dem sie geschmolzen sind, und es ging ganz schnell. Ich konnte nur dreimal atmen, da waren sie auch schon fort.«

Elija sog scharf die Luft ein. »Du musst das vergessen, Aischa«, stieß sie mit gepresster Stimme hervor. »Es wird alles wieder gut ...«

Marte drehte sich entsetzt zu der jungen Mutter um. »Elija«, sagte sie leise. »Damit hilfst du ihr nicht. Es gibt Dinge, die kann man nicht vergessen – und die *darf* man nicht vergessen. Denn sonst kann niemals mehr irgendetwas gut werden.«

Elijas Augen füllten sich mit Tränen, aber sie protestierte nicht mehr, als Marte ihre Tochter zum Weitersprechen aufforderte.

»Was ist passiert, bevor Tia und ... Culann geschmolzen sind?«, fragte sie. »Was war mit diesem Mann, von dem du gesprochen hast?«

Aischa legte konzentriert die Stirn in Falten. »Danu, die auch bei uns im Garten war, ist nicht geschmolzen«, erklärte sie. »Und ich bin nicht geschmolzen.«

Draußen vor der Tür fuhr jetzt abermals eine Kutsche vor, und diesmal näherten sich zielstrebige Schritte dem Eingang der Taverne.

»Weiter!«, drängte Marte Aischa zur Eile. Sie musste das Ende der Geschichte hören, bevor die Neuankömmlinge sie bei ihrem Gespräch stören konnten. »Was war mit dem Mann?«

»Er war ein paar Tage zuvor schon einmal bei uns im Garten.«

Elija sog scharf die Luft ein, und Marte wusste, dass sie im

Begriff war, ihre Tochter für ihre mangelnde Vorsicht zu schelten. Abwehrend hob Marte die Hand. »Was hat der Mann getan?«

»Er hat uns berührt ...«

»Aischa!« Jetzt ließ Elija sich nicht länger zurückhalten. »Du bist alt genug, um zu wissen ...« Es fiel ihr sichtlich schwer, ihre Gefühle in Worte zu fassen, und sie brach ab. »Warum hast du mir nichts davon erzählt?«, fragte sie fassungslos.

Aischa sah ihre Mutter geduldig an. »Er hat uns mit einem *Stein* berührt«, erklärte sie würdevoll. »Es war nur ein winziger, schwarzer Stein, nichts Besonderes ...«

Die Schritte draußen vor der Taverne hatten kurz innegehalten, und gedämpftes Murmeln drang in die Schankstube.

»An dem Tag, an dem er in unserem Garten war«, erzählte Aischa weiter, »waren außer Tia, Culann und Danu auch Olwen und Ailill da.« Sie sah Marte fest an. »Verstehst du?«, fragte sie eindringlich und gleichzeitig bittend. Marte hatte Mühe, dem Drang zu widerstehen, das kleine Mädchen an sich zu ziehen, das so schreckliche Dinge erlebt und bisher nicht einmal davon hatte sprechen können.

»Der Mann hielt diesen komischen Stein in der Hand«, setzte Aischa ihren Bericht fort, »und hat uns alle kurz angesehen. Dann hat er zuerst Danu mit dem Stein berührt ... Danu dachte, es sei ein Spiel, aber ich fand es nicht lustig. Der Mann machte mir Angst, und ich wollte ins Haus laufen. Aber ...« Jetzt strömten die Worte hervor, wie Wasser, das einen berstenden Damm durchbrach. »Aber der Mann hat mich festgehalten und mich auch mit dem Stein berührt, nur ganz kurz, dann hat er mich wieder losgelassen.«

Die Schritte draußen auf dem geschotterten Weg, der zur Taverne führte, waren jetzt ganz nah.

»Weiter«, drängte Marte.

»Da wollte ich plötzlich nicht mehr weglaufen«, erwiderte Aischa, offensichtlich erstaunt über sich selbst. »Und ich hatte auch keine Angst mehr. Es war doch bloß ein kleiner Stein ... Und dann ... dann hat der Mann noch Ailill berührt und ist weggegangen. Olwen, Tia und Culann hat er nicht mit dem Stein berührt. Olwen, Tia und Culann sind geschmolzen. Danu, Ailill und ich nicht«, schloss sie, als sei damit alles gesagt.

Und in gewisser Weise war es das auch – obwohl das Rätsel selbst damit noch lange nicht gelöst war.

Als Elija plötzlich neben ihr erleichtert auflachte, zuckte Marte zusammen, so sehr war sie mit den Fragen beschäftigt gewesen, die sich in ihrem Kopf überschlugen.

»Das ist der Beweis!«, rief die junge Luberin und blickte zwischen ihrer Tochter und Marte hin und her. Marte verstand den Ausdruck der Überlegenheit in den Augen der anderen Frau nicht, bis diese hinzufügte: »Mich hat niemand mit einem Stein berührt, da bin ich mir ganz sicher, und ich bin trotzdem nicht ... geschmolzen.« Schlagartig war alle Heiterkeit aus ihren Zügen geschwunden, die einen Moment lang eine Ahnung von ihrer ehemaligen Schönheit heraufbeschworen hatte.

Marte sah fragend zu Aischa hinüber. Im Gegensatz zu Elija war sie noch keineswegs überzeugt davon, dass es tatsächlich keine besondere Bewandtnis mit diesem seltsamen Mann hatte.

Aischa schüttelte langsam den Kopf. Das Bedauern, ihre Mutter enttäuschen zu müssen, das sich jetzt in dem Kindergesicht abzeichnete, hätte komisch sein können, aber Marte war nicht nach Lachen zumute.

»Du irrst dich, Mama«, sagte das kleine Mädchen leise. An dem Tag, bevor es passiert ist, waren wir auf dem Markt. Und der Mann war ebenfalls da. Es war so ein großes Gedränge, und du hast dich mit Pyderi gezankt, weil sie dir in der Woche zuvor verdorbenes Manjoli verkauft hatte.« Sie unterbrach sich kurz, und Marte folgte ihrem Blick.

Die Tür der Taverne hatte sich geöffnet, und zwei Männer traten in die Schankstube. Einer davon war der fremde Reisende, der die Kinder nach Tarlin gebracht hatte.

Instinktiv senkte Aischa ihre Stimme zu einem Flüstern. »Und als du mit Pyderi gesprochen hast«, fuhr sie fort, »ging der Mann gerade an uns vorbei. Du hast es nicht gemerkt, aber ich habe ihn erkannt. Und er hatte wieder den Stein in der Hand ...«

Mehr brauchte sie nicht zu sagen, und Marte erwartete, dass sie jetzt verstummen würde. Aischa blickte argwöhnisch zum vorderen Teil der Schankstube hinüber, wo der Fremde mit Namen Tork nun ein paar Worte mit dem Wirt wechselte. Er hatte die drei anderen Gäste in ihrer halb versteckten Sitznische offensichtlich noch nicht bemerkt.

»Dann ist etwas ganz Komisches passiert«, sprach Aischa plötzlich leise weiter. »Ich habe ihm nachgesehen, als er vom Markt wegging. Da war eine Lücke zwischen den Marktbuden von Pyderi und Meas ... Und einen Moment lang dachte ich, der Mann würde auch schmelzen. Er wurde ...« Aischa zog ihre kleine Nase kraus und suchte nach den richtigen Worten. »Er wurde an den Rändern ganz flüssig ...«, sagte sie langsam und brach dann ab.

Der Mann, von dem Marte nur wusste, dass er Tork hieß, hatte sie entdeckt.

Er wurde an den Rändern ganz flüssig.

Marte verstand nicht, warum ihr gerade diese Worte des kleinen Mädchens immer wieder durch den Kopf gingen. Es lag auf der Hand, dass Aischas blühende Fantasie ihr einen

Streich gespielt haben musste. Vielleicht hatte sie eine Luftspiegelung gesehen, wie sie an klaren, sonnigen Tagen im Gebirge gelegentlich vorkam, vielleicht hatte der Mann auch einen hellen Umhang getragen, der das Licht zurückwarf. Und dennoch ... Die letzten Worte des Kindes gingen Marte nicht aus dem Sinn. Sie waren wie eine wunde Stelle im Mund, zu der die Zunge immer wieder hinüberwanderte, obwohl man wusste, dass es nichts nutzen würde.

Marte räumte Besen und Kehrblech in die kleine Kammer neben der Küche, wo sie dergleichen Dinge aufbewahrte, drückte dann die Tür zu und stemmte sich die Hände ins Kreuz. Ihr Rücken schmerzte, und sämtliche Knochen in ihrem Leib brannten. Sehnsüchtig dachte sie an ihr Bett in dem Raum neben dem ihrer Tochter, doch sie wusste, dass sie, so müde sie war, auch in dieser Nacht keinen Schlaf finden würde. Seit Diann in ihr Haus zurückgekehrt war, hatte sie kaum ein Auge zugetan, und obwohl sie den Gedanken gern weit von sich geschoben hätte, wusste sie, dass ihre Unruhe mit ihrer Tochter zusammenhing. Überhaupt hatte sie das sichere Gefühl, dass all die Dinge, die sich um sie herum ereigneten, auf irgendeine Weise miteinander verbunden sein mussten. Wenn sie nur das Muster hätte erkennen können, das all dem zu Grunde lag!

Er wurde an den Rändern ganz flüssig ...

Wieder meldete sich die beharrliche Kinderstimme in ihrem Innern zu Wort. Marte fuhr sich mit der Hand über ihre von Schlafmangel geröteten Augen, dann horchte sie plötzlich auf.

Die Nacht draußen war vollkommen still; der Wind, der in den vergangenen zwei Wochen mit solcher Heftigkeit übers Land gefegt war, hatte sich am Morgen mit überraschender Plötzlichkeit gelegt und schwieg seither. Trotzdem war Marte davon überzeugt, dass sich im Garten etwas bewegte. Es hätte ein Tier sein können, eine Wühlmaus, die im niedrigen Gestrüpp der Hecken raschelte, oder ein Fuchs auf der Suche nach Beute.

Marte trat ans Fenster und lauschte in die Dunkelheit hinaus. Irgendetwas war da draußen.

Er wurde an den Rändern ganz flüssig …

Verärgert über sich selbst schüttelte Marte den Kopf und wandte sich vom Fenster ab. Sie musste vollkommen überreizt sein, wenn nicht nur Aischas Worte wie der Refrain eines aufdringlichen Liedes ständig wiederkehrten, sondern jede winzige Regung in ihrem Garten eine düstere Bedeutung gewann.

Es ist eine Wühlmaus, entschied sie sich für die harmloseste aller Erklärungen und ging beherzt durch den Raum, um ein Feuer im Kamin zu entzünden. Wenn sie auch die Wärme nicht brauchte, würden die tanzenden Flammen ihr Gemüt gewiss ein wenig beruhigen.

Kaum hatte sie jedoch den Schürhaken ergriffen, ließ ein kurzes, leises Kratzen an der Tür sie herumfahren, und das Eisen fiel klirrend zu Boden.

Das Geräusch hinter der Tür hatte etwas seltsam Vertrautes; es klang, als hätte jemand mit einem trockenen Reisigzweig das Holz gestreift. Bevor Marte jedoch der beklommenen Ahnung nachgehen konnte, die dieses leise Kratzen in ihr heraufbeschworen hatte, schwang die Tür lautlos an ihren Angeln auf, und ein hoch gewachsener Mann stand auf der Schwelle. Ohne ein Wort zu sagen, drückte er die Tür hinter sich zu und trat einen Schritt vor, so dass der Schein der Öllampen auf dem Tisch seine Gestalt beleuchtete. Doch Marte hätte das Licht nicht gebraucht, um ihren Besucher zu erkennen.

»Du!«, stieß sie heiser hervor.

Der Mann, der von Kopf bis Fuß in Schwarz gekleidet war wie bei seinem letzten Besuch in Tarlin vor fast sechzehn Jahren, lachte leise und ließ sich dann auf den Stuhl sinken, auf dem Diann zu sitzen pflegte.

»Guten Abend, Jungfer Marte«, sagte er und lehnte sich lässig auf seinem Stuhl zurück, um sie eingehend zu mustern.

Marte errötete gegen ihren Willen. Sie wusste, dass die letzten sechzehn Jahre deutliche Spuren auf ihrem Gesicht hinterlassen hatten, während der Mann, der jetzt an ihrem Tisch saß, gänzlich unverändert wirkte: der volle, sinnliche Mund, der zu solcher Leidenschaft fähig war, die kraftvollen Arme und die schönen, schlanken Hände, die in ihrem Körper solche Hitze entfacht hatten, dass sie seither manche Nacht rastlos in ihrem Bett gelegen und sich gewünscht hatte, noch einmal, nur noch ein einziges Mal seine Berührung spüren zu dürfen.

Sie löste den Blick von seinen Händen und sah in die Augen des Mannes, der in einer Septembernacht vor fast sechzehn Jahren den Samen gegeben hatte, aus dem ihre Tochter geboren worden war. Martes Züge erstarrten.

Sie hatte sich nicht getäuscht. Es war das gleiche leblose Flackern in seinen Augen, das sie es bei Diann immer wieder bemerkt hatte, seit sie vor zwei Wochen zurückgekehrt war.

»Was willst du, Selall?«, fragte sie schließlich rau.

Selall zog erstaunt die Brauen in die Höhe, als fände er Martes Unwissenheit überaus erstaunlich.

»Ich bin gekommen«, erwiderte er, »um mir etwas zu holen, das mir gehört.«

Er deutete flüchtig mit dem Kinn auf den Raum hinter ihr, und Marte folgte seinem Blick.

An der Tür zu ihrer Schlafkammer stand Diann, Selalls Tochter.

KAPITEL 22

Das Große Außen, der äußere Bezirk der Tempelstadt im Herzen Neu-Léths, unterschied sich in mannigfacher Weise von dem würdevollen Ort, an dem die Priesterinnen lebten und arbeiteten. Eirion hatte am Morgen zum ersten Mal seit ihrer Ankunft dort das Große Innen verlassen und war zusammen mit Zelda in einer Kutsche durch das Tor der Wahrheit gefahren, um einen freien Vormittag zu genießen. Xeira hatte diesen Vorschlag gemacht, obwohl es aus dem Mund der alten Priesterin eher wie ein Befehl geklungen hatte.

»Du hast jetzt dreizehn Tage lang vom frühen Morgen bis spät in die Nacht hart gearbeitet«, hatte sie Eirions Protest zurückgewiesen, »und du hast Erstaunliches geleistet – mehr als es irgendeine Schülerin vor dir jemals in so kurzer Zeit geschafft hätte, aber genug ist genug. Irgendwann müssen bei jedem Menschen die Kräfte erlahmen, und ich würde nicht abwarten, bis dein Körper oder dein Geist so erschöpft sind, dass sie sich die Ruhe, die sie brauchen, erzwingen.«

Zelda hatte keinerlei Einwände gegen das Unternehmen gehabt, sondern war bei dem Gedanken an den unerwarteten Ausflug geradezu aufgeblüht. Und so hatte sie das Große Innen gleich nach dem Frühstück verlassen, zusammen mit Barko, der jetzt hoch über ihr flog, und mit Zelda.

»Komm endlich weiter!« Zelda zog Eirion am Ärmel von der gemauerten Umfriedung weg, hinter der einige Priesterschülerinnen unter der Aufsicht einer älteren Frau fremdartige Blumen zum Trocknen ausbreiteten. »Das ist doch langweilig«, rief sie, als Eirion immer noch zögerte.

»Für dich vielleicht«, erwiderte Eirion. »Aber ich sehe das alles zum ersten Mal.«

»Du bist doch mit der Kutsche hier vorbeigefahren«, widersprach ihr Zelda, deren plötzliche Ungeduld Eirion nicht verstand. »Kein Mensch hier interessiert sich im Ernst für diese stumpfsinnige Arbeit«, fügte sie herablassend hinzu. »Ich musste in meinem ersten Jahr in der Akademie wochenlang hier schuften – immer dasselbe, tagaus, tagein. Morgens werden die Blumen, die die Arbeiter spät am Abend gepflückt haben, sorgfältig zerlegt und Stängel, Blätter und Blüten voneinander getrennt, weil man nach dem Trocknen nicht mehr genau erkennen kann, was was ist.« Zelda stöhnte mit übertriebener Qual auf. »Das dauert Stunden! Ich sage dir, wenn *du* wochenlang Blumenstiele zerrupfen müsstest, dann würdest du das elende Zeug auch nicht mehr so interessant finden.«

Erbarmungslos zog sie Eirion hinter sich her, vorbei an nebeneinander liegenden Parzellen, in denen Hyazinthen, Jasmin und Rosen getrocknet wurden. »Glaub mir«, sagte sie schmeichelnd, »was ich dir zeigen werde, ist hundert Mal besser als die Stadt der Blumen.«

Eirion hatte Mühe, mit Zeldas zielstrebigem Schritt mitzuhalten. »Die Stadt der Blumen?«, fragte sie atemlos.

Zelda kicherte, ohne jedoch stehen zu bleiben. »Tut mir Leid, ich vergesse immer wieder, dass du nicht in Fiann aufgewachsen bist. Das Große Außen ist in sieben Bezirke aufgeteilt. Die Stadt der Blumen, die Stadt der Bienen, die Stadt der Musik ...« Sie stockte kurz, und Eirion vermutete, dass das Tempo, das sie angeschlagen hatte, ihr nun selbst zu viel wurde. Aber wenn sie gehofft hatte, dass ihre Freundin jetzt etwas langsamer gehen würde, hatte sie sich getäuscht. »Dann ist da noch die Stadt der Vögel, die Stadt der Tuche, wo die Stoffe für unsere

Gewänder gefertigt werden ...« Zelda flog förmlich zwischen den einzelnen Parzellen hindurch. Eirion hätte sie gern nach dem Namen der verschiedenen Blumenarten, die sie sah, gefragt, fand aber kaum den Atem dazu.

Plötzlich veränderte sich das Bild, und Eirion blieb abrupt stehen. Weite Gärten erstreckten sich vor ihr, eine Flut wunderschöner, verschiedenster Blumen, so liebevoll gepflegt, wie sie es nicht einmal aus den großen Parkanlagen rund um Burg Tarlin kannte.

»Halt!«, rief sie, nach Luft ringend. »Was immer so fantastisch ist, das du es mir unbedingt zeigen willst, es muss warten.«

Zelda, die ihr bereits um einige Schritte vorausgeeilt war, blieb stehen und drehte sich widerstrebend um. »Wir haben nicht den ganzen Tag Zeit«, protestierte sie. »Xeira hat gesagt, wir müssten zur vierten Nachmittagsstunde zurück sein, weil sie dir dann noch Unterricht geben will.«

»Xeira hat auch gesagt, dass ich Körper und Geist ein wenig Ruhe gönnen soll, und ich glaube nicht, dass sie damit einen Dauerlauf durch das Große Außen gemeint hat!« Eirion war langsam auf ihre Freundin zugegangen und stand nun direkt vor Zelda, die zur Antwort auf ihren Widerspruch ungehalten das Kinn vorreckte. Wieder durchzuckte Eirion ein schmerzhafter Stich; sie hatte diese kleine Gebärde als Kind ungezählte Male bei Gwenlian gesehen, wenn sie das Missfallen ihrer Ziehmutter erregt hatte. Tapfer schluckte sie den Kloß in ihrer Kehle herunter. Dann beschattete sie die Augen mit der Hand und sah sich um. Das grelle Licht des Vormittags blendete sie so sehr, dass sie kaum etwas erkennen konnte.

»Wo sind wir hier?«, fragte sie staunend, »und wie ist es möglich, dass die Wüste so etwas hervorbringt?«

Zelda trat von einem Fuß auf den anderen, aber Eirion hatte

nicht die Absicht, sich noch länger von dem anderen Mädchen an all diesen Wundern vorbeihetzen zu lassen.

»Das hier ist die Stadt der Bienen«, antwortete Zelda seufzend. »Und Neu-Léth liegt im Grunde nicht *in* der Wüste, sondern an ihrem Rand. Trotzdem könnten diese Blumen unter normalen Umständen hier natürlich nicht wachsen.«

Ihre Stimme wurde immer schneller, während sie sprach, und Eirion fand ihr Verhalten zunehmend merkwürdig. Es passte so gar nicht zu ihrer Freundin, sie so schroff abzufertigen. In all der Zeit, die Eirion nun im Großen Innen lebte, hatte Zelda ihr stets mit unerschöpflicher Geduld und Humor Auskunft auf ihre zahllosen Fragen gegeben.

»Schon damals, als die Hauptstadt des Alten Reichs nach Neu-Léth verlegt wurde«, spulte sie nun ihren Vortrag weiter herunter, »haben die Priesterinnen ein ausgeklügeltes Bewässerungssystem entwickelt, das diesen Teil des Äußeren Tempelbezirks mit ausreichend Wasser versorgt. Ein Netz unterirdischer Kanäle spannt sich durch die Stadt der Bienen …«

Die Stadt der Bienen? Eirion blickte um sich, und nun bemerkte sie auch einige der kleinen Tiere, die diesem Teil des Großen Außen ihren Namen gegeben haben mussten.

Zelda war ihrem Blick gefolgt. »Die meisten Bienen haben sich bereits in ihre Körbe zurückgezogen«, erklärte sie. »Sie sammeln den Nektar hauptsächlich frühmorgens, wenn die Blüten ihre Kelche öffnen, und natürlich am Abend, wenn es kühler wird.«

Eirion hätte gern Näheres erfahren, aber Zelda sah sie so flehentlich an, dass sie beschloss, darauf zu verzichten. Es musste einen Grund geben, warum ihre Freundin sie derart zur Eile trieb.

»Lass uns weitergehen«, sagte sie schließlich, und Zelda atmete erleichtert auf.

Bedauernd kehrte Eirion etwa eine halbe Stunde später der Stadt der Bienen den Rücken. Der süße, karamellartige Duft des Honigs begleitete sie noch einige Schritte weit, dann verlor er sich langsam in der heißen Luft des Wüstentages. Aber es war nicht nur der Geruch, den Eirion vermisste; das Summen der Bienenvölker, das sie als feine Vibrationen in ihrem Körper hatte spüren können, verklang, und die letzten Blumengärten schienen unendlich weit hinter ihr zu liegen. Jetzt gab es nur noch die flachen, lang gestreckten Gebäude aus dem in Neu-Léth vorherrschenden gelben Sandstein zu sehen.

»Die Stadt der Musik!«, rief Zelda neben ihr triumphierend, als hätte sie Eirion soeben ein wunderbares Geschenk gemacht, statt sie von einem Ort fortzutreiben, der ihr hundert Mal interessanter und verlockender erschien als diese Stadt der Musik.

Ratlos sah sie Zelda an und legte den Kopf schräg, um zu lauschen.

»Die Stadt der Musik?«, fragte sie stirnrunzelnd. »Aber man hört ja gar nichts.«

Zelda lachte hell auf. »Du Dummchen«, sagte sie und griff nach Eirions Hand. »Dieser Teil des Großen Außen trägt seinen Namen, weil hier die Instrumente hergestellt werden, die im inneren Tempelbezirk benutzt werden. Die begabtesten Handwerker Fianns arbeiten hier«, fügte sie stolz hinzu. »Selbst die Lehrlinge müssen schwierige Prüfungen durchlaufen, um bei einem der Musikmeister Aufnahme zu finden. Die meisten von ihnen haben bereits andernorts im Land ihre Lehrzeit absolviert, und trotzdem sind sie bereit, bei einem der Meister hier noch einmal ganz von vorn anzufangen. Nirgendwo auf dem Ork Nuado kann man so viel über Musik und Instrumentenbau lernen wie hier.«

Eirion musterte ihre Freundin zweifelnd. Zelda war in Neu-

Léth geboren und aufgewachsen, und abgesehen von einigen wenigen kurzen Reisen an Orte im Alten Reich hatte sie kaum etwas von der Welt gesehen. Zeldas Verhalten verwunderte sie immer mehr. Sie neigte normalerweise – ebenso wenig wie Gwenlian – nicht zu Großsprecherei, was sie für Eirion auf wohltuende Weise von vielen anderen Priesterschülerinnen unterschied.

»Und die Königin aller Instrumente«, fuhr das andere Mädchen fort, »ist die Upaya. Hat deine Mutter dir davon erzählt?«

Eirion nickte, aber Zelda sprach dennoch voller Begeisterung von diesen Geigen, die nur in Fiann gebaut und gespielt wurden und deren Lackierung, die ihren Klang so unvergleichlich machte, ein streng gehütetes Geheimnis der Musikmeister im Alten Reich war. »Und jetzt«, schloss Zelda ihren überschwänglichen Vorschlag, »jetzt zeige ich dir die Werkstatt, in der sie hergestellt werden.«

Zielstrebig steuerte Zelda nun auf eins der gelben Gebäude zu, die für Eirion alle gleich aussahen.

»Und hast du inzwischen alles gelernt, was diese hochnoblen Priesterinnen an Magie zu bieten haben?«

Arild, den sie zu Eirions Überraschung in der Werkstatt des Geigenbauers getroffen hatten, sah sie missmutig an, und Eirion spürte den vertrauten Ärger in sich aufsteigen, den sie schon als Kind in Tarlin in der Nähe dieses schroffen, ungehobelten Jungen empfunden hatte.

»Es tut mir unendlich Leid«, erwiderte sie gereizt, »dass du dich in Neu-Léth langweilst, aber ich kann mich nicht daran erinnern, dich gebeten zu haben, hierher zu kommen. Und was mich betrifft, kannst du jederzeit wieder von hier verschwinden.«

Arild öffnete den Mund, um etwas zu sagen, besann sich

dann plötzlich jedoch anders. Nur seine Augen verrieten die Wut, die er zu unterdrücken versuchte. Die Erinnerung an jenen seltsamen Moment, als sie zum ersten Mal in der Halle des Rats gestanden hatte, stieg in Eirion auf, und sie stemmte sich mit Macht gegen die unwillkommene Regung.

Doch die quecksilbernen Seen seiner Augen zogen sie in ihren Bann, ob sie es wollte oder nicht. Und sie wusste, dass ihre eigenen Augen jetzt grüne Blitze sprühten, die das Silber entzündeten, auch wenn Arild sich genauso sehr dagegen wehrte, wie sie es tat.

Ruckartig wandte sie sich ab. Das angenehm kühle, tief unter der Erde gelegene Kellergewölbe der Werkstatt wurde von zahlreichen magischen Lichtern erhellt, damit die Geigenbauer das kostbare Holz, mit dem sie arbeiteten, nicht verdarben. Jetzt deutete Eirion mit dem Kopf auf den Musikmeister, wie Zelda ihn genannt hatte, und bemerkte barsch: »Wenn du mich darum beneidest, dass ich in der Akademie der Magierinnen so viel Neues lerne, dann solltest du vielleicht die Gelegenheit nutzen, deinerseits etwas dazuzulernen. Möglichkeiten gibt es hier jedenfalls genug.«

Der Musikmeister, der drei seiner Lehrlinge um sich geschart hatte – es arbeiteten mindestens zwanzig Männer verschiedener Altersstufen in seiner Werkstatt –, hob jetzt einen der elegant geschwungenen, mit einem fast durchsichtigen Haar bespannten Bögen und setzte ihn auf die Saiten der Upaya, die er mit der anderen Hand festhielt. Im nächsten Augenblick wehte eine singende, atmende und wunderbar lebendige Melodie durch das Kellergewölbe, die Eirion einen Moment lang alles andere vergessen ließ.

Auf Arild hatte die Musik jedoch offensichtlich nicht dieselbe Wirkung. »Ich beneide dich keineswegs um diese Akademie der Magierinnen«, fuhr er sie an. »Was kann das schon für eine

Magie sein, zu der nur Frauen Zutritt haben? Und was ...« Die quecksilbernen Seen in seinen Augen brannten lichterloh. »Was ist das für ein Volk, das seine Männer zu ewiger Bedeutungslosigkeit verdammt, nur weil sie das Missgeschick hatten, als Knaben auf die Welt zu kommen?«

»Das ist es also!«, rief Eirion, und der Musikmeister, den sie in seinem Spiel gestört hatte, warf ihr einen kühlen Blick zu. Sofort senkte sie die Stimme. »Du würdest gewiss anders darüber denken«, zischte sie in Arilds Richtung, ohne sich jedoch vollends zu ihm umzudrehen, »wenn du selbst eine Frau wärst und sehen könntest, was für wunderbare Dinge die Priesterinnen des Alten Reichs im Laufe der Jahrhunderte zu Stande gebracht haben.«

»Und warum dulden sie keine Männer in ihren Reihen?«, unterbrach Arild sie und zog sich seinerseits einen wütenden Blick des Musikmeisters zu, der nun sein Spiel endgültig abbrach und die drei Lehrlinge nach einer kurzen Erklärung an ihre Werkbänke zurückschickte. Einen Moment lang befürchtete Eirion, dass der Mann anschließend zu ihnen herüberkommen würde, um sie für ihr ungebührliches Betragen in seiner Werkstatt zu schelten. Auch Arild schwieg verlegen, bis der Geigenbauer sich abwandte und neben einen anderen Lehrling trat, der älter war als die übrigen und, soweit Eirion erkennen konnte, der einzige Sonnianer hier – ein Sklave also. Der Sonnianer musste in seiner Ausbildung auch weiter fortgeschritten sein als die anderen, denn er war damit beschäftigt, den Stimmstock in eine Geige zu setzen, das Verbindungsstück zwischen Boden und Decken des Instruments, das von entscheidender Bedeutung für dessen späteren Klang war. Von Zelda wusste Eirion, dass kein anderer Teil der Upaya größere Erfahrung und Sachkenntnis erforderte als dieses kleine, zylindrische Stäbchen aus Fichtenholz. Zelda, die, nachdem sie in der Werkstatt so unerwartet auf Arild getroffen waren, zu dem Sklaven hinübergeschlendert war, ließ sich jetzt offensichtlich die genaue Funktionsweise des Stimmstocks erklären, denn sie beugte sich tief über das noch nicht zusammengebaute Instrument, das der Sonnianer in der Hand hielt.

»Du schuldest mir noch eine Antwort«, sagte Arild, nachdem die Gefahr, dass der Musikmeister sie ermahnen könnte, vorüber war. Arild klang immer noch aufgebracht, sprach nun aber mit deutlich gemäßigterer Lautstärke. »Warum dulden deine großartigen Priesterinnen keine Männer in ihrer Zunft? Was fürchten sie von ihnen?«

»Sie fürchten gar nichts«, brauste Eirion auf. »Sie ...«

Der Musikmeister, der immer noch neben dem Sonnianer stand, drehte sich nicht zu ihnen um, aber sein steifer Rücken drückte seine Verstimmung deutlicher aus, als Worte es vermocht hätten. Eirion biss sich auf die Zunge. Was hatte dieser elende Junge nur an sich, dass er sie immer wieder aus der Fassung brachte?

»Sie fürchten gar nichts«, wiederholte sie leiser. »Aber sie sind es, aus deren Mund die Große Göttin spricht, und die Göttin hat nun einmal die Frauen in ihren Dienst gerufen, nicht die Männer.« Eirion spürte selbst, dass ihre Begründung bei näherem Nachdenken ein wenig dünn klang, daher fuhr sie hastig fort: »So ist es über Jahrtausende hinweg gewesen, und ...«

»Und das ist ein wirklich überzeugendes Argument«, beendete Arild mit spöttischer Miene ihren Satz. Mit der gleichen Begründung werden also die Fálianer in tausend Jahren erklären, warum nur Männer für den Dienst an ihrem Gott taugen. Weil es eben immer so war.«

Eirion schnappte nach Luft, um diesen unmöglichen, gotteslästerlichen Vergleich weit von sich zu weisen. »Fál«, zischte sie, »war ein Narr, der der Welt die Magie stehlen wollte. Er wollte die Menschen von der Urkraft des Lebens abschneiden und sie zu einer Existenz in stumpfem, blindem Gehorsam verdammen!«

Der Musikmeister, der die Arbeit des Sonnianers geprüft hatte, war mit dem Ergebnis offensichtlich zufrieden, denn jetzt nickte er, wechselte ein paar gemurmelte Worte mit seinem Lehrling und ging weiter, in die gegenüberliegende Ecke der Werkstatt, wo zwei andere Lehrjungen unter der Anweisung eines älteren Mannes über einem sorgfältig unter Kontrolle gehaltenen Feuer einen Kessel mit einem geruchlosen Lack erwärmten. Zelda schien dem Geheimnis des Stimmstocks nun endgültig auf den Grund gehen zu wollen. Sie senkte den Kopf so tief über das unfertige Instrument, dass sie beinahe die Schultern des hoch gewachsenen Sonnianers berührte.

»Und deine Große Göttin«, hob Arild erneut zu sprechen an, »sie verlangt wohl keinen stumpfen Gehorsam – von ihren Dienerinnen *und* von den Männern, die das Pech hatten, unter ihrem segensreichen Schutz geboren zu werden?«

»Das ist etwas ganz anderes.« Eirion klopfte ungehalten mit den Zehen ihres rechten Fußes auf den steinernen Boden, ließ es aber schnell wieder bleiben, als sie feststellte, dass das Geräusch sich augenblicklich im ganzen Kellergewölbe verbreitete. Die Akustik dieses Raums war wirklich erstaunlich.

»Es ist also etwas anderes«, erwiderte Arild trocken, »wenn Frauen Männer unterdrücken als umgekehrt? Seltsam«, fügte er mit aufreizender Gelassenheit hinzu. »Ich hätte gedacht, dass es sich hier um die zwei Seiten derselben Münze handelt. Aber vielleicht bin ich – als Mann – ja einfach zu dumm, um solche feinen Unterschiede zu verstehen, und du – als Frau – kannst es mir erklären?«

Eirion ballte die Fäuste, und das spöttische Lächeln, das Arilds Lippen umspielte, vertiefte sich. Plötzlich versteifte sich Eirions Körper. Jener pochende Schmerz zwischen ihren Schläfen machte sich wieder bemerkbar, den sie zum ersten Mal in ihrem Leben an ihrem siebzehnten Geburtstag verspürt hatte, dem Tag, als sie auch zum ersten Mal vom Mond berührt worden war. Monatelang hatte dieser Schmerz sie gequält, wann immer sie in einen Spiegel blickte, bis sie gelernt hatte, diese unerklärliche Erscheinung zu meistern. Aber warum geschah es jetzt wieder, in diesem in den Fels gehauenen, unterirdischen Gewölbe, in dem nirgendwo ein Spiegel hing?

Verwirrt runzelte sie die Stirn, dann schloss sie kurz die Lider, um sich ein wenig Linderung zu verschaffen. Als sie sie wieder öffnete, blickte sie direkt in Arilds Augen, die noch deutlicher als zuvor das Bild zweier quecksilberner Seen heraufbeschworen ...

Und es gab sehr wohl Spiegel in diesem Kellergewölbe!

Sie wollte sich dazu zwingen, den Blick von den gefährlichen silbernen Augen zu lösen, aber es gelang ihr nicht. Der pulsierende Schmerz ließ jedoch langsam nach, obwohl sie ihr Bild in Arilds Pupillen immer noch deutlich erkennen konnte.

»Also, Tochter der Göttin«, durchdrang Arilds Stimme schließlich ihre Versunkenheit, »welche Erklärung gibst du nun einem unwissenden Narren, der zu allem Übel auch noch ein Mann ist?«

Eirion riss sich zusammen. Der Musikmeister hatte inzwischen die letzte Station seiner Runde durch den Raum erreicht, zwei junge Männer, die den Hals einer fast fertigen Upaya mit dem Rest des Instruments zusammenfügten. Die beiden arbeiteten direkt neben dem Sonnianer, der Zelda gerade mit Hilfe eines bereits fertig gestellten Instruments die gewaltige Wirkung des Stimmstocks demonstrierte.

»Du weißt ja nicht, wovon du sprichst«, erwiderte Eirion, obwohl sie es vermied, Arild dabei anzusehen. Sie hatte das unangenehme Gefühl, dass sie es war, die nicht wusste, wovon sie sprach, und dieses Gefühl behagte ihr keineswegs. Daher beschloss sie, zu einer Notlüge zu greifen, die ihr im Augenblick die einzige Möglichkeit zu sein schien, um Arild doch noch ins Unrecht zu setzen. »Es gibt Dinge«, erklärte sie hochtrabend, »über die zu sprechen mir einem Uneingeweihten gegenüber nicht gestattet ist. Aber ich sage dir, die Priesterinnen der Großen Göttin lassen sich nicht mit den engstirnigen, blinden Dienern des Steinernen Gottes vergleichen. Du hast nicht wie ich im Inneren Tempelbezirk gelebt. Das Große Innen, wo sie ihre Magie wirken, ist ...«

»Ist ein einziger, riesiger Harem«, fiel Arild ihr ins Wort. »Ein Hühnerstall ohne Hahn, in dem sich unbefriedigte Hennen nach einem ordentlichen Gockel verzehren.«

Eirion schnappte entsetzt nach Luft, doch ihr Entsetzen verwandelte sich schnell in Empörung. »Wie kannst du es wagen!«, rief sie, und diesmal war ihr der Ärger des Musikmeisters vollkommen gleichgültig. »Wie kannst du es wagen, so über diese Frauen zu sprechen! Und zu deiner Information«, setzte sie kalt hinzu, »keine der Priesterinnen, die ich bisher kennen gelernt habe, verzehrt sich nach einem ›Gockel‹, wie du es so feinsinnig formuliert hast.«

Arilds Lippen zuckten kurz, dann deutete er mit dem Kopf zu der Werkbank hinüber, an der der Sonnianer arbeitete. »Dann«, sagte er liebenswürdig, »hast du deine Freundin da drüben bisher wohl nicht besonders gut kennen gelernt.«

Eirion drehte sich zögernd in die Richtung, wo Zelda noch immer dicht neben dem Sklaven stand und mit seligem Gesichtsausdruck seine Hände beobachtete, während er sanft mit dem Bogen über die Saiten des Instruments fuhr.

Jetzt wusste sie, warum das andere Mädchen sie mit solcher Eile in die Stadt der Musik geführt hatte.

Doch die Lösung *dieses* Rätsels verschaffte ihr keinerlei Befriedigung.

KAPITEL 23

»Welchen Teil des Großen Innen hat Zelda dir denn gezeigt?«

Xeiras Frage klang durchaus harmlos, aber Eirion hatte inzwischen genug Zeit mit der alten Priesterin verbracht, um zu wissen, dass sie nichts ohne Absicht tat – oder sagte.

»Die Kutscherin hat uns in die Stadt der Blumen gefahren«, antwortete Eirion wahrheitsgemäß, wenn auch ein wenig zögernd.

Sie saß Xeira gegenüber an einem aus dem Grundfelsen herausgeschlagenen Tisch in einem hohen Gewölbe, das noch unter der Halle des Rats lag. Abgesehen von den beiden Stühlen, auf denen sie saßen, dem Tisch in der Mitte des Raums und den Fackeln an den Felswänden war das Gewölbe, das die »Kammer des Sehens« genannt wurde, vollkommen leer. Der einzige Schmuck – wenn es denn ein Schmuck war – war eine weiße Kerze, die auf dem Tisch stand, die jedoch nicht brannte. Nur die Fackeln an den Wänden erhellten den Raum.

Jetzt nickte Xeira langsam. »Ja, so lautete die Anweisung der Kutscherin.«

Da Xeira offensichtlich darauf wartete, dass sie weitersprach, fuhr Eirion fort: »Von der Stadt der Blumen sind wir in die Stadt der Bienen weitergegangen. Die Gärten dort sind einfach herrlich! Ich hätte es nie für möglich gehalten, dass man an einem Ort, der praktisch noch in der Wüste liegt, solche Blumen züchten kann.«

Begeistert erzählte sie dann von den großen Bienenhöfen, von der Arbeit der Imker, die so geschickt und ohne jede

Furcht mit den Tieren umgingen, und von den Manufakturen, in denen aus dem Honig neben allerhand Leckereien auch Wachs gewonnen wurde. Ihre Begeisterung war durchaus echt, auch wenn sie all diese Dinge kaum wirklich gesehen hatte, sondern im Eilschritt daran vorbeigelaufen war. Unter Xeiras ruhigem, klarem Blick wurde ihr jedoch trotzdem langsam heiß.

»Und dann waren wir in der Stadt der Musik«, bemerkte sie schließlich so beiläufig wie möglich.

Wieder neigte Xeira nur leicht den Kopf, und das weiße Haar, das sie heute offen trug, bewegte sich wie eine Nebelwolke in einer leichten Brise. »Und welche der Werkstätten habt ihr euch dort angesehen?«, fragte sie mit der gleichen Beiläufigkeit, wie Eirion sie zuvor angeschlagen hatte. »Ich nehme an«, setzte sie hinzu, als hätte sie Eirions Unbehagen nur allzu deutlich wahrgenommen, »ihr habt auch Meister Fomori besucht?«

Eirion sah sie unsicher an. »Meister Fomori?«, wiederholte sie.

»Ein guter alter Freund von mir«, erklärte Xeira. »Und der beste Geigenbauer, den das Alte Reich seit langer Zeit hervorgebracht hat.«

Eirion schluckte, aber das war Xeira offensichtlich Antwort genug.

»Ich freue mich«, sagte Xeira lächelnd, »dass du einen aufschlussreichen Morgen hattest. Man kann an jedem Ort etwas lernen – und von jedem Menschen. Das solltest du niemals außer Acht lassen. Und nun«, setzte sie in einem abschließenden Tonfall hinzu, »nun sag mir, was du von *diesem* Ort hier hältst.«

Eirion atmete sichtlich erleichtert auf. Es wäre schrecklich gewesen, Zelda in Schwierigkeiten zu bringen – obwohl sie das starke Gefühl hatte, dass Xeira ohnehin mehr wusste, als ihrer Freundin lieb sein konnte. Dann folgte sie der Aufforderung der alten Priesterin und sah sich gründlicher, als sie es bisher getan hatte, in dem Raum um.

Er musste nach Eirions Einschätzung ungefähr auf gleicher Höhe liegen wie das Verlies, in dem sie zusammen mit Radscha, Salba und den Zigeunerinnen ihre erste Nacht in Neu-Léth verbracht hatte. Die Wände dieses Raums waren aber nicht mit Léthsilber ausgekleidet wie der Kerker unter der Halle des Rats, aber dennoch ...

Eirion runzelte die Stirn. »Dieser Ort ... Er macht mir Angst«, versuchte sie ihre Gefühle in Worte zu fassen.

»Das ist gut«, erwiderte Xeira zu ihrer Überraschung, und sie sah die Priesterin fragend an. »Es ist gut«, wiederholte Xeira, »dass dieser Ort dir Angst macht. Du hast ein feines Gespür für Magie. Aber das hast du ja bereits mehr als einmal unter Beweis gestellt.« Die alte Frau stützte die Arme auf den steinernen Tisch und legte nachdenklich die Fingerspitzen aneinander. »In den fast tausend Jahren seit der Erbauung Neu-Léths haben nur die wenigsten Priesterinnen diesen Raum jemals betreten, denn seine Magie ist von jener Art, die in der Konvention von Táin Bulâll im Jahr 54 alter Zeitrechnung verboten wurde.«

Eirion versteifte sich erschrocken, und Xeiras Lächeln trug kaum dazu bei, sie zu beruhigen. »Im Großen Innen wird dunkle Magie benutzt?«, stieß sie ungläubig hervor.

Xeira schüttelte den Kopf. »Nein«, antwortete sie, »das ist bisher noch nie geschehen ...« Sie brach ab und runzelte die Stirn. »Jedenfalls nicht mit der Billigung des Rats«, fügte sie hinzu, »obwohl ich den Verdacht habe, dass eine Magierin des Alten Reichs es vor einigen Monaten getan haben könnte. Sie ist sehr klug zu Werke gegangen, und wir konnten am Ende nichts beweisen. Du kennst diese Magierin übrigens, von der ich spreche. Ihr Name ist Rikka.«

Eirion öffnete den Mund, um mehr darüber zu erfahren, doch Xeira hob energisch die Hand. »Das ist jetzt nicht wichtig«, schnitt sie Eirion das Wort ab. »Es gibt *eine* Möglichkeit, die Magie zu nutzen, mit der der Felsen hier getränkt ist, ohne mit dem Lebensblut eines anderen Menschen zu bezahlen. Aber auch dann ist der Preis ungeheuer hoch, und es ist in der Geschichte Fianns nur einmal dazu gekommen. Es wäre möglich, dass du sogar davon weißt.«

Eirion zuckte ratlos die Achseln, und Xeira sprach weiter.

»Unsere letzte Königin, Oda, Gwenlians Mutter, hat es getan, um ihrer Tochter in Tarlin eine Botschaft zu überbringen.«

Eirion richtete sich ein wenig höher auf. »Gwenlian hat mir erzählt ...«, sagte sie langsam und brach dann ab. Es war lange her, dass ihre Ziehmutter davon gesprochen hatte, und ihre Erinnerung war nur verschwommen. Es war ihr damals nicht wirklich wichtig erschienen. »Ich weiß es nicht mehr genau«, gab sie kleinlaut zu.

Xeira winkte ab. »Der Versuch ist fehlgeschlagen«, erklärte sie, und einen Augenblick lang ließ der Kummer ihr Gesicht so alt erscheinen, dass es Eirion erschreckte. Dann hatte die Priesterin sich wieder in der Gewalt.

»Oda war sehr krank«, fuhr Xeira fort, »und unsere Heilerinnen waren mit ihrer Kunst am Ende. Unserer Königin wären jedoch noch ein oder zwei Jahre geblieben.«

»Sie *wären* ihr geblieben?«, wiederholte Eirion.

Xeira nickte. »Du musst wissen«, sagte sie, »dass das Geschlecht der Kasseiden nicht umsonst über Jahrtausende hinweg die Königinnen des Alten Reichs gestellt hat. Die Magie ist sehr stark in diesen Frauen ...« Die alte Priesterin stockte, und ein Schatten legte sich über ihre Züge. Eirion fragte sich, ob sie vielleicht an Damona dachte, die zwar dem Kasseidengeschlecht entsprungen war, die aber auch das Erbe ihres Vaters, Uisnach, in sich trug. Und Eirion hatte nicht den Eindruck, dass Damona als Königin ihrem Land wirklich Segen brachte.

»Wie dem auch sei.« Xeira straffte sich und hob das Kinn. »Deine Großmutter ... O ja«, setzte sie hinzu, als sie das Strahlen in Eirions Augen aufleuchten sah, »ich denke, du hast das Recht, dich als ihre Enkelin zu betrachten, auch wenn du nicht von ihrem Blut stammst. Oda selbst wäre die Erste gewesen, die das anerkannt hätte – auch wenn es ihr natürlich lieber gewesen wäre, deine Ziehmutter hätte den ihr zugewiesenen Platz nicht verlassen.« Sie erwiderte Eirions Blick ohne einen Wimpernschlag. »Aber das ist eine andere Geschichte und gehört nicht hierher. Oda jedenfalls war eine sehr kluge, hellsichtige Frau und ihrer Zeit in vielen Dingen weit voraus. Sie hat lange vor uns anderen gespürt, dass das Gleichgewicht der Dinge aus den Fugen geraten war, dass eine Macht wieder erstarkte, die die Welt vor sehr langer Zeit schon einmal um ein Haar in ewige Finsternis gestürzt hätte. Unsere Magie ist jedoch zu schwach, um ganz bis auf den Grund der Dinge zu sehen. Dennoch wollte Oda Gwenlian warnen, denn sie wusste, dass sie von ihren beiden Töchtern die größere Magierin war.«

Plötzlich begriff Eirion. »Und sie hat den Rest ihrer Lebenskraft geopfert, um ... um Gwenlian in Tarlin zu erreichen?«

Xeira nickte. »So ist es«, sagte sie, »aber ihre Kraft genügte nicht mehr. Und ich weiß auch nicht, ob Gwenlian viel hätte ausrichten können, wenn es anders gewesen wäre. Auch sie hatte schließlich nur den Zugriff auf die Magie des Alten Reichs.«

Eirion schluckte, und ihre Augen weiteten sich entsetzt. Sie bäumte sich gegen die Ahnung auf, die in ihr Gestalt annahm. »Warum hast du mich hierhergebracht?«, flüsterte sie tonlos.

»Du kennst die Antwort auf diese Frage bereits.«

Langsam schüttelte Eirion den Kopf. Was Xeira von ihr verlangte, war vielleicht noch schrecklicher als die Erfahrung, die sie im Hof des Feuers gemacht hatte.

»Wenn Oda Recht hatte«, sagte Xeira, »und wir haben allen Grund, das anzunehmen, dann steht der Ork Nuado abermals an der Schwelle zur Finsternis. Wir in Fiann verfügen nur über ein begrenztes Wissen, was diese Dinge betrifft.« Die alte Priesterin lachte trocken auf. »Zum Teil tragen wir selbst die Schuld an unserer Unwissenheit, denn wir haben jahrtausendelang die Alten Bücher ignoriert oder sie, schlimmer noch, als Märchen abgetan. Du jedoch weißt es besser, nicht wahr?«

Obwohl sie es nicht wollte, nickte Eirion. Das triste Gewölbe, das ihr noch kurz zuvor lediglich angenehm kühl nach der Hitze der Mittagssonne erschienen war, brachte sie plötzlich zum Frösteln. Zitternd schlang sie die Arme um ihren Leib.

Ein Kind harrt im Nebel der Zeiten der Stunde, da die Welt seiner am dringendsten bedarf. Vielleicht war es das, was die alte Prophezeiung meinte, vielleicht war es ihr bestimmt, in diesem kalten Verlies zu sterben, damit die Welt nicht in Finsternis versank.

»Eirion?« Xeiras Stimme klang seltsam unbeteiligt, und vielleicht war es diese Tatsache, die Eirion wieder zu sich brachte.

Wahrscheinlich hatte die alte Frau vollkommen Recht mit dem, was sie von ihr verlangte. Was wog schon *ein* Leben, wenn es um die Zukunft einer ganzen Welt ging? Ein Lachen, das so bitter wie Galle schmeckte, brach aus ihr heraus. Xeira hatte sie also deshalb heute Morgen ins Große Außen geschickt, damit sie sich noch einmal amüsieren konnte, bevor sie ihr Leben opferte. Nun, dachte sie, dann hatte sie ihre Zeit wahrhaftig nicht besonders gut genutzt.

»Eirion?« Xeira beugte sich über den steinernen Quader, der sie trennte, und griff nach ihrer Hand. Dann zuckte sie erschrocken zurück.

Eirion bemühte sich nicht, die Verachtung zu mäßigen, die aus ihren Augen sprach.

»Ich verstehe«, sagte sie kalt. »Du verlangst von mir, dass ich meine Lebenskraft opfere, um zu tun, was immer notwendig ist, um der Macht der Finsternis Einhalt zu gebieten ...«

»Bei der Göttin!« Xeira fuhr verblüfft auf. Es dauerte jedoch einen Moment, bis sie die Bedeutung von Eirions Worten ganz erfasst hatte. »Bei der Göttin!«, wiederholte sie dann leiser und mit einem seltsam zärtlichen Tonfall. »Nein, Kind, nein!«

Eirion schluckte und sah die alte Priesterin trotzig an, obwohl tief in ihrem Innern bereits der Keim warmer Erleichterung aufblühte.

Die Zärtlichkeit, die Eirion nun auch in Xeiras Augen las, löste den Knoten der Verzweiflung in ihr noch weiter auf.

»Nein, mein Kind«, fuhr Xeira sanft fort. »Niemals und unter keinen Umständen würde ich – oder eine andere Priesterin dieses Landes – dein Leben opfern, um andere zu retten. So viel müsstest du eigentlich inzwischen wissen. Außerdem ...« Diesmal zog Eirion ihre Hand nicht zurück, als Xeira danach griff. »Außerdem kann ein Mensch – jeder Mensch, das ist meine feste Überzeugung – der Göttin mit seinem Leben stets besser dienen als mit seinem Tod.«

Xeira stand auf, griff nach der weißen Kerze, die zwischen ihnen auf dem Steinquader stand, und ging auf eine der brennenden Fackeln an den Wänden des Gewölbes zu. Als sie die Kerze entzündet hatte, kehrte sie wieder an ihren Platz zurück.

»Wir benutzen die Magie«, wiederholte sie die Worte, die Radscha vor fast zwei Wochen in der Halle des Rats gesprochen hatte, »du aber, du *bist* Magie.« Dann legte sie die Stirn in Falten. »Auch wenn ich zugebe, dass diese Art von Magie mein Fassungsvermögen übersteigt.«

Die weiße Kerze brannte jetzt ruhig und stetig, und nur die schwachen Luftströme des Atems, den Xeira beim Sprechen ausstieß, bewegten die Flamme gelegentlich sachte hin und her.

»Im Hof des Feuers«, fuhr Xeira fort, »hast du gelernt, dich selbst zu vergessen, um ganz eins zu werden mit dem Urgrund des Lebens. Normalerweise braucht eine Priesterin Jahrzehnte, um so weit zu kommen, und vielen gelingt es niemals.«

Eirion hob überrascht den Kopf. »Und trotzdem hast du ...?«, stammelte sie verwirrt. »Ich dachte, alle Priesterschülerinnen müssten ...«

Xeira lächelte. »Du bist nicht wie alle Priesterschülerinnen«, entgegnete sie. »Und deshalb sind wir hier. Wenn ich mich nicht irre – und ich irre mich selten –, dann sollte es dir gelingen, mit deiner Magie fertig zu bringen, was gewöhnlichen Magiern nur mit Blutopfern möglich ist.«

»Was soll ich tun?«, fragte Eirion zweifelnd.

»So wie du schon einmal mit dem Feuer eins geworden bist, sollst du dich auch heute wieder mit einer Flamme vereinen, denn das Feuer ist der mächtigste Verbündete der Magie – und des Lebens.« Sie sah Eirion prüfend an, dann setzte sie ihre Erklärung fort: »Ich weiß, dass du es kannst, und du weißt es auch. Wenn du also die Klarheit des Feuers gewonnen hast, möchte ich, dass du dich auf einen bestimmten Ort konzentrierst und mir sagst, was du dort siehst.«

»Welcher Ort ist das?«, fragte Eirion, die trotz Xeiras Worten noch immer nicht davon überzeugt war, dass sie auch diese Aufgabe meistern würde.

»Deine Mutter hat dir erklärt, was es mit den drei Zentren der Macht auf sich hat?«, entgegnete Xeira, und Eirion nickte.

»Die großen Linien der Macht, die den Kontinent durchziehen«, antwortete sie, wie sie es von Gwenlian gelernt hatte, »laufen an drei Orten auf dem Ork Nuado zusammen. Dort schlägt der Puls der Göttin am kräftigsten, dort ist ihre Magie am reinsten.«

»Eines der drei Zentren liegt im Alten Reich, in der Wüste«, sagte Xeira. »Wir nennen diesen Ort die Oase Bulâll und bieten alle Magie auf, die uns zur Verfügung steht, um diese Quelle des Lebens zu schützen. Ein weiteres Zentrum der Macht befindet sich hoch im Nordwesten des Ork Nuado. Man nennt es ...« Sie zögerte kurz, als widerstrebe es ihr, den Namen dieses Ortes auszusprechen.

»Mara«, beendete Eirion ihren Satz.

Xeira atmete tief ein. »In Fiann wissen wir nicht viel über Mara; aber wenn ich die alten Quellen richtig deute, dann ... ist Mara für die Göttin bereits verloren.«

Eirion nickte, dann erzählte sie Xeira, so gut sie selbst es wusste, von Sanor, dem Sterben der Reiche der Unschuld und vom schließlichen Triumph der Unsterblichen über ihren Bruder, der sich der Eine und Erste nannte. »... und so«, beendete sie ihren Bericht, »haben die letzten der Niav, der Sumpfleute, der Schattentrolle und der Schwäne Sanor in den Za'mar-a eingekerkert, um den Preis des Verlusts der Heiligen Quelle, die sie kraft ihrer vereinten Magie haben versteinern lassen.«

Xeira ließ Eirions Hand los und straffte sich. »Es gibt einen Grund«, erklärte sie, »warum ich dich gerade heute hierhergebracht habe. Es ist möglich, dass ich mich irre, und nie zuvor habe ich so sehr gehofft, dass es so sein möge.« Sie sah auf, und ein Frösteln überlief Eirion.

»Ich möchte«, fuhr sie langsam fort, »dass du den Blick auf Tarlin richtest, auf den Falkenberg.«

»Was geschieht dort?«, fragte Eirion angstvoll.

Xeira zuckte die Achseln. »Ich weiß es nicht«, antwortete sie. »Aber wenn ich Recht habe ...«

Die alte Priesterin hob die Hände, und Eirion stellte keine weiteren Fragen mehr.

Vielfarbiges Licht drang durch die Fensterrose, die die Ostseite der gewaltigen Kathedrale beherrschte. Die Fensterrose, die fünf mal fünf Meter maß, war eigens für diesen Sonnenstand in monatelanger Arbeit geschaffen worden, in der Absicht, das Licht durch das gewaltige Mittelschiff direkt ins Herz des Bauwerks zu leiten: zu dem schwarzen, marmornen Altar.

Wie jede fálianische Kirche in Caernadon folgte die Kathedrale den strengen, traditionellen Bauvorschriften, die seit tausend Jahren befolgt wurden. An das Mittelschiff, das Platz bot für mehr als viertausend Gläubige, schmiegten sich jeweils rechts und links auf einer genau bemessenen Länge die beiden Seitenschiffe, wo normalerweise mit bescheideneren Altären Rosmerta und Mitjas geehrt wurden, die Zieheltern des Steinernen Gottes, wie ihn immer mehr Caernadonier in diesen Zeiten auch vor Fremden zu nennen wagten. Der Lichtgaden überragte, wie die Tradition es verlangte, die Seitenschiffe um zwei Drittel von deren Höhe; kunstvoll gebaute Arkaden ruhten auf Marmorpfeilern, und das Gewölbe der Decke zeigte eine Flut von detailreichen Bildern.

Doch gerade diese Bilder waren es, die dem Betrachter klar machten, dass dies keine Kirche war, wie man sie – in kleinerem Maßstab – überall im Neuen Reich finden konnte.

Nirgendwo sah man den Heiligen Fálsstab, und auch die von einem reichen Schrifttum überlieferten Szenen aus der Kindheit und Jugend des Gottes, dem mit dergleichen Kirchen gehuldigt wurde, fehlten gänzlich.

Stattdessen erzählten die düsteren Bodenmosaike, die Reliefs an den hohen Wänden und die Bilder im Deckengewölbe von Kreaturen, wie sie kein Fálianer je gesehen hatte: Geflügelte Ungeheuer, die statt Füßen Hufe hatten und aus deren Stirn gedrehte Hörner wuchsen, vollzogen in Strömen von Blut obzöne Paarungsrituale oder kämpften siegreich mit anderen, nicht minder bizarren Kreaturen. Wesen von unbestimmbarem Geschlecht führten silberne Pferde mit überlangen Beinen und seidig schimmernder Mähne durch eine karge Sumpflandschaft in eine Schlacht gegen kleine, gedrungene Geschöpfe mit geradezu grotesk kurzen Armen und Beinen. Auf einem anderen Bild waren Meeresbewohner zu sehen, deren Haut in allen Farben des Regenbogens schillerte. Diese Tiere hätten wunderschön sein können, wären ihre Leiber nicht grausam aufgeschlitzt gewesen, so dass die Gedärme daraus hervorquollen.

Nein, die Kunst, die diese Kathedrale dem Blick darbot, hatte nichts gemein mit den friedlichen Bildern von Rosmerta, die den jungen Fál auf ihrem Schoß wiegte, oder von Mitjas auf einer seiner langen, von Wundern erfüllten Wanderungen mit seinem Ziehsohn.

Heute jedoch war niemand dort, den die bizarren Bilder in Verwirrung oder Entsetzen hätten stürzen können. Das riesige Mittelschiff lag verwaist im bunten Licht, das durch die Facetten der Fensterrose fiel; nur das Chorgestühl, das einen

Halbkreis um den dunklen Altar bildete, war besetzt – und der Platz vor dem Altar selbst, wo alle Lichtstrahlen sich bündelten.

Der Mann, der dort stand, war jedoch kein Priester Fáls, noch trug er das schwarze Gewand der Anhänger jenes Gottes. Vollkommen nackt badete er in der warmen Sonne des Sommernachmittags, die Arme hoch zur Decke erhoben, das übergroße Glied erigiert.

Jetzt veränderte sich die Atmosphäre in der Kathedrale unmerklich, aber noch bevor diese Veränderung wirklich greifbar wurde, erhoben sich die Männer, die im Chorgestühl saßen. Es waren dreizehn, und der Mann, der den mittleren Platz einnahm, folgte den übrigen mit einer winzigen Verzögerung, als hätte er um ein Haar ein unhörbares Stichwort verpasst.

Dann geschah in der Kathedrale etwas Ungeheuerliches, etwas, das kein Caernadonier je erlebt oder auch nur für möglich gehalten hätte.

Ein leises Beben durchlief den Körper des Mannes, der nackt hinter dem schwarzen Marmoraltar stand. Das Licht um ihn herum flackerte kurz und verdunkelte sich schließlich. Seine langen schwarzen Haare zogen sich zusammen, um im nächsten Augenblick über seine Schultern und seine Brust zu fließen und von dort aus weiter hinunter, über das hoch aufgerichtete Glied, die mächtigen Oberschenkel und die Waden, bis selbst seine Füße von diesem bläulich schimmernden, dunklen Fell überzogen wurden. Die Füße selbst verbogen sich im gleichen Augenblick auf geradezu bizarre Art und Weise, sie krümmten sich zusammen, und am Ende nahmen Krallen den Platz der Zehen ein.

Schwere, lederne Flügel hingen jetzt von den Armen des Mannes herab, und spitz zulaufende, in sich gedrehte Hörner wuchsen dicht über den Schläfen aus seiner Stirn.

Die wenigen Beobachter dieser Grauen erregenden Verwandlung reagierten jedoch weder mit Entsetzen noch mit Furcht auf das Geschehen hinter dem Altar. Zwölf der im Chorgestühl versammelten Männer hatten sich im gleichen Augenblick wie ihr Anführer ebenfalls in gehörnte, geflügelte Ungeheuer verwandelt.

Nur der dreizehnte, der Mann, der den Platz in der Mitte des Chorgestühls eingenommen hatte, trug noch immer eine menschliche Gestalt.

Das dunkle Kellergewölbe, das jetzt nur noch von der einen Kerze auf dem Steinquader erhellt wurde, schien um Eirion herum zu explodieren. Ein Schrei ließ den Felsen, in den der Raum vor mehr als tausend Jahren hineingeschlagen worden war, vibrieren und setzte sich bis in weit höher gelegene Stockwerke fort.

Eirion wollte sich die Hände auf die Ohren pressen, um das Geräusch zu dämpfen, doch ihre Hände gehorchten ihrem Willen nicht mehr. Ohne steuern zu können, was sie tat, griff sie direkt in die Flamme der weißen Kerze und drückte sie zusammen, bis das glühend heiße Wachs durch ihre Finger quoll.

Undurchdringliche Finsternis legte sich über das Gewölbe, und endlich war auch dieser Schrei verstummt, der sie so sehr gequält hatte.

Ein langes Schweigen breitete sich aus, doch es hatte nichts Heilendes für Eirion. Sie glaubte, nie mehr heil werden zu können nach dem, was sie soeben mit angesehen hatte.

Sie hatte jedes Zeitgefühl verloren, als irgendwann später eine der Fackeln an den Wänden aufflammte und weitere ihr folgten.

Xeira blickte besorgt auf sie herab. »Deine Hand …«, sagte sie leise.

Eirion sah erstaunt auf die verbrannte Haut ihrer Finger herab, zwischen denen sich wässrige Blasen gebildet hatten. Aber sie fühlte keinen Schmerz, sie fühlte überhaupt nichts.

Der Mann, den sie liebte, hatte sie verraten.

Tork war Sanors Verbündeter.

KAPITEL 24

Das kleine, aus dem grauen Stein des Gebirges gemauerte Haus, in dem sie seit einigen Tagen mit Marban lebte, bot nicht annähernd den Luxus der Villa am Fuß der Berge von Ubari. Dennoch fand Ila, dass es entschieden seine Vorteile hatte. Einer davon war die Größe des Hauses oder vielmehr sein Mangel an derselben. Auf diese Weise fiel es ihr erheblich leichter, Marban und seine seltsamen Aktivitäten im Auge zu behalten.

Außerdem gab es hier kaum Dienstboten, die ihrerseits *sie* beobachten konnten. Marban hatte sich ein wenig erstaunt gezeigt, als sie darauf bestand, Sá-lim in die Berge mitzunehmen, aber am Ende hatte er nachgegeben – wie er inzwischen all ihren Wünschen und Launen nachgab.

Ila kräuselte verächtlich die Lippen. Es war geradezu lachhaft einfach gewesen, diesen alten Narren um den Finger zu wickeln. Nein, korrigierte sie sich im Geiste, ein Narr mochte der Mann sein, der sich König von Caernadon und Sonniana nannte, aber alt war er nun wirklich nicht. Was eines der Rätsel war, deren Lösung sie immer näher kam.

Das Haus verfügte nur über fünf Zimmer: Marbans Arbeitszimmer, das Schlafzimmer, das sie gemeinsam nutzten, einen Wohnraum und eine Kammer, in der Sá-lim schlief, und natürlich die Küche. Die Wände, die die einzelnen Räume trennten – Korridore gab es in diesem Haus nicht –, waren zwar ebenfalls aus Stein, aber stellenweise so nachlässig verfugt, dass Ila mit ein wenig Konzentration Gespräche in Marbans Arbeitszimmer belauschen konnte, auch wenn sie in dem kleinen Wohnraum saß, in dem sie sich tagsüber aufhielt. Marban hatte sie einige Male dazu aufgefordert, die herrliche klare Bergluft draußen zu genießen, um sie nicht in der Nähe zu haben ... Ila stieß ein leises, spöttisches Lachen aus. Sie genoss tatsächlich die Luft der hohen Berge, die im äußersten Westen von Ubari bereits an die Wüste Tahor angrenzten, aber auf eine gänzlich andere Weise, als dieser Narr, Marban, es sich vorstellte. Und *wann* sie das tat, das entschied sie selbst.

Heute Morgen zum Beispiel hatte sie etwas Besseres vor. Marban hatte sich wie so oft bei Sonnenaufgang aus dem Schlafzimmer geschlichen, um sich mit diesen merkwürdigen Tigern zu treffen, deren Bild auf den neuen Uniformröcken seiner Soldaten zu sehen war. Ila war ihm einige Male nachgegangen, ohne dass er es bemerkt hätte. Es war nicht weiter schwierig gewesen – in ihrer neuen Kleidung kletterte sie so flink und geschickt durch die Berge, dass es keinen Ort gab, den sie hier nicht erreichen konnte. Außerdem verfügte sie über einen erstaunlichen Orientierungssinn. Sie wusste mit absoluter Sicherheit, wie sie ihre Schritte lenken musste, um ihr Ziel zu erreichen. Es war, als sei sie in diesen Bergen geboren worden; sie besaß eine Art innerer Landkarte, auf der selbst die verborgensten Wege und Pfade eingezeichnet waren.

Jetzt warf sie einen letzten prüfenden Blick auf ihr Spiegelbild, das sich so sehr verändert hatte. Sie nickte dem schlanken, hoch gewachsenen Knaben, der ihr aus dem Glas entgegensah, lächelnd zu und vollführte eine knappe, anmutige Verbeugung, wie sie sie bei den jungen Edelmännern in Caernadon gesehen hatte. Dann verließ sie das Schlafzimmer, um in Marbans Amtsstube zu gehen, wie er den eher spartanisch eingerichteten kleinen Raum großspurig nannte.

Nach einem denkbar kurzen Klopfen und ohne auf eine Aufforderung zu warten, öffnete sie die Tür und trat ein. Marban, der vor einigen Minuten von seinem frühmorgendlichen

Ausflug zurückgekehrt war, saß hinter seinem Pult. Bei Ilas Erscheinen erhob er sich und kam lächelnd auf sie zu.

»Ich hoffe, du hattest eine angenehme Nachtruhe«, sagte er, nachdem er die Arme um sie gelegt hatte.

Ila verbarg graziös ein Gähnen hinter der Hand. »Sehr angenehm, in der Tat«, erwiderte sie und ließ ein winziges Zucken um ihre Lippen spielen. Dann begrüßte sie mit einer nur angedeuteten Neigung des Kopfes Marbans stummen Diener, der nicht ganz so stumm war, wie Marban glaubte. Der dunkelhäutige Mann hatte sich bei ihrem Eintritt ebenfalls erhoben und beantwortete ihre Geste mit einer ehrfürchtigen Verbeugung. Das Zucken um Ilas Mundwinkel wurde eine Spur deutlicher.

»Bist du fertig mit deiner Unterredung, mein Liebster?«, fragte sie und schmiegte sich noch enger an Marban – mit dem beabsichtigten Erfolg.

Marban wandte sich zu dem Diener um. Er hieß Efnesien, was Marban weder wusste noch interessierte. »Du kannst jetzt gehen«, sagte er barsch. »Halte dich bereit, wenn ich dich wieder benötige.«

Efnesien nickte nur zur Antwort, dann verließ er, ohne einen weiteren Blick in Ilas Richtung zu werfen, den Raum.

Ila legte den Kopf in den Nacken und reckte sich spielerisch. »Meine ›Nachtruhe‹, wie du es nennst«, sagte sie, »war wirklich sehr ... angenehm.« Sie strich Marban mit ihren langen, schlanken Fingern über die Wangen, wobei sie nur die feinen Härchen streifte, die dort wuchsen, nicht die Haut selbst. Marban schluckte. Ila wusste inzwischen nur zu gut, wie sehr diese Art der Berührung ihn erregte. Langsam ließ sie die Hände über seinen Hals gleiten, bis zu der goldenen Schließe, die seinen Umhang festhielt.

»Ich hätte nichts dagegen«, sprach sie weiter, »wenn wir

diese ›Nachtruhe‹ jetzt fortsetzen könnten.« Ihre Stimme klang plötzlich sehr viel dunkler aus zuvor, und sie spürte, wie ihr Körper sich unter dem Stoff der engen Kniehosen zu verwandeln begann.

Marban spürte es ebenfalls.

»Ich bedaure unendlich«, flüsterte er heiser. Er hatte Mühe, seine Atmung zu kontrollieren. »Aber du wirst warten müssen.«

Ila rückte ein wenig von ihm ab und ließ eine winzige Andeutung von Enttäuschung in ihren Augen aufschimmern, bevor sie hastig den Blick senkte. Sie beherrschte dieses Spiel inzwischen zwar beinahe perfekt, aber manchmal befürchtete sie doch, dass selbst ein Narr wie Marban das unbändige Lachen entdecken könnte, das stets dicht unter der Oberfläche ihrer Koketterie lauerte. Als sie sich ihrer Selbstbeherrschung wieder sicherer war, hob sie langsam die Lider.

Marban griff nach ihrer Hand und küsste zärtlich die Spitzen ihrer Finger, die ihn so sehr faszinierten.

»Ich erwarte heute Morgen einen wichtigen Besucher«, sagte er zärtlich, »aber wenn der Mann wieder fort ist, werden wir alles nachholen, worauf wir jetzt verzichten müssen, das verspreche ich dir.«

Ila drückte ihren Körper noch ein wenig dichter an Marban. Das war das Stichwort, das sie hatte hören wollen. »Ich kann warten, mein Liebster«, sagte sie schmeichelnd. »Aber ich möchte jetzt nicht allein sein. Lass mich hier bleiben, bei dir.«

Marban sah sie stirnrunzelnd an. »Es ist eine rein ... geschäftliche Angelegenheit, die ich zu besprechen habe. Du würdest dich nur langweilen«, erwiderte er ausweichend.

Mit einer leichten, scheinbar unbeabsichtigten Bewegung ihres Oberschenkels streifte Ila Marbans Lenden. Das Ergebnis ihres winzigen Manövers war äußerst befriedigend. »Deine Geschäfte interessieren mich nicht«, flüsterte sie. »Ich möchte nur in deiner Nähe sein.«

Marbans Widerstand bröckelte bereits, dessen war sich Ila gewiss.

»Ich weiß nicht, ob es meinem Besucher recht wäre«, protestierte er schwach, »diese Dinge vor meiner ... Geliebten zu erörtern.«

Ila legte den Kopf weit in den Nacken und stieß ein helles, beinahe kindlich klingendes Gelächter aus. »Wer sagt denn, dass er deine *Geliebte* in diesem Raum antreffen wird«, rief sie aus, trat einen Schritt von Marban zurück und warf sich in Pose, die Hände keck in die Hüften gestemmt, ein Bein schräg vor das andere gestellt, die Schultern stolz nach hinten gedrückt. Dann vollführte sie schwungvoll die elegante Verbeugung, die sie noch kurz zuvor geprobt hatte. »Darf ich vorstellen«, sagte sie, als sie sich mit ernster Miene wieder aufrichtete, »Ilain, der Adjutant des ruhmreichen Königs der Vereinten Reiche von Caernadon und Sonniana.«

Marban stutzte nur einen Augenblick lang, dann brach er in schallendes Gelächter aus. »Das gefällt mir!«, rief er. »Ja, wirklich, ich erwäge in der Tat, ob ich dich nicht in den Rang eines Generaladjutanten befördern soll.«

Ila zog die Nase kraus. »Nein, wir wollen es nicht übertreiben«, antwortete sie mit geheucheltem Ernst. »Für einen Generaladjutanten bin ich wohl doch noch zu jung. Eine solche Auszeichnung könnte Verdacht erregen – und natürlich den Neid meiner Kameraden in der Armee. Ein guter König«, fügte sie augenzwinkernd hinzu, »verteilt seine Gunst sparsam, wie ein kostbares Gewürz.«

Marban stimmte in ihr Gelächter ein.

»Ich wünsche, dass mein Adjutant während unseres Gesprächs zugegen ist«, erklärte Marban wenig später seinem Besucher, als dieser auf der anderen Seite des Schreibpults Platz nahm und einen fragenden Blick auf Ila warf. »Sein Name ist Ilain«, fügte Marban glatt hinzu, »und ich habe keine Geheimnisse vor ihm.«

Ila, die lässig auf einem Sessel an der Seite des quadratischen Raums saß, schlug die Beine übereinander und musterte den Fremden mit kühler Arroganz. *Ich habe keine Geheimnisse vor ihm*, wiederholte sie im Geiste Marbans Worte. *Wenn du wüsstest, wie wahr das ist, König von Caernadon und Sonniana.*

Der Fremde zögerte noch ein paar Sekunden, dann zuckte er schließlich die Achseln. »Also schön«, sagte er langsam. »Wenn du dir sicher bist.«

»Ganz sicher«, antwortete Marban. Dann lehnte er sich auf seinem einfachen Stuhl, der keinerlei Ähnlichkeit mit dem Thron der Ahuden auf Burg Tarlin hatte, zurück.

Ila hob kaum merklich die Augenbrauen. Die Selbstsicherheit, die Marban verströmte, konnte durchaus etwas mit ihrer Anwesenheit zu tun haben. Er mochte sich seinem Besucher vielleicht nicht auf einem königlichen Thron präsentieren, aber zumindest konnte er mit einem anderen Symbol seines hohen Standes aufwarten: Er verfügte über einen Adjutanten, der ihn auf Schritt und Tritt begleitete wie ein gehorsamer, wohlerzogener Hund.

Langsam fand Ila Gefallen an ihrer neuen Rolle, die sich möglicherweise noch weiter ausbauen ließ. Marban jedenfalls hatte sich offenkundig mit der Vorstellung angefreundet. Nun, man würde sehen.

»Also«, ergriff Marban nun wieder das Wort. »*Er* hat mir dein Kommen angekündigt, nicht aber den Zweck deines Besuchs.« Marban strich sich über das glatt rasierte Kinn mit der sichelförmigen Narbe, die sich weiß gegen die Bräune seines Gesichts abzeichnete. »Ich verstehe nicht recht, warum du diesen weiten Weg auf dich nehmen musstest, wo *ihm* doch ausgezeichnete Möglichkeiten zur Verfügung stehen, mir seine Nachrichten zu übermitteln. Ich bin in seine Pläne eingeweiht und durchaus im Stande, alles Notwendige selbst zu veranlassen.«

Ila blickte gelangweilt auf ihre Fingernägel hinab, obwohl sie das Gespräch mit äußerster Konzentration verfolgte. Sie wusste, von wem Marban sprach, denn sie hatte ihn, seit sie in diesem Haus lebten, einige Male belauscht, wenn er nachts in seinem Arbeitszimmer verschwand. Es war niemand bei ihm gewesen, aber dennoch hatte Marban mit jemandem gesprochen. Ila hatte allerdings nur seine Stimme hören können, nie die des Mannes, den Marban bei diesen Unterredungen Sanor nannte.

»Der Eine und Erste«, erwiderte Marbans Besucher nun, »hielt es für sinnvoll, dass ich mich selbst über die Gegebenheiten hier informiere.« Der Mann schlug seine langen Beine übereinander, und Ila sah, dass er leicht die Stirn gerunzelt hatte. »Es wird nicht einfach sein«, sprach er nachdenklich weiter, »die Kinder durch diese Berge zu führen.«

»Die Kinder?«, fragte Marban scharf. »Wovon redest du?«

»Du bist also doch nicht so gut über Sanors Pläne informiert, wie du dachtest«, erwiderte der Fremde.

Marban warf unter halb geschlossenen Lidern einen Blick in Ilas Richtung, die ihren makellos gepflegten Fingernägeln daraufhin noch größere Aufmerksamkeit widmete, während sie mit keiner Regung verriet, dass der Name, den sie soeben gehört hatte, kein Geheimnis für sie war.

»Aber wie dem auch sei«, fuhr Marbans Besucher fort, »der

Eine und Erste wünscht, dass ich eine Gruppe von Kindern durch diese Berge begleite, und deine Aufgabe besteht darin, bis zu ihrer Ankunft hier den günstigsten Weg ausfindig zu machen, über den sie in die Wüste gelangen können.«

»Ich glaube nicht«, versetzte Marban mit kaum verhohlenem Ärger, »dass ich mich in der Rolle eines ... eines Kindermädchens sehe!«

Der andere Mann spitzte belustigt die Lippen. »Eine Amme dürfte wohl eher das sein, was diese Kinder brauchen. Die meisten von ihnen haben gerade erst laufen gelernt. Du siehst also, deine Aufgabe ist durchaus anspruchsvoll.« Als Marban den Mund öffnete, um abermals gegen diese Zumutung zu protestieren, verflog alle Heiterkeit in den Zügen seines Besuchers, und seine Augen flackerten drohend. »Wenn der Eine und Erste dir eine Rolle zuweist – und sei es die eines Kindermädchens –, *König*, dann wirst du sie spielen, so wie alle anderen auf dem Ork Nuado auch.« Er erhob sich und beugte sich über das Pult zu Marban hinüber. »Und du tätest gut daran, *König*«, fügte er eisig hinzu, »deine Zunge zu hüten, wenn du von Sanor sprichst. Nichts, was der Eine und Erste tut oder zu tun beabsichtigt, ist *lächerlich*.«

Dann richtete der Fremde sich wieder auf, und Ila spürte, ohne den Blick heben zu müssen, dass er in ihre Richtung sah.

»Wer oder was auch immer sich dem Einen und Ersten in den Weg stellt, wird vernichtet werden. Vergiss das nicht, *König*. Keiner von euch Sterblichen ist unersetzbar«, fügte er in einem Tonfall hinzu, der Ila schaudern ließ.

Marbans Besucher neigte kurz den Kopf und ging dann wortlos auf die Tür zu. Dort drehte er sich noch einmal um. »Du hast einen Fährtenleser in deinen Diensten«, sagte er, »der diese Berge besser kennt als irgendjemand sonst. Die Kinder werden in etwa dreißig Tagen hier sein. Bis dahin muss der einfachste und sicherste Weg gefunden sein, der sie in die Wüste führt, in den Teil der Tahor, der das Blaue Labyrinth genannt wird.«

Dann öffnete er die Tür und verließ ohne ein Wort des Grußes das Haus.

Selall ging den steilen, schmalen Pfad hinunter, der in einem weiten Bogen von Marbans Haus wegführte. Die hohen Berggipfel im Westen, die schon zur Tahor gehörten, glitzerten im hellen Licht der Morgensonne, doch ihr Anblick bereitete Selall keine Freude. Auch wenn er es Marban gegenüber niemals zugegeben hätte, war auch er nicht glücklich über die Aufgabe, mit der der Eine und Erste ihn betraut hatte. Er konnte das Unbehagen, das er während des Gesprächs mit Sanors Marionette, diesem so genannten König, noch stärker als zuvor verspürt hatte, nicht recht greifen, vermochte aber auch nicht, es zu leugnen. Dieser ganze Teil von Sanors Plänen war ihm ein Rätsel, doch er hatte nicht jahrtausendelang geduldig auf die Rückkehr seines Herrn gewartet, um sich jetzt dessen Unmut zuzuziehen, indem er zu viele Fragen stellte. Aber dennoch ...

Mit finsterer Miene sah er zu den Berggipfeln hinüber, die sich blau und abweisend in den Himmel erhoben. Nein, die Sache gefiel ihm ganz und gar nicht.

Auch das Gespräch mit diesem »König« machte ihm Sorgen. Der Mann hatte nicht ganz Unrecht mit seinem Einwand gehabt, dass Sanor ihm seine Anweisungen auf einem bequemeren Weg hätte mitteilen können.

Tief in Gedanken versunken setzte er seinen Weg fort. Es

gab wahrhaftig nicht viel, das er dem Einen und Ersten von dieser Reise berichten konnte. Auch die Frau, deren Nähe er, wie Sanor ihm befohlen hatte, hätte meiden sollen, war nirgends zu sehen gewesen. Flüchtig stieg in ihm das Bild des schönen Knaben auf, den Marban als seinen Adjutanten bezeichnet hatte, und er verzog die Lippen. Adjutant, wahrhaftig! Einen Moment lang dachte er darüber nach, ob er Sanor von diesem Knaben berichten sollte. Aber es konnte für die Pläne seines Herrn nicht von Belang sein, ob seine Marionette sich Frauen oder Männer ins Bett holte, daher wandte Selall sich wieder seinen eigenen Problemen zu.

Das Schiff würde die Kinder bis zum westlichsten Punkt des Ank bringen, und der Weg von dort aus durch die Berge von Ubari bis ins Blaue Labyrinth war zwar felsig und schwierig, aber nicht weit. Sanor hatte zweiunddreißig kräftige Sklaven ausgesucht – einen für jedes der Kinder –, die seine Schützlinge im Notfall auf den Schultern durchs Gebirge tragen konnten, aber trotzdem gefiel Selall das Ganze nicht. Es erschien ihm so sinnlos ...

Nichts, was der Eine und Erste tut oder zu tun beabsichtigt, ist lächerlich, gingen ihm die Worte durch den Kopf, die er kurz zuvor Marban gegenüber benutzt hatte. Und nichts, was Sanor tat, konnte sinnlos sein. Es war nicht an ihm, Selall, seinen Herrn zu kritisieren oder auch nur den Anspruch zu erheben, seine Absichten zu durchschauen. Was immer Sanor von ihm verlangte, er war sein ergebener Diener und dankbar für jede Aufgabe, die er im großen Plan der Dinge übernehmen durfte. Sanor wollte, dass diese Kinder in die Tahor gebracht wurden, also mussten sie dorthin gebracht werden. Mehr brauchte niemand, der den Einen und Ersten als seinen erhabenen Herrn ansah, zu wissen. So, wie die Dinge waren, waren sie gut.

Ein wenig erleichtert, wenn auch keineswegs beruhigt, trat Selall auf einen Felsvorsprung, der eine schroffe Schlucht überragte. Dann straffte er sich, vollzog das Ritual der Verwandlung, das ihn mit seinem geliebten Herrn verband, und erhob sich in die Lüfte.

KAPITEL 25

Mein Entschluss steht fest, und mehr habe ich dir nicht zu sagen. Du bist nicht länger mein König – du bist überhaupt kein König mehr, wenn ich recht informiert bin.«

Ergar reckte trotzig das Kinn vor. Er wollte offensichtlich noch etwas hinzufügen, aber Malea, seine Seelengefährtin, legte ihm mahnend eine Hand auf den Arm.

Nuria, die zusammen mit Olfros, Malea und Ergar in einer Fensternische der Taverne *Zum Leuchtenden Halbmond* saß, sah die junge Frau voller Mitleid an. Sie waren zu einem letzten Gespräch zusammengekommen, bevor der größere Teil der Schwanenmenschen, die sich im Augenblick in Tarlin aufhielten, in Kürze ihre Reise fortsetzen wollten.

Obwohl es in der Schenke nicht wirklich kühl war, drückte Malea sich auf ihrer Eckbank eng an Ergar, wohl eher auf der Suche nach Trost als nach Wärme, und Nuria konnte die Zerrissenheit der jungen Frau deutlich spüren.

Auch Ergar schienen ihre Gefühle nicht entgangen zu sein, denn er wandte sich plötzlich zu ihr um. »Niemand zwingt dich hier zu bleiben, wenn du lieber mit den anderen gehen willst«, sagte er schroff. »Ich jedenfalls werde dich nicht aufhalten.«

Malea zuckte bei seinen Worten wie unter einem Schlag zusammen, und Nuria verlor endgültig die Geduld mit dem jungen Mann, der auf nichts und niemanden Rücksicht nahm. Sie beugte sich über den blank gescheuerten Tisch, der sie trennte, und schlang die Hände um ihren Teebecher. »Du benimmst dich wie ein ungezogenes Kind, Ergar«, sagte sie mit der Autorität, die sie in langen Jahren als Herrscherin Angulis erworben hatte, und stellte mit Genugtuung fest, dass ihre

Worte ihre Wirkung nicht verfehlten – Ergar zuckte zwar mit keiner Miene, doch seine Haltung versteifte sich unmerklich. »Und zu deiner Information«, fuhr sie kühl fort, »niemand verlangt von *dir,* uns zu begleiten. Das Einzige, was wir verlangen – mit Recht verlangen –, ist ein Mindestmaß an Anstand. Diesen Anstand schuldest du Anguli und der Gemeinschaft vom See, die dich großgezogen und dir viele Jahre alles gegeben hat, was du brauchtest!«

In dem Fenster, vor dem Ergar saß, machte die Dunkelheit der Nacht ganz allmählich dem ersten zaghaften Morgenlicht Platz.

Ergar lachte spöttisch auf, doch Nuria erlaubte ihm noch nicht zu sprechen. »Oh, ich weiß, was du sagen willst – ich habe das alles schon hundert Mal gehört, und es wird durch Wiederholungen weder interessanter noch wahrer«, fuhr sie unerbittlich fort. »Du wirfst uns vor, dass wir euch keine Freiheit gegeben hätten, aber was fängst du denn an mit dieser Freiheit, jetzt, da du sie dir genommen hast?«

Sie wollten aufbrechen, sobald es hell war, zusammen mit Feke, Steban und den anderen jungen Männern, die sich in Anguli die »Unzufriedenen« genannt hatten. Wahrscheinlich war das einer der Gründe für Ergars Verbitterung; seine Gefährten hatten sich zu guter Letzt doch noch von ihm abgewandt, was er als eine persönliche Niederlage empfand.

Ergar nutzte Nurias kurze Pause, um seinerseits das Wort zu ergreifen. »Ich weiß meine Freiheit sehr wohl zu nutzen«, erklärte er zornig. »Nachdem ich endlich kein Gefangener Angulis mehr bin, kann ich tun und lassen, was mir gefällt. Ich werde mir die Welt ansehen, die ihr mir vorenthalten ...«

»Die Welt!«, unterbrach ihn Olfros, der in den letzten Minuten geschwiegen hatte. »Was, bitte schön, ist denn ›die Welt‹ deiner Meinung nach? Und was kann sie dir geben, wenn du die Menschen, die dich lieben, verrätst und kränkst?« Er blickte zu Malea hinüber, die angespannt und blass dem Gespräch gefolgt war. »Wie«, fuhr Olfros fort, »glaubst du, wird dein Leben aussehen, wenn sich eines Tages all deine Freunde von dir abgewandt haben – so wie es Steban, Mino, Feke und die anderen bereits getan haben? Und auch wenn Malea jetzt noch zu dir hält, was glaubst du, wie lange sie sich von dir zurückweisen lässt, bis sie dir ebenfalls den Rücken zukehrt – nur weil du es herausforderst?«

Malea sah Olfros unglücklich an. »Das sind harte Worte, mein König«, sagte sie leise. »Ergar will doch nur ...«

»Er will alles!«, beendete Olfros ihren Satz. »Er will Freiheit, er will Reichtum – er will nichts Geringeres als ›die Welt‹, wie wir soeben gehört haben. Aber«, Olfros wandte sich nun wieder Ergar zu, »hast du einmal darüber nachgedacht, welchen Preis du dafür bezahlen wirst – und welchen Preis andere für deine Torheit und deine Habgier zahlen müssen?«

Ergar schwieg verstockt, und Nuria begriff, dass es sinnlos war, dieses Gespräch weiterzuführen. Ergar hatte den Preis bereits gezahlt, auch wenn er es noch nicht wusste. Er hatte mit seiner Seele bezahlt, und Nuria verspürte mit einem Mal Mitleid mit dem jungen Mann, der sich selbst verloren hatte.

»Ich kann dich nicht daran hindern«, sagte Olfros jetzt, »auch in Zukunft die Schätze Angulis zu plündern und in der Welt der Dinge gegen Gold und Besitz einzutauschen. Aber ich betrachte es als meine letzte Verantwortung für dich, dich zu warnen – denn ob es dir gefällt oder nicht, als Mitglied der Gemeinschaft vom See stehst du unter meinem Schutz, solange du lebst.« Olfros legte die Hände auf die Tischkante und schob seinen Stuhl zurück. »Bedenke wohl, was du tust, denn es gibt Dinge, die lassen sich nicht rückgängig machen. Und Reue ist ein bitterer Gefährte der Einsamkeit.«

Der Himmel draußen vorm Fenster färbte sich bereits rot, und die Stadt erwachte langsam aus dem kurzen Schlaf der Sommernacht. »Es wird Zeit für uns«, sagte Olfros und erhob sich.

Nuria und Malea folgten seinem Beispiel, während Ergar nur schweigend ins Leere starrte. Nuria legte die Arme um die jüngere Frau und zog sie fest an sich. Als sie einander berührten, wusste Nuria mit jener Hellsichtigkeit, die die Götter ihr nur noch selten schenkten, dass Malea kein Glück mehr an der Seite ihres Seelengefährten finden würde, doch sie widerstand dem Drang, ihrer Sorge noch einmal Ausdruck zu verleihen. Es gab nichts mehr zu sagen, was nicht schon gesagt worden wäre.

Malea hatte gewählt.

Marte ging langsam durch die Straßen von Tarlin-Stadt, über denen noch die Morgendämmerung lag. Aus einer Bäckerei drang der Duft von frisch gebackenem Brot, und Marte beschleunigte ihren Schritt. Fedelma, die Besitzerin der kleinen Backstube, war eine der Gannafrauen, die sie, Marte, im Stich lassen würde, um zusammen mit Goda Elija und die Kinder den Ank hinunter zu begleiten.

Mit schwerem Herzen setzte sie ihren Weg zu Bardels Taverne fort. Sie hatte sich die Entscheidung wahrhaftig nicht leicht gemacht, und doch war sie sich keineswegs sicher, ob sie richtig handelte. Es gab so viele Menschen hier, die sie brauchten.

Vor ihr erhoben sich jetzt die Umrisse von Bardels Taverne, wo die Kinder bald aus ihren warmen Betten geholt würden, um erneut auf die *Windsbraut* geführt zu werden. Marte dachte an Elija, die sich in den vier Tagen ihrer Rast in Tarlin keineswegs erholt hatte, sondern immer bleicher und geisterhafter zu werden schien. Auch diese Menschen brauchten sie.

Ohne weiteres Zögern eilte Marte auf den Eingang der Taverne zu. Sie konnte nun einmal nicht an zwei Orten gleichzeitig sein, und letzten Endes musste sie – wie alle Menschen – ihrem eigenen Herzen folgen, ihre eigenen Entscheidungen treffen und die Konsequenzen tragen.

In der Schankstube herrschte bereits reges Treiben, was für diese frühe Tagesstunde ungewöhnlich war. Mit einem kurzen Nicken begrüßte Marte Bardel und dessen Frau, die gerade Teller und Tassen auf drei langen Tischen verteilten, Vorbereitungen für das Frühstück der Kinder. Dann trat sie auf ihre neuen Freunde zu, die Schwanenmenschen, die heute ebenfalls aufbrechen würden. Als Nuria sie entdeckte, kam sie lächelnd auf Marte zu.

»Ich hoffe von Herzen, dass wir uns eines Tages wieder sehen werden«, sagte Nuria warm, bevor sie Marte in die Arme schloss.

»Wer weiß«, erwiderte Marte, der der Abschied von Eirions Mutter sehr nahe ging. Sie zog die andere Frau fest an sich. »Das Schicksal hat uns einmal zusammengeführt ...« Marte schluckte den Kloß in ihrer Kehle tapfer herunter. »Grüß mir Eirion«, fuhr sie fort, »Anu, wie du sie nennst. Sag ihr ...« Weiter kam sie nicht, denn jetzt drängte sich jemand zwischen sie, und beide Frauen blickten lächelnd auf das kleine Mädchen hinab, das wieder einmal seiner Mutter entwischt war.

»Guten Morgen, Aischa«, sagte Marte und strich dem Kind über das feine silbrige Haar. »Solltest du dich nicht erst anziehen, bevor du herunterkommst?«

Aischa beherrschte mit besonderer Perfektion die Technik, unliebsame Fragen Erwachsener einfach zu überhören. Jetzt blickte sie konzentriert zu Nuria empor. »Ich kenne eine Frau«, bemerkte sie dann, »die fast genauso aussieht wie du.«

Nuria strich dem Kind geistesabwesend über die Wange. Feke kam gerade die Treppe hinunter, und hinter ihm gingen mehrere junge Männer. Nuria musterte die kleine Gruppe besorgt. Steban war dabei und Josa, Hafan und Sulis, deren Mütter am vergangenen Tag ebenfalls eingetroffen waren. Dann atmete Nuria erleichtert auf. Bei Mino war sie sich bis jetzt nicht sicher gewesen, ob er sich im letzten Moment nicht doch noch dafür entscheiden würde, mit Ergar in Tarlin zu bleiben.

»... bloß dass ihre Haare ganz rot sind, nicht nur wie bei dir an der Stirn ...«, plapperte das kleine Mädchen weiter. »Aber im Gesicht sieht sie fast genauso aus wie du. Nur ihre Augen sind grün und funkeln manchmal, wie bei dem Mann da drüben.« Sie zeigte auf Olfros.

Marte und Nuria tauschten einen Blick.

Marte war die Erste, die sprach. »Weißt du auch ihren Namen, Aischa?«, fragte sie eindringlich.

Aischa nickte eifrig, doch bevor sie antworten konnte, wurde sie unsanft an den Schultern gepackt.

»Wie oft habe ich dir verboten, einfach wegzulaufen!«, rief Elija, die hinter Minu die Treppe hinuntergeeilt war. »Komm sofort wieder mit nach oben. Die anderen Kinder sind alle schon gewaschen und fertig angezogen.« Sie machte Anstalten, ihre Tochter zur Treppe zu zerren.

Marte legte ihr eine Hand auf den Arm. »Einen Moment noch, Elija«, sagte sie und ging dann vor Aischa in die Hocke. »Wie heißt die Frau, die so aussieht wie Nuria und Augen hat wie dieser Mann dort?«

Aischa warf ihrer Mutter einen triumphierenden Blick zu, als wolle sie sagen, dass es eben doch wichtigere Dinge gab als Wasser und Kleider. »Sie heißt Eirion«, erklärte sie mit gewichtiger Miene. »Und sie ist die Freundin von dem Mann, der uns aus Luba weggebracht hat.«

Entsetzt sahen die drei Frauen sich an, Nuria, Marte und Elija, die von den beiden anderen viel über Eirion gehört hatte. Anders als ihre Tochter war sie jedoch keine so gute Beobachterin oder zu sehr mit ihrem eigenen Kummer beschäftigt gewesen, um die Ähnlichkeit zwischen Nuria und dem jungen Mädchen zu bemerken, das in Luba in ihrem Gasthaus gesessen hatte.

Als Elija mit Aischa wieder nach oben gegangen war, herrschte lange Schweigen zwischen Nuria und Marte, während die Schwanenmenschen um sie herum noch letzte Vorbereitungen für ihre Reise trafen.

Nur Bruchstücke des Gesprächs drangen in Martes Bewusstsein.

»... wir werden über den Ank fliegen, bis er vor den Bergen von Ubari einen Bogen nach Norden macht«, hörte sie Olfros sagen. »Bis dahin wird es euch nicht schwer fallen, die Orientierung zu behalten, falls wir uns verlieren sollten. Danach müsst ihr ...«

»Was hat das zu bedeuten?«, fragte Marte schließlich.

Nuria zuckte unglücklich die Achseln. »Ich verstehe es nicht«, erwiderte sie langsam. »Aber es kann nichts Gutes bedeuten. Dieser Mann, Tork, war der Hüter des Steins der Gnade. Das heißt, dass er mit einer sehr starken, vielleicht sogar gefährlichen Magie in Berührung gekommen ist.« Sie runzelte die Stirn. »Der Hüter des Steins führt diese Kinder nach Caernadon, nachdem alles Leben in Luba ausgelöscht wurde.« Sie sah Marte an und schüttelte dann den Kopf. »Ich verstehe es nicht – und es gefällt mir nicht.«

»Es läuft immer wieder auf die eine Frage hinaus«, sagte Marte nachdenklich. »*Warum* haben diese Kinder überlebt?«

Die Tür zur Schankstube wurde abermals geöffnet, und Lado und Goda traten ein. Lado war der Letzte, auf den die Schwanenmenschen gewartet hatten, und nun sah Olfros fragend zu Nuria hinüber.

»Ihr solltet jetzt aufbrechen«, erklärte Marte, »ihr habt einen weiten Weg vor euch.« Noch einmal umarmte sie Nuria. »Noch als ich hierher kam«, fügte sie dann hinzu, »war ich mir nicht sicher, ob es richtig ist, die Menschen, die mich hier brauchen, im Stich zu lassen.« Sie nickte entschlossen. »Aber jetzt *bin* ich mir sicher. Wir müssen wissen, was es mit diesem Schiff der Kinder auf sich hat.«

Ich muss wissen, was es mit dem Schiff der Kinder auf sich hat, las Diann, die bereits am vergangenen Abend eine Kabine auf der *Windsbraut* bezogen hatte, noch einmal Rikkas Zeilen. Sie hatte dem Jungen, der ihr Rikkas Schreiben vor zwei Tagen überbracht hatte, befohlen, sich bei Sonnenaufgang auf der Mole im Hafen von Tarlin einzufinden.

Jetzt hielt sie, immer noch unschlüssig, einen Federkiel über einen Bogen Pergament.

Das Schiff schaukelte sanft auf dem sonst unbewegten Wasser im Hafen, als eine kleine Barkasse es passierte. Es war vollkommen still an Bord der *Windsbraut.* Die Kinder würden erst später kommen, und der Wind, der, wie Diann wusste, in wenigen Stunden mit Macht in südlicher Richtung wehen würde, schwieg noch.

Diann setzte den Federkiel auf das Pergament, und die schwarze Tinte, die sie benutzte, zog klare, kantige Schriftzüge über das gelbliche Blatt.

Meine liebe Freundin, schrieb Diann und lachte dabei leise in sich hinein. *Ich war sehr erstaunt, so bald schon von dir zu hören, aber natürlich komme ich deiner Bitte gern nach.* Wie gern, das konnte Rikka nicht wissen. *Du möchtest Näheres über das ›Schiff der Kinder‹ erfahren, mit dem es in der Tat eine seltsame Bewandtnis zu haben scheint. Es ist mir gelungen,* fuhr sie fort, *einen Platz auf der* Windsbraut *zu bekommen, angeblich, um bei der Versorgung der Kinder zu helfen.* Diann sah im Geiste Rikkas Gesicht vor sich, wenn sie diesen Satz las. Sie wusste, dass Diann sich herzlich wenig für diese lästigen, lärmenden Bälger interessierte, und würde es für einen köstlichen Witz halten, dass gerade Diann zur Fürsorge für die Kinder bestellt worden war. Das Bild der anderen Frau, wie sie lächelnd die wohlgeformten Lippen verzog, fand jedoch keinen Widerhall mehr in Dianns Seele. Mit einem Ausdruck tiefer Verachtung in den Augen setzte sie einen Schlusssatz unter ihren Brief.

Ich konnte bisher leider nichts Näheres über diese Angelegenheit in Erfahrung bringen – das zumindest entsprach der Wahrheit –, *aber ich werde dich über einen Boten auf dem Laufenden halten, sobald ich mehr weiß. Deine gute Freundin Diann.*

Zufrieden überflog sie noch einmal das kurze Schreiben, bevor sie das schwarze Siegelwachs, das sie in der Kabine ihres Vaters gefunden hatte, auf das zusammengerollte Pergament tropfen ließ.

Sie hatte Rikka keine Informationen gegeben, die ihr weiterhelfen konnten, und sie hatte auch nicht die Absicht, das in Zukunft zu tun. Aber es konnte nicht schaden, den Kontakt zu der anderen Frau zu halten. Ihr Vater mochte sich damit zufrieden geben, Sanor als willenloses Instrument zu dienen, sie selbst wollte auch das *Warum* hinter den Dingen kennen. Und es war immerhin möglich, dass Rikka ihr dabei noch von Nutzen sein konnte.

Diann rückte ihren Stuhl zurück, überzeugte sich davon, dass das Wachs auf dem Pergament getrocknet war, und verließ ihre Kabine, um die Schreibutensilien in Selalls Quartier zurückzubringen. Dann stieg sie die Treppe hinauf und trat an Deck der *Windsbraut*.

Die Sonne war inzwischen aufgegangen, und auf der Mole hatten sich die ersten Hafenarbeiter eingefunden. Mit ihren scharfen Augen fiel es Diann nicht schwer, den schmächtigen Jungen zu entdecken, der in seiner schwarzen Soldatenuniform ein wenig verloren wirkte.

Am Himmel überflog gerade eine Schar Schwäne in südlicher Richtung die Bucht, doch Diann achtete nicht auf sie. Mit einer Anmut, die sie in ihrem bisherigen Leben nie besessen hatte, ging sie über die federnde Laufplanke des Schiffes und hielt dann direkt auf den Knaben zu, der auf sie gewartet hatte.

»Bist du dir sicher, dass das wirklich die beste Lösung ist?«

Sanor legte dem Mann, der neben ihm auf der Mole stand, eine Hand auf den Arm und stellte wie so oft in den letzten Monaten fest, wie gut ihm dessen Nähe tat. »Ich habe lange genug auf deine Gesellschaft verzichtet, Tork«, entgegnete er, sanfter, als er normalerweise auf jede noch so vorsichtige Kritik reagiert hätte. »Und Selall ist absolut verlässlich«, fügte er hinzu. »Er wird meine Befehle bis ins Kleinste befolgen.«

»Daran zweifle ich nicht«, erwiderte Tork, ohne den Blick von der *Windsbraut* abzuwenden, deren weiße Segel sich bereits unter der aufkommenden Brise blähten. »Aber du weißt, dass niemand so gut gerüstet ist, diesen Ort zu finden, an den die Kinder gebracht werden sollen.«

Jetzt regte sich doch ein leiser Unwille in Sanor. Er war es nicht gewohnt, dass man ihm widersprach. Und die Wenigen, die es je gewagt hatten, hatten niemals lange genug gelebt, um anderen von einer Schwäche des Einen und Ersten berichten zu können. Er verstärkte den Griff seiner Finger auf Torks Arm, bis sie sich schmerzhaft in dessen Fleisch bohrten.

»Selall«, erklärte er in einem endgültigen Tonfall, »wird die Kinder sicher an das Ziel ihrer Reise führen, und es wird keine Schwierigkeiten geben.«

Tork wandte sich langsam um, und Sanor beobachtete fasziniert, wie das Licht der Sonne in seinen Augen spielte. Sie waren so blau wie das Meer, das er, Sanor, so sehr begehrte, und die bernsteinfarbenen Flecken darin waren wie die Berge, über die er bald wieder herrschen würde.

Was für ein Jammer, dachte Sanor, *dass er nicht unsterblich ist wie ich. Es wird nicht leicht sein, ihn zu ersetzen.*

Dann löste er sich von dem schönen, jetzt vollkommen ausdruckslosen Gesicht des anderen Mannes und richtete den Blick wieder auf das Schiff, das noch an der Mole vor Anker lag.

Nein, es wird nicht leicht sein, ihn zu ersetzen, dachte er noch einmal, und das Bedauern, das er dabei empfand, war echt.

KAPITEL 26

Es war gut eine Woche verstrichen, seit Eirion Tork bei der düsteren Zeremonie gesehen hatte, mit der das Heiligtum auf dem Falkenberg endgültig entweiht worden war. Die Brandwunden an ihren Händen waren dank der Salben und der Magie der Heilerinnen schnell verheilt, obwohl das Wachs der weißen Ritualkerzen, wie Eirion inzwischen wusste, bei dergleichen Zeremonien so heiß wurde, wie normalerweise nur Öl es tat. Sie hatte viel gelernt in diesen letzten Tagen – neben der Magie des Feuers und der Magie des Sehens beherrschte sie nun auch die Elemente des Wassers und der Luft –, doch sie war nicht mehr mit dem Herzen bei der Sache. Xeira ließ sie im Großen und Ganzen gewähren, wofür sie der alten Priesterin sehr dankbar war. Nur ab und zu fing sie einen besorgten Blick der anderen Frau auf. Dann riss sie sich zusammen und konzentrierte sich noch grimmiger auf ihre jeweilige Aufgabe. Aber echtes Glück empfand sie dabei nicht mehr.

Heute sollte sie den Umgang mit dem Wurfstern erlernen, etwas, auf das sie sich schon seit ihrer Ankunft im Großen Innen besonders gefreut hatte. Jetzt jedoch konnte sie keine rechte Begeisterung für die kleine, golden glänzende Waffe aufbringen. Sie hatte in der Nacht lange Stunden wach gelegen, und als vor ihrem Fenster mit dem ersten Morgenlicht die Ajantas wieder zu singen begannen, hatte ihr Entschluss festgestanden. Jetzt fehlte ihr nur noch eine Kleinigkeit, dann konnte sie tun, was sie sich vorgenommen hatte. Allerdings würde es nicht einfach sein, sich zu beschaffen, was sie benötigte. Was sie brauchte, war eine List.

Sie blickte zum Himmel auf; Barko zog seine Kreise über

dem Übungsplatz. Wie immer, wenn sie aus der Akademie oder dem Wohnquartier der Priesterinnen ins Freie trat, war er auch jetzt zur Stelle. Dies war ein Freund, auf dessen Treue und Wahrhaftigkeit sie sich verlassen konnte. Bittere Fassungslosigkeit stieg in ihr auf, als sie an Tork dachte, den sie ebenfalls für ihren Freund gehalten hatte.

Plötzlich flog ein winziger Gegenstand, eine kreiselnde Scheibe aus grünem Licht, so dicht an ihrer linken Schläfe vorbei, dass sie erschrocken auffuhr. Ein kurzer, scharfer Schmerz durchzuckte ihren Kopf. Trotz der gut zehn Schritte messenden Entfernung, die sie von Valinn trennten, konnte sie den höhnischen Ausdruck auf dem Gesicht der jungen Frau deutlich erkennen.

»Vielleicht ist deine Schülerin ja doch nicht so begabt, wie du denkst, Xeira«, erklang jetzt Murianas Stimme. »Wäre dies ein echter Kampf gewesen, hätte Valinns Wurf sie getötet.«

Muriana stand am Rand des runden Übungsplatzes, auf dem die Priesterschülerinnen sich in den Kampfkünsten versuchten. Xeira selbst hatte auf einem eigens für sie dort bereitgestellten Stuhl auf der gegenüberliegenden Seite des Feldes Platz genommen, um die Unterrichtsstunde zu verfolgen. Radscha mochte ihre Krankheit mit ihrer Magie für den Augenblick niedergezwungen haben, doch gegen das Alter selbst gab es kein Heilmittel, und die rituellen Tänze, die zum Kampf mit dem Wurfstern gehörten, erforderten Kraft und Geschicklichkeit. Daher war es Muriana, die diesen Teil von Eirions Ausbildung überwachte. Und Muriana hatte als Partnerin für Eirion ausgerechnet Valinn ausgewählt.

»Ich denke, du irrst dich, Muriana«, erwiderte Xeira nun mit großer Gelassenheit. »Meine Schülerin, wie du Eirion nennst, hat schon weitaus schwierigere Aufgaben als diese gemeistert.« Dann wandte sie sich an Eirion, bevor sie weitersprach:

»Der Kampf mit dem Wurfstern erfordert höchste Konzentration. Konzentration ist um ein Vielfaches wichtiger als die reine technische Perfektion des Werfens und Tanzens. Selbst wenn eine Gegnerin dir in diesen Dingen überlegen sein sollte, kannst du sie besiegen – sofern deine Magie stärker und deine Konzentration größer ist als ihre.«

Eirion sah zu Valinn hinüber und wunderte sich einmal mehr über den unversöhnlichen Hass, mit dem diese ihr begegnete. War das vielleicht der Grund, warum Muriana ausgerechnet sie als Partnerin – oder wohl eher als Gegnerin – in diesem Kampf ausgewählt hatte? Gwenlian hatte sie gelehrt, dass Hass eine mächtige Triebkraft war, mit der zu allen Zeiten der Menschheitsgeschichte Siege erstritten wurden. Ohne den Blick noch einmal auf Muriana richten zu müssen, die in dieser Unterrichtsstunde ihre Lehrerin war, begriff Eirion, dass die Priesterin Valinn tatsächlich mit großer Überlegung ausgewählt hatte. Sie lächelte kurz, als ihr noch etwas anderes durch den Kopf ging, das Gwenlian einmal über den Hass gesagt hatte.

Hass ist mächtig, aber er ist auch blind, waren ihre Worte gewesen. *Wenn er dir in einem Kampf begegnet, dann nutze ihn, denn er ist eine Waffe, die vor allem jene vernichtet, die ihn in ihrer Seele dulden.*

Eirion betrachtete den kleinen Wurfstern in ihrer Hand, der so wunderschön war – und so unbarmherzig töten konnte. Zu Übungszwecken wurde er mit einer Magie belegt, die seine tödliche Wirkung aufhob und statt echter Verletzungen dem Getroffenen nur jenen flüchtigen, brennenden Schmerz zufügte, den sie soeben verspürt hatte. Der Stern war aus Léthsilber gefertigt und mit einem goldenen Lack überzogen. Wenn er jedoch mit einer Schnelligkeit, die das menschliche Auge nicht mehr wahrnahm, durch die Luft flog, schimmerte der silberne

Kern durch die goldene Lackschicht durch, und der Beobachter eines solchen Kampfes sah dann nur noch eine winzige Scheibe aus grünem Licht.

Einen Moment lang faszinierte die ungewöhnliche, elegante Waffe Eirion so sehr, dass sie darüber sogar ihren Kummer vergaß – aber nur kurz.

Dann erklang abermals Xeiras Stimme. »Bist du bereit, Eirion?«, fragte sie freundlich. Als Eirion nickte, setzte sie hinzu: »Dann wird es jetzt Zeit für einen neuen Versuch. Und diesmal werden die Trommlerinnen euren Tanz begleiten.«

Eirion hörte, wie Muriana scharf die Luft einzog. Sie war diejenige, die diese Unterrichtsstunde leitete, und sie schien nicht gewillt zu sein, sich die Zügel aus der Hand nehmen zu lassen.

»Verzeih, Xeira«, sagte sie eisig, »aber ich bin der Meinung, dass Eirion damit ... überfordert wäre«, fügte sie hinzu. »Sie ist noch nicht so weit.«

Xeira blickte lächelnd in Eirions Richtung. »Das kann wohl niemand besser beurteilen als Eirion selbst.« Und ohne Muriana Zeit zu einem weiteren Widerspruch zu geben, fragte sie: »Nun, Eirion? Sollen die Trommeln schweigen – oder wünschst du ihre Begleitung?«

Eirion wusste, dass die Schülerinnen der Akademie erst zu einem sehr späten Zeitpunkt ihrer Ausbildung die Stimme der Trommeln sprechen ließen. Das Tempo, das die Trommeln vorgaben, verlangte den Kämpferinnen äußerste Konzentration ab. Aber Xeira hatte noch nie etwas von ihr verlangt, das ihre Kräfte überstieg. Unmerklich nickte sie.

»Trommlerinnen, beginnt!«, befahl Xeira, und die beiden Priesterinnen, die hinter Eirion und Valinn am Rand des Übungsplatzes standen, ergriffen ihre hölzernen Schlegel, ohne auf ein Zeichen Murianas zu warten.

Schon in der ersten Sekunde dieses neuen Kampfes wusste Eirion, dass Xeira wieder einmal Recht gehabt hatte.

Schneller, Trommlerinnen!

Diesmal hatte Xeira nicht laut gesprochen, sondern ihre Gedankenstimme benutzt, wie Gwenlian es auf Burg Tarlin getan hatte, als Marte ihre Trommlerin gewesen war. Die Vibrationen der mächtigen Instrumente flossen mit immer schnelleren Schwingungen durch den felsigen Boden in Eirions Körper. Die Sohlen ihrer nackten Füße begannen schon nach wenigen Schritten zu brennen, aber das kümmerte Eirion wenig. Sie registrierte kaum, dass der Kummer, der ihr seit Tagen jede Freude an ihrer Arbeit genommen hatte, allmählich von ihr abfiel. Sie tanzte, ohne länger auf die komplizierte Schrittfolge des Rituals zu achten, und als Valinn diesmal ihren Wurfstern nach ihr schleuderte, war sie bereit. Mühelos schickte sie die grüne, glitzernde Lichtscheibe zu ihrer Gegnerin zurück – zur gleichen Zeit wie ihre eigene Waffe.

Valinn hatte eine so schnelle Reaktion nicht erwartet und zögerte zu lange, bevor sie Eirions Angriff auswich. Der Stern streifte sie auf Brusthöhe, und Eirion hörte die junge Frau aufkeuchen. Mit einer graziösen Handbewegung rief Eirion ihre Waffe wieder zurück und ließ sie einige Sekunden lang in der Luft tanzen, um Valinn Zeit zu geben, sich zu erholen, dann fing sie den Stern auf und warf ihn erneut.

Auch diesmal traf er sein Ziel. Eirion konnte die Wut ihrer Gegnerin deutlich spüren, als diese kurz darauf ihr Glück noch einmal versuchte.

Schneller, Trommlerinnnen!

Eirion wusste nicht, ob sie selbst den Befehl gegeben hatte oder Xeira. Es spielte keine Rolle. Valinns Stern verfehlte sie um drei volle Schrittlängen; sie hatte Eirions Tempo falsch eingeschätzt und auf die Stelle gezielt, an der Eirion noch einen Herzschlag zuvor gestanden hatte. Mit einem jubelnden Lachen sandte Eirion ihren Stern abermals quer über den Übungsplatz. Sie brauchte ihn inzwischen nicht einmal mehr mit der Hand zu berühren; er gehorchte allein der Kraft ihrer Gedanken. Valinn dagegen verlor vor jedem ihrer Angriffe kostbare Zeit, um ihre Waffe wieder aufzufangen. Doch sie hätte sich die Mühe sparen können; ihre Würfe verfehlten Eirion auf eine geradezu Mitleid erregende Weise.

Eirion versuchte gar nicht mehr, ihrerseits Valinn zu treffen. Sie genoss dieses wilde Spiel zu sehr, um einem anderen Menschen dabei Schmerz zufügen zu wollen. Daher begnügte sie sich damit, ihren funkelnden Stern um das andere Mädchen herumtanzen zu lassen.

Trommeln, schweigt!

Diesmal war sie sich sicher, dass nicht sie den Trommlerinnen den Befehl gegeben hatte. Sie hatte das Gefühl, ewig so weitertanzen zu können, ohne zu ermüden oder die Freude am Kampf zu verlieren. Enttäuscht verlangsamte sie ihr Tempo, bis sie schließlich zum Stehen kam, ein wenig atemlos, aber keineswegs erschöpft.

Xeira hatte sich von ihrem Platz am Rand des Übungsfeldes erhoben. »Das genügt, Eirion«, sagte sie ruhig. »Du hast bewiesen, dass du auch diese Kunst meisterlich beherrschst. Dein Unterricht ist für heute beendet.«

Die Trommlerinnen kamen nun hinter ihren Instrumenten hervor; beide Frauen waren schweißüberströmt.

»Ihre Schrittfolge ist keineswegs perfekt«, widersprach Muriana. »Und ihre Wurftechnik kann ich nur als mangelhaft bezeichnen«, fügte sie verächtlich hinzu.

Die beiden Frauen, Xeira und Muriana, maßen sich kurz mit Blicken, und wieder spürte Eirion die Feindseligkeit, die von

Muriana ausging und die so gar nicht zu einer Priesterin des Alten Reiches passen wollte.

»Du magst ihre Technik mangelhaft nennen«, erwiderte Xeira gelassen, »ich nenne sie erfolgreich. Und in einem echten Kampf ist das das Einzige, was zählt.«

Eirion achtete nicht mehr auf Murianas Antwort, denn in diesem Moment verspürte sie den vertrauten, sanften Luftzug, mit dem Barko sich auf ihren Schultern niederzulassen pflegte. Dankbar für seine unverbrüchliche Treue, neigte sie ihrem Falken den Kopf entgegen. Dabei fiel ihr Blick auf Valinn, die sich nach dem Ende des Kampfes nicht von ihrem Platz bewegt hatte, nicht einmal, um ihrer Gegnerin zu ihrem Sieg zu gratulieren.

Valinn starrte sie mit abweisender Miene an. Plötzlich veränderte sich der Gesichtsausdruck des anderen Mädchens jedoch. Ein wenig verwundert registrierte Eirion den Triumph, der jetzt in Valinns Augen aufblitzte und zu dem sie nach ihrer schmählichen Niederlage soeben eigentlich gar keinen Anlass hatte.

Als Eirion kurz darauf zusammen mit Xeira den Übungsplatz verließ, hatte sie diese kleine Begebenheit jedoch längst wieder vergessen.

Die Kammer des Sehens wirkte an diesem Abend noch abweisender und bedrohlicher auf Eirion, und beinahe hätte sie im letzten Augenblick von ihrem Plan abgelassen. Die eine Fackel, die sie aus einem der oberen Stockwerke mitgenommen hatte, spendete kaum Licht und noch weniger Trost. Vor allem aber war es Xeiras Anwesenheit, die Eirion vermisste. Die alte Priesterin hatte ihr selbst an diesem Furcht einflößenden, mit mehr als tausend Jahre alter Magie getränkten Ort noch ein Gefühl der Geborgenheit vermittelt, und Eirion schauderte bei dem Gedanken, sich für längere Zeit allein hier aufhalten zu müssen. Aber sie wollte Gewissheit haben, und dies war die einzige Möglichkeit, sie sich zu verschaffen. Entschlossen drückte sie die Schultern durch, hängte ihre Fackel in den eisernen Wandhalter, der vor dem Eingang der Kammer des Sehens befestigt war, und entzündete ihre weiße Kerze an der Flamme der Fackel. Sie hatte die freien Nachmittagsstunden nach ihrem Übungskampf mit Valinn gut genutzt; die Priesterin, die die Kerzengießerei in den Werkstätten leitete, war nur allzu gern bereit gewesen, Eirion mit ihrer Arbeit bekannt zu machen. Beinahe schämte sie sich jetzt bei dem Gedanken an die freundliche ältere Frau, deren Vertrauen sie so schändlich missbraucht hatte – aber nur beinahe. Denn es gab keinen anderen Weg, um zu ihrem Ziel zu kommen.

Schon seit der Nacht, nachdem sie Tork mit Sanor gesehen hatte, beschäftigte sie etwas, das Xeira ihr an jenem Nachmittag erzählt hatte. Oda, ihrer Großmutter, wie Xeira sie genannt hatte, war es gelungen, mit Hilfe der dunklen Magie dieses Ortes ihre Tochter im fernen Tarlin zu erreichen. Sie hatte sich über die Gedankenrede mit Gwenlian verständigen können ...

Mit zitternden Händen stellte Eirion die weiße Kerze auf den Steinquader, an dem sie vor einer guten Woche mit Xeira gesessen hatte.

Natürlich war Gwenlian ebenfalls eine Magierin gewesen, und Eirion wusste nicht, ob Tork seinerseits über magische Kenntnisse verfügte. Er hatte ihr erzählt, dass es den Hütern des Steins verboten war, Magie zu praktizieren, aber ... Sie stieß ein bitteres Lachen aus, das die Felswände des Gewölbes hohl und geisterhaft zurückwarfen. Was galt Torks Wort, wenn er im Stande war, sich mit ebenjener dunklen Macht zu verbünden, die die Frau, die er angeblich liebte, bekämpfte?

Die Gesichtszüge zu einer Maske erstarrt, begann Eirion die mittlerweile vertraute Prozedur, die sie eins werden ließ mit dem Feuer, eins mit der Großen Göttin, dem Urgrund des Lebens.

Wie sie es schon bei früheren Gelegenheiten erfahren hatte, verschmolz sie langsam mit der reglosen Flamme der Kerze. Aber anders als bisher durfte sie diesmal nicht den Zugriff auf ihr bewusstes Ich, den Kern ihrer Persönlichkeit, verlieren. Ein Teil von ihr musste sich der Göttin vorenthalten, musste Eirion bleiben, die Frau, die Fragen stellen wollte.

Ihr Geist streckte sich weit über den Raum aus, der sie von Tarlin trennte. Suchend tastete sie den Falkenberg ab, auf dem sie Tork das letzte Mal gesehen hatte.

Er war nicht dort.

Sie zog einen Kreis um Tarlin-Stadt, wanderte durch dunkle Gassen und über verlassene Plätze. Es war noch nicht spät, nicht so spät jedenfalls, dass die Straßen von Tarlin wirklich menschenleer sein konnten, aber ihr Geist war so sehr auf dieses eine Gesicht konzentriert, dass sie kein anderes Leben wahrnahm.

Tork war nicht in Tarlin.

Eirion zog den Kreis ihrer Magie weiter, ließ ihn über das Land der tausend Seen streifen, wie die Caernadonier die Provinz Tarlin nannten. Nichts.

Eine winzige Regung des Selbstzweifels wollte nach ihr greifen, und das Mädchen Eirion wäre diesem Zweifel vielleicht erlegen. Aber die Frau, die in dem tiefen Felsengewölbe unter der Halle des Rats saß, war kein unsicheres, ängstliches Kind mehr. Es war eine Priesterin, die mit der Gewissheit ihres Amtes ihrem Weg folgte.

Als Nächstes schickte sie ihren Geist in die Provinz, die westlich von Tarlin lag. Eine noch schwärzere Dunkelheit schlug ihr dort entgegen. Ohne eine Gefühlsregung registrierte die Priesterin, dass dort nichts war. Ein Nichts, in dem es kein Leben gab, keinen Atem mehr als dem des Windes, der trostlos und seines Sinnes beraubt in südliche Richtung blies.

Süden.

Die Priesterin nahm die Fährte auf, die der Wind ihr wies, denn der Wind war ihr Freund, ihr Verbündeter, wie alle Elemente zwischen Himmel und Erde es waren.

Sie folgte der Stimme des Äthers, nach Basoko im Süden von Tarlin. Das Nichts hatte dort noch nicht vollends um sich gegriffen; die Priesterin konnte einzelne gesichtslose Lichtpunkte ausmachen, die Leben bedeuteten. Sie setzte ihre Suche fort ...

Und die Unerschütterlichkeit der Priesterin, die Wind und Feuer zu reiten wusste wie einen gezähmten Hengst, geriet ins Wanken. Das zweifelnde, zögernde junge Mädchen Eirion trat neben die Priesterin. Einen Augenblick lang rangen die beiden miteinander, dann reichten sie sich die Hand, denn sie waren eins und konnten den Rest des Weges nur gemeinsam gehen.

Im Licht tanzender gelber Flammen saßen in einer kleinen Lehmhütte im südlichen Teil der Provinz Basoko zwei Männer. Eirion wollte auf den einen von ihnen, den sie trotz seines Verrats noch immer liebte, zufliegen, doch die Priesterin hielt sie zurück.

Sei vernünftig, mahnte der ältere, klügere Teil ihres Ichs. *Lass Maß und Klugheit walten, sonst wirst du nur zerstören.*

Eirion bezähmte widerstrebend ihre Ungeduld und wartete auf den Rat der Priesterin.

Nähere dich ihm langsam und mit Vorsicht, wie du dich einem jungen Reh im Wald nähern würdest. Gewöhne ihn an deinen Geruch, bevor du aus deiner Finsternis hervortrittst und ihm dein Gesicht zeigst.

Eirion befolgte den Rat und streifte behutsam Torks Geist, ohne jedoch klar geformte Worte zu ihm auszusenden.

In der viele Tagesreisen von Neu-Léth entfernten Lehmhütte blickte der Mann mit den meerblauen Augen plötzlich auf, und das Blau seiner Augen verdunkelte sich, wie das Meer es tut, wenn ein gewaltiger Sturm aufzieht. Seine Miene war vollkommen ausdruckslos; nicht das leiseste Zucken in seinem schön geschnittenen, kantigen Gesicht verriet etwas von seinen Gefühlen.

Langsam!, mahnte die Priesterin noch einmal, und Eirion gehorchte. Behutsam tastete sie über Torks Geist. Er senkte den Blick. Der andere Mann, von dem Eirion und die Priesterin wussten, dass es Sanor war, setzte seine Rede fort, ohne ihre Anwesenheit zu spüren.

So ist es gut, sagte die Priesterin. *Jetzt geh einen Schritt weiter.*

Eirion drang tiefer in das Gedankengeflecht des Mannes ein, den sie gesucht hatte.

Tork!

Es war nur ein Wispern, nicht lauter als das Scharren eines Insekts auf einem steinigen Boden, doch Tork hatte sie gehört. Die Muskeln in seinem Kiefer spannten sich kaum merklich.

Tork!, wiederholte Eirion, drängender diesmal.

Sein Puls beschleunigte sich; Eirion konnte das schnellere Fließen seines Blutes in den Adern spüren.

Tork, sprich mit mir! Erkläre mir, ...

Schweig!

Seine Antwort war ein Pfeil, dessen vergiftete Spitze sich in Eirions Seele bohrte. Sie drohte zu fallen, ins Bodenlose, doch die Priesterin war da, um sie aufzufangen.

Geduld!, mahnte sie. *Er war nicht vorbereitet. Versuche es noch einmal.*

Eirion sammelte ihre Kraft.

Warum tust du das?, fragte sie in Torks Gedanken hinein. *Es muss einen Grund dafür geben. Ich kann mich nicht so sehr getäuscht haben ...*

Torks Atem flog jetzt, und Eiron spürte die ungeheure Anstrengung, die es ihn kostete, das Heben und Senken seines Brustkorbs zu kontrollieren.

Geh!, durchschnitt seine Antwort Eirions Gedanken. *Du hast dich getäuscht. Ich habe dir nichts zu sagen. Geh!*

Eirion wollte sich nach dem Mann ausstrecken, dem ihre Seele gehörte, wollte ihn zwingen, ihr Gründe zu nennen, zu erklären ... Doch die Priesterin war immer noch da, und sie zog sie mit sich fort, behutsam und voller Verständnis, aber auch entschlossen und unbeteiligt. Die Priesterin wusste um Liebe und Schmerz, aber sie stand zu weit über den kleinen Dramen der Menschen, um zu fühlen.

Die weiße Kerze war lange heruntergebrannt, und tiefe Finsternis hüllte das Felsengebäude in Neu-Léth ein, als Eirion sich endlich von ihrem Stuhl erhob. Blind tastete sie nach der Tür, hinter der die Fackel hing. Das junge Mädchen, das sie noch wenige Stunden zuvor gewesen war, hatte sich sehr weit zurückgezogen, um der Priesterin Platz zu machen.

Denn die Priesterin fühlte nicht.

KAPITEL 27

Eirion war dankbar, dass Xeira sie diesmal allein ins Große Außen geschickt hatte, nicht nur, weil sie auf diese Weise ohne Umweg in die Stadt der Pferde fahren konnte, wo die Zigeuner lagerten, sondern vor allem, weil es ihr gut tat, für ein paar Stunden alles hinter sich zu lassen, das sie mit der inneren Tempelstadt verband.

Als sie sich am Morgen wie jeden Tag in Xeiras Räumen zum Unterricht eingefunden hatte, hatte die alte Priesterin nur einen Blick auf sie geworfen und sie wieder fortgeschickt. »Geh und besuche deine Freunde«, waren ihre Worte gewesen. »Heute ist kein guter Tag, um deinen Geist an neue Grenzen zu führen.«

Nun stand Eirion am Rand der Stadt der Tuche, wo die alltäglichen Gewänder der Priesterinnen hergestellt wurden und auch jene, die sie für die verschiedenen Rituale und Feste im Großen Innen benötigten. Vor ihr lag die Stadt der Pferde. Die Kutscherin hatte sie diesmal nicht gleich hinter dem Tor der Wahrheit abgesetzt, sondern bis zu ihrem Ziel gefahren. Doch weder die Stadt der Tuche noch die davor liegende Stadt der Vögel mit ihrem bunten, mit ungezählten Stimmen singenden Leben hatten Eirion mehr als ein flüchtiges Interesse abgenötigt.

Jetzt lagen die weiten Weiden der Stadt der Pferde vor ihr, und ein wenig von ihrer Gleichgültigkeit fiel von Eirion ab. Die Fianna hatten es im Laufe ihrer vieltausendjährigen Geschichte mit Geschick und Erfahrung zuwege gebracht, schneeweiße Pferde zu züchten, überaus sensible Tiere, die selbst auf den leisesten Wink ihrer Reiterinnen reagierten. Vor allem aber besaßen die Tiere ein angeborenes Gespür für Magie, und ganz anders als ihre caernadonischen Vettern fürchteten sie die Magie nicht.

Eirion hob ihr langes, fliederfarbenes Gewand ein wenig an und ging über das Gras auf eine kleine Herde dieser Tiere zu. Zäune gab es nicht in der Stadt der Pferde, denn keins der Tiere hier verspürte je den Drang, von diesem Ort zu fliehen.

Ein Fohlen hatte sie bemerkt und kam jetzt neugierig auf sie zu. Ein ausgewachsenes Pferd, seine Mutter wahrscheinlich, hob kurz den Kopf, nahm Eirions Witterung auf und wandte sich dann wieder seinen Gefährten zu. Angst war diesen Tieren ebenso fremd wie Misstrauen.

Eirion strich dem Fohlen über die weiße, seidige Mähne, als plötzlich dicht hinter ihr eine Stimme erklang.

»Sie sind prachtvoll, nicht wahr?« Tschalek, das Oberhaupt der Zigeunersippe, war unbemerkt an sie herangetreten.

Eirion begrüßte den alten Mann herzlich. Sie schämte sich ein wenig dafür, dass sie in den vergangenen drei Wochen so wenig an ihre Freunde gedacht hatte. Und seit sie Tork bei der Zeremonie auf dem Falkenberg gesehen hatte, war es endgültig nur noch ihr eigenes kleines Schicksal gewesen, das ihr von Bedeutung zu sein schien. Aber die Welt verlor ihre Farben nicht, wenn sie, Eirion, blind dafür wurde. Einen Moment lang schloss sie die Augen und ließ sich den warmen Wind, der von der Wüste kam, übers Gesicht streichen. Irgendwo sang eine Geige ein leises, wehmütiges Lied. Es war keine der edlen Upayas, wie Meister Fomori sie in seiner Werkstatt herstellte, sondern ein schlichtes Zigeunerinstrument. Die Musik war schon vorher dagewesen; Eirion hatte sie nur nicht wirklich wahrgenommen. Ihr eigenes Unglück hatte ihre Seele so sehr gefesselt, dass sie für die Schönheit der Welt um sie herum unempfänglich geworden war.

»Ich bin eine Närrin«, sagte sie leise und mehr zu sich selbst als zu Tschalek.

Der alte Mann antwortete ihr dennoch. »Auch das gehört zum Menschsein, mein Kind«, sagte er, und sein Lächeln zog die dunkelbraune, windgegerbte Haut um seine Augen zu hundert winzigen Fältchen zusammen. »Das Leid ist eine Schwelle, die jeder Mensch an irgendeinem Punkt seines Lebens überschreiten muss«, fuhr der Zigeuner fort. »Und erst hinter dieser Schwelle entscheidet sich, ob ein Mensch die Größe und die Weisheit besitzt, über sein eigenes Leben hinauszublicken und das Tor zu finden, das ihn erst zu wahrem Menschsein führen kann.«

Dann beugte er sich zu dem weißen Fohlen hinunter, klopfte ihm liebevoll auf den Hals und sagte: »Geh zurück zu deiner Familie, mein Kleiner. Wir müssen jetzt weiter.«

Eine Weile gingen sie schweigend nebeneinanderher. Mit einem Mal nahm Eirion auch das leise Flügelschlagen Barkos wieder wahr, der dicht über ihr flog, und den Duft des kurzen Grases unter ihren Füßen. Es war ein sehr feiner Duft, der in der Luft lag, aber dennoch ... Eirion blieb stehen und schnupperte.

»Das Gras riecht ja nach Salz!«, rief sie erstaunt.

Tschalek lachte vergnügt. »Wie schön, dass du es bemerkst«, erwiderte er augenzwinkernd, und Eirion verstand. »Und du hast ganz Recht«, fuhr er fort, »oder jedenfalls zum Teil. Es ist jedoch nicht das Gras, das du riechst, sondern der Wind.«

Eirion runzelte die Stirn. »Aber wie ist das möglich? Wir sind hier weit entfernt vom Meer!«

Tschalek ging langsam weiter, und Eirion folgte ihm.

»Das Meer ist nicht der einzige Ort, der Salz hervorbringt«, erwiderte er zu Eirions Überraschung. »Der Wind weht seit einigen Tagen aus Nordosten. Dort liegt, direkt an der Grenze zu Ubari, das Labyrinth der Elfen.« Der Zigeuner sprach in einem Tonfall, als erklärten diese Worte alles, aber Eirion verstand immer noch nicht.

»Das Labyrinth der Elfen?«, wiederholte sie ratlos.

Wieder lachte Tschalek leise. »Ach ja, ich vergaß«, sagte er dann. »Die Priesterinnen von Fiann sind kluge Frauen, aber sie wissen doch nicht alles. In Fiann nennen sie diesen Ort das Blaue Labyrinth. Aber welchen Namen man ihm auch gibt – in den Bergen dort liegen gewaltige Salzseen, die Zeugnis geben von Dingen, die vor sehr, sehr langer Zeit geschehen sind.« Die Stimme des alten Mannes verlor sich, dann hellte seine Miene sich plötzlich auf. »Und da ist auch schon unser Lager!«

Der junge Zigeuner, der vor einem der ersten Wagen stand und auf seiner Geige spielte, setzte jetzt zu einer fröhlicheren Melodie an. Es war ein feuriges Volkslied, das Eirion auch in Lemmas häufig gehört hatte. Nur wenige Schritte von dem Geigenspieler entfernt stand eine Zigeunerin an einem Feuer, über dem an einem langen Spieß ein Hammel geröstet wurde. Während die junge Frau den Spieß langsam und geschickt drehte, sang sie die muntere Weise leise mit. Eirion erkannte sie; es war die Frau, die vor drei Wochen im Kerker unter der Halle des Rats im Schlaf nach ihrer Tochter geweint hatte. Tschalek war Eirions Blick gefolgt und hatte wohl auch ihre Verwunderung gespürt. »Wir haben Nachricht von meinem Sohn erhalten«, beantwortete er ihre unausgesprochene Frage. »Balak ist mit dem Rest unseres Stammes sicher auf der Hochebene von Léth angekommen. Es geht ihnen gut dort.«

»Die Hochebene von Léth!«, rief Eirion. »Die alte Hauptstadt von Fiann.« Sie wusste, dass Tschaleks Sohn mit dem größeren Teil der Sippe zu einem bisher geheimen Ort westlich der Wüste gezogen war, doch dass sie gerade die Hochebene von Léth zu ihrem Ziel gemacht hatten, verwunderte sie. Die Hauptstadt von Fiann war vor etwa tausend Jahren verlegt worden – und das aus gutem Grund. »Aber was ist mit den Vulkanen?«, fragte sie.

»Die Vulkane schweigen schon seit dreihundert Jahren«, antwortete Tschalek. »Mag sein, dass sie eines Tages wieder sprechen werden, aber bis dahin ist die Hochebene ein guter Ort für uns Zigeuner.«

»Dann werdet ihr Balak und den anderen dorthin folgen?«

»Sobald unsere Aufgabe hier erfüllt ist.«

Eirion hätte gern gefragt, worin diese Aufgabe bestand, aber Tschaleks Tonfall sagte ihr, dass die Unterredung, was ihn betraf, beendet war.

Jetzt deutete der Zigeuner mit dem Kopf auf den gegenüberliegenden Teil des Lagers. »Du möchtest gewiss mit deiner Freundin aus Lemmas sprechen. Sie wohnt in dem Wagen dort drüben. Du erkennst ihn leicht; die vordere Seite trägt einen frischen weißen Anstrich und ist noch nicht weiter bemalt worden.«

Tschalek wandte sich jetzt der jungen Frau zu, die gerade eine Hand voll Kräuter auf den Rücken des Hammels streute. Der Geruch von frischem Thymian verdrängte den salzigen Duft, den der Wind von Osten herbeitrug. Das Labyrinth der Elfen hatte Tschalek diesen Teil der Wüste genannt ... Nachdenklich ging Eirion durch das Lager der Zigeuner. Drei junge Mädchen scharten sich um einen großen, hölzernen Bottich, aus dem der Geruch von dampfender Seifenlauge aufstieg. Die Zigeunerinnen hatten sich die Ärmel bis weit über die Ellbogen aufgekrempelt, und eins der Mädchen zog jetzt ein dunkles Wäschestück aus der heißen Lauge. Sie hängte es über den Rand des Bottichs und schnippte ihrer Nachbarin übermütig einige Wassertropfen von ihren nassen Fingern ins Gesicht. Das andere Mädchen nahm diese Herausforderung ohne zu zögern an, schöpfte eine Hand voll Lauge und trat mit einer komischen Drohgebärde auf die Urheberin der Wasserschlacht zu.

Das Lachen der jungen Frauen vermischte sich mit den schwebenden Klängen der Geige zu einem heiteren Sommerlied, und auch wenn nichts jemals den Schmerz würde auslöschen können, den Torks Verrat ihr zugefügt hatte, spürte Eirion, dass ein Lächeln sich auf ihren Zügen ausbreitete.

Sie hatte inzwischen das Zentrum des Zigeunerlagers erreicht, wo die Ochsen grasten, die die Wagen der Zigeuner zogen. Eirion kannte die kräftigen, schweren Tiere mit dem zottigen Fell bereits aus Lemmas, und gerade so, wie es ihr schon dort ergangen war, spürte sie auch jetzt wieder, dass diese mächtigen, stolzen Geschöpfe eine eigene, ganz besondere Würde ausstrahlten. Einer der Ochsen blickte auf, als sie näher kam. Er schien sie mit seinen klaren, dunklen Augen direkt anzusehen, und Eirion erkannte den kleinen Anführer der Herde sofort. Er war älter als seine Gefährten, und feine, graue Strähnen durchzogen sein sonst schwarzes Fell. In Lemmas hatte Eirion die Tiere bei der Fütterung beobachtet und über die Disziplin gestaunt, mit der sie das Futter geteilt hatten. Wie in Lemmas fühlte sie sich auch jetzt wieder auf seltsame Weise von dem Anführer der Herde angezogen. Ohne Furcht trat sie auf den alten Ochsen zu, der sie immer noch unverwandt ansah.

Die Sonne wurde jetzt von Minute zu Minute stärker, und das weiche Fell des Tieres verströmte eine tiefe, wohltuende Wärme, als Eirion einen Augenblick lang ihren Kopf gegen den des Ochsen lehnte und die Arme um seinen Hals schlang – ohne darüber nachzudenken, das diese Geste vielleicht ein wenig ungewöhnlich war. Der Ochse ließ sich ihre Berührung jedoch ohne Widerstreben gefallen. Und als Eirion sich wieder von ihm löste, hatte sie das Gefühl, sich von einem Freund zu verabschieden.

Die Sonne senkte sich bereits tief über den Horizont, als Eirion zum zweiten Mal an diesem Tag durch das Tor der Wahrheit fuhr. Die Stunden im Lager der Zigeuner hatten ihr gut getan, auch wenn es sie ein wenig traurig stimmte, dass Salba ihr gegenüber so reserviert gewesen war. Es schien, als hätte sich in Neu-Léth eine Kluft zwischen ihnen aufgetan, die die frühere Vertrautheit nicht wieder aufkommen ließ. Eirion ahnte auch, was der Grund dafür war: Anders als Xeira, die es verstand, über die Grenzen ihrer eigenen Magie hinauszublicken, begegnete die alte Kätnerin Dingen, die ihr fremd waren, mit Misstrauen und Furcht. Salba hatte von Jugend an der Göttin gedient und sich ihren Geboten unterworfen. Für sie gab es nur die helle, Leben spendende Magie der Großen Göttin. Jede andere Magie, so hatte sie es schon als Kind von ihrer Mutter gelernt, musste dunkel und böse sein.

Mit einem leisen Bedauern, das jedoch niemals an den wahren Kummer in ihrer Seele heranreichen konnte, stieg sie aus der Kutsche. Jetzt erst bemerkte sie, dass die Kutscherin sie nicht, wie erwartet, zu den Wohnräumen der Priesterinnen gebracht hatte, sondern zu der großen, gewölbten Glaskuppel, unter der die Halle des Rats lag. Noch erstaunter war sie jedoch, als Zelda auf sie zutrat. Ihre Freundin, die offensichtlich auf sie gewartet hatte, war blass und angespannt, und im ersten Augenblick befürchtete Eirion, sie wolle ihr Vorwürfe machen, weil sie sie nicht zu ihrem Ausflug ins Große Außen hatte begleiten dürfen. Doch Zeldas Gesichtsausdruck war zu ernst, um eine so harmlose Erklärung zu finden.

»Was ist passiert?«, fragte Eirion besorgt, nachdem sie

sich mit einem kurzen Gruß von der Kutscherin verabschiedet hatte.

Zelda zuckte die Achseln. »Ich weiß nichts Genaues«, antwortete sie, »aber kurz nachdem du fort warst, wurde Muriana aus dem Unterricht gerufen.« Zelda verzog das Gesicht. »Wofür ich nicht undankbar war. Man kann ihr in letzter Zeit überhaupt nichts mehr recht machen. Aber wie dem auch sei«, fuhr sie fort, nachdem sie sich wieder auf den eigentlichen Gegenstand ihres Gesprächs besonnen hatte, »nach dem Mittagsgebet teilte man uns mit, dass wir für den Rest des Tages allein weiterlernen sollten, weil die Priesterinnen zu einer Versammlung in der Halle des Rats zusammenkommen sollten.« Sie runzelte die Stirn. »Normalerweise hätte ich mich über die freien Stunden gefreut, aber die wenigen Priesterinnen, die beim Mittagsgebet zugegen waren, weil sie die Zeremonie leiten mussten, wirkten ... unruhig und ... wütend. Wir Schülerinnen haben es alle gespürt.« Zelda warf Eirion einen unglücklichen Blick zu. »Und dann, als ich mich gerade auf den Weg ins Haus der Bücher machen wollte, kam Xeira auf mich zu«, sprach sie weiter, »und bat mich, dich hier zu erwarten und in die Halle des Rats hinunterzubegleiten.«

Im Augenblick gab es nur eine Frage, die Eirion auf der Seele lag: »Wirkte Xeira ebenfalls wütend?« Sie blickte Zelda sorgenvoll an.

Zelda dachte kurz nach, dann schüttelte sie langsam den Kopf: »Nicht wütend, nein, das würde ich nicht sagen«, antwortete sie. »Aber besorgt und ... verwirrt.«

Eirion griff nach Zeldas Hand. »Was immer es auch sein mag«, erklärte sie, »es wird nicht besser werden, wenn ich die Priesterinnen unnötig warten lasse.«

Sie legten den Weg durch die langen, unterirdischen Korridore größtenteils schweigend zurück. Nur einmal stellte Zelda

Eirion eine Frage; sie wollte wissen, welchen Teil des Großen Außen Eirion an diesem Tag besucht hatte.

»Ich war in der Stadt der Pferde, bei den Zigeunern.«

»Die ganze Zeit?«, hakte Zelda nach. »In der Stadt der Musik warst du überhaupt nicht?«

Eirion nahm die leise Enttäuschung ihrer Freundin, als sie verneinte, sehr deutlich wahr, und statt Verwirrung über das Verhalten des anderen Mädchens empfand sie diesmal nur tiefes Mitgefühl. Sie hatte, seit sie mit Zelda vor neun Tagen in der Stadt der Musik gewesen war, am eigenen Leib erfahren, wie weh die Liebe tun konnte.

Radscha und Arild erwarteten sie bereits auf dem Platz des Angeklagten, als Eirion in die Halle des Rats trat. Unverzüglich brach das aufgeregte Summen in dem hohen, turmartigen Gebäude ab.

Eirion trat auf Radscha zu. »Was ist passiert?«, flüsterte sie. Sie wusste, dass Radscha und Xeira sich in den vergangenen drei Wochen angefreundet hatten, und hoffte, dass die andere Frau ihr eine Antwort geben konnte, damit sie nicht vollkommen unvorbereitet in die Versammlung hineingehen musste. Aber Radscha schüttelte nur den Kopf. »Ich war nicht hier«, sagte sie angespannt. »Ich weiß genauso wenig wie du.«

Eirion musterte die alte Frau. Sie sah beinahe so erschöpft aus wie nach ihrer ersten Nacht in Neu-Léth, als sie Xeira von der Schwelle des Todes zurückgeholt hatte. Bevor sie der Angelegenheit jedoch weiter auf den Grund gehen konnte, hatte sich endgültig Schweigen über die Halle gesenkt.

Xeira war auf die Empore des Rechts getreten – doch sie war nicht allein.

Eirion blinzelte. Im ersten Moment glaubte sie, ihren Augen nicht trauen zu können. Priesterschülerinnen war der Zutritt zur Halle des Rats normalerweise nicht gestattet. Doch hinter Xeira stand Valinn. Und auf den Zügen der jungen Frau lag der gleiche Ausdruck des Triumphs, den Eirion nach ihrem Übungskampf mit dem Wurfstern bemerkt hatte. Fragend sah sie zu Xeira hinauf, die ihren Blick jedoch nur mit versteinerter Miene beantwortete.

Dann begann Xeira zu sprechen. »Im Namen der Königin und des Volkes von Fiann obliegt mir die Pflicht, euch abermals um eine Stellungnahme zu Dingen zu bitten, die wir nicht verstehen«, erklärte sie. Ihre Stimme klang beherrscht wie immer, dennoch meinte Eirion, die Verwirrung wahrnehmen zu können, von der Zelda ihr zuvor berichtet hatte.

Ein Raunen lief durch die Reihen der Priesterinnen, und insbesondere auf der Empore der Königin mischte sich unüberhörbarer Ärger in das Gemurmel.

»Ich nehme an«, sagte Radscha leise, »dass ihr eher die Pflicht oblag, abermals Anklage gegen uns zu erheben. Obwohl ich beim besten Willen nicht verstehe, warum.«

Xeira machte der Unruhe in der Halle rasch ein Ende. »Dem Hohen Rat ist zu Ohren gekommen, dass ihr gegen eine unserer ältesten und heiligsten Regeln verstoßen habt.«

Eirion sah von Xeira zu Valinn hinüber. Die Priesterschülerin lächelte hämisch auf sie herab. Eirion verstand immer weniger, was das Ganze zu bedeuten hatte.

»Wie ihr wisst«, fuhr Xeira fort, »ist der Zutritt zum Großen Innen seit der Erbauung Neu-Léths ausschließlich Frauen gestattet – eine Regel, die sich auch auf Tiere erstreckt. Nur weibliche Tiere dürfen das Tor der Wahrheit passieren.«

Eirion sog scharf die Luft ein. Dann tauschte sie einen Blick mit Radscha. Radscha nickte nachdenklich.

Xeiras nächste Worte bestätigten Eirions Vermutung. »Valinn, Priesterschülerin des Alten Reichs in der Abschlussklasse«, erklärte sie, »hat dem Hohen Rat von ihrem Verdacht Mitteilung gemacht ...«

»Es ist kein Verdacht!«, rief Valinn mit sich überschlagender Stimme. »Ich kann ohne weiteres ...« Plötzlich wurde sie blass und brach ab. Nicht einmal eine geweihte Priesterin hätte es gewagt, Xeira, der Ratsältesten, so rüde ins Wort zu fallen.

Xeira sah das junge Mädchen nicht einmal an, sondern sprach weiter, als sei nichts geschehen. »... dass es sich bei dem Falken, den du, Eirion, ins Große Innen mitgebracht hast, um ein männliches Tier handeln könnte.« Sie ließ einige Augenblicke verstreichen, bevor sie sich zu Valinn umdrehte. »Du darfst den versammelten Priesterinnen jetzt deinen *Verdacht* darlegen.« Sie betonte das Wort nur mit einer Spur Nachdruck, doch es verfehlte seine Wirkung auf Valinn nicht.

Trotzig und mit einem Mangel an Selbstbeherrschung, der ihr bei den anderen Frauen weder Achtung noch Glaubwürdigkeit verschaffen würde, trat sie an das Geländer der Empore des Rechts.

Eirion seufzte leise. Xeira hatte getan, was sie tun konnte, aber es würde ihnen am Ende doch nicht helfen.

»Es ist *kein* Verdacht«, wiederholte Valinn schrill. »Ich bin ohne weiteres in der Lage, einen männlichen Falken von einem weiblichen zu unterscheiden.«

Wenn du alles, aber auch wirklich alles über Vögel wissen willst, dann musst du Valinn fragen, hatte Zelda einmal gesagt – und sie, Eirion, war gedankenlos genug gewesen, sich die Worte ihrer Freundin keine Warnung sein zu lassen.

»... der Terzel, also das männliche Tier, ist viel kleiner als das Weibchen«, erklärte Valinn soeben mit wütender Eindringlichkeit. »Und das Weibchen hat nie einen hellen Augenring.«

»Ich denke, wir haben genug gehört, Valinn, vielen Dank«, unterbrach Xeira die junge Frau kühl.

Valinn starrte sie ungläubig an. Sie war offensichtlich noch nicht fertig mit ihrem – zugegebenermaßen durchaus sachkundigen – Vortrag. Und ebenso offenkundig war es, dass sie die Aufmerksamkeit, die ihr für wenige Minuten zuteil geworden war, zu sehr genoss, um sich widerspruchslos in den Hintergrund zurückdrängen zu lassen.

»Aber das ist noch nicht alles ...«, protestierte sie, doch ein wütendes Zischen, das von einer der Priesterinnen auf der anderen Seite der Halle kam, ließ sie abrupt verstummen.

Abermals ignorierte Xeira ihre Unverschämtheit, was für Valinn – so weit kannte Eirion die junge Frau inzwischen – eine schlimmere Zurückweisung sein musste als ein scharfer Tadel.

»Nun, Eirion«, fuhr Xeira mit deutlich freundlicherem Tonfall fort, »erkläre dich bitte.«

Eirion trat vor. »Es ist wahr«, sagte sie hilflos. Weiter kam sie jedoch nicht. Sofort wurde tumultartiges Stimmengewirr laut.

»Verrat!«

»... das Große Innen geschändet ...«

»Ich habe es doch gleich gesagt!« Diese Stimme erkannte Eirion sofort. Muriana hatte sich auf der Empore der Königin erhoben. »Sie haben eine feindliche Magie in unser Land gebracht.«

»Schweigt!«

So bedrängt ihre eigene Lage war, verspürte Eirion abermals tiefe Bewunderung für die alte Priesterin, die es fertig brachte, mit einem einzigen, nicht einmal besonders lauten Wort mehr als sechshundert erregte Frauen von einem Augenblick auf den anderen verstummen zu lassen.

»Seit wann«, fragte Xeira mit gefährlich leiser Stimme, »wird in diesem Heiligtum der Göttin der Ältesten des Hohen Rats so wenig Achtung entgegengebracht, dass man sich nicht einmal die Antwort auf ihre Fragen anhört?«

Betretenes Schweigen folgte.

Xeira fuhr fort: »Seit wann ist es um die Disziplin der Priesterinnen des Alten Reichs so schlecht bestellt, dass sie wie törichte Hennen zu gackern anfangen, wenn etwas geschieht, das ihr Verständnis übersteigt? Vielleicht bedarf es in diesem Land gar keiner fremden Magie mehr, um Chaos und Vernichtung zu bringen? Vielleicht sind es ja die Priesterinnen der Göttin selbst, die den Untergang Fianns herbeiführen?«

Jede einzelne ihrer Fragen wirkte wie ein Schlag ins Gesicht der Frauen in der Halle.

Xeira ließ eine volle Minute verstreichen, bevor sie wieder zu sprechen begann. »Also noch einmal, Eirion«, sagte sie gelassen, »erkläre dich.«

Doch bevor Eirion den Mund zu einer Erwiderung öffnen konnte, spürte sie einen sanften Druck auf ihrem Arm. Radscha trat vor sie hin.

»Ehrwürdige Mutter«, sagte sie mit einer kurzen Verneigung vor Xeira. »Bei allem Respekt, ich denke, dass meine junge Freundin gar nichts erklären muss.«

Xeira zog fragend die Augenbrauen in die Höhe, doch Eirion glaubte zu erkennen, dass ihre Haltung sich kaum merklich entspannte.

»Eirion muss gar nichts erklären«, wiederholte Radscha. »Es entspricht der Wahrheit, was Valinn dem Hohen Rat und den versammelten Priesterinnen dargelegt hat.« Sie neigte den Kopf in Valinns Richtung. »Die Kenntnisse der jungen Dame auf dem Gebiet der Vogelkunde verdienen in der Tat unsere Bewunderung. Doch was«, setzte sie hinzu, »hat das alles mit Eirion – oder mit uns anderen – zu tun?«

Eirion musste ein Lächeln unterdrücken. Nach Xeiras Strafpredigt vor wenigen Minuten wagte es nun keine der Priesterinnen mehr, die Stimme zu erheben, obwohl sie gewiss einiges auf Radschas unverfrorene Frage zu sagen gehabt hätten. Xeira war die Einzige, die Radschas Darlegung an dieser Stelle hätte unterbrechen können, doch Xeira schwieg.

»Wenn ich mich nicht sehr täusche«, erklärte Radscha nun, »haben die Priesterinnen des Alten Reichs eine sehr wirksame – oder sollte ich besser sagen, eine *bisher* sehr wirksame – Methode gefunden, um das Eindringen männlicher Wesen in das Große Innen zu verhindern.«

Xeiras Mundwinkel zuckten leicht, dann wurde ihre Miene wieder so ausdruckslos wie zuvor. »Das Tor der Wahrheit, in der Tat«, sagte sie.

Eirion stieß leise die Luft durch die Zähne aus. Genauso wie Xeira ahnte sie jetzt, worauf Radscha hinauswollte.

»Hat das Tor der Wahrheit in den mehr als tausend Jahren seiner Existenz je versagt?«, fragte sie.

»Nicht dass ich wüsste«, kam Xeiras prompte Antwort.

»Aber es gab Versuche ... männlicher Wesen, ins Große Innen einzudringen?«

»Die gab es allerdings«, erwiderte Xeira. »Das ist einer der Gründe, warum die Halle des Rats an der Grenze zum Großen Außen liegt. Es geschieht nur selten, dass sich männliche Angeklagte hier für ihre Taten verantworten müssen, aber es ist möglich.«

»Dann frage ich den Hohen Rat«, Radscha verneigte sich in die Richtung der Empore der Königin, »und die versammelten Priesterinnen also noch einmal: Was hat das mit uns zu tun, wenn das Tor der Wahrheit in diesem Fall versagt hat?«

Radschas List war gewiss klug ersonnen, dachte Eirion, aber sie war keineswegs unangreifbar.

Xeira hatte offensichtlich denselben Gedanken gehabt. »Die

Magie des Tors der Wahrheit hat das Große Innen mehr als tausend Jahre vor dem Eindringen männlicher Wesen geschützt ...«

»Soweit es euch bekannt ist«, warf Radscha ein.

Wieder zuckten Xeiras Lippen ein wenig. »Soweit es uns bekannt ist, ganz recht«, entgegnete sie.

Eirion gewann langsam den Eindruck, dass die beiden alten Frauen Gefallen an ihrem Verwirrspiel fanden.

»Aber ganz sicher könnt ihr euch dessen nicht sein?« Das war natürlich wieder Radscha.

Xeira neigte den Kopf. »Nein, das können wir nicht.«

Auf der Empore der Königin machte sich Unruhe breit, obwohl keine der Priesterinnen den Mut aufbrachte, Xeira oder Radscha zu unterbrechen.

Xeiras Miene wurde plötzlich wieder ernst. »Dennoch«, erklärte sie mit unbewegter Stimme, »wäre es ... hilfreich, wenn es außer einem – natürlich durchaus nicht ganz unmöglichen – Versagen des Tors der Wahrheit noch eine andere denkbare Erklärung für das Eindringen eines männlichen Tieres in den inneren Tempelbezirk gäbe.«

»Ja«, entgegnete Radscha in dem gleichen sachlichen Tonfall, »das wäre gewiss hilfreich.«

Eirion fiel es immer schwerer, sich das Lachen zu verbeißen. Die beiden alten Magierinnen, die sich so gekonnt die Bälle zuspielten, führten dieses Gespräch, als ginge es um eine zwar interessante, aber nicht wirklich wichtige Näharbeit, die in verschiedenen Mustern ausgeführt werden konnte.

»Denkbar wäre zum Beispiel«, spann Radscha den Faden weiter, »dass eine Seele, die in ihrem Urgrund zutiefst weiblich ist – die vielleicht sogar die Essenz des Weiblichen überhaupt ist –, für eine begrenzte Zeit Wohnung in einem männlichen Körper genommen hat.«

Diese Erklärung schien sogar Xeira zu verblüffen, aber sie hatte sich schnell wieder in der Gewalt. »Eine zutiefst weibliche Seele, die vorübergehend in einem männlichen Körper Wohnung genommen hat«, wiederholte sie nachdenklich. »Warum sollte ... eine solche Seele so etwas tun?«

Eirion drehte sich gespannt zu Radscha um. Etwas an der betonten Gleichgültigkeit, mit der sie diese Erklärung vorgebracht hatte, weckte entschieden ihre Neugier.

»Nun«, sagte Radscha langsam, »ich wäre gewiss die Letzte, die die Meinung vertreten würde, dass wir Frauen den Männern unterlegen sind – aber manchmal haben sie doch ihren ... Nutzen, nicht wahr?«

Xeira neigte den Kopf – mehr um ein Lächeln zu verbergen, wie Eirion vermutete, als um Radscha ihren Respekt zu bezeigen.

»Manchmal«, räumte sie dann mit einer Stimme ein, in der ein winziges Zittern der Erheiterung mitschwang.

Eirion hätte den beiden Frauen noch stundenlang zuhören können, doch plötzlich versteifte Xeira sich. Besorgt blickte Eirion zu der alten Priesterin auf. War die Verhandlung am Ende doch über ihre Kräfte gegangen?

Aber dann sah sie, dass jemand hinter Xeira und Valinn auf die Empore des Rechts getreten war. Die Frau trug das braune Gewand der Priesterinnen, die nur die niederen Weihen empfangen hatten und im Großen Innen verschiedenste Dienste versahen.

Xeira wechselte einige Worte mit der Frau, dann trat sie wieder an das Geländer der Empore. Ihr Gesicht war jetzt vollkommen ernst, jede Regung der Heiterkeit wie ausgelöscht.

»Man hat mir soeben mitgeteilt«, erklärte sie, »das weitere Fremde in Neu-Léth eingetroffen sind. Auch sie gebieten über eine Magie, die dem Alten Reich unbekannt ist. Sie werden in

Kürze auf den Platz des ...« Xeira stockte kurz, dann beendete sie ihren Satz, »auf den Platz des Bittstellers geführt.«

Eirion fuhr zu Radscha herum. »Ist es möglich, dass Sanor jetzt schon ...«

Radscha bemühte sich, nicht die Fassung zu verlieren, doch Eirion ließ sich nicht täuschen. Auch Arild, der sich, wie schon bei ihrem ersten Verhör in der Halle des Rats, bisher in Schweigen gehüllt hatte, sah beklommen zu dem Portal hinüber, durch das man den Platz des Bittstellers – oder des Angeklagten – erreichte.

Sekunden, die Eirion wie eine kleine Ewigkeit erschienen, verstrichen, dann schwang die hohe, bronzebeschlagene Doppeltür endlich auf.

Eine schwer bewaffnete Eskorte, wie sie auch Eirion, Radscha und Arild an ihrem ersten Tag in Neu-Léth hierhergeführt hatte, ging den Neuankömmlingen voran. Dann traten die Kriegerinnen zur Seite, und ...

»Olfros!«

Eirions Jubelschrei wehte wie ein Fanfarenstoß durch die Halle. Einen Herzschlag später flog sie in die weit geöffneten Arme ihres Vaters.

Eirion spricht:

Der Morgen des Festes, mit dem wir in Fiann noch heute die Regenbogengöttin ehren, ist endlich heraufgedämmert. Es ist ein ganz besonderer Tag für uns alle, denn heute weihen wir die neue Tempelstadt ein. Die Priesterinnen sind aus Neu-Léth, wie ich die Hauptstadt in Gedanken noch immer nenne, hierher gekommen, um an dem Fest und den mit ihm verbundenen Zeremonien teilzuhaben. Auch die meisten der Zigeunerstämme, die heute den Süden des Ork Nuado durchstreifen, haben sich eingefunden. Ihre bunten, lärmenden Lager rund um die Tempelstadt nehmen der Atmosphäre etwas von ihrer würdevollen Steifheit, und das ist gut so. Schon jetzt und trotz der frühen Stunde wehen mir am Fenster meiner Gemächer helle Kinderstimmen entgegen, die wie das Zwitschern der Ajantas klingen. Die Kinder interessieren sich herzlich wenig für die heiligen Zeremonien, die der heutige Tag bringen wird; ihre Vorfreude gilt allein dem großen, bunten Jahrmarkt, dessen Schaubuden den äußeren Ring der Tempelstadt durchziehen.

Ich weiß, dass viele der Priesterinnen meine Entscheidung, diesen Jahrmarkt zuzulassen, missbilligen. Ihrer Meinung nach sollte dieser Tag mit stillem Gebet und Meditation begangen werden, dem frommen Ernst des Anlasses entsprechend. Aber ich habe allzu oft erlebt, dass aus Frömmigkeit und Ernst allein nichts wachsen kann. Ebenso sehr, wenn nicht in noch größerem Maße, brauchen die Menschen Heiterkeit und Lebenslust, leuchtende Farben und beschwingte Melodien. Gewiss, auch Stille und Gebet sollten ihren Platz im Leben des Einzelnen haben, sofern er darüber nicht vergisst, dass sie nicht das Einzige sind, was die Seele braucht, um Vollendung zu finden.

Es ist noch ein weiter Weg, bis meine Priesterinnen begreifen, was die Zigeuner schon als Kinder wissen.

Ich habe die Fenster meiner Gemächer weit dem Wüstenmorgen geöffnet und genieße die Einsamkeit, bevor der Trubel des Festes über mich hereinbrechen wird.

Meine Chronik liegt aufgeschlagen auf meinem Schoß, doch fällt es mir seltsam schwer, mich auf die Ereignisse des Gestern zu konzentrieren. Zu nachdrücklich hallt in meinen Gedanken die dunkle Stimme wider, die mich mahnt, über dem Gewesenen mein Heute nicht zu verlieren.

Die neue Gefahr, die ich seit Monaten spüren kann, kommt näher, sehr langsam und verstohlen zwar, aber auch unerbittlich. Noch kann ich diese Gefahr aber nicht greifen, und ich weiß nicht, wie ich ihr begegnen soll. Ich habe Angst, Angst um das Morgen dieser Welt ...

Aus dem Innern des Gebäudes dringen jetzt die ersten Laute zu mir herauf, die mir sagen, dass die anderen Frauen hier zu ihrem Frühstück aufbrechen. Das ist eins der Privilegien, die ich als Königin und Hohepriesterin genieße: Ich darf meine Mahlzeiten in meinen Gemächern einnehmen.

So bleibt mir noch ein wenig Zeit, meine Geschichte weiterzuerzählen, auch wenn es dazu größerer Disziplin bedarf als normalerweise.

Olfros und Nuria kamen nicht allein nach Neu-Léth. In ihrem Gefolge waren etwa dreißig Schwanenmenschen, unter anderem die Mehrzahl der jungen Männer, die sich die »Unzufriedenen« genannt und Anguli noch vor dem Königspaar verlassen hatten. Gewiss, es war keine große Zahl, gemessen an der gesamten Gemeinschaft vom See, aber ihre Anwesenheit in Neu-Léth gab mir Trost, wo ich vorher trostlos gewesen war, und den Mut, den Torks Verrat mir um ein Haar genommen hätte. Nur Glück, wirkliches Glück, konnte mir in jener Zeit und auch in den langen Jahrhunderten danach niemand mehr geben.

Die Schwanenmenschen – auch die Frauen unter ihnen – zogen es vor, im Großen Außen Quartier zu nehmen, bei den Zigeunern, deren ungezwungenem Alltag sie sich leichter anpassen konnten als den starren Regeln, die das Leben im inneren Tempelbezirk bestimmten. Ich sah meine Eltern – und die Zigeuner – sehr häufig in den nächsten drei Wochen, denn Xeira war der Meinung, dass ich bei ihnen mehr lernen könne als von den Priesterinnen im Großen Innen.

Noch heute bin ich ihr dankbar für ihre Weisheit und für die kostbare Zeit mit Olfros und Nuria, die sie mir verschaffte. Denn unsere gemeinsame Zeit war sehr viel kürzer, als ich damals hoffte.

KAPITEL 28

Marte ließ den Blick über die hohen Berge wandern, die sich vor ihr ins Unendliche zu erstrecken schienen. Sie waren jetzt seit genau fünf Wochen unterwegs, und sie wusste noch immer nicht mehr über den Plan, der hinter alledem steckte, als bei ihrem Aufbruch von Tarlin. Der erste Teil ihrer Reise, die Fahrt über den Ank, war der bei weitem einfachste gewesen, und rückblickend kamen Marte die Tage auf der *Windsbraut* beinahe wie ein Vergnügungsausflug vor. Das Schiff hatte sie, so nah der Lauf des Flusses es zuließ, bis zu den Bergen von Ubari gebracht, wo sie alle geglaubt hatten, endlich am Ziel ihrer Reise zu sein.

Aber nein. Marte runzelte die Stirn. Nicht alle Passagiere der *Windsbraut* hatten so wenig wie sie selbst über das Unternehmen gewusst. Dass Selall genauere Kenntnisse hatte, verstand sich von selbst, aber auch Diann wusste mehr, als sie preisgab. Diann ... Bei dem Gedanken an ihre Tochter vertiefte sich Martes Stirnrunzeln noch. Sie hatte gehofft, dass Diann durch das Zusammensein mit ihrem Vater ein wenig Frieden finden würde, auch wenn sie, Marte, sie dann vielleicht endgültig verlor. Aber stattdessen spürte sie, dass ihre Tochter von Tag zu Tag rastloser und ungeduldiger wurde. Und auf der *Windsbraut* hatte sie Diann mehr als einmal beobachtet, wie sie aus Selalls Kabine gekommen war, wenn dieser sich dort nicht aufhielt.

Plötzlich durchlief ein heißer Strom Martes Körper, der sich von der Taille gleichzeitig bis zu ihren Brüsten hinauf und hinab in ihre Lenden verbreitete. Sie brauchte sich nicht umzudrehen. Die Berührung allein – oder vielmehr ihre Reaktion darauf – sagte ihr genug.

»Was willst du?«, stieß sie mit zusammengebissenen Zähnen hervor.

Selall, der ihr die Arme um den Leib gelegt hatte, schob mit dem Mund ihren langen Zopf beiseite und fuhr ihr dann mit den Lippen sanft über den Nacken. Und so sehr sie sich bemühte, ihren Körper unter Kontrolle zu halten, wusste Marte doch, dass Selall das leichte Beben spüren würde, das sie nicht zu unterdrücken vermochte.

»Du weißt, was ich will«, flüsterte er dicht an ihrem Ohr. »Es ist dasselbe, was du willst – was du immer gewollt hast.« Seine Hände wanderten zu ihren Brüsten empor.

Marte riss sich mit einer jähen, entschlossenen Bewegung los und fuhr herum. »Du irrst dich«, zischte sie. »Als du damals nach Tarlin kamst, warst du lediglich ein Mittel zum Zweck für mich. Ich wollte ein Kind, und ich wollte es von einem Mann, der keine Ansprüche erheben würde ...« Ihre Stimme verlor sich, als ihr klar wurde, dass ihr Plan in dieser Hinsicht eindeutig fehlgeschlagen war – und auch in einer anderen Hinsicht. Doch das war etwas, das sie kaum sich selbst eingestehen mochte, geschweige denn diesem Mann.

Selall lachte laut auf, und Marte wich einen Schritt zurück. Dieses harte, wilde Gelächter, das die hohen Felsen der Berge als vielfaches Echo zurückwarfen, war nicht ganz menschlich ... ebenso wenig wie diese schwarzen, flackernden Augen, die ihr entgegensahen. Dianns Augen.

Marte schluckte. Ja, der Plan, den sie vor sechzehn Jahren gefasst hatte, war auf furchtbare Weise fehlgeschlagen, und sie befürchtete, dass sie das ganze Ausmaß ihres Fehlers noch immer nicht kannte.

Selall war mit einem Schritt dicht vor ihr. Einen Fluchtweg nach hinten gab es für sie nicht, da sie sich bereits nahe am Abgrund des steinigen Vorsprungs befand, von dem aus sie sich die im Abendlicht bläulich schimmernden Berge der Wüste angesehen hatte. Sie sah sich nach einer anderen Möglichkeit um; über ihnen ragte ein schmaler Felssims aus dem Gebirgsmassiv hervor, auf der linken Seite davon wuchs dichtes Dornengestrüpp, und so blieb ihr nur der Weg rechts an dem Felsvorsprung vorbei, über den sie gekommen war. Selall erkannte ihre Absicht und rückte ein klein wenig weiter in diese Richtung. Marte wollte an ihm vorbeistürzen, egal wohin, doch ihre Beine versagten ihr den Gehorsam. Selall streckte langsam die Hand aus und strich zärtlich über das dunkle Muttermal auf ihrer Stirn. Martes Atem beschleunigte sich, und sie hätte gern ihre trockenen Lippen befeuchtet, aber noch hatte sie nicht jede Kontrolle über ihren Körper verloren.

»Du bist diejenige«, sagte Selall leise, »die sich irrt, schöne Marte. Und das weißt du auch, nicht wahr?« Seine Finger glitten behutsam über ihre Wangen und von dort aus weiter hinunter, bis in ihren Nacken. »Du hast in jener Nacht weit mehr von mir bekommen als ein Kind.«

Martes Brust hob und senkte sich in immer schnellerem Rhythmus.

Verlier dich nicht!, dachte sie, wie sie es vor sechzehn Jahren schon einmal gedacht hatte. *Du bist heute klüger als damals, und du weißt Dinge, die du damals nicht gewusst hast.*

»Sag mir, meine Schöne, hast du dich jemals wieder so sehr als Frau gefühlt wie in jener einen Nacht, die uns gehörte?«

Selall hatte ihr jetzt die andere Hand um die Taille gelegt und sie so fest an sich gezogen, dass sie das kraftvolle Spiel der Muskeln in seinen Oberschenkeln spüren konnte und ...

»Sag es mir, Marte!«

Sie kannte die Antwort auf seine Frage nur allzu gut; in den ersten Jahren nach Dianns Geburt hatte sie sich gelegentlich einen Mann in ihr Bett geholt, aber bei keinem von ihnen das gefunden, was Selall ihr gegeben hatte. Und irgendwann hatte sie aufgehört, danach zu suchen.

»So könnte es wieder sein, Marte ...«

Verlier dich nicht! Die verzweifelte Stimme in ihrem Innern wurde immer dünner und brüchiger, während ihr Körper mit Macht forderte, was ihm so viele Jahre lang vorenthalten worden war.

Selalls Mund näherte sich dem ihren – langsam genug, um sich aus seinen Armen zu winden oder zumindest den Kopf abzuwenden.

Verlier dich nicht!, dachte Marte und öffnete die Lippen.

»Wenn ihr euer Geturtel ein wenig aufschieben könntet«, erklang plötzlich eine scharfe, kalte Stimme, »dann wäre das für uns andere sehr hilfreich, denn wir wollen bald aufbrechen.«

Diann hatte sich ihnen unbemerkt genähert, und ihr Erscheinen ausgerechnet in diesem Augenblick war für Marte die schlimmste Demütigung, die sie je erfahren hatte – und gleichzeitig eine Lektion, die sie nie wieder vergessen würde. Noch während ihr heiße Schamröte in die Wangen stieg, wusste sie, dass sie ihrer Tochter bis an ihr Lebensende dankbar sein würde. Sie hatte sie vor einer Torheit bewahrt, die sie sich niemals verziehen hätte.

Selall dagegen machte nicht den Eindruck, als sei Dankbarkeit die Regung, die ihm am nächsten lag. Er bedachte Diann mit einem eisigen Blick. »Ich glaube nicht, dass unser Aufbruch unmittelbar bevorsteht«, sagte er schneidend. »Ich glaube vielmehr, dass deine kindische Eifersucht dich hierher getrieben hat.«

»Eifersucht!«, stieß Diann wütend hervor. »Auf *sie!*«

Die Verachtung, die Diann in dieses eine Wort gelegt hatte, war nichts Neues für Marte, auch wenn sie deshalb nicht weniger schmerzte. Vor allem aber wollte sie verhindern, dass Diann selbst wehgetan wurde. Sie stellte sich zwischen Vater und Tochter, um einen Streit zu vermeiden.

»Es ist schon gut«, sagte sie an Selall gewandt. »Diann hat ganz Recht ...«

Selall ignorierte ihren Schlichtungsversuch. »O ja«, erklärte er zornig, »du bist eifersüchtig auf deine Mutter – so wie du auf jede Frau eifersüchtig bist, die etwas besitzt, wonach du dich ein Leben lang verzehrt hast, etwas, das du niemals finden wirst.«

»Selall, bitte!« Marte, die sich noch wenige Sekunden zuvor geschworen hatte, diesen Mann nie wieder zu berühren, legte ihm eine Hand auf den Arm.

Doch Selall schüttelte sie ab und schob sie beiseite.

Diann lachte hart auf. »Was soll meine Mutter denn besitzen, das zu besitzen sich lohnte?«, fragte sie höhnisch. »Sieh sie dir doch an! Eine abgearbeitete, alte Frau, die ihre Jahre damit vertan hat, anderen zu dienen, eine Frau ...«

»Aber genau das ist es doch, nicht wahr, *Tochter?«*, erwiderte Selall unerbittlich. »Sie ist eine *Frau.«*

Marte sah verwirrt zwischen Selall und Diann hin und her. Diann war bei den Worten ihres Vaters sehr blass geworden – und dann ...

Marte stockte der Atem. Es war ihr bisher gelungen, sich einzureden, es sei nur eine Ausgeburt ihrer überreizten Fantasie gewesen, was sie am Tag vor dem Ritual für die Regenbogengöttin gesehen hatte. Diesmal jedoch wusste sie, dass es keine Einbildung war. Sie presste sich beide Hände auf den Mund, um einen Aufschrei zu unterdrücken.

Dianns Haar war das Erste, was sich veränderte. Es schien mit ihrem Gesicht zu verschmelzen, dann floss es an ihrem Körper herunter wie das glänzende Fell eines Tieres. Fast gleichzeitig zogen sich ihre Gliedmaßen in die Länge, Hände und Füße verformten sich, und ...

Selall war mit einem Satz zwischen sie und ihre Tochter gesprungen; er überragte Diann um Haupteslänge, so dass Marte sie nicht länger sehen konnte. Dann packte er Diann an den Schultern und schüttelte sie brutal.

»O nein«, stieß er hervor, mit einer Stimme, die wie das wütende Knurren eines wilden Hundes klang. »Das wirst du nicht tun!« Er hob den Arm und schlug Diann mit der geballten Faust ins Gesicht, so dass sie mehrere Schritte rückwärts taumelte; es war ein Hieb gewesen, der eine Frau durchaus hätte töten können. Selall stürzte sich abermals auf seine Tochter.

Alle Erstarrung fiel von Marte ab, und sie flog geradezu über den felsigen Boden, bevor Selall ein weiteres Mal zum Schlag ausholen konnte.

»Wie kannst du es wagen!«, zischte sie und schob sich zwischen Selall und Diann, bereit, seinen Schlag mit ihrem eigenen Körper abzufangen. »Wie kannst du es wagen, die Hand gegen meine Tochter zu erheben!« Sie drehte sich kurz zu Diann um, um sich davon zu überzeugen, dass sie nicht ernsthaft verletzt war. Dennoch kostete es sie einige Überwindung, das zu tun, denn sie erwartete, ihre Tochter in eine Kreatur verwandelt zu sehen, die halb Tier, halb Mensch war, aber zu ihrer Erleichterung hatte Diann ihr altes Aussehen zurückerlangt – oder jedenfalls beinahe. Auf der linken Wange ihres ansonsten schneeweißen Gesichts prangte ein flammend roter Abdruck, und der Hass in ihren Augen hatte eine neue Tiefe gewonnen. Aber davon abgesehen war sie unversehrt, und das war in diesem Augenblick das Einzige, was für Marte zählte.

Sie wandte sich wieder zu Selall um, der mit versteinerter Miene seine Tochter anstarrte. »Ich warne dich, Selall aus Georna oder wer immer du bist«, stieß sie hervor, »wenn du es noch einmal wagst, meine Tochter auch nur anzurühren, dann, bei allen Göttern, werde ich Mittel und Wege finden, dich zu töten!«

Ohne auf eine Erwiderung Selalls zu warten, drehte Marte sich um, um ihre Tochter in ihr Lager zurückzubegleiten, doch Diann war bereits gegangen.

❦

Efnesien, von dem nur ein einziger Mensch diesseits der Wüste wusste, dass er keineswegs stumm zur Welt gekommen war, lachte sein lautloses Lachen, bevor auch er sich auf den kurzen Rückweg ins Lager machte. Er hatte von seinem Versteck auf dem schmalen Felsvorsprung genug gesehen. Seine Mühe hatte sich endlich ausgezahlt, die vielen Stunden, die er geduldig darauf gewartet hatte, dass diese Narren sich verraten würden, hatten ihren Lohn gefunden.

Seine neue Freundin würde sehr zufrieden mit ihm sein, und das machte ihn glücklich.

❦

Diann war nicht direkt ins Lager zurückgekehrt, sondern hatte in einer kleinen Höhle Zuflucht gesucht, die sie am Abend zuvor bei einem ihrer einsamen Streifzüge entdeckt hatte. Dennoch war sie hier nicht weit genug von den anderen entfernt, um ihren Zorn ungehört herausschreien zu können, und wegen dieser elenden Bälger, die überall herumstreunten, durfte sie es nicht einmal wagen, ihre zweite Gestalt anzunehmen, die ihr dieses herrliche, berauschende Gefühl von Macht und Schönheit gab. In den ersten Tagen nach Selalls Ankunft in Tarlin hatte sie geglaubt, diese kostbare Gabe sei ein Geschenk ihres Vaters, das er ihr aus Liebe zu ihr gemacht hatte und mit dem er sie für all die erbärmlichen Jahre im Haus einer Ziegenhirtin entschädigen wollte. Sie stieß einen kehligen, bitteren Laut aus, der wenig Ähnlichkeit mit einem menschlichen Lachen hatte.

Nein, Liebe war es gewiss nicht, die ihren Vater nach Tarlin geführt hatte – und wenn es Liebe war, dann galt sie jedenfalls nicht ihr, Diann. Dianns Augen wurden schmal bei der Erinnerung an die kleine Szene, die sie kurz zuvor beobachtet hatte, und ihre Zähne pressten sich aufeinander, dass ihr ganzer Kiefer schmerzte. Aber der Schmerz war ihr willkommen. Alles war besser als die Gewissheit, dass selbst ihr eigener Vater sie verachtete. Nicht einmal für ihn war sie gut genug. Ebenso wenig wie sie für Tarannis gut genug gewesen war, der nur Eirion geliebt hatte, ebenso wenig wie sie gut genug war für Marte oder für Rikka. Immer hatte es jemanden gegeben, der ihr, Diann, den ersten Platz im Herzen dieser Menschen gestohlen hatte.

Aber jetzt war sie nicht länger das reizlose, verdrossene Mädchen, das stets im Schatten einer anderen Frau stand. Ihre Nasenflügel blähten sich, und sie ballte die Hände zu Fäusten.

Du bist eifersüchtig auf deine Mutter – so wie du auf jede Frau eifersüchtig bist, die etwas besitzt, wonach du dich dein Leben lang verzehrt hast.

Selall hatte nicht im Zorn nach dem nächstbesten gegriffen, das ihm einfiel; er hatte ganz genau gewusst, was er sagte. Jedes einzelne seiner Worte war ein wohlberechneter, grausamer Hieb gewesen, der mitten in ihr Herz zielte.

Einen Augenblick lang schnürte ihr die dumpfe Verzweiflung, die ihr Leben lang ihr Begleiter gewesen war, die Kehle zu. Dann entspannte sie sich plötzlich. Ein Lächeln breitete sich auf ihren Zügen aus.

Sie hatte um ein Haar vergessen, dass sie nicht länger wehrlos war; sie besaß jetzt eine Waffe. Nein, mehr noch, sie *war* eine Waffe.

Langsam hob Diann die Hand und krümmte die Finger, die sich jetzt in scharfe Krallen verwandeln konnten, wann immer es ihr gefiel.

Und es gefiel ihr *jetzt*. Sie warf einen schnellen Blick auf den Höhleneingang. Es war niemand zu sehen, was jedoch nicht viel bedeutete. Diese widerwärtigen, neugierigen Bälger, mit denen sie reisen musste, konnten an den unmöglichsten Stellen auftauchen, oft gerade dann, wenn man am wenigsten mit ihnen rechnete. Gerade jetzt sollten sie zum Beispiel beim Frühstück sitzen und dabei versuchen, so viel Lärm wie nur möglich zu machen. Diann rümpfte angewidert die Nase. Sie hatte sehr schnell klar gemacht, dass sie nichts mit den Kindern zu schaffen haben wollte. Sollten doch Marte, Elija und Goda die Arbeit tun, um die sie sich förmlich rissen.

Auch die Kinder selbst hatten schon am ersten Tag auf der *Windsbraut* begriffen, dass sie sich von Diann am besten fern hielten. Was einige der kleinen Biester leider nicht daran hinderte, ihr nachzuspionieren. Vor allem eins der Kinder, das Marte zu ihrem Liebling auserkoren hatte, hatte Diann mehr als einmal in Wut gebracht. Aischa hieß das Mädchen. Aischa war schon auf der *Windsbraut* eine Plage gewesen. Selbst mitten in der Nacht, wenn Diann mit ihrem Vater die einzelnen Schritte der Verwandlung geübt hatte, bis sie eines Nachts endlich – endlich! – so weit gewesen war, dass Selall ihr das erste Mal gestattet hatte, diese herrlichen, ledernen Flügel zu benutzen, die in ihrer anderen Gestalt wie große, dunkle Tücher von ihren Armen herabhingen.

Und dann war plötzlich dieses Kind aufgetaucht, und Selall hatte sie, Diann, brüsk in eine leer stehende Außenkabine gedrängt und das Mädchen fortgeschickt. Aber es war ihm zu gefährlich erschienen, das Fliegen noch in dieser Nacht zu üben, und Diann hatte sich in ihre erbärmliche, menschliche Gestalt zurückverwandeln müssen und war von ihrem Vater ins Bett geschickt worden wie ein ungezogenes Kind. Aber sie hatte nicht geschlafen in dieser Nacht. Enttäuschung und Zorn hatten sie wach gehalten, und es hatte Stunden gedauert, bis dieser quälende, prickelnde Kitzel abgeebbt war, den die Verwandlung in ihre wahre Gestalt jedes Mal in ihr wachrief. Ihr Körper hatte gebrannt vor Verlangen, und nichts hatte diese schmerzhafte Lust befriedigen können.

Jetzt fragte Diann sich zum ersten Mal, ob Selall nicht genau gewusst hatte, was er ihr in jener Nacht auf der *Windsbraut* angetan hatte. Er hatte das Kind persönlich in Elijas Kabine gebracht und die Mutter scharf ermahnt, Aischa in Zukunft besser im Auge zu behalten. In keiner anderen Nacht hätten sie sich daher so sicher sein können, dass niemand sie beobachtete.

Der Hass auf ihren Vater wurde plötzlich so unerträglich, dass er einfach mehr Raum brauchte. Diann glaubte, ihr Körper würde zerspringen, wenn sie ihm diesen Raum nicht gab – sofort.

Und es war ihr gleichgültig, ob eins dieser widerwärtigen Bälger anschließend zu Marte rennen und ihr erzählen würde, was es gesehen hatte. Sollten sie es doch wissen – sollten doch alle wissen, wer sie in Wirklichkeit war. Dann würde niemand mehr wagen, sie so zu behandeln, als sei sie Luft.

»Ahhh!« Dianns Stimme kam aus der Tiefe ihres Brustkorbs, und dieser eine, lang gezogene Laut reinigte und befreite sie gleichermaßen.

Ohne sich die Mühe zu machen, vor dem Höhleneingang nachzusehen, ob sich nicht doch jemand dort versteckte, hob sie die Arme und ließ sich von dem köstlichen Gefühl durchströmen, das der Verwandlung vorausging.

Ihr ganzer Körper sang von Lust und Verlangen, doch diesmal würde er nicht unbefriedigt bleiben. Diann spürte, wie ihr langes, offenes Haar mit ihrem Gesicht verschmolz. Es war wie eine ungeheuer sinnliche Liebkosung, und sie genoss jeden Augenblick, während bläuliches Fell über ihre Arme und Beine floss und dabei jeden Zentimeter ihres Körpers in Flammen zu setzen schien.

Diann stieß einen lang gezogenen Seufzer aus. Sie hatte in Tarlin einige Male Männer und Knaben in ihr Bett geholt, doch wenn sie sie wieder fortschickte, war das unerfüllte Verlangen in ihr fast unerträglich gewesen.

Sie warf den Kopf in den Nacken und kostete jede noch so kleine Veränderung ihres Körpers in vollen Zügen aus.

Als es zu Ende war, blickte sie bewundernd an sich hinab. Das Wesen, in das sie sich verwandelt hatte, war von solch vollkommender Schönheit, dass sie in diesem Augenblick ohne Bedauern darauf verzichtet hätte, jemals wieder in ihre reizlose, plumpe menschliche Gestalt zurückzukehren.

Abermals krümmte sie die Finger, die nun keine Finger mehr waren.

Ja, sie war schön ... endlich schön! Und die Menschen, die sie nicht liebten, würden bald lernen, sie zumindest zu fürchten.

Einige herrliche Minuten lang ging sie im Geiste die verschiedenen Möglichkeiten durch, auf welche Weise sie ihre neue Macht als Erstes unter Beweis stellen würde.

Schließlich lächelte sie. Sie glaubte, ein würdiges Opfer auserkoren zu haben.

KAPITEL 29

Und dann hatte sie plötzlich ein richtiges Fell, wie ein Tier, und ihre Finger waren Krallen, und sie hatte Hörner auf dem Kopf, wie ein Ziegenbock, bloß irgendwie anders ...«

Marte hatte nur die letzten Worte des kleinen Mädchens gehört, aber das genügte ihr vollkommen. Warnend legte sie Goda eine Hand auf den Arm. Sie und Goda kamen aus der Höhle, in der sie für die Nacht ihr Lager aufgeschlagen hatten. Die Höhle war der Eingang zu einem anscheinend weit verzweigten Höhlenlabyrinth, das die Berge durchzog, und bot einen guten Schutz für die Nacht. Sie hatten die Kinder nach dem Abendessen allein fertig gemacht; Elijas Zustand verschlechterte sich in Besorgnis erregendem Maße. Der heutige Marsch hatte schon den kräftigeren Mitgliedern ihrer Reisegruppe ungeheure Anstrengung abverlangt, weil der Weg steil bergab geführt hatte. Ohne die Sklaven, die die Kinder auf den Schultern trugen, wäre das ganze Unternehmen vollkommen unmöglich gewesen, denn keins von ihnen hätte die mörderischen Gebirgspfade bewältigt. Selbst sie, Marte und Goda, konnten sich am Abend oft kaum noch rühren. Elija jedoch hatte keinerlei Reserven mehr, auf die sie zurückgreifen konnte, und sie versuchten, der jungen Luberin so viel Ruhe zu verschaffen wie nur möglich. Aber Aischa, diesem kleinen Kobold, war es wieder einmal gelungen, aus dem Schlafzelt zu entkommen.

»Außerdem kann sie sogar fliegen!«, fuhr Aischa mit unverhohlener Bewunderung fort.

»Das reicht jetzt!« Elija, die bisher teilnahmslos das Geplapper ihrer Tochter über sich hatte ergehen lassen, nahm den

Rest ihrer Kraft zusammen. »Ich habe dir schon hundert Mal gesagt, du sollst mir nicht mit diesen Märchen kommen.«

»Aber wenn es doch wahr ist!«, empörte sich das Kind. »Ich habe es selbst gesehen.«

»Bei der Göttin, Aischa!«, fuhr Elija ihre Tochter an, »du hast in deinem ganzen Leben noch keine Prügel von mir bekommen, aber wenn ich jemals auch nur noch ein einziges Wort von diesem Unsinn hören sollte, dann ...«

Marte trat in den Lichtschein des kleinen Feuers, wo Elija allein mit ihrer Tochter saß. »Lass Aischa reden«, sagte sie gefasst. »Ich will hören, was sie uns zu erzählen hat.«

Zu ihrer Überraschung nutzte Aischa ganz gegen ihre sonstige Gewohnheit die Gelegenheit nicht, um sofort mit ihrer Geschichte herauszuplatzen. Stattdessen blickte sie unbehaglich in die tanzenden Flammen. Marte verstand – und mochte das kleine Mädchen wegen seines plötzlichen Schweigens umso mehr.

»Aischa«, sagte sie sanft, »es geht um Diann, nicht wahr?«

Aischa zuckte mit keiner Miene, sondern griff nach zwei runden Kieseln und begann, damit zu spielen.

»Diann ist meine Tochter, und ich habe sie sehr lieb«, fuhr Marte fort, »wie alle Mütter ihre Kinder lieb haben, auch wenn sie sie manchmal nicht verstehen – oder wenn sie etwas tun, das ihnen nicht gefällt.« Marte ließ sich nun ebenfalls auf den Boden nieder und rückte dicht an Aischa heran, ohne sie jedoch zu berühren. Goda nahm auf der anderen Seite des Feuers neben Elija Platz. »Weißt du«, sprach Marte weiter, »gerade *weil* eine Mutter ihr Kind lieb hat, darf sie es ruhig erfahren, wenn es ... anders ist. Sie sollte es sogar erfahren, denn nur dann kann sie ihrem Kind vielleicht helfen.«

Aischa ließ den größeren ihrer beiden Kiesel um den anderen herumwandern, doch Marte zweifelte nicht daran, dass ihre Gedanken nicht bei ihrem Spiel waren.

Als Aischa weiter schwieg, setzte Marte hinzu: »Außerdem weiß ich schon, dass Diann anders ist – jedenfalls weiß ich das meiste, denke ich, und du würdest mir sehr helfen, wenn du mir auch noch den Rest erzählst. Das ist kein Petzen, verstehst du? Manchmal ist es im Leben sehr wichtig, dass einer auf den anderen aufpasst. Manchmal kann man damit sogar etwas sehr Schlimmes verhindern.«

Marte sah, dass Elija, die seit ihrem Erscheinen geschwiegen hatte, ärgerlich den Mund öffnete, um etwas zu sagen. Marte schüttelte warnend den Kopf.

Endlich sah das kleine Mädchen von seinen Kieseln auf, die im Licht des Feuers bläulich schimmerten. »Was weißt du denn schon?«, fragte sie vorsichtig. »Über Diann?« Marte tauschte einen Blick mit Goda. Goda wusste bisher nichts über diese seltsamen Vorfälle, und einen Moment lang war sie sich nicht sicher, ob sie die andere Frau mit ihren Sorgen belasten durfte. Goda hatte schon immer eine sehr schwache Konstitution gehabt; vor vielen Jahren hatte Gwenlian sie mit Hilfe der Göttin selbst von der Schwelle des Todes zurückgeholt. Sie mochte heute kräftiger sein als damals, aber diese Dinge erforderten eine Seelenstärke, die man nicht von jedem Menschen verlangen durfte.

Goda hatte ihren Blick offenbar richtig gedeutet, denn sie lächelte jetzt und nickte ihr entschieden, wenn auch ein wenig verwirrt zu.

Marte zögerte nur noch kurz, dann wandte sie sich wieder zu Aischa um. Die Berge, die im Westen hinter ihnen aufragten, verströmten ein fahles, bläuliches Licht; sie gehörten bereits zu der Wüste, die sie morgen erreichen würden.

»Nun«, begann Marte langsam zu sprechen, »ich weiß, dass Diann anders ist als wir.« Aischa nickte, und Marte fuhr fort: »Ich weiß, dass sie sich manchmal ... verändert.« Was hatte

Aischa vorhin zu ihrer Mutter gesagt? *Dann hatte sie plötzlich ein richtiges Fell, wie ein Tier.*

»Wenn das passiert,« es kostete sie beträchtliche Mühe, es auszusprechen, aber es musste sein, »dann bekommt sie ein ... Fell ...« Sie selbst hatte nur die Anfänge dieses Geschehens mit angesehen, damals in Tarlin und heute Morgen unter dem Felsüberhang, daher stützte sie sich aufs Geratewohl auf Aischas eigene Beschreibung. »Ihre Finger verbiegen sich zu fünf Krallen ...«

»Nein«, widersprach das kleine Mädchen energisch, »es sind bloß drei. Ich habe es genau gesehen!«

Marte versuchte, sich ihr wachsendes Entsetzen nicht anmerken zu lassen. »Da hast du sicher besser aufgepasst als ich«, sagte sie. »Jedenfalls wachsen ihr auch ... Hörner ...« Martes Stimme brach. Sie senkte hastig die Lider, um das Grauen und die Tränen zu verbergen.

Doch Aischa war offenkundig zufrieden mit dem, was sie soeben erzählt hatte. »Die Hörner kommen aus ihrer Stirn raus«, sagte sie eifrig. »So.« Sie hielt sich ihre beiden Zeigefinger an die Schläfen und senkte den Kopf wie ein kleiner Stier. Unter anderen Umständen hätte die Gebärde des Kindes Marte zum Lachen gereizt.

Einen Augenblick lang war nur das Knistern des Feuers zu hören, außerhalb dessen Lichtkreises jetzt vollkommene Dunkelheit herrschte; die Nacht kam schnell in diesen weit südlich gelegenen Bergen.

»Du hast vorhin gesagt«, zwang Marte sich weiterzusprechen, »dass sie auch fliegen kann.«

Wieder nickte das kleine Mädchen eifrig. Marte war dankbar, dass Elija nicht länger versuchte, ihre Tochter zum Schweigen zu bringen. Sie und Goda verfolgten das Gespräch mit stummem Entsetzen.

»Ja«, erwiderte Aischa auf Martes Frage. »Ich habe es gesehen; sie ist geflogen – zusammen mit dem Mann.«

Von irgendwo außerhalb des Lichtkreises, den das Feuer warf, kam plötzlich ein Geräusch, und Marte legte einen Finger auf ihre Lippen. »Scht!«

Sekundenlang schwiegen die vier Menschen am Feuer, doch das Geräusch wiederholte sich nicht. Marte blickte angestrengt in die Dunkelheit hinaus und tastete, so gut sie es vermochte, nach Leben dort.

Weitere Sekunden verstrichen, die sich zu Minuten dehnten. Es war nichts zu hören als der leise Nachtwind. Schließlich entspannte Marte sich ein wenig. »Du sagst, sie ist zusammen mit ... dem Mann geflogen«, flüsterte sie. »Mit Selall?«

»Ja«, flüsterte das kleine Mädchen zurück, und nun musste Marte wider Willen doch lächeln. Aischas Flüstern klang wie das Krächzen eines heiseren Raben – und sehr laut. Ebenso gut hätte sie schreien können.

»Du kannst wieder ganz normal sprechen«, sagte Marte und bemühte sich, dasselbe zu tun. »Diann ist also geflogen, zusammen mit Selall?«

»Mit ihrem Vater, ja«, antwortete Aischa. »Und darum dachte ich auch, dass es in Ordnung ist. Ich meine, wenn ihr Vater dabei ist ...« Sie brach ab, und ein Schatten legte sich über ihre Züge.

Marte wusste, dass Aischa an ihren eigenen Vater dachte, der nie wieder mit ihr zusammen etwas unternehmen würde. Sie legte einen Arm um das Kind und zog es fest an sich.

»Schon gut«, sagte Aischa, und diesmal war ihre Stimme tatsächlich nur ein Flüstern. »Ich werde nicht weinen.«

Marte schloss die Augen, um ihre eigenen Tränen zu unterdrücken. Irgendwann einmal würde sie Aischa sagen, dass es vollkommen richtig wäre zu weinen, dass sie niemanden schonen müsse, indem sie ihre Trauer in sich verschloss. Aber dies war nicht der richtige Zeitpunkt dafür.

»Wann hast du denn gesehen, dass die beiden geflogen sind?«, fragte sie weiter.

»Als wir auf dem Schiff waren«, kam die prompte Antwort. »Sie haben nachts immer draußen geübt, auf Deck. Ihr Vater hat ihr gesagt, wie sie es richtig machen musste. Ich meine«, fügte sie hinzu, »das mit dem Fell und den Hörnern und so. Einmal haben sie mich erwischt und in die Kabine zurückgebracht.« In ihrer Stimme schwang jetzt unüberhörbarer Stolz mit. »Ich werde nur selten erwischt.« Sie warf einen hastigen Blick auf ihre Mutter. »Aber meistens bin ich ja auch ganz brav«, beendete sie ihren Satz.

Marte bezweifelte die Wahrheit dieser letzten Worte, und Elijas Miene sprach dieselbe Sprache. »Natürlich bist du brav«, erklärte sie schnell, bevor Aischas Mutter etwas sagen konnte. »Du bist ein sehr liebes und ein sehr kluges Kind, und ich bin froh, dass du uns das alles erzählt hast. Du hast uns sehr damit geholfen. Aber jetzt solltest du ins Bett gehen, wir haben morgen wieder einen langen Tag vor uns.« Sie nickte Elija zu, die sich sofort erhob.

Nachdem Elija und Aischa gegangen waren, sahen Goda und Marte einander lange schweigend an.

Minuten waren verstrichen, als Goda sich plötzlich höher aufrichtete. »Sie sind Faune«, sagte sie leise, »eine andere Erklärung kann es nicht geben.«

Marte schloss die Augen. *O Göttin, was habe ich getan!* schrie sie innerlich. *Warum hast du zugelassen, dass ich ein Kind von einem Mann empfangen habe, der ein Monstrum ist?*

Eine Berührung an der Schulter ließ sie zusammenzucken, und sie öffnete die Augen.

Goda war von ihrem Platz aufgestanden und hatte sich

neben sie gesetzt. Auch wenn es keinen Trost für Marte geben konnte, war sie dennoch dankbar für die Nähe der anderen Frau. »Was weißt du über sie?«, flüsterte sie rau, »über die ...Faune?«

»Nicht viel mehr als du jetzt, denke ich«, sagte Goda behutsam. »Lado hat mir erzählt, dass sie eins der Sieben Völker der Unschuld waren.«

»Und ihr Herrscher war – und ist – «, ergänzte Marte, »Sanor. Nuria hat mir von diesen Dingen berichtet ...« Sie konnte nicht weitersprechen. Das Wissen, das sie einem dieser Ungeheuer, die die Welt versklaven wollten, ein Kind geboren hatte, war mehr, als sie ertragen konnte.

Wieder vergingen Minuten, in denen nur die Stimmen von Wind und Feuer zu hören waren.

»Die Kinder«, sagte Marte schließlich. »Wir müssen an die Kinder denken. Wenn es Sanor ist, der hinter alledem steckt, dann kann es nichts Gutes sein, was er mit ihnen vorhat. Wir müssen sie in Sicherheit bringen, bevor es zu spät ist, am besten noch heute Nacht.« Sie wusste, dass es ein verzweifelter Plan war, der in ihr Gestalt annahm, ein wahnsinniger Plan. Aber sie würde eher sterben als zulassen, dass diese Kinder auf eine schreckliche Weise missbraucht würden. Sowenig sie sich vorstellen konnte, welches Schicksal Sanor für sie vorgesehen hatte – es musste verhindert werden.

Martes Entscheidung stand fest.

»Geh und sag Elija, dass sie die Kinder anziehen soll – so leise wie möglich. Wir werden sie zum Eingang des Höhlenlabyrinths bringen und versuchen, uns so lange dort zu verstecken, bis Selall und Diann die Suche nach ihnen aufgeben«, erklärte sie mit fester, ruhiger Stimme. »Ich werde mit den Sklaven reden; wir werden sie brauchen, wenn wir uns nach Ubari durchschlagen wollen.«

»Das ist unmöglich!«, rief Goda. »Selbst wenn Selall und Diann unsere Flucht nicht zu früh bemerken sollten – und ich halte es für äußerst unwahrscheinlich, dass sie es nicht tun –, haben wir keinerlei Gewissheit, dass die Sklaven sich uns anschließen würden. Sie bekommen ihre Befehle ausschließlich von ihm – und schlimmer noch, Selall würde durch sie mit Sicherheit sofort von unserem Fluchtplan erfahren. Selbst wenn wir sie bestechen könnten, hätte Selall ihnen hundert Mal mehr zu bieten als wir!«

»Aber ohne die Sklaven haben wir keine Chance. Es wäre Mord, wenn wir die Kinder durch diese Berge gehen ließen. Schon bei einem langsamen Tempo würden sie auf diesen steilen, schmalen Bergpfaden abstürzen. Du und Elija, ihr beide seid selbst kaum noch Herr über eure Kräfte.« Sie schwieg kurz und dachte noch einmal über ihren Plan nach. Dann fuhr sie fort: »Nein, wir brauchen die Sklaven – und nicht alle gehorchen nur Selall. Ich habe während der Reise mit jedem der Männer ein paar Worte gewechselt, und ich weiß, dass viele von ihnen bereit wären, uns zu helfen.«

»Aber was ist mit den anderen?«, fragte Goda verzweifelt. »Sie werden sofort zu Selall gehen und uns verraten.«

»Nein, das werden sie nicht«, entgegnete Marte ruhig. »Ich werde mit einem Krug gewässerten Weins in ihr Zelt gehen.« Marte lachte leise. »Ich bin mir ganz sicher, dass die Männer zu einem Becher guten Weins nicht Nein sagen werden.«

Goda verstand immer noch nicht.

Marte seufzte und bezähmte ihre Ungeduld. Wenn sie ihren Plan noch heute Nacht verwirklichen wollten, durften sie keine Zeit mehr verlieren. »In meinem Reisebeutel befindet sich eine Phiole mit einem sehr starken, aber nicht lebensgefährlichen Schlaftrunk. Ich werde den Sklaven, auf die kein Verlass ist – und ich sage dir, sie sind in der Minderheit –, etwas davon in ihren Becher geben«, erklärte sie mit grimmiger Miene.

Goda war noch keineswegs überzeugt, dass der Plan gelingen konnte, und wagte einen letzten Einwand: »Dann hätten wir aber nicht genug Sklaven für alle Kinder und ...«

»Das ist ein Problem, das sich lösen lässt«, erwiderte Marte. »Einige der Kinder, Aischa zum Beispiel, sind durchaus in der Lage, ein paar Stunden selbst zu gehen. Und wir werden eben etwas langsamer vorankommen als bisher.«

»Aber sie können fliegen, Selall und ...« Goda zögerte kurz, den zweiten Namen zu nennen, dann atmete sie tief durch und vollendete ihren Satz: »Und Diann. Selbst wenn sie uns auf normalem Wege nicht finden würden – aus der Luft dürfte es ein Leichtes für sie sein, uns zu entdecken, sobald wir das Höhlenlabyrinth verlassen.«

»Du magst Recht haben, Goda«, antwortete Marte. »Die Gefahr ist groß, dass unser Plan misslingt – aber willst du denn diese Kinder wirklich in ihr Verderben führen?«

Goda schwieg, was Marte Antwort genug war.

»Also«, sagte sie nun, schon halb im Aufstehen, »wir werden es gleich heute Nacht tun. Das Labyrinth, das die Berge an dieser Stelle durchzieht, ist wahrscheinlich unsere einzige Chance. Du überzeugst dich davon, dass Selall und Diann schlafen – und wenn nicht, dann werden wir warten, bis sie es tun.« Marte schwieg kurz. »Das Wichtigste scheint mir jedoch zu sein, dass wir noch in dieser Nacht fliehen, *sofort*. Plötzlich zuckten beide Frauen zusammen. Außerhalb des Lichtkreises ihres Feuers war abermals ein Geräusch laut geworden. Und diesmal konnte es keinen Zweifel geben: Leise Schritte näherten sich dem Ort, an dem sie saßen.

Goda griff nach Martes Hand und drückte sie schmerzhaft zusammen.

Jemand hatte ihr Gespräch belauscht!

Marte schluckte krampfhaft. Mit ihrer Unvorsicht hatte sie die Kinder um ihre vielleicht einzige Chance gebracht, einem ungewissen und wahrscheinlich schrecklichen Schicksal zu entgehen.

Dann trat der Lauscher in den rötlichen Schein des Feuers.

Marte und Goda starrten ihn an. Es war der stumme Diener, den Marban ihnen als Führer mitgegeben hatte. Der Stumme hatte sich bisher von der übrigen Reisegruppe fern gehalten, und sie wussten nichts über ihn, außer seinem Namen – Efnesien –, den Marbans Adjutant ihnen kurz vor dem Aufbruch genannt hatte.

»Ihr irrt euch, alle beide«, sagte Efnesien jetzt, und Marte sah ihn fassungslos an. Die Stimme des Mannes, den sie bisher für stumm gehalten hatte, klang dunkel und melodisch, jedes Wort aus seinem Mund war wie Musik.

»Ich kann sprechen, ja«, fuhr er fort, während er sich neben Goda und Marte am Feuer niederließ. »Aber manchmal ist es von größerem Nutzen, wenn die Menschen glauben, ich sei stumm.«

Efnesien beugte sich vor, um einen Holzscheit, der aus dem Feuer herausgerutscht war, wieder in die Flammen zu werfen.

»Eure Sorge um diese Kinder ehrt euch«, sagte er. »Ihr seid wahrhaft Töchter der Göttin, aber das habt ihr ja schon oft unter Beweis gestellt.« Er sah die beiden Frauen hinter dem Feuer fest an. »Deshalb«, fuhr er fort, »möchte ich euch einen Rat geben, meine Schwestern. Brecht morgen wie geplant in die Wüste auf und überlasst alles andere den Göttern.«

»Den Göttern!«, rief Marte und mäßigte sofort ihre Lautstärke, bevor sie weitersprach: »Die Götter haben mich häufiger verraten, als ich zählen kann – oder will. Nein«, fügte sie beinahe wütend hinzu. »Wer sich nur auf die Götter verlässt, der hat es später nur allzu oft bereut. Dies hier ist viel zu wichtig, um es in die Hände der Götter zu legen. Die Götter sind weit weg, aber wir sind hier, und deshalb ...«

»Die Götter sind näher, als du denkst«, unterbrach Efnesien. »Auch wenn es den Menschen in manchen Stunden schwer fällt, daran zu glauben. Die Götter haben allem, was lebt, beim ersten Atemzug des Kosmos ihre Nähe zugesagt. Und ihre Zusage wird Geltung haben bis zum letzten Atemzug dieser und aller anderen Welten. Vertraut den Göttern.«

Marte wusste nicht, warum sie dem dunkelhäutigen kleinen Mann glaubte, aber seine Worte waren es gewiss nicht, die sie überzeugt hatten, denn sie hatte solche und ähnliche Dinge schon hundert Mal in ihrem Leben gehört. Und niemals waren sie ihr leerer erschienen als in diesem Augenblick.

Vielleicht war es Efnesiens Stimme, die den Ausschlag gab. Diese Stimme, die er so selten benutzte und die doch voller Melodie war.

Marte nickte langsam. »Es soll geschehen, wie du es für richtig hältst«, sagte sie. »Wir werden die Kinder schlafen lassen.«

Viele Tagesreisen entfernt von dem Ort, an dem Ubari an die Berge des Blauen Labyrinths grenzte, machte sich in dieser Nacht eine andere Reisegruppe auf einen beschwerlichen Weg. Der volle Mond hüllte die Vulkankrater, die die Hochebene wie ein Ring umschlossen, in ein fahles, silbernes Licht. Die Luft der Gebirgsnacht war kalt, doch das kümmerte die, die dort gingen, nicht. Sie waren besser gegen die Macht der Elemente geschützt als die meisten anderen Geschöpfe, die den Ork Nuado bevölkerten. Jetzt ließen sie ohne einen Blick zurück den Ort im Westen der Hochebene hinter sich, den sie viele

Jahrtausende lang Heimat genannt hatten, auch wenn ihr Herz es besser wusste. Die Zeiten waren hart gewesen, vor allem in den Jahrhunderten, in denen die Vulkane sprachen. Aber sie hatten es gelernt, sich ihrer neuen Umgebung anzupassen, wo sie ihre einfachen Feste feierten und ihrem Handwerk nachgingen. Ihre Natur war schlicht, und ihre Bedürfnisse waren bescheiden. Auch wenn die Sehnsucht sie nach Norden zog, hätten sie die Hochebene von Léth nicht aus eigenem Antrieb verlassen.

Aber es war ein mächtiger Ruf, dem sie folgten, und sie taten es, ohne zu zögern.

KAPITEL 30

Rikka hätte es nie für möglich gehalten, dass sie jemals etwas mehr hassen würde als die Wüste, doch seit dem vergangenen Tag wusste sie es besser. Diese Gräuel, die Sanor um sich geschart hatte, erfüllten sie mit einem nie gekannten Abscheu. Sie war gestern mit dem caernadonischen Heer in Táin Bulàll angekommen, wo Sanor mit seiner Armee der Schatten bereits auf sie gewartet hatte. Dies war nun ihre erste Nacht im Großen Schweigen, und Rikka dachte mit Entsetzen an die Wochen, die vor ihr lagen. Die unheimliche Stille, die diesen Teil der Wüste für gewöhnlich beherrschte, erschien ihr heute geradezu wie ein Geschenk der Götter, ein Geschenk, das sie bei ihren bisherigen Reisen durch die Wüste nie zu würdigen gewusst hatte, für das sie in dieser Nacht jedoch viel gegeben hätte.

Ein gequältes Stöhnen verdrängte die dem Großen Schweigen innewohnende Stille, und es ließ sich weder übertönen noch verdrängen. Sie hatte sich so früh wie möglich in ihr Zelt zurückgezogen, um etwas zu tun, das sie, soweit sie sich erinnerte, noch nie getan hatte: Sie wollte sich die Ohren zuhalten.

Jetzt stieß sie ein freudloses Lachen aus; sie hätte es besser wissen müssen. Das Stöhnen, das diese Gräuel, die irgendwo in dem Schattenreich zwischen Tod und Leben existierten, von sich gaben, war kein Geräusch, kein Laut, sondern – was?

Was du nicht beherrschen kannst, musst du zunächst einmal verstehen lernen. Auch eine der Weisheiten, die an der Akademie der Magierinnen in Neu-Léth gelehrt wurden.

Sosehr es ihr innerlich widerstrebte, zwang Rikka sich, dem Geräusch, das kein Geräusch war, nachzugehen. Abermals hielt sie sich die Ohren zu, schloss die Augen und konzentrierte all ihre Sinne auf das, was in ihrem Körper geschah.

Das Stöhnen wurde weder leiser noch undeutlicher; es hatte offenkundig nichts mit dem Gehörsinn zu tun.

Plötzlich fiel ihr eine Mitschülerin an der Akademie ein, die taub zur Welt gekommen war. Sie hatte ihren Namen vergessen, aber sie erinnerte sich daran, dass das Mädchen ihr einmal erzählt hatte, es könne Musik *fühlen*.

»Vibrationen!«, sagte sie laut in das kleine Zelt hinein – und fuhr zusammen, als höhnisches Gelächter ihr antwortete.

»Bravo!« Sanor klatschte mit einer gezierten Gebärde zweimal in die Hände. »Vibrationen«, wiederholte er. »Nicht schlecht, deine Idee – für einen ersten Versuch. Allerdings noch sehr weit von der Wahrheit entfernt. Wenn du verstehen willst, was du nicht beherrschen kannst – und auch niemals beherrschen wirst, wenn ich mir diese Bemerkung erlauben darf –, dann machst du deine Sache für den Anfang recht gut.«

Rikka zog scharf die Luft ein. Was für eine Närrin sie war, dass sie nicht daran gedacht hatte, zuerst ihr Bewusstsein gegen das Eindringen eines fremden Geistes abzuschirmen, bevor ... Plötzlich weiteten sich ihre Augen. Das seltsame, grauenhafte Stöhnen war in dem Moment stärker geworden, als sie ihre Lungen tief mit Luft gefüllt hatte. Vorsichtig tat sie es noch einmal – mit demselben Ergebnis. Dann erhob sie sich von dem dreibeinigen Hocker, auf dem sie gesessen hatte, und trat vor Sanor hin.

Befriedigt stellte sie fest, dass es ihr diesmal gelungen war, ihre Gedanken vor Sanor zu verbergen, denn dieser sah sie nur fragend an. Hätte er gewusst, dass sie seinem Geheimnis auf die Spur gekommen war, hätte er ihr auf keinen Fall den Triumph gegönnt, es selbst auszusprechen.

»Es ist der Atem, nicht wahr?«, bemerkte sie kühl. »Was immer es ist, wir atmen es ein!«

Wieder applaudierte Sanor leise, ein kurzes, trockenes Geräusch wie das Zuschlagen einer Tür.

»Eine hervorragende Leistung, Tochter der Schlange«, erwiderte er anerkennend. »Du enttäuschst mich nicht. Was für eine Priesterin dem Alten Reich an dir verloren gegangen ist.«

Rikkas Lächeln verblasste. Sanor verstand sich meisterlich darauf, ihr jede Freude an ihrem kleinen Sieg zu nehmen, indem er sie im gleichen Augenblick an die bitterste Niederlage ihres Lebens erinnerte. Sie hatte jedoch nicht die Absicht, ihn das wissen zu lassen.

»Interessant, wirklich interessant«, bemerkte sie daher nur gleichgültig. »Das dürfte wohl der Gipfel dessen sein, was sich mit dunkler Magie erreichen lässt. Allerdings«, fügte sie mit scheinbarer Großmütigkeit hinzu, »hattest du ja auch viele Jahrtausende Zeit, um daran zu feilen, nicht wahr?«

Zu ihrer Enttäuschung hatte ihr giftiger Pfeil sein Ziel jedoch verfehlt, denn Sanor brach in lautes Gelächter aus.

»Ein netter Versuch, Tochter der Schlange, wahrhaftig«, erklärte er spöttisch, nachdem sein Lachen wieder verebbt war. »Aber ich denke, dass eine Meisterleistung wie diese ein paar tausend Jahre Arbeit durchaus rechtfertigt.« Dann wurde seine Miene ernster. »Zu deiner Information«, fuhr er sachlich fort, »nachdem du dich zurückgezogen hattest, meinten einige der Soldaten draußen, sie könnten mir ihre ... Freundschaft aufkündigen.« Sanor ging gemächlich durch das Zelt, dessen geringe Höhe ihn dazu zwang, den Kopf einzuziehen, und ließ sich auf Rikkas Lager nieder. »Sie fanden wohl die Bedingungen ihres Dienstes nicht recht erquicklich«, sprach er weiter, während er sich die ledernen Stiefel auszog, »jedenfalls hatten sie den überaus erstaunlichen Gedanken, sie könnten sich so mir nichts, dir nichts ihrer Pflicht entziehen. Und ich hatte den Eindruck, dass eine ganze Reihe ihrer Kameraden ihrem Beispiel nur allzu bald gefolgt wäre.«

Rikka zog fragend die Augenbrauen in die Höhe. »Und? Wie hast du das Problem gelöst?«

Das Schicksal der Soldaten, die draußen unter freiem Himmel ihr Lager aufgeschlagen hatten, interessierte sie herzlich wenig; sie wollte lediglich Zeit gewinnen, um der unerwünschten Regung Herr zu werden, die sich ihrer bemächtigt hatte.

Sanor hatte sein grünes Wams abgestreift und knöpfte nun lässig das Hemd auf, das er darunter trug.

»Ich habe eine kleine Demonstration zu Hilfe genommen«, antwortete er, »und ich denke, meine Botschaft ist angekommen.« Das elfenbeinfarbene Hemd landete, achtlos hingeworfen, neben dem Wams. Sanors muskulöser Oberkörper schimmerte im Licht der einen Öllämpe, die auf dem Boden in der Mitte des Zelts stand. »Morgen«, fuhr er fort, »werden wir ein paar Männer weniger haben, die Wasser tragen, und ein paar mehr, die es benötigen.« Mit einer schlangenartigen Bewegung und ohne dafür aufstehen zu müssen, streifte er die enge Hose ab, die seine Beine wie eine zweite Haut umschloss. Darunter war er nackt.

Rikka konnte es nicht weiter hinauszögern. In ihrem Mund hatte sich zu viel Speichel angesammelt, um das Schlucken noch länger zu vermeiden. Sie hasste ihren Körper für die Macht, die er Sanor über sie gab. Aber so leicht würde sie ihre Niederlage nicht hinnehmen.

»Und du meinst, dass deine kleine Demonstration das Problem dauerhaft gelöst hat?«, fragte sie und wich einen Schritt weiter von der Strohmatratze zurück, auf der Sanor lag. Es war eine törichte Bemerkung gewesen, das wusste sie selbst. Sie versuchte allerdings auch nicht, intelligente Konversation zu machen; sie wollte lediglich, dass das Pulsieren in ihren Lenden nachließ. Ihr Atem hatte sich beschleunigt, und die gepeinigten Stimmen der Schattenwesen hatten dadurch an Kraft gewonnen. Aber nicht einmal das konnte das Verlangen abkühlen, das sie verzehrte. *Fünf Wochen,* dachte sie. *Fünf Wochen, seit ich das letzte Mal bei ihm gelegen habe.* Ein feiner Schweißfilm kroch über ihre Glieder.

Sanor lachte leise. »Du hast viele Fragen, Tochter der Schlange«, bemerkte er. »Gibt es nichts anderes, womit wir uns in dieser kurzen Nacht die Zeit vertreiben könnten?«

Rikka wollte abermals einen Schritt zurückweichen, doch jetzt spürte sie bereits die Leinwand ihres Zeltes im Rücken.

»Nun«, sagte sie und klammerte sich an den Rest Selbstbeherrschung, der ihr noch geblieben war, »es sind auch viele Dinge geschehen seit unserer letzten Begegnung. Du scheinst zum Beispiel einen Freund gefunden zu haben«, sprach sie den Gedanken aus, der ihr als Erstes in den Sinn kam. »Obwohl ich nicht recht verstehe, was du an diesem blassen Burschen findest.«

Sanor stützte sich auf einen Ellbogen und sah mit unbewegter Miene zu ihr auf. »Er heißt Tork«, sagte er kurz.

Rikka kräuselte verächtlich die Lippen. Sie hatte sehr wohl gewusst, wie der Mann hieß. Und sie mochte ihn nicht, obwohl sie keinen Grund dafür hätte nennen können. »Wo hast du ihn denn aufgelesen?«, fragte sie mit einem Tonfall, als sei Tork ein Kiesel, wie man sie millionenfach an den Ufern der Meere finden konnte.

»Das braucht dich nicht zu interessieren«, antwortete Sanor, noch schroffer als zuvor. »Außerdem fängst du an, mich zu langweilen«, setzte er dann hinzu, »und das ist doch gewiss nicht deine Absicht?«

Rikkas Augen blitzten wütend auf, und das Verlangen, das noch kurz zuvor beinahe unerträglich gewesen war, lockerte seinen Zugriff auf sie ein wenig.

Gut, dachte sie. *Bring ihn dazu, dich zu beleidigen.*

Laut sagte sie: »Kann er überhaupt reden, dieser Tork? Ich jedenfalls habe ihn noch nicht sprechen hören. Ist er stumm? Das hätte gewiss seine Vorteile; auf diese Weise langweilt er dich wenigstens ohne Worte.«

Einen Moment lang sah es so aus, als hätte ihre Taktik Erfolg gehabt. Dann jedoch wich der Ärger aus Sanors Zügen und mit ihm auch jede andere menschliche Regung.

Mit hämmerndem Herzen beobachtete Rikka, wie dichtes schwarzes Fell über den Körper des Mannes kroch, der sich der Eine und Erste nannte. Seine Arme verformten sich, dann seine Beine, dann ...

Die Erinnerung an die letzten beiden Nächte, die sie auf Burg Tarlin mit ihm verbracht hatte, wurde übermächtig. Nichts anderes zählte mehr, nichts war wichtig ...

»Komm her zu mir, Tochter der Schlange«, flüsterte Sanor.

Das Stöhnen der Schatten draußen vor ihrem Zelt vermischte sich mit dem Rauschen ihres Blutes, wurde leiser und verlor schließlich immer mehr an Kraft, bis sie nur noch das Blut hörte, das wie ein mächtiger Strom durch ihren Körper pulste.

Es gibt also doch etwas, das stärker ist als dieses Grauen, dachte sie, irgendwo in dem letzten Teil ihres Seins, der noch des Denkens fähig war. Dann *wollte* sie gar nicht mehr denken.

Kaylas, der kommandierende General der Neuen Caernadonischen Armee, konnte keinen Schlaf finden. Rastlos streifte er zwischen den Männern umher, die auf dünnen Felsmatten auf dem Sandboden lagen. Er wusste, dass auch die meisten von ihnen trotz der Erschöpfung des langen Marsches in dieser Nacht kein Auge zutun würden. Dennoch sprach keiner der Soldaten, an deren Lager er vorbeikam, ihn an, und er hatte es auch nicht erwartet. Das Grauen, dass sie kurz zuvor mit angesehen hatten, entzog sich allen Worten, die sie kannten.

Acht Männer waren es gewesen, die dieses entsetzliche, schwarze Nichts verschlungen hatte, acht Männer, die ihm, Kaylas, vertraut hatten.

Kaylas strich sich mit der Hand über die Augen. Er schämte sich seiner Tränen nicht, aber er wusste, dass alle Tränen dieser Welt nicht die Schuld würden fortspülen können, die er auf sich geladen hatte. Es war kein Trost für ihn und keine Rechtfertigung, dass ein anderer seinen Platz eingenommen hätte, wäre er nicht so blind in diese mit Pracht und Ruhm verbrämte Falle getappt.

Kommandierender General der Neuen Caernadonischen Armee! Wie verlockend hatte dieser Titel geklungen, als er ihm angeboten worden war! Und wie gern hätte er ihn jetzt gegen den Rang des niedrigsten Soldaten seines Heeres eingetauscht, der ohne eigenes Verschulden in diese Hölle geraten war.

Kommandierender General der Neuen Caernadonischen Armee ... Wie ein Spottgesang hallten diese Worte jetzt durch seine Gedanken. Das neue Caernadon! Was für ein Narr er gewesen war, zu glauben, er könne dazu beitragen, dass sein Traum Wirklichkeit würde! Freiheit von dem Joch der Unterdrücker, die jahrhundertelang auf dem Thron der Ahuden gesessen hatten. Marban hatte ihn umgarnt und umschmeichelt mit den Verlockungen eines neuen, besseren Lebens für alle; nur noch einen letzten Krieg sollte es geben, dann würde Caernadon in Frieden und Wohlstand die Blüte erleben, die es verdiente.

Kaylas stieß ein raues Lachen aus, dann blieb er plötzlich stehen und lauschte in die Nacht, die bisher nur von diesem furchtbaren, ungreifbaren Stöhnen erfüllt gewesen war. Jetzt jedoch drang ein leises, unterdrücktes Weinen an sein Ohr, und zum ersten Mal seit vielen Minuten nahm Kaylas wieder seine Umgebung wahr. Sein Weg hatte ihn, ohne dass er es bemerkt hätte, wieder zurück zu der Stelle geführt, an der die Offiziere ihre Zelte aufgeschlagen hatten.

Er ging an den beiden ersten Zelten vorbei. Vor dem dritten hielt er inne. Kiraldus. Kaylas schloss die Augen und atmete tief ein.

Das Stöhnen der Schatten um ihn herum wurde lauter, doch Kaylas registrierte es nicht einmal.

Kiraldus. Sein Versorgungsoffizier. Er teilte sich ein Zelt mit Modron, seinem jüngeren Bruder, der erst kurz vor ihrem Aufbruch aus Tarlin vor fünf Wochen zum Quartiermeister ernannt worden war.

Kiraldus hatte sich oft halb lachend, halb verärgert darüber beklagt, dass sein Bruder schnarche wie zwei Ochsen.

In dieser Nacht würde er keinen Grund zur Klage mehr haben.

Modron war einer der acht Männer, die das Nichts sich geholt hatte.

Kaylas konnte das Weinen seines Kameraden nicht länger ertragen und ging weiter.

Ich muss morgen einen neuen Quartiermeister ernennen, dachte er, immer wieder, um an nichts anderes denken zu müssen.

Er wusste nicht, ob Minuten oder Stunden vergangen waren, als abermals ein Geräusch seine Aufmerksamkeit erregte. Wachsam sah er sich um. Nein, es konnte nicht allzu viel Zeit verstrichen sein, denn die Nacht hatte sich noch immer nicht endgültig auf die Wüste herabgesenkt. Fahles Zwielicht färbte den Horizont im Osten grau.

Da! Da war es wieder, dieses Geräusch. Kaylas runzelte die Stirn. Was immer es war, es schien von oben zu kommen. Er legte den Kopf in den Nacken und blickte zum Himmel empor. Es waren große Vögel, die mit fast lautlosem Flügelschlag über das Lager glitten. Ein paar Sekunden lang beobachtete Kaylas die Tiere; es mussten Bewohner der Wüste sein, denn er konnte sich nicht daran erinnern, solche Vögel in Caernadon jemals gesehen zu haben. Er kniff die Augen zusammen und versuchte, die Tiere besser zu erkennen. Etwas an ihnen kam ihm merkwürdig vor, doch es war zu dunkel, um Genaueres zu erkennen. Außerdem war es unwichtig.

Mit einem achtlosen Schulterzucken ging er weiter. Seine Tränen waren getrocknet, und langsam verschaffte sich der klare, sezierende Verstand, dem er seinen Aufstieg in der Armee verdankte, wieder die Oberhand.

Selbstmitleid und stumpfe Verzweiflung würden weder ihm helfen noch den Männern, für die er die Verantwortung trug. Es musste eine Lösung für die schreckliche Situation geben, in der sie sich befanden. Als Soldat war er es gewohnt, strategisch zu denken. Was er heute Abend erlebt hatte, passte nicht in das Muster militärischer Strategien, also würde er sich von dem Denken eines Heerführers lösen und sich diesem neuen, unbekannten Muster stellen.

Er hatte, als das Nichts seine Kameraden verschlang, keinen Augenblick daran gezweifelt, dass hier Magie am Werk war, und er zweifelte noch immer nicht daran.

Magie ...

Der Preis ... *jede* Magie hatte ihren Preis.

Die Leben spendende und erhaltende Magie der Göttin ist sich selbst Lohn genug und verlangt von dem, der sie benutzt, nichts als Treue zu sich selbst und zu denen, denen er dient, hatte seine Mutter, die dem Alten Glauben angehört und im Verborgenen die heiligen Rituale vollzogen hatte, ihm erklärt, als er noch ein kleiner Junge gewesen war.

Die dunkle Magie aber, konnte er noch immer ihre Worte hören, *die danach trachtet, Leben zu beschneiden und zu zerstören, fordert ihren Tribut, denn sie vermag sich nicht aus ihren eigenen Quellen zu speisen und zu nähren. Solltest du dieser Art der Magie je begegnen – und die Göttin möge dich davor bewahren –*, hatte seine Mutter hinzugefügt, *dann suche nach ihren Quellen. Wenn es in deiner Macht steht, diese Quellen zu zerstören, dann ist das die einzige Waffe, mit der du das Böse – vielleicht – schlagen kannst. Doch sei auf der Hut ...*

Kaylas setzte, ohne nachzudenken, einen Schritt vor den anderen. Es war, als ginge seine Mutter, die vor vielen Jahren auf dem Scheiterhaufen gestorben war, an seiner Seite. Er hatte ihre Worte nie vergessen, denn wenige Tage, nachdem sie sie zu ihm gesprochen hatte, waren die Schergen der Hohen Feme gekommen und hatten sie fortgeholt. Er hatte sie nie wieder gesehen.

Sei auf der Hut. Die Macht des Bösen ist sehr stark, weil es sich keinem Gebot unterwirft. Und niemals, unter keinen Umständen, darfst du, wenn du das Böse besiegen willst, zu den gleichen Waffen greifen. Denn dann hast du dich, so rein deine Absichten sein mögen, bereits mit ihm verbündet. Du kannst das Böse nicht besiegen – du kannst es bestenfalls überlisten.

Ohne nach dem Warum seines Tuns zu fragen, hatte Kaylas seine Schritte zur Mitte des Lagers gelenkt, wo die riesigen Wasserwagen standen. Die Schläuche, die sich in ihrem Innern befanden und die sie vor Táin Bulâll an den Ufern des Ank noch einmal bis zum Bersten gefüllt hatten, waren größer als alle Wasserschläuche, die seines Wissens je hergestellt worden waren.

Magie.

Das Muster.

Der Preis.

Die Quelle.

Die Quelle ... Wasser ...

Tief in Gedanken und scheinbar absichtslos fuhr Kaylas mit einer Hand über das raue, noch warme Holz des ersten Wagens.

Im äußersten Süden des Ork Nuado, wo das Land eine große Meeresbucht wie einen missgestalteten Stiefel fast zur Gänze umschloss, rüstete sich eine kleine Schar von Meeresbewohnern zum Aufbruch. Aus der Ferne betrachtet, hätte man sie für riesige Fische halten können, doch wenn man näher hinsah, stellte man fest, dass dies ein Irrtum sein musste. Das Licht des abnehmenden Mondes genügte, um ihre Haut in allen Farben des Regenbogens schillern zu lassen. Bei jeder Bewegung, mit der sie das ruhige Wasser der Bucht teilten, veränderte sich das Spiel der Farben auf ihrer Haut. Und immer bildete das Kleid des Einzelnen eine perfekte Harmonie mit dem Gewand seiner Gefährten, die neben ihm schwammen. Wenn eines dieser schönen, seltsamen Geschöpfe sich in Blautöne kleidete, liefen warme Wellen von Grün oder Türkis über die Körper seiner Gefährten. Waren es Rottöne, antworteten die Kameraden ihm mit sanftem Rosa oder zartem Orange. Nicht ein einziges Mal ließ sich ein Misston im Wechselspiel der Farben beobachten. Es war, als kommunizierten die fremdartigen Wesen, die trotz ihrer gewaltigen Größe solche Anmut besaßen, auf diesem Wege miteinander.

Auch sie blickten nicht zurück auf das, was sie hinter sich ließen. Und auch auf sie wartete eine schwierige Reise, denn das Wasser, ihr angestammtes Element, würde sie nur ein kleines Stück des Weges führen. Danach stand ihnen eine beschwerliche Wanderung durch unbekanntes Land bevor, in einer Gestalt, die sie seit Jahrtausenden nur noch so selten benutzten, dass sie ihnen fremd geworden war.

Aber auch sie folgten dem Ruf, der an sie ergangen war, ohne zu zögern.

Eirion spricht:

Das Fest der Regenbogengöttin ist vorbei, die neue Tempelstadt für die Göttin eingeweiht. Es war ein langer Tag für uns alle, und meine Gefährtinnen haben sich bereits zur Ruhe begeben. Im Haus der Priesterinnen herrscht vollkommene Stille. Ich jedoch kann und will noch nicht an Schlaf denken, denn meine eigentliche Arbeit hat in den vergangenen Stunden geruht. Immer mächtiger wird der Drang, diese Chronik zu vollenden. Eine neue Zeitenwende steht bevor; ich fühle es. Was wird danach sein? Eine Frage, auf die ich keine Antwort habe. Der dumpfe Puls, der aus den Tiefen der Erde kommt, schlägt von Tag zu Tag kräftiger.

Ich habe diesen Puls schon einmal in meinem Blut gespürt, vor unvorstellbar langer Zeit. Sanor und seine Armee der Schatten waren damals nur noch zwei Tagesreisen von Fiann entfernt. Das Leben in Neu-Léth ging seinen gewohnten Gang. Rituale wurden vollzogen, Unterrichtsstunden erteilt, Gebete gesprochen.

Es hätte keinen Sinn gehabt, die Frauen auf den bevorstehenden Kampf mit Sanor vorzubereiten, denn sie hätten nichts tun können, und mit einer Panik wäre niemandem gedient gewesen.

In den letzten Tagen vor Sanors Erscheinen nahm ich kaum Anteil an dem Leben um mich herum, und nicht einmal Dinge, die mich selbst sehr direkt betrafen, berührten mich. Olfros und Nuria waren mit Radscha in die Oase Bulâll gereist, um den Stein der Gnade an dem einzigen Ort auf dem Ork Nuado zu prüfen, an dem sich dessen Echtheit mit Gewißheit feststellen ließ. Sie kehrten mit schlechten Neuigkeiten zurück; das, was sich in meinem Besitz befand, musste eine Fälschung sein, denn das Heiligtum der Göttin hatte geschwiegen, als sie ihm den Stein darboten, wie schon zuvor die Heilige Quelle von Anguli.

Ich konnte nicht einmal ihre Bestürzung über diese Entdeckung teilen. Tork hatte mich also einmal mehr verraten, eine andere Erklärung konnte es nicht geben. Doch Verrat, so weiß ich heute – und wußte es wohl schon damals –, ist etwas Absolutes, er kennt keine Steigerung, keine Relativierung.

Und noch etwas erfuhr ich in diesen Tagen. Es war wiederum etwas, das mich bis in meine tiefste Seele erschüttert hätte, wäre ich noch in der Lage gewesen, überhaupt etwas zu fühlen.

Meine Mutter, Nuria, die eine sehr genaue und hellsichtige Beobachterin war, machte mir klar, dass die seltsame Verbundenheit mit Arild, die mich in diesen letzten Wochen immer wieder irritiert hatte, keineswegs Zufall war.

Arild war der Mann, den die Götter mir zum Seelengefährten bestimmt hatten, und wäre mein Leben ein anderes gewesen, so hätten Arild und ich beieinander und miteinander unser Glück finden können. Das jedenfalls war der Wille der alten Götter. Doch Nuria hatte, bevor mein Vater mich als Säugling in die Welt der Dinge schickte, mit ihren Tränen einen Zauber über mich gelegt, der mir meine Unsterblichkeit bewahrte. Was sie nicht wußte, war, dass sie mich damit für immer zu einer Zerrissenen machen würde. Ich behielt mein Geburtsrecht, die Unsterblichkeit, aber durch Olfros' Bann war ich auch Mensch und damit dazu verdammt, wie ein solcher zu fühlen. Der menschliche Teil meiner Seele war es, der wehrlos liebte, einen anderen Mann als den, den die Götter für mich ausgewählt hatten. Den falschen Mann.

Doch all diese Dinge hörte ich mir an, als beträfen sie eine andere. Nichts berührte mich. Oder doch – eines gab es.

Mein Unterricht bei Xeira nahm nur noch einen geringen Teil meiner Zeit in Anspruch, und ich verbrachte in jenen

Tagen viele Stunden in der Stadt der Musik oder im Lager der Zigeuner. Es zog mich mit Macht an Orte, an denen Musik erklang. Die Musik war in dieser Zeit das Einzige, das meine Seele wirklich berühren konnte.

Der Verrat des Mannes, den ich liebte, war so unerträglich, dass ich, wollte ich weiterleben, einfach nicht mehr fühlen durfte. Die Priesterin, die ich einmal sein würde, hatte mit eiserner Hand die Gewalt über mein ganzes Sein ergriffen. Nur einen kleinen Winkel meiner selbst konnte sie nicht unterwerfen, jenen Teil des Seins, der nur der Schönheit gehört.

Und Musik ist hörbar gemachte Schönheit.

Ich denke heute, dass ich nur deshalb die Kraft aufbrachte, mich dem Kampf mit Sanor zu stellen, weil die Upayas von Fiann und die Geigen der Zigeuner nicht zuließen, dass ich in Verzweiflung und Gleichgültigkeit versank.

Die Musik ist eine der größten Heilerinnen der Seele, und ich kenne keinen traurigeren Menschen als den, der von sich selbst sagt, dass die Musik ihm nichts bedeute.

Aber genug davon.

Xeira hatte mich nicht noch einmal in die Kammer des Sehens geführt, wo ich Dinge erkennen konnte, die sich in den entlegensten Gebieten des Ork Nuado ereigneten. Diese Art der Magie kostet viel Kraft, und es lag auf der Hand, dass ich nur allzu bald meine ganze Kraft benötigen würde.

Aber es gibt noch andere Möglichkeiten des Sehens, auch wenn diese weniger klare Bilder zeigen. Eine dieser Möglichkeiten ist die Schale der Nebel. Sie ist sehr viel begrenzter in dem, was sie dem Fragenden offenbart, als die Kammer des Sehens, doch für meine Zwecke war sie damals durchaus geeignet. Wenn ich in jenen Tagen in die Schale der Nebel blickte, die den Verlauf der magischen Strömungen auf dem Ork Nuado zeigt, konnte ich das Näherkommen Sanors durch die Wüste verfolgen.

Aber es war nicht nur diese eine Schneise, die sich durch den weißen Nebel der Schale zog. Wie die Fäden im Netz einer Spinne krochen noch zwei weitere dunkle Flüsse langsam auf das Herz der Schale zu, auf die Oase Bulàll. Kurz nach dem Erscheinen der Schwanenmenschen in Fiann hatte sich von Westen her ein weiterer Zug in Bewegung gesetzt, von dort, wo die Hochebene von Léth lag, und in der nächsten Nacht war ein weiterer Zug gefolgt.

All diese magischen Ströme näherten sich unaufhaltsam der Oase Bulàll – bis auf einen, der sich im östlichen Teil der Wüste Tahor sinnlos im Kreis zu drehen schien.

KAPITEL 31

Ihn interessiert nicht, wie du deine Probleme löst. Ihn interessiert nur, dass du sie löst – und zwar bald. Vor dem nächsten vollen Mond müssen die Kinder ihr Ziel erreicht haben, wie du sehr wohl weißt.«

Selall musterte den Mann, der ihn heute das vierte Mal aufgesucht hatte, seitdem sie die Wüste erreicht hatten, mit kühler Ausdruckslosigkeit. »Ich tue mein Möglichstes, dessen darfst du versichert sein«, erwiderte er.

»Dann ist dein Möglichstes offenkundig nicht genug«, sagte der andere Mann. Er hieß Glannis und war einer der zwölf Faune, die ebenso wie er selbst, Selall, die Voraussicht und die Vernunft besessen hatten, jenen letzten, vernichtenden Kampf auf dem Arrat-al-Fell nur aus der Ferne zu beobachten. Alle anderen Faune waren damals getötet worden. Die Überlebenden der übrigen unsterblichen Brudervölker hatten Sanor in den Za'mar-a gebannt, und er, Selall, und seine Gefährten hatten seither auf den Tag gewartet, da es ihrem Herrn gelingen würde, sich aus seinem steinernen Gefängnis zu befreien. Selall kannte Glannis jetzt seit Jahrtausenden – aber das bedeutete nicht, dass sie einander mochten. Schon vor Sanors Niederlage auf dem Arrat-al-Fell waren sie erbitterte Konkurrenten um die Gunst des Einen und Ersten gewesen.

Jetzt fiel es Selall ungeheuer schwer, Glannis gegenüber nicht die Beherrschung zu verlieren.

»Falls Sanor der Meinung ist«, sagte er mit zusammengebissenen Zähnen, »dass du der Aufgabe besser gewachsen wärest als ich, dann bin ich gern bereit, meinen Platz mit dir zu tauschen.«

Glannis lachte verächtlich. »Wie es aussieht, will Sanor nicht auf meine Dienste verzichten, denn die Idee, dich zurückzurufen, ist ihm nie gekommen.«

Glannis nickte Selall ohne ein weiteres Wort zu, streifte dann seine andere Gestalt über und erhob sich in den Himmel, um zu seinem Herrn zurückzukehren. Selall blickte ihm mit geballten Fäusten nach. Das Panorama der blauen Berggipfel, die sich bis in die Unendlichkeit zu erstrecken schienen, bot einen atemberaubenden Anblick, doch Selall konnte sich schon lange nicht mehr an der Schönheit seiner Umgebung erfreuen. Seit fast drei Wochen irrten sie jetzt durch diese verfluchte Steinwüste, die ihren Namen, wie er inzwischen wusste, wahrhaftig zu Recht trug – das Blaue Labyrinth.

Zwei Tage, nachdem sie die Wüste erreicht hatten, war der stumme Führer, den Sanors Marionette, Marban, ihnen mitgegeben hatte, spurlos verschwunden. Zu Anfang hatte Selall geglaubt, den Rest des Weges mühelos auch ohne den Stummen zurücklegen zu können. Sanor hatte ihm das Ziel ihrer Reise genau beschrieben, und nichts hatte darauf schließen lassen, wie schwierig es sein würde, diesen Ort zu finden, eine weite Schlucht mitten im Herzen des Blauen Labyrinths.

Doch es war zum Verzweifeln. Schon nach wenigen Tagen der Wanderung war Selall im Morgengrauen zum ersten Mal über die Berge geflogen, um den Ort von oben zu suchen – und er hatte ihn ohne weiteres gefunden. Es war ein Kinderspiel, dorthin zu gelangen, hatte er gedacht.

Aber sosehr er sich bemühte – und er besaß wie alle Faune einen ausgezeichneten Orientierungssinn –, es wollte ihm einfach nicht gelingen, die Schlucht mit seinen Schützlingen zu Fuß zu erreichen. Es war, als seien diese elenden Berge ein einziges, sich ständig drehendes Karussell. Jeden Morgen, bevor die anderen erwachten, flog Selall jetzt über die Berge, entdeckte schon bald die Schlucht, nach der er suchte, und prägte sich den Weg genau ein. Und jeden Abend musste er sich erneut seine Niederlage eingestehen.

Und als wäre seine Situation nicht schon verzweifelt genug, zeigte sich Diann von Tag zu Tag schwieriger.

Diann!

Selalls Augen wurden hart und schmal. Diann war der Grund, warum Sanor gerade ihn mit dieser Aufgabe betraut hatte. Sie *musste* der Grund sein. Als Sanor nach seiner Rückkehr in die Welt der Dinge erfahren hatte, dass er, Selall, ein Kind mit einer menschlichen Frau gezeugt hatte, war er alles andere als zufrieden mit ihm gewesen.

Sie ist eine Gefahr für uns, hatte Sanor mit kaum verhohlenem Ärger erklärt. *Sie verfügt durch ihre Geburt über Kräfte, die den unseren gleich sind – aber wir können uns nicht auf ihre Loyalität verlassen, denn sie* ist *keine von uns.*

Gleich darauf hatte Sanor ihm dann den Auftrag – oder wohl eher den Befehl – gegeben, seine Tochter in die Magie der Faune einzuführen, sie aber in jedem Fall genau im Auge zu behalten.

Wenn sie sich als eine Gefahr für unsere Pläne erweisen sollte, weißt du, was du zu tun hast, waren Sanors letzte Worte zu diesem Thema gewesen. Anschließend hatte er Selall erklärt, welche Rolle er ihm in seinen Plänen zugedacht hatte.

Und jetzt stand Selall auf diesem Felsplateau und sah Glannis nach, dessen Silhouette in diesem Augenblick hinter einem der hohen Gipfel im Norden verschwand.

Diann, dachte Selall. Wäre sie nicht gewesen, stünde jetzt Glannis oder ein anderer an seiner Stelle, und er selbst wäre bei Sanor, um morgen an seinem großen und endgültigen Triumph teilzuhaben.

Sanor erwartete voller Ungeduld die Rückkehr seines Boten.

»Warum bist du geflogen, statt dich der Magie des Herzschlags zu bedienen?«, fragte er an Stelle eines Grußes, als Glannis elegant vor ihm auf dem sandigen Wüstenboden landete.

Glannis zog die Augenbrauen in die Höhe. »Ich hätte hier nicht viel ausrichten können, und der Flug hat mir gut getan.« Er reckte die Glieder. »Dieser langsame Marsch durch die Wüste ist zermürbend; ich brauchte dringend etwas Bewegung«, fügte er hinzu.

Sanor bezähmte seinen Ärger. Zu viele Dinge waren schon anders verlaufen, als er es beabsichtigt hatte, Kleinigkeiten zwar nur, wie er sich einzureden versuchte, aber er konnte es sich zu diesem Zeitpunkt nicht leisten, einen seiner Gefolgsmänner zu verlieren. Nach seinem Sieg jedoch ... Nun, man würde sehen. Selall hatte sich als unzuverlässig erwiesen, und Glannis legte einen Mangel an Respekt ihm gegenüber an den Tag, den er sich auf Dauer nicht bieten lassen konnte.

Doch das waren Probleme, mit denen er sich später beschäftigen würde, wenn die Herrschaft über den gesamten Ork Nuado in seinen Händen lag. Einen Augenblick lang spielte ein Lächeln über seine Züge, dann wurde er wieder ernst.

»Also, was hat Selall zu deinem Angebot gesagt, mit ihm den Platz zu tauschen?«, fragte er.

Glannis machte eine wegwerfende Handbewegung. »Du kennst ja Selall«, antwortete er lässig. »Er kann es nicht ertragen, eine Niederlage einzugestehen. Er wollte schon immer in allen Dingen der Beste, der Erste und der Klügste sein. Außerdem«, sprach Glannis hastig weiter, als Sanor Anstalten machte, ihn zu unterbrechen, »ist die Schlucht von dem Ort, an dem sie sich zur Zeit aufhalten, tatsächlich nur noch höchstens einen halben Tagesmarsch entfernt. Ich bin die Strecke, um sicherzugehen, selbst abgeflogen, und ich versichere dir, nicht einmal ein Blinder könnte die Schlucht aus dieser Nähe verfehlen.«

Glannis' Beteuerungen hatten Sanors Sorgen keineswegs ganz beschwichtigt. »Und du hast Selall ohne jeden Zweifel klar gemacht«, fragte er eindringlich, »dass die Kinder die Schlucht bis zum nächsten Vollmond erreicht haben müssen? Und dass ich ihn zur Rechenschaft ziehen werde, falls er versagt?«

»Ich habe ihm deine Botschaft wörtlich übermittelt«, erwiderte Glannis mit einer leichten Neigung seines Kopfes. »Er ist sich vollauf über die Wichtigkeit seines Auftrags im Klaren – so sehr«, ergänzte er, »dass er auf keinen Fall einen anderen an seinem Erfolg, an dem er nicht zweifelt, teilhaben lassen will. Ich habe ihm mehrfach angeboten, ihn abzulösen oder ihn wenigstens bei der Suche nach der Schlucht zu unterstützen, aber er hat meinen Vorschlag abgelehnt – sehr schroff, wenn ich das noch bemerken darf.«

Ein gekränkter Ausdruck war in Glannis' Augen getreten, und Sanor bedeutete ihm mit einer kurzen Handbewegung, dass das Gespräch beendet sei. Er hatte kein Interesse daran, sich mit den kleinen Eifersüchteleien unter seinen Anhängern zu beschäftigen.

Langsam ging er zu dem Lager der Soldaten zurück, die sich für den letzten Marsch durch die Wüste ausruhten. Es waren mehr Männer, als er im Grunde noch benötigte ...

Sanor runzelte die Stirn. Das war eines der Dinge, die nicht nach Plan verlaufen waren. In der zweiten Nacht, die sie in der Wüste verbracht hatten, war einer der großen Wasserschläuche ausgelaufen. Er hatte damals geglaubt, dass der Schlauchmacher in Tarlin nicht gründlich genug gearbeitet hatte oder dass auf dem langen Weg bis in die Wüste die Haut des Schlauches an irgendeiner Stelle gerissen war; aber dann war es wieder passiert – und in der nächsten Nacht waren gleich drei Schläuche ausgelaufen. Seither ließ er die Wasserwagen nachts aufs Schärfste von seinen Gefolgsleuten überwachen, denn das Auslaufen dreier Schläuche konnte kein Zufall mehr sein. Es war ihm nicht gelungen, den Schuldigen ausfindig zu machen, obwohl er zu Anfang Rikka in Verdacht gehabt hatte. Sie war die Einzige hier, die, abgesehen von seinen getreuen Faunen, um die Bedeutung des Wassers für seine Pläne wusste. Aber welches Interesse hätte sie daran haben können, sein Vorhaben zu diesem Zeitpunkt zu untergraben? Hinzu kam, dass er die ganze Nacht, in der der erste Wasserschlauch gerissen war, in ihrem Zelt verbracht hatte.

Plötzlich erklang Rikkas Stimme so dicht neben ihm, dass er leicht zusammenzuckte.

»Probleme?«, fragte sie.

»Nichts, was dich etwas anginge«, erwiderte er brüsk.

Rikka hob beschwichtigend die Hände. »Ich bitte um Verzeihung«, sagte sie spöttisch. »Ich dachte nur, ich könnte dir bei diesem speziellen Problem vielleicht von Nutzen sein.«

Und ohne ihm Gelegenheit zu einer Antwort zu geben, wandte sie sich ab und ging mit schnellem Schritt auf ihr Zelt zu.

Das Ärgerliche an der ganzen Angelegenheit war, dass sie ihm in diesem Fall tatsächlich hätte von Nutzen sein können. Jetzt fragte er sich, ob es vielleicht ein Fehler gewesen war, Rikka nicht ins Blaue Labyrinth zu schicken, dann aber schob er den Gedanken hastig beiseite. Er hasste Fehler, wenn andere sie machten; eigene Fehler waren ihm unerträglich.

Wenn die Kinder die Schlucht nicht bis zum nächsten vollen Mond erreichten, dem Hochmond des Sommers, war all die Zeit und Mühe umsonst gewesen, die er darauf verwandt hatte, sie zu finden. Im nächsten Jahr würden sie für das Ritual der

Erwählung zu alt sein, und ihm lag viel daran, gerade aus dieser Gruppe eine reiche Ernte zu ziehen, denn das Volk der Luba war fast zur Gänze ausgelöscht. Diese Menschen mit ihren langen, schlanken Gliedern und ihrer angeborenen Anmut hatten ihn in Luba von Anfang an fasziniert, und nun stand es auf Messers Schneide, dass er die Kinder verlieren würde.

Wütend ging er weiter. Das Zelt, dass er sich mit Tork teilte, war nur noch wenige Schritte entfernt, und Sanors Miene hellte sich auf. Zumindest für die nächsten Jahre hatte er einen Gefährten, der seiner würdig war.

Rikka überwachte die Arbeit der Soldaten, die ihr Zelt zusammenrollten, mit geringerer Aufmerksamkeit, als es sonst ihre Gewohnheit war. In ihren Augen lag ein zufriedenes Lächeln. Auch wenn Sanor dafür sorgte, dass sie bei seinen Gesprächen mit Glannis außer Hörweite war, wenn dieser von seinen kurzen Flügen zurückkehrte, wusste sie inzwischen sehr genau, was es mit diesen Kindern für eine Bewandtnis hatte.

Als Diann ihr geschrieben hatte, wie alt die Kinder waren, hatte erstmals ein Verdacht in ihr Gestalt angenommen, und als sie dann durch geschickt formulierte, scheinbar absichtslose Fragen an Glannis herausgefunden hatte, dass seine Ausflüge ihn ins Blaue Labyrinth führten, war aus dem Verdacht Gewissheit geworden.

Rikka lachte leise in sich hinein. Was sie betraf, entwickelte sich das ganze Unternehmen weitaus besser, als sie gehofft hatte.

Aischa hatte plötzlich Angst. Die Füße taten ihr weh, und ihre Beine flatterten ganz komisch von dem letzten steilen Pfad, den sie hinaufgeklettert waren. Mit einem Mal fand sie es gar nicht mehr lustig, dass sie es wiederum geschafft hatte, ihrer Mutter zu entwischen. Diese blauen Berge, die alle gleich aussahen, waren schon unheimlich genug, wenn sie alle zusammen waren, die anderen Kinder, die Männer, die sie auf den Schultern trugen, ihre Mutter, Marte, Goda ... und Diann, die sonst immer so unfreundlich zu ihr war und die ihr am Morgen von einer Höhle erzählt hatte, die ganz aus Glas war.

»Es ist, als stünde man in einem Zimmer mit tausend Spiegeln«, hatte Diann gesagt. »Ich bringe dich hin, wenn du sie sehen willst - aber nur dich allein, denn die Höhle ist ein Geheimnis. Und wozu ist ein Geheimnis gut, wenn alle es kennen?«

Aischa liebte Geheimnisse, und als sie zum Mittagessen Rast gemacht hatten und die Kinder eins nach dem anderen hinter einem hohen Felsen verschwunden waren, um sich zu erleichtern, hatten sie und Diann sich heimlich fortgeschlichen.

Anfangs war es ihr wie ein wunderbarer Spaß erschienen, mit dem Mädchen, das so seltsame Dinge tun konnte, den Berg hinaufzuklettern, aber dann war Diann immer komischer geworden, je weiter sie sich von den anderen entfernten, und jetzt wollte Aischa die gläserne Höhle eigentlich gar nicht mehr sehen.

»Ist es noch weit?«, fragte sie atemlos.

Diann blieb nicht einmal stehen. »Das hast du jetzt mindestens ein Dutzend Mal gefragt«, erwiderte sie barsch. »Hör auf zu jammern wie ein Baby und komm endlich weiter.«

Aischa hatte genug. »Ich gehe zurück«, erklärte sie fest und drehte sich um. Sie hatte genau aufgepasst, woher sie gekommen waren, und sie glaubte, dass sie den Weg auch allein finden konnte. Vor allem aber wollte sie erst einmal nur weg von Diann, die wieder genauso unfreundlich war wie immer.

Sie war jedoch noch keine drei Schritte weit gekommen, als sie grob an den Schultern gepackt wurde.

»O nein, das wirst du nicht tun«, zischte Diann ihr ins Ohr. »Es sind jetzt nur noch ein paar Schritte, und ...«

»Ich will aber gar nicht mehr in die Höhle«, sagte Aischa und machte ihren ganzen Körper so steif wie ein Brett, wie sie es manchmal tat, wenn ihre Mutter mit ihr schimpfte.

Im nächsten Moment wünschte sie sich sehnlichst, es wäre Elija gewesen, die vor ihr stand. Es wäre ihr sogar egal gewesen, wenn sie sie einen ganzen Nachmittag lang ausgeschimpft hätte, wie es in Luba einmal geschehen war, als den Kostümstoff ihrer Tante zerschnitten hatte, um ein Kleid für ihre alte Puppe daraus zu machen. Alles wäre besser gewesen als diese Frau, die ihr jetzt viel größer vorkam als sonst.

Plötzlich fielen ihr Tia und Culann wieder ein, die geschmolzen waren wie Schneeleute, nachdem dieser fremde Mann sie, Aischa und Danu mit einem Stein berührt hatte.

Der Mann konnte auch fliegen, genau wie Diann, dachte sie und begann, aus Leibeskräften zu schreien.

Aber ihr Schrei klang nur einen winzigen Augenblick lang durch die Berge, dann presste Diann ihr eine Hand auf den Mund und riss sie grob von den Füßen. Aischa wollte weiterschreien, doch nur ein hohes Quieken wie von einem der kleinen Schweine, die Danus Vater gehalten hatte, kam aus ihrem Bauch. In blinder Verzweiflung strampelte sie so fest sie konnte mit den Beinen.

Diann keuchte auf, als Aischas linker Fuß sie in der Kniekehle traf, und Aischa schöpfte neue Hoffnung.

Aber Diann war so viel größer und stärker als sie, dass es ihr schnell gelang, auch ihre Beine festzuhalten.

»Bitte, liebe Göttin«, flehte sie stumm, während ihre Tränen aus ihren fest zusammengekniffenen Augen heiß über Dianns Finger liefen. »Mach, dass meine Mama kommt. Oder Marte. Oder Goda. Ich verspreche dir auch, nie mehr wegzulaufen, wenn du mir jetzt hilfst.« Das Opfer schien der Göttin jedoch nicht groß genug zu sein, denn nichts geschah. Also setzte Aischa in Gedanken das Schwierigste hinzu, was sie jemals versprochen hatte: »Und ich will auch sonst nie wieder Unfug machen. Ich will keinen guten Stoff zerschneiden, ich will keine Manjolischale vom Tisch stoßen, wenn ich keinen Hunger habe, ich will ...«

Dann brachen ihre Gedanken ab. Diann hatte sie losgelassen, und zwar so unerwartet, dass sie den Halt verlor und schmerzhaft auf den Rücken fiel. Im gleichen Moment riss sie die Augen auf.

Sie waren tatsächlich in eine Höhle gegangen – auch wenn Aischa keinen einzigen Spiegel entdecken konnte und auch sonst nichts, das an Glas erinnerte.

»So«, erklang plötzlich eine seltsam fremde, kalte Stimme über ihr.

Aischa blickte auf. Ein geflügeltes Ungeheuer stand vor ihr, wie sie es bisher nur aus sicherer Entfernung gesehen hatte.

»Jetzt«, sprach Diann weiter, »jetzt kannst du schreien. Hier wird dich niemand hören.«

Aischa schaute an Diann vorbei zu der schwarz glänzenden Felswand der Höhle. Und sie wusste, dass Diann die Wahrheit gesagt hatte.

KAPITEL 32

Den Kindern wird kein Leid geschehen. Der Geflügelte hat keine Chance gegen die Magie deiner Leute.«

Efnesien, den Marban noch immer, weil er es nicht besser wusste, den Stummen nannte, lachte leise, und Ila staunte einmal mehr über die leichten, perlenden Laute, die aus dem Mund dieses unscheinbaren kleinen Mannes kamen.

»Aber was mich am meisten erheitert«, fuhr Efnesien fort, »ist die Tatsache, dass er bisher nicht einmal auf die Idee gekommen ist, er könne es mit Magie zu tun haben. Er läuft wie ein blinder Wolf im Kreis, fliegt bei jedem Sonnenaufgang über die Schlucht und beginnt seine nutzlose Hetze von neuem.«

Ila sah Efnesien mit gerunzelter Stirn an. »Die Kinder werden die Schlucht also ganz sicher nicht vor dem Hochmond erreichen?«, fragte sie mit einem Rest von Zweifel, und Efnesien schüttelte beruhigend den Kopf.

»Selbst wenn Selall im letzten Augenblick begreifen sollte, womit er es zu tun hat – und zur Zeit sieht es nicht danach aus –, wären deine Leute ihm immer noch überlegen. Sie werden nicht zulassen, dass er die Kinder zur Gwal Loeghaire bringt. Sei unbesorgt.«

»Und was hast du Marban gesagt?«, fragte Ila und hob dann mit einer komischen Gebärde die Hände.

Efnesien verstand. Ein Lächeln breitete sich von den Augen bis zu den Lippen aus, das sein grobflächiges Gesicht auf seltsame Weise schön erscheinen ließ. »Marban hat – wie immer – seine eigenen Schlüsse gezogen«, erwiderte er. »Er geht davon aus, dass mein Auftrag erfüllt und Sanor zufrieden gestellt ist.«

»Gut.« Ila nickte. »Wirst du uns nach Neu-Léth begleiten?«

Plötzlich veränderte sich Efnesiens Gesichtsausdruck, und seine Züge, die noch kurz zuvor so beweglich gewirkt hatten, wurden vollkommen leblos. Mit einer kurzen Neigung seines Kopfes, die Ila als ein Ja auf ihre Frage deutete, entfernte er sich eilig aus der Senke zwischen den beiden Sanddünen, wo ihr Treffen stattgefunden hatte. Ila blickte dem dunkelhäutigen Mann, der trotz seiner geringen Größe und seines untersetzten Körperbaus so behände war, verwundert nach. Efnesien war bereits nach Osten hin aus ihrem Blickfeld entschwunden, als auf der Kuppel der westlichen Düne eine Ila inzwischen sehr vertraute Gestalt sichtbar wurde.

Kurz darauf stand Marban vor ihr.

»Warum bist du nicht im Lager?«, fragte er ungehalten. »Wir wollen in wenigen Minuten aufbrechen.«

Ila schenkte ihm ein strahlendes Lächeln, und Marbans Ärger verebbte sofort, wie sie es erwartet hatte. »Es ist unser letzter Tag in der Wüste«, sagte sie, während sie ihm die Hände um den Hals legte und seinen Kopf langsam zu sich herunterzog. »Ich wollte wenigstens noch eine kurze Zeit für mich allein haben.« Sie ließ die Lippen sachte über Marbans glatt rasierte Wangen streifen.

»Du weißt, dass ich mir Sorgen mache, wenn ich dich aus den Augen verliere«, erwiderte er, während er mit halb geschlossenen Lidern ihre Berührung auskostete. »Die Tiger ...«

»Die Tiger«, beendete Ila seinen Satz, »sind intelligente Geschöpfe. Sie wissen, dass ich unter deinem Schutz stehe, auch wenn du nicht in der Nähe bist.«

Marban nickte zögernd. »Das mag sein«, sagte er und griff dann nach Ilas Hand, um sie mit sanfter Gewalt die Düne hinaufzuführen. »Aber mir ist trotzdem wohler, wenn ich dich bei mir habe.«

Ila ging leichfüßig neben Marban her; obwohl sie nun schon

seit Wochen Männerkleidung trug, genoss sie noch immer die Freiheit, die sie ihr schenkten – und vor allem das Gefühl, zu ihrem wahren Ich gefunden zu haben.

Plötzlich beschleunigte sie ihren Schritt. Morgen würden sie in Fiann sein, dachte sie glücklich. Mit einem Mal konnte ihr der Abbruch des Lagers gar nicht schnell genug gehen. In Fiann würde sie die Frau finden, die sie, seit sie denken konnte, Mutter genannt hatte. Die Frau, die sie großgezogen und ihr geholfen hatte, ihre Geheimnisse zu wahren. Die Tatsache, dass sie nicht wirklich ihre Mutter war, wie sie jetzt wusste, tat Ilas Gefühlen für sie keinen Abbruch.

Als sie das Lager erreichten, eilte Ila auf die kleine Gruppe von Sklaven zu, die soeben das Schlafzelt abbauten, das sie sich mit Marban teilte. Tatkräftig half sie den Männern bei ihrer Arbeit. Die Sonnianer taten ihr Bestes, doch die Furcht vor den seltsamen, bedrohlichen Tieren, die in den letzten Tagen stets in der Nähe des Lagers gewesen waren, lähmte sie.

Während Ila geschickt die große Plane an der einen Seite aufzurollen begann, warf sie einen schnellen Blick über die Schulter.

Die Wüstensonne ließ das bronzefarbene Fell der Suscha-Tiger, die schweigend am nördlichen Rand des kleinen Lagers auf den Aufbruch warteten, leuchten wie lebendiges Feuer, und die Hörner, die ihnen aus der Mitte der Stirn wuchsen, glitzerten, als seien sie mit Edelsteinen besetzt.

Morgen, dachte Ila.

Selall eilte mit immer längeren Schritten den steilen Pfad hinauf, der zum Gipfel des Berges führte. Der hohe Angstschrei, den er kurz zuvor gehört hatte, hatte seine bösesten Ahnungen bestätigt.

Diann war während der Mittagsrast plötzlich verschwunden, was allein kein Grund zur Beunruhigung gewesen wäre. Seine Tochter hielt sich von den übrigen Mitgliedern ihrer Reisegruppe stets fern und unternahm gern einsame Streifzüge durch die Berge, wann immer sich die Gelegenheit bot.

Doch wenige Minuten, nachdem sie sich zur Rast niedergelassen hatten, hatte Selall bemerkt, dass die Frauen, die die Kinder versorgten, unruhig wurden. Statt die Zeit zu nutzen, frische Kräfte für ihre anstrengende Wanderung zu sammeln, waren sie immer aufgeregter hin und her gelaufen. Schließlich hatte Selall sich nach dem Grund des Aufruhrs erkundigt und erfahren, dass eins der Kinder spurlos verschwunden war. Auch da hatte er zuerst keinen Verdacht geschöpft, bis er die Verzweiflung in Elijas Augen gesehen hatte.

Das Kind, das sie suchten, war Aischa – das kleine Mädchen, das ihm und Diann schon auf der *Windsbraut* nachspioniert hatte.

Ohne ein weiteres Wort zu verlieren, hatte Selall sich daraufhin abgewandt und sich seinerseits auf die Suche nach Aischa gemacht – und nach Diann. Er wusste, dass Diann gerade dieses Kind besonders verabscheute.

Und dann hatte er Aischas Schrei gehört, einen Schrei, der erstickt worden war, kaum dass sie ihn ausgestoßen hatte.

Er war kein Fährtenleser, doch er besaß wie alle Faune ein feines Gehör, und Aischas Schrei hatte ihm eine klare Vorstellung vermittelt, wohin er sich wenden musste. Mit fliegendem Atem legte er die letzten Meter bis zum Gipfel des Berges zurück, wo er auf die Öffnung einer Höhle stieß. Flüchtig schoss ihm der Gedanke durch den Kopf, dass die Höhlenlabyrinthe, die diese Berge durchzogen, ihn vielleicht eher zu der Schlucht führen würden, zu der er die Kinder bringen sollte, als der Weg über die Berge. Aber er hatte keine Zeit, dieser Überlegung nachzugehen.

Nachdem er wenige Schritte in die Höhle hineingegangen war, gabelte sich der unterirdische Gang, und Selall blieb stehen, um zu lauschen.

Er brauchte nicht lange zu warten. Aischa schrie abermals, und diesmal lag echte Todesangst in der Stimme des Kindes.

In rasendem Zorn stürmte Selall durch den linken Korridor der Höhle. Die dunklen, feucht glänzenden Felswände flogen an ihm vorbei. Er durfte nicht zu spät kommen; das Kind selbst war ihm vollkommen gleichgültig, aber ...

Endlich hatte er das Ende des Korridors erreicht, wo der schmale Tunnel in ein hohes Gewölbe mündete.

Selall registrierte kaum, dass es in diesem Teil der Höhle keineswegs dunkel war, obwohl er nirgendwo eine Fackel entdecken konnte. Er sah nur Diann – seine Tochter, die jetzt ihre Faunsgestalt trug. Und so reizlos und blass sie als menschliche Frau war, so prachtvoll war sie in ihrer anderen, in ihrer wahren Gestalt. Doch Selall empfand nicht einmal Bedauern, als er sich jetzt, noch im Laufen, ebenfalls verwandelte. Die einzige Regung, die ihn beherrschte, war Zorn, maßloser, tödlicher Zorn.

»Wie kannst du es wagen«, zischte er, als er Diann und das Kind mit drei langen Schritten erreicht hatte, »dich an ihr zu vergreifen!«

Diann hatte die Krallen, zu denen ihre Finger geworden waren, um den zarten Kinderhals gelegt, um langsam das Leben aus dem Körper des kleinen Mädchens zu pressen.

»Sie gehört Sanor«, stieß Selall heiser hervor, »und niemand wird etwas zerstören, das *ihm* gehört. Nicht, solange ich da bin, um es zu verhindern.«

Aischa verfolgte mit vor Entsetzen geweiteten Augen den tödlichen Kampf, der sich vor ihr in der Höhle abspielte. Ihr Hals brannte, und wenn sie versuchte zu schlucken, hatte sie wieder dieses schreckliche Gefühl, ersticken zu müssen. Diann, die plötzlich so groß und schrecklich geworden war, hatte sie gepackt und ihr mit ihren spitzen, harten Krallen die Kehle zugedrückt. Aischa hatte wieder an Tia und Culann denken müssen und gewusst, dass sie nicht einfach schmelzen würde wie ihre Freunde. Doch sie würde sterben, genau wie sie. Die Höhle um sie herum war immer dunkler geworden, und sie hatte plötzlich ein ganz komisches Gefühl im Bauch gehabt. Sie kannte dieses Gefühl, man bekam es, wenn man sich zu lange und zu schnell um sich selbst drehte. In Luba hatte sie mit Danu manchmal ein Spiel daraus gemacht. Wer sich am längsten drehte, hatte gewonnen. Sie, Aischa, hatte immer gewonnen. Und dann hatte es nur ein paar Minuten gedauert, bis das komische Gefühl wieder wegging. Danach war alles wieder gut. *Nur dass es diesmal nicht wieder gut wird,* hatte sie gedacht, als die Höhle immer schwärzer wurde, so schwarz wie die Augen des bösen Ungeheuers, das ihr das antat. *Es wird nie wieder gut,* hatte es sie durchzuckt.

Und dann hatte es plötzlich einfach aufgehört. Sie war hingefallen – ganz langsam, so war es ihr vorgekommen. Sie war einfach gefallen und gefallen und hatte gedacht, dass Sterben wohl wie Fallen sein müsse.

Aber sie war nicht gestorben. Nach und nach war die Welt zu ihr zurückgekommen. Die Welt – das war die halb dunkle, schreckliche Höhle, in der sie sich befand. Außerhalb dieser Höhle gab es überhaupt nichts. Sie wusste es einfach. Von jetzt an würde die Welt für sie eine Höhle mit feuchten, glänzenden Steinwänden sein, in der böse Ungeheuer miteinander kämpften.

Das eine Ungeheuer war größer und stärker als das andere, aber das andere gab deswegen nicht einfach nach. Es hatte genauso spitze, scharfe Krallen wie sein Gegner, und jetzt riss es dem größeren Ungeheuer mit diesen Krallen drei tiefe Kratzer ins Gesicht. Beide Ungeheuer bluteten, und das Blut sah schwarz aus.

Aischa kroch auf allen vieren in die hinterste Ecke der Höhle, bis der Felsen in ihrem Rücken ihrer Flucht ein Ende machte. Sie hielt sich die Ohren zu. Die Ungeheuer machten so schreckliche Geräusche, während sie miteinander kämpften. Sie hätte auch die Augen zukneifen können, aber was hätte das genutzt?

Die Welt war eine schwarze Höhle. Eine Höhle, in der Menschen einfach schmolzen und böse Ungeheuer sie töten wollten.

Marte rannte den Berg hinauf und verfluchte den weiten Reitrock, der sie beim Laufen behinderte. Sie hörte Elijas fliegenden Atem hinter sich. Goda hatte mit ihrem Tempo nicht mithalten können und war schon vor Minuten weit zurückgefallen.

Etwas Furchtbares würde passieren, davon war Marte überzeugt. Auch sie hatten Aischas Schrei gehört, aber sie hatten, nachdem Selall sich ihre Erklärung angehört hatte und fortgegangen war, noch kostbare Zeit auf die Suche in der Nähe des Lagers verschwendet. Jetzt war Marte klar, dass Selall Diann und Aischa vor ihnen erreichen würde.

Obwohl ihr Körper ihr kaum noch gehorchte, beschleunigte sie ihr Tempo. Sie waren jetzt fast auf dem Gipfel, es konnte nicht mehr weit sein ...

Ein loser Stein gab unter Martes Schritt nach, und sie stürzte. Sie spürte einen scharfen Schmerz im rechten Knie, dann warmes Blut, das an ihrer Wade herunterlief. Unwichtig. Nur weiter. Ruckartig zog sie ihre Röcke hoch, um sich mehr Bewegungsfreiheit zu verschaffen. Eine Naht riss. Egal. Elija hatte durch ihren Sturz aufgeholt, und sie legten die letzten Meter bis zu einer Öffnung im Felsen, hinter der sich eine Höhle verbergen musste, Seite an Seite zurück.

Es war vollkommen dunkel in der Höhle, und nach dem grellen Sonnenlicht draußen konnten sie Augenblicke lang nichts sehen. Sie liefen weiter, Hand in Hand. Marte prallte mit der rechten Schulter gegen die Felswand und schürfte sich den Ellbogen auf.

Sie liefen weiter.

Plötzlich gabelte sich der Weg.

»Wohin jetzt?«, flüsterte Elija gehetzt. Ihre Stimme war so rau, dass Marte die Worte nicht verstand. Sie brauchte sie auch nicht zu verstehen.

»Still«, stieß sie hervor, nur die eine Silbe, zu mehr hatte sie keine Kraft. Sie versuchte zu lauschen, doch das Einzige, was sie hörte, war das Keuchen ihres eigenen Atems.

»Wir müssen uns trennen«, sagte sie, als sie schon glaubte, es sei sinnlos, noch länger zu horchen. Sie spürte Elijas Furcht bei dem Gedanken, allein dem gegenüberzutreten, was sie hinter der nächsten Biegung vielleicht erwartete. Doch die junge Frau zögerte nicht.

Elija hatte bereits die ersten Schritte in Richtung des rechten Abzweigs der Höhle getan, als plötzlich leise Kampfgeräusche zu hören waren. Sie kamen aus dem rechten Gang.

Marte machte kehrt und rannte Elija nach. Die jüngere Frau stolperte in dem dunklen Korridor; Marte fing sie auf, ohne selbst stehen zu bleiben.

Der Weg machte eine Biegung, die Kampfgeräusche wurden lauter. Noch immer konnten sie kaum die Hand vor Augen sehen. Eine Ewigkeit schien zu verstreichen, während sie immer weiter durch die Finsternis rannten.

Plötzlich jedoch wich die Finsternis einem fahlen, trüben Licht, das von überall und nirgendwo zu kommen schien.

Und dann glaubte Marte, in einen Albtraum geraten zu sein. Aischa hatte ihnen das Ungeheuer beschrieben, in das Diann sich verwandeln konnte, und sie selbst hatte die Anfänge jener Verwandlung zweimal miterlebt. Aber nichts hätte sie auf das vorbereiten können, was sie jetzt vor sich sah.

Zwei groteske, geflügelte Kreaturen, deren Haut im Halblicht wie gegerbtes Leder glänzte, rangen miteinander, und es war ein Kampf auf Leben und Tod, daran konnte kein Zweifel bestehen.

Aus den Augenwinkeln sah Marte, dass Elija an den beiden Ungeheuern vorbeilief, quer durch das Gewölbe, das sie soeben betreten hatten. Doch Marte achtete kaum auf die andere Frau.

Obwohl beide Faune aus mehreren tiefen Wunden bluteten, war der kleinere von ihnen seinem Gegner deutlich unterlegen. Marte konnte nur vermuten, dass es sich um ihre Tochter handelte, denn das Geschöpf hatte keinerlei Ähnlichkeit mit der Diann, die sie kannte.

Ohne sich die Zeit zu nehmen, auch nur Atem zu holen, stürzte Marte auf die kämpfenden Faune zu und warf sich zwischen sie. Eine scharfe Kralle riss ihr die Wange auf und bohrte sich durch das Gewebe ihres Kleides in ihre Schulter. Dann hörte sie ein dumpfes Stöhnen; sie wusste nicht, ob der Laut aus ihrer eigenen Kehle gekommen war oder von einem der Faune.

Doch der Kampf war vorüber. Der größere Faun trat einen Schritt zurück, und Marte fing den kleineren in ihren Armen auf. Sie zweifelte nicht mehr daran, dass es Diann war. Und es kostete sie auch keine Überwindung, das behaarte, blutverschmierte Gesicht der Kreatur zu berühren.

»Diann«, flüsterte sie, »mein Kind ...«

Die Kreatur schlug die Augen auf, und ein Lächeln ging über ihr Gesicht.

Dann wurde das Gewicht in Martes Armen plötzlich leichter. Die Haare, die die lederartige Haut ihrer Tochter bedeckten, schienen sich zusammenzuziehen, die Krallen entwickelten sich zu Fingern zurück, und Arme und Beine gewannen wieder ihre menschliche Form.

»Mutter«, sagte Diann dann, sehr klar, sehr deutlich und beinahe verwundert. Das schreckliche Flackern war aus ihren Augen gewichen, und sie wirkte jung und verletzlich. Marte drückte ihre Tochter fest an sich und küsste sie auf die Stirn, wo aus einer klaffenden Wunde dunkles, klebriges Blut quoll.

»Mama.«

Diann hatte sie nur als ganz kleines Kind so genannt, anders als Tarannis, der diese Koseform bis zu seinem Tod benutzt hatte.

»Mama«, wiederholte Diann noch einmal. Dann glitt ein zärtliches Lächeln über ihr entstelltes Gesicht, das schließlich einem Ausdruck tiefen Friedens wich.

Marte hatte ihre tote Tochter lange Stunden in den Armen gehalten, als es Elija endlich gelang, sie zum Aufstehen zu bewegen.

KAPITEL 33

Sie waren mitten in der Nacht aufgebrochen, um sich auf den Weg in die Wüste zu machen, in die Oase Bulàll, wo der Kampf mit Sanor stattfinden würde. Außer ihr selbst, Radscha und den Schwanenmenschen hatten nur die Zigeuner und Xeira sie begleitet. Jetzt stand die Sonne bereits hoch am Himmel und ließ das Licht über dem goldenen Sand in allen Farben flirren.

Eirion schloss für einen Moment die Augen. Die Macht dieses unendlich alten Heiligtums sang in ihrem Blut – auch wenn die Melodie, die sie durchströmte, eine Trauerklage war.

Radscha stand neben ihr – und im Kreis um sie herum hatten sich die letzten Überlebenden der untergegangenen Reiche der Unschuld versammelt. Alle waren sie dem Ruf der alten Trollfrau gefolgt, die Niav, die in den Gewässern rund um die Vergessenen Inseln im äußersten Süden des Ork Nuado Zuflucht gesucht hatten, die Sumpfleute aus der Hochebene von Léth, die Schattentrolle, die Schwanenmenschen aus Anguli – und die Elfen, die von allen den kürzesten Weg gehabt hatten, da ihre Heimat das Blaue Labyrinth war, das unmittelbar an die Oase Bulàll angrenzte.

»Meine Freunde«, begann Radscha nun zu sprechen, und ihre Stimme wehte wie ein sanfter, trauriger Wind durch die Oase. »Ihr alle wisst, wie gering unsere Chancen sind, diesen Kampf zu gewinnen, zu dem mein Bruder uns heute zwingt.« Sie schwieg kurz, dann fuhr sie fort. »Denn Sanor *ist* mein Bruder. Es bekümmert mich zutiefst, das sagen zu müssen, aber ich bin vom selben Blut wie er, ich hatte dieselbe Mutter, denselben Vater ...«

Ein Raunen ging durch die ernste Versammlung derer, die

sich in den vergangenen Stunden in der Oase eingefunden hatten. Eirion selbst fiel es schwer, sich die Bedeutung von Radschas Worten klar zu machen. Einzig die Schattentrolle, Radschas eigenes Volk, nahmen ihre Erklärung ohne Anzeichen der Ungläubigkeit auf.

Niemand weiß heute mehr zu sagen, was geschah. Vielleicht waren die Zauberwesen des Seins einfach überdrüssig, vielleicht ist allem Lebenden – und sei es auch dem ewigen – doch am Ende nur eine gewisse Spanne zugemessen, jedenfalls gingen die Zauberwesen, deren Natur niemand mehr kennt, in eine andere Welt hinüber.

Eines dieser Zauberwesen, das letzte, so heißt es, das auf dem Ork Nuado lebte, zeugte jedoch mit einer Menschenfrau Nachkommen, die es in der Welt der Dinge zurückließ.

Sieben waren es, sieben, in denen die großen Gaben von Wissen und Weisheit schliefen. Die Sieben wurden die Stammväter der Sieben Reiche der Unschuld ... Eirion kannte die alten Prophezeiungen inzwischen Wort für Wort, Silbe für Silbe. Radscha war eines der sieben Urgeschwister, gezeugt von einem der Götter, die den Ork Nuado in unvordenklichen Zeiten verlassen hatten. Ehrfürchtig sah sie die alte Frau an, die die Tochter eines Gottes war.

Radscha fing ihren Blick auf und schüttelte mit einem traurigen Lächeln den Kopf. »Es ist nichts, worauf ich stolz bin«, sagte sie, so leise, dass nur Eirion sie hören konnte. »Ich bin mir nicht sicher, ob es die Welt nicht besser gehabt hätte ohne uns. Mein Vater glaubte wohl, etwas von sich hinterlassen zu müssen. Aber vielleicht beweist das nur, dass auch Götter irren können.« Lauter fügte sie hinzu: »Ich weiß euren Mut zu schätzen, dass ihr trotz allem hierher gekommen seid, obwohl das bedeuten könnte, dass keiner von euch das Ende dieses Tages dämmern sehen wird.«

Eirion blickte zu den Schwanenmenschen hinüber, wo neben Olfros, Nuria und Arild auch Xeira stand, die einzige Priesterin des Alten Reichs, die sie hierher begleitet hatte. Die einzige Fianna, die wusste, was dieser Tag bringen würde. Eirion hatte nicht einmal Zelda eingeweiht, die ihr so nahe stand. Sie hatte lediglich dafür gesorgt, dass ihre Freundin das Große Innen am Morgen verlassen konnte. Wenn dieser Tag das Ende aller Dinge bringen sollte, die Zelda etwas bedeuteten, vielleicht sogar das Ende ihres eigenen Lebens, dann wünschte Eirion sich für sie, dass sie dann bei dem Mann war, den sie liebte.

»Ich kann euch nicht viel Hoffnung machen«, sprach Radscha nun weiter, »denn auch, wenn wir all unsere Magie zusammenfließen lassen, um sie in der Tochter der drei Welten zu vereinen, so besitzt Sanor doch die mächtigste Waffe in diesem Kampf.«

Einige der Unsterblichen nickten ernst. Radscha hatte ihnen, schon als sie sie gerufen hatte, nicht vorenthalten, dass Sanor den Stein der Gnade in seinem Besitz hatte.

»Noch ist es Zeit für jeden von euch, sich zu besinnen«, fuhr Radscha fort. »Niemand wird euch einen Vorwurf machen, wenn ihr euer Leben und eure Zukunft zu retten versucht. Vielleicht wäre es sogar die weisere Entscheidung.«

Die Gesichter der Unsterblichen verrieten keinerlei Regung, und niemand machte Anstalten, sich zum Gehen zu wenden.

Dann ging eine Bewegung durch die Gruppe der Sumpfleute, und einer von ihnen trat vor; Eirion hatte die stämmigen Geschöpfe sofort als das erkannt, was sie waren. Als sie nun zu ihnen hinübersah, glaubte sie einen Augenblick lang, wieder mit Tork in jener Schäferhütte in den Sümpfen der Verlorenen zu sein, wo er ihr die Sumpfleute so lebendig geschildert hatte, dass sie beinahe glaubte, sie zu kennen.

Die Sumpfleute unterschieden sich sehr von den Elfen, hatte Tork ihr damals erzählt. *Sie waren klein und gedrungen, Geschöpfe mit kurzen Armen und Beinen, geformt und geprägt von der kargen Sumpflandschaft, der sie jedoch so viel buntes, warmes Leben abzuringen wussten, dass sie sich keine andere, keine schönere Heimat hätten wünschen können. Sie liebten ihre niedrigen, strohbedeckten Hütten, in denen sie ihre Kinder gebaren, ihre einfachen Feste feierten und ihren stillen Frieden genossen – oder ihn genossen hatten, bis die ersten Nachrichten vom sinnlosen Sterben der Feen sie erreicht hatten.*

Der Sumpfmann, der sich von seinen Gefährten gelöst hatte, verneigte sich vor Radscha und Eirion, bevor er zu sprechen begann. »Mein Name ist Ngada Ardan, und ich bin der König der Sumpfleute.« Er nickte Eirion lächelnd zu, und ihre Augen weiteten sich ungläubig. Sie *kannte* diesen Mann – sie hatte zweimal seine Seele berührt und Weisheit und Schönheit darin gespürt – aber bei diesen beiden Gelegenheiten hatte er eine andere Gestalt getragen als die, in der er sich ihr heute zeigte. Es konnte jedoch keinen Zweifel geben – auch wenn seine äußere Erscheinung Eirion vollkommen fremd war, seine Seele war ihr vertraut.

Ngada Ardan, der König der Sumpfleute, war in seiner anderen Gestalt der alte Ochse, der Tschaleks Stamm als Anführer der Zugtiere gedient hatte. Eirion suchte den Blick des alten Zigeuners, der mit seinen Leuten am südlichen Rand der Ebene stand. Hatte Tschalek gewusst, wer Ngada Ardan wirklich war? Tschaleks Miene war jedoch vollkommen ausdruckslos und verriet Eirion nichts über seine Gedanken.

Ngada Ardan ergriff nun wieder das Wort: »Die Sumpfleute sind an diesem Tag zum Heiligtum der Göttin gekommen, um der Tochter der drei Welten, wie die alten Prophezeiungen uns verheißen haben, unsere Magie zu leihen. Keiner von uns wird heute die Wüste verlassen, bevor der Kampf entschieden ist. Wir werden Sanor besiegen – oder wir werden an diesem Tag gemeinsam sterben.«

Ngada Ardan verneigte sich abermals vor Radscha und Eirion und kehrte dann zu seinem Volk zurück.

Kaum hatte er seinen Platz wieder eingenommen, löste sich abermals eine Gestalt aus den Reihen der Unsterblichen. Diesmal war es eine Frau. Sie und ihre Gefährten überragten selbst die größten unter den anderen Völkern um mindestens eine Hauptеslänge. Ihre Haltung war stolz und aufrecht, und ihre Haut schillerte wie Perlmutt.

»Mein Name ist Sequana, und ich bin die Königin der Niav«, erklärte sie mit einer tiefen, vibrierenden Stimme. Auch sie verneigte sich vor Radscha und Eirion und wiederholte dann wörtlich die Formel, die vor ihr Ngada Ardan gesprochen hatte: »Die Niav sind an diesem Tag zum Heiligtum der Göttin gekommen, um der Tochter der drei Welten, wie die alten Prophezeiungen uns verheißen haben, unsere Magie zu leihen. Keiner von uns wird heute die Wüste verlassen, bevor der Kampf entschieden ist. Wir werden Sanor besiegen – oder wir werden an diesem Tag gemeinsam sterben.«

Auch sie verneigte sich ein zweites Mal und kehrte dann zu den ihren zurück.

Jetzt war die Reihe an Olfros, und die Prozedur wiederholte sich. Dann kehrte er zu den Schwanenmenschen zurück.

Zuletzt trat ein Mann aus der Gruppe der Elfen vor – Eirion zweifelte jedoch schon im nächsten Augenblick an ihrem Urteil, was das Geschlecht dieses Geschöpfes betraf. Wie alle Elfen trug auch dieser das Haar so kurz, dass es sich wie eine Haube um seinen Kopf schmiegte. Auch waren alle Elfen ähnlich gekleidet: Ihre Hosen waren dunkelblau und legten sich eng um ihre Beine, die Hemden, die sie dazu trugen, waren von einem helleren Blau und hatten weite, an den Händen zusammenlaufende Ärmel.

Selbst als der Elf zu sprechen begann, war es Eirion unmöglich, sein Geschlecht zu bestimmen.

Der Elf verneigte sich vor Radscha und Eirion. »Mein Name ist Németon«, erklärte er, »ich bin der König des Elfenvolkes, und das Einzige, was ich an diesem Tag bedaure, ist, dass unsere Brüder, die Feen, deren Blut bis in die Ewigkeit und darüber hinaus an unseren Händen kleben wird, heute nicht unter uns sein können.«

Plötzlich spürte Eirion, wie der Elfenmann vor ihr erstarrte. Einen Herzschlag später hörte sie Radscha scharf die Luft einziehen. Auch einige der Unsterblichen wandten die Köpfe nach Osten.

Und jetzt erst nahm Eirion wahr, was vor allem diejenigen unter den Unsterblichen, die sehr alt waren, schon vor ihr gespürt hatten: Ein feines Singen lag plötzlich in der Luft, eine Musik, die nicht mit den Ohren zu hören war, eine schwebende, leichte Melodie, wie kein von Menschen geschaffenes Instrument, und sei es so kunstvoll ersonnen wie Meister Fomoris Upayas, hervorzubringen vermochte.

Auf der Düne, die im Osten des Heiligtums aufragte, war ein kleiner, dunkelhäutiger Mann erschienen, der nun rasch, aber ohne Hast näher kam.

Ehrfürchtig traten die Unsterblichen auseinander, um dem Mann den Weg frei zu machen.

Als er vor sie und Radscha hintrat, glaubte Eirion, die Musik, die er verströmte, beinahe mit Händen greifen und auf ihrer Haut fühlen zu können.

Der Mann verbeugte sich zuerst vor Radscha, dann vor Németon und ihr selbst.

»Die Feen sind hier, König des Elfenvolkes«, sagte er mit

einer klaren Stimme, die unmittelbar zu den Herzen der Menschen sprach, die am Zentrum der Macht zusammengekommen waren. »Die Feen sind hier«, wiederholte er, »auch wenn ihr sie nicht sehen könnt. Sie waren niemals wirklich fort.« Dann neigte er abermals leicht den Kopf in Radschas Richtung. »Ich mag der Einzige aus dem Volk der Feen sein, der die dunkle Zeit überlebt hat – aber es gibt Dinge, die niemals wirklich sterben.« Er wandte sich zu Németon um. Lächelnd hielt er dem König des Volkes, das sein eigenes vor Jahrtausenden ausgelöscht hatte, die Hand hin. »Auch die Feen werden euch ihre Magie für diesen Kampf leihen.«

Németon streckte nun seinerseits die Hand aus, und Eirion sah, dass die weißen Halbmonde unter seinen Nägeln sich bis weit über die Hälfte seiner Fingerkuppen wölbten.

»Ich grüße dich, Németon, König der Elfen«, sprach der Feenmann nun weiter. »Mein Name ist Efnesien.« Lächelnd wandte er sich an Radscha. »Ich grüße auch dich, meine Schwester.«

Den beiden Geschwistern, die sich seit Jahrhunderten nicht gesehen hatten, blieb jedoch keine Zeit für mehr als eine kurze Umarmung, denn die Düne im Osten des Heiligtums schien mit einem Mal in Flammen zu stehen.

Diesmal brauchte Eirion nicht länger als die anderen Unsterblichen, um zu erkennen, womit sie es zu tun hatten. Sie hatte die großen, bronzefarbenen Tiere, die dort erschienen waren, schon hundertfach auf den Uniformen von Marbans Soldaten gesehen.

Wie eine lebendige, glühende Welle kamen die Suscha-Tiger langsam näher.

Dann verdunkelte sich der Himmel im Norden plötzlich, ein dumpfes Stöhnen wehte zu ihnen herüber, und Eirion wusste, dass der Kampf begonnen hatte.

Die weite, von Dünen gesäumte Ebene, die so lange Zeit das Heiligtum einer Göttin des Friedens gewesen war, war zu einem Schlachtfeld geworden.

In den ersten Sekunden ihres Zusammentreffens achtete Eirion kaum auf den Mann, der sie zum Kampf herausgefordert hatte; sie hatte nur Augen für den, der an seiner Seite stand.

Tork hatte sich verändert seit jener Nacht an den Grenzen von Anguli. Seine Gesichtszüge waren härter geworden, und seine Augen schienen tiefer in den Höhlen zu liegen.

Und er begegnete ihrem Blick ohne ein Zeichen des Erkennens.

Doch anders als in jener Nacht in der Kammer des Sehens war Eirion diesmal gewappnet. Die Priesterin war sofort zur Stelle, um alles Gefühl zu betäuben. Sie zwang Eirion, sich von Tork abzuwenden, um sich dem Kampf zu stellen, den die Götter zu ihrem Schicksal bestimmt hatten.

Eirion begriff schnell, dass dies kein Kampf nach Regeln werden würde, wie sie ihn auf Burg Tarlin erlebt hatte – zumindest hatten damals Brenna und Gwenlian fair gekämpft; Rikka hatte von Anfang an nicht die Absicht gehabt, sich an die Regeln des Vierkampfs zu halten.

Hinter Sanor hatten sich im Halbkreis dessen Truppen formiert: Am nördlichen Rand warteten die Suscha-Tiger nur auf ein Zeichen ihres Anführers, Marban, um alles zu vernichten, das er ihnen als Beute zuwies. Direkt hinter Sanor hatten die Faune Aufstellung genommen; Eirion zählte elf dieser geflügelten Gräuel, die bereits ihre Faunsgestalt getragen hatten, als sie auf der Ebene erschienen waren. Am westlichen Rand des Kampfplatzes standen diejenigen von Sanors Handlangern, die als einzige Eirions Mitgefühl hatten, denn sie verfügten über keinerlei Magie und waren nur deshalb hier, um als Erste zu sterben: die Soldaten der Neuen Caernadonischen Armee. An der Spitze dieser unglücklichen Gruppe saßen auf schwarzen Pferden ein Mann, den Eirion nicht kannte, den seine Rangabzeichen jedoch als General auswiesen, und Rikka, deren Erscheinen an diesem Ort Eirion verwunderte. Aber Gwenlians ehemalige Zofe war zu unwichtig, als dass Eirion lange über sie nachgedacht hätte.

Stattdessen sah sie zum Himmel auf, wo Sanors tödlichste Waffe, die Armee der Schatten, wie eine dunkle, ungreifbare Wolke nur auf ein Zeichen ihres Herrn wartete, um alles Leben zu vernichten. Das Stöhnen, das von den Schatten ausging, entsetzte Eirion zutiefst.

Schließlich wanderte ihr Blick wieder zurück zu Sanor. Auch er trug jetzt seine Faunsgestalt, aber das war nicht der Grund für den Stich der Irritation, der Eirion durchzuckte. Die Priesterin in ihr brauchte jedoch nicht lange, um eine Antwort auf ihre unausgesprochene Frage zu geben: Obwohl Sanor Tork, der zu seiner Rechten stand, nicht berührte, ging etwas Besitzergreifendes von ihm aus, das Eirion schmerzte. *Tork gehört jetzt ihm,* sagte die Priesterin. *Blicke nicht zurück auf das, was war – und vor allem: Vergeude keinen Gedanken auf das, was hätte sein können. Es ist vorbei. Später – falls es ein Später für dich gibt – später wirst du trauern. Und wenn du durch die Trauer hindurchgegangen bist, wirst du entdecken, dass das Leid dich nur stärker gemacht hat. Dann wirst du nicht mehr hadern mit deinen Irrtümern, sondern verstehen, dass wir Fehler machen, um aus ihnen zu lernen. Ein Fehler wird erst dann zur Katastrophe, wenn wir ihn leugnen und uns weigern, daran zu wachsen. Aber dies,* fuhr die Priesterin fort, *ist keine Zeit zu trauern. Dies ist die Zeit zu kämpfen.*

Eirion straffte sich. Sie wusste nicht, dass sie lächelte. Erst die leichte Verwirrung, die sie von Sanor auffing, machte ihr bewusst, was mit ihr geschehen war. Sie erwiderte Sanors Blick mit der ganzen Gewissheit ihrer Macht.

Nein, Geflügelter, antwortete sie in seine Gedanken hinein, *ich brauche meine andere Gestalt nicht, um gegen dich zu kämpfen. Ich bin, was ich bin, und das ist genug.*

Eine Bewegung zu Sanors Linken lenkte Eirions Aufmerksamkeit vorübergehend von dem Faun ab. Die Tiger wurden unruhig. Marban, der mit gespreizten Beinen vor ihnen stand, schien Mühe zu haben, sie noch länger unter Kontrolle zu halten.

Dann blinzelte Eirion plötzlich. Jetzt erst bemerkte sie die zweite Person, die bisher hinter Marban gestanden hatte und die nun neben ihn getreten war.

Auch Radscha hatte sie gesehen. »Ein Elf«, flüsterte die alte Frau. »Das ist nicht gut.«

Eirion drehte sich zu ihr um. »Was bedeutet das für uns?«

Radscha runzelte die Stirn. »Ich weiß es nicht genau«, antwortete sie leise. »Aber es gefällt mir nicht.« Dann schüttelte sie leicht den Kopf, als wolle sie den Gedanken an den Elf, der sich auf die Seite der Faune gestellt hatte, verscheuchen. »Wir dürfen keine Zeit mehr mit Fragen vergeuden«, sagte Radscha schließlich. »Überlass es mir, die, die dir ihre Magie für den Kampf leihen, hinter dir zu formieren.« Sie nickte Eirion kurz zu und wandte sich dann zu den Unsterblichen um, die hinter ihnen standen.

Gleich darauf nahm Eirion eine Bewegung in ihrem Rücken wahr, wie Wellen, die in verschiedene Richtungen flossen, doch sie drehte sich nicht um.

Plötzlich wehte ein kräftiger Wind über die Ebene, und ein feiner Schleier aus Sand erhob sich.

Dies musste das Signal für Sanors Verbündete sein, dass das Warten ein Ende hatte. Zu Sanors Linken hob Marban, dessen purpurner Umhang sich im Wind bauschte, die Arme zum Himmel. Die Tiger glitten mit tödlicher Anmut über die Ebene, noch bevor Marban die Arme wieder gesenkt hatte. Aus den Augenwinkeln sah Eirion, dass die Sumpfleute sich ihnen in den Weg stellten.

Eirion wusste, dass die massigen Geschöpfe kaum eine Chance gegen diesen Gegner haben konnten, ebenso wenig wie die Zigeuner den schwer bewaffneten Soldaten des caernadonischen Heeres lange würden standhalten können. Die Zigeuner würden die Ersten sein, die auf diesem Schlachtfeld fielen, und Eirions Herz krampfte sich zusammen bei dem Gedanken an Tschalek und all die anderen, die in den letzten Wochen Freunde für sie geworden waren.

Das caernadonische Heer setzte sich in Marsch, Schwerter und Geschirre funkelten im Sonnenlicht, dann ...

Eirion blinzelte.

Das Heer hatte sich tatsächlich in Bewegung gesetzt – doch statt über die Ebene auf die schlecht ausgerüsteten Zigeuner zuzustürmen, wie es gewiss ihr Befehl gewesen war, zogen die Soldaten sich zurück. Beinahe gleichzeitig wendeten die Männer ihre Pferde und gaben ihnen die Sporen. Der General, der sie führte, hatte sein Pferd ebenfalls gewendet, um zur Nachhut zurückzureiten. Das alles geschah in wenigen Sekunden, ein Manöver, das offensichtlich aufs Genaueste geplant war.

Im nächsten Augenblick gellte ein wütender Schrei über das Kampffeld. Rikka, die auf ihrem Pferd bereits auf die Zigeuner zugaloppiert war, hatte den Verrat in ihren eigenen Reihen bemerkt. Sie riss ihr Reittier herum und schleuderte dem General einen Dolch hinterher. Eirion kannte diese Waffe: Es war der magische Dolch, mit dem die Frauen Fianns kämpften, die keine geweihten Priesterinnen waren und deshalb den Wurfstern weder benutzen durften noch konnten.

Eirion hielt den Atem an. Trotz ihres Zorns hatte Rikka ihren Wurf genau berechnet, und der Dolch würde den General nicht verfehlen ...

Aber einen Augenblick, bevor sich die Spitze der tödlichen Waffe in den Stoff seines Uniformrocks hätte bohren sollen, wurde der Dolch aus der Bahn gerissen – von einer kreiselnden Scheibe aus grünem Licht.

Eirion fuhr herum.

Xeira stand vor den Zigeunern, eine Hand erhoben. Der Wurfstern kehrte bereits zu ihr zurück. Der caernadonische General hatte sich, ohne in seinem Galopp innezuhalten, an die Spitze seiner Truppen gesetzt.

»Nun, Rikka«, hallte jetzt Xeiras durch Magie verstärkte Stimme über die Ebene. *»Auf diese Stunde hast du doch lange gewartet, nicht wahr? Jetzt ist es so weit. Komm her und stelle dich mir zum Kampf!«*

Eirion hatte keine Zeit zu beobachten, was die beiden Magierinnen als Nächstes taten, denn Sanor hatte einen Zauber benutzt, dessen Macht selbst den Boden unter ihren Füßen erzittern ließ. Eirion wappnete sich gegen das, was nun kommen würde, was immer es sein mochte.

Doch nichts geschah. Nur die Musik der Feen wehte über die Ebene und linderte ein wenig das Grauen, das die Armee der Schatten verströmte.

Sanor sah zum Himmel auf, und Eirion konnte seinen ungläubigen Zorn spüren. Eirion folgte seinem Blick.

Dann erklang über ihr eine Stimme, die ihr inzwischen zutiefst vertraut war.

»Ich muss dich enttäuschen, Bruder, aber deine armseligen Diener sind zur Zeit nicht in der Lage, deine Befehle auszuführen.«

Eirion suchte den Himmel nach Radscha ab, aber alles, was

sie sah, war Dunkelheit. Das einzige lebendige Wesen, das dort zu erkennen war, war Barko. Ihr Falke stürzte scheinbar sinnlos zwischen den schwarzen Strudeln hindurch, die miteinander rangen.

Dann erklang abermals die körperlose Stimme der alten Trollfrau: *»Hast du denn alles vergessen?«*, fragte sie. *»Feuer bekämpft man mit Feuer – und Schatten mit Schatten.«*

Sanors Fluch drang bis tief in die Gedärme der Erde ein.

Doch das Gefühl des Triumphs, das Eirion verspürt hatte, war nur von kurzer Dauer.

Wir werden die Armee der Schatten besiegen, sagte Radscha in ihre Gedanken hinein, so dass Sanor sie nicht hören konnte, *und die Regenbogengöttin ist bei uns, um diese armen Geschöpfe aus der Sphäre der Finsternis zwischen Leben und Tod, wo sie sich jetzt befinden, herauszuführen, damit sie endlich wirklich sterben können.*

Die Regenbogengöttin?, fragte Eirion und ließ abermals ihren Blick suchend über den Himmel wandern. Und plötzlich verstand sie. *Barko ist …*

… die Regenbogengöttin, ja, antwortete Xeira. *Aber ich habe keine Zeit, dir das alles zu erklären. Selbst wenn wir siegen werden – und vielleicht werden die Schwäne zusammen mit den Niav auch die Faune überwältigen – aber …*

Ein dumpfer Schrei unterbrach sie. Einer der Sumpfleute war zusammengebrochen, und der Tiger, der ihn mit seinem Horn tödlich verwundet hatte, wandte sich bereits seinem nächsten Opfer zu. Vier der sanften, massigen Geschöpfe lagen bereits leblos am Boden.

In der Luft rang ein schwarzer Schwan mit einem der Faune. *Arild,* durchzuckte es Eirion. Zwei weiße Schwäne kamen ihm zu Hilfe. Einer von ihnen war Olfros, den anderen erkannte Eirion nicht. Die Niav, deren angestammtes Element das

Wasser war, standen am Boden und mussten ohnmächtig zusehen, wie ihre Gefährten am Himmel um ihr Leben kämpften.

Plötzlich bewegte sich etwas hinter ihnen, und Eirion schrie entsetzt auf. Ein Tiger hatte sich von hinten an Sequana herangeschlichen. Die Königin der Niav fuhr herum – doch Eirions Warnung war zu spät gekommen. Das dolchscharfe Horn des Tigers hatte sich bereits in das Herz seines Opfers gebohrt. Noch bevor Sequanas Körper den Boden berührte, hatte die sterbende Niav ihre andere Gestalt übergestreift, und Eirion sah zum ersten Mal in ihrem Leben eins jener schönen, riesigen Geschöpfe vor sich, die vor so langer Zeit die Meere beherrscht hatten. Die anderen Niav eilten, ungeachtet der Gefahr, in die sie sich begaben, auf Sequana zu, doch sie hatten keine Gelegenheit, ihre tote Königin zu betrauern.

Drei weitere Suscha-Tiger waren neben dem ersten erschienen und begannen, die Niav zu umkreisen.

Nun, Tochter der drei Welten, wie gefällt dir dein Kampf, in dem andere ihr Leben für dich lassen?

Sanor.

Über all dem Grauen um sie herum hatte Eirion beinahe vergessen, wer der wahre Feind in diesem Kampf war.

Langsam wandte sie sich um.

Dicht neben ihr schlug einer der weißen Schwäne, die an Arilds Seite gekämpft hatten, mit einem dumpfen Aufprall auf dem Boden auf. Eirion wusste nicht, ob es ihr Vater war; sie wollte es in diesem Augenblick auch nicht wissen.

Wir werden Sanor besiegen, hatten die Könige der Unsterblichen im Namen ihrer Völker gelobt, *oder wir werden an diesem Tag gemeinsam sterben.*

Eirion hätte gern Trost aus dem Wissen geschöpft, dass sie nicht allein in den Tod gehen würde, der ihr mit einem Mal gar nicht mehr so schrecklich erschien. Alles musste besser sein als dieses entsetzliche Sterben um sie herum. Doch es gab zu viele Menschen, die sie in Sanors Sklaverei zurückließen, um den Tod ohne Schuld empfangen zu können.

Was ist, Tochter der drei Welten?, fragte Sanor höhnisch. *Willst du wirklich nur zusehen?*

Eirion richtete sich auf. Die Magie war sehr stark in ihr, und als sie nun Sanor gegenübertrat, wusste sie, dass er sie ohne den Stein der Gnade niemals hätte besiegen können.

Nur noch etwa zwanzig Schritte trennten sie voneinander.

Das schreckliche Stöhnen der Schatten war in den letzten Minuten immer unerträglicher geworden und hatte die Musik der Feen nun endgültig verdrängt.

Es hat keinen Sinn, dachte Eirion und sehnte sich nach Stille und nach der Dunkelheit, mit der der Tod sie nun bald empfangen würde.

Sprich mit ihm, Eirion!

Die fremde Gedankenstimme war so unerwartet in ihrem Kopf erklungen, dass Eirion heftig zusammenzuckte. Verwirrt sah sie sich um.

Suche nicht nach mir!

Es war ein zwingender, klarer Befehl, und sofort richtete Eirion den Blick wieder fest auf Sanor. Vielleicht war es eine List von ihm, ein Manöver, mit dem er sie zu verunsichern versuchte. Aber sie hatte nichts mehr zu verlieren.

So ist es gut, sagte die fremde Stimme, die ihr jetzt vage vertraut erschien, in ihre Gedanken hinein. *Zwing ihn dazu, sich einzig und allein auf dich zu konzentrieren. Denk daran, was du bist. Denk daran, was du gelernt hast. Er darf nur auf dich achten, auf niemanden sonst.*

Eirion trat auf Sanor zu, und noch im Gehen beschwor sie in sich das Feuer herauf, das ihr Verbündeter war. Der Himmel, den einen Herzschlag zuvor noch schwarzer Tod bedeckt hatte, schien aufzureißen, und Eirion griff nach der Sonne und den Sternen, um sich, wie Gwenlian es beim Kampf der Königinnen auf Burg Tarlin getan hatte, in ihr Licht zu hüllen.

Hier bin ich, Geflügelter, sagte sie und wusste, dass es die Stimme der Göttin selbst war, die aus ihr sprach. Noch immer trennten sie zehn Schritte von Sanor. *Kämpfe mit mir!*

Sanor lachte.

Sein Lachen hallte bis weit über die Grenzen der Ebene hinaus. Er lachte, dass die Dünen, die das Heiligtum umgaben, erbebten und ihre Festigkeit verloren. Sandschwaden stoben auf, als sei ein Sturm entfesselt worden.

Und Sanor lachte ...

Er ist wahnsinnig!, dachte Eirion ungläubig – und begriff dann erst, dass es nicht das Lachen eines Wahnsinnigen war, das Stürme entfesselte und den Boden unter ihr zu spalten drohte.

Es war Zorn, den Sanor herausschrie, fassungsloser, maßloser, vernunftloser Zorn.

Eirion nahm eine Bewegung hinter sich wahr, doch bevor sie sich umdrehen konnte, spürte sie eine sanfte Berührung auf ihrem Haar.

Und plötzlich wusste sie, was Sanor um den Verstand gebracht hatte.

KAPITEL 34

In dem Augenblick, als der Stein der Gnade ihren Körper berührte, glaubte Eirion, dass alles gut werden würde. Sie griff abermals nach der Macht von Sonne und Sternen, doch diesmal tat sie es voller Jubel, denn Tork stand an ihrer Seite. Sie wusste nicht, wie es ihm gelungen war, Sanor den Stein zu stehlen, aber es war auch nicht wichtig.

Ihre Magie dehnte sich aus, fasste Wurzeln tief in der Erde und erhob sich bis in den Himmel. Sie umspannte die ganze Ebene, auf der der Kampf gegen Sanor stattfand, und strömte auch in die hinein, die an ihrer Seite kämpften.

Die Musik, die die Essenz und das Sein der Feen war, schwoll zu einem gewaltigen, singenden Crescendo an und verschlang endgültig die gequälten Stimmen der Schatten.

Das Sterben um sie herum fand damit jedoch noch kein Ende, und Eirion, die jetzt Teil der Göttin war, aus der *alles* Leben kam, auch das dunkle und zerstörerische, trauerte um die Feinde, die in diesen Augenblicken in den Tod gingen.

Ihre Gefährten, die alle über ihre ganz eigene Magie geboten, spürten die Veränderung sofort und zögerten nicht, sich dieser neuen, fremden Magie zu bedienen, die jetzt auch in ihrem Blut sang.

Die Suscha-Tiger, die schon kurz nach Beginn des Kampfes ihre anfängliche Zielstrebigkeit verloren hatten, fielen unter einem mächtigen Zauber der Sumpfleute, die Schwanenmenschen besiegten die Faune, und die Regenbogengöttin führte die Unglücklichen, die Sanor zu Schatten gemacht hatte, in das Reich ewigen Friedens.

Doch all das erfuhr Eirion erst später.

Denn Sanor tat etwas, das sie nicht erwartet hatte – etwas, das sie nicht erwarten *konnte,* da es zu dem Schrecklichsten gehörte, dessen die dunkle Magie fähig war.

Eirion schleuderte ihm die ganze Wucht ihres Zaubers entgegen – doch ihre Magie fand kein Ziel mehr.

Im gleichen Augenblick, als Eirion zum Angriff ausholte, begriff Sanor, dass er diesen Kampf nicht gewinnen konnte. Er riss die Arme zum Himmel, und drei Faune, die über ihm gegen die Schwäne gekämpft hatten, stürzten leblos zu Boden. Ihre Körper hatten den aufgewühlten Sand noch nicht berührt, als ...

Eirion starrte Sanor – oder vielmehr das, was von ihm übrig geblieben war – fassungslos an.

»Geh zur Seite, Eirion.«

Tork hatte sich vor sie gestellt.

»Was ...?«, flüsterte sie.

»Geh, Eirion! Ich kenne ihn besser als du. Ich weiß, was er vorhat.« Tork machte einen Schritt auf das schwarze, wogende Nichts zu, das Sanor gewesen war.

»Geh, Erion!«

Eirion rührte sich nicht von der Stelle. Etwas Kaltes griff nach ihr, etwas Böses, das sich wie scharfe Dornen in ihren Geist und ihre Seele bohren wollte.

»Nein!«, schrie sie. »Nein!«

»GEH, EIRION!«

Erion wollte auf Tork zustürzen, wollte verhindern, was immer er vorhatte. Sie wusste noch immer nicht, was es war, das Sanor plante; sie spürte nur die entsetzliche, eisige Kälte in ihrer Seele. Und Tork ...

»TORK!«

Etwas hielt sie fest, hinderte sie daran, den Mann, den sie liebte, zu schützen – wovor auch immer.

»Nein, Eirion.« Die Stimme war leise und sehr vertraut – und sehr mitfühlend.

Eirion kämpfte wie eine Furie gegen die alte Trollfrau, doch Radscha, die so zart, beinahe gebrechlich wirkte, verfügte über ungeheure Kraft. Und sie zerrte Eirion unerbittlich von dem Ort weg, an dem Tork sich dem, was einst Sanor gewesen war, in den Weg gestellt hatte.

»Was tut er, Radscha?«, wisperte Eirion mit brüchiger Stimme. »Was hat ... dieses Ding ... Sanor – was hat er vor?« Ihre letzten Worte gingen im Raunen des Sandes unter, der über den Wüstenboden wehte.

»Er ist mein Bruder«, erwiderte Radscha grimmig und ohne Eirion loszulassen. »Ich weiß, was er vorhat. Und ich werde es verhindern, ich – und dieser Junge da, der dich mehr liebt als seine eigene Seele.«

»Nein!« Eirions Schrei gellte über die Ebene und wurde von den aufgepeitschten Dünen um sie herum hundertfach zurückgeworfen. Jetzt ahnte auch sie, welchen Plan Sanor verfolgte. »NEIN!«

Abermals versuchte sie mit ihrer ganzen Kraft, sich von Radscha loszureißen. Aber ebenso gut hätte ein kleines Kind gegen eine Eiche kämpfen können. Radscha besaß die Stärke eines mächtigen Baums, der seine Wurzeln über Jahrhunderte hinweg tief und fest in die Erde gegraben hatte.

Noch immer spürte Eirion die eisige Kälte, die nach ihr griff.

»Seine Magie ist nicht stark genug«, sagte Radscha leise und mehr zu sich selbst als zu Eirion.

Eirion schöpfte neue Hoffnung. »Es wird Sanor nicht gelingen?«, fragte sie.

Radscha schüttelte den Kopf. »Ich sprach nicht von Sanor«, sagte sie. »Tork ist allein nicht stark genug, um dich zu schützen. Er braucht Hilfe ...«

Plötzlich hatte Eirion das Gefühl, als schlängen sich lebendige Seile um ihren Körper, die ihr gerade genug Raum ließen, um zu atmen. Dann spürte sie, wie Radscha sich hinter ihr verwandelte. Sie wollte sich umdrehen, doch die Seile, die wie in sich gedrehte, knorrige Äste aussahen, ließen es nicht zu.

Und Radscha wuchs. Sie wuchs zu einem mächtigen, hohen Baum mit grauer Borke, kahlem Geäst und starken Wurzeln. Die Magie, die jetzt von der alten Trollfrau ausging, legte sich wie ein schützender Schleier um Eirions Seele – und das schwarze Nichts ließ von ihr ab.

Sekundenlang rang das, was Sanor gewesen war, mit der Magie des Baumes, dann zog es sich mit einem schrillen Misston zurück. Ein Heulen, wie es weder einer menschlichen noch einer tierischen Kehle entspringen konnte, peitschte über die Ebene und brannte eine tiefe Schneise in den Wüstenboden. Sandfontänen stoben auf, die mehr als mannshoch waren und die Eirion wie tausend winzige Nadeln in die Augen stachen. Doch sie weigerte sich, die Lider zu senken, denn sie musste *sehen*.

Das schwarze Nichts, das die Wüste aufgerissen hatte, bewegte sich mit tödlicher Zielsicherheit.

»TORK!«

Noch einmal stemmte Eirion sich mit allem, was sie besaß, gegen ihre Fesseln. Sie kämpfte wie eine Wahnsinnige – und war plötzlich frei.

Ohne sich zu besinnen oder hinter sich zu blicken, rannte sie auf Tork zu.

Er war sehr blass, und die Anstrengung des Kampfes hatte tiefe Furchen in sein Gesicht gezeichnet, aber er lebte!

Eirion flog die letzten Schritte über den Sand, dann hatte sie ihn endlich erreicht.

Er fing sie in seinen Armen auf, und Eirion trank seinen

Kuss, als gäbe es nichts anderes auf der Welt, die in diesem Augenblick für sie zu existieren aufhörte.

Viel zu schnell löste Tork mit sanfter Gewalt ihre Arme von seinem Hals.

Mit strahlenden Augen sah Eirion zu ihm auf. »Das war von Anfang an dein Plan, nicht wahr?«, fragte sie atemlos und erfüllt von einem Glück, das sie kaum ertragen konnte.

Aber dann verblühte ihr Lächeln.

Denn Tork teilte ihr Glück nicht. Sie sah zwar die Liebe in seinen Augen, doch sie sah auch etwas anderes in ihnen, das sie nicht verstand.

Es war purer Schmerz.

»Tork ...«, flüsterte sie rau. »Was ...?«

Jemand war hinter sie getreten. »Euch bleibt nicht viel Zeit, Kind.« Radscha stand jetzt neben ihr.

Vom östlichen Rand der Ebene kamen Nuria und einige andere Schwanenmenschen herbeigelaufen, doch Radscha machte ihnen mit einer gebieterischen Handbewegung ein Zeichen, und sie hielten inne, gut zwanzig Schritte von ihnen entfernt.

»Was sollen wir tun, Tork?«, fragte Radscha leise.

Eirion fuhr herum. »Was hat das alles zu bedeuten?«, stieß sie hervor, doch weder Radscha noch Tork beachteten sie.

»Es gibt nicht viel, was ihr tun *könnt*, nicht wahr?«, erwiderte Tork auf Radschas Frage.

Eirion bohrte die Finger in Radschas Arm, der ihr jetzt sehr mager und zerbrechlich erschien. Nichts mehr deutete darauf hin, dass die alte Frau sie noch vor wenigen Minuten mit eisernem Griff festgehalten hatte. »Was hat das zu bedeuten?«, wiederholte sie. »Sanor ist besiegt ...«

Tiefer Kummer stand in Radschas Augen, als sie sich nun von Tork abwandte. »Nein, Kind«, sagte sie behutsam. »Wir haben nur seinen Körper besiegt – nicht seinen Geist.«

»Ich begreife das nicht ...« Doch noch während Eirion diese Worte aussprach, wusste sie, dass sie nicht die Wahrheit waren. Aber sie *wollte* nicht begreifen.

»Radscha hat Recht, Eirion.« Tork griff nach ihren Schultern und zog sie sanft zu sich herum. »Verstehst du«, sagte er dann, »Sanor ist in *mir.«*

Eirion riss sich von ihm los und fuhr zu Radscha herum. »Du hast das zugelassen, du hast es gewusst!«

»Nein, Eirion«, sagte Tork hinter ihr leise. »Radscha hat nichts zugelassen – und sie hätte es auch nicht verhindern können. Ich hatte meine Wahl bereits getroffen.«

»Du hattest kein Recht dazu!«, zischte Eirion, nachdem sie sich von Radscha abgewandt hatte. »Er wollte mich!« Und als Tork ihr nicht sofort antwortete, wiederholte sie: »Er wollte mich, nicht wahr?«

Tork hob die Hand und berührte zärtlich ihre Wange. Eirions Kehle schnürte sich zusammen.

»Nein«, flüsterte sie. »Nein ...«

»Glaub mir, Eirion«, sagte Tork dann, seine Hand noch immer auf ihrer Wange, »ich hatte jedes Recht, es zu tun.«

Eirion suchte, wie sie es schon als Kind getan hatte, nach dem mächtigsten Verbündeten im Kampf gegen Schmerz und Trauer: dem Zorn. »Und was soll das für ein Recht gewesen sein, du Narr?«

Tork lächelte, und seine Augen waren jetzt wieder so blau wie in jenen Tagen auf der *Silbermöwe,* als sie ihre Liebe zueinander gefunden hatten, ohne es zu wissen.

»Ich hatte das Recht der Liebe auf meiner Seite«, sagte er schlicht.

»Aber ich hatte den Stein!«, schrie Eirion. »Ich hätte ihn besiegen können.«

»Nein.«

Radscha sprach mit einer Gewissheit, die keinen Zweifel duldete. Eirion drehte sich nicht zu ihr um, sie konnte den Blick nicht von Tork abwenden.

»Vergiss nicht, dass Sanor mein Bruder war – ist …«, korrigierte sie sich. »Ich kenne ihn, und ich weiß, wozu er fähig ist. Er schöpft seine Magie aus der dunkelsten Quelle, die es gibt – aus der Lebenskraft fühlender Wesen. Und diesmal«, fuhr sie ernst fort, »hat er sich der Lebenskraft dreier Faune bedient, die ebenfalls auf der Nachtseite der Magie standen. Du hättest ihn *nicht* besiegen können«, sagte sie mit abschließender Endgültigkeit.

Jetzt drehte Eirion sich doch noch zu der alten Trollfrau um. »Aber du hast mich geschützt, warum hast du nicht auch ihn schützen können?«, fragte sie verzweifelt.

Radscha lächelte traurig. »Ich konnte dich nur deshalb vor Sanor schützen, weil Tork …« Sie runzelte die Stirn und sagte an Tork gewandt: »Ich verstehe selbst nicht ganz, wie es möglich ist, dass du etwas Derartiges tun konntest. Dazu ist eine sehr starke Magie notwendig.«

Tork stieß ein kurzes, freudloses Lachen aus. »Meine Magie ist der Sanors näher verwandt als irgendeine andere auf dem Ork Nuado«, sagte er und griff nach Eirions Hand.

Radschas Stirnrunzeln vertiefte sich. Dann schüttelte sie langsam den Kopf. »Es gibt nur eine Art von Magie, auf die das zutrifft«, erwiderte sie. »Die Gwawl Loeghaire … Aber das ist nicht möglich.«

Wieder lachte Tork. »Glaub mir, es *ist* möglich. Niemand weiß das besser als ich.« Dann fügte er an Eirion gewandt hinzu: »Ich bin ein Schlangenkind.«

»Ein Schlangenkind«, wiederholte Eirion ungläubig. »Aber nur Mädchen …«

»Nur Mädchen werden der Gwawl Loeghaire zur Auswahl

dargeboten«, erwiderte er. »Aber ich bin als Kind in ihre Grube *gefallen,* und ich habe überlebt, so dass ein Teil ihrer Magie auf mich übergegangen ist.«

Radscha sog scharf die Luft ein, und Tork wandte sich, ohne Eirions Hand loszulassen, zu ihr um. »Ich weiß, was du sagen willst, Radscha«, erklärte er. »Den Hütern des Steins ist es verboten, eine eigene Magie zu besitzen. Der, der vor mir Hüter war, wusste nichts von meiner Vergangenheit – niemand außerhalb von Fiann wusste, dass ein männliches Kind das Ritual der Gwawl Loeghaire überlebt hatte.«

Aus den Augenwinkeln sah Eirion, dass inzwischen alle Unsterblichen, die nicht im Kampf gegen Sanor getötet worden waren, einen weiten Kreis um sie gebildet hatten, doch sie kamen nicht näher.

»Die Dienerinnen der Gwawl wollten mich töten«, fuhr Tork fort, »doch ein alter Mann, der das Futter für die Schlange herbeischaffte, erfuhr davon. Er konnte es nicht ertragen, ein wehrloses Kind sterben zu lassen, und in der Nacht, bevor sie mich holen wollten, floh er mit mir.« Er lächelte Eirion kurz zu. »Dieser Teil der Geschichte, die ich dir an Bord der *Silbermöwe* erzählt habe, ist wahr. Der Alte brachte mich nach Caernadon und verdiente dort mit kleinen Heilzaubern gerade genug, um uns am Leben zu erhalten. Jahrelang zogen wir im Land umher. Bis die Hohe Feme ihn holte.« Torks Miene verdüsterte sich bei dem Gedanken an das Schicksal, das ein anderer um seinetwillen erlitten hatte. »Wir waren damals in Orra«, beendete er dann seinen Bericht, »und der letzte Hüter des Steins wählte mich als seinen Nachfolger aus. Den nächsten Teil der Geschichte kennt ihr. Ich brachte Eirion nach Anguli und blieb anschließend noch eine Weile in Luba. Dort fand Sanor mich. Er hatte meine Magie wohl gespürt.« Torks Gesichtszüge verzerrten sich einen Augenblick lang, und er sog scharf die Luft ein.

»Was ist …« Eirion versteifte sich, doch Tork schüttelte nur den Kopf.

»Ich schloss mich ihm an«, sprach er weiter, obwohl es ihn große Kraft zu kosten schien. »Denn einen Feind bekämpft man am besten aus der Nähe. Und er hatte den Stein der Gnade, wie ich sehr bald erfuhr.«

»Aber wie ist er in Sanors Besitz gelangt?«, rief Eirion. »Ich dachte, du hättest …«

Tork lächelte matt. »Nicht ich habe ihn dir gestohlen«, antwortete er. »Das war Diann. In der Nacht in Luba, in der ihr euch eine Kammer geteilt habt, hatte sie zuvor die Getränke aus der Küche geholt. Ich bin mir sicher, dass so viel Hilfsbereitschaft sonst nicht ihre Art ist.« Etwas von dem Humor, den Eirion so sehr liebte, blitzte bei diesen Worten in Torks Augen auf, dann wurde seine Miene wieder ernst. »Wie dem auch sei«, fuhr er fort, »sie hat uns allen – sogar dem Wirt – einen Schlaftrunk in den Punsch gemischt. Und als du eingeschlafen warst, hat sie den Stein der Gnade gegen einen äußerlich sehr ähnlichen Stein vertauscht, um den echten Rikka zu geben.«

»Rikka!«, entfuhr es Eirion. »Aber warum …?«

Tork nickte, und Eirion bemerkte, dass sein Atem immer schneller ging. Ihre Finger krampften sich fester um seine.

»Rikka«, stieß Tork mühsam hervor, »stand mit Sanor im Bund. Sie wollte an Sanors Seite über den Ork Nuado herrschen. Deshalb hat sie den echten Stein in die Sümpfe der Verlorenen gebracht, so dass es Sanor gelang, sich aus dem Za'mar-a zu befreien.«

Plötzlich ließ Tork Eirions Hand los, und ein Krampf schüttelte ihn.

Radscha zog Eirion zurück, aber diesmal gelang es Eirion, sich von ihr loszureißen.

»Nein«, stieß Tork rau hervor, bevor sie ihn berühren konnte. »Ihr dürft keine Zeit mehr verlieren ... Sanor wird stärker ... Ihr müsst ...«

Jedes Wort schien ihn ungeheure Kraft zu kosten. Entsetzt beobachtete Eirion, wie seine Augen langsam ihre klare, leuchtende Farbe verloren und immer dunkler wurden.

»Tork ...«

Sie streckte die Hand nach ihm aus, doch er stieß sie zurück.

»... der Za'mar-a ...«, flüsterte er mit starren Lippen. »Ihr müsst ... einen neuen Za'mar-a ...« Es war, als ringe er mit einem Dämon in seiner eigenen Seele – aber genau das tat er wahrscheinlich auch.

»Ich verstehe«, sagte Radscha ruhig.

Der Za'mar-a! Jetzt wusste Eirion, was Radscha vorhatte, und sie hätte die alte Frau beinahe geschlagen. »Das könnt ihr nicht tun! Ich werde nicht zulassen, dass ihr Tork ...«

Plötzlich wurde sie herumgerissen.

Tork hatte sie an den Schultern gepackt. Eirion keuchte auf.

Seine Augen waren schwarz, und ein schreckliches, lebloses Flackern beherrschte sie.

Dann stieß Tork mit einer Stimme, die kaum noch Ähnlichkeit mit seiner eigenen hatte, hervor: »Versteh ... endlich! Ich ... bin ... SANOR!«

Torks Finger gruben sich in das Fleisch ihrer Oberarme, und Eirion schrie vor Schmerz auf. Ihre Haut war gerissen, und warmes Blut durchdrang den dünnen Stoff ihres Gewandes. Sie blickte an sich hinab und sah, dass es nicht Finger waren, die sie verletzt hatten, sondern Krallen!

Abermals wurde Tork von einem Krampf geschüttelt, und die Krallen lösten sich aus Eirions Armen.

Radscha zog sie mit Macht zurück.

Ein grauenvolles Lachen gellte über die Wüste.

ICH BIN SANOR!, schrie der Mann, den sie liebte. Und lachte ...

Lachte ...

Halb besinnungslos taumelte Eirion rückwärts. Radschas Worte drangen kaum in ihr Bewusstsein. »Er ist nicht mehr Tork, der Mann, den du liebst«, sagte die alte Trollfrau, »er ist jetzt der Feind, der Feind alles Lebenden. Du darfst ihn nicht mehr berühren, hörst du?«

Die Unsterblichen hatten ihren Kreis um Tork – Sanor – enger gezogen. Sie alle trugen jetzt ihre wahre Gestalt, selbst die Niav, die ihre Königin im Kampf verloren hatten, zeigten sich in der schillernden Pracht ihrer Heimat, des Wassers. Der Sand unter ihnen schimmerte bläulich, als hätte er sich dem angestammten Element der Beherrscher der Meere angepasst.

Dann flammte von allen Seiten des magischen Zirkels grelles Licht auf, das nicht körperlos und ungreifbar war wie gewöhnliches Licht, sondern eine eigene Substanz zu haben schien.

Die Musik der Feen schwoll an, bis sie zu einem Sturm geworden war.

In Torks Augen stand ein irrsinniger Ausdruck, als er nun mit Sanors Stimme schrie: *ICH BIN SANOR, DER EINE UND ERSTE, DER SICH DIE WELT UNTERTAN MACHEN WIRD. IHR WERDET ES NICHT VERHINDERN. IHR KÖNNT MICH NICHT AUFHALTEN, NICHT FÜR IMMER. ICH WERDE WIEDERKOMMEN* ...

Die Magie der Unsterblichen bündelte sich noch einmal im Zentrum des Kreises, und Tork brach zusammen.

Einen Augenblick lang achtete niemand auf Eirion, und sie stürzte, ohne nachzudenken, ohne sich zu besinnen oder zu zögern, zu dem Mann hinüber, den sie liebte, den sie immer lieben würde ...

»Tork!«

Sie fing ihn in ihren Armen auf, bevor sein erschlaffter Körper den Boden berührte.

Sie hörte die Schreie nicht, die hinter ihr aufbrandeten wie ein sturmgepeitschtes Meer.

»Tork«, flüsterte sie. »Tork.«

Und ihre Tränen fielen auf seine bereits geschlossenen Lider.

Eirion spricht:

Die Wüste schweigt in dieser Nacht, und das ist gut so. Nur das leise Knistern des Torffeuers spricht zu mir, dessen Duft mich noch nach all diesen Jahren an den Mann erinnert, dem meine Seele gehört.

Meine Chronik ist beendet – obwohl ich befürchte, dass schon bald ein neuer Kampf den Ork Nuado überziehen wird, dessen Geschichte aufgeschrieben sein will. Doch diese Geschichte wird ein anderer erzählen müssen als ich, denn mein Weg endet hier.

Die meisten meiner unsterblichen Brüder und Schwestern sind in der Schlacht in der Oase Bulall gefallen, und auch das Heiligtum, das letzte große Zentrum der Macht, wurde zerstört, wie vor ihm die heilige Quelle von Mara. Ein neuer Dämon war aus dem Fleisch der Erde geschaffen worden, um Sanor als Kerker zu dienen – Sanor und Tork.

Es übersteigt meine Vorstellung, was Tork in dieser ewigen Finsternis empfinden mag, für alle Zeit an ein Geschöpf gekettet, das die Essenz des Bösen ist. Für mich hat es in all den Jahrhunderten keine andere Liebe mehr gegeben. Wie hätte es sie auch geben sollen, wo doch meine Seele mit Tork in sein ewiges, dunkles Gefängnis hinüberging?

Nach dem Sieg über Sanor machten sich diejenigen der Unsterblichen, die überlebt hatten, schon bald wieder auf die Reise. Sie kehrten jedoch nicht in ihre Heimat zurück – oder an die Orte, die sie inzwischen Heimat nannten –, sondern zogen mit den Schwanenmenschen nach Anguli. Ich weiß nicht, ob sie wirklich alle in die Grotten der Seelen gegangen sind, um ihre irdischen Körper abzustreifen und eins zu werden mit dem Geist, der die Verheißung eines besseren Lebens ist, eines Lebens in vollkommenem Frieden. Aber die meisten von ihnen werden wohl an ihrem Entschluss festgehalten haben.

Meine Mutter, Nuria, hat es gewiss getan. Olfros war in der Schlacht gefallen; Anguli, dem sie ihr Leben geweiht hatte, existierte nicht mehr – und ich ... Sie hätte weitergelebt, um meinetwillen. Doch ich habe sie freigegeben, denn ich wusste, was es für sie bedeutete, den Mann verloren zu haben, den sie mehr als alles geliebt hatte.

Die Regenbogengöttin, die mir für kurze Zeit in der Gestalt eines Falken eine Gefährtin gewesen war, flog den Unsterblichen voran, um Sanors Schattenkrieger zu erlösen, und Radscha ging nach Mara, wo die Trolle, die Sanor all die Jahrtausende bewacht hatten, noch immer vor dem leeren Za'mar-a saßen. Sie hatten so lange in den Sümpfen ausgeharrt, dass ihre Augen und Ohren in ihren Körpern gestorben waren und ihre Sinne verdorrt. Radscha führte auch sie in die Grotten der Seelen, damit sie endlich Frieden fanden.

Xeira hatte Rikka im magischen Zweikampf getötet, und die Elfenfrau, Ila, hatte schon kurz nach Beginn des Kampfes Marban erstochen, um so die Tiger ihrer Führung zu berauben und ihrem Töten die Zielstrebigkeit zu nehmen.

Die Kinder, die Sanor dem Ritual der Gwawl Loeghaire ausliefern wollte, kamen kurz nach der Schlacht in der Oase Bulâll zusammen mit Marte und Goda nach Fiann und wuchsen dort auf. Viele der Mädchen, darunter auch Aischa, gingen, als die Zeit reif für sie war, ins Große Innen, um Priesterinnen der Göttin zu werden.

Zu meiner Freude besann Aischa sich anders, bevor sie geweiht wurde. Sie heiratete einen Mann aus Neu-Léth; eine ihrer Enkelinnen und drei Urenkelinnen haben später den Weg beschritten, von dem sie sich abgewandt hatte. Doch sie selbst hat diesen Schritt nie bereut.

Meine geliebte Freundin Zelda entschied sich für den Weg der Göttin. Der Sonnianer, den sie liebte, verließ noch in der Nacht vor ihrer Weihe Neu-Léth, um nie mehr zurückzukehren. Ich war dankbar damals, dass Zelda bei mir blieb, doch heute wünschte ich, sie wäre mit dem Sonnianer fortgegangen. Ihr Leben wäre ein glücklicheres gewesen.

Der Faun Selall, der die Kinder zur Gwawl Loeghaire bringen sollte, hat Fiann nie erreicht. Auf meine Fragen zogen Marte und Goda es vor zu schweigen, und ich drang nicht weiter in sie. Die Felsspalten sind tief im Blauen Labyrinth.

Lado war beim Kampf gegen Sanor, als er seinem Sohn zu Hilfe geeilt war, tödlich verletzt worden. Wir brachten ihn nach Neu-Léth, und Goda erreichte die Hauptstadt noch früh genug, um Abschied zu nehmen. Sie lebte noch fast zwanzig Jahre bei uns im Großen Innen, wo sie die niederen Weihen empfing, doch ich weiß, dass ihre Seele niemals wirklich bei uns war.

Ihr Sohn, Arild, der mir für immer als der Junge mit den quecksilbernen Augen in Erinnerung geblieben ist und den die Götter mir zum Seelengefährten bestimmt hatten, überlebte den Kampf dank des Opfers seines Vaters. Doch er war schon immer ein Getriebener gewesen, hin- und hergerissen zwischen zu vielen Welten. Das Blut der Niav war sehr stark in ihm, und es trieb ihn zum Meer, wo er hoffte, möglicherweise doch noch auf Gefährten zu stoßen, die nicht mit den anderen Niav zum Kampf in die Wüste gezogen waren. Ich denke, er wird für immer ein Getriebener geblieben sein. Vielleicht hätte ich ihm die Heimat geben können, die er weder in Anguli noch in der Welt der Dinge fand. Aber das Wichtigste, das er brauchte, hätte ich ihm niemals geben können – meine Liebe. Denn die gehörte einem anderen.

Ich weiß nicht, was aus ihm geworden ist. Ich habe ihn nie wieder gesehen.

Ich kann nur ahnen, was es für Goda bedeutet haben muss, ihren Sohn auf diese Weise zu verlieren.

Auch Marte diente bis zu ihrem Tod in Neu-Léth der Göttin, und sie war es, die mir den größten Trost gab in jenen ersten Jahren, als der Schmerz noch roh war.

Die Zigeuner und Salba gingen in die Hochebene von Léth, und heute brennen in der Wüste die hellen, fröhlichen Feuer ihrer Nachfahren.

Ja, es ist eine bessere Welt, die ich verlasse, besser als die, in die ich hineingeboren wurde.

Aber wird der Friede von Bestand sein?

Ich weiß es nicht.

Sanor ist in dem neuen Za'mar-a eingekerkert, den die Unsterblichen in der Oase Bulláll geschaffen haben.

Das Böse ist besiegt.

Aber es ist nicht vernichtet.

Es schläft nur.

Und träumend wartet es ...

DIE LEGENDEN VON PHANTÁSIEN

»... aber das ist eine andere Geschichte und soll ein andermal erzählt werden.«
Michael Ende

Jede Generation muss das Reich der Phantasie zu neuer Blüte bringen: Michael Endes Weltbestseller *Die unendliche Geschichte* inspiriert die größten deutschen Erzähler der Gegenwart zu den *Legenden von Phantásien.*

Ralf Isau
Die geheime Bibliothek des Thaddäus Tillman Trutz

»Was befindet sich eigentlich hinter diesem Regal?"«
»Das hängt immer von dem ab, der drum herum geht."«

Karl Konrad Koreander ist kein Held: Sein größter Wunsch ist es, in einer ruhigen Bibliothek zu arbeiten, umgeben von den Geschichten und Legenden, die ihm so wichtig sind. Als er das Antiquariat von Thaddäus Tilmann Trutz betritt, scheint er seinem Ziel einen Schritt näher zu kommen – denn noch kann er nicht ahnen, welche phantásischen Geheimnisse sich hinter Büchern verbergen ...

Tanja Kinkel

Der König der Narren

»Ich würde nicht auf einen Retter warten", erwiderte Res energisch, „ich würde Phantásien selbst retten.«

In Phantásien kennt jedes Kind die Weberinnen von Siridom: Ihre Teppiche sind nicht nur schön, sie erzählen auch jene alten Geschichten, an die sich sonst niemand mehr erinnern könnte. Zu den Weberinnen zu gehören, gilt als Ehre; nur selten widersetzt sich eine Frau dieser Bestimmung. Res ist so eine Rebellin. Sie ist nicht bereit, sich den Traditionen zu beugen – und stößt so auf ein lange in Vergessenheit geratenes Geheimnis ...

Ulrike Schweikert

Die Seele der Nacht

»Was für ein herrliches Land!«
»Vielleicht«, brummte er leise, »vielleicht aber auch nicht.«
Er dachte an die seltsamen Gestalten in der Nacht.
Hatte dieses Land ein zweites, finsteres Gesicht?

In Phantásien ist alles möglich – auch, dass ein einzelnes Land wächst und wächst und wächst ... Und dies ist nicht das einzige Geheimnis von Nazagur. Die junge Tahâma muss sich auf eine gefahrvolle Reise begeben, um sie zu lüften. Dabei begegnet sie dem Jäger Céredas, zu dem sie sich leidenschaftlich hingezogen fühlt. Doch der trägt selbst ein dunkles Geheimnis in sich ...

Wolfram Fleischhauer

Die Verschwörung der Engel

»Das weiß doch jedes Kind. Die Stierwächter haben Mangarath erbaut, um Phantásien vor dem Nichts zu retten.«

Jeder Phantásier möchte einmal im Leben die Stadt Mangarath besuchen. Schon aus der Ferne sieht man sie glänzen, und bereits am Stadttor wird der Reisende von einem vielstimmigen Glückschor empfangen. Später locken andere Attraktionen wie die wohltuenden Klangtermen und ein Besuch im Geräuschdom. Doch Mangarath hat nicht nur hell klingende Seiten – sondern auch ein dunkles Geheimnis, dem der junge Schmetterlinger Nadil auf die Spur kommen muss ...

Peter Freund

Die Stadt der vergessenen Träume

»Traumfänger? Heißt das, Ihr seid einem begegnet?«
»Einem?« Das Rasende Gerücht schien bestürzt.
»Es war bestimmt ein Dutzend!"«

Was passiert mit Träumen, die nicht länger geträumt werden? Nachdem Kayúns Mutter ein Opfer des Vergessens geworden ist, muss sich der Junge auf die Reise nach Seperanza begeben, die Stadt der vergessenen Träume. Doch der Weg ist lang und gefährlich: Seit Phantásien vor dem Nichts gerettet wurde, verändert es sich immer mehr – und geheimnisvolle Traumfänger haben begonnen, durch das Reich der Phantasie zu streichen ...